Library

乳肥臀

上

莫言 著
吉田富夫 訳

平凡社

本著作は一九九九年九月、平凡社より刊行されたものです。

本書を謹んで天にましますの霊にささぐ

目次　上巻

第一章　日本鬼子《リーベングエイズ》がやって来た……13
第二章　抗日のアラベスク……91
第三章　内戦……323
第四章　最後の好漢……531

目次　下巻

第五章　毛沢東の時代
第六章　惑溺のとき
第七章　発端あるいは神話
断章

高密県東北郷の聖書《バイブル》——日本の読者へ
訳者あとがき
『豊乳肥臀』をめぐって——莫言インタビュー　聞き手　吉田富夫
平凡社ライブラリー版『豊乳肥臀』のために
平凡社ライブラリー版　訳者あとがき

【主な登場人物一覧】

上官金童《シャングワンヂントン》…………上官家で唯一人の男の子。混血児。

上官魯氏《シャングワンルーシー》…………上官金童らの母親。

上官来弟《シャングワンライディー》　………上官家の長女。沙月亮の妻。

上官招弟《シャングワンヂャオディー》………上官家の次女。司馬庫の第四夫人。

上官領弟《シャングワンリンディー》　………上官家の三女。鳥人韓《ハン》の恋人。鳥の巫女となる。

上官想弟《シャングワンシアンディー》………上官家の四女。女郎屋に身売りする。

上官盼弟《シャングワンパンディー》　………上官家の五女。魯立人の妻。

上官念弟《シャングワンニエンディー》………上官家の六女。バビットと結婚。

上官求弟《シャングワンチューディー》………上官家の七女。ロシア人貴族の養女に売られる。

上官玉女《シャングワンユィニユィ》　………上官家の八女。金童の双子の姉で、生まれついての盲目。

上官呂氏《シャングワンリユイシー》　………上官魯氏の姑。鍛冶屋の腕で評判。

司馬庫《スーマアクー》…………司馬家の次男。抗日別動大隊司令。

司馬亭《スーマアティン》　…………司馬家の当主で、司馬庫の兄。暴れ者の弟に苦しむ。

沙月亮《シャユエリアン》　…………黒ロバ猟銃隊を組織。のち、皇軍協力軍司令となる。

魯立人《ルーリーレン》…………共産党軍のリーダー。

孫啞巴《スウンヤーバ》　…………口はきけないが、勇猛で、共産党軍の模範兵となる。

鳥人韓《ハン》…………鳥捕りの名人。強制連行され、逃亡して北海道の原始林で十五年を過ごす。

司馬糧《スーマアリアン》　…………司馬庫の息子で、上官魯氏に育てられる。

鸚鵡の韓《ハン》…………鳥人韓と上官来弟の息子で、上官魯氏に育てられる。

マローヤ牧師…………スウェーデン貴族の血を引く牧師で、金童と玉女の父親。

バビット…………アメリカ空軍の軍人。

［主な登場人物相関図］

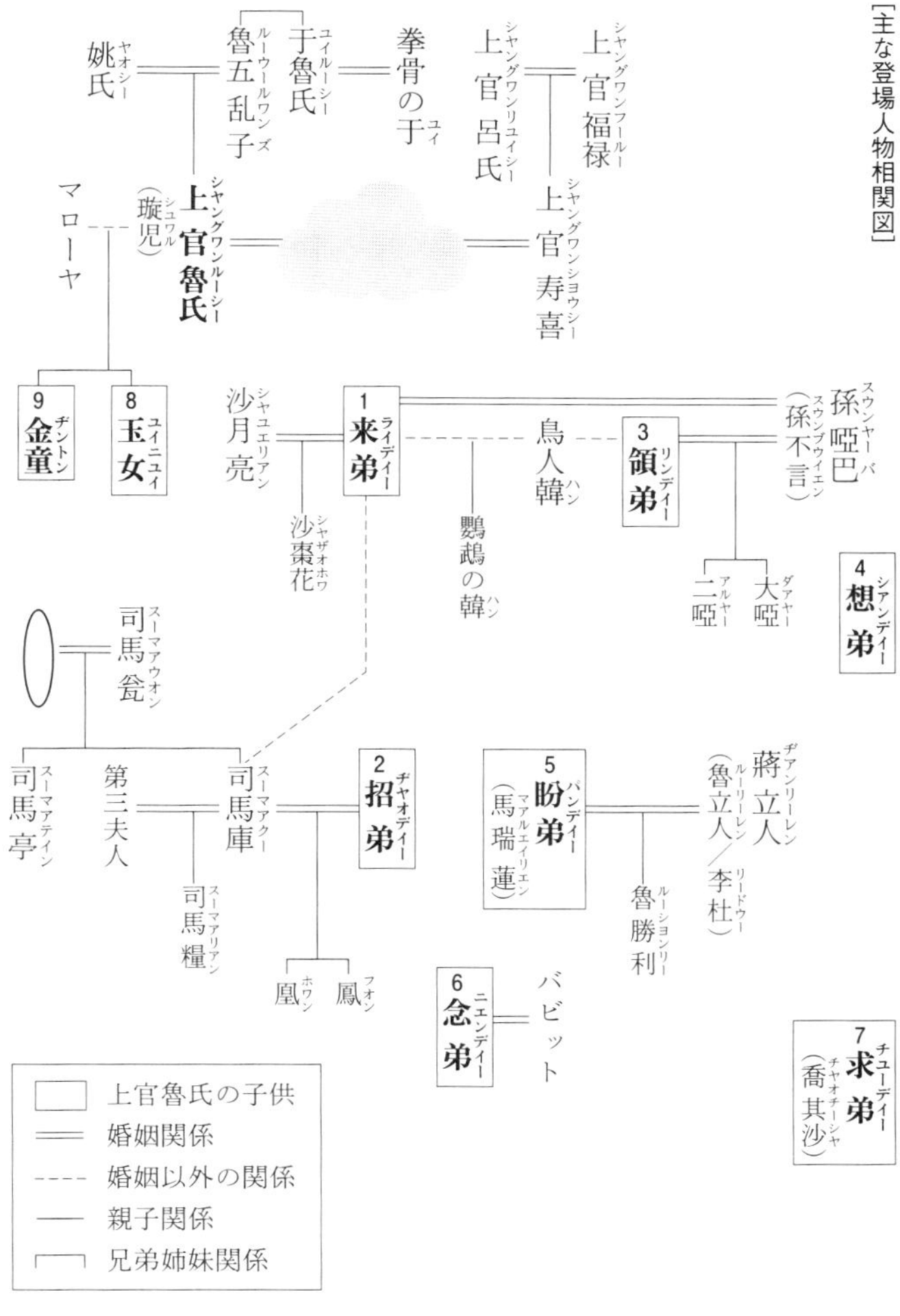
上官福禄《シャングワンフールー》
上官呂氏《シャングワンリュイシー》
拳骨の于《ユィ》
于魯氏《ユイルーシー》
魯五乱子《ルーウールワンズ》
姚氏《ヤオシー》
上官魯氏《シャングワンルーシー》
（璇児《シュワル》）
マローヤ
上官寿喜《シャングワンショウシー》
9 金童《チントン》
8 玉女《ユイニュイ》
沙月亮《シャユエリアン》
1 来弟《ライディー》
沙棗花《シャザオホワ》
鳥人韓《ハン》
鸚鵡の韓《ハン》
3 領弟《リンディー》
孫唖巴《スウンヤーバ》
（孫不言《スウンブウイエン》）
二唖《アルヤー》
大唖《ダアヤー》
4 想弟《シアンディー》
司馬瓮《スーマアウオン》
司馬亭《スーマアティン》
第三夫人
司馬庫《スーマアクー》
司馬糧《スーマアリアン》
2 招弟《チャオディー》
凰《ホワン》
鳳《フォン》
5 盼弟《パンディー》
（馬瑞蓮《マアルエイリエン》）
蒋立人《ヂアンリーレン》
（魯立人《ルーリーレン》／李杜《リードウー》）
魯勝利《ルーションリー》
6 念弟《ニエンディー》
バビット
7 求弟《チューディー》
（喬其沙《チャオチーシャ》）
上官魯氏の子供
婚姻関係
婚姻以外の関係
親子関係
兄弟姉妹関係

豊乳肥臀《ほうにゅうひでん》　上

山東《シャンドン》省の青島《チンダオ》に近い高密《ガオミー》県。ここは、今世紀初頭、ドイツ人によって敷設された膠済《ヂャオヂー》鉄道の沿線にあたる……

第一章　日本鬼子《リーベングエイズ》がやって来た

一九三七年七月七日、北京郊外の盧溝橋《ルーゴウチヤオ》での軍事衝突によって、中国は日本と全面戦争に突入した。ここ山東省は、日本が、かねてから野心を剝き出しにしていた土地であった。

一

遮るもののない清浄な宇宙を、数えきれない天体が、行き交う杼《ひ》のように運行している。きらめく薄紅色の暖かな光芒は、乳房のように見えたり、お尻のように見えたりする。勝手気ままに動いているようで、それぞれが厳密に軌道を守っているのだ。ギギギときしっておのがじし調べを奏で、縦横にそれぞれの道を行く。その偉大なハーモニーを目撃したマローヤ牧師は、熱い涙とともに叫んだ。

「至高最上の神よ。あなたのみ、ただあなたあるのみでございます！」

自分の叫び声に驚いて目を醒ます。

マローヤ牧師はじっとオンドルに横たわっている。ひと筋の明るい光が、聖母マリヤの桃色の乳房や、そのふところに抱かれた尻まる出しの神の子のまるまると肥った顔に当たっている。去年の夏の雨漏りで、土壁に掛けたこの油絵には水に浸かった黄ばんだ痕がいくつも残り、聖母や神の子の顔も、間の抜けた、そのくせ獰猛さを秘めたような表情をみせている。銀色の細い糸を引いた蜘蛛が一匹、明るい窓の前にぶら下がり、涼しい微風に吹かれてゆらゆらと揺れている。「朝の蜘蛛はよい知らせ、夜の蜘蛛は金儲けの知らせ」と、あの青白い顔の美しい女は、蜘蛛を前にしてあのときこう言った。このわたしによい知らせなどあるはずがないが。それとも、なにかあるのだろうか？

脳裏に乳や尻の形をした天体がちらつき、彼は腫れた指を伸ばして目やにをこすった。通りからはゴロゴロという車輪の音が聞こえ、遠くの沼地のあたりからは鶴の鳴き声も聞こえてくる。それにれいの雌山羊の人を苛つかせるメエメエという声。スズメが窓の紙に当たってバタバタと音を立てる。鵲《かささぎ》が中庭の外のポプラの樹の上で騒がしく鳴きたてる。どうやら今日はほんとうによい知らせがありそうだ。

突然はっとすると、頭の中に、びっくりするほど大きなお腹をしたれいの美しい女が、あふれる光に包まれてぬっと立ち現れた。物言いたげに、乾いた唇を震わせている。孕んでもう十二ヵ月にもなるから、今日あたり、きっと生まれるのだ。その一瞬で、蜘蛛がぶら下がったり鵲が鳴いたわけが、マローヤ牧師には呑み込めた。むっくりと起き上がると、オンドルから下りた。

黒い瓮《かめ》をぶら下げて教会の裏の通りに出たマローヤ牧師は、鍛冶屋の上《シャン》官福禄《グワンフールー》の女房の上《シャン》官呂氏《グワンリユイシー》が腰をかがめ、オンドルを掃く箒を手にして通りの土を掃き集めているのを、目敏くとらえた。心臓の鼓動がにわかに高まる。唇を震わせながら、「神よ、万能の神よ……」と低くつぶやき、硬直した手で胸の前で十の字を描くと、そろそろと壁際まで退き、上背のある肥った上官呂氏をじっと見守る。夜露で湿った上土《うわつち》を静かに注意深く掃き集めると、その中のゴミをこまかく選り分けては捨てている。身のこなしはぎこちないが、尋常でない逞しさで、キビの穂を束ねた金色の箒が、その手の中では玩具のように見える。集めた土を箕《み》に入れると、大きな手でしっかりと押さえておいて、箕を前に持って立ち上がる。

そのまま自分の家の路地の角を曲がりかけた上官呂氏は、背後に騒ぐ声を聞きつけた。振り向いて見ると、この鎮《まち》いちばんの金持ち福生堂《フーションタン》の黒塗りの表門がいっぱいに開かれて、女たちがぞろぞろ出てくるところである。みんなわざわざおんぼろ衣装に着替え、顔には鍋底の墨を塗りたくっている。日頃は絹物をまとい、紅おしろいを塗っている福生堂の女たちのこの身なりは、どうしたことだろう？

向かいの控え屋敷から〝四十雀《しじゅうから》〟というあだ名のある御者が、青い布の幌をかけたピカピカのゴム車の大型荷車を乗り出してきた。停まりきるのを待ちかねた女たちが、先を争って這い上がる。御者は夜露で湿った石の獅子の前に蹲《うずくま》ると、黙ってタバコを吸う。

福生堂の当主の司馬亭《スーマアティン》が、銃身の長い猟銃を手に表門から飛び出してきた。若者のようなピチピチと軽快な身のこなしである。慌てて立ち上がった御者が、当主の顔をうかがう。その手から煙管《きせる》をむしり取った司馬亭は、いい音をさせてスパスパ吸っておいてから、夜明け時のバラ色の空を見上げ、欠伸《あくび》をひとつして言った。

「四十雀よ、出せ。墨水河《モオシユイホー》の橋のたもとで待つんだ。わしもじきに行く」

片手で手綱を握った御者は、もう片方の手で鞭を振りながら馬を引き寄せ、荷車の向きをととのえる。荷車の上では、女たちが押し合いへし合いしながら、べちゃくちゃとやかましい。御者が鞭を鳴らすと、馬がだく足で走り出す。馬の首にかけた鈴がジャンジャンと高い音を立て、車輪の回転につれて砂埃が舞い上がる。

司馬亭は表通りで、だれはばかるふうもなくジャアジャア小便をしながら、遠ざかる馬車に向かって、ひと声怒鳴った。そのあと、やおら猟銃を抱えて見張り塔に登った。塔は高さが三丈はあり、九十九本の丸太を組んでできている。てっぺんは小さな見晴らし台になっていて、赤い旗が立ててある。無風の朝で、湿った旗はぐったり項垂《うなだ》れている。

上官呂氏が見ていると、見晴らし台に立った司馬亭は、頭を突き出して西北の方角をうかがっている。首を伸ばし、唇を突き出した様子は、水を飲んでいるガチョウにそっくりだ。柔らかな霧が沸いてきて、司馬亭を呑み込み、司馬亭を吐き出す。真っ赤な朝焼けの光が、その顔を赤く染める。上官呂氏には司馬亭の顔にネバネバとした蜜がかかったように感じられ、キラキラとまぶしい。

司馬亭は、両手で銃を頭の上に高々と持ち上げた。顔は鶏のとさかのように真っ赤だ。かすかな音を上官呂氏は聞きつける。撃鉄が雷管を叩いた音だ。司馬亭は銃を挙げたまま、きびしい表情でじっと待ちつづける。上官呂氏も待ちつづける。土を入れた箕の重みで両手はしびれ、首をいとも窮屈に曲げたままなのに。

司馬亭は銃を下ろした。腹を立てた子供みたいに、口をとんがらかしている。悪態をつく声が聞こえた。銃に悪態をついている。このガキ！　鳴らねえつもりか！　ついでふたたび銃を挙げ、引き金を引く。カチッと小さな音がしたかと思うと、銃口からひと筋の光がほとばしり、朝焼けの光の輝きを失わせ、男の赤い顔を白く光らせた。鋭い音が村のしじまを切り裂いた。たちまち空いっぱいの朝焼けの光を五色の色が染め、雲の端に立った天女が色鮮やかな花びらを降らせる。

上官呂氏の心は激しく波立った。鍛冶屋の女房だが、じつのところ鉄を鍛える腕は亭主をはるかにしのぎ、鉄と火を目にしただけで血が騒ぐのだ。熱い血が血管を駆けめぐる。盛り上がった筋肉のひと筋ひと筋が、あたかも鞘から出た牛の陰茎のようだ。黒い鉄が焼けた赤い鉄を砕くと、火花があたりに飛び散る。汗が背中を濡らし、乳房の谷を川となって流れる。鉄と血の匂いが天地の間に満ちる。

彼女は、司馬亭が高い塔の上で躍り上がるのを見た。朝の澄んだ空気の中に、硝煙と硝煙の匂いが満ちてくる。司馬亭は、高い声に節をつけて長く引っ張りながら、高密県《ガオミー》東北郷《ドンベイシアン》に向けて警報を発した。

「村のみなの衆、日本鬼子《リーベングエイズ》が来るぞォ！」

二

茣蓙《ござ》をめくり、その下の麦藁も隅に片寄せてしまったオンドルの土の上に、箕の中の土を空けると、上官呂氏《シャングワンリユイシー》は、手でオンドルのふちにつかまって低く呻き声を上げている嫁の上官魯氏《シャングワンルーシー》のほうを、気懸かりげにちらと見やった。両手を伸ばして土をならすと、小声で嫁に言った。

「さ、上がるんだよ」

その暖かい目で見つめられて、豊乳肥臀《グラマー》な上官魯氏は全身を震わせた。哀れっぽく姑《しゅうとめ》の優しい顔を盗み見ながら、なにか言いたげに血の気のない唇をわななかせる。

「司馬《スーマア》のとこの当主が、またぞろなにかにとり憑かれおったわい！」と、上官呂氏は大声を出した。

「お姑《かあ》さん……」と、上官魯氏が言った。

手の土をはたき落としながら、上官呂氏は小声でぶつくさ言った。

「いいかい、嫁さん。頑張るんだよ！　これ以上女の子を産んでくれたら、わたしだってかばいだてできなくなるからね！」

涙がふた筋、上官魯氏の目から流れ出た。下唇を噛みしめた彼女は、全身の力をふりしぼって重いお腹を持ち上げ、固めた粘土が剝き出しのオンドルに這い上がった。

「慣れたことじゃから、独りでゆっくり産むがいい」と、上官呂氏は巻いたさらし木綿とハサミをオンドルの上に置いたが、眉をしかめると、面倒くさそうに言った。

「おまえの舅《しゅうと》と亭主が、西棟で黒ロバに子を産ませておるのじゃ。あれは初産じゃから、面倒をみてやらねばならんでな」

上官魯氏はうなずいた。遥かな上空で、銃声がまた一発、鳴った。犬どもが怯えたように吠え、司馬亭の叫び声がきれぎれに聞こえてくる。

「村の衆、すぐに逃げろォ！　逃げ遅れると命はないぞォ……」

叫びに呼応するかのように、お腹の中でまたひと暴れするのを上官魯氏は感じた。ローラーを転がすような激しい痛みに、毛穴のひとつひとつから汗が噴き出し、淡い生臭さが匂う。叫び声を漏らすまいと、歯を食いしばる。黒髪をふささふささせた姑が、母屋の祭壇の前に跪《ひざまず》いているのが、涙の向こうにおぼろげに見える。観世音菩薩の香炉に紅色のお線香が三本挿してあり、ゆらゆら立ち上る煙で、香りが部屋いっぱいに広がる。

苦難をお救いくださるお慈悲深い観音さま、お助けください。哀れと思し召して、わたしめに男の子をお授けくださいませ……

高々と盛り上がったひんやりとした腹の上に両手を置くと、祭壇の奥に鎮座している陶製の観音さまの神秘的なつるりとした顔を眺めやりながら、上官魯氏は黙々と祈りをささげた。涙がまたもや目から溢れた。ぐっしょり濡れたズボンを脱ぐと、上着を思い切りまくり上げ、腹部と乳房を露出する。オンドルに手をついて支えながら、姑が掃き集めてくれた上土の上に躰をきちんと据える。陣痛の合間に、乱れた髪の毛を手の指で梳《す》き、巻き上げてあるオンドルの莫蓙と麦藁に背中をもたせかけた。

窓の格子に水銀の剝げかかったおんぼろの鏡がはめ込んであり、顔の側面が映っている。汗に濡れた鬢《びん》の毛、切れ長の暗い目、色白の高い鼻、絶えず震えているかさかさに乾いた大きな唇。しっとりと濡れた陽光がひと筋、窓の格子を通して腹の上に斜めに射し込んでいる。そこには、うねうねとした青い血管やでこぼこの白い模様などが浮き出して、見るからに気味悪く、恐ろしい。自分のお腹を見つめるうちに、彼女の心には、暗黒と光明が交互に立ち現れた。あたかも、黒雲が騒いだかと思うと、じきに抜けるような青に変わる高密県東北郷の夏の盛りの空のように。

このとてつもなく大きくて硬いお腹に視線を落とす勇気が、彼女にはほとんどなかった。あるときは、自分が冷たい鉄の塊を孕んだ夢を見た。またある時は、躰中にいぼいぼのあるヒキガエルを孕んだ夢を見た。鉄のイメージにはまだなんとか耐えられたが、ヒキガエルのイメージだけは、頭にちらつくたびに、全身に鳥肌が立った。

観音さま、お助けください……ご先祖さま、お助けください……ありとあらゆる神さま、幽霊さま、どうかお助けください。お慈悲ですから、五体満足な男の子を産ませてください……わたしの可愛い息子、さあ、出ておいで……お天道さま、土地の神さま、お狐さま、どうかお力をお与えください……

そうやって祈り、願いをかけているうちに、内臓を切り裂かれるような激痛が次々と彼女を襲った。両手で背後の莫蓙を摑み、躰中の筋肉を震わせ、痙攣させる。両眼をかっと見開くと、目の前が真っ赤になり、その中で白く燃える網が、あたかも炉の火で熔ける銀の糸のように、するすると丸まって縮んだ。耐えきれなくなった咆吼がついに彼女の口からほとばしり、窓の格子を抜けて表通りや裏路地をうねりながらたゆたい、司馬亭の叫び声とひとつになって一本の縄のように捩《よじ》れ、上背のある躰で腰を曲げ、項垂れた赤毛の大頭の両耳に白い毛を生やしたスウェーデン籍の牧師マローヤの耳にもぐり込んだ。

鐘楼に通じる腐った木の階段で、マローヤ牧師はギクッとなった。迷える子羊のように永遠に涙ぐんだ、永遠に人を感動させる藍色の優しい目に、驚喜にも似た光が躍った。彼は、真っ赤な太い指を伸ばして胸の上で十字を切ったが、その口からは、完璧な高密県東北郷なまりの異国ふうのことばが吐き出された。

「万能の主よ……」

ひきつづいて上に登り、てっぺんにたどり着くと、もともとは寺に下がっていた緑青の浮いた銅の鐘を突き鳴らす。最初の鐘の音の中で、そして日本鬼子《リーベングエイズ》が村にやって来るぞという警告の中で、羊水が上官魯氏の両足の間から流れ出た。乳用山羊の生臭い匂いを彼女は嗅いだが、えんじゅの花のつよくまた淡い香りをも嗅いだ。去年、えんじゅの林でマローヤと喜びを交わしたときの光景が、異様にくっきりと眼前に再現された。だが、姑の上官呂氏が、血だらけの両手を高く挙げて部屋に駆け込んできたので、その光景の中に浸っているわけにはいかなかった。姑の血染めの手に緑色の火花がちらついているのを見て、彼女は縮み上がった。

「生まれたのかい？」姑が大声で訊ねるのが耳に入った。

彼女は恥ずかしげに首を横に振った。

姑の頭が、陽光の輝きの中で震えている。その髪の毛が、にわかに白くなったのに気がついて、はっとなる。

「わたしゃまた、生まれたのかと思ったよ」と、姑は言った。

姑の両手が、お腹のほうに伸びてくる。ごつい手で、爪は硬く、手の甲にまで胼胝《たこ》のような硬い皮が広がっている。恐ろしさに、ロバの血にまみれた鍛冶屋の女房の両の手から身をかわそうとしたが、上官魯氏にはその力が残っていなかった。姑の両手が、情け容赦もなくお腹を押さえにかかると、彼女は心臓が停まるかに感じ、ぞっとする感覚に五臓六腑を貫かれた。たてつづけに叫び声を上げたが、痛みのためというより、恐怖からだった。姑の手はあらっぽくお腹をまさぐって、上から押さえたりしていたが、そのうち、西瓜の熟れ具合でも確かめるように、パンパンと二、三度叩いた。熟れていないやつを買ったときの、後悔と気落ちの入り混じった仕草だった。

　やがて両手は離れ去り、陽光の中で力無くだらりと垂れた。上官魯氏の目に映る姑はただのひらひらする大きな影に過ぎず、その両の手だけが、好き放題をする恐ろしい存在だった。遥かな彼方から、深い池の中から、ヘドロの匂いや蟹のあぶくとともに、姑の声が聞こえてきた。

「……熟れた瓜は放っておいても落ちると言うてな……時がくれば、止めようにも止められはせぬ……こらえるのじゃ。喚き散らして……他人はともかく、おまえの大事な七人の娘の笑い者になってどうする……」

　両手のうちの片方がまたも力無く下ろされて、苛立たしげにお腹の皮を叩いた。湿った羊皮鼓《ヤンピーグー》［羊皮張りの鼓］を叩くような、くぐもった音がした。

「今時の女子《おなご》ときたら、だんだんにやわになってしもうたわい。わたしがおまえの亭主を産んだときなど、産みながら布鞋《ブウシエ》の底の刺し縫いをしていたもんだよ……」

　それでもどうにか叩くのを止めた手は引っ込んで、影の中に隠れたが、それは野獣の足の爪のような気がした。姑の声が闇の中できらめき、えんじゅの花の香りがしきりに匂う。

「このお腹の大きさは尋常ではないし、模様も変わっておって、男の子のようじゃ。これはおまえの運、わたしの運、上官《シャングワン》家の運というもの。観音さまのおかげ、神さまのお助けじゃぞ。息子がいなければ、おまえは生涯召使い。息子ができればこの家の主じゃ。わたしの言うことを信じるか？　信じる信じないにかかわらず、おまえにどうできることでもないが……」

「お姑さん、信じてますとも、このとおり！」上官魯氏は心をこめてそう呟いたが、目の前の壁の暗褐色のしみが目に入ると、底知れぬ切なさが突き上げてきた。三年前だった。七番目の娘の上官求弟《シャングワンチューディー》を産み落とすと、怒り心頭に発した亭主の上官寿喜《シャングワンショウシー》に木槌を投げつけられ、頭が割れて、壁に血が飛び散った痕だった。

姑は笊《ざる》を運んできて、彼女のかたわらに置いた。姑の声が、闇に燃える炎のように美しい光芒を放った。

「わたしの後をつけて言うんだよ。〈お腹の子は大事な息子でございます〉。さ、早く!」

ざるの中には殻つきの落花生［以下、落花生は落生＝産まれ落ちるの意にひっかけて使われる］が入っている。姑の優しい顔とおごそかな声とが、天の神さまのようにも、生みの母親のようにも思えて、上官魯氏は感動のあまり、泣きながら言った。

「お腹にいるのは大事な息子でございます。お腹にいるのは息子……わたしの息子……」

姑は落花生を幾粒かその手に握らせて、こう言わせた。

「女の子に男の子、陰と陽とで恨みっこなし。落花生や、はよ生まりょ」

落花生を受け取った上官魯氏は、感激して姑のことばをくり返した。

「女の子に男の子、陰と陽とで恨みっこなし。落花生や、はよ生まりょ」

のぞき込んだ上官呂氏は、涙をポロポロこぼしながら言った。

「観音さまのおかげ、神さまのお助けで、上官家にはおめでたが重なったぞ! 来弟のお母《かあ》よ、落花生を剝いて待っててておくれ。うちの黒ロバが子を産むのじゃ。あれは初産じゃで、おまえの面倒ばかりみてはおれないのじゃ」

上官魯氏は心打たれて言った。

「お姑さん、早く行ってやって。神さまのおかげで、黒ロバのお産が軽くすみますように……」

上官呂氏はため息をもらすと、よろよろと外へ出て行った。

三

西棟の石臼の上には、汚れきった大豆油のランプがともされている。ほの暗い灯火が心もとなげに揺れ、とがった炎の先からは黒煙が渦を巻いて立ち上る。大豆油の燃える匂いにロバの糞尿の匂いが入り混じり、部屋の空気は汚れている。石臼の片側は、青石でできた飼い葉桶になっている。お産を迎えた上官家のロバは、石臼と飼い葉桶の間に横たわっている。闇の中から、上官呂氏《シャングワンリユイシー》の目には、ランプの明かりしか見えない。闇の中から、上官福禄《シャングワンフールー》のせき込んだ問いが飛んできた。

「おい、なにが生まれた？」

上官呂氏は、亭主のほうに向かって口をへの字にしてみせただけで、返事をしなかった。地べたの黒ロバと、そのかたわらに膝をついて腹を揉んでやっている上官寿喜《シャングワンショウシー》をまたぎ越して窓際まで行くと、窓に蓋をしていた黒い紙をやけを起こしたようにめくり上げた。たちまち長方形の金色の陽光が十数条、反対側の壁を照らした。身を翻して石臼のところへ行くと、ランプを吹き消す。大豆油の燃えるいい匂いが素早く広がって、西棟のむっとするいやな匂いを抑える。上官寿喜の脂ぎった黒い小さな顔に、光がひと筋当たってててらてらと光り、黒い両の目が炭火のようにぎらつく。おずおずと母親のほうを見ながら、小声で言った。

「お母《かあ》、わしらも逃げよう。福生堂《フーションタン》の家の者も逃げたぞ。日本人が来るんだと……」

この役立たずがといった目で上官呂氏にひと睨みされると、息子は怯えた目の色になり、汗まみれの顔を俯けた。

「日本人が来ると、だれに聞いた？」上官呂氏は、憎々しげに息子に訊ねた。

「福生堂の当主が、鉄砲を撃つやら怒鳴るやらして……」上官寿喜は片腕を上げると、ロバの毛だらけの手の甲で顔の汗を拭いながら、ぶつぶつと言った。上官呂氏の肉の厚い大きな手と比べて、上官寿喜の手は小さくて肉も薄い。乳でも吸うような、もぐもぐとした薄い唇の動きを急に止めると、頭を起こし、ちんまりとした耳をすませていたが、

「お母、お父。ほら、あれじゃ！」

司馬亭《スーマアティン》のしわがれ声が、西棟にゆるやかに流れ込んできた。

「お年寄りの衆ぅ――おじさんやおばさんがたァ――兄さんに姐さんがたァ――兄弟姉妹のみんなァ――すぐに逃げろォ。ひどい目に遭うぞォ。東南の荒れ地に積んである、トウモロコシの殻の中に隠れていろォ――日本人が来るんだァ――たしかな情報だァ。嘘ではないぞォ。みなの衆、ぐずぐずしないで逃げろォ。おんぼろ家なんぞ、どうでもいいから。命さえあれば世の中、どうにでもなる――みなの衆よ、逃げろォ。遅れたら取り返しがつかないぞォ……」

上官寿喜は跳び上がり、恐ろしげに言った。「お母、聞いたろう？　うちも逃げよう……」

「逃げるだと？　どこへじゃ!?」上官呂氏は気に入らぬげに言った。

「福生堂の家が逃げるのは当たり前として、わたしらがなにを逃げることがある？　上官の家は鍛冶屋と百姓で暮らしをたて、お上に差し出す穀物も国の税金も滞《とどこお》ったためしはなし、だれが上に立とうが、構うことではない。日本人も人間じゃろう？　日本人が東北郷《ドンベイシアン》を占領したのも、わたしら民百姓の差し出す年貢が頼りじゃろう？　あんた、この家の主として、わたしの言うことが間違いと思いなさるか？」

上官福禄《シャングワンフールー》は口を歪め、丈夫な上下の歯を剝き出して、泣き笑いの表情をした。

上官呂氏は怒って言った。「あんたに訊いておるのに、そんな顔をしてどうするのじゃ？　屁もこかぬつもりかいの！」

上官福禄はべそをかいたような表情をして言った。「わしに分かるわけがなかろう？　おまえが逃げると言えば逃げるし、逃げぬと言えば逃げないまでじゃ！」

上官呂氏はため息をついて言った。「いずれにしろ、なるようにしかなりはせぬ。なにをぼけっとしておる？　はやく腹を揉んでやらんか！」

上官寿喜は唇をもぐもぐさせていたが、勇気をふるい起こし、自信なさそうな甲高い声で訊ねた。

「あれは産んだのか？」

「男というものは、つまらぬことに気を取られるものではないぞ。女子《おなご》のことなど放っておいて、ロバの世話をしておればよいのじゃ」と、上官呂氏は言った。

「あれはわしの女房じゃで……」と、上官寿喜はぼやいた。

「おまえの女房でないなどとは、だれも言うておらん」と、上官呂氏は言った。

「今度孕んだのは男の子じゃと、わしは思うんじゃ」と、ロバの腹を揉みながら、上官寿喜は言った。「あんな大きな腹をしくさって」

「この役立たずが……」と、上官呂氏はがっかりしたように言った。「観音さまにおすがりするのじゃ」

上官寿喜はまだなにか言いかけたが、母親の恨めしげな眼差しで口をつぐんだ。

上官福禄が言った。「ここはおまえらに任せて、わしは外の模様を見てくる」

「もどりなされ！」上官呂氏はいきなり亭主の肩を掴むと、ロバのかたわらまで引っ張っていき、怒って言った。

「外の様子のなにを見ると言うのじゃ？　ロバの腹を揉んでやって、はやく産ませるのじゃ！ああ観音さま、神さま。上官家《このいえ》のご先祖はどれもりっぱな男の中の男であったのに、どうしてこうしたろくでなしの子孫が生まれたのでございましょう⁉」

上官福禄はロバの前で腰を折ると、息子のそれとおなじようなきゃしゃな手を伸ばして、ロバの痙攣する腹を押さえにかかった。ロバを挟んで、息子の躰と向き合うことになる。顔をつき合わせた父子は、歪んだ口元で歯を剝き出したところ、うり二つである。二人は、ぎったんばったんの両端を踏む要領で、交互に躰を起伏させた。その動きにつれて、手でロバの腹をおざなりに揉む。藺草《いぐさ》か、散った綿みたいに、ふわふわぐにゃぐにゃと、まるで力が入らず、てんで精気のないこの父子、さぼりを決め込んでさっぱりやる気がない。

背後に立っていた上官呂氏は、がっくりしたように首を横に振ると、やっとこのような大きな手を伸ばして亭主の首根っこをつかんで持ち上げ、「さ、あっちへ行ってなされ！」と叱りとばしておいて、軽く押した。鍛冶屋とは名ばかりの上官福禄は部屋の隅までよろけていって、飼い葉の入った麻袋の上に倒れ込んだ。

「起きるのじゃ！」と、上官呂氏は息子を怒鳴りつけた。

「こんなところにいられちゃ、邪魔になる。食い気だけは一人前のくせして、ろくに仕事もできやせぬ！　やれやれ、どうしてこんな目に遭わねばならないのじゃろう！」

上官寿喜は大赦でももらったように、部屋の隅の父親のところにすっ飛んでいった。黒い目玉をくるくるさせている父子の表情は、ずる賢くも見え、木訥にも見えた。そのとき、またも司馬亭の叫び声が西棟に飛び込んできて、二人はあたかも便意や尿意をこらえているかのように躰をよじった。

地面の汚れなど意に介するふうもなく、上官呂氏はロバの腹の前に跪いた。顔の表情が引き締まる。袖をまくり上げて手を揉むと、靴底をこすり合わせるような乾いた音がした。頬をロバの腹にぴったりつけると、目を細めてじっと聞き入る。ついでロバの顔を撫でてやりながら、気持ちをこめて言った。

「なあ、ロバよ、気張るのじゃ。わたしら女子《おなご》は、この難儀を逃れるすべはないのじゃから！」

そうしておいてからロバの首に跨ると、腰を曲げ、両手をそろえてロバの腹の上に置き、鉋《かんな》をかける要領で力をこめて前に押す。悲鳴を上げたロバは、曲げていた四本の足を激しく突っ張ると、目に見えない太鼓を素早く叩くかのように、蹄を震わせた。上官家の西棟に、無秩序な太鼓の音がたゆたう。むっくりと持ち上げられたロバの首は、いっとき宙にとどまって、ドサッと下に落ち、肉のぶつかる湿ったねばっこい音を立てた。

「ロバよ、我慢するのじゃ。女子と生まれたからには、仕方がなかろう？　歯を食いしばって、もうひと息……もうひと息じゃ、ロバよ……」

小声でぶつぶつ言いながら、両手を胸の前にもどして力を溜め、呼吸《いき》をととのえてから、決然としてゆっくりと押す。ロバはもがき、首をブルブル振りながら、鼻の穴から黄色い液を噴き出した。尻からは、糞混じりの羊水がビュッとほとばしり出る。上官の父子は、震え上がって目を閉じた。

「みなの衆、日本鬼子《リーベングエイズ》の騎馬隊はもう県城を出たぞォ。でたらめなんぞじゃない、たしかな情報だァ。逃げろォ。これ以上ぐずぐずしていると手遅れだぞォ……」

司馬亭の大真面目な叫び声が、二人の耳にことのほかくっきりと伝わってくる。

上官父子が目を開けて見ると、上官呂氏はロバの頭の側に座り込んで、項垂れてハアハア喘いでいた。白い木綿の上着は汗でぐっしょり濡れ、硬い肩胛骨が浮き出している。黒ロバの尻のうしろは真っ赤な血溜まりで、ロバの産道からはか細い足が一本、真っ直ぐに突き出ている。まるでだれかがいたずらでもしてそこに突っ込んだかのような、ひどく頼りなさそうな足。

激しく痙攣する頬をふたたびロバの腹に押しつけると、上官呂氏はじっと耳をすませた。その母親の顔が、熟れた杏のような穏やかな黄金色に変わるのを、上官寿喜は見た。司馬亭の倦むことを知らぬ叫びが漂い流れ、悪臭を慕う蠅のように壁に貼りつき、ついでロバの躰に飛んでくる。大災難に見舞われる前のように、しきりに胸騒ぎがする。この西棟から逃げ出したいが、その度胸もない。家から出たらさいご、日本人に捕まるような気がぼんやりとする。すべてがチビで手足が短く、団子っ鼻にどんぐりまなこで、人の肝を食らい、人の血を飲むという日本鬼子《リーベングエイズ》。そいつらに、骨まで残らずしゃぶられてしまう。いまも連中は、路地のあたりで群れを組んで走り回り、女子や子供を追い回し、おまけに子馬がじゃれるみたいに足で跳ね、鼻を鳴らしているに違いない。

心の拠り所や慰めを求めて、横目で父親を探す。見ると、部屋の隅の麻袋の上に座った、出来損ないの鍛冶屋の上官福禄は、真っ青な顔をして、両手で膝頭を摑み、躰を前後に揺すっている。背中とうなじが、壁の角に絶え間なく当たっている。どうしたわけか、鼻の奥がつんとなった上官寿喜は、両の目からポロポロと涙をこぼした。

上官呂氏は咳をしながらゆっくりと顔を上げた。ロバの顔を撫でながら、ため息をついて、

「ロバよ、どうしたことじゃ？　足から先に産んでどうする？　まったくバカじゃのう。子供は頭から産むものじゃのに……」

光を失ったロバの目から、涙が流れる。手でそれを拭ってやった上官呂氏は、大きな音をさせて手鼻をかむと、息子のほうを振り向いて、

「樊三大爺《ファンサンダアイエ》［大爺は年配の男性に対する尊称］を呼んでこい。できることなら使わずにすまそうと思うていたが、やれやれ、酒に豚の頭肉《かしらにく》の礼は仕方があるまい。呼んでくるのじゃ！」

上官寿喜は部屋の隅へ後ずさりして、路地に通じる表門のほうをさも恐ろしげに見やりながら、歪めた口でおずおずと、

「そ、そこの路地は日本人だらけじゃ……」

怒りもあらわに立ち上がった上官呂氏は、通路の部屋を抜けると、表門を引き開けた。熟れた小麦の匂いのする、初夏の南風がさっと吹き込んできた。路地はひっそりとしている。蝶の群れが音もなく滑り過ぎていき、上官寿喜の心に、色鮮やかな蝶のかたまりの記憶を刻んだ。

四

獣医で〝弓子手《ゴンズショウ》〟［種付け師］をも兼ねる樊三大爺《ファンサンダアイエ》の家は村の東のはずれ、東南の方角へ墨《モオ》水河《シュイホー》の川岸まで広がっている荒れ野の際にあった。家の囲いのうしろはうねうねとどこまでもつづく蛟竜河《チヤオロンホー》の堤防である。

母親に追い立てられた上官寿喜《シャングワンショウシー》は、力無い足取りで家の門を出た。林の梢を超えた太陽は、もはや目を灼く白球と化している。教会の鐘楼では、十数枚のステンドグラスが鮮やかに輝いている。それとおなじ高さの見張り塔の上で飛び跳ねているのは、福生堂《フーションタン》の当主の司馬亭《スーマアティン》だ。日本人が間もなく村にやって来るという知らせを伝えるべく、まだ怒鳴りつづけているが、もはや声も嗄れてきた。表通りでは、腕組みをした暇人たちが、仰向いてそれを眺めている。

路地の真ん中に立って上官寿喜は、どの道を通って樊三の家に行ったものか、迷った。大通り

を行くのと堤防を行くのと、道は二つあったが、堤防を行くとなると、孫《スウン》の家の黒犬どもに騒がれはしないか、それが恐い。

孫のおんぼろ屋敷は、路地の北の端にあった。低い囲いの土塀があちこちで崩れ欠け、そこがつるつるになっている。崩れていない場所には、いつも鶏が群れている。孫家の家長は孫の婆さんで、五人の唖巴《ヤーバ》［口のきけない人を指すことば］の孫を連れているが、彼らの両親はいたためしがない。唖巴たちが土塀の上を這い回ったあげく、馬の鞍の形に似た通り道をこしらえたというわけだ。連中は、駿馬にでも乗ったつもりか、その欠け口に一人ずつ跨り、棍棒やパチンコ、あるいは棍棒を削った刀などを手にして、白い目を剝いては、路地を通り抜ける人間や動物を暗い表情でじっと見るのである。人間に対してはまあまあおとなしくしているのだが、動物となると情け容赦なく、子牛に狸に猫、アヒルやガチョウや鶏や犬など、見つけしだい犬を連れてどこまでも追い回し、広いこの田舎町を猟場に変えてしまう。

去年も連中は、手綱を離れた福生堂のラバを一頭追い回して殺し、賑やかな表通りで解体作業をやってのけた。福生堂はカネも力もあり、どこやらで連隊長をしている叔父貴もいれば、拳銃を持った自警団も抱えている。その家のラバを公然と殺したりして、いまにひどい目に遭うぞと、みんなは手ぐすね引いて待っていた。ところが、福生堂の当主の弟の司馬庫《スーマアクー》――射撃の腕が抜群で、顔に掌ほどの赤痣《あざ》のある――は、拳銃を抜くかわりに、五円の銀貨を取り出して、唖巴五兄弟に褒美として与えたのである。

あれからというもの唖巴たちはますます図に乗ってしたい放題、やつらに見つかった家畜どもときたら、親から二つの羽を授からなかったことを恨む始末なのだ。やつらが土塀に跨っているとき、硯の池から拾い上げてきたみたいに全身に一本の混じり毛もない真っ黒な五匹の犬は、きまってもの憂げに塀の根方に伏せ、夢でも見ているかのように目を細めているのである。

この孫家の啞巴たちとその犬どもは、おなじ路地で暮らす上官寿喜をとりわけ憎んでいるのだが、本人としてはどこでどうこの恐ろしい化け物どもを怒らせてしまったのか、どうにも思いつかない。啞巴が土塀に跨り、犬が塀の根っこに伏せているような場面にぶつかりでもしたら、それこそ運の尽きだ。彼としては、そのたびに啞巴たちに微笑んでみせるのだが、それでも五本の矢のように飛びかかってくる黒犬どもの襲撃を免れるすべはない。襲撃はたんなる脅しで、嚙みつくわけではなかったが、それでも彼は震え上がり、思い出すだけで寒気がしてくる。

上官寿喜は南へ向かい、田舎町を貫いている馬車道を通って樊三の家に行こうとしたが、その道だと、どうしても教会の前を抜けることになる。いま時分はきっと、赤い髪の毛に青い目をした長身で肥ったマローヤ牧師が、全身棘《とげ》だらけでピリピリする匂いを発散させている門の前の山椒の樹の下で、山羊の乳を搾っているに相違ない。腰をかがめ、細い産毛の生えた大きな赤い手で、顎にヒゲをつけた山羊の赤い乳首を搾って、真っ白な乳を、もはや剝げて鉄錆《さび》が剝き出しになったホーロー引きの洗面器に音高く注ぎ込む。銀蠅の群れが、マローヤ牧師と彼の雌山羊の周りをブンブン飛び回る。山椒のピリピリする匂いに雌山羊の生臭さ、マローヤ牧師の体臭などが入り混じった悪臭が炎天下に膨張して、通りの半ばは鼻持ちならない。

上官寿喜がなにより我慢ならないのは、マローヤが雌山羊のけつのうしろから顔を上げたとき投げかける、脅しつけるような混濁した、意味不明な一瞥だった。顔には親しげで憂わしげな微笑を浮かべているにもかかわらずである。微笑んだため上唇がめくれ上がって、馬のような白い歯が剥き出しになる。汚れた太い指で、毛深い胸に十字を描きながら、アーメン！

　こうした場面に出くわすと、上官寿喜は、内臓をかきまわされるような、なんとも言えない気分に襲われ、尻尾を巻いてひたすら逃げることにしている。啞巴の家の犬を避けるのは恐ろしいからだが、マローヤ牧師とその山羊を避けるのは嫌悪からだった。自分の女房の上官魯氏《シャングワンルーシー》が、こんな毛唐などに特別に親しい感情を抱いているとなると、ますます厭わしい。女房は敬虔な信者で、マローヤは彼女の神なのだ。

　とつおいつ考えたすえ、上官寿喜は、樊三大爺を呼びに行くのに、北に上って東に折れる道をとることに決めた。見張り台の上の司馬亭と、その下の騒ぎはなんとも魅力的ではあったが、台の上に猿回しのような福生堂の当主が増えただけで、村の中はいつもと変わりはない。そこで日《リー》本鬼子《ベングェイズ》に対する恐怖は消え、母親の判断力に敬服した。身を守るため、煉瓦を二つ手に握る。表通りではロバが甲高くいななく声や、子供を呼ぶ女の声などがしている。

　孫家の屋敷にさしかかると、さいわいつるつるの土塀の上は、滅多にないことにがらんとしている。欠け口に跨っている啞巴たちの姿も、土塀の上に蹲っている鶏の姿もなく、塀の根方でまどろんでいる犬もいない。もともと低い孫家の土塀は、削られてもっと低くなっていて、上官寿喜は易々と庭をのぞき込んだが、そこではまさに一大殺戮が行われていた。殺されているのは孫家のれいの傲岸不遜な鶏どもで、殺戮者は孫家の婆さんである。腕に覚えのある女で、みんなからは孫大姑《スウンダアグー》［大姑は年配の女性に対する尊称］と呼ばれている。

若い頃の孫大姑は、軒を伝い壁を走る身軽さで、渡世人世界では名を知られた女馬賊だったが、大きな犯罪事件にかかわったため、名もない鋳掛け屋孫《スウン》の嫁になったと言われている。見ると、庭にはすでに七羽の鶏の死骸が転がっている。つるつるの白っぽい地面に血の痕がいくつもかたまってついているのは、瀕死の鶏がもがいたしるしだ。

いましも喉を切られたもう一羽の鶏が、孫大姑の手から投げ出されたところだ。地面に倒れた鶏は首を曲げ、羽をバタバタさせながら、よろめく足でくるくると回る。上半身裸で軒下に蹲った五人の唖巴は、ぼんやりとした目を開けて、回転しながらもがいている鶏と包丁を手にした祖母とを交互に見ている。その表情や動作は驚くほどよく似ていて、目の動きまでが、統一された号令にしたがっているかのようである。このあたりで名高い孫大姑は、じつはほっそりとした痩せた老人である。その顔、表情、躰つき、仕草などは往年の消息を伝えて、かつての英姿をしのばせる。ひと処にかたまり、首を挙げて座っている五匹の黒犬の目からは、とらえどころのない神秘にして荒涼たる感情が流れ出ているが、連中がなにを考えているかは、だれにも見当がつかない。

孫家の庭の情景は、面白くてこたえられない芝居のように上官寿喜を惹きつけ、その視線と足を止めさせた。母親の言いつけはおろか、さまざまな悩みまで忘れはてた。四十二になるこの小男は、孫家の土塀に顎を載せて、一心に見入った。孫大姑の視線がさっとこっちに向けられる。水のように柔らかい、それでいて風のように鋭利な、冷たい刀に頭を削ぎ落とされたかのような気がした。唖巴たちと犬どもも、顔を振り向けてこっちを見た。唖巴たちの目は、ほとんど邪悪な興奮の光を放っていた。犬どもは首を曲げ、鋭く白い牙を剝き出しながら、喉の奥で低いうなり声を転がした。首の硬い毛が、ことごとく逆立っている。五匹の犬は、弦上につがえられた矢のように、いつでもこっちへ飛んでくるはずだ。

上官寿喜が逃げようとしたとき、孫大姑がいかめしい調子の咳をするのが聞こえた。興奮でふくれあがった唖巴たちの頭はたちまちだらりと垂れ下がり、五匹の犬もおとなしく前足を伸ばして、伏せてしまった。孫大姑がゆったりとした口調で訊ねた。

「上官とこの若いの、お母は家でなにしておいでじゃな？」

とっさにどう答えたものやら途方にくれ、さまざまなことばが口元まで押し寄せたが、ひと言も口から出てこない。上官寿喜は、現場で手首を捕まえられたこそ泥みたいに、追いつめられた表情で口ごもった。

孫大姑は薄く笑ったが、なにも言わなかった。彼女は黒と赤の混じった尾羽を生やした雄鶏をさっと引き寄せると、緞子のような光沢をした羽毛をそっと撫でた。雄鶏が不安げに、コオコオと鳴く。雄鶏の尾から弾力性に富んだ羽毛をむしり取ると、蒲《がま》で編んだ袋の中に押し込む。雄鶏は狂ったようにもがき、硬い足の爪で土を掻き起こす。孫大姑が言った。

「おまえの家の娘たちは、羽蹴りができるかね？　生きておる雄鶏の躰から抜いた羽毛でこしらえた羽が、いちばん蹴りいいんだよ。そうさなあ、あの頃は……」

彼女は上官寿喜をちらと見やったが、急にことばを途切らせると、惚けたような物思いに沈んだ。その目は、土塀を見つめているようでもあり、その向こうを見通しているようでもあった。上官寿喜は、目の玉を動かすこともせずに彼女を見つめたなり、息をひそめていた。

そのうち孫大姑が鞠のように気を抜くと、炯々《けいけい》と光っていた目の表情が、おだやかで悲しげなそれに変わった。雄鶏の両足を踏みつけると、左手の虎口《フーコウ》「親指と人さし指の付け根のくぼんだ股の部分」で羽の根元を締めつけ、人さし指と親指とで首を摑んだ。雄鶏はもがく能力も失って、ぴくりとも動けなくなった。右手の人さし指と親指を伸ばすと、雄鶏の膨らんだ首の細い毛をむしり、暗赤色の鳥肌を露出させる。右手の中指を曲げ、ぴんぴんと喉を弾く。ついでキラキラ光る小さな柳刃を握ってそっと撫でると、鶏の喉がぱくっと口を開け、黒い血がビュッと勢いよく飛び出す……

孫大姑が、血を滴らせている雄鶏をぶら下げて、ゆっくりと立ち上がった。なにか捜し物でもするかのように、あたりを見回す。日差しの明るさに目を細める。上官寿喜は頭がくらくらした。えんじゅの花の香りが濃く匂う。さあ、お行き！　孫大姑が言うのが聞こえた。黒っぽい雄鶏はもんどりうって空中を飛行し、やがて庭の真ん中にドサッと落ちた。

上官寿喜はほーっと長く息を吐き出すと、無意識のうちに土塀にかじりついていた両手をゆっくりとほどいた。そのとき突然、黒ロバのお産のことで樊三を呼びに行くところだったのを思い出した。そこで身を引いて立ち去ろうとした瞬間、奇跡のように、れいの雄鶏が、なんと二本の羽で躰を支え、必死の頑張りで立ち上がったのである。高々とおっ立てていた尾羽を失って、丸坊主の尾の付け根を持ち上げたさまはなんとも醜く、上官寿喜は度肝を抜かれた。皮が破れ、肉がめくれた首は血まみれで、もとは真っ赤だったのがいまは白く変わった鶏冠《とさか》のついた頭を支えかねている。だが、それでも持ち上げようと頑張る。頑張れ！　雄鶏の頭は何度も持ち上がり、突然垂れて、だらりとぶら下がる。そうやって持ち上げては垂れ、持ち上げては垂れして、とうとう頭を立てた。雄鶏はゆらゆら揺れる頭を立て、尻を地面につけた。硬い嘴《くちばし》と首の傷口から、血と泡がブクブクと噴き出す。金色の二つの目玉は、あたかも黄金の星のようだ。

いささか落ち着きを失った孫大姑は、そこらの草で両手を拭うと、なにも噛んではいない口元を、噛んでいるかのようにもぐもぐさせた。彼女は突然ペッと唾を吐き出すと、五匹の犬に向かって怒鳴った。

「かかれ！」

上官寿喜はペタンと地面に尻餅をついた。

土塀にすがって立ち上がって見ると、孫家の庭には黒い羽毛が舞い飛び、傲然としていたあの雄鶏は小間切れに引き裂かれ、血と肉が一面に散らばっていた。犬が狼のように雄鶏の腸《はらわた》を奪い合っている。唖巴たちが手を叩いて、ゲラゲラ笑い転げている。敷居に腰を下ろした孫大姑は、長い柄の煙管《きせる》を手に載せて、考え事でもしているかのようにタバコを吸っていた。

五

上官家の娘たち——来弟《ライディー》、招弟《ヂャオディー》、領弟《リンディー》、想弟《シアンディー》、盼弟《パンディー》、念弟《ニエンディー》、求弟《チューディー》の七人は、ほのかな香りに吸い寄せられて住まいの東棟から抜け出し、上官魯氏《シャングワンルーシー》の部屋の窓の前に集まった。くしゃくしゃの髪の毛に藁屑をくっつけた七つの頭がかたまって、窓から中をのぞき込んだ。仰向けに躰を投げ出すような格好でオンドルに座った母親は、何事もなかったかのように、ゆっくりと落花生の皮を剝いている。だが、あのほのかな香りは、たしかにこの部屋の窓から流れてくるのだ。

もはや十八になる来弟が、母親がなにをしているのか、真っ先に気づいた。彼女は、母親の汗ぐっしょりの髪の毛と血を流している下唇を目にし、不気味に痙攣するお腹や部屋中を飛び回る蠅を目にした。母親の手がくねるたびに、落花生が一粒ずつ粉々に砕ける。上官来弟は、むせび泣きながら母親を呼んだ。六人の妹たちが、姉につづいて母親を呼んだ。涙が七人の女の子の頬に溢れた。いちばん年下の上官求弟が大声で泣きながら、蚤や蚊の痕だらけの二本の小さな足をぎこちなく動かして、部屋の中に駆け込もうとする。来弟が追いかけて妹を引き留め、そのまま胸に抱いた。求弟は泣き叫び、拳を振るって姉の顔を打った。

「お母ちゃん……お母ちゃんのとこに行く……」

胸にじんときた来弟は熱い涙をポロポロこぼし、妹の背中を叩いてあやした。

「さあさ、泣かないんだよ、求弟。お母ちゃんは弟を産んでくれるからね。色の白いまるまるとした弟だよ……」

部屋の中から、上官魯氏の弱々しい呻吟と、途切れ途切れのことばが聞こえてきた。

「来弟よ……あれらを連れて向こうへ行っておいで……あれらは小さいから聞き分けもないが、おまえまで聞き分けがなくてどうするね……」

部屋の中でガタンと音がして、上官魯氏の悲鳴にちかい泣き声がした。五人の妹たちは窓の前で押し合いへし合いし、十四になる領弟が泣き叫ぶ。

「お母さん、お母さん……」

妹を地面に下ろした上官来弟は、一度纏足《てんそく》してまた自然にもどした小さな足で、部屋の中に駆け込んだ。腐った敷居につまずいてたたらを踏み、鞴《ふいご》の上にばったり倒れる。鞴が傾き、鶏の餌を入れてあった青磁の鉢が落ちて、割れた。慌てて這い起きた来弟は、長身の祖母が、お線香の煙のたゆたう観音像の前で跪いているのを目にした。

全身をブルブル震わせながら、来弟は鞴を起こすと、そうすることで砕けた鉢を復元したり自分の罪を軽減したりできるかのように、青磁の破片を手当たり次第にかき集めた。地面からむっくりと身を起こした祖母は、肥え太った老馬のように躰を揺らし、頭を震わせ、口からはわけの分からぬ声を発しつづけた。来弟は本能的に躰を縮め、両手で頭を覆って、ぶたれるのを待った。祖母はぶつかわりに、来弟の白く薄い耳をひねり上げて立たせ、軽く向こうへ押しやった。悲鳴を上げた来弟は、庭の真ん中の青煉瓦の上に転がった。

腰をかがめた祖母は、牛が川の水を飲むときのようにして、地面の青磁の破片を調べた。しばらくして、破片をいくつか握って腰を伸ばした祖母は、軽くそれを打ち合わせた。澄んだ良い音がした。祖母の顔の皺は密集して深く、垂れ下がった口の端は下顎に直結している二本の太い皺と一つになっている。そのせいで、下顎は、まるで後からそこにはめ込んだように見える。

来弟はそのまま通路に跪いて、泣きながら言った。

「お祖母さん、わたしを叩き殺して」

「おまえを叩き殺すじゃと？」上官呂氏《シャングワンリュイシー》は悲しみに満ちた顔で言った。

「おまえを叩き殺したところで、この鉢が元通りになるかい？　これは明朝の永楽《えいらく》時代［一四〇二〜二四］の焼き物でな。おまえたちのひいお祖母さんの嫁入り道具で、ラバ一頭の値はするのじゃぞ！」

来弟は青ざめて、祖母の許しを乞うた。

「おまえもそろそろ嫁に行く年頃じゃないか！」と、上官呂氏はため息をついた。

「朝っぱらから用事もせずに、なにをバカ騒ぎをしておる？　おまえのおっ母は運のつよい女子《おなご》じゃから、死にはせん」

来弟は顔を手で覆って泣いた。

「道具を壊しておいて、手柄でも立てたつもりかい？」と、上官呂氏は不満げに言った。「ここでわしの邪魔をするくらいなら、ただ飯食いの妹どもを連れて、蛟竜河へエビでも捕りに行っておいで。笊にいっぱいになるまでは、もどってくるんじゃないよ！」

上官来弟は慌てて這い起きると、幼い求弟を抱き上げ、表門から飛び出した。

上官呂氏は鶏の群れでも追うようにして残った女の子たちを門から追い出し、ついでに柳の小枝で編んだ首の長いエビ笊を領弟の胸に投げた。

来弟が左手で求弟を抱き、右手で念弟の手を引くと、念弟が想弟を引っ張り、想弟が盼弟を引きずっていく。上官領弟は片手で盼弟の手を引き、片手に柳の笊をぶら下げる。上官家の七人の娘たちはべそをかきかき、手をつないで、つよい西風の中をうららかな日差しを受けて、蛟竜河の堤へ向けて路地をたどった。

　孫大姑の家の側を通りかかると、中から美味そうな匂いがした。見ると、孫家の屋根の煙突からは、白煙がもくもくと立ちのぼっている。五人の唖巴たちは、蟻みたいに家の中へ焚き物を運び込んでおり、真っ赤な舌を伸ばした黒犬どもは、なにかを待つかのように門の側に固まっている。

　蛟竜河の高い堤防に這い上ると、孫家の庭の情景は手に取るように分かった。焚き物を運んでいた五人の唖巴が、上官家の娘たちに気づいた。いちばん年かさの唖巴が、真っ黒いヒゲの生えた上唇をめくり上げて、上官来弟に微笑みかけた。来弟は顔が火照った。ついこの間、川に水汲みに行って、唖巴がキュウリを一本、こっちの桶に投げ込んでくれたときの情景を思い出す。唖巴の顔の微笑みは、とらえどころのないものだったが、悪意はなく、自分の心ははじめて異様にときめいて、顔に血が上ったのだった。鏡のように静かな川面をのぞいて、自分の顔が真っ赤だと分かった。あの後でそのもぎたてのキュウリを食べたが、その味が長いこと忘れられなかった。

　来弟が顔を上げると、教会の色つきの鐘楼と、丸太を組んだ見張り塔が目に入った。猿のようにすばしこい男が一人、塔のてっぺんで躍り上がって叫んでいる。

「みなの衆、日本人の騎馬隊が県城を出たぞォ！」

　塔の下には人だかりがしていて、みんな仰向いて塔のてっぺんを眺めている。てっぺんの人間は、時折腰をかがめて頭を下げ、手すりにつかまりながら、下からの問いに答えている様子だ。

それがすむとまた腰を伸ばし、ぐるぐる歩き回りながら両手を口に当ててラッパをこしらえ、日本人が間もなく村に入るという警報をあたり一帯に流すのである。

村を横断する大通りを、突然馬車が一台、疾走してきた。天から落ちてきたか、地から飛び出してきたか、見当もつかない。ゴム車の荷車を三頭の駿馬が牽いている。十二の蹄が鼓を打つように動き、ドッドッドッドッという響きにつれて、煙のような黄色い砂塵が次々と舞い上がる。浅黄色に褐色に萌葱色の三頭の馬。どれもが蠟彫刻のように見事な肉付きだ。ほれぼれするようなてらてら光る毛並み。

色の黒い小男が、轅《ながえ》を掛けた中馬《なかうま》のうしろの荷台に足を開いて立っているが、遠くから見ると、馬の尻に乗っているようだ。小男が、駕《ヂァ》、駕《ヂァ》、駕《ヂァ》と口で馬をけしかけながら、赤い房のついた鞭を振るう。シュッ、シュッと鞭が鳴る。急に手綱をしぼると、馬がヒヒーンと嘶《いなな》いて棹立ちになる。馬車が急に止まると、沸き立つ黄色い砂埃が潮のように前に押し寄せ、馬車も馬も御者も姿が消える。砂埃が散ると、福生堂《フーションタン》の作男たちが、籠に入った酒瓮《さけがめ》や藁の束を次々と馬車に運び込むのが、上官来弟の目に入った。

福生堂の表門の石段の上には大男が突っ立っていて、大声でなにやら喚《わめ》いている。酒籠が一つ地面に落ち、にぶい音がして、瓮に封をしてあった豚の膀胱が破れ、酒がギラギラと流れ出る。作男たちが飛びついて籠を起こす。大男が石段の上から飛んで下り、キラキラ光る手にした鞭を振るって、作男たちを打ち据える。男たちは手で頭を守りながら、地面に蹲って打たれるままになっている。鞭は日の光の中で舞う蛇のように、自在に伸び縮みする。風が酒の香りを運んでくる。平原は果てしなく、麦の穂波が風を受けて、次から次へと黄金の波を巻き起こす。塔のてっぺんの男が叫ぶ。

「逃げろォ。逃げろォ。逃げ遅れると命はないぞォ……」

ほとんどの人間が家の外に出て、することもないのに、蟻のように慌ただしくうろついている。歩いている者、走る者、その場にじっと立っている者。東に向かう者がおり、西に向かう者がおり、その場でぐるぐる回りながらあたりを窺っている者がいる。

そのとき、孫家の庭の美味そうな匂いがひときわ強くなり、白い蒸気が家の入り口から立ち上った。唖巴たちの姿と声が消えて、庭はひっそりとなる。ただ白い骨が次々と屋内から飛び出してきて、五匹の黒犬が狂ったようにそれを奪い合う。骨をものにした犬は、塀のあたりまで駆けていくと、塀に頭をこすりつけながら、ガリガリと嚙み砕く。ありつけなかった犬が目を赤くして屋内を睨み、低く唸る。

「お姉ちゃん、家へ帰ろうよ」と、上官領弟が来弟の袖を引っ張って言った。

来弟は首を横に振って、

「ダメだよ、川へ入ってエビを捕らなくちゃ。弟を産んだら、お母ちゃんにエビのおつゆを飲ませてあげるんだから」

助け合いながら堤防を下りると、流れを前にして一列に並んだ。水面が、上官家の娘たちの秀麗な顔を映し出す。鼻筋の通った高い鼻と、色白でたっぷりした耳たぶは、母親の上官魯氏の際だった特徴でもあった。

上官来弟は、ふところから桃の木でできた櫛を取り出すと、妹たちの髪の毛を順番に梳いてやった。麦藁の屑と埃がパラパラと落ち、妹たちが顔をしかめて騒ぎ立てる。最後に自分の髪の毛を梳くと、太いお下げに編んだ。頭を振って背中に垂らすと、突き出た尻にとどくほどある。櫛をしまうと、ズボンの裾をまくり上げて、すらりとした白いふくらはぎを剝き出しにする。ついで、赤い花の刺繡のある青色の絹の鞋《くつ》を脱ぐ。自然のままの足をした妹たちの目が、いびつになりかけたその足に注がれる。突然かっとなった来弟が、大声を出した。

「なにをじろじろ見てるの？　エビが捕れなかったら、あの老いぼれにひどい目に遭わされるんだよ！」

妹たちが素早く鞋を脱ぎ、ズボンをまくり上げる。いちばん年下の上官求弟は、お尻丸出しだ。来弟は泥を被った川岸に立って、ゆったりと流れる水や、川底で流れのままに柔らかに揺れている水草に見入る。水草に魚が戯れている。燕が水面すれすれに翔《と》ぶ。川に入った来弟が大声で言った。

「求弟は岸でエビ拾いだよ。ほかのみんなはお入り」

妹たちが、キャッキャッと川に入ってくる。

纏足したためひときわ発達したかかとが、泥の中にずぶりと沈んでいくのが感じられる。ぬるぬるした水草の葉がふくらはぎをそっと撫で、なんとも言いようのない感覚が心にたゆたう。腰を曲げて両腕を伸ばし、水草の根元や、泥で埋められていない足跡などを用心深く探る。エビが好んで隠れている場所なのだ。突然、小さななにかが両手の中で跳ねる。しめた！　指の長さほどの、透明で曲がった川エビが、指の間に握られている。エビはピチピチしていて、ヒゲの一本一本まで美しい。来弟がそれを河原に投げると、求弟が大喜びで飛びついて拾う。

「お姉ちゃん、わたしも一匹捕まえたよ！」

「お姉ちゃん、わたしも！」

「捕まえたよ！」

……二歳の上官求弟にエビ拾いの仕事は荷が勝ちすぎた。転んだ拍子に、河原に座り込んで泣き出す。勢いよく跳ねたエビが何匹か、川にもどって、たちまち影も形もなくなる。

岸に上がった上官来弟は妹を助け起こし、川辺まで引っ張っていくと、掌で水をかけて、お尻の泥を洗ってやる。水をかけられるたびに、求弟はキャッと叫んで躰をそらすが、汚いことばで罵るのも忘れてはいない。来弟はそのお尻をピシャッと叩いておいてから、放してやった。素早く堤の真ん中あたりまで逃げた求弟は、灌木の枝につかまりながら、あばずれ女のように横目で睨んで悪態をつくので、来弟はたまらず吹き出した。

妹たちはすでに上流のほうへ上っていた。キラキラ光る岸辺の土手の上で、エビが何十匹も跳ねている。妹の一人が叫んだ。

「大きいお姉ちゃん、はやく拾って！」

エビ笊を抱えた来弟は、

「このチビ。家にもどってから、覚えてらっしゃい！」

といちばん下の妹を罵っておいて、いい気分でエビを拾いにかかる。獲物がどんどん捕れるので、心配事などけしとんでしまい、どこで覚えたのか自分でも定かでない民謡が、思わず口をついて出る。

〈おっかさんや、おっかさん。わたしを油売りのお嫁になどと、そりゃまたむごいなさりかた……〉

間もなく妹たちに追いついた。妹たちは川の縁に沿って肩を並べ、腰をかがめてお尻を高く突き出し、顎を水面すれすれまで下げ、両手を広げては閉じる動作をくり返して、エビを探しながら進んでいる。その背後で水は濁り、黄色い水草の葉が千切れて、水面に浮かぶ。腰を伸ばすたびに、きまってその手にエビがあった。今度は領弟、次は盼弟、その次は想弟……五人の妹たちは、ほとんど絶え間なく姉にエビを投げた。上官来弟はそれを拾うのに駆け回り、その後を求弟が追った。

気のつかないうちに、みんなは蛟竜河にかかるアーチ型の石橋に近づいていた。上官来弟が妹たちに声をかけた。

「みんな、上がってらっしゃい。笊にいっぱい捕れたから、帰ろうね」

妹たちはしぶしぶ岸に上がって、土手に立った。手は水でふやけて白くなり、ふくらはぎには、紫色の泥がいっぱいついている。

大きいお姉ちゃん、今日はエビが、どうしてこんなに多いの？　大きいお姉ちゃん、お母ちゃんは弟を産んでくれるんだね？　大きいお姉ちゃん、日本鬼子《リーベングエイズ》ってどんなの？　ほんとに子供を食べるの？　大きいお姉ちゃん、唖巴の家はどうして鶏を殺したの？　大きいお姉ちゃん、お祖母ちゃんは、どうしていつもわたしらを叱ってばかりいるの？　大きいお姉ちゃん、お母ちゃんのお腹の中に、大きな泥鰌《どじょう》がいる夢を見たよ……

　妹たちは後から後から問いを発したが、来弟はそのどれにも答えず、じっと石橋を見ていた。石橋は、紫がかった青い輝きを放っている。三頭立ての馬に牽かせたれいのゴム車の荷車が村から出て、橋のたもとに停まっている。

　小男の御者が馬を押さえているが、不安げに苛立った馬は、前足で橋の石を叩く。蹄鉄が乾いた音を立て、石から火花が散る。もろ肌脱ぎの男が数人、腰には幅広の牛革ベルトを締めている。銅の留め金が、金のように眩しい。上官来弟はその男たちに見覚えがあった。福生堂の屋敷の自警団である。

　荷車に飛び乗った自警団がまず藁を投げ下ろし、ついで酒籠を運び下ろした。籠は全部で十二あった。御者が轡《くつわ》を取って中馬をうしろに退がらせ、荷車を橋のたもとのそばの空き地まで後退させた。

　このとき上官来弟の目に、福生堂の当主の弟の司馬庫《スーマアクー》が、黒い自転車に乗って村から飛び出してくるのが見えた。それは、高密県《ガオミー》東北郷《ドンベイシアン》の歴史始まって以来はじめての自転車で、ドイツ製、銘柄は世界に名高いリーレンである。去年の春のことだったが、何にでも触りたがるお祖父さんの上官福禄《シャングワンフールー》が、相手がほかのことに気を取られている隙にハンドルにちょろっと触っただけで、この男からものすごい目をして睨まれたものだ。

司馬庫は、絹紬《けんちゅう》の長上着に晒しカナキンのズボン姿で、足首を黒いひだのついた青い紐でしばり、足下は白地のゴム靴である。太いズボンは、中に気体でも詰まっているかのように膨らんでいる。上着の裾はからげて、帯に挟んである。その帯は白絹糸で編んだもので、長短不揃いに結んだ両端に房がついていている。上半身はよく見えないが、左肩から右下に細い焦げ茶色の革帯がかかっている。革帯は皮のケースにつながっていて、ケースの口からは炎のような赤い紬《つむぎ》がのぞいている。

豆が弾けるようにリーレンのベルが鳴り、司馬庫は風のようにやって来た。自転車から飛び降りると、つばの反った麦藁帽子を脱いで扇ぐ。顔の赤い痣が、燃える石炭のようだ。彼は大声で自警団に命じた。

「すぐに藁を橋の上に積み上げて、酒をぶっかけろ。あのクソ野郎どもを燃やしてやる!」

自警団が慌ただしく藁を橋の上に運ぶ。ほどなく橋の上の藁は、人の背丈の半分ほども積み上がった。藁の中に身を潜めていた白い蛾がヒラヒラと飛び出し、水に落ちたやつは魚の腹に収まる。燕の口に入るやつもいる。

「藁に酒をかけろ!」と、司馬庫が大声で叫んだ。

自警団が酒甕を担ぎ、躰を前に倒しながら橋に上る。豚の膀胱で封じてあった封をひっぺがし、甕を担ぎ上げて傾けると、澄んだ酒の香りがあたり一帯に広がった。藁がザザザと音を立てる。酒のほとんどは橋の上を流れ、縁のところに溜まって、驟雨のように川面に落ちた。橋の下でザーッと水音が上がる。

十二の酒甕を注ぎおわると、石橋そのものが酒で洗われたようになった。枯れた藁の色が変わり、橋の縁に透明な酒の幕が掛かった。タバコを一服つけるほどの時が経つと、酔った魚が白い腹をみせて一面に浮く。妹たちは川に入ってそれを拾いたがったが、上官来弟が、

「ダメだよ。家にもどるんだから！」と、小声で叱りつけた。

橋の上の光景に惹きつけられて、妹たちは立ちつくしていた。それは上官来弟にしてもおなじことで、妹たちの手を引きながらも、その目は終始、橋から離れなかった。

意気揚々と橋の上に立った司馬庫が、手をパンパンとはたいた。目が輝き、満面に笑みを浮かべている。自警団に向かって誇らしげに言った。

「こんな巧い手はおれしか思いつかんだろうが！　クソったれ、おれだけだぞ。小日本《シャオリーベン》［大日本に対する当てこすりの悪態］め、さあ、来やがれ。おれさまが思い知らせてやるわい」

自警団が調子を合わせて応える。一人が訊いた。

「二爺《アルイエ》［二番目の旦那さまといった呼称］、いますぐ火をつけますんで？」

「いや、やつらが来てからだ！」と、司馬庫は言った。

自警団が司馬庫を取り巻いて、橋のたもとへと歩いて行く。

福生堂の馬車も村にもどってしまった。

橋の上は静けさを取りもどし、酒が水に落ちる音だけがする。

エビ笊を提げた上官来弟は、妹たちを連れ、土手の緩やかな傾斜に生えている灌木の茂みをか

き分けて、堤防の上へと這い上っていった。突然、灌木の枝の間に隠れている痩せた黒い顔が目に入った。キャッと叫んだ拍子に、手にした笊が弾みやすい枝の上に落ちて跳ね飛び、川岸まで転がる。笊から河原の泥の上に流れ出たエビが、キラキラとそこら中で跳ねる。上官領弟が笊を追いかけ、ほかの妹たちがエビを捕まえにかかる。来弟は、黒い顔から目を離せないまま、怯えたように川岸のほうへとあとずさった。黒い顔から申し訳なさそうな笑みがこぼれ、白い歯が二列に並んだ真珠のように光った。その男が小声で言うのが聞こえた。

「娘さんよ。心配しなくても、おれらはゲリラじゃ。声を立てずに、すぐにここを離れなさい！」

言われてよく見ると、堤防の灌木の茂みには、緑の服を着た人間が何十人も蹲っている。みんなぶすっとして、こっちを睨んでいる。銃を抱いている者、爆弾を抱え持っている者、錆の浮いた刀を肩からかけている者。黒い顔に笑みを浮かべている白い歯をした目の前の男は、右手で藍色の拳銃を握り、左の掌には、チチチと音を立てるキラキラするものを載せている。それが時間を計る懐中時計だと、後になって来弟は知ることになる。そしてこの黒い顔の男が、やがて彼女の布団にもぐり込んでくるのである。

六

酒の匂いをさせた樊三《ファンサン》は、ぶつくさ言いながら上官《シャングワン》家の表門を入った。

日本人が来るちゅうに、おまえとこのロバときたら、よりによってこんなときに！　なんちゅうか、おまえとこのロバは、わしの種馬がやらかしたものじゃで、播いた種は刈らねばなるまいが。おまえの顔を立ててと言いたいところじゃが、ヘッ、おまえの顔なんぞクソでもないわ。なにもかも、おまえのおっ母の顔を立ててのことよ。おまえのおっ母とわしはの……ハハハ……彼《あ》女《れ》は、馬の蹄を削る三日月刀をわしにこしらえてくれてのう……

　上官寿喜《シャングワンショウシー》は顔中に汗を流しながら、樊三の後からついて行く。

「樊三！」上官呂氏《シャングワンリユイシー》が怒鳴りつけた。

「ヘボのくせに、勿体をつけくさって！」

　樊三は大仰な調子で「樊三め、参りましたぞ」と言ったが、地面に倒れているロバを目にするなり、酔いもなかば醒めた。なんと、ひどいことになっておるぞ！　肩に掛けた牛革の袋を投げ出すと、腰をかがめてロバの耳を触り、腹を叩いてみたあと、今度は尻のほうに回って産道から突き出ている足を引っ張ってみる。腰を伸ばすと、がっかりしたように首を横に振って言った。

「手遅れで、おしまいじゃ。去年、あんたの息子がロバの種付けに来た折に、わしは言うた、あんたとこのバッタみたいな痩せロバは、ロバと掛け合わすのが一番じゃとな。ところが言うことを聴かず、是が非でも馬と掛け合わすと言う。うちの種馬は純粋の日本馬で、蹄だけであんたとこのロバの頭より大きいぞ。うちの馬が乗りかかっただけで、あんたとこのロバはへたり込んでしもうた。まるで、雄鶏にスズメじゃ。それもうちの種馬が調教ができておって、おとなしくやったからよかったので、ほかの馬だったら、クソったれじゃ。どうじゃ、このとおり産む力があるまいが？　このロバにラバを産ますのは無理じゃ。あんたとこのロバが産めるのはロバじゃよ、バッタみたいなロバじゃ……」

「樊三、まだ言うことがあるかの？」と、上官呂氏が遮った。

「終わりじゃ。言うことなし」

樊三は牛革の袋を肩に振り掛けると、酔態を取りもどして、よろよろと外へ行きかけた。上官呂氏が、その腕を引き留めて言った。

「老三《ラオサン》［老は親しみをこめた呼びかけ］、このままずらかる気か？」

樊三は冷笑して、

「おかみさん、福生堂《フーションタン》の当主が怒鳴っているのが聞こえなかったのかね？　村の者はおおかた逃げてしもうたというのに、ロバかこのわしか、どっちが大事じゃね？」

上官呂氏は言った。「老三、わたしが扱いに義理を欠くのが心配か？　酒二壺に豚の頭肉《かしらにく》一頭分じゃ。義理を欠くようなマネはせん。この家のことはわたしが決める」

樊三は上官父子にちらと目を走らせて笑った。

「そいつは分かっておる。あんたはこの鍛冶屋の万力《まんりき》じゃ。背中丸出しで大金槌を振るう女子《おなご》としては、この国で二人とはおるまい。あの勢いときたら……」

樊三は怪しげな素振りをして笑い出した。呂氏はひとつどやしつけておいて、

「人をからかうのもいい加減にせんかい！　老三、頼む。なんと言おうと、命が二つ、かかっておるのじゃ。種馬はあんたの子、このロバはあんたの息子の嫁、腹の中のラバはあんたの孫じゃないか。あんたがとことん手を尽くして、助かれば有り難やと礼もしよう。死んだとて、わたし

に運がなかったと諦めて、恨みはせぬ」

　樊三が途方にくれたように言った。

「このロバの身内のような扱いをされちゃ、なにも言うことないのう。そんならひとつ、死んだものとしてやってみるか」

「そうこなくちゃ。老三、司馬《スーマア》の家の気違い総領がほざくでたらめなんぞ、気にするでない。こんなど田舎に、日本人がなにしに来る？　それに、こうして功徳を施しておけば、鬼《ぼうれい》も善人を避《よ》けて行くと言うからのう」

　革袋を開けた樊三が、緑色のどろりとしたものの入った瓮を取り出して言った。

「こいつは家伝の秘方で調合した、もっぱら家畜の難産を治す神薬でな。こいつを注ぎ込んでも生まれぬようなら、孫悟空を呼んできたところで、お手上げじゃ。おい、おまえら」

と上官寿喜に声をかけ、

「ここへ来て手伝え」

「わたしがやる。あれは不器用じゃから」と上官呂氏が言うと、

「上官家では、雌鶏が時を告げ、雄鶏は卵も産まぬというやつか」と樊三が言った。

「三弟《サンディー》、悪口なら持って回らず、じかにそう言え」と上官福禄《シャングワンフールー》が言うと、

「怒ったな？」と樊三。上官呂氏が、

「つべこべ言わんと、どうするのか、それを言え」と言うと、樊三が言った。

「ロバの頭を持ち上げてくれ。薬を注ぎ込むんじゃ」

上官呂氏は両足を開き、息を詰めてロバの首を抱くと、頭を持ち上げた。ロバは頭を振って、鼻から荒い息を吐く。

「もっと高く！」と樊三が大声を出す。

上官呂氏はさらに力を入れたが、その鼻から出る息も荒くなる。

「おまえら父子は死人《しびと》か？」と、樊三が不満げに言う。

父子は手伝おうと寄って来たが、危うくロバの足を踏みそうになる。呂氏が睨みつけ、樊三が首を横に振る。やがてロバの頭が、高々と持ち上げられた。ロバの厚い唇がめくれて、長い歯が剝き出しになる。樊三が、牛の角を磨いて作った漏斗《じょうご》をロバの口に差し込むと、れいのどろどろした緑の液体を注ぎ込んだ。

「よかろう。下ろしてやれ」と樊三が言った。

タバコ入れを探り出すと、樊三は煙管《きせる》にタバコを詰めてからしゃがみ込み、マッチを擦って火をつける。深く吸い込んで、鼻の穴から二本の白い煙を吹き出す。

「日本人が県城を占領し、張唯漢《チャンウェイハン》県長を殺して、家族を強姦したんじゃ」と彼は言った。

「それも司馬の家から出た知らせかの？」と上官呂氏が訊く。

「いいや。わしの兄弟分が言うたことよ。それの家が、県城の東門の外にあるんじゃ」

「十里離れたところからの知らせは信じるなと言うからの」

「司馬庫《スーマアクー》が自警団を連れて、橋のたもとで火攻めの支度をしておるで、どうやら嘘じゃなさそうじゃ」

と上官寿喜が言った。上官呂氏が腹を立てたように息子を見て、言った。

「まともな事はひと言も耳に入らんくせして、つまらぬことばっかり聞きかじりおって。それでも男か、ぞろぞろおる餓鬼の父親か。その首で跳ねておるのは瓢箪か、それとも頭か。考えてもみい、日本人も親から生まれた人間じゃないか？　わしら民百姓とはなんの恨みつらみもないのに、わしらになにをすると言うんじゃ？　逃げる？　鉄砲玉より速く走れるか？　隠れる？　いつまで隠れておればすむのじゃ？」

お説教をくらった上官父子は、項垂れて声も立てられない。樊三は煙管の灰を叩き落とすと、照れ隠しめいた空咳を聞かせて言った。

「なるほど、おかみさんは、先の先をとことん読んでござるわい。そう言われて、わしもよほど納得がいったわ。なるほど、どこへ逃げる？　どこに隠れる？　人間は隠れもできようが、わしとこのあの種ロバや種馬ときたら、まるで山じゃ、隠すすべがあろうかい？　どうせ逃れられぬとならば、クソったれ、なるようになれじゃ。とりあえずは、このロバの面倒をみてやってからのことじゃの」

上官呂氏がほっとしたように言った。「そうこなくちゃな！」

樊三は上着を脱ぐと、これから舞台に上がって腕比べをする武術師のように帯を締め直し、咳をして喉を整えた。上官呂氏はさも満足げにしきりにうなずいては、口の中でぶつぶつと言った。

「老三、そうこなくちゃな。それでこそ樊三大爺《ダァイェ》じゃ。雁は声を残し、人は名を残す。ロバの子を産ませてくれたら、酒をひと瓮、余分にはずんで、銅鑼《どら》や太鼓で言うて回るぞ」

「つまらぬ事を言うのはよせ、おかみさんよ。あんたとこのロバがわしとこの馬の種を孕んだのが運のつきよ。種をつけたら、しまいまで面倒みろというやつでな」

樊三は、ロバの周りをぐるっとひと回りした。れいの足を引っ張ってみて、

「ロバのねえちゃんよ、こいつは地獄への関門だぞ。おまえも腹をくくって、この老三の旦那の顔を立ててくれよ」

などと呟いていたが、その頭を叩いて言った。

「おまえら、縄と棒を探してこい。こいつを担ぎ上げて立たせるのじゃ。横になったままでは産めんからな」

上官父子が上官呂氏の顔をうかがうと、呂氏は言うとおりにしろと言った。父子が縄と棒を見つけてくると、縄を受け取った樊三は、それをロバの前足の付け根で通して上で結び目をこしらえ、手でそれを持ち上げて、これに棒を通せと言う。上官福禄が言われたとおりにすると、おまえはあっちに回れと樊三が上官寿喜に命じた。父子が棒を上げると、

「かがんで棒を担げ！」と樊三が言った。父子は向き合って棒を肩に載せた。

よし、と樊三は言い、

「そのままじっとしてろ。わしが立てと言ったら、目一杯力を入れて立て。そこが勝負どころなんじゃ。あれこれいじくり回したら、このロバが持たんからのう。おかみさん、あんたはロバのけつのほうへ回って、わしの手伝いじゃ。生まれた子が踏み殺されちゃならんからな」

彼はロバの尻のほうに回ると、掌をこすり合わせておいてから、碾《ひ》き臼の台の上のランプを取

り上げ、中の大豆油をぜんぶ掌に空けた。手にまんべんなく塗り回しておいて、ハッと息を吹きかける。ついで片手をそろそろとロバの産道に突っ込む。ロバがさかんに蹄で蹴る。片手がほとんど中に入ると、首が紫色の蹄にくっつく。上官呂氏が唇をブルブル震わせながら、目を据えて彼を見る。よし、と樊三がくぐもった声で言い、

「おまえら、わしが一、二、三と言うから、三で一気に立つんじゃぞ。肝心なときに腰砕けになるような、みっともないマネはするなよ」

よし、と樊三の顎はロバの尻すれすれになり、深々と産道に突っ込んだ手は、なにかを摑んだようだった。

「一……二の……三だァ！」

上官父子はヨイショと叫ぶや、珍しく男のくそ力を出して、ぐっと腰を伸ばした。その勢いで黒ロバは躰を半転させ、前足を縮めて首を持ち上げた。二本の後足も半転して、折り曲げて躰の下に敷かれた。樊三の躰もロバにつれて回り、ほとんど地面に腹這いになる。顔は見えず、「上げろ。持ち上げろ！」という声だけが聞こえる。上官父子はつま先立ち、上に持ち上げようと懸命にもがく。ロバの腹の下にもぐり込んだ上官呂氏が、背中でロバの腹を突っ張る。ロバがひと声嘶いて立ち上がるとともに、つるつるした巨大なものが、血やねばねばした液体とともに、ロバの産道からひり出され、まず樊三のふところに落ち、ついで地面に滑落した。

樊三はラバの子の鼻の穴の粘液を掻き出してやると、包丁でへその緒を切ってこぶに括っておいてから、清潔な場所へと抱いて行った。乾いた布を求め、躰の粘液を拭ってやる。目に涙を溜

めた上官呂氏が、口の中で呟いた。やれ有り難やの、樊三。有り難やの、樊三……

ラバの子はよろよろと立ち上がったが、すぐさま倒れた。絹のように光沢のある毛に、バラの花弁を思わせる薄紅色の唇。助け起こした樊三が言った。

「すごいぞ。わしのとこの種だけのことはあるわい。馬がわしの息子なら、チビよ、おまえはさしずめわしの孫で、わしはお祖父《じい》じゃ。おかみさん、米湯《ミータン》［おもゆ］でもこしらえて、嫁のロバにやってくれ。こいつ、命拾いをしおったわい」

七

妹たちをぞろぞろ引き連れて数十歩行ったところで、上官来弟《シャングワンライディー》は空中にキューンという鋭い音を聞いた。その奇怪な声を出す鳥を探すべく顔を上げたとき、背後の川の中で天地を揺るがす巨大な音がした。耳がガンガン鳴り、頭がふらふらする。ぼろぼろになった大ナマズが一匹、目の前に落ちてきた。黄色い頭からは真っ赤な血が何本も糸をひき、腸を背中に貼りつかせて、二本の長いヒゲを震わせている。ナマズとともに、濁った熱い川の水がザアッと躰に降りかかった。呆然と夢見心地で妹たちを振り返ると、妹たちも呆然とこっちを見ている。念弟《ニエンディー》の髪の毛には、牛馬が咬んで吐き出したような、ねばねばした水草のかたまりが引っかかっているし、想弟《シアンディー》のほっぺたには、剝がれたばかりの銀色の魚の鱗がいくつも貼りついている。ついそこの川の中では、黒い波が逆巻いて巨大な渦ができ、そこに空中から熱い水がザザアッと音を立てて落ちかかる。川面には薄い白煙が漂い、彼女は香ばしい硝煙の匂いを嗅いだ。鼻をひくひくさせてきょろきょろしているので、妹たちもそれを嗅いだのだと分かった。

来弟は、目の前の光景に懸命に思いを集中させた。よくは分からないながらも、不安な高ぶりが心に突き上げてくる。叫ぼうとしたが、目に突然大粒の涙が浮かんで、ポロポロと地面にこぼれた。どうして泣かなければならないのだろう、と彼女は思った。泣いてなんかいないのに、なぜ涙がこぼれたりするのだろう？　頭の中はまるでめちゃめちゃだ。目の前のすべてのもの――キラキラ光っている橋梁、濁った水の逆巻く流れ、びっしりと茂った灌木、うろたえている燕、呆然としている妹たち……とりとめもない印象が、解《ほど》き口の見つからないもつれた麻糸のように、こんぐらかってしまっていた。

見ると、いちばん年下の求弟《チユーディー》が、泣き顔で口を歪めている。目はかたく閉じているが、そのほっぺたには、涙がふた筋流れている。

周りの空中では、乾ききった無数の豆の莢が陽の光の中で弾けるような、パチパチという細かな音がしきりにする。堤防の灌木の茂みには秘密が隠れていて、ガサゴソと、小さな獣の群れがひそかに動いているような音がする。ついさっき、あの茂みの中で見つけた緑の衣服の男たちは声も立てず、灌木の枝はひっそりと天を指し、金貨のような葉がかすかに震えている。あの人たちは、ほんとにこの中に隠れているのだろうか？　隠れてなにをしているのだろう？

来弟が必死で考えていると、突然、押さえた声が遥か離れたところから呼びかけるのが聞こえた。

……娘さん、伏せるんだ……みんな……伏せて……

声の出所を探して、来弟は視線をさまよわせた。奥のほうで蟹でも這っているみたいで、頭が激しく痛む。黒光りする物体が一つ、空中から落下するのが目に入った。石橋の東側の流れに、ゆっくりと水柱が立った。牛の腰ほどもありそうなやつで、土手の高さくらいまで昇ったところで、てっぺんが急に乱れたしだれ柳のように開いた。つづいて硝煙の匂い、ヘドロの匂い、腐った魚介類の匂いなどが、鼻をついた。耳の中はかっと熱くてなにも聞こえなかったが、その巨大な音が、水のようにあたり一面に押し寄せるのが目に見えたような気が、来弟はした。

黒光りする物体がもう一つ、川の中に落ち、おなじように水柱が立った。河原に藍色の物体がささる。犬の歯みたいに、縁が盛り上がっている。腰をかがめ、手を伸ばして拾おうとしたが、指先から小さな煙が上がり、鋭い痛みが素早く全身に走った。

たちまち来弟の耳に喧噪の世界がよみがえった。あたかも手の火傷の痛みが耳から抜けしなに、耳に詰まっていた栓をはねとばしたかのようであった。川の水はザワザワと鳴り、水面には蒸気がもうもうと立ちこめている。空中では、爆発音がゴロゴロ走る。六人の妹たちのうち、三人は大口開けて泣き叫んでおり、残りの三人は耳に手で蓋をして、地面に突っ伏している。尻を高く挙げたさまは、人間に追いつめられると頭隠して尻隠さずをやらかす、荒れ野の間抜けな禿尾《トゥーウェイ》巴鳥《バニャオ》［鶉《うずら》に似た飛べない鳥］にそっくりだ。

「娘さん！」と、だれかが灌木の茂みの中で大声で叫ぶのが聞こえた。

「伏せろ！　伏せて、這ってこっちへ来るんだ……」

地面に伏せた来弟は、茂みの中の人間を捜した。ついに彼女は、御柳《ぎょりゅう》の茂みの柔らかな枝の間で、黒い顔に白い歯をしたれいの見知らぬ男が、自分に向かって手招きしながら、「早く、這って来い！」と叫んでいるのを見つけた。

来弟の混沌とした頭の中にひと筋の裂け目ができ、そこから白い光が差し込んできた。馬の嘶きを聞いて、振り向いて見ると、黄金色の子馬が一頭、炎のようなたてがみをなびかせながら、南のたもとから石橋に駆け上っていくところだった。その美しい子馬には轡《くつわ》がはめてなく、青年と少年の間の、いたずら盛りで活発な青春の息吹を横溢させている。福生堂《フーションタン》の馬で、樊三大爺《ファンサンダアイエ》のとこの日本産の大きな種馬の子だ。樊三は種馬を息子のように可愛がっているから、この黄金色の子馬は、さしずめ直系の孫というわけだ。来弟はこの子馬を知っていて、好きだった。しょっちゅう路地を走り抜けては、孫大姑《スウンダアグー》のとこの黒犬を狂ったように怒らせる。

子馬は橋の中程まで駆けてくると、急に立ち止まった。藁の壁に行く手を阻まれたようでもあり、藁の上の酒の匂いに頭がくらくらとしたようでもあった。首を傾けて、じっと藁を見つめる。なにを考えているんだろう、と来弟は思った。空中でまたもや、キューンという鋭い音が起こった。熔けた鉄の塊よりも眩しい光が橋の上で炸裂し、雷鳴に似た音が、高く遠いどこかでゴロゴロ鳴っているようだった。子馬はたちまち粉々に砕け散り、なかば焼けて毛皮の焦げた馬の足が一本、灌木の枝にぶら下がった。来弟は吐き気をもよおした。酸っぱくて苦い液体が、胃の底から喉元につきあげてくる。頭の霧がさっとはれ、事態が呑み込めた。馬の足をとおして、彼女は死を見た。恐怖に手足が震え、歯がガチガチ鳴る。跳ね起きた来弟は、妹たちを引っ張って、灌木の茂みに飛び込んだ。

六人の妹たちは、ニンニクの芯を取り巻く六つの弁のように、来弟の周りにぴったりと寄り添って抱き合った。近くの左手では、聞き覚えのある声が、かすれ声でなにやら叫んでいるのが耳に入ったが、じきに沸き立つ流れの音に呑み込まれてしまった。

来弟はいちばん幼い妹を抱きしめたが、おチビさんの顔は炭火のように熱かった。川面はしばし静寂を取りもどし、白い煙がゆっくりと散っていく。キューンと鳴く黒い物体は、長い尾を引きながら蛟竜河《ヂャオロンホー》の堤防を越えて村に落ち、ゴロゴロという雷鳴がいたるところで起こって、途切れることがない。村のほうからは、女の鋭い叫び声や、大きな物が倒れるガラガラという音がする。

対岸の堤防には人影もなく、えんじゅの老木だけがぽつんと立っている。その下は川岸にずらっと並んだしだれ柳で、枝が水面に垂れている。あの奇怪な、恐ろしい物体は、いったいどこから飛んでくるのだろうと、来弟はなおも考えつづけた。

ワアアア――叫び声が、彼女の思いを断ち切った。枝の隙間から見ると、福生堂の当主の弟の司馬庫《スーマアクー》が、リーレンの自転車に乗って、橋の上に上っていく。なぜあんなところに？　きっと子馬のためだ、と来弟は思った。ところが、司馬庫が片手でハンドルを支えながら、もう片手には燃えさかる松明《たいまつ》を掲げているところからみて、馬のためでないことは明らかだった。あの馬は、小間切れになって橋の上に貼りつき、川の流れを赤く染めたのだ。

急ブレーキをかけると、司馬庫は、手にした松明を、橋の真ん中の酒をしみ込ませた藁の上に投げた。青い炎がゴーッと上がり、素早く広がる。自転車の向きを変えた司馬庫は、乗るのが間に合わず、自転車を押して逃げもどる。青い炎がその後を追う。彼は、ワアアアという奇怪な叫びをあげつづけた。パアンと鋭い音がして、頭に載せたつばの反った麦藁帽子が鳥のように舞い上がり、くるくる回りながら橋の下へ落ちていった。自転車を投げ出した司馬庫は、腰を折ってよろめくと、橋の上にうつ伏せになった。パンパンパン……爆竹を鳴らすような音がつづけさまに響く。躰を橋の面にぴったりつけた司馬庫は、大トカゲのようにズルッズルッと這い進み、たちまちのうちに姿を消した。

パンパンという音も止んだ。橋がまるごと、青い炎をあげている。炎は真ん中が高くて、煙は出ない。橋の下の流れが青い色に変わった。熱風が吹きつけて息ができず、胸元が苦しくて、鼻が乾く。熱風が風に変わって、ヒュウヒュウ音を立てる。灌木の枝が汗でもかいたようにぐっしょり濡れ、木の葉がよじれ、しおれた。そのとき、司馬庫が堤防の向こうで大声で罵るのが聞こえた。

「小日本《シャオリーベン》のクソ野郎め。蘆溝橋《ルーゴウチャオ》は渡れても、おれさまの火炎橋は渡れまいが！」

罵り終わると、笑った。

「アハハ、アハハ、アハハハ……」

その笑いが消えないうちに、対岸の堤防の上に、黄色い帽子をかぶった人の頭がずらっとのぞいた。ついで、黄色い服を着た上半身と馬の頭が現れ、やがて背の高い馬に乗った人間が何十人も堤防の上に立った。数百メートルは離れていたが、その馬が樊三とこの種馬にそっくりだと、来弟には見て取れた。日本鬼子《リーベングエィズ》だ！　日本鬼子がやって来たのだ。ほんとにやって来た……

日本の兵馬は、斜めに対岸の堤防を下りてきた。何十頭もの馬がぶきっちょにぶつかり合いながら、瞬く間に川に達する。なにやらべちゃくちゃ怒鳴るのが聞こえたかと思うと、馬がヒヒーンと嘶いて、流れに突入してきた。流れの深さは馬の足がやっと立つほどもあり、馬の腹は水面すれすれである。馬上の日本人は姿勢正しく、腰をぴんと伸ばし、頭は上向き加減にしている。どの顔も陽の光に白く輝き、目鼻の区別もつかない。

馬は首を高く挙げて疾走の構えを見せたが、思うようには走れない。融けた糖漿《シロップ》のような甘酸っぱい匂いを発している流れを、背の高い馬たちがもがきながら進み、青いしぶきが次々と上がる。しぶきが小さな炎のように馬の腹を焦がしている――そう来弟には思えた。だからあの馬たちは、重い頭を絶えず振り上げ、躰を絶えず揺るがし、しっぽの下半分を水の上に浮かせているのだ。

馬上の日本人は、上下運動をくり返す。両手で手綱を引き、鐙《あぶみ》を踏んだ足はぴんと伸ばして、八の字に開いている。栗毛の馬が一頭、川の真ん中で立ち止まると、しっぽの付け根を持ち上げ、糞の塊を次々と垂れた。苛立った日本人が、かかとで馬の腹を蹴るが、馬は動かず、首を横に振って、轡をガチガチ鳴らした。

「みんなァ、撃てェ！」

左側の灌木の茂みでだれかが怒鳴り、つづいて腹にこたえる大きな音がして、そのあと大小さまざまな音がつづいた。シューシューと白煙を吐く黒い物体が流れに転がり落ちるや、ドカンという轟音とともに水柱が上がる。栗毛の馬に乗った日本人の躰が、おかしな具合に跳ね上がったかと思うと、そのままうしろへ仰向けに反った。その間中、男は太短い両手をやたらと振り回したが、胸から黒い血がピューッと噴き出して馬の頭にかかり、川の中に注いだ。馬はガバと棹立ちになり、黒い泥まみれの前足の蹄と、油を塗ったような広くて厚い胸を露わにしたが、ふたたび蹄が水しぶきを上げたときには、日本兵の躰は仰向けにその尻にぶら下がっていた。黒い馬に乗った日本兵が一人、頭から水に突っ込んだ。青い馬の日本兵は、うつ伏せになって、両腕を馬の首の両側からぶらぶら垂らしている。帽子の脱げた頭が馬の首にだらしなく横たわり、耳から流れ出た血が、川面に流れ落ちる。

川の中は大混乱で、主を失った馬が嘶きながら身をひるがえし、対岸目指してもがく。そのほかの日本兵は、馬上で腰をかがめ、両足で馬の腹をしっかりと挟みつけると、胸の前につった騎兵銃を構え、灌木の茂みに向けて発砲した。数十頭の馬が水や泥もろとも、ドドドッと河原に駆け上ってくる。腹の皮の下からは、真珠の連なりのような水滴がしたたり落ちる。蹄は紫色のヘドロのかたまりで、しっぽから延びるキラキラ光る絹の糸は長く長く、川の真ん中にまで達している。

額に白い毛のあるまだら馬が、顔色のわるい日本兵を乗せて、堤防へと跳ね進んだ。重い蹄が河原を削って、カッパカッパと音を立てる。目を細め、三日月型の口を引き締めた馬上の日本兵は、左手で馬の尻を叩きながら、右手にギラギラ光る刀を振りかざして、灌木の茂み目がけて上ってきた。上官来弟は、日本兵の鼻の先の汗や、まだら馬の粗い睫などをはっきりと目でとらえ、まだら馬の鼻の穴から吐き出される喘ぎを耳で聞き、馬の酸っぱい汗を鼻で嗅いだ。突然、まだら馬の額から、赤い煙が上がった。馬は激しく動かしていた四肢を硬直させ、つるつるの皮膚に無数の粗い皺が現れた。四本の足が急速にくずおれると、馬上の日本兵は下りる間もなく、馬もろとも、灌木の茂みの縁に倒れ込んだ。

日本軍の騎馬隊は、河原沿いに東のほうに駆け去ったが、上官来弟たちが履き物を置いた場所で一斉に馬を停めると、灌木の茂みを抜けて堤防へ出て、姿を消した。河原に横たわっているまだら馬に目をやると、巨大なその頭は黒ずんだ血と汚泥にまみれ、藍色の大きな目が、悲しげに紺碧の大空を睨んでいる。顔色のわるかった日本兵は、なかば馬の腹の下敷きになり、顔をそむけるようにして、泥濘の上にうつ伏せになっている。血の気のまったく失われた白い片手が、水中のなにかを摑もうとでもするかのように、水辺に向かって伸びている。

朝日の降り注ぐ広い河原は、馬蹄に踏みにじられて無惨な姿だった。川の中程を、白馬の死体が、流れに押されてゆっくりと回転しながら、動いていく。腹を上向けにすると、素焼きの壺ほどもありそうな、ばかでかい蹄をつけた四本の足がぬっと突きだされたが、たちまち水の濁りの中に没して、空を指す次の機会を待つことになる。

上官来弟の記憶にしっかりと刻み込まれた栗毛の馬は、騎手の死体を引きずり、流れに乗って遥か下流まで行ってしまったが、あの馬は、きっと樊三とこの種馬を訪ねて行こうとしているに違いないと、彼女は突然思った。栗毛は雌馬で、樊三とこの雄馬とは、長年別れ別れになっていた夫婦に相違ないと、そう思えて仕方がない。

石橋の上の火はなおも燃えつづけており、真ん中の積み藁からは、黄色い炎と濃い白煙が立ち上っている。青い橋は腰を深く折って、ハアハア喘ぎ、ウンウン唸っている。猛火の中で、橋が一匹の大蛇と化したように来弟は感じた。苦痛のあまり飛び立とうと身をくねらせているのに、頭としっぽをがっちり釘付けされているのだ。石橋が可哀相だと、彼女は思った。可哀相なのはドイツ製のリーレン自転車もそうで、焼けてくねり曲がり、もはや屑鉄だ。

鼻をつく火薬の臭い、ゴムの臭い、なまぐさい血の臭い、ヘドロの臭いなどが、焼けただれた空気をいっそう粘っこく、息苦しくしており、胸郭に詰まった汚濁した気体が、いまにも爆発しそうだ。それにも増して一大事は、火で炙られて油がしみ出した目の前の灌木の枝が、吹きつける火花を交えた熱風に、パチパチ音を立てて燃え始めたことだった。求弟《チューディー》を抱きかかえた来弟は、金切り声で妹たちを呼びながら、灌木の茂みから走り出た。堤防の上に立って数えてみると、数はそろっているものの、みんなが顔に煤《すす》をつけ、足には鞋《くつ》も穿いていない。目つきは憑かれたようで、火に炙られた耳たぶは真っ赤だった。

妹たちを引き連れて堤防を転がり下りると、来弟は前に向かって走った。そっちの方角には、忘れられた空き地があった。なんでも回族《ホウエ》「イスラム教を信仰する少数民族」の女の屋敷跡だとかで、家屋の残骸は、野生の胡麻やミミナグサに覆われている。

胡麻の茎の間に飛び込んだとき、来弟は、足首がこねたうどん粉みたいに頼りないのを感じた。おまけに、錐《きり》を刺すように痛む。妹たちは泣き叫びながら、よたよたと後につづいた。やがて、胡麻の茎の間にへたり込んだ彼女らは、再度一つに抱き合った。妹たちがみんな姉のふところに顔を埋めるなかにあって、上官来弟だけは頭を上げて、恐怖と不安に駆られながら、堤防を這い上る黄色い大火のほうに目をやった。

つい先程見かけた、緑の衣服をまとった何十人という人間が、怪物のような咆吼とともに、火の海から飛び出してきた。その躰からは炎が上がっている。聞き覚えのある声が、「転がれ！転がるんだ！」と叫んでいる。その男は、火の玉のように、堤防をゴロゴロと転がり下りた。火の玉がいくつも転がり下りてきた。火は消えたが、躰や髪の毛からは、青い煙が立ち上っている。もとは灌木の葉っぱとおなじ緑色のきれいな服だったものが、そんな姿はどこへやら、躰に貼りついているのは黒いぼろ切れだった。

躰から炎を吹き上げた男が一人、地面に転がるかわりに、ギャアギャア叫び声を上げながらやみくもに走って、来弟たちが身を潜めている野生胡麻の自生地までやって来た。そこには、汚水を溜める大きな穴があって、中には、雑草や太さが樹木ほどもあるササゲなどが、盛んに生い茂っている。真っ赤な茎に、鮮やかな浅黄色の肉厚の葉をつけ、てっぺんからは柔らかなとき色の花を垂らす。全身火だるまの男は、頭からその穴に突っ込み、中の水を四方にはね飛ばした。しっぽが取れたばかりの半人前のトノサマガエルが、穴の周りの水草の間から、ピョンピョン飛び出す。ササゲの葉の裏で産卵中だった白い蝶が数羽、ヒラヒラと飛び立つと、灼熱の光線に溶かされたかのように、陽の光の中に消えた。

男の躰の炎は消えたが、全身真っ黒で、顔や頭にはヘドロがべったりと貼りついており、頬のあたりには細いミミズが一匹、身をくねらせている。どこが目やら鼻やら見分けもつかないが、口だけはそれと分かる。男は苦しがって泣き叫んだ。

「お母ちゃん、痛い！　死ぬほど痛いよォ……」

金色の泥鰌が一匹、男の口から飛び出した。男は泥沼の中でうごめき、長年にわたって底に溜まった腐臭を掻き回した。

躰の炎を消し止めた連中は、地べたにうつ伏せになって呻吟し、悪態をついた。銃や棍棒はそこらに投げ出されたままだが、色の黒い痩せ男だけは、いまだに拳銃を握りしめたままで、言った。

「さあ、撤退だ。日本人が来るぞ！」

火傷を負った連中には、そのことばが耳に入らなかったらしく、地べたにうつ伏せになったまだ。よろよろと立ち上がった者が二人、ふらふらと二、三歩歩いたが、じきにぶっ倒れた。

「みんな、撤退するんだ！」

と大声を上げると、男は、かたわらにうつ伏せになっている人間のけつを足で蹴った。蹴られた男は数歩前に這ったが、もがきながら膝をついて起き上がると、泣き叫んだ。

「司令。目が、目がなにも見えません……」

来弟にはやっと、その男が司令という名だと分かった。司令は苛立ったように叫んだ。

「みんな、わたしのせいだ……」

東側の高い堤防の上を、日本兵を乗せた日本馬が二十数頭、二列の縦隊を組んで、水の流れのようにやって来た。堤防の上には硝煙が立ちこめているが、日本の騎馬隊は、隊形も整然と、馬の首を前に突き出した姿勢のだく足で、間隔をつめたまま進んでくる。陳家胡同《チエンヂアフートン》［胡同は通りの意］まで来ると、先頭の馬が堤防を駆け下りた。後の馬がぴったりとそれにつづき、堤防の外の空き地（そこは司馬家が穀物を干すのに使っているこなし場で、黄色い砂を敷いて硬くならしてある）で、突然速度を速めた。腰を落とした馬は、足をいっぱいに伸ばして、一線になって走る。日本兵は、キラキラ光る細身の刀を一斉にさっと上げると、ワアワア叫びながら、旋風のように襲いかかった。

司令は拳銃を上げ、日本の騎馬隊のほうに向けて、狙いもつけずに一発撃った。銃口から小さな白い煙が上がる。ついで銃を捨てると、びっこをひきながらよたよたと、来弟たちが身を隠している場所へと駆けてきた。杏色の馬が、その躰をかすめて駆け去る。馬上の日本人が素早く躰を捻り、軍刀を頭めがけて振り下ろした。司令は前にばったり倒れた。頭は無事だったが、削られた右肩の肉が飛んで、地面に落ちた。掌ほどもあるその肉が、皮を剝かれたカエルのように跳ねるのを、来弟は見た。司令はギャッと叫んで地面にくずおれ、前方にゴロゴロ転がったあと、ミミナグサのかたわらにうつ伏せになったまま、ぴくりとも動かなくなった。

杏色の馬に乗った日本兵は、馬を返して駆けもどり、青竜刀を杖に立ち上がった大男めがけて突っ込んできた。顔中に恐怖の色を浮かべた大男は、馬の首を突こうとでもするかのように青竜刀を力無く挙げたが、馬は前足を高く挙げ、たちまち男を蹴倒した。馬上から躰を乗り出した日本兵が、一刀のもとに男の頭を真っ二つにする。白い脳味噌が日本兵のズボンに飛び散る。

灌木の茂みから逃げてきた十数人の男たちは、瞬く間に永遠の安らぎを得た。日本兵が馬を操り、興味尽きぬもののように、その死体を踏みにじる。

そのとき、村の西側のまばらな松林の中から、別の騎兵隊が駆けてきた。黄色い人間の群れが、それにつづく。合流した二つの騎馬隊は、南北に走る道路を、村へ向けて突進する。その後から黒光りする鉄の筒を担ぎ、円い鉄兜をかぶった歩兵が、蜂の群れのように村に襲いかかった。

堤防の火は消え、黒い煙がいくつも、もくもくと立ち上っている。堤防の上は一面黒焦げで、無惨な姿になった灌木の枝が、焦げた香ばしい匂いをさせている。降って湧いたような無数の蠅が、馬蹄に踏みにじられた死体にたかり、地面の血にたかり、植物の茎にたかり、司令の躰にまでたかった。目の前のすべてが、蠅で覆われた。

目が乾いてちかちかし、瞼がねばねばする。来弟の目の前に薄ぼんやりと、これまで見たこともない奇怪な情景が、次々と浮かんだ。躰を離れてぴょんぴょん跳ねる馬の足。頭に刀を突き刺された子馬。素っ裸で、股間に巨大な馬の一物をぶら下げた男。卵を産む鶏みたいにコココッと鳴きながら、そこいら中を転げ回る人間の頭。それに、細い足を何本も生やして、目の前の胡麻の茎の間を飛び交う小魚たち。

とりわけ度肝を抜かれたのは、とっくに死んだと思っていた司令が、のろのろと這い起きたことだった。膝で歩いて行って、肩から削り取られた肉を見つけると、手で伸ばして傷口に貼りつけた。ところが、肉はすぐさま傷口から飛び出して、草むらに転がり込んだ。それを押さえた司令は、そいつを地面に何度も叩きつけて殺しておいて、躰からぼろ切れを引き裂き、しっかりとそれをくるんだ。

八

庭の騒ぎの声で、気絶していた上官魯氏《シャングワンルーシー》は気がついた。相変わらず隆起している腹と、オンドルの半ばを濡らした鮮血が、絶望的に目に入る。姑がならしてくれた土は、もはや血でこねた泥になってしまった。おぼろげだった感覚が突然はっきりし、薄紅色の羽をした蝙蝠《こうもり》が梁の間をヒラヒラと飛び回るのが目に入った。黒い壁に青い顔が滲み出てくる。あれは死んだ男の子だ。内臓を引き裂かれるような痛みは、すでに鈍いそれに変わっており、魯氏は、自分の股の間から爪を光らせた小さな足が一本生えているのを、不思議そうに見た。おしまいだ、と彼女は思った。これで一生の終わりだ。死を考えると、心に悲しみが湧いた。自分が、薄い板に釘を打っただけのお棺に詰め込まれるのを見ているような気がした。姑は怒気も露わに眉をしかめ、亭主は仏頂面で、ひと言も口をきかない。ただ、七人の娘たちだけがお棺を取り巻いて、大声で泣きわめいている……

姑の大声が、娘たちの号泣を圧倒した。魯氏は目を開けた。幻覚は消えて、窓は底抜けに明るい。えんじゅの花の匂いがしきりにする。蜜蜂が一匹、窓の紙に当たって、バタバタと音を立てる。

樊三《ファンサン》よ、手を洗うのは後回しじゃ、と姑が言うのが聞こえる。

——うちの息子の嫁がまだ生まれんとじゃ。おんなじように、片足だけ生まれての。

——おかみさん、バカ言うのもいい加減にせんかい。この樊三は牛や馬の医者じゃ。人間のお産なんぞ、できるわけがなかろうがの？

——人も畜生も道理はおなじじゃ。

——つべこべ言うのは止めて、手を洗う水をなんとかせい。おかみさんよ、費用はかかろうとも、やっぱり孫大姑《スウンダアグー》を呼んでくることじゃ。

姑の声が雷鳴のように轟いた。

——あの化け物婆さんとわたしが喧嘩仲じゃということは、知っておろうが！　去年、あいつは、うちの若い雌鶏を盗みくさったのじゃ。

——なら勝手にせい。ここの家の嫁が子を産むので、わしとこの嫁が子を産むわけじゃなし！　わしの嬶《かかあ》なんぞ、お袋さんの腹の中ででんぐり返りをしたと言うぞ。おかみさんよ、酒に豚の頭肉を忘れなさんなよ。あんたとこのロバの親子の命は助けてやったんじゃからな！

姑が哀れっぽい声になって言う。

——樊三よ、昔から言うじゃないか、どうせダメならやってみろ、とな。それに、表では銃の音がするぞ。外へ出て、万一日本人に出くわしでもしようものなら——。

——分かったよ。村内は一家《いっけ》じゃというから、今日はひとつ例外といくか。断っておくがな、人も畜生もおなじ道理とはいえ、人の命はただごとではすまされんからのう……

足音がドタドタと近づいて来るのを、上官魯氏は聞いた。その中に紛れて、鼻をかむ高い音がする。舅や亭主、それにずる賢い樊三などがこのお産の部屋に入ってきて、素っ裸のこの躰を眺めようというのだろうか？　怒りと屈辱のあまり、目の前にたなびく雲のようなものがちらつく。起き上がって、なにか着るもので躰を隠そうとしてみたが、血の泥の中に埋まった躰は、ぴくりとも動かない。

村のはずれからは、ドオン、ドオンという大きな音が聞こえてくる。その合間に、秘密めいた耳慣れた音が混じる。無数の小動物が這うような、無数の歯が物を嚙むような……あれはなんの音だろう、たしかに聞き覚えがあるんだが。懸命に考えていた魯氏の頭に、さあっと閃いた一点の光が、たちまち十数年前のあの、とてつもないイナゴの害の情景を照らし出した。臙脂《えんじ》色のイナゴが空を覆って、洪水のように押し寄せてきた。植物の葉をなにもかも食い尽くし、柳の木の皮まで食い尽くしたが、なにもかも嚙る恐ろしいその音は、聞く者の骨髄に滲み透った。

イナゴがまたやって来たのだ。魯氏は恐怖に駆られ、絶望の淵に沈んだ。

お天道さま、死なせてください。もう辛抱できません……

神よ、マリヤさま。あなた方のお恵みで、この魂をお救いください……

絶望の中で、魯氏は希望をこめて祈った。中国の至上最高の神に祈り、西洋の至上最高の神に祈ると、心と肉体の苦痛がかなり和らいだようであった。彼女は、紅毛碧眼で慈父のようなマローヤ牧師のことを思った。春の日の草原で、あの人は言ったのだ、中国のお天道さまと西洋の神とはおなじ神さまだ、と。ちょうど手のひらと掌《たなごころ》がおなじで、ハスとはちすがおなじであるように。そう、ちょうど——と、彼女は恥じらいつつ思う——オチンチンとチンポコがおなじであるように。

初夏のえんじゅの林の中にあの人は立って、いきり立ったあの物を突き出しながら……わたしに向かって手招きしたのだ。花いっぱいのえんじゅの木々。白い花に赤い花に黄色い花……群がり、重なり合ったえんじゅの花が、五色の色にヒラヒラと舞い飛び、馥郁たる花の香りがお酒のようにわたしを酔わせた。

彼女は自分が雲のように、毛のように漂うのを感じた。彼女は、マローヤ牧師の厳かにして神聖な、優しくかつ穏やかな笑顔を、無限の感激をこめて眺めた。涙が目にいっぱい溜まった。目を閉じると、目尻の皺を伝わって、涙が両の耳たぶに流れ落ちた。部屋の戸が押し開けられた。姑が頼み込むような調子で言った。

「来弟のおっ母、こりゃいったいどうしたことじゃ？　いい子だから頑張っておくれ。うちの黒ロバは生きのいいラバの子を産んだぞ。おまえがこの子を産んでくれたら、上官の家は言うことなしじゃ。いいか、両親には隠しても亭主には隠せぬ、と言うが、産婆に男と女の区別はないのじゃから、樊三大爺に来てもらったぞ……」

滅多にない姑のいたわり深いことばが、魯氏の心を打った。目を開けた彼女は、姑の大きな黄色い顔に向かってそっとうなずいてみせた。姑は部屋の外に手招きして、老三《ラオサン》、入ってこい、と言った。ずる賢い樊三は、厳しい表情をつくろうつもりか、仏頂面をしている。おずおずとしたその目がなにやら恐ろしい光景でもとらえたかのように、突然その顔から血の気が失われた。

「おかみさん……」と、樊三は項垂れて言った。

「お願いだから、勘弁してくれ。殺されても、こればっかりはこの樊三にはできん」

そう言って後ずさりしながら、きょときょととした視線が上官魯氏の躰に落ちるや、慌ててそむけてしまう。部屋から出しなに、ちょうど外から中をのぞき込んだ上官寿喜《シャングワンショウシー》と鉢合わせになった。魯氏は、亭主の痩せた顔とネズミめいた表情に、嫌悪をこめた一瞥を投げた。急いで樊三を追いかけた姑が叫ぶのが聞こえた。

「樊三、このろくでなしめが！」

亭主がふたたび顔を出した瞬間、魯氏は全身の力を振り絞って片手を挙げ、亭主のほうに手を振ったが、氷のようなことばが、その口から飛び出した――そのことばを自分が言ったのかどうか、自分でも疑ったが――

「犬の糞、こっちへ来て！」

亭主とは他人同様のつながりしかないのに、どうしてあの人を罵ったりしたのだろう？「犬の糞」と言ったのは、実際は姑を罵ったのだ。姑は犬、それも古犬だ……。

〈古犬、古犬、歯を剝くな。剝いたら食らわそ、灰熊手〉

二十年あまりも前のこと、父方の伯母の家に預けられていた頃に聞かされた間抜けな婿殿と姑さんの古いお話が、なんということもなく頭に浮かんでくる。あれは雨の多い、しかも酷暑の年だった。開かれたばかりの高密県《ガオミー》東北郷《ドンベイシアン》は、人煙も稀で、伯母の家はいちばん早い時期の、いちばん勇敢な移民だった。伯父はりっぱな体格の人で、拳骨の于《ユィ》なるあだ名を奉られていた。その大きな手を握りしめると、馬の蹄ほどもあるでっかい拳骨ができて、一発でラバを倒すというのであった。博打打ち《ばくち》で、手には緑色の銅銭の錆がいっぱいついていた……司馬庫《スーマアクー》の家のこなし場で開かれた纏足反対の大会で、わたしは上官呂氏の目に留まって……

「わしに用か？」

見ると、オンドルの前に上官寿喜が立って、なんともばつの悪そうな顔をして窓のほうを見ている。

「呼んだのはなにか用か……」

上官魯氏は、自分と二十一年も連れ添ってきた男を、多少の憐れみを覚えつつ見やっているうちに、突然申し訳なさで心がいっぱいになった。あのときは、えんじゅの花の海原に風が舞っていた……

魯氏は髪の毛ほどの微かな声で言った。

「この子は……あんたの子じゃない……」

上官寿喜はワアワア泣きながら、

「おっ母……死なんでくれ……これから孫大姑を呼んでくるから……」

「止めて……」と、魯氏は懇願するように亭主を見ながら言った。

「頼むから、マローヤ牧師を呼んできて……」

中庭では、上官呂氏が身を切られる思いをしながら、ふところから油紙の包みを取り出した。一枚ずつ剝がしていくと、一元銀貨が現れる。そいつを握った呂氏は、口元を恐ろしいほどに引き締めた。両の目は真っ赤だ。もはや白くなった髪の毛に、陽の光が照りつける。どこからともなく黒い煙がもくもくと漂ってきて、空気は火傷しそうなほど熱い。北の蛟竜河《ヂャオロンホー》のあたりでは人の騒ぐ声がしきりで、銃弾が空中をヒュンヒュンと飛んでいく。呂氏が泣かんばかりにして言った。

「樊三よ、死にかけておる人間を見捨てるつもりか？　まったく〈毒で言うなら蜂のひと刺し、酷さで言うならぬしの心〉というやつじゃが、よく言うではないか、〈カネさえあれば鬼も意のまま〉とな。樊三、肌身離さず二十年持っておったこの銀貨をお礼に、嫁の命を買わしてくれ！」

呂氏は銀貨を樊三の手に叩きつけた。樊三は、真っ赤に焼けた鉄でも押しつけられたかのように、とっさに銀貨を投げ出した。すべすべの額に脂汗を浮かべ、両頬の痙攣で、人相まで変わってしまっている。袋を背負うと、彼は叫んだ。

「おかみさん、行かせてくれ……このとおり、拝むから……」

樊三が上官家の表門にたどり着かない先に、上官福禄《シャングワンフールー》が駆け込んできた。鞋《くつ》は片方の足にしか穿いておらず、骨の浮いた胸には、グリースのような緑色の汚い物がべっとり付いて、ただれた傷口のように見える。どこへ行っていたのじゃ、この死に損ないが、と上官呂氏が腹立たしげに悪態をついた。福禄の兄貴、外でなんぞあったのか、と樊三がせきこんで訊ねる。そんな二人にまともに答えず、上官福禄は、鶏の群れが素焼きの鉢の餌をせっせと啄むようなガッガッという音を口の中でさせながら、惚けたようにニタニタ笑うばかりである。

上官呂氏は亭主の下顎を摑むと、上下に押した。そのたびに、口がひしゃげたり尖ったりする。

白い涎が口から流れ出した。ゴホンゴホンと咳き込みながら涎を吐いているうちに、福禄はおとなしくなった。お父、外はどうなっておるのじゃ？　福禄は悲しげに女房のほうを見ながら、口を歪めてべそをかきながら言った。

「日本人の騎馬隊が裏の堤防を上ってきた……」

重々しい馬蹄の響きに、庭にいた人々は凍りついた。白い尾を引いた鵲《かささぎ》の群れが、驚いてチュチュチュと鳴きながら、上空を飛び去る。教会の鐘楼のステンドグラスが音もなく割れて飛び散り、破片がキラキラ光った。その後から、鋭い爆発音が鐘楼の上で起こり、音の波が、ゴロゴロと響く重々しい列車の車輪のように、周りに押し寄せていった。つよい気流の流れにあおられて、樊三と福禄は粟のように地面に伏せ、呂氏はじりじりと後退して、背中を壁につけた。その目の前に、彫り模様のある陶製の黒い煙突がひさしから転がり落ち、通路の青煉瓦の上でバシャッと砕けた。

家の中から飛び出してきた上官寿喜が、泣き叫んだ。

「お母！　魯氏《あれ》が死にそうじゃ。孫大姑を呼んできてくれ……」

上官呂氏はきびしい目を息子に向けて、

「人間、死ぬとなればどうやっても死ぬし、死なぬとなればどうやっても死にはせん！」

庭の男たちは、目に涙をいっぱいためて呂氏の顔を見つめながら、わけの分からぬままにそのご託宣を聞いた。彼女は言った。

「樊三、秘伝の産気の薬はまだあるか？　あれば嫁に一瓮飲ませてやってくれ。なければそれまでじゃ」

言い終わると、樊三の答えも待たずに、そこらの人間には見向きもせず、胸を張って顔を上げ、よろよろと表門のほうへ歩いて行った。

九

一九三九年旧暦五月五日の午前、高密県東北郷で最大の集落大欄鎮《ダアランヂエン》で、上官呂氏は仇敵孫大姑を連れて、ヒューヒューと空中を飛ぶ銃弾などものともせず、難産の上官魯氏に子を産ませるべく、自宅の表門を入った。その時刻、日本人の騎馬隊は、橋のたもと近くの空き地でゲリラ隊員の死体を踏みにじりつつあった。

庭には亭主の上官福禄と息子の上官寿喜が立っていた。ほかには、なおもこの家に踏みとどまっていた獣医の樊三が、濃い緑色の液体を詰めた瓮を、手柄顔に手にしていた。呂氏が孫大姑を迎えに出て行ったときにいたこの三人に、新たに赤毛のマローヤ牧師が加わっていた。ゆったりした黒い木綿の長上着を身にまとい、胸の前に重い銅製の十字架をぶら下げた牧師は、上官魯氏のいる部屋の窓のそばに立ち、顎を上げて顔を太陽に向け、大声で聖書のことばを暗唱している。

「……至高最上のわれらが主、イエス・キリスト。主よ、どうかお守りください。あなたの忠実な僕《しもべ》であるわたしとわたしの友人が、苦痛と災難に直面しているいま、どうか神聖な御手をさしのべ、わたしたちの頭《こうべ》を撫でたまいて、わたしたちに力と勇気をお与えください。女の人たちにはその子を産ませ、羊たちにはより多くの乳を出させ、雌鶏たちにはより多くの卵を産ませてください。悪人たちの目の前を真っ暗にし、彼らの銃弾を不発にし、彼らの馬が方向を見失って沼地にはまるようにしてください。主よ、あらゆる罰をわたしに与え、生きとし生けるものに代わって、わたしに苦しみをお与えください……」

牧師が操っているのは、生粋の高密県東北郷の訛であった。中庭の男たちはその祈りを聞きながら、黙って立ちつくしていたが、深い感動の中にあることが、その表情から読みとれた。

フンと冷笑した孫大姑は、近づくとマローヤ牧師を脇へ押しのけた。よろめいた牧師は目を開け、「アーメン」と唱えて胸の前で十字を切り、長い祈りを終えた。

孫大姑は真っ白な髪の毛をきれいに梳かし、うしろはきちんとした髷に結っている。銀の簪がキラキラ光り、鬢の毛にはよもぎの穂を斜めに挿している。上半身には、糊のきいた白木綿地の前合わせの上着を身につけ、脇の下のボタン穴には白いハンカチが結んである。下は黒木綿のズボンで、足首を細いリボンで縛り、青地に黒ビロード刺繍をした白底の布鞋を穿いている。上から下まですっきりしたこしらえで、サイカチ［実を莢《さや》ごと砕いて洗濯に使った］の匂いをプンプンさせている。高い顴骨《かんこつ》に通った鼻筋、一文字に結ばれた口元、彫りの深い大きく美しい眼窩の中できっと見据えている目。ほっそりとしたその感じは、福々しい上官呂氏と、鮮やかな対比をなしていた。

樊三の手から緑色の液の入った瓮を受け取った上官呂氏は、孫大姑のかたわらに歩いて行くと、そっと言った。

「大姑、これは樊三の産気の薬じゃが、嫁《あれ》に飲ませたものかの？」

「あのな、上官のおかみさん」孫大姑は美しく冷たい視線を呂氏に投げ、ついで庭の男たちをもじろりと見て、不満げに言った。

「あんたはわたしに産婆を頼むつもりか、それとも樊三に頼むつもりか？」

「大姑、そう腹を立てんと。俗に言うじゃろう、〈病気のときの医者頼み、選り好みしちゃおられぬ〉、とな」と、呂氏は珍しいことに素直な態度で、下手に出て言った。

「もちろんあんたに頼みじゃ。せっぱ詰まらなんだら、あんたにお出ましを願うはずがなかろうがな？」

「わたしがあんたの雌鶏を盗んだとは、もう言わぬのじゃな？」と孫大姑は言い、

「わたしに産婆をさせるのなら、はたの人間の手出しはなしじゃぞ！」

「分かった。あんたの言うとおりにしよう」と、上官呂氏は言った。

孫大姑は腰から赤い布を引き抜くと、窓の格子に括りつけた。そうして勢い込んで部屋に入って行ったが、入りしなに振り向いて、上官呂氏に向かって言った。

「上官のおかみさん、一緒に来てもらおう」

窓のかたわらに駆け寄った樊三は、上官呂氏が窓の張り出しの上に載せた緑の液の入った瓮を取って牛皮の袋に突っ込むと、上官父子に声もかけずに、飛ぶように表門へと駆け去った。

「アーメン」マローヤ牧師はひと声唱えると、またも胸の前で十字を切り、ついで上官父子に向かって親しげにうなずいてみせた。

部屋の中からは、孫大姑の厳しい叫び声につづいて、上官魯氏の泣き叫ぶかすれ声が聞こえてきた。

上官寿喜は両手で耳に蓋をして、地面に蹲ってしまった。父親の上官福禄は、うしろ手を組んで、庭をぐるぐる歩き回っている。失せ物でも探しているかのように、俯いてそそくさと。

マローヤ牧師は、煙の立ちこめた青い空に目を向けながら、先程暗唱した祈りのことばを低い声で唱えている。

生まれたばかりのラバの子が、西棟からよたよたと出てきた。濡れた毛が、繻子のように滑らかだ。次第に間の縮まる魯氏の咆吼につられて、弱っている黒ロバまで西棟から出てきた。耳たぶを下げ、しっぽをまいて、ザクロの木の下に据えてある水瓮の前までよたよたとたどり着くと、怯えたように庭の人々のほうを見た。だれも相手になる者はいない。上官寿喜は、耳に蓋をして泣いている。上官福禄は、ぐるぐる歩くので忙しい。マローヤ牧師は目を閉じて祈っている。黒ロバは水瓮に口を伸ばし、ズズーと水を飲んだ。飲み足りると、今度はコーリャンすだれで囲ってある落花生のほうへそろそろと歩いて行って、歯を剝き出して、コーリャン殻の皮を囓りにかかる。

孫大姑は片手を上官魯氏の産道に突っ込むと、赤子のもう片方の足を引っ張り出した。産婦は、咆吼とともに気絶した。孫大姑は黄色い粉末をひとつまみ、産婦の鼻の穴に吹き込むと、赤子の小さな二本の足を摑んで、静かに待った。

呻きながら気がついた上官魯氏は、つづけさまにくしゃみをして、躰を激しく痙攣させた。上半身を弓なりに反らせ、ついでドシンと下に落とす。その機をとらえて、孫大姑は赤子を産道から引き出した。扁平で長い赤子の頭が母体を離れるとき、弾倉から弾丸が打ち出されるような高い破裂音がした。鮮血が、孫大姑の白い上着に飛び散った。

孫大姑の手にぶら下げられたのは、全身青紫色の女の赤子であった。

上官呂氏は胸を叩いて、ワッと泣き声を上げた。

「よしな。腹の中には、もう一人おるのじゃ！」と、孫大姑が怒りの声を上げた。

上官魯氏の腹は激しく痙攣し、鮮血が股間からどくどくと溢れたが、その中から柔らかな赤毛の赤子が魚のように泳ぎ出た。

赤子の股間に、蚕のさなぎのような小さなものを素早く認めた上官呂氏は、バッタリとオンドルの前に跪いた。

「残念じゃが、こいつも死産じゃ」と、孫大姑がゆったりとした口調で言った。

一瞬眩暈《めまい》を覚えた上官呂氏は、頭をオンドルの縁にぶち当てた。手をそこにかけて、よろよろと立ち上がる。石灰のような顔色の嫁に一瞥を投げておいて、苦しげな呻き声を立てながら、部屋を出て行った。

庭では死が支配していた。両膝をついた息子は、長い首を地面に突き立てた格好で、血がくねくね折れ曲がった小川のように流れており、恐怖の表情を留めた頭部が、その前にちょんと立っている。亭主は通路の煉瓦に嚙りつくようにして、片手は腹の下に、もう片方の手は前に伸ばしており、後頭部には長くて幅のある傷口が裂けて、白赤入り混じったものがあたりに飛び散っている。地面に跪いたマローヤ牧師は、指で胸に十字を描きながら、さかんに外国のことばでまくし立てている。

鞍をつけた背の高い馬が二頭、落花生を囲ってあるコーリャンすだれを咬んでおり、ラバの子を連れた黒ロバは、塀の隅っこに縮こまっている。ラバの子は頭を母親の股の下に隠して、毛のない小さなしっぽを、蛇のようにくねらせている。カーキ色の服を着た日本人が二人、一人は軍刀に拭いをかけている。もう一人が刀を振るい、コーリャンすだれを切り裂くと、上官家の去年の蓄え、今年の夏にはそいつを売ってがっぽり稼ぐ算段をしていた一千斤［一斤は五百グラム］の落花生が、ザアッと庭にぶちまけられた。馬どもは頭を垂れ、上機嫌で大きな美しい尾を振りながら、バリバリと落花生を食いにかかった。

上官呂氏は、にわかに天地が回るのを感じた。息子と亭主を助けるため駆け出そうとしたが、肥ったその躰は、壁のようにどすんとうしろへ倒れた。

上官呂氏の躰を避けながら、孫大姑は落ち着いた足取りで、上官家の門に向かって歩いた。目と目の間隔が間延びして、太短い眉をした日本兵が、刀を拭っていた手拭いを捨てると、荒々しい動作でその前に飛び出し、ぎらつく軍刀を心臓に突きつけた。凄みをきかせた表情で、しきりになにやら言う。孫大姑は静かにその日本兵に目を向け、顔にはかすかに嘲るような笑みすら浮かべた。孫大姑が一歩退くと、日本兵が一歩迫り、二歩退くと二歩迫る。ぎらつく軍刀の切っ先は、終始孫大姑の胸に当てられている。

図に乗ってくる日本兵に対して、孫大姑は小うるさそうに手を挙げて、刀を脇へ払った。ついで、ほとんど何気なさを思わせる優美な蹴りを、日本兵の腕に決めた。軍刀が下に落ちる。さっと身を躍らせた孫大姑が、日本兵の頬を張った。相手は顔を押さえて、ワアワア喚く。軍刀を手にしたもう一人の日本兵が飛びかかり、頭を目がけて刀を振り下ろす。軽やかな身のこなしで振り向いた孫大姑が、その手首を摑んで揺すると、これも刀を地に落とす。手を挙げた孫大姑は、その日本兵にもびんたをくらわせたが、さほど力を入れたとも見えないのに、日本兵の顔の半面がたちまち腫れあがった。

孫大姑は、うしろも振り向かずに表門へと歩いて行く。騎兵銃を挙げた日本兵が、引き金を引いた。孫大姑の躰はぴくんと上に突っ張り、ついで上官家の通り抜けの部屋でばったり倒れた。

正午時分に、上官家の庭に日本兵の一団がどっと入り込んできた。脇棟から笊を見つけ出してきた騎兵たちは、落花生を路地に運び出して、疲労困憊した馬の餌にした。日本兵が二人して、マローヤ牧師を連行していった。

色白の鼻梁に角形眼鏡をかけた日本人の軍医が、司令官に従って、上官魯氏の部屋に入ってきた。軍医は眉をしかめながら鞄を開け、ゴム手袋をはめると、メスで赤子のへその緒を切断した。赤子を逆さにぶら下げ、背中の真ん中を叩く。やがて赤子は、病気猫のようなしわがれた泣き声を上げた。ついで今度は女の赤子をぶら下げ、息をするまでペタペタと叩きつづけた。二人のへその緒にヨードチンキを塗り、白いガーゼで腰にくくりつける。最後に、上官魯氏に止血剤を二本注射した。

日本人軍医が産婦と赤子を治療する過程を、一人の従軍記者が、さまざまな角度から写真に撮った。ひと月後、それらの写真が、日本の新聞に掲載された。

第二章　抗日のアラベスク

抗日戦争は、さまざまな野心をかきたてた。伝統的な馬賊に、芽生えつつあった共産党ゲリラ……

一

たしかに、わたしと八姐《バアヂエ》［八番目の姉］は、かつて日本人の軍医の腕の中に身を託したことがあり、かつ海を渡って、日本の新聞紙上に現れたこともあるのだ。

何十年も経ってから、紅衛兵たちは、藤蔓でもってわたしの尻をぶん殴りながら、詰問した。

「言ってみろ！　日本人の軍医はどうしておまえを助けたんだ!?」

わたしは悔しさに泣きながら言った。「知りません。わたしはなんにも知らなかったんです……」

「殴れ！」と紅衛兵は言った。「母親の腹から出るなり漢奸《かんかん》［売国奴］になりくさったろくでなしを殴り殺せ！」パシッ、パシッ。尻に血が滲む。

「無実だ。無実なんです！」と、わたしは言った。

それからさらに何十年も経って、真っ白な頭になったかつての日本人軍医が、大欄市《ダアランシー》対外貿易主任に伴われてわたしを訪ねて来たとき、わたしはすでに五十二歳になっていた。その男は、黄ばんだ古い新聞を取り出して、わたしに見せた。そこに載っている二人の赤子はひどく醜くて、眼鏡の日本軍医のほうは、上品で美しいとわたしには思えた。通訳がわたしに言った。

「高橋先生は、わが市に投資のため見えた日本の大商人だが、五十年以上も前にこの街に来て、母子三人を助けたことがあると言われてね。こっちで手を尽くして調べた結果、それがあんたたち母子だと証明されたんだよ」

命の恩人を前にしても、わたしにはなんの感激もわかず、「申し訳ありませんが、先生、人違いでしょう！」と冷たく言った。わたしは、老いた軍医の眼鏡の向こうに、ばつの悪そうな視線を見た。彼はわたしに向かって深々とお辞儀をし、謝りのことばを口の中で呟いた。勝手にしろと小声で悪態をついて、身を翻したわたしは、おしゃべりな九官鳥に餌をやりに行ってしまったというわけだ。

あのとき、止血剤を注射された母親は、やがて気がついた。最初の一瞥でわたしを――正確に言えば、わたしの股間の蚕のさなぎのようなチンポコを認めると、暗い目がたちまち光を放ち、わたしを抱き上げると、頬ずりした。わたしの顔が、彼女の涙で濡れた。しわがれ声で泣きながら、口を開けて、わたしは乳房を探した。母親が乳首を含ませると、わたしは長いことしつけられたもののように力を入れて吸ったが、血腥い味がして、乳が出ないので、大声で泣いた。

八姐がオギャーと泣いたので、母親は気がついたが、抱き上げようとはしなかった。わたしを八姐とひとつところに置くと、母親は手をついて躰を支えながら、オンドルから下りた。よろよろと水瓮までたどり着くと、躰を折って家畜のように水を飲んだ。

母親は、庭中に散らかった死体をぼんやりと眺めた。ロバとその子は、落花生の囲いの側で震えていた。天地が回る、そう彼女は感じた。

姉たちが、惨めな姿で庭に入ってきた。母親の側に駆け寄ると、疲れたような泣き声を上げて、バタバタと倒れてしまった。

わが家の煙突から、白い煙がひと筋、立ち上った。母親は祖母の葛籠を壊して、卵、棗《なつめ》、氷砂糖、それに長年保存してあった吉林省《ヂーリン》産の朝鮮人参などを取り出した。鍋の水が沸騰し、卵が中で躍る。姉たちを呼び込んだ母親は、盆を囲んで座らせた。鍋の中のものを盆に掬い出すと、

「さ、みんな、食べなさい」と言った。

姉たちは、盆の中の食べ物を碗によそい、熱いままでガツガツ食った。卵に当たった者は殻を剝く間も惜しみ、棗にありついた者は種ごと飲み込んだ。母親はスープだけを飲んだが、三杯で盆は底をついた。みんなはしばらく静かにしていたが、やがて抱き合って泣き出した。泣き足りると、母親が言った。

「みんな、おまえたちに弟ができたんだよ。それに妹もね」

母親が乳を飲ませてくれた。乳は棗や砂糖や卵の味の混じった味がしたが、力に満ちた素晴らしい液体だった。目を開けると、姉たちが興奮して、わたしを見ていた。わたしには、彼女らがぼんやりとしか見えなかった。母親の乳房の液を吸い尽くすと、八姐のオギャー、オギャーと泣く声を聞きながら、わたしは目を閉じた。その八姐を抱き上げながら、母親が、ため息混じりに言うのを聞いた。

「おまえは、余分だったねえ」

翌朝、路地にジャンジャンという銅鑼《どら》の音が起こった。福生堂《フーションタン》の当主の司馬亭《スーマアティン》が、しわがれ声で叫んだ。

「みなの衆よ、めいめいの家の死人《しびと》を運び出せ……」

母親はわたしと八姐を抱いて庭に立ち、長く尾を引く調子で哭き声を上げた［死者を送る礼として哭く］が、その声は、柳の棒のように干からびて、ヒリヒリする湿った気配を漂わせており、顔に涙はなかった。母親を取り巻いた姉たちの中には、哭いている者も、哭かない者もいたが、だれの顔にも涙はなかった。

銅鑼をぶら下げた司馬亭が、わが家の庭に入ってきた。この乾燥ヘチマのような男は、皺だらけの顔をしているくせに、取れたてのイチゴのような鼻と、子供のそれのようにくるくる動く真っ黒な瞳を持っていることで、正確な歳を言い当てることは難しかった。腰や背中も、老残の身のように曲がっているが、両手だけは色白で、ふっくらとした状態を保ち、円い渦が五つできていた。

母親の注意を喚起するかのように、司馬亭はわずか一歩の場所で、銅鑼を激しく叩いた。ジャーンと、銅鑼は、放射線状に破裂するしわがれた音を立て、毛細血管を震わせた。母親は、泣き声を途中で飲み込んだ。首を真っ直ぐに立てたなりで、一分間というもの息をせず、心臓も鼓動を止め、血液も循環を停めた。

「酷《むご》いことじゃ！」

司馬亭は大げさに嘆いてみせた。その口元や唇、頬や耳たぶなどには、悲しみ極まって悲憤に堪えぬもののような感情が現れていたが、鼻や目からは、いい気味だとほくそ笑む気持ちが読みとれた。うつ伏せで硬直した上官福禄《シャングワンフールー》のかたわらに近寄ると、しばらくぼんやりと立っていた。ついで、首を切られた上官寿喜《シャングワンショウシー》の側まで歩いて行くと、腰をかがめて、あたかも気持ちを通わせようとでもするかのように、光を失った孤独なその目をのぞき込んだ。口が歪み、気づかぬうちに涎《よだれ》がひと筋、流れ出た。上官寿喜の安らかな表情と比べて、その表情は、愚鈍で野蛮だった。

わしの言うことを聴かぬからじゃ。どうしてわしの言うことが聴けなかったかのう……と、彼は低く呟いたが、死者を責めるようでもあり、独り言のようでもあった。母親の前に近寄ると、彼は言った。

「寿喜のおかみさん、死人を運ばせようと思うのじゃが。ほれ、この天気じゃ」

司馬亭が空を仰ぐと、母親も空を仰いだ。頭上の空は、押さえつけるような鉛色で、東では真っ赤な朝焼けが、巨大な黒雲のかたまりに圧迫されている。

「うちの石の獅子が、湿気で汗をかきおったから、じきに雨になる。運び出しておかぬと、雨に打たれて、日に照らされでもしたら、それこそあんた……」

母親はわたしを抱いたまま、司馬亭の前に跪いて言った。

「ご当主さま、この後家と父無《てて》し子たちは、なにもかもおすがりもうします。これ、おまえたち、叔父さんに跪きなさい」

姉たちは一斉に、司馬亭の前に跪いた。司馬亭はひどく力を入れて、銅鑼をジャンジャンと打った。

「あのクソ野郎めが」と、涙をほとばしらせて、彼は悪態をついた。

「みんなあの沙月亮《シャユエリアン》の野郎が招いた災いじゃ。やつが待ち伏せをしおったばっかりに、日本人めは腹いせに、民百姓を殺しやがった。おかみさんも子供らも、立つんじゃ。災難に遭ったのは、なにもこの家だけじゃなし、泣くのはよせ。このわしは、張唯漢《ヂャンウェイハン》県長に、鎮長にしてくれと頼んだ覚えはないぞ。県長はずらかれるが、鎮長はそうはいかん。クソ野郎めが！」

そう言うと、門の外に向かって怒鳴った。

「苟三《ゴウサン》に姚四《ヤオスー》、なにをぐずぐずしてくさる。八人かきの駕籠でもってお迎えしろとでもいうわけか？」

苟三と姚四がペコペコしながら庭に入ってくると、その後から、鎮《まち》の遊び人どもがついてきた。連中は司馬亭鎮長の腰巾着で、公務を執行する際には儀仗隊兼随員となり、鎮長の権威は連中を通じて発揮されるというわけだ。

姚四は毛辺紙《マオビエンヂー》［竹を原料とした吸湿性のよい紙］を綴じた帳面を小脇に挟み、耳のうしろには派手な柄物の鉛筆を挿している。苟三が苦労して上官福禄《シャングワンフールー》の躰をひっくり返すと、腫れて黒ずんだ顔が、朝焼け雲の空に向く。苟三は声を張り上げた。

「上官福禄――頭を割られて死ぬ――戸主――」

指に唾をつけた姚四が、戸籍簿をめくる。何度もめくったあげく、ようやく上官家のページを見つけると、耳の鉛筆を取り、片膝を地面について、折ったもう片足の膝に帳簿を載せ、鉛筆の先で舌をちょんちょんと突っついてから、上官福禄の名前を抹消した。

「上官寿喜《シャングワンショウシー》――」

苟三の声が急にそれまでの張りを失った。

「首を切られて死ぬ――」

母親がワッと泣き声を上げた。司馬亭が姚四に言った。

「さあ書いた、書いた。聞こえたな？」

ところが、姚四は上官寿喜の名前をマルで囲ったきりで、死因を書き込もうとしない。司馬亭が銅鑼のばちを振り上げ、姚四の頭を叩いて罵った。

「この野郎、死人《しびと》のことでまで手抜きしくさって。わしが字を知らないので、バカにする気か？」

「旦那さま、勘弁してくれ。わしは心に刻みつけて、千年経ったって忘れることじゃないですと、姚四が哀れっぽい顔で言うと、司馬亭は目を剝いた。

「千年だと？　どうしてそう長生きできる？　おまえは亀か、スッポンか？」

「旦那さま、たかがものの喩えじゃ。言いがかりはよしてくれ――」

「どこが言いがかりじゃ！」と、司馬亭は、またもばちを一発くらわした。

「上官――」

上官呂氏《シャングワンリュイシー》の前に立った荀三が、母親に訊ねた。

「あんたの姑さんの姓はなんじゃったかな？」

母親は首を横に振った。鉛筆で帳簿を叩いた姚四が言った。

「呂氏《リュイシー》じゃ！」

「上官呂氏――」と叫び、かがみ込んでその躰を観察した荀三は、ヘンじゃな、傷がないぞ、と呟きながら、上官呂氏の白髪蒼々たる頭を突っついた。すると、彼女の口から、かすかな呻き声が漏れた。はっと躰を起こした苟三は、口の中で「こ、こりゃ……死んだふりか……」と舌をもつれさせながら、目を剝いてあとずさりした。

上官呂氏はゆっくりと目を開けたが、生まれたての赤子のように、その目はうつろで定まらない。「お姑《かあ》さん！」と叫んだ母親は、わたしを抱いたまま、そっちへ駆け出しかけて、急に足を停めた。姑の視線が、焦点を結んだのを感じたのだ。視線の先は自分のふところに、ふところのわたしにあった。司馬亭が言った。

「寿喜のおかみさん、姑さんは消える前のともしびというやつで、どうやらこのガキが見たいようじゃな。男の子かの？」

呂氏の視線が気持ち悪くて、わたしは顔中を涙にして泣き喚いた。司馬亭が言った。

「孫を見せてやって、安心してあの世へ行かせてやることじゃ」

跪いた母親は、呂氏の側まで居去《いざ》って行くと、彼女の目の上にわたしを掲げて見せ、泣きながら言った。

「お姑さん、こうして葬るよりほかに仕方がないんです……」

わたしの尻の下で、上官呂氏の目は突然、キラキラと光った。腹部でゴロゴロという音がして、悪臭が漂った。

「おしまいじゃ。気が抜けたら、今度こそお陀仏じゃ」と、司馬亭が言った。母親はわたしを抱いて立ち上がると、あまたの男の前で上着の裾をからげて、片方の乳房をわたしの口に含ませた。ずっしりとした乳房が顔を覆うと、わたしは泣き止んだ。司馬亭鎮長が宣告した。

「上官呂氏、上官福禄の妻、上官寿喜の母。夫に死なれ、子に死なれたため、悲しみ極まって死す。ようし、担ぎ出せい！」

鉄の鈎を手にした死体収容隊員が、その躰に鈎をひっかけようとした途端に、上官呂氏は、亀のようにゆっくりと這い起きた。腫れあがった大きな顔が陽に照らされると、レモンか年糕《ニエンガオ》［粉餅］のように見えた。冷笑を浮かべながら、煉瓦塀に寄りかかって座ったところは、どっしりとした山のようであった。

「お姑さんよ、まったく運のつよい人じゃなあ。死んではおらんから、抹消は止めい」と司馬亭が言った。

鎮長の手下どもは、死体の匂いを防ぐべく、てんでに焼酎を吹きつけたタオルを口にあてがっている。戸板を一枚担ぎ込んできた。その上には対聯《ドウエリエン》の痕がある。文字が消えかかっているが、〈一夜は双歳《にねん》に連なる〉でなければ〈瑞雪は豊年の兆し〉に相違ない。みんな鉄の手鈎を提げているのは、それでもって死体を戸板に移そうというのである。

戸板が地面に置かれた。四人の遊び人ども――連中はいまや鎮役場の死体収容隊員だ――が、そそくさと鉄の手鈎で上官福禄の手足を挟むと、足下をよろめかせながら、戸板の上に投げ出した。ほかの二人が戸板を持ち上げ、門の外へと運び出した。硬直した福禄の片手が戸板から垂れて、鐘のようにブラブラする。「入り口の婆さんを脇へ退《ど》けてくれ！」と一人が怒鳴ると、二人ほどが前のほうへと駆け出した。孫大姑《スウンダアグー》じゃ。鋳掛け屋孫の女房か！　どうしてこんなところで死んでおるのかのう？　大声でやりとりする声が路地でする。「先にその婆さんを馬車に載せてしまえ」路地は、喧噪を極めている。

戸板が、上官寿喜のかたわらに置かれた。死んだときのままの姿で、青空に向かって呼びかけているような首なし死体からは、中に蟹でもいるかのように、次々と透明な気泡が沸き出す。収容隊員どもも、どこから手をつけたものか、ためらった。一人が、「さて、このまま載せるとするか」と言うと、手鈎を上げた。

「それだけは止めて！」と母親は叫ぶと、わたしを上官来弟《シャングワンライディー》のふところに押しつけて、亭主の首なし死体の側まで、号泣しながら飛んで行った。肝心の首を持ち上げようとやってみるが、手がそれに触れた途端に、引っ込めてしまう。

「おかみさん、諦めることじゃな。この首をくっつけるつもりかね？　荷車を見てきなされ。犬に食われて片足しかないのもあるのに、これなんぞまだマシなほうじゃ！」

口をタオルで覆っているので、遊び人はくぐもった声で、

「退いた退いた。みんな向こうを向いておれ」

と言うと、乱暴に母親を引っ張って、姉たちのところへ押しやった。

「みんな、目を閉じてろ！」と、もう一度念を押す。

母親たちが目を開けて見ると、中庭の死体は、すべて運び出されていた。

死体を山積みにした馬車の後をついて、わたしたちは、埃の舞い上がる大通りを歩いて行った。馬は三頭、初めの日の午前に姉の来弟が目にした、浅黄色に褐色に萌葱色の三頭である。あの日、姉が目にしたときの馬たちは、まるで蠟彫刻のように躰に張りがあっていきりたっていたが、い

まやしょんぼりとして、躰の艶もわるい。脇を牽いている黄色い毛の馬は片足を痛めて、ひと足ごとにつんのめる。黙々と車を牽くが、歩みはのろい。轅《ながえ》に手を預けた御者は、鞭を引きずっている。両鬢が黒くて、真ん中に白い毛がある。口をとんがらかすと、あだ名の〝四十雀《しじゅうから》〟そっくりだ。

大通りの両側では、燃えるような目をした犬が何十匹も、荷車の死体をじっと見ている。荷車のうしろの土埃の中に、死者の遺族がつづく。わたしらのうしろは、鎮長の司馬亭に苟三と姚四を頭とする随員というわけだが、スコップを肩にした者や、手鈎を提げた者に混じって、端っこに一人、赤い布を結びつけた長い棹を担いでいる男がいる。

銅鑼を提げた司馬亭が、数十歩行くごとに、銅鑼をひと打ちする。すると、死者の家族が、声をそろえて哭き声を上げる。ひどくお座なりな哭きようで、銅鑼の余韻が尾を引いて消えると、止んでしまう。肉親を悼むというより、鎮長から言われてそうしているかのようだ。

こうしてわたしたちは馬車の後をついて、切れ切れに哭きながら、鐘楼の崩れた教会を過ぎ、五年前に司馬亭とその弟の司馬庫《スーマアクー》が、風力製粉の試験をやった大製粉所を過ぎた。十数台のおんぼろ風車は、いまもなお製粉所の上空に高くそびえ立って、ガラガラと音を立てている。二十年前に日本の商人三船飯郎が創建した米国綿花種輸入株式会社を大通りの右側に見て通り過ぎ、高密県長の牛騰霄《ニユートンシヤオ》が女性の纏足反対をぶった演説壇を司馬家のこなし場に置き去りにした。

やがて馬車は、墨水河《モオシユイホー》沿いの道に沿って左折し、湖沼地帯へとつづく平坦な原野へと入った。湿った南風が、腐った匂いをしきりに運んでくる。道端の溝や川辺の浅瀬では蛙がふとい声で鳴き、大きなオタマジャクシの群れで水の色が変わっている。

原野に入ると、馬車はにわかに速度を速めた。御者の〝四十雀〟が、足を痛めているれいの脇馬にも手加減せず、鞭をくれる。でこぼこ道で馬車が激しく揺れると、荷台の死体がこすれ合って臭気を発し、囲い板の隙間から液体がしみ出した。哭き声はばったり途絶え、遺族たちは着物の袖口で鼻を覆った。

司馬亭が随員を引き連れて、わたしたちの脇を駆け抜け、馬車の前に出た。腰をかがめてなおも疾駆し、わたしたちと馬車を置き去りにし、死人の臭気を置き去りにした。

犬が十数匹、狂ったように吼えながら、道の両側の麦畑の中で飛び跳ねた。麦の穂波の中で見え隠れに起伏するその姿は、大海原のアザラシのようだった。蝿は死人を厭わなかったし、カラスや鷹にとって、今日は盛大なお祭りだった。高密県東北郷の広大な土地に住むカラスというカラスが、ことごとく集まって、黒雲のように馬車の上空に漂った。バタバタと上下に舞い飛びながら興奮した叫びを発し、さまざまな隊形を組んでは、絶えず下を目がけて襲いかかった。老いたカラスは慣れたもので、かたい嘴で死人の目をつつき、経験不足の若いカラスは、死人の額をつついてコツコツと音を立てた。〝四十雀〟が鞭を振るってカラスを叩くと、はずれたためしがなく、数羽が落ちて、車輪に押しつぶされた。鷹が七、八羽、遥かな空中を翔《と》んでいる。気流の関係で、ときには、カラスより低空を飛ぶことを余儀なくされる。おなじように腐肉を食うこの連中も、死体に関心はあるものの、カラスの群れには加わらず、見せかけの尊大さを保っていた。

太陽が雲間からちらちらと顔を出すと、果てしない熟れかけの小麦畑が、燦然と輝いた。風向きが変わり、つかの間の静けさが訪れると、せわしなく追いかけあっていた麦の波が眠り込み、あるいは死んだ。そしてあくまで広い、ほとんど天の果てまでつづくかと見える黄金の板が、陽光の下に出現した。数限りない熟れた麦のかたい芒《のぎ》が、あたかも短い金針《きんばり》のように、一望千里のきらめきを見せた。

ちょうどこのとき、馬車は、麦畑の中の狭い脇道に曲がり込んだところだった。御者はやむなく、麦の畝《うね》の上を進んだ。浅黄と萌葱の二頭の添え馬は、道の上を並んで走ることはかなわず、浅黄が畝に入ったかと思うと、今度は萌葱が黄金の麦を踏んで行くといった塩梅で、まるでいたずら盛りの餓鬼のように、互いに麦の畝の上で押しっくらをした。馬車の速度が落ちると、カラスどもはますます好き放題を始めた。ついに何十羽ものカラスが死体に取り付いて、羽を下に下げたまま、弾丸のように突っつきだした。〝四十雀〟も、もはやかまってはいられない。

その年は麦の作柄がことのほかよくて、太い茎は、はち切れそうな実を孕んだ穂をたっぷりつけていた。麦の芒が馬の腹を擦《こす》り、馬車のゴムタイヤや荷台の囲い板を擦って、ガサガサと、躰がむずかゆくなるような音を立てた。カラスの鳴き声にも、その音が消されることはなかった。音が海なら、鳴き声は流木だ。麦畑に犬の頭が見え隠れしたが、その目はかたく閉じられていた。さもないと、芒に目をやられてしまう。連中は嗅覚を頼りに、正しい方向を維持していた。

麦畑に入ると、道の狭さのせいで、わたしたちの隊形は長く伸びた。哭き声はとっくに途絶えて、低いすすり泣きすらもない。ときたま子供がうっかり倒れたりすると、身内か否かにかかわりなく、近くの者が友愛の手をさしのべた。みんなが一つにまとまった、こうした粛然とした雰囲気の中では、転んで口を切った子供も泣かなかった。

麦畑はいまなお静寂を保っていたが、そこには張りつめた不安があった。馬車の音や、犬の吠え声に驚いて飛び立った鷓鴣《しゃこ》が、時折バタバタと低く飛んで、遠くの小麦の黄金の海の中に沈んだ。麦梢蛇《マイシャオショー》――高密県東北郷特産の真っ赤な、猛毒の小さな蛇が、麦の芒の上にちらちらと姿を見せる。それを見ると、馬は全身を震わせ、犬は頭も上げずに、畝の間を這い進んだ。

太陽がなかば黒雲の中に姿を隠すと、残された太陽光線が、ひときわ眩しい。上空を巨大な黒雲が慌ただしく走り、陽光に照らされた麦の黄色が、燃える炎のようだ。風向きが逆に変わるつかの間に、億をもって数える麦の芒が空気をそよがせた。ひそやかな低いささやきで、麦たちは恐ろしい情報を交わし合う。

まず、柔らかな風が、東北の方角から麦の上を渡っていった。風の形は、無数の麦穂の震えとして現れ、静かな麦の海に、さらさらと流れる小川ができた。ついでやって来たきりっとつよい風が、麦の海を割った。前のほうでだれかが担いでいる高い棹の赤い布がはためきだし、空がヒューッと鳴る。東北の空に金色の蛇がくねり、雲が血の色に染まる。ゴロゴロと、くぐもった雷鳴が轟いた。

ふたたびひと時の静けさが訪れると、鷹が高い空から舞い降りてきて、麦の畦の中に消えた。カラスどもは、炸裂したように高いところに飛び上がり、カアカアと鳴き騒ぐ。ついで狂風が起こり、麦の流れは沸き立ち、北から西へ、また東から南へと泡立ち流れる。長い波と短い波が、押し合いへし合いして揉み合いながら、黄色い渦を作る。その有様は、麦の海が沸騰したようでもあった。

カラスの群れは散った。白い大粒の雨の薄い幕が、パラパラと落ちてきた。雨の中には、杏ほどの大きさの硬い雹《ひょう》が混じっている。たちまち、寒さが骨身にしみ通った。雹はまばらで、麦の穂や芒を叩き、馬の尻や耳を叩き、死者の腹や生者の頭を叩いた。雹に頭を砕かれたカラスが数羽、石のようにわたしたちの前に落ちてきた。

母親はわたしをしっかりと抱き締め、わたしの脆い頭を彼女の豊かな乳房の暖かい隙間に隠してくれた。生まれた途端に余計者にされた八姐《バアヂエ》は、オンドルの上に置きっぱなしにして、惚けてしまった上官呂氏《シャングワンリュイシー》のお相手だったが、その上官呂氏は、勝手に西棟に這い込んで、驢糞蛋児《ルーフエンタル》［ロバの糞を固めて乾燥させた燃料］をむしゃむしゃ食っていた。

姉たちはほかの者を真似て、上着を脱いで頭の上に載せた。来弟《ライディー》のリンゴのような硬い二つの乳房の優美な輪郭が、はじめてくっきりと浮き出た。彼女だけは上着を脱がず、両手で頭を守っていたのだが、雨に打たれると、向かい風を受けて衣服がたちまち躰に貼りついた。

こうして行き悩みながら、わたしたちはやっとの思いで共同墓地にたどり着いた。そこは十畝《ムー》［約六十六アール］ばかりの空き地で、麦畑に囲まれていた。雑草で覆われた何十もの土饅頭があって、その前には、腐った木の札が立ててある。

通り雨は過ぎ、砕けた雲の塊がそそくさと逃げ散った。雲間の空は眩しいほどに青く、陽の光が容赦なく照りつけると、残された雹はたちまち蒸気に変わって、あらためて空中に昇っていった。傷ついた麦は、ぴんと立ったやつから、そのまま倒れたやつまで、さまざまだった。涼風がすぐさま熱風に変わって、小麦は成熟を早め、分刻みで黄色さを加えた。

共同墓地のほとりに集まった者は、鎮長の司馬亭が墓地を大股に歩き回るのを見守った。バッタがその足下から飛び立ったが、柔らかな緑の外羽の内側に薄紅の内羽がちらつくさまは、それから五十年後のピチピチギャルが、緑のスカートの内に薄紅のスリップをちらつかせるのに似ていた。司馬亭は、黄色い花を咲かせている野菊のかたわらに立つと、かかとで地面をとんとんとやって、

「ここじゃ。ここを掘れ！」と言った。

色の黒い七人の男が、のろのろと寄って行ったが、みんなスコップを杖に、まるで相手の顔をしっかり覚え込もうとでもするかのように、互いに顔を見合わせてばかりいる。そのうち、連中の視線は、司馬亭の顔に集まった。

「わしの顔を見て、なにするつもりじゃ？」

と司馬亭は怒鳴り、

「掘りやがれ！」

と、銅鑼とばちを背後へ放り投げた。銅鑼は、一面に白い穂を吐いている茅《ちがや》の上に落ち、トカゲが一匹、驚いて飛び出した。ばちはイヌタデの葉の上に落ちた。スコップを引ったくるなり、司馬亭は足をスコップの肩にかけ、躰を揺すって土に挿し込む。力を入れて、草の根のびっしり生えた泥の塊を掘り起こすと、両手の幅でスコップの柄を持ち、まず躰を九十度左に回転させ、ついで右に百八十度さっと回転させる。泥の塊が、死んだ雄鶏みたいにぶっ飛んでいって、バサッ

という音とともに、薄黄色の花が満開のタンポポの上に落ちた。スコップをもとの持ち主に押しつけると、喘ぎながら言った。

「早く掘るんじゃ。あの臭いに、気がつかぬことはあるまいが？」

色の黒い男たちは、本気で働き出した。泥の塊が次々に飛んでいき、地面に穴が現れ、次第に深くなった。

真昼時で、空気が突然焼けるように暑くなった。世界には白い光が溢れ、目を挙げて太陽を見ようとする者など、だれもいない。

馬車の上の臭気はますます強烈になり、風上に避けるようにしていても、風に逆らった臭気で胃の腑を掻き回され、吐き気を催した。カラスどもが、またもややって来た。シャワーでも浴びたばかりのように、艶やかに光る羽毛は藍瓦《あいがわら》の色を思わせる。銅鑼とばちを拾い上げた司馬亭が、死臭をものともせず、馬車の前にすっ飛んで行った。

「クソカラスども！　下りて来てみやがれ。下りて来やがったら、粉々にしてやるぞ！」

銅鑼を叩いて跳ね上がりながら、空に向かって罵る。カラスの群れは、馬車から数十メートルの空中を旋回しながら鳴き騒ぎ、おまけに糞や汚い羽を下に落とした。〝四十雀〟が、先っぽに赤い布を縛りつけたれいの棹を、カラスの群れに向かって振り回す。三頭の馬は鼻の穴をしっかりと閉じ、下げられるかぎり下げた頭が、ひときわ重そうだ。

カラスは鋭い鳴き声をたてながら、いくつもの群れに分かれて舞い降りてきた。司馬亭と〝四十雀〟の頭に、何十羽ものカラスがたかった。丸い小さな目、硬くて強力な翼、醜い爪など、忘れられない姿だ。硬い嘴で頭をつつかれた二人は、腕を振るってカラスと闘った。手にした銅鑼やばち、棹などがカラスに当たって、バシッ、バシッと音がする。羽を傾けて、白い花の咲く緑の草むらに落ちた傷ついたカラスが、羽を引きずりながら、麦畑の中をよたよたと逃げる。身を潜めていた犬が、矢のように飛び出してカラスを引き裂き、あっという間に、草むらには、ねばねばした羽毛だけが残される。麦畑と墓地の境目に座った犬が、赤い舌を出してハアハア喘ぐ。

群れの一部が司馬亭と〝四十雀〟とに取りついている隙に、大部分のカラスは、馬車の上で押し合いへし合いしながら、醜く興奮してガアガアと鳴き、首をバネのように動かして、錐のような嘴で死体を啄んだ。さも美味そうな、悪魔の饗宴であった。

地面にぶっ倒れた司馬亭と〝四十雀〟は、長々と伸びてしまった。顔は埃で厚く覆われ、汗と涙で何本もの筋ができて、ひどい姿だ。

穴はもはや人間の頭までの深さになり、見えるのは、動いているのがわずかに分かる頭のてっぺんや、次々に投げ上げられる湿った白い泥土だけになった。ひんやりと新鮮な、泥の香りがしきりにした。

穴から這い上がってきた男が一人、司馬亭の側まで来ると、

「鎮長。水が出るところまで掘ったぞ」と言った。ぼんやりとその男を見た司馬亭は、ゆっくりと片腕を挙げた。男はまた言った。

「鎮長、どうじゃ、このくらいの深さで」

司馬亭は人さし指を曲げて見せた。男はぽかんとしている。

「間抜け！」と、司馬亭が言った。「わしを起こさんか！」

男は慌てて腰をかがめて、司馬亭を引っ張り起こした。うなり声を上げた司馬亭は、拳で腰を叩きながら、男に支えられて、できたばかりの盛り土を這い上った。

「おう、できたわい。おい、おまえら、上がって来い。これ以上掘ったら、あの世にとどくぞ」

穴の中の男たちは次々に上がって来たが、途端に襲ってきた死臭に、互いに目を見交わした。

司馬亭が御者を蹴飛ばして言った。

「起きて、馬車を動かせ」

御者が横たわったまま動かないので、司馬亭は怒鳴った。

「荀三に姚四。この老いぼれから先に穴の中に放り込め！」

穴掘りの男たちの間で、荀三が返事をした。

「姚四は？」と司馬亭が訊くと、「とっくにとんずらこきやがった」と、荀三がプリプリしながら悪態をついた。

「もどったら、あの野郎はクビじゃ」と司馬亭は言いながら、またも御者にひと蹴りくれて、

「まこと死んだのか？」

這い起きた御者は、べそをかきながら、墓地のほとりに停めてある馬車のほうを眺めて、尻込みした。荷台の上のカラスは一塊りになり、耳を聾する鳴き声を立てながら、上を下へともつれ合っている。三頭の馬は地面に伏せ、口の先を草むらに突っ込んでいるが、その背中にも、カラスが黒山になって止まっている。

馬車の周りの草原で、首を伸ばしては物を飲み込むカラスども。二羽が、なにやらつるんとした物を引っ張り合っている。綱引きの要領で、一羽が後退すると、もう一羽は嫌々ながら前に進み、一羽が前進すると、もう一羽が興奮して後ずさる。ときには力が伯仲して、ひとときの対峙に入る。二羽は足を草原に踏ん張り、羽を広げる。首を思い切り伸ばすと、首の毛が逆立って、青黒い肌が剝き出しになる。どっちの首も、胴体からいまにも抜けそうだ。横合いから犬が一匹飛び出して、腸をかっさらうと、引きずられたカラスが草原を転げ回る。

「鎮長さん、勘弁してくれ！」と、御者が司馬亭の足下に跪いた。

司馬亭が、泥を摑んでカラスに投げつけたが、カラスはてんで相手にもしない。受難者の家族の前まで歩いて行くと、司馬亭は懇願するように、わたしたちのほうを見て呟いた。

「これまでにして、もどることにしてはどうじゃ」

家族の者はぎょっとなったが、母親がまず跪くと、みんなもついで跪き、いっせいに悲しみの声を上げた。母親が、

「司馬の親方さん。あの者らを土の中に葬ってやってください」と言うと、みんなも口々に、

「お願いじゃ、葬ってやってください！　わたしのお母さん！　お父さん！　わしの息子……」

項垂れた司馬亭の首を、汗が川のように流れる。お手上げだというふうに、わたしたちに向けて手を横に振ってみせると、自分の取り巻きたちのところにもどり、重々しい調子で言った。

「おまえら、おあにいさん方よ。おまえらはこれまで、この司馬亭さまのご威光を笠に着て、盗みやたかりに喧嘩沙汰、後家だましから墓暴き、いい加減ひどいことをさらしてきくさったろう

が？　遊んで食わせてやったのは、まさかのときの役に立ってもらうためじゃ。今日こそは、たとえカラスに目ん玉をえぐられ、脳味噌をつつき出されようと、こいつの片《かた》をきっぱりと付けねばならん！　鎮の長たるこのわしが先に立って突っ込むから、こそこそさぼるようなやつがおったら、そいつのご先祖のキンタマを抜いてしまうぞ！　ことが済んだら、酒を飲ませてやるわい！　こら、起きろ！」

と御者の耳を引っ張り、

「荷車をここへ動かせ！　おまえら、得物を取れ。行くぞ！」

　そのとき、黄金の穂波の中を、三人の黒い男たちが泳いできた。近づいてきたのをよく見ると、孫大姑《スウンダアグー》の口のきけない孫たちである。三人とももろ肌脱ぎで、おなじ色のズボンを穿いている。いちばん背の高い男が手にしているのは弾力のある青竜刀で、振り回すとビュンビュンと鳴る。中の男の手には木の柄の大刀。いちばんチビが引きずっているのは長柄の大朴刀《ダアプーダオ》［鞘なしの細身の刀］である。三人は目を怒らせ、手真似を交えてさかんにアーアー言って、悲しみ極まった心のうちを演じてみせる。目を輝かせた司馬亭が、三人の頭を次々に叩いて、

「好いか、おまえら。おまえらのお祖母さんや兄弟どもは、みんなこの馬車の上じゃが、葬ってやろうにも、カラスの野郎が人をあなどって、好き放題じゃ。これからあいつらをやっつけるのじゃ。分かったか？」

　どこからか姚四が現れて、手話をやってみせると、涙と怒りの炎を目からほとばしらせた三人は、てんでに刃物を振るって、カラスの群れ目がけてとびかかった。

「このずる野郎めが！」と、司馬亭が姚四の肩を摑んで揺さぶり、「どこへ隠れていやがった？」

「違うよ、鎮長」と姚四は言った。「あの兄弟を呼びに行ったんじゃ」

馬車に飛び乗った孫家の三兄弟が、梶棒の上に立って刃物を振るうと、血が飛び、ずたずたにされたカラスが次々と地面に落ちた。「みんな、かかれ！」と司馬亭が叫ぶと、いっせいに荷台に上って、カラスと闘う。罵声、物のぶつかる音、カラスの鳴き声、羽ばたきの音などが入り混じり、死臭、汗の匂い、血の匂い、泥の匂い、麦の匂い、野の花の匂いなどが混然となった。ずたずたの死体が、穴の中に乱雑に積み上げられた。高く積み上げられた新土の上に立って、マローヤ牧師が祈った。

「主よ。この苦難に遭った者たちをお救いください……」

牧師の青い目から溢れた涙が、青黒いかさぶたになった顔の鞭の痕を伝って流れ、おんぼろの黒い上着に滴《したた》り、胸の前の重い青銅の十字架に滴った。

鎮長の司馬亭が、マローヤ牧師を盛り土の上から引き下ろして言った。

「マーさん、わきで休んでなさい。あんたも九死に一生じゃったなあ」

男たちが穴に土を埋め始めると、マローヤ牧師は、足下をよろめかせながら、わたしたちのほうへと歩いて来た。もはや西に傾いた日に、その影が地面に長く伸びた。牧師を見ながら、母親の心臓が重い左の乳房の下で、鼓動を乱した。

太陽が赤い色に変わる頃、墓地の中央に、巨大な土饅頭が出現した。司馬亭鎮長の指図で、死者の遺族たちは墳墓の前に跪いて叩頭《コウトウ》の礼をし、お義理のように力無い哭き声を上げた。司馬亭や遺体収容隊員に向かってお礼の叩頭をするようにと、母親が遺族の者たちに申し出たが、司馬亭は「いいから、いいから」と言うばかりだった。

葬列は、血の色の落日に向かって引き返した。母親と姉たちはおくれ、マローヤ牧師が巨大な図体を揺らしながら、最後尾を歩いた。途切れ途切れの列は、たっぷり一華里［約〇・五キロ］は伸びた。人々の濃い影が、金色の麦畑に斜めに長く横たわった。血の色の黄昏の果てしない静寂の中に、重い足音が響く。麦の穂を渡る夕風の音。かすれたわたしの泣き声。墓地の真ん中の天蓋のような大きな桑の木の上で、一日中眠っていた肥ったフクロウが、目を醒まして発した悲しげな鳴き声が尾をひき、聞く者の心を揺さぶった。母親が足を停め、墓地のほうを振り返ると、そこには紫がかった紅い霞が立ちのぼっていた。マローヤ牧師が腰をかがめて、七番目の姉の上官求弟《シャングワンチユーディー》を抱き上げると、「可哀相な子供らよ……」と言った。

そのことばの終わらぬうちに、無数の昆虫の合奏する夜曲《セレナーデ》が、あたり一帯に高まった。

二

生まれて百日経ったわたしと八姐を抱いて、母親がマローヤ牧師のもとを訪ねたのは、その年の中秋節《チユウンチヨウヂエ》［旧暦八月十五日の節句］の午前だった。

表通りに面した教会の正門はぴったりと閉まっており、扉には、神を冒瀆する汚いことばが殴り書きされていた。わたしたちは、路地伝いに教会の前庭のほうに回ると、広い原野に面した通用門を叩いた。門の側の木の杭には、れいの痩せた雌山羊が繋がれている。その長い顔は、どう見ても山羊には見えず、ロバかラクダか老婆のそれだった。顔を上げると、陰険な目で母親のほうを窺う。母親が片足を挙げ、つま先で下顎をくすぐってやると、メエーとひと声鳴いて、俯いて草を食べにかかった。

　庭の中ではゴロゴロという音に、マローヤ牧師のゴホンゴホンと咳をする声が混じって聞こえた。母親が扉の掛けがねをがちゃつかせると、中で牧師が、だれだねと訊ねた。母親が低い声で、わたしと応えると、扉がきしって、ひと筋開いた。わたしを抱いた母親は、躰を捻るようにして、その隙間から滑り込んだ。扉に鍵をかけると、振り向いた牧師は、長い腕を伸ばしてわたしたちをふところに抱き寄せ、堂に入った土地のことばで言った。

「わたしの大事な血を分けた子供よ……」

　おなじ頃、沙月亮《シャユエリアン》は、組織したばかりの黒ロバ猟銃隊を率いて、野辺の送りのときにわたしたちが歩いた道を、大張り切りで村へと駆けつつあった。道の両側の一方は麦の刈り跡に育った秋物のコーリャンで、もう片側は墨水河《モオシユイホー》の岸から広がっている葦である。

　その夏の灼熱の陽光と甘美な雨で、あらゆる植物が狂ったように生長していた。肉厚の大きな葉に太い茎をしたコーリャンは、人の背丈ほどになってもまだ穂をつけておらず、黒光りした葦は、葉に白い産毛を密生させている。暦の上で中秋とはいえ、風の匂いに秋の気配などかけらもない。ただ、空は深い青の秋の色をしており、陽の光も明るい秋のそれである。空気中に感じられる渋くて甘い匂いは、青々とした葦や緑したたるコーリャンの液の匂いだ。

沙月亮の一行二十八人は、一様に黒いロバに乗っていた。こいつは五蓮《ウーリエン》県南部の丘陵地帯の特産で、体格がよくて足が強い。速さでは馬にかなわないが、耐久力があり、長距離の跋渉に耐えられる。沙月亮は八百頭余りの中から去勢されていない、鳴き声の勇ましい、若盛りの黒ロバを選んで、この猟銃隊の騎乗用としたのである。

二十八頭の黒ロバが、一本の黒い線となって小道を行くさまは、水の流れを思わせた。上空にはクリーム色の霞がたちこめ、ロバの躰に陽の光が映えた。

破壊された鐘楼と見張り塔が見えてきたところで、先頭に立っていた沙月亮が手綱をしぼってロバを停めると、背後のロバがいきり立ったまま、詰め寄せてきた。振り向いて隊員たちの疲れた顔を見た沙月亮は、下りろと言い、すぐつづいて、顔や首筋を洗い、ロバを洗うよう命じた。黒く痩せたその顔に、きびしい表情を浮かべた彼は、ロバから下りてだらだらしている隊員たちをきびしく叱りつけ、こいつは大事なことだぞと言った。このところ抗日ゲリラは、茸みたいにニョキニョキと、そこら中に頭を出していやがる。だから、おれたち黒ロバ猟銃隊がこの高密《ガオミー》県東北郷《ドンベイシアン》の地盤を最後にものにするには、一風変わった姿でほかのゲリラを圧倒しなければならんのだ。

焚きつけられた隊員たちは、たちまちそうかとばかりに上半身裸になり、衣服を葦の上に載せておいて、湖の浅瀬でバチャバチャと、頭から顔や首を洗い始めた。剃りたての頭が青々と光った。鞄から石鹸を摑みだした沙月亮は、それを小さく切って隊員たちに与え、隅々まできれいさっぱりと洗えと言った。自分も水の中に立って、紫色にひきつれた傷跡のある肩を傾けながら、首筋の垢を擦った。

その間、黒ロバどもは、気乗りうすげに葦の葉を食らうやつ、コーリャンの葉を食らうやつ、互いの尻を咬み合うやつ、沈思黙考しつつ仕舞いこんであったれいの棒を皮袋から突き出し、そいつを振り立てて腹の皮を叩くやつなど、それぞれ興の赴くままに振る舞った。ちょうどその頃、母親はマローヤ牧師のふところから身をもぎ離して、文句を言ったのだった。

「このロバったら「ロバには人を罵る意味もある。ここはおバカさん」。子供が痛がるじゃないか！」

すまなさそうに笑ったマローヤ牧師は、整った白い歯を剝き出した。わたしたちのほうに赤い片手を差し出し、ややためらったのち、残ったほうの手も差し出した。指を一本くわえたわたしは、ワワワといった声を立てていた。八姐のほうは人形のように、泣きも動きもしなかった。彼女は、目の見えない子に生まれついたのだった。

母親は、その片手にわたしを預けて、「ほら、あんたを見て笑ってるよ」と言った。ついでわたしは、牧師の湿った両の手の中に落とされた。その顔がわたしにかぶさってきて、頭のてっぺんの赤毛や顎の黄色い毛、鷹の嘴のような大きな鼻、悲しげな青い光をたたえた目などが目に入った。耐え難い痛みが背中に起こり、わたしは指を吐き出し、大口を開けて泣き出した。痛みは骨髄にしみとおり、涙が目に満ちた。牧師の湿った唇がわたしの額に当てられた。その唇の震えと、いがらっぽいタマネギの匂いや、山羊の乳の生臭い匂いをわたしは感じた。

牧師はわたしを母親に返して、恥じたように言った。

「この子を恐がらせたかな？　そうらしいな」

姉をマローヤ牧師に渡して、わたしを受け取った母親は、背中を叩いたり揺すったりしながら、呟いた。

「さあさ、泣かないで。この人、だあれだ？　分からないかい？　恐いかい？　よしよし、恐がらなくても、いい人なんだよ。おまえのほんとの……ほんとの神父さんだよ……」

背中の痛みはまだつづいており、わたしは泣きすぎて、声が嗄れてきた。母親は襟元をくつろげて、乳房をわたしの口に含ませた。すがる思いで乳首を銜え、懸命に吸うと、青草の匂いのする乳が喉に流れ込んできた。だが痛みは止まず、やむなく乳首を放したわたしは、なおも泣きつづけた。マローヤ牧師は、不安げに大きな手をもんだ。塀際に駆け寄ると、タンポポを抜いてきて目の前で振ってみせたが、効き目がない。こんどは塀の隅に走って、金色の花弁に縁取られたお月さんほどもあるヒマワリを力を入れて千切ってきて、そいつをわたしの顔の前で振ったが、その匂いがわたしを惹きつけた。マローヤ牧師が走り回っている間中、姉は声も立てずに、その腕の中で眠っていた。母親が言った。

「いい子だね。ほら、神父さんがお月さんを取ってきてくれたよ」

わたしは月に向かって片手を伸ばしたが、背中にまたも激痛が走った。

「どうしたんだろう？」と、母親は唇青ざめ、顔を汗で濡らした。

「躰になんぞ刺さっておるのではないのか？」と、神父は言った。

誕生百日目のお祝いにわざわざ縫ってくれた赤い服を、牧師に手伝ってもらって脱がせた母親は、縫い目にまち針が一本、留まっており、血だらけの刺し痕が一面についているのを見つけた。

針を抜き取って塀の外に投げ捨てた母親は、「可哀相に……」と泣きながら、「わたしが悪かったんだ！」と、片手を挙げて自分の頰を激しく打った。つづいてもう一度、パシッと音がした。マローヤ牧師は母親の手を握り、ついで背後からわたしたちをその腕で囲い込んだ。湿った唇で母親の頰や耳、髪の毛などに口づけしながら、低い声で呟いた。

「おまえのせいじゃない。わたしのせいじゃ……」

牧師に慰められて、落ち着きを取りもどした母親は、牧師の住まいの敷居に座って、乳房をわたしに含ませた。甘美な乳が喉を潤してくれると、背中の痛みは次第に消えた。口で乳首を銜え、手で乳房を摑みながら、もう一つの乳房を守るべく、片足を挙げては蹴った。母親が足を押さえたが、手を放すとわたしはまた足を挙げた。

「着せるときに何遍も調べてみたのに、どうして針が残っていたんだろう？　きっとあの老いぼれの仕業だよ！　わたしたち母子を憎んでいるんだから！」と、母親が言った。

「あの婆さんは知っておるのかね？　二人のことだが」と、牧師が言った。

「あの老いぼれのせいでこうなったんだと、わたしは言ってやったよ。ひどい目に遭わされたからねえ！　あの老いぼれには、人の道もあったもんじゃない！」

牧師は姉を母親に渡して、「この子にもお乳をおやり。どっちも神から与えられた者じゃ。えこひいきはいかんぞ！」

顔を赤らめた母親は、姉を受け取ってもう片方の乳首を与えようとしたが、わたしの足が姉の腹を蹴って、姉が泣き出した。

「見たでしょう？　このチビときたら、したい放題なんだから。この子には山羊の乳でも飲ませてやって」

山羊の乳をたっぷり飲ませると、牧師は姉をオンドルの上に置いたが、姉はおとなしく、泣きも騒ぎもしなかった。

わたしの頭の黄色い毛を見ているマローヤ牧師の目に、驚きの表情が浮かんだ。じっと見られていることに気がついた母親が、顔を上げて訊ねた。

「なにを見ているの？　この母子を見忘れたとでも？」

「いやなに」と、牧師は首を横に振ると、照れたような笑顔になって、

「このチビの乳の吸いようときたら、まるで狼じゃないか」

「だれに似たのかねえ？」と、母親が甘えたように流し目で牧師を見た。マローヤ牧師はますます照れ笑いを大きくして、

「わたしに似ているというのかね？　わたしの小さい頃はどんなだったかなあ？」と言ったが、その視線は、兎のそれのように焦点を失った。彼の脳裏に、万里の向こうに残してきた幼い日々のことがちらつき、涙が二粒、その目から溢れた。

「どうかしたのかね？」と、母親が驚いて訊ねた。照れたように乾いた笑いをもらすと、牧師は太い指の関節で目の下の涙を拭い、なんでもないと言い、

「この中国に来て……もう何年経ったかのう？」

母親が不快げに言った。

「わたしが物心ついた時分には、あんたはもうここにいた。あんたはわたしとおなじで、ここの田舎っぺよ」

「違うぞ。わたしには自分の国籍がある。わたしは、神が遣わされた使者じゃ。スウェーデンの大主教から布教のために遣わされたという書類が、昔は手元にあったのじゃが」

母親は笑って言った。「馬《マア》さん、わたしの伯父さんは言うていたよ、あんたはニセ毛唐で、あんな書類は、平度《ピンドウー》県の絵描きに頼んで描かせたもんじゃと」

「バカを言え！」とマローヤ牧師は、巨大な侮辱を受けたかのように、跳び上がって悪態をついた。

「拳骨の于《ユイ》のろくでなしめが！」

母親は機嫌をそこねて言った。「そんな悪口は止めて。あの人は、わたしには大恩のある伯父さんなんだから！」

「おまえの伯父さんでなかったら、あいつのチンポコを引っこ抜いてやるのに！」

母親が笑った。「伯父さんは、拳骨一発でラバを倒せたんだよ」

マローヤ牧師は気落ちしたように、

「おまえまでが、わたしのことをスウェーデン人と信じてくれないのなら、ほかに信じてもらうすべはないわい」

そう言うと、地面にしゃがみ込んでしまった。タバコ入れを取り出し、袋の中を探って煙管にタバコを詰めると、ぶすっとしてふかし始める。母親がため息をついて言った。

「これなんだから。あんたが本物の西洋人じゃと、信じてあげればいいんでしょ？　なにもむくれることなんぞ、ありゃしないよ。どこにあんたみたいな中国人がおるもんかね？　躰中が毛だらけで……」

　マローヤ牧師の顔に、子供のような笑みが浮かんだ。

「いつかはきっと、国にもどることになる」

と、思いに沈みながら言い、

「ただ、呼びもどされたからといって、それだけでもどるとは限らないぞ。おまえが一緒でないとな」

と、母親の顔を見た。

「あんたもわたしも、この土地から出られやしないんだから、くよくよせずに暮らすことだよ。それに、あんた、言ったじゃないか、髪の毛が黄色であろうが赤や黒であろうが、人間はみな神の羊だと。草っ原さえあれば、羊は引き留められる。高密県東北郷には、こんなに草があるんだから、あんたを引き留められないはずがないじゃないか！」

「そのとおりじゃ。おまえという霊芝草《まんねんだけ》［これを服すれば仙人になれるとされる茸の一種］があるというのに、どこへ行くものか！」と、マローヤ牧師は思いを込めて言った。

「こら！」母親が大声で叫んだ。

　母親と牧師がしゃべっている隙に、臼を碾かせていたロバが、臼台の小麦粉を盗み食いしたのである。マローヤ牧師が近寄って掌でどやしつけると、ロバはまたゴロゴロと臼を碾いて回りだした。

「子供が眠ったから、小麦粉を篩《ふるい》にかけてあげる。筵《むしろ》を探して来て。木陰で寝かせるから」と、母親が言った。牧師が、青桐《あおぎり》の木の下にむしろを広げた。母親がその上にわたしを置こうとすると、乳首を口でしっかり銜えたまま、放そうとしない。

「この子ときたら、まるで底なしなんだから、骨の髄まで吸い出されてしまう」と、母親は言った。

　マローヤ牧師がロバを追い、ロバが石臼を碾く。石臼に砕かれた小麦が、粗い粉に変わって、サラサラと臼台の上に落ちる。青桐の下に座った母親が、支えの上に柳の枝で編んだ箕《み》を載せた。箕の中央には棒を置く。棒の上に置いた目の細かい篩の真ん中に小麦粉を載せると、やおらゴロンゴロン、ゆったりとリズミカルに篩を押しては引く。雪のように白い穫《と》れたての小麦粉が箕に落ち、麩《ふすま》が篩に残る……

　青桐の厚い大きな葉の間をすり抜けた陽の光が、わたしの顔にこぼれ、母親の肩にこぼれる。マローヤ牧師の小さな庭に、穏やかで睦まじい、家庭の雰囲気が出現した。怠けさせまいと、牧師がロバの尻を木の枝でひっぱたく。それはわが家のロバで、その日の朝、牧師が借りに来たものだったが、叩かれて円を描いて走り、汗で躰の色が濃く変わっている。

　門の外から山羊の鳴き声が聞こえ、すぐつづいて門扉が突き開けられて、わたしとおなじ日に生まれたわが家のラバの子が、隙間から整った頭をのぞかせた。後足を蹴りつけて、ロバが暴れる。「早く入れてやって」と母親が言うと、マローヤ牧師が飛んで行った。ラバの子の頭を力をこめて押しもどし、ぴんと張っていた門扉の鉄の鎖をゆるめておいてから、留め金をはずし、躰をさっと開くと、ラバの子が飛び込んできて、母ロバの足の下にもぐり込み、乳首にかじりついた。「人畜に変わりはないねえ！」と母親が感嘆すると、牧師はうなずいて賛意を示した。

わが家のロバが、マローヤ牧師の青天井の臼碾き場で間《あい》の子のラバに乳をやっている頃、沙月亮と彼の隊員たちは、大真面目で黒ロバを洗ってやっていた。特製の鉄のブラシでたてがみやまばらな尾の毛を梳いてやったうえで、真綿で毛を擦って、その上から蜜蠟を塗るのである。二十八頭のロバは、面目を一新した。二十八人は大張り切りで、二十八挺の猟銃が黒光りした。隊員たちは、それぞれ大小二つの瓢簞を腰につけている。大きいほうには火薬が、小さいほうには鉄の弾が入れてあるが、外側には桐油を三層に塗ってあるので、五十六個の瓢簞がキラキラ光る。身に着けているのは木綿の黄色いズボンに黒い上着で、頭には、コーリャンの殻で編んだてっぺんの尖った八角の笠を被っている。沙月亮の笠のてっぺんには赤い房があしらわれていて、ほかの隊員と区別して、その身分を示している。

沙月亮は、満足げにロバと人間を見回して、

「兄弟たち。張り切って、おれたち黒ロバ猟銃隊の威勢を、やつらに拝ませてやろうぜ！」

言い終わると、そのままぱっとロバに飛び乗って、尻をひっぱたいた。黒ロバは、風のように早足に移った。走らせたら馬にかなうものはいないが、歩くとなればロバだ。馬の背の騎手は威勢がよいが、ロバの背の騎手は心地がよいのである。彼らは、瞬く間に大欄鎮《ダアランヂェン》の通りに現れた。

通りはいまや、麦刈り時分のそれではなかった。あの頃は埃だらけで、馬でも走ろうものなら、

通り中に埃の煙幕が舞い上がった。五月五日の午前に、姉の上官来弟《シャングワンライディー》たちが目にしたのがそれだった。いまではひと夏の豪雨に叩かれて、通りはツルツルに硬まり、沙月亮のロバ隊は、路上に白い蹄の痕を残しただけだった。むろん、蹄の音を響かせて。沙月亮たちの黒ロバには、馬とおなじように、蹄鉄が打ってあった。沙月亮の創意工夫である。それから二十年のちには、茍三の息子の茍解放《ゴウヂエファン》が、おなじように赤牛に蹄鉄を打つことになる。

ロバの高い蹄の音は、まず子供らを惹きつけ、ついで鎮役場の収入役の姚四《ヤオスー》の注意を引いた。時節柄には不似合いな長上着をぞろっと着て、耳にはれいによって柄物の鉛筆を挟んだ姚四は、屋内から走り出ると、沙月亮のロバを押し止め、お辞儀をひとつして、満面に笑みを浮かべ、

「隊長は、どの方面のお方ですかな？　ご滞在か、それともご通過で？　このわしに、なにかお手伝いさせていただきますことがございますか？」

沙月亮はロバから飛び降りた。

「おれたちは黒ロバ猟銃隊、抗日本隊の別動隊だ。上からの命令によって、大欄鎮に常駐して、抗日に当たることになったから、住居の手配、ロバの飼料の支度、鍋釜の用意などを頼む。食い物は贅沢はいらん、卵に大餅《ダアビン》［小麦粉をこねて焼いた北方の主食］で結構だ。黒ロバは抗日の騎乗用だから、ちゃんと飼うようにな。干し草は細かく切って篩にかけ、豆の粕汁で混ぜて、麩を上に撒いてやること。ロバの飲み水は、必ず井戸から汲みたてを使い、蛟竜河《ヂヤオロンホー》の濁り水を使ってはならんぞ」

「隊長」と姚四は言った。「そんな大事《おおごと》は、わしでは決められません。鎮長にご指示を仰がねば。

いや、うちの親方は、皇軍から維持会長「維持会は秩序維持の名目で日本軍が作った傀儡権力」に任命されたばかりでして」

「バカ野郎！」と、沙月亮は顔色を変えて罵った。

「日本人のために働くのは、漢奸《かんかん》で犬だぞ！」

「隊長、うちの鎮長はそんな維持会長になんぞ、てんからなる気はなかったので。広い田地田畑があり、馬もロバも腐るほどいて、食うもの着るものの心配があるわけじゃなし。こんな役目をやるのも、まったくのところ無理強いされたわけでして。それに、どうせだれぞが会長にされるのなら、ほかの人間にやらせるより、うちの親方がやるほうがまだマシという……」

「連れて行って会わせろ！」と、沙月亮は言った。ロバ隊は鎮役場の門の前に休ませておいて、姚四は沙月亮を案内して、福生堂《フーションタン》の表門を入った。

福生堂の構えは、一棟十五部屋の棟が七棟重なっており、建物と建物はいくつもの入り口で繋がって、迷宮のように入り組んでいる。沙月亮が会ったとき、司馬亭《スーマアティン》はちょうど、傷養生のため寝台に横になっている司馬庫《スーマアクー》と口論の最中だった。五月の五日、司馬庫は尻に火傷をしたが、傷口がなかなか癒えず、床ずれになってしまったのである。やむなくいまは、尻を高々と突き出して、寝台に腹這いになっている。

「兄貴よ」と、両手を寝台についた司馬庫は、頭を持ち上げ、目を光らせながら言った。「あんたは間抜けだ。大間抜けだよ。維持会長なんぞは、日本人からは犬扱い、ゲリラからはロバ扱いだぜ。鞴《ふいご》にもぐり込んだ鼠みたいに、両側から責め立てられるんだぞ。ほかの人間が嫌がる役を、なにもわざわざやることはなかろうが！」

「バカぬかせ！　でたらめばっかりこきやがって！」と、司馬亭は憤懣やるかたないといった調子で言った。

「こんな役をやりたがるのは、大バカたれじゃ。兵隊に銃剣を突きつけさせておいて、日本の隊長が通訳官の馬金竜《マアヂンロン》を通じてぬかしやがった、〈おまえの弟の司馬庫は馬賊の沙月亮と結託し、橋に火をつけて待ち伏せし、皇軍に甚大なる被害を与えた。皇軍は〝福生堂〟を焼き払うつもりだったが、おまえが真面目な人間であるから、今度だけは見逃してやる〉、とな。わしの維持会長は、半分はおまえのおかげじゃないか」

そう言い返されてことばに詰まった司馬庫は、悪態をついた。「このけつ野郎、いつまでかかったら治りくさるんだ！」

「じっくり養生することじゃ」と、司馬亭は言った。振り向いて歩きかけて、入り口で微笑んでいる沙月亮が目に入った。姚四が進み出てなにか言いかけたところで、沙月亮が言った。

「司馬会長、おれが沙月亮じゃ」

司馬亭が応えるいとまもなく、司馬庫が寝台の上で躰を反転させて、「このクソったれ。沙和尚の異名のある、あの沙月亮か？」

「いまは黒ロバ猟銃隊の隊長でしてな」と、沙月亮は言った。

「司馬のご当主の弟さんには、橋に火をつけていただいたお礼を言わねば。お互い、息もぴったりでしたなあ」

「このクソったれ」と、司馬庫は言った。「まだ生きてくさったのか？　こないだのはなんちゅう戦術だ？」

「奇襲戦さ！」

「奇襲戦かなにか知らんが、めちゃくちゃにやられやがって！」と、司馬庫は言った。「もしもこのおれさまが火をつけなかってみろ、ヘン！」

「火傷によく効く秘方があるから、後で届けさせよう」と、沙月亮がニヤニヤしながら言った。

司馬亭が姚四に命じた。「宴会の支度をせい。沙隊長の歓迎じゃ」

「維持会はできたばっかりで、一銭のカネもありませんぜ」と、姚四が困ったように言った。

「なんと血のめぐりの悪いやつじゃ。皇軍はわしの家の皇軍ではのうて、この鎮八百戸の皇軍で、黒ロバ猟銃隊もわしの家の黒ロバ猟銃隊ではのうて、この鎮全体の黒ロバ猟銃隊じゃ。みんなのお客はみんなしてもてなすのが道理、一軒ずつに穀物や小麦粉やカネを出させろ。酒はこの家が持つ」と司馬亭が言った。

沙月亮が笑って、「司馬会長は二股膏薬で、まったく、八方丸く収めるというやつですなあ」

「仕方がないよ。牧師の馬《マア》の言うとおりで、〈わたしが地獄に堕ちなんだら、だれが地獄に堕ちる〉というやつじゃ！」

マローヤ牧師は鍋の蓋を取ると、新の小麦で打ったうどんを、ぐらぐら煮える熱湯に入れた。箸でうどんをかき混ぜておいて蓋をすると、竈の前で火を焚いている母親に向かって、大声で言った。「火をもうすこし大きくして」

はいと応えて母親は、香ばしい匂いをさせている柔らかな金色の麦藁を、竈に押し込んだ。母親の乳首を銜えたわたしは、かまどの中でめらめら燃えている炎を横目で眺め、麦藁が燃えるパチパチはぜる音を耳で確かめながら、いましがたの光景を思い浮かべていた。

――小麦粉の篩に使った箕の中に置かれたわたしは、仰向けに寝かされていたが、寝返りをうって腹這いになると、まな板の上でうどんをこねている母親に、視線を向けた。母親の躰が起伏するたびに、豊満な二つの宝の瓢箪が、胸の前で躍る。それがわたしを呼び、わたしと秘密の交信を交わした。ときには赤い棗のような二つの頭を寄せ合って、口づけするかのように、またひそひそ内緒話をするかのように見えることがある。が、ほとんどのときは、上下に躍りながら、ご機嫌な二羽の白鳩のように、クククと鳴く。わたしはそっちに手を伸ばす。口から涎が流れる。

突然、白鳩が、恥じらいと緊張の色を浮かべた。顔をほんのりと赤らめ、細かな汗の玉が、二羽の間の峡谷を小川となって流れる。その躰の上を、青い二つの光が移動する。マローヤ牧師の視線だった。深い青色の眼窩から、黄色い毛の生えた小さな手が二本伸びて、わたしの食べ物を奪いにかかる。わたしの心に、黄色い炎がめらめらと騰《あ》がった。泣こうと口を開けたが、つづいて一層腹の立つことが起こった。目の中の手が引っ込んだかわりに、マローヤ牧師の腕についた大きな手が、母親の胸の前に伸びてきたのである。丈の高い躰をぴったりと母親の背中につけて、見るからに醜い手で、母親の胸の二羽の鳩を押さえつけた。指が不器用に羽毛を撫で、しかも荒々しくその頭を摑み、捻る。可哀相な宝の瓢箪！　やさしい白鳩！　二羽は、羽をバタバタさせてもがき、躰をぎゅっと縮める。そのまま、これ以上小さくなれないほどに縮まって、今度は突然膨らみ、飛び立とうと羽を動かす。さあ、果てしなき原野へ、青い空へと飛んでいくのだ。緩やかに漂う雲と遊び、風に湯浴みし、陽の光に愛撫され、穏やかな風の中で呻吟し、陽の光の中で歓喜の歌を歌うのだ。そのあと、静かに下へ、底なしの深淵へと、落ちていく。

　わたしは思い切り泣き声をあげた。涙で両の目がぼやけた。母親とマローヤ牧師の躰がぎくっとなり、母親が鼻を鳴らした。

「放して、おバカさん。子供が泣いてるよ」と、母親が言った。

「間の子の餓鬼め！」と、牧師が腹立たしげに言った。

　わたしを抱き上げると、母親は慌ただしくわたしを揺すって、すまなさそうに「おお、よしよし。大事な大事な、血を分けたわたしの子を泣かせるなんて、ごめんよ」と言いながら、白鳩をわたしの目の前に差し出した。わたしは自分の白鳩に、せわしなく、思い切り、力をこめてかぶりつく。わたしの口は大きかったが、それでもなおまどろっこしく、他人の侵犯を許すべからざる自分の所有物であるこの白鳩を、蝮の口のように飲み込みたかった。「いい子だから、ゆっくりね」と、母親はわたしのお尻をそっと叩いた。一つを銜えたわたしは、もう一つを手で摑んだ。そいつは赤い目の小兎で、大きな耳を握っていると、その鼓動が感じられる。

　マローヤ牧師がため息をついて言った。「間の子の餓鬼め」

「そんな悪態は止めて」と、母親が言った。

「だけど、正真正銘の間の子じゃないか」

「洗礼をしてやってくれないかね。それが済んだら、名前もつけてやって。今日でちょうどまる百日なんだよ」

　マローヤ牧師は慣れた手つきでうどんをこねながら、「洗礼？　洗礼のやり方も忘れてしまったなあ。抻麵《チエンミエン》［手で伸ばしたうどん］をこしらえてやろう。こいつは昔、回族《ホウエ》の女に習った」

「その女《ひと》とは、どこまで仲良かったのかね」と、母親が言った。

「なんのからみもない、きれいなもんじゃったぞ」

「ウソをこいて！」と、母親は言った。

　マローヤ牧師はハハハと笑いながら、柔らかな麵の塊を手で何度も引き伸ばしておいて、まな板にパンパンと投げつける。「どうだったの？」と、母親は言った。パンパンパンとひとしきり投げつけると、またも取り上げて伸ばすのだが、ときには矢を射るように、ときには穴から蛇を引き出すように、ぶきっちょな西洋人の大きな二本の手が、こんなに熟練した中国風の動きをするのに、さすがの母親も、いささかあきれ気味であった。

「ひょっとして、わたしはもともとスウェーデン人なんぞじゃなくて、これまでのことは夢かも知れん。なあ？」

　母親はフンと冷笑して、

「黒い目の女のことを訊いているのに、話をそらさないで」と言った。

　マローヤ牧師は、両手で麵を水平に伸ばすと、子供の遊びのように、そいつを揺らし始めた。揺らしながら、引っ張り、緩める。途端に麦藁ほどに細くなっていたうどんが、くねりながら束になる。さっとうち振ると、馬の尾の毛のように、ばらけて広がる。技術をひけらかすマローヤ牧師に対して、母親が賛嘆の声を上げた。

「こんなうどんの打てる女《ひと》は、きっといい女だったろうねえ」

「おまえ、つまらぬことを考えるのは、いい加減にして、火を焚け。うどんを煮て食わせてやるから」

「それが済んだら？」

「済んだら、間の子の餓鬼に洗礼させて、名前をつける」

母親がすねたふりをして言った。「あんたが回族の女に産ませたのこそ、間の子じゃないか！」

そのことばが終わったちょうどその頃、沙月亮は、司馬亭と杯を合わせていた。酒宴の席で、次のようなことが決められた――黒ロバ猟銃隊のロバは、教会に集める。隊員は各戸に分かれて宿泊する。隊の本部は、食事の後で沙月亮がみずから選定する。

姚四の案内で、沙月亮は、隊員四人を護衛に連れてわが家に入ってきたが、いきなり水瓮のかたわらに立っていた大姐《ダアヂエ》［一番上の姉］の上官来弟《シャングワンライディー》に目をつけた。白い雲を浮かべた瓮の中の青い空に姿を映し、髪を梳いているところだった。

比較的平穏で衣食足りたひと夏を過ごして、姉の躰はすっかり変わっていた。胸ははや高く盛り上がり、かさかさだった髪の毛は黒く艶やかになった。腰回りはほっそりとした中に弾力を秘め、尻は膨らみ、かつ持ち上がっている。百日のうちに、彼女はガリガリの少女から、蝶と見まがう美しい娘に成長していた。色白の通った鼻筋は母親のものだったし、豊満な乳房とはち切れるような尻も、母親のものだった。水瓮の中で恥じらっている処女を前にして、その目から憂いの光が流れた。握った黒髪を牽くようにしながら梳《くしけず》る姿は、すらりと美しく、心をそそられる。ひと目見るなり、沙月亮は深く魅せられてしまった。彼は姚四に、「ここを黒ロバ猟銃隊の本部とするぞ」と言った。姚四が訊いた。

「上官来弟。お母さんは？」

姉の答えを待たずに、沙月亮は手を振って、姚四をうしろへ追いやった。水瓮の側まで歩いて行くと、姉を見た。姉も彼を見た。

「おチビさん、わしを覚えているかね？」と、彼は訊いた。姉はうなずいたが、ぽっと顔を赤らめた。

振り向いた姉は、家の中に駆け込んだ。五月五日のあの日のあと、彼女らは上官呂氏《シャングワンリュイシー》と上《シャン》官福禄《グワンフールー》の部屋に移った。彼女らがもといた東棟は穀物倉庫に変わり、三千斤の小麦が入れてある。

姉の後をついて部屋に入った沙月亮は、オンドルの上で昼寝している六人の姉妹を目にすると、親しげな笑いをもらして言った。

「安心しろ。おれたちは抗日の軍隊だから、民百姓をいじめたりはせん。おれが指揮した戦は、おまえも見たろう。あの戦いは、永遠に伝えられる値打ちのある、勇壮にして激烈なものだった。いつの日にか、だれかがこのおれを、お芝居に仕立てるに相違ないぞ」

姉は俯いて、お下げの先をいじりながら、大変なことの起こった五月五日のことを思い浮かべていた。あのとき、目の前のこの男は、ぼろぼろになった衣服を、躰からひと切れずつひっぺがしていた。

「おチビさん。いや、娘さんだな。おれたち、縁があるよな！」

と、沙月亮は意味深長なことばを口にすると、中庭に引き返した。入り口までついていった姉は、彼が東棟に入り、ついで西棟に入るのを見た。西棟で、上官呂氏の緑色の目に度肝を抜かれた沙月亮は、鼻を押さえて出てくると、

「麦を積み上げて場所を空け、おれの寝床を敷いておけ」

と、隊員に命じた。入り口に躰をからみつかせた姉は、雷で焼け焦げたえんじゅの木のように肩を歪めた、色の黒い痩せた男をじっと見ていた。

「お父は？」と、沙月亮が訊いた。塀の隅に避けるようにしていた姚四が、しゃしゃり出て言った。

「これの父親は、五月五日に日本鬼子《リーベングエイズ》に、いや、あの、皇軍に殺されましてな。一緒に、これの祖父さまの上官福禄もやられました」

「なにが皇軍だア!? 鬼子《グエイズ》だ。小日本鬼子だ！」

と、沙月亮は怒り狂って怒鳴り、おまけに大げさに悪態をつきながら両足を踏み鳴らして、日本軍に対する憎しみを示した。彼はつづけた。

「娘さん、あんたの恨みはおれの恨みだ。この血の恨みは、必ず晴らしてやるぞ！　この家の家長はだれだ？」

「上官魯氏で」と、姚四が引き取って答えた。

教会では、わたしと八姐の洗礼が行われていた。

マローヤ牧師の住まいの裏の扉を開けると、そこが礼拝堂だった。壁には、歳経て色褪せた油絵が掛かっており、お尻丸出しの子供らが描かれている。どれも肉の翼を生やし、サツマイモみたいに肥っているが、のちになって、彼らがエンゼルと呼ばれることを知った。礼拝堂の突き当たりは煉瓦を積み上げた祭壇で、硬くて重い棗の木で彫られた裸の男がぶら下がっている。彫刻技術の未熟さからか、あるいは棗の木質が硬すぎたためか、その男は、まるで人間には見えなかったが、のちにわたしは、これぞわれらがイエス・キリスト、とてつもない大英雄、大善人だと知らされた。このほか、長椅子が十数脚、乱雑に並べられているが、その上は埃と鳥の糞だらけだった。

母親がわたしと八姐を抱いて礼拝堂に入ると、驚いて飛び立った雀が、窓に当たってバタバタと音を立てた。扉の隙間から、黒ロバが通りをさかんに行き来するのが見えた。

マローヤ牧師が、大きな木の盥《たらい》を運んできた。半分ほど入れた湯に、網状のヘチマのたわしが浮かべてある。立ちのぼる湯気に、牧師は目を糸筋ほどに細めた。盥の重さに腰が曲がる。頭を思い切り前のほうに突き出すものだから、足下がおぼつかなくなり、一度など危うく倒れかかって、湯が顔にかかったが、なんとか持ちこたえ、よろめきながらも、とうとう盥を講壇の上に載せた。

母親がわたしを抱いて近寄ると、受け取ったマローヤ牧師が、盥の中に入れる。湯に足の先がふれた途端に、わたしは両足を縮めた。わたしの泣き声が、がらんとした荒れた礼拝堂にこだました。

梁の上に白い燕の巣があり、中に入っている雛が首を伸ばして、黒い目でわたしのほうを窺っていた。彼らの両親が、嘴に虫を銜えて、破れた窓から飛び込んでくる。わたしを母親に返した牧師が、蹲って、大きな手で盥の湯を掻き回した。梁から吊された棗の木のイエス・キリストが、慈悲深く見守っている。壁のエンゼルらが雀を追って、横の梁から縦の梁へ、東の壁から西の壁へ、螺旋の木の階段を鐘楼の上へ、さらに鐘楼の下へと飛び回り、ふたたび壁にもどって憩う。エンゼルらのつるつるした尻に、透明な汗が滲み出る。盥の中で回る水の中心がへこんで、渦ができる。湯の中に手を突っ込んで試してみたマローヤ牧師が言った。

「いいじゃろう。もう熱くはないから、入れてやりなさい」

わたしは素っ裸にされた。たっぷりとあって、しかも中身の濃い母親の乳のおかげで、わたしは色白で、丸々としていた。泣きっ面を怒りの表情か厳かな笑顔に換えて、背中から二枚の羽を生やしたら、わたしはエンゼルで、壁の小さな子供らはわたしの弟だ。

母親がわたしを盥に入れた。湯の温かさが皮膚に心地よかったので、わたしはすぐさま泣くのを止めた。盥の真ん中に座ったわたしが、湯を叩きながらアワーアワーと声を立てる。マローヤ牧師は、銅の十字架を湯の中から拾い上げると、わたしの頭に押しつけてから、言った。

「これよりおまえは神のもっとも親しい息子だぞ。ハレルヤ！」

牧師は小さなふくべで湯を掬うと、それをわたしの頭から注いだ。「ハレルヤ！」母親が鸚鵡の口まねのように、牧師の後からくり返す。「ハレルヤ！」

頭に聖水を受けたわたしが、幸せそうな笑い声を上げる。

さも満足げな表情が、母親の顔に浮かんだ。姉をも盥の中に入れると、ヘチマのたわしを手に取って、そっと二人の躰を拭う。マローヤ牧師は、二人の頭上にふくべの水を何杯もかけた。そのたびに、わたしは高い笑い声を立てたが、姉のほうは、物言えぬ人の泣き方で泣いた。その黒いガリガリの姉を、わたしは両手でいたぶった。

「二人とも名前がまだだから、名前をつけてやって」と、母親が言った。

マローヤ牧師はふくべを放して言った。「そいつは大事なことじゃから、よく考えなくてはな」

「姑《かあ》さんは、男の子が生まれたら上官八狗《シャングワンバアゴウ》と言う名にすればいいと言うてなさったけど。男の子は、汚い名のほうが育つんだと」

マローヤ牧師は、首をつづけさまに横に振って、

「いかん、いかん。狗《ゴウ》だの猫《マオ》だのと、神の御心に背いておるのみならず、孔子さまの教えにも背いておる。孔子さまの曰く、〈名が正しからざれば、言は順《したが》わず〉、とな」

「わたし一つ考えついたんだけど、どうだろうね、上官アーメンというのは？」

牧師は笑って、「ますますダメじゃ。まあいいから、わたしに考えさせてくれ」

立ち上がると、マローヤ牧師は手をうしろに組み、廃墟の匂いのする礼拝堂の中を、慌ただしく歩きだした。そそくさとした足取りは、大脳の急速な回転の表れで、古今東西、この世あの世、さまざまな名称や符号が彼の脳裏をよぎった。そんな牧師を見ながら、母親はわたしに笑いかけた。

「牧師さんを見てごらん。名前を考えてくれているように見えるかい？　あれじゃ死亡通知人だねえ。仲人婆さんの口は九官鳥、死亡通知人の足は兎足《うさぎあし》」

母親は鼻歌を歌いながら、牧師が下に置いたふくべを拾い上げて湯を汲み、わたしと姉の頭に注ぎかけた。

「これにしよう！」

いまはぴったり閉ざされた、通りに面した教会の表門のところを、二十九回目に通りかかったマローヤ牧師は、足を停めると、わたしたちに向かって叫んだ。

「なんという名？」母親が興奮して訊ねた。

マローヤ牧師が答えようとした途端に、表門がガタガタと音を立て始めた。外で人の騒ぐ声がして、扉が大揺れに揺れる。叫び声や言い争う声が聞こえる。ふくべを手にしたまま、母親が恐ろしげに立ち上がった。マローヤ牧師が目を扉の隙間にくっつけて、外を窺った。なにを目にしたのか、そのときは分からなかったが、怒りのためか、それとも緊張のためか、その顔が真っ赤になるのを目にした。彼は、せきこんだ調子で母親に言った。

「早く、前庭へ！」

腰をかがめてわたしを抱いた母親は、むろんその前に手にしたふくべを投げ捨てていたから、ふくべは地面でカタカタ音を立てながら、交尾期の蛙のように跳ねた。盥の中に捨てられた姉が、ワンワン泣く。表門の閂《かんぬき》が、バキッと二つに折れて下に落ちた。扉が両側にさっと押し開けられると、青い頭をした黒ロバ猟銃隊隊員の一人が、弾丸のように飛び込んできて、頭からマローヤ牧師の胸に突き当たった。牧師はそのまま、よろよろと壁際まで後退した。その頭上は、尻を丸出しにしたれいのエンゼルの群れだった。かんぬきが落ちた拍子に、わたしは母親の手から、滑って盥の中にバシャッと落ちた。水しぶきが上がって、危うく姉を溺れさすところだった。

押し込んではきたものの、兵隊たちは、礼拝堂内の有様に、いささか気勢を削がれた。マローヤ牧師を突き倒しかけた兵隊は、頭を撫でながら、

「なんじゃ、中に人がいたのか？」と言って、ほかの隊員を見回した。ついで、

「長年廃棄された教会だと言っていたじゃないか？　人がいるとは、どうなっておるんだ？」と言った。

胸を押さえたマローヤ牧師は、兵隊どものほうへと歩いて行ったが、その容貌がもたらす威厳を前に、兵隊の顔には、うろたえ、かつ気後れしたような表情が浮かんだ。もしもこのとき、牧師が外国語でひとくさりまくし立て、その上腕を振り回すくらいのことをしていたら、兵隊たちもこそこそと退き下がったかも知れないし、外国語ならずとも、外国なまりの中国語でもしゃべっていたら、連中も好き放題はしなかったろう。ところが、あわれな牧師は、なんと混じりっけなしの高密県東北郷のなまりで、

「みなの衆、なにかご入り用ですかな？」とやって、おまけにぺこんとお辞儀を一つやったのである。

わたしの泣き声の中で――姉のほうは逆に泣き止んでいた――、兵隊どもはゲラゲラ笑い出した。連中は、猿でも眺めるように、マローヤ牧師を上から下まで眺め渡した。口の歪んだれいの

兵隊などは、牧師の耳から伸びている長い毛を指で引っ張ってみた。

「猿じゃ。ほれ、こいつは猿なんじゃ」と、兵隊の一人が言った。

「見ろよ、この猿。きれいな嫁っこを隠してくさるぞ！」と、べつの兵隊が言った。

「わたしは抗議する！」と、マローヤ牧師は言った。「わたしは抗議する！　わたしは外国人じゃ！」

「外国人じゃと？　おまえら、聞いたか？」と、口の歪んだ兵隊が言った。

「外国人に、高密県東北郷の方言がしゃべれるか？　おまえは猿と人間がやってできた、間の子じゃろう。みんな、ロバを中へ入れろ」

わたしと姉を抱いた母親が、マローヤ牧師の腕を引っ張って言った。「あっちへ行こう。この人らを怒らせたら、大変じゃから」

牧師はかたくなにその腕をもぎ放すと、黒ロバに突っかかって、外へ押し出そうとした。ロバは犬のように歯を剝き出し、吼えた。

「退《ど》けろ！」と、兵隊の一人が牧師の肩を突いて怒鳴った。

「教会は聖地、神の浄土じゃ。ロバなんぞを飼わせるわけにはいかん！」と、牧師は抗議した。

「ニセ毛唐よ！」と、顔色のわるい紫色の唇をした兵隊が言った。

「おれの婆さんに聞いたことがあるが、この男は」と梁からぶら下がった棗のキリストを指さして、「馬小屋で生まれたんだと。ロバと馬は親類じゃろうが。おまえらの主《しゅ》が馬の世話になったというなら、ロバの世話になったということにもなる。馬小屋でお産ができるのなら、教会でロバを飼ってなにがわるい？」

自分の弁舌が気に入った兵隊が、鼻高々でマローヤ牧師を見て笑った。牧師は胸で十字を切りながら、泣き声を上げて、

「主よ、この悪人どもを懲らしめてください。雷に打たれて真っ二つになりますように、毒蛇に咬まれて死んでしまいますように、日本人の砲弾に当たって八つ裂きにされますように……」

「この漢奸《かんかん》野郎！」と、口の歪んだ兵隊が、マローヤ牧師を張り飛ばした。口を殴るつもりが、高い鷲鼻に当たって、真っ赤な血が鼻先からポタポタと滴った。悲鳴を上げた牧師は両手を挙げ、十字架にかかった棗のキリストに向かって叫んだ。

「主よ！　万能の主よ……」

兵隊たちは、はじめ仰向いて、棗のキリストの埃と鳥の糞だらけの躰を眺め、ついでマローヤ牧師の鼻血で汚れた顔を眺めたが、最後にその視線は、母親の躰に移った。母親の躰には、たったいまカタツムリが這ったような、ねばねばした痕が残った。イエス生誕の地のことを知っていたれいの兵隊は、貝の足のような舌を伸ばして、紫色の唇をなめた。

なだれ込んできた二十八頭の黒ロバは、ゆったりと歩き回るやつ、壁を掻くやつ、大小便をたれるやつ、ふざけあうやつ、壁の埃にかじりつくやつなど、てんでに動き回っている。「主よ！」と、マローヤ牧師は悲しみ訴えたが、主はじっと動かなかった。兵隊たちは、わたしと姉を荒々しく母親のふところから引き剝がすと、ロバの群れの中に投げ込んだ。母親は子供を奪われた雌狼のように飛びかかったが、兵隊たちに遮られた。

兵隊たちが、母親をなぶり始めた。はじめに手を出して母親の乳房に触ったのは、口の歪んだやつだった。紫色の唇をしたやつが忌々しげにその男を押しのけると、両手でわたしの白鳩、わたしの宝の瓢箪を摑んだ。泣き叫びながら、母親がその顔を引っ掻いたが、ニヤリと笑った紫色の唇の男が、母親の衣服をむしり取った。

それにつづく情景は、終生わたしの心に痛みを残した。沙月亮がわが家の庭で、大姐になれなれしげに話しかけていた頃、苟三ら悪党連中がわが家の東棟で麦の山を動かして寝床を敷いていた頃、黒ロバ猟銃隊の五人の隊員——ロバ飼育係の全員だった——が、わたしの母親を地面に押さえつけていたのだった。わたしと姉は、ロバの群れの中で声が嗄れるまで泣き叫んだ。跳び上がったマローヤ牧師は、半分に折れた閂を拾い上げると、兵隊の一人の頭を殴りつけた。一人が牧師の両足をねらって、一発撃った。バアンと大きな音がして、散弾が牧師の両足に食い込み、血しぶきが噴いた。閂がその手から落ち、ゆっくりと跪くと、鳥の糞だらけの頭をした棗のキリストを仰ぎながら、低く祈りを唱えた。長いこと忘れていたスウェーデン語が、蝶のように彼の口から次々と飛び出してきた。

兵隊たちは、かわるがわる母親を陵辱した。黒ロバたちは、かわるがわるわたしと姉の匂いを嗅いだ。ロバたちの甲高い嘶きが、教会の屋根を突き抜けて、もの寂しい空へと昇っていった。棗のキリストの顔一面に、真珠のような汗の玉が流れた。

兵隊たちは満足すると、母親や、姉とわたしの二人を、表通りに投げ出した。彼らの後を追って通りに出てきたロバたちは、わが家の雌ロバの匂いに散り散りになった。兵隊たちがロバを追いかけて行った後で、マローヤ牧師は、蜂の巣状に打たれた両足を引きずりながら、何度も上ったため、その両足ですり減らした木の階段を伝って、鐘楼に上っていった。手を張り出しにかけて立ち上がると、砕かれたステンドグラスの向こうに、数十年を過ごして、至るところに自分の足跡を留めた高密県東北郷の中心の町・大欄鎮の姿を眺めた——規則正しく並んだ藁葺きの家、ねずみ色の広い路地、立ちのぼる青い煙を思わせる緑の木々、村を取り巻いてキラキラ光る河、鏡のような湖、茂る葦原、丸い池を真ん中に広がる荒れ野、野鳥の楽園になっている赤い沼地、絵のように地平線までつづく広い原野、黄金色に輝く臥牛嶺《ウォニューリン》、えんじゅの花の盛りの大砂丘……

俯くと、死んだ魚のように腹を剥き出しにして、通りに横たわっている上官魯氏が目に入った。大きな悲しみに心を鷲摑みにされ、涙で両眼がぼやけた。足から流れる鮮血を指につけると、マローヤ牧師は、鐘楼のねずみ色の壁に四つの大きな文字を書きつけた。

〈金童玉女《ヂントンユィニュィ》〉［仙人に仕える童男童女を言う］

つづいて彼は高く叫んだ。「主よ。許したまえ！」

鐘楼から飛び出したマローヤ牧師は、翼の折れた大きな鳥のように、硬い通りに逆さまに落ちた。脳味噌が、垂れたての鳥の糞のように、点々と路面に飛び散った。

三

もうじき冬だという頃になると、母親は、姑《しゅうとめ》の上官呂氏の青い緞子《どんす》の綿入れを着るようになった。それは六十の誕生日に、孫子《まごこ》に恵まれた村の老女四人に頼んで縫ってもらった、上官呂氏の寿衣《ショウイー》「生前に作る死装束」だったが、いまや母親の冬着になってしまった。ことばと行動の能力を失ってしまった上官呂氏は、西棟でロバやラバと一緒に糞尿にまみれていた。

母親は、綿入れの前みごろの乳に当たるところを二ヵ所、丸く切り取って乳房を露出させ、わたしが好きなときに楽しめるようにしてくれた。わたしを怒り狂わせたあの秋、母親の乳房は無惨に蹂躙されたが、災難はいずれ過去のものとなるし、本物の素晴らしい乳房はある種の人間のようにいつまでも若々しく、松の大木のように緑豊かで、永遠に壊滅されることはない。人目にさらさないため、というよりは寒風の侵入を防いで母乳に一定の温度を保つために、丸い穴の上部に赤い布を縫いつけ、乳房に赤い門簾《メンリエン》「防寒用に家の入り口に下げる厚い垂れ幕」を垂らす工夫をした。母親のこの工夫はその後引き継がれ、その手の授乳服がいまでも大欄《ダアラン》市では流行っている。ただ、穴は一層丸くなり、門簾の生地も柔らかくなって、派手な花の刺繍などがしてありはするが。

わたし上官金童《シャングワンヂントン》の越冬の服装は、丈夫な帆木綿を縫ってこしらえた分厚い袋であった。口は紐で締められるようになっており、真ん中あたりにしっかりした帯が縫いつけてあって、そいつを母親の乳房の下に括りつける。乳を飲ませるときは、腹の皮を引き締めておいて袋を回せば、わたしが胸の前にくる。わたしが袋の中で膝を折ると、頭が母親の胸とおなじ高さになり、右を向いては左の乳房を銜え、左を向いては右の乳房を銜えるという仕掛けである。まさに万事順調そのものだった。

ただ、この袋にも欠点はあった。両手の自由がきかず、それまでのように、片方の乳房を銜えながら、もう片方の乳房を手で守るということができないのである。八姐の乳を吸う権利は、もはやわたしによってとことん奪われてしまっていた。彼女が母親の乳房に近づこうものなら、わたしが手でつねり、足で蹴りして、目の見えないこの女の子をいじめて泣かしたからである。彼女はいまやお粥がたよりで、この件では、姉たちはひどく腹を立てていた。

とはいえ、長く厳しいこの冬の間、乳を吸っているときのわたしは、不安で落ち着かない気分に包まれていた。左の乳首を銜えながら、毛むくじゃらな手がぬっと丸い穴の中に伸びてきて、しばらく放っておいてあるもう片方の乳房をかっさらっていきそうな気がして、気持ちは右の乳首にいってしまう。こうした心配があるものだから、わたしは頻繁に乳首を換え、左のほうを吸い出したかと思うとじきまた右に移り、右の水門が開いた途端に素早く左に口を移動させる、といったふうであった。母親は当惑してわたしを見つめ、左を吸いながら右を見やるわたしの青い瞳を見つめた。たちまちわたしの気持ちを読み取った母親は、ひんやりとした唇でわたしの顔に口づけして、そっと囁いた。

「大事な大事な金童や、金童。お母さんのおっぱいはおまえ一人のもの、だれにも奪《と》らせはしないからね」

そのことばで心配は軽くなったものの、毛むくじゃらな手は、なおも母親の側で機会を窺っているような気がして、まったく安心というわけにはいかなかった。

小雪の降ったその日の午前、授乳服を着た母親は、暖かい袋の中に縮こまった上官金童を背に、姉たちを指図して、赤蕪《あかかぶ》を地穴に運ばせた。蕪がどこで穫れたかなどはそっちのけで、わたしの関心はもっぱらその形にあった。尖った頭と急に膨らんだ根っこが、わたしに乳房を思わせた。それからというもの、キラキラ光る宝の瓢箪や白いつるつるの小鳩のほかに、真っ赤な蕪が加わって、それぞれに特徴のある色合い、表情、温度などが乳房を想像させ、季節や気分の変化に応じて乳房の象徴となった。

晴れたり曇ったりの空から、断続的に小雪が舞った。薄着の姉たちは、うそ寒い北風の中で首をすっこめていた。大姐《ダアヂエ》は籠に蕪を入れる役、二姐《アルヂエ》と三姐《サンヂエ》は籠を運ぶ役、四姐《スーヂエ》と五姐《ウーヂエ》は地穴の中で蕪を並べる役である。六姐《リユーヂエ》と七姐《チーヂエ》は独立して行動する。働く能力のない八姐《バアヂエ》は、独りオンドルに座って思いに沈んでいる。蕪の山から地穴まで、六姐は一度に四つ運び、七姐は一度に二つ運んだ。

母親は上官金童とともに、地穴と蕪の山との間を行ったり来たりして見回り、命令を出し、さまざまな間違いに文句をつけ、さまざまな感慨を漏らした。命令は効率を上げるためであり、文句はやり方を改め、蕪の健康を守り、無事に冬を越させるためであった。感慨はどれもただ一つの思い――厳しい暮らしを乗り切るためには、一生懸命に働くことだというそれを述べていた。

命令に対して、姉たちはうしろ向きの態度を示した。文句に対して、姉たちは不満の態度を示した。感慨に対して、姉たちは素知らぬ態度を示した。どうして突然、わが家の庭にあんなにたくさんの蕪が現れたのか、いまになってもわたしにはわけが分からないが、あの冬、母親がなぜあんなに蕪を蓄えたのかは、後になってやっと分かった。

搬入の仕事が終わると、地面には、形の不揃いな、奇形の乳房を思わせる小さな蕪が十余り、残された。地穴の前に跪いた母親は、腰を曲げて長い腕を伸ばし、穴の中の想弟《シァンディー》と盼弟《パンディー》を引き上げた。そのとき、わたしは二度逆立ちして、母親の脇の下から、淡い灰色の陽の光の中で舞い飛ぶ雪の花を見た。最後に母親は、割れた瓮――中に屑になった綿の実や穀物の殻が詰まっている瓮を運んできて、地穴の口を塞いだ。

一列に並んだ姉たちは、新たな命令を待ちでもするかのように、壁に貼りつくようにして軒下に立っていた。母親が改めて感慨を漏らした。

「なんでもって、おまえたちに綿入れをこしらえてやったものかねえ？」

「綿と布」と、三姐の領弟が言った。

「そんなことは言われなくても分かっているよ。わたしが言うておるのはおカネじゃ。どこからそんなおカネが出てくるかね？」と、母親が言った。

「ロバとラバの子を売ればいいのに」と、二姐の招弟《チャオディー》が、いささか不満げに言った。

「ロバとラバを売ったら、来年の春、どうやって畑を耕《おこ》すのかね？」と、母親がやり返した。

大姐の来弟《ライディー》は終始黙ったままでいたが、母親がちらと一瞥をくれると、俯いてしまった。気懸かりげにそっちを見ながら、母親が言った。

「明日、おまえと招弟とで、ラバの子をロバ市場へ牽いて行って、売っておいで」

五姐の盼弟が金切り声を上げた。「まだ乳離れしていないんだよ！　どうして麦を売らないの？　あんなにたくさん、あるのに」

母親は、東棟のほうをちらと見た。扉には錠前がかかっておらず、窓の前の針金に、黒ロバ猟銃隊長沙月亮《シャユエリアン》の木綿の靴下がひっかけてある。

ラバの子がピョンピョン跳ねながら、庭に入ってきた。わたしと同年同月同日生まれのこいつは、わたし同様に雄だったが、わたしが母親の背負っている袋の中でしか立てないのに、すでに母ロバとおなじだけの背丈があった。

「じゃ、そうするよ。明日これを売るからね」と言いながら、母親が部屋の中に入りかけると、背後から太い声が呼びかけた。

「乾娘《ガンニャン》［義を結んだ母親］！」

三日の間、姿を消していた沙月亮が、黒ロバを牽いてわが家の庭にもどってきた。ロバは背中に、膨らんだ染め木綿の風呂敷包みを二つ背負っており、包みの隙間からは、派手な色がのぞいている。

「乾娘！」と、親しげにまた声をかける。振り向いた母親は、肩を歪めた男の黒い顔に浮かんだ照れたような笑顔を見やりながら、きっぱりとした口調で言った。

「沙隊長さん。何度も言うたように、わたしはあんたの乾娘なんかじゃないよ！」

沙月亮はひるむ様子もなく、「乾娘ではなくとも、乾娘以上でしてな。あんたはおれを気に入らんでも、おれのほうは孝行心に溢れておりますぞ」

そう言うかたわら、隊員を呼んで、風呂敷包みを下ろし、ロバを教会へ連れて行くよう命じた。母親が憎々しげに雄の黒ロバを見つめ、わたしもそれにならった。黒ロバは鼻をうごめかして、わが家の雌ロバが西棟から発する匂いを嗅いだ。

包みの一つを解いた沙月亮は、赤狐のコートを取り出して振るうと、小雪の中で誇らしげにかざして見せた。その熱で、一メートルほどは周りの雪が融けた。

「乾娘！」コートをかざしたまま、沙月亮は母親に近づき、

「乾娘、こいつは、この息子の気持ちでさあ」

母親は慌てて身をかわしたが、避けきれず、赤狐の毛皮に包まれた。わたしは目の前が真っ暗になり、狐の皮の生臭さと、鼻につんとくる樟脳の匂いで、息が詰まりそうになった。

ふたたび光を見たわたしは、庭が動物の世界と化しているのを発見した。大姐の来弟は貂《てん》のコートを羽織り、おまけに首には、目を光らせた生きた狐を巻いている。二姐の招弟は鼬《いたち》のコート、三姐の領弟は黒熊のコート、四姐の想弟は灰色のノロ鹿のコート、五姐の盼弟はまだら犬のコート、六姐の念弟は綿羊のコート、七姐の求弟は白兎のコートを、それぞれ肩から羽織っている。母親の赤狐のコートは、地べたに捨てられていた。

「みんな脱ぐのじゃ！　すぐに脱ぎなさい！」と母親は大声で叫んだが、姉たちの耳には入らないらしく、頭を襟の中でしきりに動かし、手は互いに身につけた毛皮を撫でている。みんなが暖

かさを喜び、その喜びで心暖まる思いをしていることが、その顔から読みとれた。母親は躰を震わせて、力無く言った。

「みんな、耳が聞こえなくなったのかい？」

沙月亮は、包みから最後に毛皮つきの小さな上着を二枚取り出すと、ちょっと見には緞子に似た光沢をした、赤がかったヤシ色に黒い斑点のある毛皮を撫でながら、高ぶった調子で言った。

「乾娘、こいつはオオヤマネコの皮ですぜ。高密県東北郷の百里四方にたった二匹しかいないのを、耿老栓《ゴンラオシユエン》親子が三年がかりで捕まえたやつだ。こっちが雄の皮、こっちが雌の皮。あんたら、オオヤマネコを見たことがあるかね？」

沙月亮の視線は毛皮できんきらの姉たちに向けられたが、姉たちが黙っていると、小学校の教員が生徒に知識を注ぎ込む調子で、自問自答した。

「オオヤマネコは猫に似て猫より大きく、豹に似て豹よりは小さい。木登りも泳ぎもできるし、一丈も跳び上がって、木の梢を飛んでいる小鳥を捕まえたりもする。化け物みたいなやつでな。高密県東北郷の二匹は、行き倒れの墓場を巣にしていて、捕まえるのは天に上るより難しかったが、とうとう捕まえたというわけだ。乾娘。この二枚は、おれから金童と玉女への贈り物です」

そう言うと、オオヤマネコの毛皮をつけた上着を、母親の腕の中に置いた。ついで腰をかがめると、地面からさっきの燃えるような色の赤狐のコートを拾い上げ、振るったうえで、これも母親の腕の中に置いて、心のこもった調子で、

「乾娘。おれの顔も立ててくれ！」

その日の夜、母親は母屋の入り口の閂をかけると、大姐の来弟をわたしたちの部屋に呼び入れた。オンドルの上に玉女と並べて置かれたわたしが、爪を伸ばして顔をつねると、玉女は泣いて隅のほうに後退りした。そんなわたしたちには構わず、母親は身を翻して部屋の閂もかけた。

貂のコートを身にまとい、狐を首に巻いた大姐はかしこまって、だが幾分気取って、オンドルの前に立っていた。足を挙げてオンドルの上に上がった母親は、頭のうしろから簪を抜くと、灯心の燃えかすをつつき落として、明かりを大きくした。襟を正して座った母親は、皮肉な口調で言った。

「お嬢さん、お座りなさいませ。大事な毛皮のコートが汚れるかも知れないけどね」

大姐は顔を赤らめたが、口をとんがらせて、ふてくされたようにオンドルの前の四角な腰掛に腰を下ろした。首の狐が、両眼から緑の光を放ちながら、狡猾そうな顎をもたげた。

庭は沙月亮の世界だった。あの男が東棟に駐留してからというもの、わが家の表門は鍵をかけたためしがない。今夜の東棟はとりわけ賑やかで、白く明るいガスランプが窓の紙を通して庭を明るく照らし、その中で雪が舞った。庭では足音が乱れ、表門がガタンガタン鳴るたびに、路地にロバの蹄の音が高くつづいた。

部屋の中では、男どもの荒っぽい笑い声が上がり、三桃園《サンタオユエン》だ、五魁首《ウークエイシヨウ》だ、七朶梅《チードウオメイ》に八匹馬《バアピーマア》だ「拳を打つときのかけ声の一種。拳は、このようにして二人が一から十までの任意の数を口で唱えながら、片手の指で一から五までの数を作って突き出し、唱えた数の和が二人の指の数と合致したほうが勝つ」と、拳を打つ声が高く響く。魚肉の匂いに誘われて、六人の姉たちは涎を垂らさんばかりになって、東の部屋の窓際に集まっている。

母親は稲妻のような視線を大姐に向け、大姐は負けじと母親を見返し、視線がぶつかって青い火花が散った。

「どうするつもりだね？」と、母親が厳しい調子で訊ねた。

大姐はふさふさした狐のしっぽを撫でながら、訊き返した。「なんのこと？」

「しらばっくれるんじゃないよ」と、母親が言った。

「お母さん、なんのことやらさっぱり」と、大姐が言った。

母親は、悲しげな口調になって言った。「来弟、おまえたち九人の姉妹《きょうだい》の中で、おまえが長女だろう。おまえにもしものことがあったら、だれも頼りにする者はいなくなるじゃないか」

さっと立ち上がった大姐は、かつて見せたことのない激しい口調で言った。

「お母さん、この上どうしろと言うの？　お母さんが気にかけているのは、金童だけ。わたしたち女の子のことなんか、犬のしょんべんのあぶくほどにも考えてはくれないじゃないの！」

「来弟、話を逸らすんじゃないよ。金童が金なら、おまえたちは少なくとも銀、犬のしょんべんのあぶくなんかであるはずがないじゃないか。今日こそうち明けた話をするが、沙とやらの下心は見え透いている。おまえをねらっているんだよ」

俯いた大姐は狐のしっぽを弄んでいたが、その目から突然、キラキラと涙がほとばしった。

「お母さん。わたし、あんな人のところへお嫁に行けたらいいなと思ってるの」と、大姐は言った。

雷に打たれたようになった母親は、「来弟。だれの嫁になろうが母さんは文句は言わないけど、あの沙とやらだけはダメだよ」

「どうして?」と、大姐は訊いた。

「どうしてでも」と、母親は言った。

大姐は、彼女の年齢にまったく不似合いな口調で、憎々しげに言った。

「この上官《シャングワン》の家で、牛馬のようにこき使われるのはもうたくさん!」

棘のある声に、母親は驚いて跳び上がった。怒りで真っ赤になった来弟の顔を窺うように見つめ、ついで狐のしっぽをきつく握っているその手を見た。わたしの躰の近くを手で探り、オンドルを掃く手箒を探り当てると、そいつを高く振り上げ、うろたえた調子で、

「よくもまあ親にたてついたね!　叩き殺してやるから!」

オンドルから飛び降りると、振りかざした手箒を大姐の頭に振り下ろそうとした。大姐は逃げも手向かいもせず、首を差し伸べた。母親の手は宙で動かなくなり、やがて力無く下に下りた。手箒を捨てると、大姐の首を抱き寄せて、泣きながら言った。

「来弟。あの沙とやらは、わたしたちとは違う世界の人間なんだよ。血を分けた娘が、みすみす火の穴に飛び込むのを見ているわけにはいかないよ……」

大姐もしくしく泣き出した。

やがて二人とも泣き疲れると、母親が大姐の背中をさすりながら懇願した。「来弟、あの沙とやらとはつき合わないと約束しておくれ」

しかし、大姐はきっぱりと言った。「お母さん、わたしの思い通りにさせて。これも家のためによかれと思ってのことなんだから」

大姐は、オンドルの上に広げてある赤狐のコートと、二枚のオオヤマネコの皮つき上着に、ちらと視線を走らせた。

母親のほうもきっぱりと言った。「明日になれば、そんなもの、みんな脱がせるからね」

「わたしたちを凍え死にさせるつもり!?」と、大姐が言った。

「あの毛皮ブローカーのど畜生め!」と、母親が言った。

大姐は閂をはずすと、後も見ずに自分の部屋に去った。

オンドルの縁に力無く座った母親は、その胸から、ハアハアと喘ぎをもらした。

そのとき、バタバタと引きずるような足音をさせて、沙月亮が窓際に近づいてきたが、舌が回らず、唇も自由がきかなかった。この男のつもりでは、おとなしく窓枠を叩き、穏やかなことば遣いで、結婚問題を母親に持ちかけるつもりだったのであろう。ところが、アルコールが中枢神経を麻痺させ、男の動きを意の如くさせなかった。窓枠がガタガタ鳴るほど叩いた上に、窓の紙まで破ったものだから、庭の冷たい風が、酒臭い息とともに入ってきた。男は聞くだに嫌らしい、しかしまた愉快にも聞こえる酔っぱらいの口調で、ひと声怒鳴った。

「乾娘——!」

オンドルの縁から跳ね起きた母親は、一瞬途方にくれたが、すぐまたオンドルの上に跳び上がると、窓際に近いオンドルの隅っこからわたしを引き寄せた。沙月亮は言った。

「乾娘、おれと来弟の結婚のことだが……いつにしたものかねえ……おれとしても、少々焦れておるのでなあ……」

母親は怒りを爆発させて言った。「沙とやら。そいつは蝦蟇《がま》が白鳥の肉を食いたがるというやつで、夢でも見るがいい！」

「なんじゃと？」と、沙月亮が言った。

「夢でも見やがれ！」と、母親が大声で怒鳴りつけた。

突然酒が醒めたように、沙月亮は明晰な物言いで言った。「乾娘、この沙という男は、これまで頭を下げて、人様にものを頼んだ試しはないんですぜ」

「頼んでくれなどと言った覚えはないよ」と、母親は言った。

沙月亮はせせら笑った。「乾娘、この沙月亮は、やりたいことはどこまでもやり通すのが流儀でな……」

「だったら、わたしを殺してからにするんだね」と、母親は言った。

沙月亮は笑って、「あんたの娘を嫁にするというのに、そのお袋さんを殺せるわけがないじゃないか！」

「だったら、わたしの娘は、いつまで経ってもあんたの嫁にはなるまいよ」と、母親が言った。

沙月亮は笑って言った。「娘も大きくなったら、母親の自由にはならんさ。姑《しゅうとめ》さんよ、まあ見ているがいいや」

そう笑いながら、東の部屋の窓際に歩いて行った沙月亮は、窓の紙を突き破ると、キャンデーをひと摑み投げ込んで、怒鳴った。

「小姨子《シャオイーズ》［妻の妹］、キャンデーじゃ。この姉婿さえおれば、おまえら、美味いものはなんでも食べさせるからな……」

この夜、沙月亮は眠らず、ひと晩中庭を歩きつづけ、大きな咳をしたかと思うと、次は口笛を吹いた。口笛はなかなかのもので、十数種の鳥の鳴き声の物真似ができた。咳や口笛のほかに、喉をいっぱいに開いて、古い芝居の一節《ひとふし》や、流行の抗日歌曲をうなり、あるときは開封府《カイフォン》の法廷で怒《いか》って陳士美《チェンシーメイ》を押し切りの刑に処し［妻殺しの悪人陳士美を名裁判官包公《バオグン》が上の圧力に屈せず押し切り刑に処すという名代劇］、あるときは青竜刀を日本鬼子《リーベングエイズ》の頭上に振り下ろした［抗日歌曲の一つに〈大刀（青竜刀）行進曲〉があった］。

恋の道を邪魔された酔っぱらいの抗日英雄が、入り口の扉を蹴破って入ってくるのを防ぐため、母親は扉につっかい棒をし、それでも安心できず、韛《ふいご》や衣装ダンスや屑煉瓦など、動かせるものはすべて扉のうしろに積み上げた。わたしを袋に入れて背負うと、包丁を手に、東の部屋から西の部屋へ、西の部屋から東の部屋へと、家の中を歩き回った。

姉たちは、だれも毛皮のコートを脱ごうとはせず、一塊りになって、鼻の頭に汗をかきながら、沙月亮が作り出す複雑な音の中で、グウグウ眠り込んでいた。七姐の求弟の涎が二姐の招弟の貂のコートを濡らし、六姐の念弟は子羊のように三姐の領弟の熊のコートのふところにひっついている。いまにして思えば、母親と沙月亮の闘争は、端《はな》から母親の負けと決まっていたのだ。沙月亮は動物の毛皮で姉たちを手なずけ、わが家に広範な統一戦線をうちたて、母親は大衆を失った孤独な戦士と化していたのである。

翌日、わたしを背負った母親は、飛ぶように樊三大爺《ファンサンダアイェ》の家に駆けつけると、手短に言った。孫大姑《スウンダアグー》が産婆をしてくれた恩返しに、長女の来弟を孫家の大唖《ダアヤー》――青竜刀を持ってカラスと戦ったあの英雄――の嫁にやることにして、今日が婚約、明日が嫁入り道具送り、明後日が婚礼ということにした、と。呆気にとられたような顔をされた母親は、言った。

「おじさん、なんにも訊かないで。仲人のお礼のお酒は、ちゃんと支度してありますで」

樊三大爺が言った。「この縁談は、持ち出し方が逆さまじゃぞ」

「逆さまですじゃ」

「どうしてじゃ？」

「おじさん、それは訊かないで。大唖に昼時分、うちへ結納を持たせてよこしてください」

「やつの家にはなんにもないぞ」

「あり合わせのものでいい」

わたしたちは家に駆けもどった。母親は道々、不吉な予感に胸を塞がれる思いだったが、それは的中した。中庭に入った途端に、わたしたちが目にしたのは、歌い舞う動物の群れだった。鼬に、黒熊に、ノロ鹿に、まだら犬に、綿羊に、白兎がいた。貂だけは姿が見えないと思ったら、首に狐を巻いて、東棟の麦の山の上に腰を下ろし、敷物に座って、瓢箪と猟銃を磨いている猟銃隊長にじっと目を注いでいた。

母親は、来弟を麦の山から引っ立てると、沙月亮に向かって冷たく言った。

「沙隊長さん、この娘《こ》は決まった相手のある身でね。あんたたちは抗日の軍隊だから、夫のある女を引っかけたりはしまいねえ？」

沙月亮は落ち着いて言った。「そんなことは、言われるまでもないさ」

母親は、大姐を東棟から引き離した。

昼時分、孫家の大啞が、野兎を一匹ぶら下げて訪ねてきた。小さな綿入れを着ていたが、腹も首も剝き出しで、太い両腕まで、なかば露出している。ボタンがすべて取れているので、腰は麻縄で括っている。顔に愚昧な笑いを浮かべてペコペコしながら、両手でささげ持つようにして、兎を母親の前に差し出した。一緒についてきた樊三大爺が言った。

「上官寿喜《シャングワンショウシー》のおかみさん、あんたの言うとおりにしたぞ」

口元からまだ血の滴っている野兎を見て、母親はしばらく呆然としていた。

「おじさん、今日の昼はうちで食べて。この人も」と、母親は孫家の大啞を指さし、「赤蕪に兎肉の煮込みで、娘の婚約ということにするから」

東の部屋で、突然、来弟の号泣が弾けた。初めのうちは娘らしい甲高いうぶな泣き声だったが、数分後には、人を罵るぞっとするような汚いことばを交えた、かすれた吼え声に変わり、十数分後は、潤いのまったくない干からびた咆吼になりはてた。

東の部屋のオンドルの前の地べたに座った大姐は、身につけた大事な毛皮のことなど、頭になかった。目は開いているが、顔には一滴の涙もなく、大きく開いた口は涸れ井戸のようで、咆吼がそこから立てつづけに上ってきた。六人の姉たちは、低くすすり泣いていて、涙が熊の毛皮の上を転がり、ノロの毛皮の上で跳ね、鼬の毛皮の上で光り、綿羊の毛皮を濡らし、兎の毛皮を汚した。

東の部屋に首を突っ込んだ樊三大爺は、突然、物の怪でも見たかのように、目を据えて唇を震わせた。後退りにわが家を出ると、よろめきながら逃げ去った。

母屋の中に突っ立った大啞は、物珍しげに周りをきょろきょろ見回した。その顔には、愚かさを示す笑いのほかに、底知れぬ深い物思い、化石のような荒廃、麻痺した悲哀といったものが現れていた。のちにわたしは、怒り狂ったときの恐ろしい表情にもお目にかかることになる。

母親は、野兎の口に針金を通して、母屋の鴨居からぶら下げた。大姐の咆吼には聞こえぬ振りをし、大啞の奇怪な顔は見ぬ振りをした。錆だらけのおんぼろ包丁で、下手な手つきで兎の皮を剝いだ。猟銃を肩に、沙月亮が東棟から出て来た。そのほうを振り向きもせず、母親は冷たく言った。

「沙隊長さん、うちの娘が今日は婚約でして、この野兎は結納ですのじゃ」

沙月亮が笑って言った。「たいした結納ですなあ」

母親は兎の頭に包丁を叩きつけて、

「今日が婚約、明日が嫁入り道具運び、明後日が結婚ですので」

と言うと、振り向いて沙月亮をじっと見て、

「喜びのお酒は必ず飲みにおいでなさいよ！」

「忘れっこありませんや」と沙月亮は言うと、猟銃を背に、口笛を高く鳴らしながら表門から出

て行った。

母親は兎の皮剝ぎをつづけたが、もはやなんらの興味もないことは明らかで、やがて野兎を鴨居に残したまま、わたしを背負って部屋の中に入った。まな板の上には大根がいくつか並んでいる。母親は包丁を手にそのほうに近づいたが、大根はなんらの反応もせず、じっと待ちつづけている。母親は大声で、

「来弟、恨みも恩も母《おや》と娘《こ》なればこそだよ——わたしを恨むがいい！」

そう荒々しく言い放つと、声もなく泣き出した。涙を流しながら、肩をそびやかすようにして、大根を刻み始める。ザクッと包丁を入れると、大根が真っ二つになって、いささか青みを帯びて見えるほど白い実が現れた。ザクッと次の包丁で、それが四つになる。ザクッ、ザクッ、ザクッと、母親の動きが速さをまし、大袈裟になり、まな板の大根が小間切れになる。母親が何度目かに包丁を高々と挙げたが、今度はふんわりと下ろしたかと思うと、包丁が手を放れて、小間切れの大根の上に落ちた。部屋には、大根のピリピリする匂いがこもっている。

大啞が親指を立てて、母親に対する敬意を示した。その意志をはっきり伝えようと、口から短い音を慌ただしく吐き出す。そんな大啞に、母親は上着の袖で目元を拭って、

「行きなさい」

と言った。大啞が腕を振り回し、足で虚空を蹴って、武術の型を見せる。母親は声を張り上げ、孫家のほうを指さして叫んだ。

「行きなさい。もう行けと言ってるのじゃ！」

母親の言うことが分かった大啞は、わたしに向かって、いたずら小僧のようにおどけ顔をした。腫れぼったい上唇のちょび髭が、緑の油絵の具のように見える。木に登る真似をそっくりにやって見せ、ついで鳥の飛ぶ真似をこれまたそっくりにやって見せ、最後に手にバタバタする鳥を捕まえた格好をすると、ニコッとしてわたしを指さし、今度は自分の心臓を指さした。

母親が、再度孫家の方角を指さした。ギクッとなったが、分かったとうなずいた大啞は、跪くと、母親に向かって——母親はさっと身をひいた——、まな板の上の切り分けた大根に向かって、音をさせて叩頭の礼を一つしておいてから起き上がり、意気揚々と引き上げた。

その夜、疲れ切ってぐっすり寝てしまった母親は、目を醒まして、庭の青桐やチャンチンや杏の木に、八十八匹の野兎がぶら下げられているのを見つけた。

入り口の木枠に手をかけながら、母親はゆっくりと敷居に腰を下ろした。

十八歳の上官来弟は、貂のコートを身につけ、狐を首に巻いて、黒ロバ猟銃隊の隊長沙月亮と逃げた。八十八匹の野兎は、沙月亮から母親への結納でもあり、腕のほどを見せつけるデモンストレーションでもあった。

大姐の駆け落ちは、二姐、三姐、四姐との相談ずくだった。ことは真夜中過ぎに起こった。疲れた母親の鼾《いびき》が始まり、五姐、六姐、七姐なども夢路に入ると、起き上がった二姐が裸足で地べたに下り、扉のうしろに母親が積み上げたバリケードを、手探りでどけた。三姐と四姐は二枚の扉を引き開ける役だったが、日の暮れ方に、沙月亮が蝶番《ちようつがい》に銃の油をさしておいたので、扉は音もなく開いた。深夜の冷たい月光の下で、姉妹は抱き合って別れを告げた。樹上の兎を眺めて、沙月亮は盗み笑いをもらした。

三日目は、大啞と大姐の結婚の日だった。母親は、静かにオンドルの上に座って、繕い物をしていた。昼時分になると、しびれを切らした大啞がやって来て、仕草と表情とで母親に姉を出せと催促した。オンドルから下りた母親は、庭に出ると、東棟を指さし、ついで、いまなお樹上にぶら下がったままでかちかちに凍ってしまった野兎を指さした。なにも言わずとも、大啞はすべてを飲み込んだ。

日の暮れに、一家がオンドルに座って、大根漬けでそば粉の粥を食べていると、突然、表門をドンドンと激しく叩く音がした。上官呂氏に食事をさせに西棟に行っていた二姐が、ハアハア言いながら駆け込んできて、

「お母さん、大変だよ！　大啞たち兄弟が来た。犬も連れているよ」

と言った。姉たちは怯えたが、母親は、臼のように落ち着いていた。匙で八姐の玉女に十分食べさせてから、自分は大根をガリガリと嚙んだ。その穏やかな表情は、子供を孕んだ雌兎を思わせた。

表門の外の騒ぎは、突然静まった。タバコを一服つけるほどの時間が経って、赤い光をきらめかせた三つの黒い影が、わが家の低い南塀を乗り越えて入ってきた。孫家の啞巴の三兄弟である。その後から、ラードでも塗ったように黒光りしている犬が三匹、三本の黒い虹のように、塀の上から滑り込んで、音もなく地面に下りた。深紅の暮色の中で、兄弟たちと犬どもは、一瞬、塑像のように凝固した。大啞は冷たい光をきらめかせた青竜刀を手にし、二啞は青い大刀をつり下げ、

三啞は赤錆の浮いた朴刀《プーダオ》を引きずっている。三人とも旅にでも出るかのように、白い模様入りの、藍の木綿風呂敷の小さな包みを、肩から斜めに背負っていた。姉たちは肝を潰して息をひそめたが、母親は泰然自若として、音を立ててお粥を啜った。

突然、大啞がひと声吼えた。つづいて二啞と三啞が吼え、犬どももそれにつづいた。人と犬の口から飛び散ったつばきが、きらめく小さな虫のように暮色の中で舞った。それにつづけて大啞たちは、麦畑での葬礼の日にカラスと戦ったときのように、刀法の演武をくりひろげた。いまは遥けきあの初冬の黄昏時に、わが家の庭では刀がきらめき、猟犬のように精悍な男が三人、次々と跳び上がっては、鋼鉄の板のような躰を思い切り伸ばして、木の枝にぶら下げられた八十八匹の野兎を、小間切れに切り刻んだのである。犬どもも興奮して吼え、巨大な頭を振り立てては、ずたずたの野兎の死体をフリスビーのようにはね飛ばした。

思うさま暴れ回ると、三人は満ち足りた表情を浮かべたが、わが家の庭は、野兎の小間切れ死体の置き場と化した。何匹かは頭だけが残って、風に晒されている忘れられた果実のように、ぽつんと枝からぶら下がっていた。犬を連れた大啞たちは、威風堂々といったふうに庭を回っていたが、やがて来たときとおなじように、飛燕のように塀をかすめて暗闇の中に姿を消した。

お粥の碗を胸の前に持った母親は薄く笑っていたが、そのひどく風変わりな笑顔が、わたしの脳裏に深く刻み込まれた。

四

女の老けは乳房から始まり、乳房の老けは乳首から始まる。上官来弟の駆け落ちのせいで、それまで魅力的に立っていた桃色の乳首が、突然熟れた稲穂のように、垂れ下がってしまった。それとともに、色まで赤茶けてきた。その当座は乳の出もわるくなり、味もそれまでの新鮮な香りや甘みを失って、薄い乳液はどこか枯れ木の匂いがした。

幸い時間が経つにつれて、母親の気持ちも次第に好転した。とりわけ、あの大ウナギを食べてからというものは、垂れていた乳首も立ってきた。色の濃さも薄らぎ、乳の出も秋の頃のそれにもどった。鉄分が多いので、味がいささか生臭いのを除けば、栄養価も前よりは上がった。ただ不安だったのは、今度の老けで、乳首と乳房がくっついているあたりに皺がひと筋ついたことで、折った書物のページをあらためて伸ばしても、その痕が消えないのとおなじことだった。この出来事が、わたしに警鐘を鳴らした。本能からか、それとも神の啓示か、わたしは乳房に対する好き勝手な振る舞いをあらため、大切に保護し、上等の器ものを扱うようにそっと触るようになった。

その年の冬はことのほか寒かったが、東棟に蓄えた小麦と地穴の大根のおかげで、わたしたちは、無事に春に向けた日々を過ごせた。三九《サンヂオウ》［冬至から三つ目の九日間］の一番寒い頃は、一面の大雪で家の戸口は塞がり、庭の木の枝が雪の重みで折れた。わたしたちは、沙月亮から贈られた毛皮のコートを着て、母親の周りに座って、冬眠状態に入った。

　ある日、太陽が出ると、雪が融け、軒端には大きなつららが垂れた。ご無沙汰していた雀が雪の枝で呼ぶ声で、わたしたちは冬眠から醒めた。それまで長いこと、雪を融かした水で過ごしてきたので、何百回となくくり返された雪水で煮た大根のおかずが、姉たちには我慢ならなくなっていた。二姐の招弟が、今年の雪水は血の匂いがする、と言い出した。すぐに河に下りて水を汲んで来ないと、わけの分からない病気になってしまう。もっぱら母乳に頼っている金童だって、無事では済むまい。

　自然の成り行きで、招弟が来弟の地位に取って代わっていた。豊かな唇を持って生まれたこの姉は、なんとも魅力的なハスキーな声をしていた。彼女のことばがかなりの権威を持っていたのは、冬に入ってからというもの、彼女が食事の面倒をすべてみたからである。母親のほうは、傷ついた乳牛のようにぐずぐずしているかと思うと、時としては気取ってれいの赤狐のコートを羽織ってオンドルに座り、乳の出や質を気にかけながら躰の手入れをする、という風であった。

「今日から、河に下りて、飲み水を汲むことにするよ」と、二姐は母親の顔を見ながら、有無を言わせぬ口調で言った。母親は反対しなかった。三姐の領弟が顔をしかめて、雪水で煮た大根の味のひどさに文句を言い、またぞろラバの子を売ったカネで肉を買う件を持ち出した。

「この雪と氷だよ。どこへ売りに行くつもりだね？」と、母親が皮肉っぽく言った。

「だったら、野兎を捕まえたら。雪と氷で、兎は凍えて動けないはずだよ」と三姐が言うと、勃然として顔色を変えた母親が、

「いいかい、おまえたち。わたしの息のあるうちは、わたしに野兎なんか見せるんじゃないよ！」

じつはこの厳しい冬の間、村のほとんどの家では、野兎の肉に飽き飽きしていたのである。肥った兎どもときたら、雪の中ではウジ虫みたいに這って歩くので、纏足女でも生け捕りにできた。

その冬は、赤狐や灰色狐などにとっても、黄金の歳だった。というのは、戦争で猟銃がさまざまなゲリラに奪われて、村人には武器がなかったからである。おまけに戦争で、村人の気分も乗らず、狐狩りの絶好の季節にも、狐たちはこれまでのように殺される心配をしなくて済んだ。そこで長い長い夜の間、狐たちは沼沢地で恣《ほしいまま》に情を交わし、雄狐は雌狐にいつもの量を超えた子供を孕ませた。そのものすさまじい鳴き声は、聞く者の心を不安にさせた。

　三姐と四姐が天秤棒で大きな木桶を担ぎ、二姐が大金槌を肩にして、蛟竜河《ヂャオロンホー》の岸辺にやって来た。孫大姑《スゥンダアグー》の家の前を通りかかって、思わず横眼で見たが、庭は荒れ果て、人の気配はまったくなかった。塀の上に止まったカラスの群れが、姉たちに孫家の塀の昔を思い出させた。あの頃の賑やかさはもはやなくなり、大啞たちは行方知れずだった。

　姉たちは、太股まである積雪を踏んで土手を下りた。灌木の茂みでヤマネコが数匹、彼女らを見ていた。太陽は東南の方角から斜めに河道を照らし、光が眩しい。岸辺に近い氷は白く、踏みつけると、薄脆《バオツウイ》［薄い煎餅］を踏みつけたように、バリバリという音がした。河道の中程の氷は薄いブルーで、硬くてつるつるだ。姉たちは氷の上をよろめきつつ進んだが、四姐がすてんと転ぶと、ひき止めようとした三姐まではずみで倒れた。天秤棒や水桶や金槌が氷の上で音を立てると、姉たちはキャッキャと笑った。

一番きれいそうな場所を選ぶと、二姐は氷を割り始めた。上官家に伝わる大金槌を細い腕で振り上げ、思い切り氷の上に振り下ろすと、刀の刃のような鋭い音がわが家にまで伝わって、窓の紙をビリビリ震わせた。母親は、わたしの頭の黄色い毛や、身につけたオオヤマネコの毛皮を撫でながら、

「金童や、金童。お姉ちゃんは氷割り、大きな穴を開けました。桶にいっぱい水汲んで、お魚いっぱい獲れました」

と言った。オオヤマネコの上着を着た八姐は、オンドルの隅っこに縮こまって、居心地わるそうに微笑んでいたが、その姿は、まるで毛皮を着た小さな観音さまのようだった。

二姐の一撃で、氷の上には胡桃ほどの白い点ができ、細かな氷のかけらが槌の先についた。姉はふたたび金槌を振り上げたが、挙げるのがやっとで、下ろすときはふらついた。氷の上にまたも白い点ができたが、先のそれよりたっぷり一メートルは離れていた。氷上に二十余りの白点ができた頃、招弟は、口から太く長く白い息を吐いて、息も絶え絶えだった。それでも無理矢理金槌を挙げたが、下ろすと力つきて、氷の上に倒れた。顔は真っ青で分厚い唇だけが赤く、目はかすみ、鼻の頭に汗が光っていた。

三姐と四姐がぶつぶつと、二姐に向かって文句を言い出した。河道に小さな北風が起こり、ヒューヒューと、刃のようにみんなの顔を削いだ。起き上がった二姐は、手に唾を吐きかけ、あらためて金槌の柄を握ると、振り上げては振り下ろしたが、二度ばかりそうやっただけで、ふたたび氷上に倒れてしまった。

がっかりしながら、姉たちが桶や天秤棒を片づけ、雪かつららでも融かして昼の食事をこしらえるべく、帰り支度をしているところへ、馬橇が十数台、湯気を立てながら、凍った河の上を疾駆してきた。氷に七色の陽の光が反射しているところへ、馬橇が東南の方角からやって来たせいもあって、後になって思い返しても、二姐には、彼らが太陽の中から光に乗ってやって来たように思えた。

馬橇隊は、金色の輝きの中を、稲妻のような速さでやって来た。馬蹄が躍り、銀色がきらめく。蹄鉄がカッカッと氷を削り、氷のかけらが姉たちの頬に当たった。みんなは呆気にとられて、身をかわすことも忘れていたが、またその暇もなかった。馬橇は彼女らを避けて弧を描き、やがてたたらを踏みながら急停止した。

そのときになって姉たちにはやっと、橇がすべて橙色の下色の上に厚く桐油を塗って、色ガラスのようになっているのが見えた。一台に四人ずつ乗っており、みんなふわふわの狐の毛皮帽を被っていた。頬髭や眉毛、睫、毛皮帽のつばなどに白い霜の花をつけて、口や鼻の穴からは、粗く長い蒸気を吐き出している。馬はどれも整った顔立ちの小柄な体格で、足にはふさふさした長い毛が生えているが、その落ち着いた素振りから、それが噂の蒙古馬だと二姐は見当をつけた。

二台目の橇から、背の高い男が跳び下りた。布地おもてのついていない羊皮のコートを身につけ、はだけた前から豹の皮のチョッキをのぞかせている。チョッキの上から幅広のベルトを締め、そこにリボルバーを一挺と、柄の短い手斧をぶら下げている。その男だけは毛皮帽のかわりにフェルト帽を被り、突き出た耳には野兎の毛皮の耳当てをしていた。

「上官家の娘どもだな?」と、男は訊いた。

その男が、福生堂《フーションタン》の当主の弟の司馬庫《スーマアクー》だった。

「なにをしておる?」と彼は訊いたが、姉たちの返事を待つまでもなく、答えは見つかった。

「そうか、氷に穴を開けるつもりか。そいつはとても、おまえら女子《おなご》の手に合う仕事じゃないぞ!」そう言うと、橇に乗った人間に向かって怒鳴った。

「みんな、下りてひとつ、このお隣さんに氷穴を開けてやってくれ。ちょうどいいから、うちの蒙古馬にも、水をやるとするか」

橇からは着膨れた男たちが、何十人も下りてきた。大きな咳をし、唾を吐く。何人かがしゃがみ込むと、腰から手斧を抜いて、ガッシガッシと氷に切りつけ始めた。氷のかけらが飛び散り、氷上に白い削り痕ができる。髭面の男が斧の刃を触ってみて、鼻声で言った。

「司馬の兄貴。この調子じゃ、日の暮れまでやっても、穴は開きませんぜ」

しゃがみ込んだ司馬庫は、自分も腰の斧を抜いて、試しに二、三度切りつけてみて、「クソったれ、鉄板のように凍ってやがる!」と悪態をついた。

髭面が言った。「兄貴。みんなして小便たれれば、解けますぜ」

「バカをぬかせ!」と司馬庫は罵ったが、たちまち興奮して、おのれの尻をパシッと叩いて——口をへの字に歪めたのは、れいの火傷がまだ癒えていなかったのである——、

「そうだ。姜《チアン》技師、姜技師、ちょっと来てくれ」

姜技師と呼ばれた痩せた男が進み出て、黙って司馬庫の顔を見たが、その表情から、言いつけ

を待っているのが窺えた。

「あんたのあの道具で、この氷が割れるかな？」

姜技師はバカにしたように笑ってみせ、女のような甲高い声で言った。「金槌で卵を割るようなもんでさ」

司馬庫はご機嫌で、「なら、いますぐこの河に、はっぱ六十四個ばかり、穴を開けてくれ。村の衆にも、この司馬庫のおかげと喜んでもらえるぞ。おまえたちも待ってろ」と、最後は姉たちに向けて言った。

姜技師が三台目の橇のズックの覆いをはね除けると、緑のペンキを塗った、巨大な砲弾を思わせる鉄のシロモノが二つ、現れた。慣れた手つきで赤いゴム管をさばくと、その先を、鉄のシロモノの頭に捩《ねじ》って取り付けた。ついで、頭の上の丸い計器をのぞく。そこでは、細長い赤い針が振れている。やがてズックの手袋をはめると、二本のゴム管と繋がっている、大きなアヘン煙管に似た鉄の道具を掴んで、さっとひねった。すると、シューッと気体が噴き出した。せいぜい十五歳くらいの痩せた助手の男の子がマッチを擦って、その火を気体に触れさせた。途端に、太さも形も山繭のさなぎに似た青い炎が噴き出して、シュウシュウ音を立てた。姜技師が男の子になにか言いつけると、橇に上った男の子が、二つの鉄のシロモノの頭を何度かひねった。すると、青い炎は、たちまち陽の光よりも眩しい白い色に変わった。その恐ろしい道具を手にして、姜技師は司馬庫に目を向けた。

目を細めた司馬庫は、掌を虚空で振り下ろすと、「やれ！」と叫んだ。

腰をかがめた姜技師が、白い炎を氷に当てると、乳白色の蒸気が勢いよく一尺ばかりも上がり、ズブズブと水音がした。姜技師の腕の動きにつれて手が動き、手の動きにつれてアヘン煙管が動く。アヘン煙管は白い火を吐きながら、大きな円を描いた。顔を上げた姜技師が、「割れましたぜ」と言った。

司馬庫は、疑わしげに俯いて氷を見た。なるほど、碾き臼ほどの大きさの氷が周りから切り離されて河の水が縁に沿って一様に滲み出している。姜技師が、白い炎で丸い氷に十字を描くと、氷は四つに割れた。姜技師が足でそれを押し込むと、河の流れがさらっていき、氷の穴が河の上に出現して、青い水がいっぱいに上がってきた。

「なるほど、すごい道具だ！」と、司馬庫が感嘆の声をもらし、氷上の男たちも、姜技師に賛嘆の視線を向けた。「つづけろ！」と、司馬庫は言った。

姜技師の妙技で、厚さ半メートルにも達する蛟竜河の氷の上に、何十もの穴が切り出された。穴は円形のものから正方形、長方形、三角形、梯形、八角形、梅の花……と、まるで幾何のカリキュラムを見ているようだった。

「姜技師、こいつは初陣の功というやつだな！　みんな、橇に乗れ。暗くなるまでに大鉄橋に着くんだ。そうだ、馬に水をやるのだったな。馬を蛟竜河に飲《みずか》う、か！［河で馬に水を飲ませるイメージは、古来戦争の悲壮さの象徴としてしばしば歌われた］」

男たちは馬を引っ張って行って、氷の穴から水を飲ませた。その暇に司馬庫が二姐に言った。

「おまえは二番目だったな？　もどったらお袋さんに言ってくれ、いつかきっと、あの沙月亮の黒ロバ隊のクソ野郎どもをお陀仏にして、おまえの姉貴を連れもどして大啞に渡してやるから、となな」

「上の姉さんがどこにいるか、知ってるんですか?」

と、二姐は勇気を出して訊いてみた。

「沙月亮のけつにくっついて、アヘン商売だよ。クソったれどもだよ、あの猟銃隊のやつら」

それ以上訊くわけにもいかず、二姐は、司馬庫が橇に飛び乗るのを見ていた。十二台の橇は矢のように西に向かい、蛟竜河の石橋のところのカーブを曲がって、見えなくなった。

この世の奇跡を目撃した姉たちは、興奮で寒さを忘れた。みんなは河の上の氷穴を見て回った。三角のやつから楕円のやつ、正方形のやつ、長細いやつ……穴から溢れた水でみんなの鞋《くつ》が濡れ、やがて氷になった。氷穴から上がってくる凍った河の水の清らかな匂いが、胸に滲みる。二姐も三姐も四姐も、司馬庫にすっかり敬服してしまった。

大姐という輝かしいお手本がいたため、二姐の幼い脳裏にぼんやりとした思いが浮かんだ。司馬庫のお嫁さんになろう! だれやらが冷たく警告したように思えた、司馬庫には、もう三人もお嫁さんがいるんだよ!――だったら、わたしは四人目のお嫁さんになるだけのことだわ!――と、これはむろん後のことである。

四姐の上官想弟《シアンディー》が大声を出した。「お姉さん、大きな棒が!」

棒に見間違われたのは大ウナギで、灰色の躰をぶきっちょにくねらせながら、暗い河底から浮き上がってきた。蛇のようなその頭はたっぷり拳《こぶし》ほどもあり、陰気な両眼は猛毒の蛇を思わせた。

頭が水面に近づくと、プクプクと泡を吐いた。

「大ウナギだわ！」と二姐は言うと、天秤棒を振り上げ、ウナギの頭を目がけて振り下ろした。鉤がガチャガチャと音を立て、水しぶきが上がる。ウナギの頭が沈んだが、じきまた浮き上がってきた。目を傷つけられている。二姐がもう一度、天秤棒を叩きつけると、ウナギの動きがますます緩慢に、ぎこちなくなった。天秤棒を捨てた二姐が、頭を摑んでウナギを氷穴から引きずり出すと、水面から出た途端に凍ってしまい、やがてかちかちの肉の棒と化した。

二姐は三姐と四姐に水を担がせ、自分は片手に金槌を持ち、片手でウナギを引きずりながら、やっとの思いで家にたどり着いた。

母親が鋸でウナギの頭と尾を切り落とし、胴体部分を十八切れに挽き切ったが、一切れごとに下に落ちると、ゴトンと音がした。蛟竜河の水で煮た蛟竜河のウナギの味は、こたえられなかった。その日から、母親の乳房は、先に述べたように書物のページの折り痕に似た皺は留めているものの、若さを取りもどした。

ウナギのスープを堪能するまで飲んだ、その夜のことである。気分がほぐれた母親の顔には、聖母のような、あるいは観音菩薩のような慈愛が浮かんだ。姉たちはそんな母親を囲んで座り、高密《ガオミー》県東北郷《ドンベイシアン》の物語を聞いた。娘たちの心を、懐かしい思いに誘う、暖かい夜だった。蛟竜河の河道では北風が叫び、煙突を笛のように鳴らした。氷の鎧を着た庭の木の枝が揺れて、カラカラと音を立てた。軒端を離れたつららが一本、軒下の洗濯岩の上に落ちて砕け、乾いた音を立てた。

母親は語った。

――清朝の咸豊《かんぽう》の頃［一八五一～六一］、このあたりは、夏から秋にかけて魚取りや薬草採り、養蜂、牛馬の放牧などの人間が入るだけで、定住する者もいなかった。なぜ大欄《ダアラン》と呼ばれるかと言えば、このあたりが羊飼いが羊を休ませる場所で、木の枝を組んだ欄《ラン》［さく］があったからじゃ。冬になると、狐を撃ちに来る人間もいたが、その連中は大雪で凍死するか、変な病気に罹るかして、どのみちろくな死に様はしなかった。

やがて、いつのこととははっきりしないが、いかつい躰で度胸のある、強い男がここに住み着いた。それが、司馬亭と司馬庫のお祖父《じい》に当たる司馬大牙《スーマアダアヤー》じゃ。大牙はあだ名で、ほんとの名はだれも知らなかった。大牙とは呼ばれたが、口の中に門歯はなくて、口をきくとモグモグとなった。大牙は河のほとりに草葺きの小屋を建て、ヤス一本に猟銃一挺で暮らしを立てたが、その時分は、河でも谷や窪地でも、流れの半分ほどは魚じゃった。

ある年の夏のことじゃ。司馬大牙が河の堤で魚を突いておると、河上から彩色の大きな瓮《かめ》が流れてきた。司馬大牙は、タバコを一服吸う間ほども水の中に潜っておれるくらい泳ぎがうまかったから、ざぶんと飛び込んで、その瓮を岸辺まで引っ張ってきたところ、中に白い着物を着た目の見えない女が座っておった。（わたしたちは、目の見えない上官玉女《ユイニユイ》に目を向けたが、彼女は首をかしげ、耳をそばだてて聞いており、大きな耳の血管が透けて見えた。この盲目の少女の器量のよさは、目さえ見えたら、皇帝の后になるに違いないと思わせた）やがて、盲目の女は、男の子を一人産んでから死んだので、司馬大牙は、魚のスープでその子を育て、司馬瓮《スーマアウオン》と名づけた。

それが司馬亭と司馬庫のお父じゃ。

すぐそれにつづけて母親は、お上による高密県東北郷への移民の歴史を語り、上官家の老鍛治屋——わたしたちのお祖父と司馬大牙の友情を語り、義和団《ぎわだん》［清朝末の反帝国主義団体で、〝扶清滅洋〟を掲げた］がこのあたりで起こした大騒動を語った。そうして、鉄道敷設にやって来たドイツ人を相手に、司馬大牙とわたしたちのお祖父が村の西の大砂丘でくりひろげた、泣きも笑いもできない奇妙きてれつな戦争の話を物語った。

どこから聞き込んできたものか、ドイツ人の足には膝がなくて、直立はできるが曲げられないのだ、などと二人は言い出した。それに、ドイツ人は清潔好きで、わけても糞便に躰を汚されるのを嫌い、糞便が躰につくと嘔吐して死んでしまう、とも言った。さらに、洋鬼子《ヤングエイズ》［西欧の侵略者への蔑称］は羊羔子《ヤンガオズ》［羊の子。発音の近さで洋鬼子とひっかけた］だから、虎や狼を恐がるはずだからと、高密県東北郷のもっとも初期のこの開拓者二人は、アル中、博打打ち、ごろつきの徒輩——こうした連中はむろん武芸抜群で、死を恐れない好漢《ハオハン》でもあった——を糾合して、狼虎隊《ろうこたい》を作った。司馬大牙とわたしたちのお祖父の上官斗《シャングワンドウ》のもくろみはこうであった。

——ドイツ兵を大砂丘におびき寄せ、棍棒みたいに曲がらない足を砂地にめり込ませる。そこへ狼虎隊が突っ込んで、砂丘の木の枝を引っ張り、枝にぶら下げておいた小便や糞を詰めた袋や壺を落として、清潔好きのドイツ兵を悶死させる。

この戦闘の用意のため、司馬大牙と上官斗は、まるひと月かけて人糞尿を集め、酒瓮に詰めて大砂丘に運んだ。えんじゅの花の香る大砂丘は臭気鼻をつき、毎年花粉を求めてここにやって来る蜜蜂が、何万匹と死んでしまった……

おなじこの夜のことである。高密県東北郷の歴史の中にうっとり浸りきったわたしたちが、司馬大牙と上官斗の糞尿の陣の奇抜な光景を思い浮かべていたちょうどその頃、司馬大牙の直系の孫に当たる司馬庫は、村から三十華里離れた蛟竜河にかかる鉄橋の下で、この土地の歴史に新たな一ページを開きつつあった。

この鉄道は、ドイツ人が敷設した膠済《ヂャオヂー》鉄道［膠県～済南間］で、狼虎隊の英雄豪傑たちは命懸けで勇ましく戦い、古今にためしのない戦術で開通期を遅らせはしたものの、硬い鉄路が高密県東北郷の柔らかな腹部を真っ二つに引き裂くのを阻止することは、ついにできなかった。司馬瓮に言わせると、クソったれめが、これじゃまるで、お袋の腹の上を刀で突き刺されたようなもんじゃないか、ということになる。鋼鉄の巨竜が濃い煙を吐き出しながら、わが高密県東北郷を踏みにじっていくさまは、あたかも司馬瓮の胸を踏みにじっていくに等しかった。

いまやこの鉄道は日本人の管理下にあって、司馬庫らの石炭や綿花を運び去り、結局は司馬庫らの頭上に使われる武器弾薬を運んで来る。鉄橋を破壊しようという司馬庫の行動は、祖父の遺志を受け継ぎ、わが郷里の栄誉を発揚するものと言うべきだったが、ただその方法は、明らかに祖先を一歩抜きん出ていた。

三つ星が西に傾き、三日月が木の梢にかかった。河道で荒れ狂う西風が、鉄橋の鋼鉄の支柱に吹きつけて、ビュービューと鳴る。その夜の寒さは、並大抵のものではなかった。河の氷が割れ、広い筋が何本も走ったが、パリンと割れるその音は、小銃の発射音をしのいだ。

鉄橋の下に達した司馬庫の橇隊は、河辺に固まって停まったが、真っ先に跳び下りた司馬庫は、尻に猫にでも咬まれたような痛みを感じた。空のかすかな星明かりで、河は暗い白さの中にあったが、そのほかは漆黒の闇である。司馬庫が手を叩くと、周りからまばらな音が返ってきた。暗黒の神秘が彼の心を励まし、かきたてた。事後にこの鉄橋爆破作戦前の気持ちを訊かれると、「そうさな、正月みたいなもんだったな」と司馬庫は言った。

隊員たちは手を繋ぎあって、橋下にたどり着いた。手探りで橋脚に這い上った司馬庫は、腰から手斧を抜くと、橋桁の一つに切りつけたが、斧の刃から火花が飛び散り、橋桁は鋭い音を立てた。「こん畜生め」と彼は罵った。「ぜんぶ鉄でできてやがる！」

どでかい流星が、シューッという音とともに長い尾を引いて夜空を切り裂き、この上もなく美しく青い火花の煌《きら》めきが、世界を一瞬照らし出した。高いコンクリートの橋脚や、縦横に組み合わされた鋼鉄の支柱が、司馬庫に見えた。

「姜技師、姜技師。上がって来い！」と、司馬庫は呼んだ。

みんなに押し上げられて、姜技師が橋脚に這い上り、れいの男の子がすぐそれにつづいた。橋脚の上には、茸のようなでこぼこの氷が貼りついており、手を伸ばして男の子を引き上げてやった拍子に、司馬庫は足を滑らせた。男の子は無事に上がったが、司馬庫は下に落ちた。厚いかさぶたの下から絶えず膿が滲み出している、爛《ただ》れた尻からまともに落ちたから、堪らず「ギャ――ッ」と悲鳴を上げ、ついで「おっ母ァ、痛えよう……」と叫んだ。駆け寄った隊員たちが、氷の

上から助け起こしたが、なおも天まで届きそうな大声で叫び散らす。隊員のだれかが、

「兄貴、我慢してくれ。敵に気づかれたらことですぜ」

と言ったので、ようやく叫びを止め、全身を震わせながら、大声で命じた。

「姜技師、始めろ。何本かぶった切ってから、撤退だ。沙月亮のど畜生め、やつがくれた傷薬をつけると、ますますひどくなりやがる！」

「兄貴、そいつはハメられたんですぜ」と隊員の一人が言うと、

「〈ひどい病には医者選ばず〉ということがあろうが」

と、司馬庫が言った。

「兄貴、もうちっとの辛抱ですぜ。もどったら、おれがアナグマの油で治してさしあげます。あいつは火傷には百発百中、効果覿面《てきめん》ですからな」

バリバリバリッと、目も眩むような青い火花が、青さと白さの溶け合った光で、橋梁のあたりを涙が出るほどの明るさで照らし出した。アーチ型空洞、橋脚、橋梁、橋桁、犬の毛皮のコートに狐の毛皮の帽子、橙色の橇に蒙古馬など、鉄道の周りのあらゆる物が、氷上に落ちた毛の一本にいたるまで、余すところなく姿を現した。橋脚上の二人、姜技師と彼の徒弟は、猿のように橋梁の上に蹲って、ものすごい火炎を噴き出す〝アヘン煙管〟を振りかざして、鋼梁を切断している。真っ白い煙が上がり、鋼鉄の融ける特異な匂いが河道に広がる。火花や稲妻のように弧を描く光を魅入られたように見つめながら、司馬庫は尻の痛みを忘れた。蚕が桑の葉を食うように、火花が鋼鉄を食らっている。やがて、鋼梁の一本が重々しく垂れ下がり、厚い氷に斜めに突き刺

さった。

「ぶった切れ。クソったれをぜんぶ、ぶった切ってしまえ！」と、司馬庫は大声で叫んだ。

れいの人糞尿作戦は、公平なところ、おまえたちのお祖父や司馬大牙の勝ちじゃった、かりに前もって偵察して手に入れた情報が、正しかったとしたらね、と母親は言った。

こと敗れた後、狼虎隊の生き残り隊員が半公開の秘密調査を始め、半年の間に千人からの人間を訪ねて回ったあげく、ついに判明したのは、ドイツ人には膝がなくて、糞尿を浴びると必ず死ぬ、というニセ情報を初めに手に入れたのが、なんと狼虎隊の隊長たる司馬大牙本人だったということであった。しかも、その情報提供者は、彼が盲目の女との間にもうけた、生来の遊び人の司馬瓮だという。そこで調べに行った者が、女郎の布団の中から司馬瓮を引っぱり出して問い詰めると、忘憂楼《ワンイヨウロウ》の女郎の一品紅《イーピンホン》から聞いたと言う。そこで一品紅に問いただすと、そんなことを言った覚えはないと頭から否定し、自分はドイツの鉄道測量敷設隊の技師や兵隊をおおかたは相手にして、連中のごつくて硬い膝で太股を潰されているのに、そんなでたらめを言うはずがないではないか、と言う。糸はそこで切れてしまい、狼虎隊の生き残り隊員も漁師は漁師に、百姓は百姓にもどった、というわけじゃ。

母親が言うのでは、自分の伯父の拳骨の于《ユイ》も、その頃ちょうど血気盛んな若い衆で、狼虎隊には加わらなかったものの、三つ叉の堆肥用フォークを担いで、人糞尿戦争には加わった。その伯父によれば、ドイツ兵が橋を越えたところで、司馬大牙は旧式大砲を一発、上官斗は猟銃を一発、それぞれぶっ放しておいて、隊を大砂丘まで撤退させた。ドイツ兵は、五色の羽毛がふさふさする黒い帽子を被り、金ボタンだらけの緑の上着を身につけ、下は細い白ズボン姿だった。細長い足が、走り出しても曲がらないところは、なるほど膝がないように見えた。

　砂丘の下まで来ると、狼虎隊は横に並んで罵ったが、次々に繰り出す韻を踏んだ悪態は、どれも村の私塾の陳騰蛟《チエントンヂヤオ》先生の考えたものであった。狼虎隊がそうやっていると、ドイツ野郎は一斉に片膝を折り敷いた。ドイツ人は膝が曲がらなかったはずじゃなかったか、と伯父はヘンに思ったが、母親によれば、伯父がわけが分からないでいるうちに、相手の銃口から白煙が上がり、つづいて一斉射撃の音がして、大声で罵っていた狼虎隊員が数人、躰から血を噴いて倒れた。

　形勢悪しと見た司馬大牙は、慌てて死体を担がせ、砂丘の上へと撤退命令を出したが、柔らかい流砂に足を取られたみんなは、ドイツ人の膝になおも期待していた。ところが、追ってきたドイツ人の流砂を歩く動作は、狼虎隊員のそれになんら遜色なく、おまけに、その膝が細いズボンの中で運動しているのがはっきりと見て取れた。隊員たちはうろたえ、司馬大牙もはっとなったが、そこは歯をくいしばって、

「大丈夫だ、兄弟。砂で殺せなければ、次の手があるぞ！」

と言った。そのときちょうど、ドイツ人は流砂を抜けてえんじゅの林に入ったところだったので、おまえたちのお祖父たちが「引っ張れッ！」と叫び、狼虎隊員たちが砂に埋めておいた綱を引っ張ると、赤や白のえんじゅの花のうしろに隠してあった糞尿の瓮がひっくり返って、ドイツ野郎の頭上に真っ向から糞尿の雨を降らせた。くくり方がやわだった瓮の中には、木の上から落ちて

ドイツ人の頭に当たったやつがいくつかあって、その場で一人が死んだ。ドイツ野郎は、大口開いて喚き散らしながら、銃を引きずってバラバラと後退する。

伯父の言うには、もしもこのとき狼虎隊が追撃していたら、狼の群れに突っ込んだ虎のような塩梅で、八十人を越したドイツ野郎は一人も助からなかったろう。ところが、狼虎隊員たちは手を叩いて歓声を上げ、ゲラゲラ笑いながら、連中が河岸へずらかるのを見ているだけじゃった。河に飛び込んだドイツ人は、躰の糞尿を洗う。狼虎隊員のほうは、連中が嘔吐して死ぬのを待っていた。ところが、躰をきれいにすると、相手は銃を構えて一斉射撃じゃ。銃弾の一発が、たまたま司馬大牙の口から入って頭蓋骨のてっぺんに抜け、司馬のお祖父は、うんと言う暇もなく即死したのじゃ。

ドイツ人は、高密県東北郷を焼け野原にした。おまけに袁世凱《ユエンシーカイ》［清末の軍人政治家、北洋大臣。義和団事件で列強の利益優先政策を取る。一八五九〜一九一六］が軍隊を派遣してきて、おまえたちのお祖父の上官斗を捕まえた。お上は一罰百戒をねらって、村の真ん中のあの大柳の下で、焼けた鉄鍋の上を裸足で歩かせるという、聞くも恐ろしい酷たらしい刑罰をお祖父に加えた。処刑のその日は、高密県東北郷が大騒ぎで、何千人もの見物が押し寄せた。その日のことをその目で見たわたしの伯母が言うには、石を組んだ上に鉄鍋を十八載せ、下に薪を積んで火をつけて、鍋を真っ赤に焼いた。そうしておいて、処刑人がお祖父を担いで来て、その鍋の上を歩かせた。足が焦げて黄色い煙をあげ、その臭いが鼻について、伯母は何日も頭がふらついたそうな。伯母が言うには、上官斗はたしかに鋼鉄でできた男の中の男に恥じず、残酷な刑罰にさすがに泣きも叫びもしたが、助けてくれとはひと言も言わなかった。鍋の上を二度も行き来すると、足が形をなくしてしまって……そこでお上はお祖父を殺し、切った首を済南府《ヂーナン》に運んで、晒したのじゃ。

「兄貴、そのへんにしときましょうや」と、アナグマの油で火傷を治すと言った隊員が、司馬庫に言った。

「夜明け前の列車が、そろそろ来る頃ですぜ」

鉄橋の下には焼き切られた鋼梁が十数本、縦横に突き刺さっていたが、橋梁上ではなおも青白い火花がきらめいている。

「クソったれめ！」と司馬庫は言った。

「やつらを逃がしてなるものか。これでぜったい鉄橋は汽車で潰れるんだな？」

「兄貴、これ以上切ったら、汽車が来る前に橋が落ちますぜ！」

「そうか。そんなら姜技師、姜技師、下りて来い」と、司馬庫は怒鳴り、「おまえら」と周りの隊員に声をかけた。

「あの二人の好漢《ハオハン》を下ろしてやって、白酒《バイヂオウ》をひと瓮ずつやれ」

青い火花が消えた。隊員たちは、姜技師と助手を橇の上に助け下ろした。夜明け前の闇の中で、風は止み、ひときわ冷えが厳しくなって骨にまで滲みた。橇を牽いた蒙古馬が、闇をついて氷上を行く。およそ二華里ばかり離れたところで、司馬庫は停止を命じた。

「夜中じゅう頑張ったんだ。ひとつ見物といこうぜ」と司馬庫は言った。

貨物列車が突進してきたとき、お日さまは赤い顔をのぞかせたばかりだった。川面は一面に輝き、両岸の樹木に金や銀の瑠璃《ガラス》が貼りつくなかで、大鉄橋は静かに横たわっていた。司馬庫は、緊張して手をしきりにこすり合わせながら、口の中で悪態をついた。

威風堂々、地響きを立てながら近づいて来た列車は、鉄橋近くになって、あたりを震わせて汽笛を鳴らした。機関車は頭から黒い煙を吐き、車輪の間からは白い霧を噴き出しながら、ガタンガタンと肝も縮む大きな音を立て、川面の硬い氷を微かに震わせた。隊員たちは不安げに汽車を眺め、蒙古馬は耳をうしろに倒して、振り乱したたてがみにぴったりとくっつけた。

汽車はやみくもに鉄橋に突っ込んだ。その乱暴な振る舞いにも、鉄橋はびくともしないかに見えた。一秒の間、司馬庫とその隊員たちは顔色青ざめたが、次の瞬間、彼らは氷上で歓声を上げて躍り上がった。いちばん大きな歓声を上げたのは司馬庫で、いちばん高く躍り上がったのも司馬庫だった。尻の火傷は、確かに厳しかったにもかかわらず。

鉄橋は一秒内に倒壊し、枕木、レール、バラス、泥などが、機関車もろとも落下した。機関車は橋脚の一つにぶつかり、橋脚もすぐさま倒壊した。つづいて耳を聾する大音響とともに、氷塊や砂石、折れ曲がった鋼材、折れた枕木などが、空中で朝日の光を浴びながら、数十丈の高さにはね上がった。そこへ貨物を満載した貨車が何十台も押し寄せ、河に突っ込んだり、線路わきに横倒しになった。その後から爆発がつづいた。劇性火薬を満載した貨車から始まった爆発が、砲弾や銃弾の誘爆を引き起こした。振動で氷が割れ、河の水が、魚やエビや青いスッポンとともに噴き上がった。皮の長靴を穿いた人間の足が一本、蒙古馬の頭上に落下し、頭をふらつかせた馬は氷上に両膝をついて、そこの毛を削り取られた。たっぷり千斤［五百キロ］はあろうかという車輪がぶつかって氷を砕き、水柱が高く上がって、薄い泥水を撒き散らした。

巨大な爆風にやられて、司馬庫は耳がきかなくなっていた。目の前では、橇を牽いた蒙古馬が凍った河の上を目の見えない蠅みたいにやたら跳ね回っており、隊員どもは、ぼんやりと立ったり座ったりしたなりだ。なかには、耳から黒い血を流しているのもいる。大声で怒鳴ってみたが、自分でもその声が聞こえない。隊員どもも、大きな口を開けて叫んでいるようだが、声は聞こえない……

必死で頑張って、やっとの思いで司馬庫は、前日の午前に青白い炎で氷を割った地点まで馬橇隊を導いた。二姐が三姐と四姐を連れてそこでまた水汲みと魚取りをしていたが、前日開けた穴は、夜のうちに一あた［親指と中指を広げた幅］ほどの厚さに凍っていて、二姐は金槌とたがねでそれを割ったのだった。司馬庫の一行がそこに着くと、蒙古馬は争って水を飲んだが、数分するうちに全身を震わせ、四肢を痙攣させて氷上に倒れ、全部が間もなく死んでしまった。目一杯に開いていた肺が、冷水で破裂したのである。

この日の夜明け方、高密県東北郷のありとあらゆる生き物――人、馬、ロバ、牛、鶏、犬、ガチョウ、アヒル……冬眠中の穴のなかの蛇までが、西南の方角からきた大爆発を感じ、春雷だ、啓蟄だと錯覚して、続々と穴から這い出し、荒野で凍死した。

休養を取るべく、隊員どもを連れた司馬庫が村にやって来ると、司馬亭《スーマアテイン》が、全中国の悪口雑言を総動員して連中を罵った。ところが、得意満面な表情で罵るものだから、まるで耳の聞こえない連中は、誉められていると錯覚する始末だった。

司馬庫の三人の女房は、おのおの家伝の秘方を取り出して、共通の亭主の尻の火傷と凍傷の治療に当たった。ところが、上の女房が膏薬を貼ったかと思うと、中の女房が、十数種類の高貴な漢方薬を煎じた洗剤で膏薬を洗い流す。すると下の女房が、松とコノテガシワの葉とナナミノキの根に卵の白身とネズミの髭の灰を加えて調合した粉末を持ち出す……といった塩梅に、入れ替わり立ち替わりして、尻は乾いては湿り、湿っては乾きで、古傷の上に新傷が増える始末である。仕舞いに、綿入れズボンを穿いてベルトを二本も締めた司馬庫は、三人の女房の姿を見るなり、斧を摑むか、拳銃の引き金をがちゃつかせることにした。尻の傷が癒えないうちに、耳のほうは聴力がもどってきた。

聴力が回復した司馬庫が耳にした最初のことばは、兄の罵倒だった。

「このろくでなし！　おまえのせいで、村全部がひどい目に遭うぞ。いまに見ておれ！」

司馬庫は、兄のそれとおなじようにぼってりとして柔らかく湿った小さな手を伸ばすと、兄の顎を摑んだ。見ると、これまではつるつるに剃っていた上唇には、黄色く縮れたちょび髭がしょぼしょぼと伸びており、唇の皮もひび割れている。痛ましげに首を横に振ると、

「おれと兄貴は、おんなじ親父の種だぜ。おれを罵るちゅうことは、てめえを罵るちゅうことさ。やってくれ、気のすむまでな！」と言って、手を放した。

二の句が継げなくなった司馬亭は、弟の大きな背中を眺めて、お手上げだとばかりに首を横に振った。銅鑼を取り上げると、表門を出て、ぶきっちょな具合に彼の言う見張り塔に上って、西

北の方角を眺めた。

司馬庫は、隊員どもを連れてふたたび鉄橋へ出かけ、麻花《マァホア》［かりんとうに似たねじ菓子の一種］みたいにねじ曲がったレールを引っ張ってもどった。ほかに、赤ペンキを塗った汽車の車輪や、なんという物やらだれも知らない屑鉄などもあり、戦果を誇示すべく教会の正門前の通りに並べ、口の端に泡を溜めながら、鉄橋を破壊して日本の軍用列車を転覆させたいきさつを村の者に語って聞かせた。話のたびに生々しい挿話を入れたので、後になればなるほど盛り沢山で面白くなり、ついには『封神演義《ほうしんえんぎ》』［明代の小説］もかくやという有様になった。

二姐の上官招弟《ヂャオディー》は、司馬庫の忠実な聴衆だった。初めのうちこそ聴衆だったが、そのうち、れいの新式武器の目撃証人になり、ついには目撃者を通り越して、鉄橋破壊事件の参加者にまでなった。あたかも自分がずっと司馬庫に付き従って、一緒に橋脚に登り、一緒に橋脚から落下したかのように、司馬庫の尻が痛むと自分も口を歪めるので、二人はおなじところを怪我したかのようであった。

母親が言ったように、司馬家の男ときたら、どこかタガのはずれたやつばかりだった。瓮に乗って流れてきた盲目の女は、とびきりの美人のくせに両眼が見えず、言うこともだれにも分からなかったという。ことばが聞き取れなかったわけではなくて、その意味が分からなかったとあれば、狐狸妖怪の化身でないとすれば、精神を病んでいたに相違ない。そんな女の後代に、まともなのがいるはずがあろうか？

上官招弟の気持ちに気づいた母親は、上官来弟の物語が間もなく再演されるに違いないことを予感した。母親は、恐ろしい激情を燃やしている黒い瞳と、恥も知らぬげに盛り上がっている真っ赤な唇を、気懸かりげに見つめた。十七歳の娘どころか、そこにいるのは、さかりのついた雌牛だった。

「招弟、おまえ、いくつのつもりだね？」と母親が言うと、二姐は睨みつけてやり返した。

「お母さんは、わたしくらいの年でお父さんのところへお嫁に来たんじゃなかった？　それに、お母さんの上の伯母さんは十六で双子を産んで、二人とも子豚みたいに丸々としていた、なんて言ったこともあったじゃないの！」

そこまで言われては、母親はため息をつくしかない。ところが、二姐は情け容赦なく畳みかけた。

「お母さんが言いたいことは分かってる。あの人はもう、三人もお嫁さんがいるでしょ。わたし、四人目のお嫁さんになるつもりよ。長幼の順が一世代上だと言うつもりかも知れないけど、同姓でもないし「かつての中国では同姓の結婚は許されなかった」、まして同族じゃないんだから、掟を犯すわけじゃないわ」

母親は二姐に対する管理権を放棄し、好きなようにさせることにした。うわべは平然としていたが、乳の味から、母親の心が激しく波立っているのがわたしには分かった。

二姐が司馬庫のけつをついてバカ騒ぎをやっている頃、母親は六人の姉たちを連れて、家の大根穴から南側の塀の外のコーリャン殻積みに通じる地下道を掘った。掘り出した土は、一部は糞壺に埋め、一部はロバの囲いに入れたが、大部分はコーリャン殻積みのそばの空井戸を埋めるのに使った。

春節《チュンヂエ》は穏やかに過ぎた。元宵節《ユエンシアオヂエ》［旧暦一月十五日］の夜、わたしを背負った母親は、姉たち六人を連れて、通りへ灯籠《ドンロン》［提灯］見物に出かけた。村の家々で掛けているのはどれも小さな灯籠だが、福生堂の表門に掛かっているのだけは水瓮ほどもありそうな大灯籠で、それぞれに、わたしの腕より太い羊の脂を固めた蠟燭が挿してあり、その明かりで眩しい光を放っていた。

二姐の招弟がどこへ行ったか、母親は知らぬ顔だった。彼女はいまやわが家のゲリラ戦士で、三日ももどらないかと思うと、突然現れたりした。大晦日の夜、いましも爆竹を鳴らして財神をお迎えしようとしているところへ、二姐は、黒マントを羽織ってもどってきた。細い腰をぎゅっと締めた牛皮のベルトと、そこにずっしりと掛かって、ニッケルをきらめかせているリボルバーをひけらかして見せると、母親は皮肉っぽい口調で、

「おやまあ、上官家からまた一人、女馬賊が出るとはねえ！」

と言ったが、言い終えたときは泣き顔だった。姉のほうはニッコリ笑ったが、その笑いがあまりに子供っぽかったので、母親にまだ横道から引きもどせると思い込ませた。そこで、母親は言った。

「招弟、おまえを司馬庫のお妾にさせるなんて、わたしにはできないよ」

上官招弟がフンとせせら笑った——まるであばずれ女のそれだった——ので、母親の心に燃えついたばかりの希望の火は、たちまち消えた。

元旦の初日、伯母のもとにお年始に顔を出した母親が、来弟と招弟のことを持ち出すと、母親

の一番上のその伯母——甲羅を経た老女は言った。

「子供のことは、自然に任せるが一番さ。それに、沙月亮や司馬庫のような婿がおれば、一生安心というものじゃないか。あの二人は天に上る鷹じゃぞ！」

「オンドルの上で死ねないのじゃないかと、それが気懸かりで」と母親が言うと、老女は、

「オンドルの上で死ぬやつは、どうせろくでなしさ！」と言い、なおも愚痴ろうとする母親に小うるさげに手を振って、蠅でも追うみたいにして、それ以上言わせなかった。

「どれ、おまえの息子を見せておくれ」

と伯母に言われて、母親は木綿の袋からわたしを抜き出して、オンドルの上に置いた。大伯母のしぼんだ皺くちゃの顔や、落ちくぼんだ眼窩の底にはまっている炯々たる緑色の瞳を、わたしは恐怖にかられながら見た。目の上の飛び出た骨のあたりには眉毛は一本もないくせに、目の周りには黄色い睫がびっしりと生えているのであった。

　大伯母は、枯れた骨のような手を伸ばしてわたしの髪の毛を撫で、耳たぶを引っ張り、鼻の頭をつまみしたあげく、ついには手を股間に伸ばして、チンポコに触った。人をバカにしたそうした接触が嫌でたまらず、わたしは極力、オンドルの隅へと這った。そんなわたしをさっと捕まえると、大伯母は大声で、

「混血チビ、お立ち！」と言った。

「伯母さん、この子はたったの七ヵ月、立てるわけがないですよ」と、母親が言った。

「わたしは七ヵ月のとき、鶏小屋からおまえのお婆さんに卵を取ってきてあげたもんだよ」と、

老女は言った。

「伯母さん、それは伯母さんだからで、並みの人じゃないんだもの」

「このチビも並みの人間じゃないと、わたしゃ思うね。マローヤのやつ、惜しいことをしたねえ」

母親は顔を赤くし、ついで青くなった。オンドルの端まで這って行ったわたしは、窓の縁に手をかけると、両足を踏ん張って立ち上がった。老女が手を叩いて言った。

「ほらほら、わたしが立てると言ったら、立てたじゃないか！　こっちを向いてごらん、混血チビ！」

「伯母さん、金童《ヂントン》というんです。いつまでも混血チビなどと呼ばないで！」

「混血かどうかは、母親だけの胸のうちさ。そうだろう、血の繋がった姪っこよ！　それに、これは愛称なんだよ。混血チビ、スッポンの卵、兎の子、畜生っ子なんぞ、みんな愛称さ。混血チビ、こっちへおいで！」

振り向いたわたしは、両足を震わせながら、目に涙をためた母親の顔を眺めた。

「金童、いい子だね！」と、母親は両腕を伸ばしてわたしを呼んだ。わたしは母親のふところに飛び込んだ。歩けたのだ。わたしをしっかりと抱き締めた母親が、小声で言った。

「坊やは歩けたね。坊やは歩けたね」

大伯母が、厳しい口調で言った。

「子供は鳥とおなじで、飛ぶとなったら、止めようたって止められるものじゃないんだ。あんたはどうする？　子供らがぜんぶ死んでしまったら、どうするつもりかと訊いているんだよ」

「わたしは大丈夫ですよ」

「それならばいいさ。何事も空の上か海の底、いかに悪くとも、山の上に考えを持っていくこと、自分からめげちゃいけないよ。わたしの言うことが分かるね？」

「分かりました」と、母親は答えた。

別れしなに老女が訊ねた。「お姑《しゅうとめ》さんはまだ生きているのかい？」

「生きて、ロバのうんこの中を這い回っていますよ」

「あの婆さん、恐いもの知らずで生きてきたのに、そんな末路を迎えようとはなあ！」と、大伯母は言った。

元旦初日のこうした会話がなかったら、わたしが七ヵ月で歩けたはずがないし、母親がわたしたちを連れて、大通りへ灯籠見物に出かけようという気を起こすはずもなかった。そうすれば、わたしたちは味気ない元宵節を過ごしたろうし、わが家の歴史だって、いまとは違っていたはずだ。

大通りは大勢の人出だったが、見知らぬ顔ばかりのような気がした。人々の間には、落ち着いた気分が満ちていた。パチパチと火花を散らすネズミ花火を手にした子供たちが、そこら中で人混みを縫って走り回っていた。

わたしたちは、福生堂の表門の前に立ち止まって、大門の両側のどでかい大灯籠に見とれていた。灯籠のぼんやりした黄色い光が、表門の鴨居に掛かっている金文字の扁額を照らし出している。福生堂の表門は大きく開け放たれ、煌々と明かりがともされた庭の奥からは、賑やかな騒ぎがしきりに聞こえてくる。門の外には人だかりがしているが、みんな袖に手を入れた姿で、なにかを待つかのように静かに立っている。おしゃべりな三姐の領弟《リンディー》が、かたわらの人に、

「おじさん、ここは粥の炊き出しをするの？」

と訊ねたが、相手は曖昧に首を横に振っただけだった。背後の一人が、

「娘さん、お粥の炊き出しは臘八節《ラアバアヂエ》［八日粥。旧暦十二月八日、釈迦の成道を祝って五穀入りのお粥を振る舞う］じゃよ」

と言ったので、三姐がそのほうを向いて、

「お粥の炊き出しでなかったら、なにするの？」

と訊ねると、その人は、

「文明芝居をやるんだとよ。なんでも済南《ヂーナン》府から呼んできた名優じゃというがな」

と言った。三姐はなおもなにか言いかけて、母親にぎゅっと抓られた。

やがて司馬家の屋敷から、四人の人間が出てきた。めいめい長い竹竿を手にしており、竿の先につけた黒い鉄の器具からは、眩い炎が噴き出して、門前を真昼のように、いや、それよりもっと明るく照らし出した。司馬家の屋敷からほど遠からぬ教会のおんぼろ鐘楼に巣をかけている野鳩が、驚いて飛び立ち、光の中をククと鳴きながら飛び過ぎて、闇の中へと消えた。人混みの中で「ガスランプじゃ！」と叫んだ者がおり、それでわたしたちは、この世に豆油ランプや石油ランプ、蛍の提灯などのほかに、目が痛くなるほど明るいガスランプなる物があるのを知った。

ガスランプを掲げた四人の黒い大男は、黒い四本柱のように福生堂の大門の前に四角形に立った。門内からはさらに数人が、円筒型に巻いた茣蓙《ござ》を担いで出てくると、四人の男が囲った場所の真ん中に、かけ声もろとも投げ出した。縄を解くと、茣蓙はひとりでに広がる。男たちは腰をかがめると、茣蓙の隅を引っ張って、毛むくじゃらの黒い足を素早く動かして移動する。その速度が速いのと、ガスランプの強烈な光の加減で、わたしたちの目には姿がダブって映る。そのため、だれの目にも、男たちは四本以上の足を生やしているように見えた。おまけに、足と足との間には、蜘蛛の巣状の透明な光るものを引きずっている。そんなものにまとわりつかれているせいで、走り回る男たちは、蜘蛛の巣の上でもがく小さな甲虫のように思えた。

茣蓙を敷き終えると、男たちは腰を伸ばし、見物に向かって見得を切った。顔にはさまざまな色のドーランを塗っているので、色鮮やかな真新しい毛皮のようだった——豹の皮、日本鹿の皮、オオヤマネコの皮、廟のお供えを盗み食いするアナグマの皮。やがて男たちは、ゆったりとめりはりをつけた足取りで、福生堂の門内に引っ込んだ。

四基のガスランプがガスを噴き出すシューシューという音を聞きながら、みんなは静かに待っていた。真新しい茣蓙も静かに待っていた。竹竿のガスランプを掲げた四人の男は、四個の黒い石と化した。

わたしたちの気分を挑発するかのように銅鑼が鳴り、みんなの視線は大門の中に向けられたが、大きな福の字がはめ込まれた白い目隠し塀に遮られた。いい加減待ちくたびれた頃、司馬亭《スーマアテイン》——福生堂の当主、大欄鎮のもと鎮長、現維持会長——が、しかめっ面で現れた。いやというほど叩かれたれいの銅鑼を下げた彼は、そいつを叩きながら、さも気がすすまぬげにその場を一回りした。そのあと茣蓙の真ん中に立つと、こっちに向いて言った。

「村の衆。爺さまに婆さま、おとっつぁんにおっかさん、兄貴に姉《あね》さん、兄弟姉妹のみなさんよ。わしの弟《おとと》が鉄橋をぶっ壊しましたるあの戦、知らせがあちこち伝わると、女子《おなご》の衆《し》からのお祝いに、届いた賞状が二十枚。あの勝ち戦のお祝いに、呼んできましたは芝居の一座。弟も一役演じまして、文明芝居をお目にかけ、元宵節にも抗日を忘れず、日本鬼子《リーベングエイズ》を故郷には入れぬと、大事な教えの出し物でござい。この司馬亭とて中国男児、維持会長は辞めますぞ。村の衆、おたがいどうし中国人。日本人のクソ野郎に、へいこらするのは止めましょう」

口調を整えた口上を述べ終わると、司馬亭は見物にお辞儀を一つして、銅鑼を下げて駆けもったが、ちょうど大門から出てきた胡弓、笛、琵琶などの囃子方と鉢合わせした。

楽器を小脇に抱えた楽師たちは、腰掛けを手に登場し、茣蓙の端に陣取ると、横笛が鳴らす二つの音に合わせて、高音から低音へ、低音から高音へと上げたり下げたりしながら、弦を調節した。胡弓、琵琶、横笛が、均衡のとれた三本の縄のようにまとまったところでひとしきり合わせ、そこで止めてじっと待つ。ついで鼓、銅鑼、鐃鈸《にょうはち》、銅拍子《どうびょうし》などの囃子手が、腰掛けを手に登場し、楽師たちと向き合って腰を下ろすと、ジャンジャンチャンチャンと、ひとしきり音を出す。

銅鑼がひときわ強く単調に叩かれると、鼓が調子を刻み、胡弓に琵琶に横笛が一斉に鳴り出し、音の縄がわたしたちの足を縛って引き留め、わたしたちの魂を縛って離れ難くさせる。もの悲しく纏綿としたメロディーでありながら、ときに小声でかき口説くような、この芝居はなにかと言えば、高密県東北郷の地方劇茂腔《マオチアン》であった。茂腔が始まると、人倫の秩序などそっちのけになり、茂腔を耳にすると生みの親も忘れるというわけで、俗に〈女房を繋ぐくさび〉と呼ばれているやつだ。かくして、拍子に合わせて見物は足踏みをし、唇をもぐもぐさせ、心を震わせ、つがえられた矢がいっぱいに引き絞られて発射される、その一瞬を待ちうける……

五、四、三、二、一で高く張り上げられた声が、その終わりで声をかぎりに舞い上がり、雲をも貫けとばかりにより高く高く昇っていく。

〈花も恥じらう乙女のわたし——ィ——〉

と、声をいっぱいに張って余韻嫋々と歌いながら、頭に赤いビロードの造花を挿した二姐の上官招弟が、青いスレン染め生地の脇合わせの上着、裾絞りのズボンに刺繡入りの青の布鞋《ブーシェ》という装いで、左腕に竹籠をかけ、右手に洗濯棒を持って、小刻みなステップをなめらかに踏みながら、司馬家の大門から流れるように走り出て、眩いガスランプの下に達すると、莫蓙の上でさっと停まって、見得を切った。その眉は空の新月を思わせ、水のような眼差しが見物の頭上に流れる。細く高い鼻に、五月の桜桃よりも赤く塗られた厚い唇。みんなは瞬きもせず、息をひそめて、静まり返る。そのあと、溜められた力が弾け、どっと喝采が上がった。

つづいて二姐は舒腿《シュトウエ》、下腰《シアヤオ》［掌を高く挙げて躰をうしろに反らす仕草］、跑円場《パオユエンチャン》［舞台を早足で回る仕草］とつづけたが、その足腰の柔らかさは池のほとりの柳を思わせ、足取りの軽さは麦の穂の上を滑る麦梢蛇《マイシャオショー》のようであった。この日の夜は、風はないもののひどく冷え込んだにもかかわらず、二姐は単衣一枚だった。母親の目を見張らせたのは、ウナギを食べてからというもの、ふっくらとしてきた二姐の躰の胸の前の肉の盛り上がりで、いまや熟れた鴨梨《イヤリー》〔卵形の梨〕に引けを取らず、おまけに上官家の女の豊満な肉体の光栄ある伝統を承けて、整って美しい。場内を一巡すると、息の乱れもみせずに、二姐は喉をしぼって次の句を歌った。

〈嫁入りしたは英雄司馬庫のもと――〉

この一句は、終わりの声を張り上げることもなく、平らかに歌われたが、反響はすさまじかった。みんなは顔をくっつけて、ささやき交わした。

――あれはどこの娘じゃ？

――上官家の娘じゃよ。

――あそこの娘は、猟銃隊について駆け落ちしたんじゃなかったのか？

――二番目の娘さ。

――いつの間に司馬庫に取り入って、妾なんぞになったのかね？

「いい？　これはお芝居だよ。いい加減なことを言うとただじゃ置かないよ！」

三姐の領弟にほかの姉たちも加わって、人混みの中で大声で二姐を弁護したので、人々はたちまち静まった。

〈橋を壊すは夫のおはこ、五月の節句の蛟竜橋《ヂャオロンチャオ》。橋の上には酒を撒き、炎を高く舞い上げて、小日本をさんざ焼き殺してくれた。そのとき尻に重傷《ふかで》を負った、夫が鉄橋爆破に赴いたは、吹雪の狂う昨夜のこと〉

歌い終わった二姐は氷を割る仕草に、冷たい水で衣服を洗う仕草をしながら、真冬の木の梢に残った枯れ葉のように、全身を震わせる。引き込まれた見物は、しきりに感嘆の声をあげ、なかには袖で涙を拭う者もいる。

突然、銅鑼が激しく鳴らされると、二姐は立ち上がって遠くを見やって、

〈天地も震うあの轟き、まして夜空を焦がすあの炎は、まさしく鉄橋爆破のしるし、日本軍の列車はさだめて地獄へ逆落とし。これより急いで家に立ちもどり、酒を暖め鶏《とり》をつぶし、夫の帰りを待ちましょう〉

ついで二姐は衣服を片づけ、堤防を這い上る仕草をしたあと、

〈突然現れた四匹のけだもの〉

と歌った。さきほど莫蓙を担いで登場した、奇妙なものを足につけ、顔にドーランを塗りたくった四人の男たちが、つづけさまにとんぼを切りながら、大門の内から飛び出してくると、二姐を取り囲み、小ネズミを中にした四匹の猫のように、かわるがわる爪を出した。アナグマの隈取りをした男が気味悪い調子で歌う。

〈おれさまは日本国の隊長の亀田だア。東北郷《このあたり》に美女がわんさかおると聞き、こうして探しに出てきたが、さっそく見つけためんこい娘——おい、娘。太君《タイジュン》［日本軍に協力的な中国人＝漢奸が日本軍将校などをこう呼んだ］と一緒に来い。いい目を見させてやるぞ〉

彼らはいきなり二姐を抱えあげた。躰をぴんと伸ばした二姐は、四人の〝日本鬼子《リーベングエイズ》〟に高々と差し上げられて、莫蓙の上を巡る。銅鑼や鼓が嵐のように激しく鳴らされる。観客はどよめき、前に押し寄せた。

「うちの娘を放せ！」

と、母親が大声で怒鳴りながら、飛び出して行った。綿入れの袋の中で両足を突っ張って立っていたわたしは、のちに馬に乗ったときにも、それに似た感覚を味わった。両手を伸ばした母親は、兎を捕まえる鷹のように〝亀田隊長〟の両眼をえぐった。ギャッと叫んで相手が手を放すと、ほかの三人も手を放したので、二姐は莫蓙の上に落ちた。三人の俳優は逃げたが、母親は〝亀田隊長〟の腰に馬乗りになって、頭の毛をむしりにかかる。二姐が母親を引っ張って、

「お母さん。これはお芝居で、ほんとじゃないんだったら！」と金切り声を上げげた。

そこへまた何人もが群がって、母親と〝亀田隊長〟とを引き分けた。顔中血だらけにした〝亀田隊長〟は、ほうほうの体で大門の内に転がり込んだ。母親は怒りが収まらぬもののように、

「よくもよくも、うちの娘をひどい目に遭わせおって！」と、喘ぎながら言う。

「お母さんたら、せっかくのお芝居をめちゃめちゃにして！」と、二姐がかっかとして言う。

「招弟、いいからうちにもどりなさい。こんな芝居をやらせるわけにはいかないよ」と母親が手を伸ばして引っ張ると、振り払った二姐が、

「お母さんたら、こんなところで恥をかかさないで！」と、腹立たしげに言う。

「恥をかかされているのは、わたしのほうじゃないか。さ、もどりなさい」

「まっぴらだわ」

そのとき、司馬庫が歌いながら登場した。

〈鉄橋を爆破していざもどらん――〉

足下は乗馬靴で軍帽を被り、本物の皮の鞭を手にして、想像上の駿馬に跨り、両足で地を蹴って上半身を起伏させながら前に進む。両手は架空の手綱をしぼって、馬を操る仕草をする。あたりを震わせて鳴り物が一斉に声を上げるが、わけても横笛の裂帛の響きが、恐怖によるというよりも、笛そのものの力によって、見物に肝も潰れる思いをさせた。

司馬庫は、浮ついたりおどけたりしたところなどみじんもない、厳しく硬い表情で、

〈堤防のあたりで聞こえるあの騒ぎ、馬を急がせ駆けつけん——ハイヨオ——ッ〉

胡弓がヒヒヒイーン……と、馬の嘶きの音を出す。

〈心急くまま一歩を半歩に、二歩を一歩に急ぎ行かん——〉

銅鑼や鼓が激しく打ち鳴らされるなか、足踏みにすり足、上体をのけぞらせての回転、股を広げての跳躍、息を詰めたかと思うと獅子の玉乗り——と、司馬庫は莫蓙の上でありったけの演技を披露したが、その尻にいまなお、半斤［二五〇グラム］もある膏薬が貼られているなどとはとても思えなかった。二姐が慌てて母親を外に押し出すと、口ではがみがみと騒ぎ立てながら、母親はバツのわるそうにもとの場所にもどった。

日本兵に扮した男が三人、腰をかがめて中央に進み出て、あらためて二姐を差し上げようとしたが、れいの〝亀田隊長〟の姿が見えないので、よんどころなく三人で間に合わせることにし、二人が前を支え、一人が両足を支えた。隈取りした頭が二姐の股の間に挟まると、なんとも滑稽で、見物はニヤニヤ笑い出す。その頭がおどけた表情をしてみせたものだから、見物はますます面白がり、頭のほうも悪のりして、とうとうドッとくる。司馬庫は仏頂面になったが、それでも

歌をつづけた。

〈向こうに聞こえる騒ぎの音、暴れているのはなんと日本兵。すわ一大事と飛びかかり
――やにわに犬めをふん捕まえて――この野郎！〉

と手を伸ばし、二姐の股の間に頭を挟まれた〝日本兵〟を捕まえ、大喝一声。つづいて立ち回りとなり、四対一のはずのところを三対一に切り替え、ひとしきり格闘のすえ、司馬庫は〝日本人〟をやっつけて〝妻〟を救い出す。〝日本人〟が莫蓙の上に跪くと、司馬庫が二姐の腕を取って、楽しげな演奏の中を、大門の内へと引き上げる。ついで、ガスランプを掲げていた四人の黒い男たちがにわかに動き、ガスランプもろとも大門の内へと駆けこんだ。明かりがなくなり、目の前が真っ暗になった……

翌日の朝まだき、本物の日本人が村を包囲した。銃声や砲声、軍馬の嘶きが、わたしたちを眠りの夢から呼び覚ました。母親はわたしを抱くと、六人の姉たちを連れて、蕪《かぶら》の地穴に飛び降りた。じめじめと冷たい暗がりの中を這って、広い場所に出ると、母親は豆油ランプを点けた。ほの暗い明かりの下で、わたしたちは干し草の上に座って、かすかに伝わってくる地上の動静に耳をすませた。

どれほどの時間が経ってからか、前方の暗いトンネルから、ハアハアという喘ぎが聞こえてきた。鍛冶屋の金鋏を摑んだ母親が、洞窟の壁のくぼみの灯火皿をふっと吹き消すと、洞内はたち

まち真の闇と化した。わたしが泣き出すと、母親は、片方の乳房をわたしの口に含ませた。乳首は冷たくて弾力を失って硬く、おまけにしょっぱくて苦い味がした。

喘ぎ声はますます近づき、母親は金鍬を振り上げた。そのとき、二姐の普段と違う声がした。

「お母さん、叩かないで。わたしよ……」

母親はほっと息をつき、金鍬を振り上げていた手を力無く下ろした。

「招弟かい。びっくりさせるじゃないか」

「お母さん、明かりを点けて。ほかに人がいるの」

母親が骨を折って、ようやくランプをともした。ほの暗い明かりがふたたび洞窟を照らし、全身泥にまみれた二姐が目に入った。頬には血の痕があり、ふところには包みを抱いている。驚いた母親が、それはなにかと訊ねると、口を歪めた二姐は、汚れた顔に清冽な涙を流した。

「お母さん」と、二姐は嗚咽しながら言った。「これはあの人の三番目のお嫁さんの息子なの」

ぎょっとなった母親は、腹立たしげに言った。「そんなもの、もとのところへもどしてきておくれ！」

膝でいざった二姐は、母親の顔を見上げて、

「お母さん、お慈悲だと思って。あの家は皆殺しにされて、これが司馬家のたった一人の血筋なの……」

母親が包みの一角を持ち上げると、司馬家の息子の、黒くて痩せた長い顔が現れた。そのチビは、すやすやと寝息を立ててぐっすり眠っており、夢の中で乳でも飲んでいるのか、赤い口をひ

くひく動かしている。わたしの心は、憎しみでいっぱいになった。乳首を放して大声で泣くと、母親は、もっと冷たく苦い乳房をわたしの口に押し込んだ。

「お母さん、この子を引き取ってくれるでしょ？」と、二姐が訊いた。

母親は目を閉じたまま、ひと言も発しない。

二姐は、チビを三姐の領弟のふところに押しつけると、跪いて母親に叩頭の礼をし、泣きながら言った。

「お母さん、わたしは死ぬも生きるもうちの人のもの。この子を助けてくれたご恩は、一生忘れはしません！」

這い起きた二姐がかがんで洞窟から出ようとしたのを、とっさに引き留めた母親が、かすれ声で訊いた。

「どこへ行くつもりだね？」

「うちの人、足に怪我をして、石臼の下に隠れているの。行ってあげなくちゃ」

そのとき、外で馬蹄の音と鋭い銃声がした。躰を斜めにして燕穴に通じる入り口を塞ぐと、母親は、

「なんでも聴いてあげるが、このまま外へ死ににやらすわけにはいかないよ」と言った。

「お母さん、あの人、足の血が止まらなくて。行ってあげなかったら、死んでしまう。あの人が死んだら、わたし、生きているつもりはないの。行かせて、お母さん……」

母親は吼えるようにひと声泣いたが、じきまた口を閉ざした。

「お母さん、このとおりよ」

二姐は跪いて叩頭の礼をすると、顔を母親の太股に一瞬押しつけた。ついで顔を放すと、腰をかがめて外に這い出して行った。

五

花の咲く清明節の頃になっても、司馬家《スーマァ》の十八個の首は、福生堂の大門の外の木の枠からぶら下がったままだった。木枠は、真っ直ぐな太い杉材を五本、ブランコ状に組んだもので、首は針金に通して横木にぶら下げられていた。カラスやスズメ、フクロウなどに肉はほとんど啄まれてしまったが、それでも司馬亭の女房の首、二人のバカ息子の首、司馬庫の女房と二人の妾の首、三人の女に産ませた九人の息子や娘の首、たまたま親戚回りで訪ねてきていた二人目の妾の両親と二人の弟の首など、難なく見分けることができた。襲撃されてからの村はまるで生気がなく、人々は亡霊のように昼間は暗がりに隠れ、夜になってようやく外に出て動き回った。

二姐《アルヂエ》は出て行ったきりで、ちらとも消息はなく、彼女が置いていった男の子が、みんなの頭痛の種だった。トンネルに隠れていた闇の何日か、飢えさせておくわけにもいかず、母親はその子に乳を与えた。やつは大口を開き、目を剝いて、ガツガツとわたしのものである乳房を吸った。驚くべき食欲で、両の乳房を干からびた皮袋になるまで吸っても、まだ口を歪めて泣き喚いた。泣き声はカラスや蝦蟇やフクロウのようで、表情は狼や野良犬や野兎を思わせた。やつはわたしの不倶戴天の敵だった。やつが母親の乳房を独占すると、わたしは泣き喚いた。わたしが乳房を奪回すると、やつが泣き叫んだが、大声で泣きながらも、なんと目は開けたままで、その目はトカゲに似ていた。招弟《ヂャオディー》の畜生が抱いてきたのは、トカゲが産んだ魔物だった。

二人にいたぶられて、母親の顔はむくみ、躰からは、地穴の中で長い冬を越した蕪みたいに、くねくねと曲がった不健康な、薄黄色い芽が生えてきた。初めにその芽が生えたのは乳房で、ますます減ってきた乳の中に、わたしは鬆《す》の入った蕪の味を嗅ぎつけた。司馬家のあのくそチビには、この嫌らしい味が分からないのだろうか？　自分のものはだれでも大事にするが、こればっかりは大事にしようがなかった。わたしが吸わなければ、やつに吸われるほかはない。わたしの宝の瓢簞、小鳩ちゃん。陶器の花瓶のようだったその皮膚は、みずみずしさを失って乾き、青い血管が浮いて乳首は黒ずみ、力無く垂れてしまった。

わたしとそのくそチビの命のために、母親は姉たちを連れて、大胆にも地穴から這いずり出て、日の照り渡る世の中に舞いもどった。わが家の東棟からは麦が消え、ロバとラバの子も消え、鍋、碗、ふくべ、鉢の類が粉々になり、壁に祀ってあった観音さまの首がなくなっていた。母親が地穴に入るときに置き忘れた狐のコートや、わたしと八姐《バァヂェ》のオオヤマネコの上着も消えていた。姉たちが片時も放さない毛皮のコートは無事だったが、毛の根が腐ってパラパラと抜け落ち、着ているる当人たちは、全身出来物だらけの野獣に見えた。

上官呂氏《シャングワンリュイシー》は、西棟の石臼の下に横たわっていたが、地下道に入る前に母親が投げ与えた二十個の蕪を平らげて、栗石《くりいし》のように硬い糞をひり出していた。母親が様子を見に入ると、その糞を摑んで投げつけてきた。顔の皮膚は、凍《し》みてくずれた蕪のようで、白髪は縄のようにもつれ、突っ立ったり背中に引きずったりしていた。その目は青い光を放っている。どうしようもないというふうに首を横に振った母親は、目の前に蕪をいくつか放ってやった。

日本人――ひょっとして中国人か――がわたしたちに残してくれたものは、地穴に半分ほどの、黄色い芽を生やして鬚の入った蕪だけだった。絶望した母親は、壊されなかった素焼きの壺を見つけ出した。中には、上官呂氏が秘蔵していた砒素が入っている。母親は、その赤い粉末を蕪のスープに空けた。砒素が融け、スープの表面に色のついた油の玉がわずかに浮くと、生臭い臭いが漂った。母親が木の柄杓《ひしゃく》でスープを掻き混ぜ、よく混ぜ合わさったところで、柄杓で掬って、ゆっくりと傾けた。濁った液体が、柄杓の口から鍋の中にザーッと注がれる。母親の口元が異様に痙攣した。

蕪のスープを一杓子、欠けた碗によそうと、母親が言った。

「領弟《リンディー》、これをお祖母さんに持っていっておあげ」

「この中に毒を入れたの、お母さん？」と、三姐《サンヂェ》が言った。母親がうなずくと、

「お祖母さんを殺すの？」と三姐が訊いた。

「みんなで死ぬんだよ」と母親が言った。

姉たちが一斉に声を上げて泣き出すと、目の見えない八姐までが泣き出したが、その声は蜜蜂のようにか細く、黒くて大きいくせに何も見えない目には、涙がいっぱいたまっていた。なにが惨めで哀れといって、八姐ほど惨めで哀れな者はいなかった。

「お母さん、死にたくない……」と、姉たちは哀願した。わたしも一緒に「お母ちゃん……お母ちゃん……」と回らぬ舌で言った。

「すまないねえ、おまえたち……」と言うと、母親はワッと泣き出した。わたしたちと一緒に長いこと泣いていたが、やがて大きな音をさせて手鼻をかむと、母親は、欠けた碗を鍋の中の砒素入りスープもろとも、庭に投げ出した。

「死ぬのは止めよう！　死ぬ気なら、なんだって恐くはないんだからね」

そう言うと、母親は腰を伸ばし、わたしたちを連れて、食べ物を探しに通りへ出て行った。村の中で、大通りに最初に姿を現したのはわたしたちだった。司馬家の人の首を初めて目にしたとき、姉たちは多少恐がったが、数日経つと目もくれなくなった。司馬家のくそチビは、わたしと向かい合わせに母親のふところにいたが、母親は首を指さして、小声で言った。

「さあおまえ、しっかり覚えておくんだよ」

母親と姉たちは村の外へ出て、目覚めた田圃で白い草の根を掘り出しては洗って搗《つ》いて、スープを作った。頭のいい三姐が野ネズミの巣を掘り出すと、美味しい野ネズミの肉にありつけただけでなく、野ネズミが蓄えた穀物も手に入った。ほかに姉たちは、麻縄で編んだ漁網で、池からひと冬を耐えて黒く痩せてしまった魚やエビを掬った。

ある日、母親が試しに魚のスープをわたしの口に一匙入れてみたところ、わたしはたちまち吐き出して、泣き喚いた。それではと司馬家のくそチビの口に入れてみると、やつはなんとけろっとして飲み込んだのである。もう一匙やると、これも飲んだ。母親は喜んで、

「やれやれ、このクソ餓鬼もやっとこさ自分で物が食べられるようになってくれたよ。おまえはどうするんだね?」

と言うと、わたしを見た。

「おまえも乳離れしなくちゃ」

わたしは震え上がって、母親の乳房を摑んだ。

わたしたちの後を追うようにして、みんなが動き出した。空前の災難に襲われたのは野ネズミで、ついで野兎、魚、亀、エビ、蟹、蛇、蛙などに及んだ。広々とした大地で生きている物と言えば、毒のある蝦蟇と翼を生やした鳥だけになってしまった。その頃に野菜《イエツアイ》[食用にできる雑草の総称]がどっと芽を吹いたからよかったものの、さもないと、村人の大半は餓死していただろう。

清明節が過ぎて、鮮やかだった桃の花が散ると、田畑からは蒸気が立ちのぼり、種蒔きを待って大地が騒ぎ始めたが、わたしたちには、家畜も蒔く種もなかった。沢の水たまりや丸い池の中、湖の岸辺の浅瀬などに丸々としたオタマジャクシが泳ぐ頃になると、村人たちは流浪を始めた。四月にはほとんどの人間が出て行ったが、五月になると、そのおおかたが舞いもどった。樊三《ファンサン》大爺《ダァイエ》に言わせると、ここには飢えを満たす野菜《イエツアイ》などがあるが、よその土地にはそれすらないのだった。

六月になると、よそ者たちが大勢やって来た。初めのうち、連中は教会や司馬家の屋敷、廃棄された製粉所などに入り込み、飢えた犬のようにわたしたちの食い物を奪った。そのうち、樊三大爺が村の男をかき集めて、よそ者狩りを始めた。こっちのリーダーが樊三大爺なら、向こうもリーダーを押し立てた――眉の濃い、大きな目をした若者だった。

その若者は鳥取りの名手で、腰にはパチンコを二本挿し、肩からは袋を斜めに掛けていた。袋の中身は、ゴムを固めた玉である。三姐は野菜《イエッアイ》を摘んでいて、その妙技を目撃した。鷓鴣《しゃこ》が二羽、追いかけっこをしながら、空中で交尾をしていた。腰からパチンコを抜いた若者は、ほんの気ぐれのようにろくにねらいもつけずに打ったが、一羽が真っ直ぐに、それも三姐の足下に落ちてきた。鷓鴣は頭を砕かれていた。もう一羽がけたたましく鳴きながら空に逃げるのに向かって、若者がもう一発打つと、それもすぐさま落ちた。若者が鷓鴣を拾って、三姐の前まで歩いて来ると、三姐は憎しみの目を向けた。樊三大爺に煽られて、わたしたちはよそ者を憎んでいた。若者は三姐の前の鷓鴣を拾うかわりに、手にした一羽も投げてよこすと、物も言わずに立ち去った。

三姐が鷓鴣を拾ってもどったおかげで、母親は鷓鴣の肉にありつき、姉たちと司馬家のチビは鷓鴣のスープにありついた。上官呂氏に骨をやると、ガリガリと大きな音をさせて噛み砕いた。

よそ者が鷓鴣をくれたことを、三姐は秘密にしていた。鷓鴣はすぐさま美味しい乳と化して、わたしの胃袋に収まった。わたしが眠っている隙をみて、母親は何度か乳首を司馬家の男の子の口に含ませようとしたが、チビは受けつけなかった。やつは草の根や木の皮で育ったが、その食欲たるや恐るべきもので、口に入れられたものはすべて飲み込んだ。

「まるでロバだね」と母親は言った。「草を食うように生まれついているんだよ」

垂れた糞まで、ラバや馬と変わりなかった。おまけに、母親の見るところ、生まれつき胃が二つあって、反芻能力があるという。お腹から上がってきた雑草が、喉を通って口の中にもどってくると、目を細めて咀嚼するのをしょっちゅう見かけた。口元に泡を溜めながらさも美味そうに嚙み、満足すると首を伸ばして、ゴクッと飲み込んでしまう。

村人たちは、よそ者との戦いをおっぱじめた。まずは樊三大爺が境界の外へ出るよう、説得に出向いた。向こうも代表を立てたが、それが三姐に鶻鴣をくれた男で、人から鳥人韓《ハン》と呼ばれている鳥取りの名人であった。腰のパチンコに手を添えながら、道理を並べたてて一歩も退かない。ここ高密県東北郷はもとは荒れ地で、お互いよそ者ではないか。おまえさんたちが住んでいるのに、おれたちが住んでいけないわけがどこにある？

話がつかずに言い争いになり、頭に血が上ると小突き合いが始まった。肺病病みの六《リユー》とあだ名のある村の粗忽者が、樊三大爺の背後から飛び出すと、鉄棒を振るって鳥人韓のお袋の頭にガツンと食らわせたものだから、婆さんは脳味噌を飛び散らせて、息絶えた。傷ついた狼のような泣き声を上げた鳥人韓は、腰のパチンコを抜くなり、目にも留まらぬ速さで二発打って、肺病病みの六の両眼を潰してしまった。

それからは混戦になった。よそ者連中は次第に劣勢になり、鳥人韓は老婆の死体を背に戦いつつ退き、とうとう村の西の砂丘の下まで後退した。母親を下に下ろした鳥人韓は、パチンコを抜くと弾を込めてねらいをつけ、

「そっちの頭。とことんやっつけるつもりじゃないだろうな？　追いつめられると、兎だって食らいつくぜ！」

と言い終わらぬうちに、ピュッと音がして、パチンコの弾が樊三大爺の左耳をぶち抜いていた。
「お互い中国人だから、命だけは助けてやらあ」と、鳥人韓は言った。樊三大爺は真っ二つにされた耳を押さえて、ひと言も言わず退き下がった。

よそ者連中は、砂丘の下に何十軒か掘立て小屋を建てて、落ち着き場所を確保した。十数年後、そこは一つの村になった。さらに数十年が過ぎると、そこは繁華な砂梁鎮《シャリアンチェン》［砂丘の町］になり、大欄鎮《ダアランチェン》とは間に大きな池と一本の小道を隔てただけで、ほとんど一つながりになった。九〇年代に大欄鎮が鎮《まち》から市になると、砂梁鎮は大欄市の湾西《ワンシー》区に変わる。その頃には、ここにアジア最大の東方鳥類センターができて、国立動物園でも見かけないような珍鳥が、ここでは手に入るようになるはずである。むろん珍鳥の売買は半非合法活動である。鳥類センターの創設者は鳥人韓の息子の鸚鵡の韓《ハン》で、その男は新種の鸚鵡の飼育や繁殖で財を成し、かつ女房の耿蓮蓮《ゴンリエンリエン》の助けでのし上がり、やがて監獄にぶち込まれることになる。

砂丘に母親を葬った鳥人韓は、パチンコを手によその土地の訛で罵りながら、村の通りを二、三度行き来した。こうしてだれの心配もせずに済む身になったからには、一人ぶっ殺してもともと、二人殺したところでへっちゃらだ、みんなおとなしくしているのが為だぜ、などと言っているらしかった。両眼を潰された肺病病みの六や、耳をぶっちぎられた樊三大爺の例があり、村人はだれもそれ以上は手を出そうとはしなかった。向こうは母親の命まで賭けた、などと三姐が言ったものだから、なおさらだった。

それからというもの、よそ者と村人は、わだかまりを抱きつつも穏やかにつき合うようになった。三姐は鳥人韓と、毎日のように、はじめて鵪鶉をもらった場所で会った。初めは偶然の出会いのように装っていたが、そのうち、会わずにはいられない野外の逢い引きに変わり、三姐の両足にすり減らされて、その場所は草も生えない更地と化した。

鳥人韓はいつも口はきかず、鳥を投げ出すと立ち去った。それは、キジバトが二羽だったり、雉が一羽だったりしたが、あるとき、たっぷり三十斤［十五キロ］はありそうな大きな鳥を置いて行ったことがある。三姐は、必死の思いで背負ってもどってきたが、物知りの樊三大爺もその鳥の呼び名は知らなかった。その肉がとびきり美味しかったことをわたしは覚えているが、むろん、母親が分泌してくれる乳を通して間接的に知っただけである。

樊三大爺はわたしの家との特別な親しさを見せつけるもののように、三姐と鳥人韓の関係をわざわざ母親に耳打ちした。その言いぐさは下劣で品がなかった。

「おかみさんよ、あんたのとこの三番目の娘とれいの鳥取りじゃが……やれやれ、恥知らずなマネをしおって、村の者も目に余ると言うておるぞ！」

「まだ、ほんの子供じゃないですか！」と母親は言った。

「あんたの家の娘は、ほかと一緒にはできんわい」

「舌の腐ったやつは、地獄に堕ちるがいいのじゃ！」

と、母親は樊三大爺に突っ張ってみせた。

とはいえ、三姐が死にかけの丹頂鶴を下げてもどってきたときには、母親は三姐と厳しい会話を交わすことになった。

「領弟」と母親は言った。「これ以上、人様のものを食べるわけにはいかないよ」

「どうしていけないの？　あの人、鳥を取るなんて、虱を捕まえるより簡単なのに」と、三姐は目を剝いた。

「どんなに簡単でも、人様の取ったものじゃないか。人様に食べさせてもらうと、言うことも言えなくなるということぐらい、知らないわけじゃなかろう？」

「そのうち、お返しすればいいじゃないの」

「どうやってお返しするつもりだね？」

「あの人にお嫁に行くわ」と、三姐はけろっとして言った。

母親が厳しい調子で、「領弟。あんたのお姉さんは二人して、この上官家に、もう十分泥を塗ってくれたんだからね。今度ばかりは、なんとしても言いなりにはさせないよ」

と言うと、三姐はかっとして、

「お母さん、そんなきれい事を言って、鳥人韓がいなかったら、この子がこんなでいられた」とわたしを指さし、「この子だって」と司馬家の男の子を指さした。わたしの丸々とした顔や、司馬家の子の真っ赤な顔を見て、母親はぐっとことばに詰まったが、しばらくして言った。

「領弟、これからは、何はともあれ、あの男の鳥を口にすることはダメだからね」

翌日、三姐は野鳩の束を背負ってもどると、ぶすっとして、母親の足下にそれを投げ出した。

瞬く間に八月が来ると、雁の群れが遥かな北から飛んできて、村の西南の方角にある沼沢地帯に降りた。村人やよそ者たちは、釣り針や網などの昔ながらのやり方で雁を取った。初めのうちは獲物もどっさりあり、村の通りや路地のそこかしこで、雁の毛が舞った。ところが、雁はじきに知恵がつき、泥がいちばん深くて、狐すら立ち入れない沼沢地の真ん中あたりに棲息するようになり、どんな手を使っても引っかからなくなった。ただ、三姐だけは毎日、死んでいることもあり、生きていることもあったが、なにしろ一羽は雁を提げてもどった。鳥人韓がどんなやり方でそれを捕まえたのかは、だれにも分からなかった。

現実を前に、母親は妥協せざるを得なかった。なぜなら、鳥人韓がくれる鳥を食わなかったら、おおかたの村人とおなじように、栄養不足からむくみや喘ぎに襲われ、両眼を鬼火のようにギラギラ光らせる羽目になるからだった。だが、それを口にするということは、猟銃隊長と橋梁破壊者につづいて、鳥取りの婿を迎えるということにほかならなかった。

八月十六日の朝、三姐はいつもの場所に鳥を受け取りに出かけ、わたしたちは家で待っていた。青草の味のする雁の肉にいささか飽き気味だったので、鳥人韓がほかの鳥を食べさせてくれないものかと期待していた。いつぞやの美味しかった大きな鳥は無理としても、野鳩か鶉《うずら》、キジバト、野鴨などなら、なんとかなるのではないか？

三姐は手ぶらで帰ってきた。両眼を桃のように泣き腫らしている。母親が慌ててわけを訊くと、

「鳥人韓が、黒い物を着て鉄砲を持ち、自転車に乗った連中に連れて行かれた……」

と三姐は言った。

ほかに十何人か、若い男が捕まった。みんなはバッタみたいに数珠繋ぎに括られた。鳥人韓は鍛えた両腕の筋肉をゴム鞠のように膨らませて、力のかぎり暴れた。兵隊どもが銃の台尻でその

けつや腰のうしろを殴りつけ、足で太股を蹴る。鳥人韓の両眼は血を噴き、火を噴くかと見えた。「どうしておれを捕まえる？」と鳥人韓が叫ぶと、下っ端の隊長の一人が泥を摑んで、目つぶしに鳥人韓の顔に投げつけた。鳥人韓は、追いつめられた獣のように吼えた。追いすがった三姐は、走って隊列の前に回ると、「鳥人韓――」と叫んで立ち止まった。隊列が行き過ぎると、またも後を追い、立ち止まっては「鳥人韓――」と叫ぶ。兵隊どもがそんな三姐を眺めて、いやらしく笑った。最後に三姐が「鳥人韓、待っているわ」と言うと、鳥人韓は大声で「クソったれ。だれも頼みはしないぞ！」と言った。

昼になって、自分の姿の映る野菜《イエツアイ》のスープを前にしたとき、わたしたち――むろん母親を含めて――は、鳥人韓が自分たちにとってどれほど大事な存在だったたか、はじめて思い知らされた。三姐はオンドルに突っ伏して、二日二晩泣きつづけた。母親が手を尽くして泣き止めさせようと試みたが、屁の役にも立たなかった。

鳥人韓が連れて行かれて三日目、三姐はオンドルから下りると、恥じる様子もなく胸をはだけたまま、裸足で庭に出て行った。ザクロの樹に飛び乗ると、しなやかな枝が弓なりにたわんだ。母親が慌てて引き留めに行くと、さっと身を躍らせて軽々と青桐に飛び移り、ついでアカメガシワへ飛び、アカメガシワからわが家の藁葺き屋根の棟に飛び降りた。躰に羽毛がいっぱい生えてでもいそうな、信じられない身軽さだった。

棟に跨った三姐は、両の目がすわり、顔には黄金のような微笑みをいっぱいに浮かべていた。庭に立った母親が、仰向いて懇願した。

「領弟、いい子だから、下りておいで。これからはなんでもおまえのしたいようにさせて、母さんは口出しはしないから……」

三姐は、まるで人類のことばを解しない鳥になったかのように、なんの反応も示さない。母親は、四姐《スーヂエ》、五姐《ウーヂエ》、六姐《リユーヂエ》、七姐《チーヂエ》、八姐《バアヂエ》に司馬家のチビまで庭に呼び出して、棟の上の三姐に声をかけさせた。姉たちは泣きながら呼びかけたが、三姐は依然として取り合おうとせず、横に頭を下げると、鳥が羽をつくろうみたいに、肩を嚙んだ。首がベアリング仕掛けのように自由がきくので、頭の回転の幅が大きく、自分の肩を易々と嚙めるだけでなく、俯いて二つの小さな乳首を口でつつくことすらできるのだった。このときの三姐は、自分の尻やかかとをはじめ、そうしたければ嘴で躰のどの部分でも触れられたとわたしは信じて疑わない。

わたしが思うに、屋根の棟に跨っていたときの三姐は、実際に鳥の境地にすっぽりはまりこんで、鳥の考え方をし、鳥の動きをし、鳥の表情をしていたのだ。かりに母親が樊三大爺などの乱暴な連中を呼んできて、黒犬の血をぶっかけて三姐を棟から追い落とすようなマネをしなかったら、三姐は躰に見事な羽を生やし、美しい鳥に――鳳凰でなければ孔雀に、孔雀でなければ金鶏に――変身していたに相違ない、とわたしは思う。そしてどんな鳥に変身したにしろ、きっと羽を広げて高く舞い上がり、彼女の鳥人韓を探しに行ったことだろう。

ところが、ことはとうとう、もっとも恥ずべき恨めしい結果に終わってしまった。樊三大爺ときたら、躰が小さくて敏捷なところから〝猿〟というあだ名のある張毛林《ヂャンマオリン》に命じて、黒犬の血を入れた桶を持ってこっそり屋根に登らせ、背後から三姐に忍び寄って、いきなり犬の血を頭からぶっかけさせたのである。棟でぱっと跳び上がった三姐は、飛ぶ気十分で、両腕を羽ばたいた。ところが、躰のほうはゴロゴロと軒端まで屋根を転がり、ついで煉瓦敷きの通路にドスンと落ちた。頭には杏の実ほどの穴があいて血がどっと流れ、三姐は気を失ってしまった。

　母親は泣きながら、木灰をひと掴みして、三姐の頭の穴を塞いでやった。それから四姐と五姐に手伝わせて三姐の躰の犬の血を洗ってやり、オンドルに担ぎ上げた。

　日の暮れに、三姐は気がついた。母親は涙を浮かべて、

「領弟、大丈夫かい?」

と訊ねた。三姐は母親を見たが、うなずいたようでもあり、そうはしなかったようでもあった。その目からは、涙がはらはらとこぼれた。母親は、

「ひどい目に遭わせたねえ……」などと言ったが、三姐のほうは冷たくこう言った。

「あの人、日本へ連れて行かれて、十八年しないと帰って来ないの。お母さん、祭壇をこしらえて。わたし、鳥の巫女になったわ」

　そのことばに、母親は雷に打たれたようになった。さまざまな思いが渦巻き、妖気を漂わせた三姐の顔を恐ろしげに見やりながら、言いたいことが山のように口元までのぼってきたが、一言も言い出せなかった。

　高密県東北郷のつかの間の歴史の中で、これまで六人もの女が、恋路を邪魔されたり、嫁入り後の不仲がもとで、狐、ハリネズミ、鼬、麦梢蛇《マイシャオショー》、アナグマ、蝙蝠などに憑かれて巫女になり、人々から恐れ奉られて、神秘な生涯を過ごしている。そこへこうして、わが家に鳥の巫女が現れ

たというわけで、母親はぞっとする気味悪い思いでいっぱいだったが、いやだなどとは片言も言えなかった。というのは、これまでに痛ましい前例があったからである。

十数年も前の話になる。ロバの仲買人袁金標《ユエンヂンビャオ》の若い女房の方金枝《ファンヂンヂー》が、墓場で若い男と密通していたところを捕まった。袁家では、若い男をなぶり殺しにし、方金枝もさんざ叩きのめした。羞恥と憎悪の二重苦から、方金枝は砒素を飲んだが、見つかって、糞尿を口から注ぎ込まれて吐かされ、助かった。気がついた方金枝は、自分には狐が憑いたから祭壇をこしらえてくれと頼んだが、袁家では承知しなかった。それからというもの、袁家では変事がつづいた――焚き物からはしょっちゅう火が出る。鍋や碗の類がわけもなく割れる。大旦那が酒壺を傾けると、トカゲが出てくる。大婆さんがくしゃみをすると、なんと鼻の穴から門歯が二本、飛び出す。茹で上がった餃子《ギョウザ》を鍋から掬ってみると、ぜんぶ死んだ蛙だった……とうとう音を上げた袁家では、狐の巫女の御印《みしるし》を飾り、方金枝のためにお籠もり部屋をこしらえたのである。

鳥の巫女のお籠もり部屋は、東棟にこしらえた。母親は四姐と五姐に手伝わせて、沙月亮《シャユエリアン》が残していったがらくたを片づけ、壁の蜘蛛の巣や梁に積もった埃を掃除し、窓紙を貼り直した。北側の壁の隅にお供え物の机を置き、上官呂氏がかつて観音菩薩をお祭りしたとき使い残した線香を三本立てた。机の前には鳥の巫女の絵を掛けるべきだが、どんな様子をしているものなのか。三姐の意見を聞いてみるほかはないので、母親はその前に跪いて、巫女さま、机の前にお祭りする絵はどこでおもらいすればよいのでございましょうかと、敬虔にお伺いを立てた。目を閉じてきちんと座った三姐は、麗しの春夢でも見ているかのように、頬を上気させている。みだりなことはできないので、母親はより敬虔な態度で、いま一度お伺いを立てた。三姐は長い欠伸《あくび》をすると、目を閉じたままで、鳥の囀りとも人間のことばともつかぬ聞き取りにくい囀るような声で、明日になれば分かる、と言った。

次の日の午前、悪相な乞食がやって来た。左手に竹でこしらえた犬追い棒をつき、右手には、縁がふたところ欠けた青磁の大碗をささげ持っている。ついいましがた泥の中を転げ回りでもしたか、それとも一万里の長旅をつづけてきたかといったふうで、全身が埃だらけだ。耳の穴まで埃が詰まっている。物も言わずに、いきなり母屋に入ってくると、わが家にもどったかのように、勝手気ままに振る舞った。鍋の蓋を取ると、野菜スープを掬ってズルズルと啜った。それがすむと、竈の上に腰を下ろし、無言のまま刀のように鋭い二つの目で、じっと母親の顔を見つめた。

母親はいささかびくついたが、それでも平然とした様子を装って言った。

「旅のおかた。貧乏人のことで、なんのおもてなしもできませんが、よかったらこれをお上がりなさい」

母親は野菜《イエツアイ》団子を差し出した。乞食はそれを断り、あちこち割れて血が滲んでいる唇を舐めて、

「ここの家の婿から、預かり物が二件ある」

と言ったが、言い終えても、べつに何かを取り出したわけではない。身につけたぼろぼろの単衣や、単衣の穴からのぞいている灰色の鱗でも生えていそうな荒れた汚い皮膚などを目にすると、わたしたちに言付かってきたと称するものをどこに仕舞っているのか、まるで見当もつかなかっ

た。母親が不審げに、

「どの婿ですかねえ？」と訊ねた。悪相な男は、

「どの婿かは、わしも知らん。口はきけないが、字は書けて、青竜刀が使える。わしは一度、命を助けてもらったが、わしもやつの命を助けてやったから、お互い貸し借りなしじゃ。そこで、この二件の宝物をおまえさんたちに渡したものかどうか、つい今し方までは迷っておった。さっきスープを飲んだとき、おかみさんがつべこべ言うようなら、こいつは独り占めする気じゃった。ところがつべこべどころか、たった一つしかない野菜団子をくれようとした。そこで、こいつを渡すことにしたというわけじゃ」

と言うと立ち上がり、欠けた碗をかまどの上に置いて、

「こいつは秘密の色の青磁で、青磁器の中でも麒麟か鳳凰、天下にこれ一つしかないかも知れん。口のきけないこの家の婿どのは、襲撃の後の分捕り品の山分けでこいつに当たったのだが、値打ちはなんにも分からず、おまえさんたちに届けさせたのは、ただ大きいからというわけじゃろうよ。それにもう一つ」

男が竹の杖で地面を突くと、中でカタカタと音がした。

「刃物はあるかね？」

母親が包丁を渡した。受け取った男が、杖の両端のそれと分からぬほどの細い紐を切ると、杖がカランと二つに割れて、軸が一巻、地面に落ちた。男が軸を振るって開けると、かび臭い臭いがした。見ると、黄ばんだ絹地の中央に、大きな鳥が画かれている。その鳥が、いつぞや三姐が

背負ってもどった美味しかったあの鳥とそっくりだったので、わたしたちは思わず度肝を抜かれた。画の中の鳥は首を上げてすっくと立ち、大きな、しかし表情のない目で、バカにしたようにこっちを斜めに見下ろしている。

この画と画の中の鳥について、悪相な男はなんの説明もしなかった。軸を巻きもどして碗の上に置くと、振り向きもせずに母屋から出て行った。自由になって長く垂れた両腕が、大きな歩幅につれて、日差しの中でぎこちなく振れた。

母親は松の樹のようになり、わたしは松のこぶだった。五人の姉たちは五本の白樺で、司馬家の男の子は小さなクヌギの樹だった。わたしたちはちっぽけな混成林をこしらえて、不思議な秘密の色の青磁碗と鳥の画の前に、黙って突っ立っていた。オンドルの三姐がヒヒヒと冷笑を発しなかったら、ほんとに樹になっていたかも知れない。

三姐の予言は的中したのだ。わたしたちは、鳥の画を恭しくお籠もり部屋に請じ入れると、お供え机の前に掛けた。欠けたお碗にそんなたいそうな来歴があるとすれば、並みの人間に使わせるわけにはいかない。母親は機転をきかせて、碗をお供え机の上に置いた。鳥の巫女にお供えする水を入れようというわけだった。

わが家に鳥の巫女が現れたという噂はあっという間に流れ、たちまちのうちに高密県東北郷に広まり、もっと遠くまでも伝わった。病気治療や占いのため、人々がわが家にどっと押しかけてきたが、鳥の巫女が相談を受けるのは、一日十人と限られていた。

鳥の巫女は部屋の中に籠もっていて、拝みにやって来た人間は窓の外に跪く。すると、れいの鳥の囀りとも人間のことばともつかない声が、窓に特別に開けた小さな穴から聞こえて、占いに来た者には迷いを晴らし、病気治療に来た者には処方を伝えるのである。

三姐、いや鳥の巫女の出す処方はなんとも珍妙で、かつ悪ふざけの気配の濃厚なものであった。胃の悪い病人に出した処方は、蜜蜂七匹、糞転がしの糞一対、桃の葉二枚、卵の殻半斤を粉末にして、お湯で服用せよ、というものであった。

兎の毛皮の帽子を被った目を患っている人間に出した処方は、バッタ七匹、コオロギ一対、カマキリ五匹、ミミズ四匹を糊状にすりつぶし、掌に塗れ、というものであった。窓の穴から舞い落ちた処方を拾ったその男は、ひと目見るなり、さもバカにしたような表情を浮かべ、

「なるほど鳥の巫女だわい。こいつは全部鳥の餌じゃ」

と呟くのが聞こえた。男は行ってしまったが、バッタだのコオロギだの、鳥にはご馳走でも、目の病に効くはずがないではないかと、わたしたちが恥ずかしい思いをさせられた。そうしているところへ、男が駆けもどってきて、窓の前にバッタリ跪くなり、「巫女さま、お許しを……」としきりに言いながら、ニンニクを搗くみたいに叩頭をくり返したのである。それを聞いて、部屋の中では三姐が冷笑した。後から聞いたところでは、おしゃべり男は門を出るやいなや、空中から舞い降りてきた鷹に頭を爪でこっぴどくえぐられ、あげく帽子まで空に持って行かれてしまったのだという。

尿道炎に罹ったと偽って、窓の前に跪いたひねくれ者がいた。

「なんの病じゃ?」と、鳥の巫女が窓の内で訊いた。

「あれが縮こまって、小便が出ないもんで」と男は言った。恥ずかしいことを言われて憑き物が落ちでもしたか、部屋の中は突然、静まり返った。肝っ玉のふといその男は、目を窓の穴に当てて中を覗き込んだが、たちまち悲鳴を上げた。特大のサソリが一匹、窓の上縁から男の首の上に落ちてきて、毒針でブスリとやったのである。首はたちまち腫れ上がり、顔まで腫れて、目はサンショウウオそっくりに、二本の筋になってしまった。

性根の悪い連中を懲らしめた鳥の巫女の神通力は、善良な人々の喝采を呼ぶとともに、その名を遠くに広めた。それからというもの、拝みに来る人々は、どれも遠いほかの省の訛をしゃべった。母親が訊ねたところでは、東海《トンハイ》［東シナ海一帯］から来た者もおれば、北海《ベイハイ》［渤海の一帯］から来た者もいるということだった。鳥の巫女の霊力のことをどうやって知ったのかと母親が訊くと、人々は目を白黒させるばかりで、どう答えたものやら、呆然となるばかりだった。彼らの躰からは生臭い臭いがしたが、海の臭いだと母親が教えてくれた。

よその土地の人々は、わが家の庭に野宿して、辛抱強く待っていた。鳥の巫女は自分で決めたとおり、毎日十人の願い事を聞くと、さっさと憑き物を落としてしまう。そうすると、東棟の部屋は、死んだようにひっそりとなる。母親は四姐に水を持って入らせ、三姐と入れ替わらせる。ついで五姐に食事を運ばせ、四姐と入れ替わらせる。これをつづけると、目がちらちらした参拝者たちには、どれが鳥の巫女になった娘か、見分けがつかなくなってしまった。

鳥の巫女の状態から抜け出した三姐は、基本的には人間だったが、表情や動作には、異様なところがあれこれあった。ほとんど口をきかず、ともすれば目を細めて蹲る。澄んだ冷たい水を飲み、おまけに一口ごとに仰向いて首を伸ばすのだが、これなどは典型的な鳥のやり方だった。

穀物も口にしなかったが、じつのところ、わが家には穀物など一粒もなかったから、わたしたちの口にも入らなかったのだ。拝みにくる連中は、鳥の習性に従って、バッタや蚕のさなぎ、豆虫、コガネムシ、蛍などのなまぐさもののお供えのほかに、麻の実や松の実、ヒマワリの実などの精進ものを供えてくれた。それらはむろん、まず三姐に食べさせ、残りを母親と姉たち、それに司馬家のチビとで分けて食べるのであったが、長幼の序をわきまえた姉たちは、さなぎ一匹、豆虫一匹を譲り合って、喧嘩になることもあった。

母親の乳の出は最低の水準に落ちたものの、乳の質はまずまずだった。この頃、母親は、わたしを乳離れさせようと試みたが、死にものぐるいの抵抗に遭って諦めた。

わが家からお湯その他の便宜を提供してもらったことへの礼と、むろんおもには鳥の巫女にお救いいただいたことに対する感謝の印に、海辺からやって来た人々が、去り際に麻袋に詰めた干し魚を置いていってくれた。感激のあまり、わたしたちはその人たちを堤防まで送って行ったが、流れの緩やかな蛟竜河に、太い帆柱を立てた漁船が数十隻停泊しているのを、そのとき初めて目にした。これまで蛟竜河には、洪水で水かさが増したときに使う木の大盥がいくつかあるきりだった。わが家の鳥の巫女のおかげで、蛟竜河が広い海と直接繋がったというわけだった。

季節は十月の初めで、川面には西北の風が切れ切れに吹きつけていた。海から来た人々は舟に乗ると、巨大な繕いの痕だらけの灰色の帆をバタバタと揚げ、ゆっくりと流れの中心へと移動していった。船尾の大きな櫂が泥を掻き混ぜ、河の水が濁る。ついこの間、漁船を追ってやって来て、今度は漁船とともに去っていく灰色のカモメの群れが、鋭く鳴きながら高く低く飛び、そのうちの数羽が、宙返りや滞空飛行の特技を演じて見せた。

　堤防には村人が大勢立っていた。もともとは見物のつもりが、思いもかけず、遠来の客を送る賑やかな場面を作ることになった。帆に風をはらませた漁船は、櫓を漕ぐエイヤのかけ声とともに、次第に遠ざかって行った。彼らは蛟竜河から運糧河《ユンリアンホー》へ、運糧河から白馬河《バイマアホー》へ、白馬河から渤海《ボオハイ》へと出るのだが、それにはまる二十一日を要した。こうした地理上の知識は、これから十八年後に鳥人韓が教えてくれたものだ。

　こうして高密県東北郷を遥か遠くの客が訪れたのは、あたかも鄭和《ていわ》「明初の大航海者」や徐福《じょふく》「秦の始皇帝の命で不老不死の薬を求めて東海に渡ったとされる方術士」の故事の再演とも言うべき、わが大地の華々しい歴史の一ページであった。しかもそのすべては、わが上官家の鳥の巫女のおかげであった。その晴れがましさが、母親の心の憂さを軽くしてくれた。ひょっとして母親は、この家からさらに獣や魚の巫女が出るのを望んでいたのではないかなどと思ってもみるが、そんなことはまるで考えもしなかったかも知れない。

　漁民たちが帰って行った後で、次に身分の高い客が来た。アメリカ製の黒いピカピカのシボレーに乗った女で、車の両側のステップには、モーゼル拳銃を手にした大男が立っていた。田舎の土道が歓迎の土埃を派手に巻き上げたので、あわれ大男二人は、泥の中を転げ回った灰色ロバみたいになった。わが家の表門で車が停まると、用心棒がドアを開けた。まず髪を飾る宝石が現れ、ついで首が伸び、最後に肥った躰がもがき出た。その女は、体型といい表情といい、洗い立てのガチョウそっくりだった。

厳密に言えば、ガチョウも鳥の一種ではある。身分の高さにもかかわらず、鳥の巫女を拝む際のその女は、いとも敬虔だった。予知能力があって何事も見通しの鳥の巫女の前にあっては、嘘偽りや奢りはいささかも許されないのだった。

窓の前に跪いた女は、低い声で祈った。バラ色の顔色からして、病気の訴えであるはずはないし、全身の飾りからみて、カネ儲けでもあり得ない。こんな女が鳥の巫女に何を祈っているのだろう？　しばらくして、窓の穴から白い紙が一枚、舞い落ちた。女はそれを広げて見るなり、顔を雄鶏の鶏冠のように赤くした。彼女は銀貨を数枚投げ出すと、振り向いて行ってしまった。鳥の巫女が紙に何を書いたかは、巫女本人とその女しか知らない。

人の押し寄せる時期はたちまち過ぎ去り、麻袋の干し魚も食い尽くした。厳しい冬が始まった。母親の乳は、草の根と樹の皮の味しかしなくなった。

十二月の七日のことだ。この県のキリスト教で最大宗派の神召会《シエンヂャオホエ》が翌八日の朝、北関《ベイグワン》大教会で粥の施しをするという噂が伝わった［陰暦十二月八日に釈迦に感謝して五穀入りの粥を供え、かつ食べる習慣があり、臘八粥＝八日粥と呼ばれる］。母親はわたしたちを連れ、碗と箸を手に、飢えた人の群れについて、徹夜で県城に向かった。家に三姐と上官呂氏だけを残すことにしたのは、一人は半ば巫女、一人は半ば幽鬼で、わたしたちより飢えに耐えうるからだった。干し草を一束、上官呂氏に投げ与えた母親が、上官呂氏に言った。

「お姑《かあ》さん、死ねるものなら、さっさと死んでちょうだい。なにもわたしらと一緒に苦しむこともなかろうに！」

県城への道をたどるのは、それが初めてだった。道路とはいうものの、人の足や家畜の蹄がこしらえた灰色の小道で、れいの高貴な女の車がどうやって運転して来たものやら、不思議だった。

寒空いっぱいに広がる星屑の下を、わたしたちは難儀しながら進んで行った。わたしは母親の背中に立ち、司馬家のチビは四姐の背中にいた。五姐が八姐を背負い、六姐と七姐は独りで歩いた。

真夜中になると、荒野に子供らの泣き声が途切れなくつづいた。七姐や八姐、司馬家のチビも泣き出した。母親は大声で叱りつけたが、そういう母親まで泣き出すと、四姐に五姐に六姐も泣いて、よろよろと倒れ込んでしまった。母親が一人を引き起こすと、べつの一人が倒れ、こっちを引き起こすとあっちが倒れた。とうとう母親も、冷たい地面に座り込んだ。躰を寄せ合って、互いの体温で暖め合った。

わたしを背中から胸の前に回した母親が、冷たい指でわたしの鼻息を試した。飢えと寒さから、死んだものと思ったに違いない。わたしは微かな呼吸で、まだ生きていることを告げた。胸の垂れをかき上げた母親が、冷たい乳房をわたしの口に押し込んだが、氷が溶けるような具合で、わたしの口から感覚が失われた。乳房の中にはなんにもなくて、吸うと、真珠に通す糸ほどの細い血が二筋三筋、出てきただけだった。

寒くて寒くてたまらなかった。寒さの中で、飢えた人々の目の前には、さまざまな美しい光景が立ち現れた――めらめら燃えるストーブに、熱い湯気を上げている鶏の煮込み鍋。大きな肉饅頭の皿が何枚も。それにきれいな花に、緑の草。

わたしの目の前にあるのは、宝の瓢箪のようにすべすべとして、小鳩のようにふっくらピチピチとした、陶器の花瓶のように艶やかな、二つの乳房だけだった。香しく美しいその乳房が、薄いブルーの液を噴き出してわたしのお腹をいっぱいにし、わたしの全身を浸してくれる。わたしは乳房を抱いて、乳の中で泳ぐ……頭上では猛スピードで回転している数百万、数千億、数億兆の星々。それらが、回転をつづけるうちに、乳房に変わる。天狼星《シリウス》の乳房、北斗星の乳房、オリオンの乳房、織女星の乳房、牽牛星の乳房、月の嫦娥の乳房、母親の乳房……

母親の乳房を吐き出したわたしは、すぐ目の前を、ぼろぼろの羊の皮を括った松明をかざしただれかが、子馬のように跳ね飛んで来るのを見た。樊三大爺《ファンサンダアイエ》だった。背中を剝き出しにしたままで、羊の皮の焼ける鼻をつく臭気とともに、松明の眩しい光の中で、声をかぎりに叫んでいた。

「みなの衆――絶対に座るでないぞォ――絶対に座っちゃいかん――座れば死ぬぞォ――みなの衆、起きるのじゃ――前へ歩け――進めば生きられるが、座れば死ぬぞォ――」

腹の底に響く樊三大爺の呼びかけに、あまたの人間が死に向かう偽りの暖かさからもがき出て、真実の寒さへと歩んだ。立ち上がった母親は、わたしを背中にまわし、司馬家のチビを前に抱くと、八姐の腕を取った。ついで狂った馬のように四姐、五姐、六姐、七姐を蹴飛ばして、無理矢理立たせた。わたしたちは、燃える心を掲げて道を照らしてくれている樊三大爺について、足ではなく意志で、心で、県城へ、北関大教会へ、神のお恵みへ、八日粥へと出発した。

悲壮なこの行軍の途中で、何十という死体が残されたが、なかには胸を火で炙ってでもいるかのように、幸せそうな顔で襟元をくつろげているものもあった。樊三大爺は、真っ赤な朝日の下で死んだ。

わたしたちは、神のお恵みの八日粥にありついた。わたしは乳を通じてありついたわけだが、その際の情景は、終生忘れられない。

教会はそびえ立っており、十字架の上にはめでたい鵲《かささぎ》が止まっていた。鉄道では汽車が喘いでいた。牛を煮るのに使う大鍋が二つ、湯気を上げており、黒い長上着を着た牧師が、かたわらで祈っていた。飢えた人々が何百人も行列を作った。神召会の会員が長い柄の大柄杓《ひしゃく》で粥を掬い、碗の大小にかかわらず、一人に一杓子ずつ配った。甘い粥を啜る音があたりに満ち、どれほどの涙が粥の中に落とされたことか。何百本もの赤い舌が碗をきれいに舐め、啜り終えたらふたたび行列した。大鍋にあらためて、麻袋の小米《こごめ》と桶の水が何杯も、ぶち込まれる。その頃になって、お慈悲の粥が屑米、かびたトウモロコシ、腐った大豆、麩《ふすま》つきの大麦などのごった煮であることを、わたしは乳の味を通して知った。

六

八日粥を啜って県城からもどる道々、飢餓感はますますつのり、荒野の小道のかたわらの死体を埋めてやる力は残っておらず、そっちに目をやる気力すらなかった。ただ、樊三大爺の死体だけは例外だった。いつも他人を不快にさせてきたこの男は、死ぬか活きるかの分かれ目でおのれの皮の上着を脱いで燃やし、その炎と叫びで、わたしたちの理性を呼び覚ましてくれたのだ。命の恩人を忘れることは許されない。母親が先に立って、みんなは枯れ木のように痩せたこの人間を道端に引っ張って行き、上土をかけて埋めてやった。

　家にもどってまず目に入ったのは、貂《てん》の皮のコートでくるんだ包みを抱いて、庭をうろついている鳥の巫女の姿だった。門の枠に手をかけた母親は、危うくぶっ倒れかけた。近寄った三姐が、貂の皮の包みを母親に渡した。

「これは何だね？」と母親が訊いた。

　三姐は、どちらかと言えばまともな人間の声で「子供」と言った。

「だれの？」と母親は、ほとんど分かり切っていることを訊いた。

「決まってるじゃないの」と三姐は言った。

　上官来弟《シャングワンライディー》の貂の毛皮にくるまれているのは、上官来弟の子供でしかあり得なかった。炭団《たどん》みたいに真っ黒な女の子だった。内斜視気味の黒い目に、きりっとした薄い唇、顔の色とはまるで不釣り合いな白い大きな耳たぶなどの特徴は、まがうことなくその子の血のつながりを物語っており、まさに大姐《ダアヂエ》と沙月亮がわが上官家にもたらした最初の姪だった。

　母親はひどい嫌悪の表情を示したが、その子のほうは、そんな母親に猫のように微笑んで見せた。かっとなった母親は、鳥の巫女の神通力も忘れて、片足を飛ばすなり三姐の太股を蹴った。

　キャッと叫んだ三姐は、二、三歩前につんのめったが、振り向いた顔は、鳥の憤怒の表情そのものだった。人を突っつきでもするかのように唇を高く突き出し、いまにも飛び上がりそうに両

腕を上げていた。そんなことにはお構いなしに、母親は、

「このバカが！　だれが来弟《あれ》の子を預かれと言った？」と罵った。三姐は、樹の穴の虫でも探すかのように、頭を回した。母親は罵りつづけた。

「来弟！　あの恥知らずの色気違い娘めが！　根性曲がりの馬賊の沙月亮め！　おまえらは、育てるすべも知らずに産みくさって！　この家に放り込んでおけば、わたしに育ててもらえるとでも思ってくさるのか？　そうは行かないからね！　得体の知れないこんなクソ餓鬼、河に捨ててスッポンの餌食にするか、通りに捨てて犬に食わすか、沼に捨ててカラスにつつかせてやるから、いまに見ているがいい！」

赤ん坊を抱いた母親は、スッポンだの犬だのカラスだのと罵りつづけながら、路地を走り抜けて堤防へ向かい、堤防から大通りへ引き返し、そこからまた堤防へ取って返し……そうこうするうちに、走る速度は落ち、罵る声も小さくなった。やがて油の切れたトラクターみたいに、マローヤ牧師が飛び降り自殺した場所にペタリとへたり込んでしまうと、おんぼろの鐘楼を見上げて、口の中で呟いた。

「わたし一人を残して、死にたい者は死に、逃げたい者は逃げる。口を開けて餌を待ってる餓鬼の子をどっさり抱えて、どうやって生きろというんだね？　主よ、神さま。どうやって生きたらいいか、どうか教えてください！」

わたしが泣いて、涙を母親の首筋に落とした。女の子も泣いて、涙が耳の穴に流れ込んだ。母親が、

「お母ちゃんの大事な大事な金童や。泣くんじゃないよ」とわたしをあやした。ついでその女の赤ん坊に、

「かわいそうに、おまえは来てはいけなかったんだよ。お祖母ちゃんのおっぱいは、叔父ちゃん一人でも足りないんだ。おまえが増えると、二人とも餓死してしまうじゃないか。おまえが憎くてするんじゃない。こうするより仕方がないんだからね」

と声をかけると、貂のコートにくるまれた赤子を教会の門の前に置いて、逃げるように家のほうに走った。だが、十数歩行ったところで、母親の足は動かなくなった。豚の子を殺すときのような泣き声が、見えない縄のように母親を引き留めた……

三日後、県城《まち》に大市《おおいち》の立つ日、わたしたち一家九人は、人買い市場に向かった。母親はわたしを背負い、沙の野郎のくそチビを抱いていた。四姐が司馬の野郎のクソ餓鬼を背負っていた。五姐が八姐を背負い、六姐と七姐は自分で歩いた。

ゴミ捨て場で腐った野菜の葉などを拾って食べて、ようやく人買い市場にたどり着いた。母親は五姐、六姐、七姐の首のうしろに稲藁を挿して［この子売りますという印］、買い手を待った。

わたしたちの前には、板囲いの簡易旅館が並んでいた。壁や屋根に塗られた石灰の白さが眩しかった。壁から伸びているブリキの煙突からは、黒い煙がモクモクと吐き出され、空中に昇ると、こちらに吹きつけてくる風になびいて、さまざまな形に変化した。

その板小屋からは、髪の毛を振り乱した娼妓たちが、しきりに駆け出してきた。白い胸も露わに、真っ赤な唇に寝ぼけまなこ。洗面器を前に持ったり、桶を提げたりして、露天の井戸へ水汲

みに行くのである。井戸には縄の巻き付いた轆轤《ろくろ》があり、井戸の口が微かな湯気を吐いている。弱々しい白い手で重い轆轤を回す女たちは、見るからに骨が折れそうだった。轆轤の縄はキイキイときしった。胴の太い大きな桶が井戸の口に姿を見せると、女たちは、木の下駄をつっかけた足を伸ばし、つま先でひょいと引っかけて、桶を井戸枠の上に置くのである。そこには、マントウの形や乳房の形をした厚い氷が付いていた。

　水を運ぶ女たちが走って行き来すると、足下の下駄が高い音を立て、胸の前の凍った冷たい乳房が、硫黄の臭いを撒き散らした。わたしの視線は母親の頭越しに、彼方のそうした奇怪な女たちに引きつけられた。乳房の乱舞するさまは、あたかも罌粟《けし》の包《うてな》か、谷間の蝶のようだった。姉たちの視線も女たちに引きつけられた。四姐がこっそり、母親になにか訊ねたのをわたしは聞きつけたが、母親は答えなかった。

　厚みも幅もある高い塀の前に立っていたわたしたちは、その壁のおかげで、比較的暖かでいられた。灰色の空の端に真っ赤な太陽が昇ると、県城の城壁にはためいていた旗を思い浮かべた。

　わたしたちの両側には、おなじように飢えと寒さで痩せこけて顔色の悪い人間が、ブルブル震えていた。男に女、母親に子供。男たちはどれも、枯れ木のように老いさらばえた年寄りで、半ばは目が見えず、見える分にも、両眼を赤く爛れさせている。彼らのかたわらには子供が一人、立つか座るかしていた。男の子のこともあり、女の子のこともあったが、どれも煙突から生まれたみたいな煤《すす》の子で、どっちとも見分けはつかなかった。どれも襟首に草を挿している。多くは黄色い葉を垂らした稲藁で、秋を思わせ、暗闇で馬が稲藁を噛むときの香りや心地よい音を思わせた。ほかに、そこらで抜いてきたヨモギやススキなどの雑草を挿していることもあった。

女たちのほとんどは、わたしの母親とおなじように、かたわらに子供の群れを連れていたが、母親ほど多いのはいなかった。かたわらの子供たちは、全部が草を挿しているのもあり、一部しか挿していないのもあった。こちらもほとんどは葉の枯れた稲藁で、秋の気配や香りをさせていた。子供たちの頭上では、馬やラバやロバの重そうな頭が揺れていた。銅の鈴のような大きな目、きれいに並んだ強い歯。チカチカする硬い毛の生えた淫らで分厚い唇からは、白い歯がのぞいている。この子たちの中にも、そこらで抜いてきたヨモギやススキなどを挿しているのがいた。

ただ一人、白いものを着て頭に白いリボンを結び、青白い顔に目元や唇が紫色の女だけは例外で、かたわらに子供の姿がなかった。壁際に一人ぽつんと立って、葉までついたススキをまるごと一本、首に挿すかわりに手に持っている。枯れてはいるものの、よく育った姿のよいススキであった。葉は緑をなお残し、萎れてはいるものの、なお生気を感じさせた。にこ毛だらけの穂を支えている柄の部分のしなやかな弾力。にこ毛の穂が、陽の光にキラキラと、金色の犬のしっぽのように震える。わたしの視線は、長いことそのススキに引きつけられていた。もの寂しくも優美なその境地に浸りきっていると、そのうちに、枯れた茎や葉の間にちんまりと整った小さな乳首が生えてくるのが見えてきた。

白い板小屋のあたりが騒がしくなり、女の鋭い罵り声が、刀のように空気と陽光を切り裂いた。女が二人、井戸端でもつれ合っている。一人は赤いズボン、もう一人は緑のズボンだ。赤いズボンが緑のズボンの顔を引っ掻いた。緑のズボンが赤いズボンの胸をどんと突いた。その後、二人とも数歩後退して、一分ほど睨みあった。その目の表情は見えなかったけれども、わたしには、見えたとほとんどおなじことだった。どういうわけか、二人の目の表情が、大姐の上官来弟や二姐の上官招弟のそれとそっくりに思えたのだ。

突然二人は、二羽の闘鶏のように躍り上がり、相手に飛びかかった。二人の躰が、熟れた麦畑を走る犬のように起伏する。腕が舞い、乳房が揺れ、唾《つばき》が昆虫の群れのように飛ぶ。赤いズボンが緑のズボンの髪の毛を摑むと、緑のズボンもやり返して赤いズボンの髪の毛を摑む。その勢いで、頭を下げた赤いズボンが相手の左肩に嚙みつくと、ほとんど同時に、緑のズボンも相手の左肩に嚙みついた。実力伯仲で形勢互角の二人は、井戸の周りをぐるぐる回っている。

ほかの女たちは、入り口のあたりに寄りかかってぼんやりタバコを吸っている者、石の上にしゃがんで白い泡を飛ばして歯を磨いている者、手を叩いてゲラゲラ笑っている者、針金に長いストッキングを干している者など、さまざまだ。小屋の前の丸い大石の上には、躰をしゃきっと伸ばし、足にピカピカの黒のブーツを穿いた男が立っていて、手にした籐の鞭を左右にピュッ、ピュッと振り下ろしている。鞭を刀代わりに、剣術の稽古である。

脂肪腹を突き出したチビが数人、腹の出ていない痩せてのっぽの十数人に囲まれて、旗がいっぱい立っている西南のあたりから歩いて来た。腹の出た男が、ケッケッと、鶏の時の声に似た笑い声を立てた。

——ケッケッケェ……ケッケッケェ——

その奇妙な笑い声は、その後も時折わたしの耳にこだまして、そのときの井戸端の光景を思い出させた。腹の突き出た男たちとその取り巻きは、小屋目がけて近づいてきて、ケッケッケェの声がますますはっきりすると、丸石の上で剣術の稽古をしていた男が下に飛び降りて、こそこそとそこらの部屋にもぐり込んだ。

背の低い肥っちょの女が、よろよろと井戸のほうに向かう。纏足《てんそく》したその足の小さいこととときたら、まるでふくらはぎがいきなり地面に突き立ったように見えたが、素早く前後に振られる肥えたレンコンのような腕の動きからして、前に歩いているとの結論が得られた。ただ、馬力の大部分は、躰の揺れと肉の震えに費やされていて、実際の速度はひどくのろい。百メートルあまり──あるいはそれ以上の──距離を隔てて、女の喘ぎが、わたしたちにははっきり聞き取れた。吐き出した白い息が躰にまとわりついて、風呂にでも入っているかに見える。

女はついに井戸端に達した。罵る声が、喘ぎと咳で切れ切れに分断されて、意味の分からないことばの断片になってしまう。その女は、取っ組み合っている女たちのやり手婆で、二人を分けるためにそうやって罵っているのだろうと、見当がついた。

ところが、肝心の二人は、咬み合った犬か、もつれた鷹かというところで、いまや分けるすべもない。互いに押したり退いたりしているうちに、何度か井戸に落ちかけたが、轆轤が邪魔で落ちずに済んだ。

肥った女は、近寄って二人を離しにかかったが、逆に井戸に突き落とされかかり、これも轆轤のおかげで落ちずに済み、轆轤の上に突っ伏してぐるぐる回った。片足を引きずって轆轤の上から逃げ出す際に、女は氷のマントウか乳房を踏んで足をふらつかせ、ドスンと尻餅をついた。女の口からギャンという声が漏れたので、まさか泣くことはあるまいと思っていると、跳ね起きた女は、洗面器の冷水を絡み合った二人にぶっかけた。ギャッと叫んで、二人は稲妻の速さで離れた。

互いに相手の髪の毛をかきむしり、上着を引き裂きしたものだから、傷跡だらけの乳房が剝き出しだ。なおも憎々しげに、口についた相手の血をペッペッと吐いている。肥っちょの女は、洗面器の水をもう一杯ぶちまけた。空中で透明な翼を広げた澄んだ水が下に落ちる前に、女はふたたび井戸端に転び、ホーロー引きの洗面器がその手から飛んで、危うく腹の出た男どもの頭にぶち当たるところだった。連中はその女どもとなじみとみえ、悪たれ口をきいてふざけあっていたが、そのうち板小屋の中に消えた。

周りの人間がほっとため息をついたので、みんなが井戸端の一幕を眺めていたことに初めて気がついた。

昼時分になって、東南の国道を馬車が一台やって来た。大型の白馬は頭を高く挙げ、両耳の間から垂れた銀色のたてがみが額を隠していた。優しい二つの目に、とき色の鼻と薄紅色の唇。首からは赤い胸飾りを垂らしていて、それに銅の鈴が一つついている。そのおかげで、馬車が国道を下りて左右に揺れながらこっちへ近づいてきたとき、澄んだ鈴の音が聞こえたのだ。馬の背の牽き具——それが鞍橋《くらぼね》と呼ぶべき部分だろうが——は、いかにも身分の高さを示すもののように高く隆起していて、それまで目にしたこともない鞍橋だった。轅《ながえ》にしても並みのやつではなく、キラキラ光る銅が巻いてあるし、高い車輪には白い幅《や》がはまっている。幌は白木綿だが、防水のためなんども桐油が塗り重ねられている。

これほど豪華な馬車は、それまでに見たこともなかった。中に乗っている人間は、シボレーに乗って鳥の巫女を拝みに高密県東北郷までやって来た女よりも、もっと身分が高いに違いない。ぴんと撥ねた八字髭をたくわえ、高いシルクハットをかぶって幌の外に座っている御者にしてからが、並みの人間ではない。しかめっ面でぎょろ目を剝いてたところは、沙月亮よりも落ち着きがあり、司馬庫《スーマアクー》よりも厳めしい。鳥人韓にこれとおなじような格好いい身なりをさせたら、ひょっとして匹敵できるかも知れないが。

馬車はゆっくりと停まった。すらりと美しい白馬が、首の鈴の音に合わせるかのように、片方の前足を挙げて地面を叩く。御者が垂れ幕を挙げた。想像していた人物の登場である。その女《ひと》が一人、出て来た。貂のコートを肩から羽織り、首には赤狐の襟巻きをしている。大姐の上官来弟だったら、どんなによかったことだろう。だが、そうではなかった。それは、高い鼻に青い目をした金髪の西洋女だった。年齢は、彼女の両親にでも訊いてみるほかはない。その後から下りて来たのは、紺の学生服に紺ラシャの外套を羽織った、黒い髪の毛のふさふさした美青年で、まるで息子気取りだったが、容貌はまるで似てはいなかった。

わたしたちの周りの人間は、その西洋女をさらいかねない勢いでどっと押し寄せたが、側まで行かないうちに、怯えたように足を停めた。

——奥さま、奥さま。おれの孫を買ってくだせえ。

——奥さん、お願いです。この子を見てやってください。犬ころよりも丈夫で、なんでもしますから。

男も女も、おずおずと自分の子供を売り込んだが、母親だけはじっともとの場所を動こうともせず、ぼんやりと貂のコートと赤狐の襟巻きに視線を向けていた。上官来弟のことを考えているのだった。来弟の子供を抱いている母親の心は波立ち、目に涙が溢れた。

身分の高い西洋女は、ハンカチでなかば口を覆いながら、人買い市場を一巡したが、濃い香水の匂いに、わたしや司馬家のチビはしきりにくしゃみをした。

西洋女は盲目の老人の前にしゃがむと、その孫をしげしげと眺めた。せいぜい四つくらいの女の子だったが、赤狐の襟巻きを恐がって、両手でお爺ちゃんの足にしがみつき、その背中に隠れてしまった。恐怖にかられたその目が、わたしの脳裏にしっかりと刻み込まれた。

鼻をうごめかして身分のある人間の訪れを嗅ぎ取った老人は、片手を伸ばすと、

「奥さん、奥さん。この子の命を助けてやってくだせえ。わしといても餓死するだけじゃ。奥さん、カネは一銭もいらねえから……」

西洋女が立ち上がって、学生服姿の青年に向かって何事か呟くと、青年が大声で言った。

「あんたはこの子のなんだね？」

「祖父さんで。役立たずの、死に損ないの祖父さんで……」と、盲目の老人は言った。

「この子の両親は？」と、青年が重ねて訊いた。

「飢えて死にました、二人とも。死んでもいい者が生き残って、死んではならん人間が死んでしもうて。先生、お慈悲じゃ。この子を連れて行ってやってくだせえ。この子の命さえ助けてくだ

されば、一銭もいりませんで……」

青年は振り向いて女に何か言い、女がうなずくと、女の子を手元に引き寄せようとした。ところが、その手が肩に触れた途端に、女の子は青年の手首に噛みついた。青年がギャッと叫んで飛び退く。西洋女は、大袈裟に肩をそびやかして顔の表情を歪め、口に当てていたハンカチを青年の手首に巻きつけた。

恐怖とも喜びともつかぬ気持ちで千年も待っていたような気がしたが、宝石の輝きと香水の香りに包まれた西洋女は、手首に怪我をした青年を連れて、とうとうわたしたち一家の前に立った。わたしたちの右手では、盲目の老人が、人に噛みついた女の子を殴るべく、竹の杖を振るっていた。女の子が機敏に身をかわすので、老人は地面や壁を叩いては、このろくでなしのクソ餓鬼めが！　と嘆くことしきりである。

わたしは西洋女の香りをむさぼり吸った。えんじゅの花の香りの中にはバラの香りがし、バラの香りの中にはかすかに菊の花の香りがしたが、とりわけうっとりさせられたのは、乳房の香りだった。微かな獣臭さにはややムッとさせられたものの、わたしはやはり、鼻の穴を膨らませてその香りを吸い込んだ。

ハンカチの覆いが取られて、顔かたちが剝き出しになってみると、大きな口に厚い唇がついているところは、上官来弟型のそれだった。唇は赤く塗られていた。鼻の高いところは上官家の娘と共通だが、違うのは、上官家のそれが純朴かつ愛らしいニンニクの玉型であるのに対して、この西洋女の鼻が鉤型に曲がっていて、どこか肉食の猛禽類に似た表情を漂わせていることであった。額はせまく、目を見張るたびに深い皺が寄った。

　みんなが彼女を注視しているのは分かっていたが、観察の細かさや収穫の多さで、わたしにかなうものはいなかったと、わたしは自信を持って言える。厚い毛皮を透して、わたしの視線は、母親のそれとおなじほどのボリュームのある二つの乳房をとらえ、その美しさに、ほとんど飢えと寒さを忘れかけた。

「どうして子供を売るのかね？」と、ハンカチを巻いた手を挙げた青年が、稲藁を挿した姉たちを指さした。

　母親はその問いに答えようとはしなかった。答える値打ちもないバカな質問ではないか。振り返った青年は、ご主人なのか、ひょっとしてそうではないのか、ともかくくだんの西洋女と、小声でことばを交わした。母親のふところに抱かれた上官来弟の娘の貂のコートが、西洋女の注意を引いた。彼女は片手を伸ばして毛皮に触ってみたが、ついで、豹に似たものぐさそうな赤ん坊の陰険な目を見ると、顔をそむけた。

　母親がその女の子を西洋女に渡すことを、わたしはどれほど願ったことだろう。おカネなんか一銭だっていらないし、上官来弟の貂のコートもくれてやればいい。わたしのものである乳を何の理由もなく横取りするので、わたしはその女の子を憎んでいた。八姐の上官玉女ですら分け前に与かれない乳を、どうしてあの子に飲まれなければならないのか!?

　上官来弟の二つのおっぱいは、閑で困っているのではないか？

上官来弟の乳首を吐き出した沙月亮は、膿血をペッペッと吐き出すと、水で口をゆすいで言った。

「これでいい。乳が溜まって乳腺炎を起こしたんだ」

顔を涙で濡らした来弟が言った。

「あんた。犬に追われる兎みたいなこんな暮らし、何時になったらおしまいになるの？」

タバコを吹かしながら、痩せた顔に凶悪な表情を浮かべて考えていた沙月亮が言った。

「クソったれ。うしろ盾がなくちゃ話にならんから、ひとまず日本軍に身を預けるか。まずけりゃ、おさらばするまでさ」

西洋女は、順番に姉たちをひとわたり見て回った。初めは稲藁を首に挿している五姐と六姐で、ついで何も挿していない四姐、七姐、八姐。司馬家のチビには一顧だに与えなかったが、わたしには多少の興味を示した。自分の優越性は、頭の柔らかな赤毛だとわたしは思った。

彼らが姉たちを値踏みするやり方は、かなり変わったものだった。青年は以下のような命令を次々に発した――頭を下げて。腰を曲げて。足で蹴って。両手を合わせて上に挙げて。両腕を前後にぶらぶらさせて。口を大きく開けてあーと叫んで。笑って。歩いて。走って。

姉たちはおとなしく命令に従い、西洋女は、うなずいたり首を横に振ったりしながら、じっと見つめていた。しまいに、彼女は七姐を指さして、青年に何か言った。

青年は母親に向かって――西洋女を指さしながら――言った。これは大慈善家のロストフ伯爵夫人で、美しい中国人の女の子を養女として育てることをお望みだ。ついては、あんたの家のこの子が気に入られたから、幸せだと思ってくれ。

母親の目に、突然涙が溢れた。上官来弟の女の子を四姐に渡すと、胸を開いて七姐の頭を抱き締めた。

「よしよし、求弟《チューディー》。いい子だね。おまえに運が向いてきたんだよ……」

涙がはらはらと七姐の頭上に落ちた。七姐はしゃくり上げながら言った。

「お母ちゃん、あの人のところへ行くのはいや。へんな匂いがするから……」

「バカな子だね。あれがいい匂いなんだよ」

青年がいささか苛立って言った。「もういい、おばさん。値段を決めよう」

「先生。こっちの、この……夫人の養女にしてもらうということなら、この子は福の倉に入るようなもの、カネなんぞ要りませんから……どうぞ大事にしてやってくださるように……」

青年が母親のことばを通訳して聞かせると、西洋女は片言の中国語で言った。「イヤ、オカネ、ヤッパリ、ハライマス」

「先生、夫人に訊いてみてください、もう一人もらってくれないかと。姉と妹で連れができますから」と母親が言った。

青年が母親のことばを通訳すると、ロストフ伯爵夫人は、きっぱりと首を横に振った。

青年はとき色のお札を十数枚、母親の手に押しつけると、馬のかたわらに立っていた御者を手招きした。小走りに駆け寄った御者が、青年に一礼した。

御者は七姐を抱き上げると、馬車のところまで歩いて行った。そのとき初めて七姐は泣き叫んで、わたしたちのほうにか細い片手を差し出した。姉たちが声をそろえて泣き声を上げげた。司馬家のチビまでが口を歪めてウワーと泣き、ひと休みしてまたウワーと泣いた。

車夫が七姐を馬車の中に押し込み、西洋女もつづいて乗り込んだ。青年が乗りかけたところへ、追いすがった母親がその腕を引っ張り、せき込んで訊ねた。

「先生、夫人はどこに住んでおいでですか？」

「ハルピンだよ」と、青年は冷たく言った。

馬車は国道に駆け上がると、じきに林の向こうに消えたが、七姐の泣き声と、ジャランジャランという馬の鈴の音と、伯爵夫人の乳房の匂いとは、いつまでも鮮やかにわたしの記憶に残った。とき色のお札を高く挙げた母親は、あたかも泥人形と化したかのようで、わたしまでその一部と化した。

その夜、わたしたちは街頭で野宿せず、小さな旅館に泊まった。母親が四姐に、外で焼餅《シャオビン》［練った小麦粉を焼いた北方の主食］を十枚買ってくるように言いつけた。ところが、四姐が買ってきたのは、湯気を上げている肉まんが四十個に、大きな豚の頭肉《かしらにく》の包みだった。母親が腹を立てて、

「想弟《シァンディー》、これはおまえの妹を売ったおカネなんだよ！」

と言うと、四姐は泣きながら、

「お母さん、妹らに、一遍くらい、お腹いっぱい食べさせてやって！　お母さんだって！」

「想弟、この肉まんや肉は、とてもお母さんの喉は通らないよ……」と、母親は泣いた。

「でも食べないと、金童《ヂントン》まで餓死するよ」と四姐は言った。

四姐の忠告は効き目十分だった。母親は、乳を出してわたしを育てるために、涙ながらに肉まんを食べ、肉を食べたが、それはまた、上官来弟と沙月亮の間の女の子――あの泥棒のやつを育てるためでもあった。そして、泥棒の父親はその頃、日本人と晩餐の席を囲んでいたのだった。

母親が病に倒れた。

母親の躰は、焼き入れ桶から引き上げたばかりの鉄のように熱をもち、発散する臭気は、片時も側を離れたがらないわたしまでが逃げ出すほどだった。周りを取り巻いたわたしたちは、どうしてよいやら分からず、顔を見合わせるばかりだった。

目を閉じたままの母親は、口から透明な泡を吹き、恐ろしい譫言《うわごと》を言いつづけた。大声で叫んだかと思うとひそひそ声になり、楽しげな口調が悲しげなそれに変わるというふうであった。神、聖母、エンゼル、悪魔、上官寿喜《ショウシー》、マローヤ牧師、樊三大爺、于四《ユィスー》、大伯母、二番目の伯父、外祖父、外祖母……中国の妖怪に外国の神霊、生者に死者、知っている物語に知らない物語などが、立てつづけに母親の口から吐き出され、わたしたちの目の前で揺らめき、広がり、幻の世界を演じてみせ……その譫言が分かれば宇宙が分かり、その譫言を記録すれば高密県東北郷の全歴史を記録したことになったであろう。

旅館の主人――たるんだ皮膚に疱だらけの顔をした中年男が、母親の喚き声に驚いて部屋をのぞいたが、手を伸ばして母親の額に触ってみるなり、慌てて引っ込め、

「すぐ医者に診せないと、死ぬぞ！」と言ってわたしたちを見回し、四姐に向かって、

「あんたが年嵩かね？」と訊いた。四姐がうなずくと、男は言った。

「どうして医者を呼ばなかったのかね？　黙っていちゃ、分からないじゃないか」

四姐はワッと泣き出し、店主の前に跪いて言った。

「おじさん、お願いだからお母さんを助けて！」

「あんた、おカネはどれほど持っているのかね？」

四姐は、母親が身につけていたれいのお札を取り出して、主人に渡した。

「おじさん、これ、妹を売ったおカネなの」

カネを受け取った旅館の主人が、「あんた、わしと一緒に来なさい。医者のところへ連れて行ってあげるから」と言った。

七姐と交換したとき色のお札を使い果たして、母親は目を開けた。お母ちゃんが目を開けた！目に涙を浮かべて、わたしたちが歓声を上げると、母親は手を挙げてわたしたちの顔を順番に撫でた。「お母ちゃん……お母ちゃん……」とわたしたちは言い、「お祖母ちゃん、お祖母ちゃん」と司馬家のチビが回らぬ舌で言った。

「あの子は？　あの子……」と、母親は片手を伸ばして言った。四姐が貂のコートに包まれた女の子を抱いてきて、母親に触らせた。撫でながら母親は目を閉じたが、涙が二しずく、目尻から流れ落ちた。

旅館の主人が入ってくると、泣きっ面をして四姐に向かって言った。

「あんたな、酷いことを言うわけじゃないが、わしにも家族がおるでな。ここ十日余りの宿賃に食費、明かり銭などじゃが……」

「おじさんはうちの家の大恩人、おカネはきっと払いますから、もうしばらくここに置いて。お母さんはまだ……」

　一九四一年二月十八日の昼前のことであった。上官想弟は、病が治ったばかりの母親にお札の束を渡して、こう言った。

「お母さん、旅館のつけは全部払って、これは余ったおカネ……」

「どこで手に入れたんだね、こんなおカネ？」と、母親が驚いて訊ねた。四姐は寂しげに笑って、「お母さん、弟や妹たちを家に連れてもどってやってね。ここはいるところじゃないから……」

　真っ青になった母親が、四姐の手を掴んで訊いた。「想弟、どういうわけか、言いなさい……」

「お母さん。わたし、この自分を売ったの……ここの主人が交渉してくれて、値段もまあまあだった……」

　妓楼のやり手婆が、家畜でも調べる調子で、四姐の全身を調べて言った。「ガリガリじゃな」旅館の主人が言った。「老板《ラオバン》［店の主人を呼ぶ敬称］、米一袋も食わせれば、じき肥るさ」やり手婆は指を二本出して、「二百元出そう。これでこっちも少しは功徳を積んだつもりだよ」「老板。この娘、母親が病気の上に、妹がどっさりいるのでなあ。もうちっとなんとかしてやってくれんか……」と旅館の主人。やり手婆は、「やれやれ、このご時世じゃ。いい顔ばかりはできんわの」と言ったが、旅館の主人には頼み込まれ、四姐には跪かれして、「分かったよ。わたしは気が弱いもんだから、もう百、上乗せしよう。とびきりの高値だよ！」と言った。

母親は躰をふらつかせたかと思うと、ゆっくりと倒れた。

そのとき、女のしわがれ声が入り口の外で怒鳴るのが聞こえた。「娘さん、行こうか。いつまでもこうして待っておるほど、閑じゃないでな!」

跪いた四姐は、母親に叩頭の礼をした。起き上がると、五姐の頭を撫で、六姐の顔を軽く叩き、八姐の耳を引っ張った。わたしの顔を両手で包むと、慌ただしく口づけし、肩を押さえて力をこめて揺さぶったが、その顔は、吹雪の中の梅の花のように、激しい感情に燃えていた。

「金童、いいね!」と彼女は言った。「早く大きくなるんだよ。上官家のすべては、おまえにかかっているんだからね!」

言い終わると、四姐は部屋の中をぐるっと見回した。鶏の鳴き声に似た嗚咽が、喉を破って出た。口を押さえた四姐は、外に吐きに出るようにして駆け出し、わたしたちの視野から消えた。

七

家の入り口を入れば上官領弟と上官呂氏の死体を目にするものと、わたしたちは考えていた。ところが、目の前の情景は予想とまったく違って、庭はただならぬ活気をみせていた。

剃りたてのつるつる頭の男が二人、母屋の壁際に座って、慣れた手つきで灰色の服につぎを当てている。それにすぐ隣り合って座った別の二人が、おなじように剃りたての頭を光らせながら、おなじように真剣な様子で、それぞれ黒い銃を磨いている。青桐の下に、もう二人いる。一人は立って、キラキラ光る剃刀を手にしている。もう一人、腰掛けに座っているのは、首に白い布を巻いて項垂れているが、びしょ濡れの髪の毛では石鹸の泡がバチバチ弾けている。立っているほうが足を曲げると、剃刀を二、三度ズボンで擦っておいて、片手で石鹸だらけの頭を掴み、片手で剃刀を挙げて、当てる場所を探すかのようにためつすがめつしている。やがて石鹸頭の真ん中に剃刀を押しつけると、尻を突き出して腕を下へと滑らせる。剃刀の動きにつれて、濡れた髪の毛がごっそり剃り落とされ、青白い頭皮が現れた。

かつて落花生を蓄えておいた場所にもう一人いて、両手で長柄の斧を握り、太い楡の木の株を前に、両足を開いている。背後には、割った薪が山積みになっている。男は斧を振りかぶり、きらめく刃物を空中で一瞬停めた後、猛然と振り下ろした。ヤッという声もろとも、斧は深々と木の根に食い込んだ。片足で木の根を踏んづけ、両手で斧の柄を揺すって、ようやっと斧を抜き出す。二歩退がって姿勢を立て直し、手に唾をして、ふたたび斧を振りかぶる。木の根は音を立てて割れ、弾丸のように飛んだ片割れが上官盼弟《パンディー》の胸に命中した。五姐がキャッと叫んだ。

繕い物や銃を手にしていた男たちが、顔を上げた。髪剃り男と薪割り男が、こっちを振り向いた。剃られていた男もむりやり顔を上げたが、すぐさま「じっとしてろ」と頭を押さえつけられた。薪割り男が言った。

「乞食か。老張《ラオヂャン》、老張。乞食が来たぞ」

白い前掛けに灰色の帽子姿の皺だらけの男が、腰をかがめて母屋から飛び出してきた。袖を上までまくり上げ、腕にうどん粉をつけている。男は穏やかに言った。

「おかみさん、ほかへ行きなされ。兵隊はあてがいぶちじゃで、余り物を分けてあげるわけにはいかんのじゃ」

母親が冷たく言い放った。「ここはわたしの家だよ!」

庭にいた男たちは、たちまち動きを停めた。頭を石鹸だらけにしていた男が跳び上がると、顔の汚れを袖で拭って、わたしたちに向かってワアワアと変な叫び声を上げた。それが、孫《スウン》家の大唖巴《ダアヤーバ》だった。

駆け寄って来た唖巴は、口と手まねで、わたしたちには分かるすべもない意思を伝えようとした。荒削りなその顔を困惑して眺めながら、わたしたちの胸にはさまざまな思いがわき上がった。唖巴は土気色の目玉をぎょろつかせ、ごつい顎をしきりにガクガクさせていたが、身を翻して東棟に駆け込むと、欠けた青磁の碗とれいの鳥の絵を持ち出して、わたしたちに誇ってみせた。髪剃り男が剃刀を手にしたまま近寄って、唖巴の肩を叩き、「孫不言《スウンブウイエン》、知り合いかね?」と訊ねた。

碗を下に置いた唖巴は、薪を一本拾うと地面に蹲って、棒や線の欠けた大きな字で、〈わしの姑〉という意味のことを書いた。

「これは、ここのおかみさんのお帰りでしたか」と、髪剃り男は親しげに言った。

「わしらは鉄道爆破大隊第一小隊第五班でして、わしは班長の王《ワン》といいます。うちの大隊がここで休養するので、おかみさんの家を勝手に使わしてもらって、まことにすみません。あんたのお婿さんは、うちの政治委員から孫不言という名前をつけてもらいましてな。命知らずの勇敢な兵隊でして、わしらの手本ですよ。母屋はすぐ空けます。老呂《ラオリユイ》、小杜《シヤオドウー》、趙大牛《ヂヤオダアニユー》、孫不言、秦小《チンシヤオ》七《チー》。ただちに荷物を動かして、おかみさんにオンドルを空けてあげろ」

　手にした仕事を止めて、兵隊たちは母屋へ入って行った。きちんと四角に畳んでしっかりと括った掛け布団を背負い、ゲートルを巻き、厚底の布鞋《ブーシェ》を穿いた彼らは、曲げた腕には銃を、首には地雷をぶら下げて、庭に整列した。班長が母親に言った。

「おかみさん、さあ、中へ入って。みんなはここで待機させて、わしは政治委員に指示を仰いできます」

　兵士たちはかしこまっており、いまでは孫不言と呼ばれている大啞巴にしてからが、松の木みたいにしゃちほこばって立っている。

　銃を提げた班長が駆け去ると、わたしたちは母屋に入った。鍋には葦と竹べらで編んだ二重の蒸籠《せいろう》が載せてある。竈《かまど》には勢いよく薪が燃え、鍋がグラグラ音を立て、蒸籠の隙間から湯気が噴き出している。マントウのいい匂いがした。

　さっきの老炊事夫が、申し訳なさそうに母親にうなずいて見せた。穏やかな様子で、竈に薪をくべながら、「相談もなしに、お宅の竈に手を加えてしもうて」と言い、竈の下に通じる深い溝を指して、「鞴《ふいご》を十以上使うより、この溝が役に立つのじゃ」と言った。

　鍋の底が熔けるのではと心配になるほど、炎はゴウゴウと音を立てている。血色のよい上官領弟が敷居に腰を下ろし、目を細めて蒸籠から噴き出す湯気を見つめている。なるほどゆらゆらと千変万化して、引き込まれそうだった。

「領弟！」母親が試しに声をかけた。

「姉さん。三姐」と、五姐と六姐が叫んだ。

上官領弟は、ぼんやりとした一瞥をわたしたちに投げかけたが、その様子は、見知らぬ人に対するもののようでもあり、これまで別れ別れであったのが嘘のようでもあった。きちんと片づけられた部屋を見て回った母親は、勝手が違って落ち着けなくて、やむなく庭に舞いもどった。

並んでいた唖巴がこっちにおどけ顔をしてみせると、調子に乗った司馬家のチビが、兵隊たちの硬く巻いたゲートルの足を触りに行ったりした。

班長が、眼鏡をかけた中年の男を連れて入ってくると、

「おかみさん、こちらがうちの蔣《チアン》政治委員です」と言った。

その男は色白で、口髭はなく、中位の背丈だった。腰には幅広の革帯《ベルト》を締め、胸のポケットには万年筆を挿している。わたしたちのほうに丁寧にうなずいてみせると、腰のうしろの牛革の掛けカバンを探って、色鮮やかなものをひと摑み取り出し、

「さ、おまえたち。キャンデーだよ」と言うと、それをみんなに平等に配った。貂の皮のコートにくるまれた赤ん坊までもらったが、母親が代わりに受け取った。わたしは初めてキャンデーというものを味わった。

「おかみさん。この班で、お宅の東西の両棟を宿舎にお借りしたいのですが」と、蔣政治委員は言った。

母親はぼんやりとうなずいた。

袖をまくって時計をのぞいた蔣政治委員は、大声で訊いた。

「老張、マントウは蒸し上がったかね？」

飛び出してきた老張が言った。「もうじきです」

「子供たちに食事の支度を。食べたいだけ食べさせてやるんだ。あとで事務長に言って、差額は補給させるから」

老張が、分かりましたと言った。

蔣政治委員は、母親に向かって言った。「おかみさん。うちの大隊長がお会いしたいと言っていますので、一緒に来てください」

母親が、ふところの赤ん坊を五姐に渡そうとすると、蔣政治委員は片手を伸ばして、「いや、そのまま抱いていなさい」

わたしたちは蔣政治委員について――わたしは母親の背中に、赤ん坊は母親のふところにいたから、実際は母親が蔣政治委員について行ったわけだが――路地を抜けると、表通りを突っ切り、福生堂《フーションタン》の表門にやって来た。銃を持って立っていた二人の兵隊が、かかとを合わせると、左手で銃を支え、指をそろえた右腕を胸の前に回して光る銃剣に当てた。

廊下をいくつも渡り、やがて大広間に入った。真ん中に紫檀の四角なテーブルが置かれ、上に湯気を上げている大皿が二枚載っている。一枚は雉で、もう一枚は野兎である。ほかに真っ白なマントウがひと籠。髭もじゃの男が笑いながら「ようこそ」と出迎えた。

「おかみさん、こちらがうちの魯《ルー》大隊長です」と蔣政治委員が言った。

「おかみさんも名字は魯だそうですな？　五百年前は一族だったわけだ」と、魯大隊長は言った。

「隊長さま、わたしら、何か悪いことをしましたろうか？」と母親が言った。

魯大隊長は一瞬ギクッとなったが、豪快に笑い出し、それがすむと言った。

「おかみさん、誤解ですよ。来ていただいたのは、ほかのことではありません。あんたの娘婿どのの沙月亮とは、十年前には盃を交わした友人でしてな。よそからお帰りになったところと聞いて、お出迎えのしるしに一献差し上げようと思いまして」

「あんな男はわたしの婿じゃありません」と母親は言った。

「なにも隠さなくとも。そこに抱いているのは、沙月亮の娘じゃないですか？」と蔣政治委員が言った。

「これはわたしの孫じゃ」

「まずメシが先だ。きっと腹ぺこでしょうが？」と魯大隊長が言った。

「隊長さま、それじゃ行きますから」と母親が言った。

「ちょっとお待ちなさい。沙月亮から手紙で、娘をよろしくと言ってきてましてな。あんたの暮らしが楽じゃないと分かっているんですなあ。小唐《シャオタン》！」

きれいな女の兵隊が、外から急ぎ足で入ってきた。魯大隊長が言った。

「食事の間、おかみさんに代わって子供を抱いてあげなさい」

女の兵隊が母親に近寄って、微笑みながら両手を差し出したが、母親はきっぱりと言った。

「これは沙月亮の娘じゃない。わたしの孫じゃ」

わたしたちは廊下をいくつも渡り、表通りを突っ切り、路地を抜けて家にもどった。

それからの数日というもの、小唐と呼ばれるきれいな女の兵隊が、続々とわが家へ食べ物や衣服を運び込んだ。その中には、缶に入った犬や猫や虎の形をしたビスケットだの、ガラス瓶に入った粉乳だののほかに、素焼きの瓮《かめ》に詰めた透明な蜂蜜まであったし、衣服の中には、絹織物で仕立てたひだつきの綿入れの上着やズボン、耳がピンと立った兎皮の綿入れ帽子などがあった。

「これはね」と小唐は言った。「みんな、魯隊長と蔣政治委員がこの子に――と母親のふところの赤ん坊を指して――とくださったものよ。もちろん、この子にも食べさせていいけど」と、今度はわたしを指さした。

意気込んで、頬っぺたをリンゴのように紅潮させている。杏のような目をしたその小唐に、冷淡な視線を向けながら、母親は言った。

「持って帰っておくれ、唐さん。貧乏人の子は、こんないいものは受けつけないから」

母親は二つの乳房の片方をわたしの口に、もう片方を沙家の女の子の口に含ませた。向こうは嬉しげに鼻を鳴らし、こっちはむかむかして鼻を鳴らす。向こうの手がわたしの髪の毛に触る。向こうはわたしの足が向こうの尻を蹴飛ばす。向こうがウエーンと泣き出す。八姐の上官玉女の抑えた柔らかな泣き声がイイーンと途切れなくつづいているのも、幽かに聞こえる。陽の光や月明かりすら耳を傾けそうな、甘くて澄んだ泣き声だ。

小唐は言った。蔣政治委員が、この子に名前をつけてくださったんですよ。あの方は北平《ペイピン》「民国時代の北京の別称」の朝陽大学を出た、文章も絵も書けて、おまけに英語もできる大インテリなんです。沙棗花《シャザオホワ》、どう、いい名前でしょ？　おばさん、あれこれ疑るのはよしましょ。魯大隊長は、あなたたちのためを思ってしているんだから。わたしたちが子供をさらうつもりなら、手を出せば済むことじゃないですか？

小唐は、ふところから哺乳瓶を取り出した。頭には薄黄色いゴムの吸い口がついている。蜂蜜と白い粉末——上官求弟を連れ去った西洋女の躰が発していたのとおなじ匂いを嗅いで、それが西洋女の乳房の粉末だと分かった——をお碗に入れてお湯で溶かし、掻き混ぜて哺乳瓶に入れる。おばさん、二人ともにお乳を飲ませていたら、じきに干からびてしまいます。この子には、わたしがこれをやります。そう言いながら、小唐は沙棗花を抱き取ったが、母親の乳房が引っ張られて、鳥人韓《ハン》のパチンコのゴムのように伸びたところで、ようやく離れた。そのあと乳房は、小便をかけられた蛭みたいにゆっくりと縮んで、しばらくしてやっともとにもどった。その乳房のため、わたしの心は痛み、かつ沙棗花を憎んだ。

ところが、その憎たらしい化け物チビときたら、早くも小唐のふところで、ニセ乳房から出るニセ乳を狂ったように吸っているではないか。なんとも美味しそうだったが、わたしはちっとも羨ましいとは思わなかった。母親の乳房が、やっとふたたび全部わたしのものになったのだ。こんなに安心してぐっすり眠れたためしは、長いことなかった。夢が口に取って代わり、陶酔と幸せを吸った。お乳の香りのする夢！　その中で三日も寝つづけた！

そんなことで、わたしは小唐という女の兵隊がすっかり気に入った。灰色の木綿の軍服に包まれて硬く隆起した乳房は、垂れ気味ではあったが、形は一流で、彼女を美しく感じさせた。

沙棗花に乳をやり終えると、小唐は哺乳瓶を下に置き、貂のコートをはだけた。女の赤ん坊の狐のような匂いが、あたりに広がる。乳のように白い皮膚が目に入った。炭みたいに黒い顔の沙棗花が、こんなに白い躰をしていようとは思ってもみなかった。綿入れの絹の服を着せ、兎の帽子をかぶせると、きれいな赤ちゃんができ上がった。小唐は貂のコートをかたわらに押しやると、両手で赤ん坊を支えて空中に放り上げ、下で受け止める。沙棗花は喉を鳴らしてコロコロと笑った。意外にも、わたしにはこの姪が、幾分可愛く思えてきた。

母親はいつでも飛びついて子供を奪おうと、ずっと躰をこわばらせていた。小唐は沙棗花を母親に返して言った。

「おばさん。沙司令もこの子に会ったら、きっと喜ぶわ」

「沙司令？」母親は不審げに小唐を見た。

「おばさん、知らなかったの？　おばさんのお婿さんは、いまや渤海の城《まち》の警備司令で、三百人からの手下に、アメリカのジープも一台、持ってるんですよ」と、女兵士は言った。

沙月亮は手紙を粉々に引き裂くと、激怒して罵った。「魯《ルー》のほら吹き野郎に蔣《ヂアン》の四つ目野郎！　おまえらの思い通りにさせるもんか！」

鉄道爆破大隊の使者は、落ち着いた態度で言った。「沙司令、あんたのお嬢さんをこっちは大事にしていますぜ！」

「人質を押さえたつもりだろうが、屁でもないぞ！」

と沙月亮は言った。「もどって魯と蔣の野郎に言え、この渤海を攻撃してみろとな！」

「沙司令、昔の栄光を忘れないでいただきたいものですな！」と使者は言った。

「抗日するも降日するも、おれさまの勝手だろうが。だれにも指図される覚えはないわ！　お引き取り願おうか。これ以上つべこべぬかすと、容赦はせんぞ！」

小唐がセルロイドの櫛を取り出して、五姐と六姐に髪の毛を梳いてやった。六姐に梳いてやっている女兵士を、五姐は食い入るように見つめていたが、その様子は、まるで自分の視線で小唐を頭の先から足の先まで梳いているみたいだった。自分が梳いてもらう段になると、寒気でもするみたいに、顔や首筋に米粒ほどの鳥肌をこしらえた。梳き終えて女兵士が行ってしまうと、五姐は母親に向かって言った。

「お母さん。わたし、兵隊になる」

二日後、上官盼弟は灰色の軍服を身につけた。主な仕事は、小唐と一緒に沙棗花のおしめを替えたり、哺乳瓶で乳を飲ませることだった。

わたしたちの暮らしは、その頃流行った民謡に歌われたような、恵まれた時期を迎えた。

〈娘や娘、要らぬ気遣いはおよし、

同志と一緒におりさえすれば、

白菜と豚肉の煮込みは有り余り、

〈蒸した白マントウが湯気上げる……〉

白菜や豚肉の煮込み、白マントウなどにいつもいつもありつけたわけではないが、大根と塩魚の煮付けならいつでもあったし、大きな窩頭《ウォトウ》［トウモロコシ粉と大豆粉とを混合して蒸した粗末な食べ物］もいつでもあった。日照りで枯れぬはニンニクで、飢えても死なぬは兵隊、と言う。まったく兵隊さんのおかげだよ。こうと知っていたら、子供らを売ることはなかった。想弟に求弟には可哀相なことをした……五姐の歌声や六姐の笑い声を耳にすると、母親はこう言って嘆き、涙を流した。

その頃は母親の乳も、質量ともによくなり、わたし上官金童はついに綿の袋から跳びだして、二十歩、五十歩、百歩と歩けるようになり、這い這いも止めた。不器用な口も動くようになり、達者に人を罵れるようになった。孫家の大啞巴がわたしのチンポコを摑んだりすると、すぐさま罵声を浴びせた。

「おまえのお袋と寝てやるぞ！」

識字学級へ行くようになって、歌を習った六姐が歌った。

〈姉さん十八で軍隊に行った。
兵隊さんは素晴らしい。
大きなお下げをぷっつり切って、

おかっぱ頭になりました。
漢奸なんぞ逃すものかと、
歩哨の見回りしっかりね〉

識字学級は教会に設けられた。おんぼろ腰掛けは修繕してきちんと並べ、黒ロバ猟銃隊のロバの糞は掃き出された。羽の生えたエンゼルは飛んで行ってしまい、棗の木で彫ったイエスさまはだれかに盗まれた。壁には黒板を掛け、その上に書かれた白い字を、女兵士の小唐が棒で叩いて、コンコンと音をさせる。

〈抗《カン》――日《リー》――抗――日――〉

子供に乳をやりながら、女たちが布鞋《ブーシエ》の底に針を刺す。麻糸がシュッシュッと音を立てる。

〈抗日――抗日――〉

わたしは女たちの間をうろつき、さまざまな乳房の間をよちよち歩く。教壇に駆け上がった五姐が言う。

――民百姓が水なら、兵隊は魚。そうでしょ？

——そうじゃ。

——魚のいちばん恐がるものはなあに？

——魚の恐がるもの？　針かの？　鷹かの？　海蛇かの？——そうか、網じゃ！

——そのとおり！　魚のいちばん恐いのは網！　みんなの頭のうしろはなあに？

——髷じゃが——。

——髷の上にあるのはなあに？

——網じゃ——。

　そこまできて女たちははっと気がつき、青くなったり赤くなったりしながら、ぺちゃくちゃと囁き交わす。

「髷を切って網を捨て、魯隊長と蔣政治委員を守り、二人の率いる鉄道爆破大隊を守りましょう。さあ、手始めはだれから？」

と、上官盼弟が大鋏を高く挙げ、おまけに細い指でカチャカチャ鳴らすと、大鋏は飢えたワニに化けた。女兵士の小唐が言った。

「いいですか、つらい目に遭ってきたおばさん、おかみさん、お姉さんたち。三千年も押さえつけられてきたわたしたち女が、こうして立ち上がったんですよ。胡秦蓮《フーチンリエン》さん、どう？　あなたとこの大酒のみ亭主の聶半瓶《ニエバンピン》、まだあなたを殴ったりする？」

　顔色の悪い若い女が子供を抱いて立ち上がったが、教壇の上の勇ましい小唐と上官盼弟を見るなり、慌てて目を伏せて言った。

「殴らなくなりました」

小唐が手を叩いて言った。

「みんな、聞いた？　あの聶半瓶が、おかみさんを殴らなくなったんですよ。女の人の不平不満は、わたしたち婦人救国会が引き受けるわ。ねえ、みなさん。いまの平等で幸せな暮らしはどこから来たの？　天から降ってきたり、地から湧いてきたりしたもの？　そうじゃないでしょ。ほんとのわけはたった一つ、鉄道爆破大隊がやって来て、大欄鎮や高密県東北郷に、鋼鉄のようながっしりした敵後方根拠地を作って、自力更生、刻苦奮闘して、みんなの暮らしをよくしたからでしょ。とくに女の人の暮らしをね。封建的迷信のつもりじゃないけど、網は何もかも切り捨てなくちゃ。なにも爆破大隊だけのためじゃなくて、わたしたち自身のためですよ。みなさん、髷を切り、網を捨てて、みんな一緒におかっぱになりましょ！」

「お母さんがまずお手本を見せて！」と、鋏を手にした上官盼弟が母親に近寄った。

——そうだよ。上官家のおかみさんがおかっぱにしたら、みんなもそうするよ。

女たちが声をそろえて言った。

「お母さん、わたしの顔が立つように、お手本を見せて」と五姐が言った。

母親は顔を赤らめながら頭を差し出した。

「切っておくれ、盼弟。爆破大隊のためなら、髷どころか、指を二本切られたって、ぐずぐずは言わないよ！」

小唐が先に立って手を叩くと、女たちがそれにつづいた。

五姐が母親の髷をほどくと、たわんだ黒髪の塊が、藤蔓か黒い滝のように、母親の首筋に垂れ下がった。母親の表情は、壁の上のマリヤと呼ばれる、ほとんど裸の聖母と同じようだった。荘厳と憂愁と静謐の中で、逆らうことなく自らすすんで尽くす、それが、丸々とした赤ん坊を飼い葉桶の中に産んだ宗教だ。わたしが洗礼を受けた教会には、腐った古いロバの糞の匂いがし、マローヤ牧師が大きな木の盥でわたしと八姐の洗礼をしてくれた昔が、目の前に浮かぶ。聖母はおのれの乳房を隠した試しがないが、母親の乳房は、前垂れで半ば隠されている。

盼弟、切っておくれ。なにをぐずぐずしているんだね？　と母親が言った。上官盼弟の大鋏が大口を開けて母親の髪の毛を咬み、チョキチョキチョキチョキと黒髪が地に落ちた。頭を上げた母親は、おかっぱになっていた。髪の毛は耳たぶのところでそろえられて、細い首が剝き出しになった。重く垂れていた髷を突然失って、母親の頭はすっきりとはなったものの、いささか落ち着きを欠き、きょときょと動くさまは、鳥の巫女じみてもいた。

母親は真っ赤になった。小唐がズボンのポケットから丸い鏡を取り出すと、キラキラ光るほうを母親の顔に向ける。母親が決まり悪そうに顔を向けると、鏡がそれにつれて動く。母親はおずおずと鏡の中に目を向け、おかっぱになってすっかり縮んでしまった頭を見るなり、慌てて顔を背けた。

「きれいでしょ？」と小唐が訊く。

「みっともない……」と母親が小声で答えた。

「上官家のおかみさんもおかっぱにしたのに、何をぐずぐずしてるの？」と、小唐が大声で言った。

切ろうか。切ろう、切ろう。流行《はや》りじゃもん。時代が変わるたびに、頭の格好も変わるのは習いで、清朝がやって来ると男は弁髪をさせられ、孫中山《スウンヂユウンシヤン》の革命はまず弁髪を切り落とした。このおかっぱは時代の産物、時代の産物は流行り、流行りはかっこいい。わたしのを切っておくれ。次はわたしだよ。チョキチョキチョキ。ため息、感嘆を示す舌の先を鳴らす音。

腰をかがめて髪の毛の束を拾う。黒いの、黄色いの、剛《こわ》いの、細いの、そこら中が髪の毛だらけになったが、剛いのはきまって硬くて黒く、細いのはきまって柔らかで黄色い。なかでも絶品は母親のそれで、毛の先から油が滲み出している。

その頃は、爆破した鉄道の廃材を司馬庫《スーマアクー》が並べて見せたときなどよりも、活気があった。鉄道爆破大隊は多士済々で、歌でも踊りでも楽器でも、なんでもござれだった。村の壁という壁には石灰で大きなスローガンが書かれていたし、夜明けになると、四人の少年兵が見張り台に上ってラッパの稽古をした。初めのうちはモオモオと牛が鳴くようだったが、そのうち音程にも曲にも変化がついて、心地よいメロディーを吹くまでになった。胸を張って頭を挙げた少年兵が、首を伸ばしてほっぺたを膨らませると、赤い絹の房のついた金色のラッパが勇ましく、かっこよかった。

四人の少年ラッパ手の中でいちばん可愛かったのは、馬童《マアトン》という子だった。小さな口をとんがらかし、ほっぺたにはえくぼが二つ。それに大きな耳。ちょこまか動き回り、甘えた口をきくのがうまくて、村でなんと二十人あまりも乾娘《ガンニヤン》をこしらえた。女たちときたら、その子の顔さえ見れば両の乳房を揺すりたて、その口に乳首を突っ込んで吸わせたがる有様だった。

馬童は、れいの班長に命令を伝えにわが家にやって来たことがある。わたしはたまたまザクロの樹の下に蹲って蟻が樹に上るのを見ているところだったが、彼も物珍しげに側にしゃがんだ。わたしよりずっと真剣な表情で、蟻を捻りつぶす腕もわたしより上だった。おまけに、蟻の巣に小便をすることも教えてくれた。頭上には燃えるようなザクロの花がいっぱいで、時は四月の春の陽気。真っ白い雲を浮かべた青い空には、けだるい南風の中を燕の群れが飛び交っていた。

馬童みたいなはしっこくて可愛らしい子は、おおかた長生きはできまい。神さまからもらったものが多すぎて、あまりに運がよすぎるからじゃ。この上、長生きや子沢山だのということになるはずがない――これが母親の予言だった。

なるほど母親の言ったとおり、満天に星の出たある深夜、通りで突然少年の絶叫が上がった。

――大隊長さん、政治委員さん、今度だけ許してください……おいらの家は三代が一人っ子で、おいら、たった一人の孫、たった一人の息子なんです……おいらが銃殺されたら、馬《マア》の家には跡取りがいなくなるんじゃ……乾娘の孫《スウン》さん、李《リー》さん、崔《ツウイ》さん、出てきて助けてくれ……崔の乾娘、大隊長さんといい仲なんだから、助けてくれるように言うてください……

馬童はずっと泣き叫びながら村を出て行ったが、鋭い銃声一発で、あたりは静まり返り、仙界からやって来たようなこのラッパ手は、それ以来姿を消してしまった。あんなに大勢いた乾娘も彼の命を救うことはできなかったわけだが、罪名は銃弾の横流しだった。

次の日、表通りに朱色の棺桶が置かれた。馬車が停まると、兵隊の群れがそれを馬車に担ぎ上げた。厚さ五寸の柏材で作られた棺桶はかなり重く、漆の塗りと布の内張りを九回重ねてあり、水を入れても十年は漏らず、三八式の銃［日本軍から奪った明治三八年式歩兵銃］の弾も通さず、土中で千年も腐らないというしろものである。棺桶の底に手をかけた十数人の兵隊が、小隊長の号令でそろそろと立ち上がった。

棺桶が馬車に載せられると、大隊本部に緊張が走り、兵隊たちの出入りが激しくなったが、どれも小走りで、顔をこわばらせている。やがて小さなロバに乗ったヒゲの老人がやって来た。棺桶の側でロバから降りた老人は、棺桶を撫でながら声を上げて哭いた。溢れる涙が、ヒゲに露となって懸かった。それが馬童の祖父で、清朝時代の挙人《きょじん》［科挙の地方試験合格者］で、たいへんな教養人であった。

大隊長の魯と政治委員の蔣が出てきて、居心地悪そうに老人の背後に立った。哭き足りた老人は、振り向いて魯と蔣を見つめた。蔣が言った。

「馬の老先生。読書人のあなたなら、大義はわきまえておいででしょう。わたしらは泣いて馬童を切りましたのです」［『三国演義』に泣いて馬謖《ばしょく》を切る有名な故事がある］

魯が「泣いて馬童を切るというわけですな」とつづけた。

老人は、その魯の顔に血の混じった唾を吐きかけて、言った。

「針を盗めば罪人じゃが、国を盗めば王侯とやら。抗日抗日と言う口の下から、酒色のかぎりを尽くしくさって！」

老人が、天を仰いで高笑いしながら歩いて行く後から、ロバが項垂れてついて行った。さらにその後を棺桶を引いた馬車がひっそりとつづいたが、馬を逐う御者の声は、意気上がらぬ蟬の声か、くぐもった鐘の音に似ていた。

馬童事件は、地震のように鉄道爆破大隊の基盤を揺るがした。かりそめの平穏な幸福感は破滅した。馬童銃殺の銃声は、戦乱の時代にあっては人の命などオケラ同然であることをわれわれに告げた。

言われてみれば軍律の厳しさを示したかに思える馬童事件だったが、大隊内部にもマイナス効果を生んだ。それから連日、酔った兵隊が殴り合う事件が十件以上も発生したし、わが家に泊まっている兵隊たちも、次第に不満の思いを露骨にしだした。班長の王は公然と言った。馬童はスケープゴートにすぎん！　あんなガキにどこの武器が盗めるというんじゃ？　祖父さまは挙人で、家には田地も家畜も腐るほどあるというのに、それっぽっちの小銭に事欠くと思うか？　わしの見るところ、ガキを売ったのは乾娘どもじゃな。道理で挙人の祖父さんのやつ、抗日抗日と言う口の下から酒色のかぎりを尽くしくさる、などとぬかしたはずさ。

王班長が不平をこぼしたのは午前中だったが、その日の午後には、護衛兵を二人ともなった蔣政治委員がわが家にやって来て、厳しい口調で、

「王木根《ワンムーゲン》、大隊本部まで来たまえ」と言った。部下をにらみつけた王木根が、

「おれさまを売ったやつはどのクソ野郎だ！」と罵ると、兵隊たちは青くなって顔を見合わせるばかりだった。ただ一人、啞巴の孫不言だけはニタニタ笑いながら政治委員の前に進んで、沙月亮に女房を奪われた話を手まねでした。

「孫不言、きみを班長代理に任命する」と、政治委員は言った。啞巴が首を傾けて自分の口元を見つめているだけなので、政治委員はその手を引き寄せ、万年筆を取り出して掌に大きな文字をいくつか書いてやった。その手を目の前に持ってきてしげしげと眺めていた啞巴の黄色い目が輝きだして、興奮のあまり踊り上がった。王木根が、「この調子だと、いまに啞巴が口をきくぞ」と冷笑した。

政治委員が護衛兵のほうに手を振ると、彼らはさっと進み出て、王木根を両脇から挟みつけた。王は大声で、

「てめえら、臼碾きが終わるとロバを殺して食らうようなマネをしくさって。おれさまが装甲列車を爆破したことを忘れたか！」

などと怒鳴ったが、政治委員は取り合おうともせず、孫不言に近づいて肩を叩くと、喜んだ啞巴が胸を張って敬礼をした。路地から王木根が吼えるのが聞こえた。

「おれさまを怒らせたら、てめえらのオンドルに地雷を埋めてやるからな！」

班長に昇進した啞巴が初めにしたことは、娘をよこせと母親に要求することだった。

そのとき母親は、負傷した司馬庫が隠れていたれいの石臼のかたわらで、鉄道爆破大隊のために硫黄を砕いているところだった。石臼から百メートル離れた場所では、上官盼弟が数人の女たちに指図して、金槌で屑鉄を叩きつぶしていた。そこからさらに百メートルの処では、徒弟を連れた大隊の技師たちが、四人がかりでやっと押したり引いたりできる鞴《ふいご》を動かして、強い風を溶鉱炉に送っていた。そばの砂地には、地雷の型がずらっと埋めてある。

口を手拭いで覆った母親は、小さなロバの後をついてぐるぐる回っていたが、鼻につんとくる硫黄の臭いで目から涙を流し、痩せロバまでがつづけさまにくしゃみをした。わたしと司馬庫の息子はハナズオウの木の上でしゃがんでいた。母親の言いつけで、わたしたちを石臼に近づけないよう、上官念弟《ニエンディー》がきびしく見張っていた。

漢陽《ハンヤン》製の黒い銃を背負った唖巴の孫不言は、祖先伝来のれいの青竜刀を手でおもちゃにしながら、躰を揺すって石臼の側までやって来た。わたしたちが見ていると、ロバの前に立ちふさがった唖巴は、母親に向かって青竜刀を振り上げ、シュッシュッと音をさせてそれを振ってみせた。丸くすり減った箒を手にした母親は、ロバのうしろに立ってじっと唖巴を見つめていた。唖巴はへらへら笑いながら、字の書いてある掌を母親に向けて突き出した。母親はおめでとうを言うふうに、うなずいてみせた。つづいて唖巴がさまざまな表情をすると、母親はなにかの頼みごとを断るかのように、立てつづけに首を横に振った。そのうち腕を振り上げた唖巴が、ロバの頭に拳の一撃をくらわせると、ロバは前足を折ってその場につんのめった。母親が大声で、

「ど畜生！　野垂れ死にでもするがいい！」

と怒鳴ると、唖巴は口元を歪めて笑いながら、来たときとおなじように躰を揺すって行ってしまった。

向こうの方では、溶鉱炉の口が長い鉤を使って突き開けられ、坩堝《るつぼ》を流れ出た白く燃える鉄の溶液が、きれいな火花をいくつも上げた。

耳を引っ張ってロバを立たせた母親は、ハナズオウの木の下にやって来ると、口を覆っていた

黄色く変色したタオルをはずした。襟元をくつろげ、硫黄で白く染まった乳首をわたしの口に押し込む。乳首はいやな匂いがする上に、ピリピリした。そいつを吐き出したものかどうか躊躇《ためら》っていると、母親が出し抜けにわたしを突き放したので、生えかけの前歯があやうく引き抜かれるところだった。母親の乳首も痛かったに相違ないが、そんなことには構っていられないらしく、母親は大股に家に向かって駆けた。右腕にひっかけたタオルが足の動きにつれて揺れる。硫黄の気体に汚された乳首が粗い木綿の襟に激しくこすれ、有毒な乳液がじくじく流れ落ちて衣服を濡らしているのがわたしには見えるようだった。全身を電流に貫かれて、異様な感覚にとらえられている母親は、幸せだったとしても苦痛をきわめたそれであったろう。それにしても、なぜそんなに急いで帰宅する必要があったのか？　その答えはじき見つかった。

「領弟《リンディー》！　領弟よ、どこだね？」

母親は母屋から脇棟へと叫んで回った。母屋から這い出してきた上官呂氏が、通路に這いつくばって、トノサマガエルのように首を持ち上げた。西棟は兵隊たちに占拠されてしまったのだ。部屋の中では、五人の兵隊たちが石臼の上に腹這いになって額を寄せ合い、唐紙を綴じ合わせた粗末な本をためつすがめつしていたが、頭を上げて怪訝そうにわたしたちを見た。みんなの銃は壁に掛かっており、梁からは、ラクダよりも大きな蜘蛛が産んだ卵を思わせる黒々とした丸い地雷がぶら下がっている。

「啞巴は？」と母親は訊ねたが、兵隊たちは首を横に振った。母親は東棟に走った。足の折れた机の上には鳥の巫女の画像が投げ出され、その上には半分食いかけの窩頭《ウォトウ》に緑の葉つきのネギ

［根の白い部分に味噌などをつけてそのまま食べる］が載っている。青磁のお碗もそこにあって、中には鳥の骨か獣骨か区別のつかない白い骨が入っている。啞巴の銃は壁に、地雷は梁に掛かったままだ。

中庭に立ってわたしたちが絶望的な叫びを上げると、脇棟からは、なんだなんだと言いながら兵隊たちが飛び出してきた。

大根の貯蔵穴から啞巴が這い出して来た。上半身には黄色い土と白い黴をくっつけ、満ち足りたけだるい表情をしていた。

「わたしがバカだったよう！」と、母親が足ずりして叫びつづけた。

わが家の地下道の突き当たりの古い積み藁の下で、啞巴は三姐の上官領弟を凌辱したのだった。地下道からひきあげられた領弟は、オンドルの上に載せられた。母親が涙を流しながら、硫黄の臭いのしみついたタオルを水にひたして、そっと丁寧にその躰を拭ってやった。涙は三姐の躰に落ち、歯型のついた乳房に落ちたが、三姐は顔に魅力的な微笑みを浮かべており、その目には人を蠱惑するような美しい光がきらめいていた。

知らせを聞いて駆けつけてきた五姐の上官盼弟は、目をつりあげて姉を見たかとおもうと、ものも言わずに庭に飛び出し、腰から木の柄の手榴弾を抜くなり、安全弁の紐を引いて東棟に投げ込んだ。手榴弾は不発で、爆発しなかった。

啞巴の銃殺地点は、馬童が銃殺された場所だった。真ん中に菖蒲が生えていて、周りはゴミの山になっている村の南のドブのほとりである。がんじがらめに縛り上げられた啞巴が突き出されると、銃を手にした兵隊が何十人も横一列に並んだ。蔣政治委員が見物のみんなを前に激烈な演説を行った。それが終わると、兵隊たちは撃鉄を引いて弾倉に弾を送り込んだ。命令は政治委員がみずから下すはずだった。

弾丸がまさに発射されようとしたとき、白い衣をまとった上官領弟がヒラヒラと現れた。この世のものとも思えぬ軽やかな足取りだった。鳥の巫女だぞ！　だれかが言った。人々はたちまち鳥の巫女の不思議な経歴と不可思議な事跡とを思い出し、啞巴のことなど頭から消し飛んでしまった。

それは、鳥の巫女が一生のうちでいちばん輝いた瞬間だった。彼女は沼の鶴のようにみんなの前で舞った。その顔は、赤や白の蓮の花のようにあでやかだった。均整の取れた躰や厚い唇は、なんとも魅了的だった。

舞いながら啞巴に近づいた領弟が、突然足を停め、首をかしげて啞巴の顔を見ると、啞巴がニヤッと笑った。領弟は手を伸ばすと、毛氈のように巻いた啞巴の髪の毛を撫で、ニンニクのような鼻をつまんだが、しまいになんと啞巴の股間のれいの罪作りなシロモノに手を伸ばすと、そいつを握りしめ、首をねじ曲げてみんなに向かってホホホと笑い出したのである。女たちは慌てて顔をそむけたが、男たちのほうは魅入られたようにそれを眺め、顔にけしからぬ笑いを浮かべた。

空咳をした蔣政治委員が、ぎこちなく言った。「引き離せ。銃殺を執行する！」

頭を上げた啞巴が奇怪な叫び声を上げたのは、たぶん抗議の意思表示だったろう。

鳥の巫女の手は啞巴のものをまさぐりつづけたが、厚い唇には貪欲な、しかし健康そのものの欲望が浮かんでいた。政治委員の命令を執行する気にはだれもなれなかった。

「娘さん。あんたは強姦されたのか、それとも和姦だったのか？」と、政治委員が大声で訊いた。

鳥の巫女は黙ったままである。

「この男が好きなのかね？」と政治委員は言った。

鳥の巫女は依然として黙っている。

人混みの中から母親を見つけ出した政治委員が、困ったように言った。

「おかみさん、どうします……わたしの思うに、いっそ二人をめあわせてやったらどうです……

孫不言は過ちはしたが、死刑にするほどのことはない……」

母親はひと言も発せず、振り向いて人の群れから抜け出した。背中に重い石碑でも背負ったかのように、ゆっくりとしたつらそうな足取りだった。みんなはそっちをじっと見ていたが、母親が突然号泣したので、目をそらした。

「縄を解いてやれ！」と、政治委員は力無く言うと、身を翻して行ってしまった。

八

その日、旧暦の七月七日は、天上の牽牛と織女が密会する日であった。

部屋の中は蒸し暑く、蚊が多くて、足に当たるほどだった。母親がザクロの木の下に筵を敷いてくれたので、わたしたちは初めはそこに座って、そのうち横になって、母親の果てしないお話に耳を傾けた。日暮れに小雨が降ったが、母親に言わせると、それは織女の涙だった。

空気は湿り気を帯び、涼風が立った。ザクロの木の下で、葉がきらめく。西棟と東棟では、兵隊たちが手製の蠟燭を点けている。蚊が襲ってくると、母親が蒲の団扇で追い払ってくれた。

その日、この世の鵲《かささぎ》はみな大空に上り、幾重にも幾重にも重なり合って連なり、波立ち流れる天の川に鳥の橋を架けたのだった。織女と牽牛は、その橋を渡ってめぐり会う。雨と露は二人の恋の涙なのだ。

母親の物語を聞きながら、わたしと上官念弟、それに司馬庫の子は、絢爛たる星空を仰いで、それらの星たちを探した。目の見えない八姐の上官玉女も顔を上げたが、その目は星よりも明るかった。

歩哨の交替でもどってきた兵隊の足音が、路地に重々しく響いた。遠い田野では、蛙の声が潮騒のようだ。塀際の空豆の棚で、クツワムシが歌っている――イソヤスオドゥルル――イソヤスオドゥルル――。闇の空を大きな鳥が、やたらに突き当たりながら飛ぶ。そのおぼろげな白い影が見え、羽がカサカサと擦れる音が聞こえる。蝙蝠がチチチと高ぶって鳴く。木の葉から、水滴がポタポタ落ちてくる。

沙棗花が母親のふところで、規則正しい寝息を立てている。東棟では、上官領弟が猫のような叫びを上げ、啞巴の巨大な影が明かりの中で揺れる。二人は結ばれ、結婚の立会人は蔣政治委員がつとめた。鳥の巫女の座をしつらえたお籠もり部屋は、領弟と啞巴が情欲に狂う新婚部屋と化した。鳥の巫女は、しばしば半裸体で庭に飛び出して来たが、啞巴は彼女の乳房に小さな鈴を結びつけたので、跳ねるたびにチリンチリンと鳴った。兵隊の一人は、鳥の巫女の乳房にこっそり見惚れていて、すんでのところで啞巴に首をねじ切られそうになった。

もう遅いから、部屋にもどって寝なさい、と母親が言った。中は暑いし、蚊がいるから、ここで寝させて、と六姐が言った。だめだよ、夜露は躰に悪いし、おまけに空には花採《つ》みがいるんだよ……空でガヤガヤ言っているのが聞こえるような気がする。きれいな花だぞ。採んでしまおう。もどりに採もうよ。ガヤガヤ言っているのは、若い娘ばかり犯す蜘蛛の精だ。

オンドルに横になったが、眠れない。ただ不思議なことに、八姐の上官玉女だけは、すやすやと寝入ってしまった。口の端からは涎が垂れているが、その涎は清冽な香りがした。

蚊燻べのヨモギの煙が、鼻をつく。兵隊たちの部屋の窓明かりがこっちの窓に当たって、中庭の景色がおぼろげに見える。上官来弟が言付けてよこした海の魚が、腐って便所で発酵し、耐え難い悪臭をはなっている。大姐はほかにも、絹織物の生地や家具・骨董などを届けてきたが、ぜんぶ鉄道爆破大隊に没収された。

母屋の門がコトッと鳴った。

「だれだね!?」と鋭く言った母親が、オンドルの上を探って包丁を取り上げたが、それきり物音はしない。たぶん聞き違えだろう。母親は、包丁をもとの場所にもどした。蚊燻べのヨモギの縄が、オンドルの前の地べたで、赤黒い光をチカチカさせている。

突然、ひょろ長い黒い影が、オンドルの前で立ち上がった。母親が悲鳴を上げ、六姐も悲鳴を上げた。オンドルに飛びついた黒い影が、母親の口を手で塞ぐ。もがきながら包丁を探り当てた母親が切りつけようとしたとき、黒い影が言った。

「お母さん、わたしよ……わたし、来弟よ……」

母親の手から、包丁がオンドルの筵の上に落ちた。大姐がもどって来た！

オンドルの上に跪いた大姐の口から、嗚咽の声が漏れた。ぼんやりとしか見えないその顔を、
わたしたちは愕然として見つめるのみだったが、そこにはキラキラ光るものがあまた認められた。

「来弟か……おまえは……まことにおまえかい？　幽霊じゃあるまいね？　幽霊だって構わない
から、ちゃんと顔を見せておくれ……」

母親がオンドルの端のマッチを探ると、その手を押さえた大姐が声を押し殺して、

「明かりは点けないで、お母さん」

「来弟、この人でなしが。何年もの間、沙月亮とかいう男とどこへ行ってくさった？　おかげで
母さんは、ひどい目に遭わされたんだよ」

「お母さん、ひと言やふた言ですむ話じゃないわ」と大姐は言い、「娘は？」

母親は、ぐっすり眠っている沙棗花を大姐に渡して、

「それでも母親のつもりかい？　産むだけ産んで、育てもしないなんて、畜生のほうがマシだよ
……この子のために、おまえの想弟と求弟は……」

「お母さん」と大姐は言った。

「お母さんのご恩はいつかきっとお返しします。二人の妹にも、恩は返すわ」

そのとき、六姐の念弟が近寄って、「大姐」と声をかけた。

沙棗花の上にかぶさっていた顔を上げた来弟は、六姐の躰に触って、

「念弟、金童と玉女は？　金童、玉女、お姉さんを覚えているかい？」

「爆破大隊が来てくれなかったら、わたしら一家はとっくに餓死していたよ……」と母親が言うと、大姐は、

「お母さん、蔣や魯はろくなやつらじゃないわ」

「こんなによくしてくれてるんだよ。それなのに、人様をけなすようなことを言うもんじゃないよ」

「それがやつらの企みなのよ。やつらは沙月亮に手紙を送りつけてきて、投降しろ、さもないと、この娘を拘留するって」

「そんなことが？　あの人たちの戦争が、この子となんの関係があるんだね？」

「お母さん、こうしてもどってきたのは、娘を救い出すためなの。十人以上も連れて来てあるから、これでおさらばして、魯や蔣のやつにぬか喜びさせてやる。お母さん、山のようなご恩は、あとでお返しします。ぐずぐずしていて邪魔が入るといけないから、これで行くわ……」

みなまで言わせず、母親は沙棗花を奪い返すと、腹立たしげに言った。

「来弟、うまいこと言ってわたしを騙そうたって、そうはいかないよ。あのとき、おまえがまるで犬ころみたいに捨てたこの子を、わたしは命を削ってここまで育てたんだからね。それをいまさらなんだね、据え膳にでもありつくつもりかい？　魯大隊長がどうしたの、蔣政治委員がこうしたのと、嘘っぱちばっかり並べて。クソ坊主の沙月亮とバカをするのに飽きて、母親のマネが

したくなったのかね?」

「お母さん、あの人はいま皇軍協力軍の旅団長で、千人からの部下がいるのよ」

「部下が何人いようが、何の長だろうが、わたしの知ったことじゃないよ」と母親は言った。

「あの男に、自分でこの子を引き取りに来させるがいいじゃないか。言っておやり、あれが木にぶら下げた野兎は、いまでも取ってあるとね」

「お母さん」と姉は言った。「バカ言わないでよ。これは、大戦争にかかわる重大事なんだから」

「ああ、わたしゃこれまでバカだったからね、大戦争だか小戦争だか知ったことじゃないが、この子はわたしが育てたんだから、他人にやる気はないね」

大姐は子供を奪い取るなり、オンドルからさっと飛び降りて、外へ走り出た。母親が大声で罵った。

「このろくでなし! 強盗だァ!」

沙棗花が泣き出した。

母親はオンドルから飛び降りて、後を追った。

庭でパンパンと銃声がした。屋根の上で人が騒ぎ、だれかが悲鳴を上げながら、庭に転がり落ちた。片足が屋根を踏み破り、泥の塊と星の光が降ってきた。

銃声、銃剣の音、「逃がすな!」という兵隊の叫びなどで、中庭は大騒ぎだった。

鉄道爆破大隊の兵隊たちが、石油をしみ込ませた松明を十本余りも掲げて走り込んできて、中庭を真昼のように明るくした。路地や家のうしろでは、男の声がガヤガヤ騒ぎ立てた。家のうしろで怒鳴り声がした。

「縛り上げろ！　この小僧め、まだ逃げる気か？」

鉄道爆破大隊の魯大隊長が入ってくると、沙棗花を抱き締めて、塀際に縮かまっている上官来弟に向かって言った。

「沙夫人、つまらぬマネは止めたらどうかね？」

沙棗花が泣き叫ぶ。

母親が庭に出て行った。

わたしたちは窓にへばりついて見ていた。

通路の側には、からだ中穴だらけの男が横たわっていた。流れ出た血が溜まりを作り、小さな蛇のように四方に這っている。熱い血の腥さ。石油の臭いが鼻をつく。血はなおも、泡をともなって穴から溢れ出ている。死に切れなくて、片足を痙攣させている。口は地面を嚙るようにしているが、首は捻れて、顔は見えない。

木の葉が金銀の箔のようだ。青竜刀を手にした啞巴が、魯大隊長のかたわらで、手真似で叫んでいる。鳥の巫女が飛び出して来たが、さいわい、啞巴のものに相違ない軍服の上着を着ていてくれた。裾は膝まであるが、乳房やお腹はちらちら見えている。すらりと白いすねに、肉付きのよい滑らかなふくらはぎ。なかば開けた口。夢見るような目を、松明から松明へとさまよわせる。

兵隊の群れが、緑の服を着た男を三人、護送して来た。一人は腕に傷を受け、真っ青な顔で血を流しており、一人は足を引きずっている。もう一人、縛られて俯いた男は、懸命に頭を上げようとしているが、何本ものごつい手がそうはさせない。その後から、懐中電灯を手にした蔣政治委員も入ってきた。懐中電灯には赤い絹がかぶせてあって、赤い光を放っている。

地面の土をミミズが盛り上げたところを裸足で歩くものだから、母親はペタペタと音を立てた。恐れるふうもなく魯大隊長に向かって、母親は言った。

「これはいったいどうしたことです？」

「おかみさん、あんたには関わりのないことですよ」

と、魯大隊長は言った。

政治委員が、赤い絹をかぶせた懐中電灯で、上官来弟の顔を照らした。姉は、ポプラのようにすらりとした躰つきをしていた。

その前に歩み寄った母親が、いきなり沙棗花を奪い返した。沙棗花が自分のふところに顔を伏せると、母親は「よしよし、大丈夫だよ。お祖母ちゃんがいるからね」とあやした。

沙棗花の泣き声が弱まり、すすり泣きに変わった。

大姐は、それでも子供を抱いたままの姿勢でいたが、不様で惨めだった。青い顔をして、目は据わり気味だった。身につけた緑色の服は男物だったが、熟れた乳房は高く隆起し、母親のそれといささかも見劣りしなかった。

「沙夫人、こっちとしては道義を尽くしたつもりだがね。わしらへの編入を断るというのなら、無理強いはせんが、日本侵略者に投降することはなかろう」と、魯大隊長が言った。

大姐はせせら笑って言った。「そいつは旦那がたのお仕事、女のわたしに言ってもらってもね」

「なんでも沙夫人は、沙旅団長の高級参謀だそうだね？」と、蔣政治委員が言った。

「わたしは自分の娘が欲しいだけよ。度胸があるなら、真剣勝負でドンパチやったらどうなの？　子供を道具に使うなんて、堂々たる男のすることじゃないわ」

「そいつは違うな、沙夫人。わたしらがお嬢さんの面倒を十分みていることは、あんたの母親や妹たちも証明してくれるし、天地も証明してくれるよ。子供が可愛い、子供のため、というのがわたしらの本意で、すべてはこの目的から出たことだ。こんなきれいな子の父親と母親が漢奸《かんかん》だ、なんてことにはしたくないからねえ」と、蔣政治委員は言った。

「なんのことだか、さっぱり。無駄口たたくのはおよしなさい。こうして捕まったんだから、どうとでも勝手にするがいいわ」

啞巴が躍り出た。何本もの松明に照らされた啞巴はひときわ猛々しく見え、剝き出しの肌は、アナグマの油でも塗ったようにテラテラ光っている。

アウ――、アウアウ――。目を剝き、鼻を膨らませ、耳を立て、凶暴な面構えをしながら太い腕を挙げ、握りしめた拳を周りの人間に向けてぐるりと回す。通路の死体を蹴り上げておいて、三人の捕虜を次々と殴りにかかる。一人に一発、そのたびに、アウ――、と叫ぶ。ひとわたりすむと、初めからもう一度、アウ――！　アウ――!!　アウ――!!!

次第に激しさを増し、最後の一発で、頑固に首を持ち上げようとしていた捕虜が、地面にくずおれた。蔣政治委員が、「孫不言、捕虜を虐待してはならん！」と、厳しく制止した。

口元を歪めて笑いながら、啞巴は上官来弟を指さし、自分の胸を指さしておいて、来弟の前まで歩み寄ると、左手で彼女の薄い肩を摑み、右手でみんなに語りかけた。鳥の巫女は、千変万化する炎に魅入られたように見入っている。左腕を振り上げた大姐が、啞巴の右の頰をバシッと音をさせて張り飛ばした。手を放した啞巴は、どこから殴られたのか分からないかのように、きょとんとして顔を撫でた。大姐が右腕を振り上げ、啞巴の左頰を張った。今度は力の入った一発で、高い音がした。啞巴は躰をぐらつかせ、姉は反動でうしろへよろけた。柳眉を逆立て、目を剝き出した来弟が、憎々しげに罵った。

「けだもの！　よくも妹をめちゃめちゃにしてくれたね！」

魯大隊長が言った。「連行しろ。つけ上がりやがって、女漢奸めが！」

兵隊が数人、進み出て大姐の腕を押さえた。大姐が大声で言った。

「お母さん、バカなことをしてくれたわね！　鳳凰みたいな領弟を啞巴なんかに嫁にやるなんて！」

兵隊が一人駆け込んできて、喘ぎながら報告した。

「大隊長、政治委員。沙月亮の大部隊が、沙嶺子鎮《シャリンズチェン》まで来ています」

「慌てるな。各連隊長、計画どおり行動し、地雷を埋めろ」と、魯大隊長が言った。

「おかみさん。安全のために、あんたと子供らは、わたしらと一緒に大隊本部へ移ってもらいます」と政治委員が言った。

母親は首を横に振って、「嫌じゃ。死ぬにしても、自分の家のオンドルの上で死にたい」

蔣政治委員が手で合図すると、兵隊たちの一群が母親を囲み、別の一群が家の中に入った。母親が叫んだ。

「キリストさま、目を開けてご覧ください」

わたしたち一家は、司馬家の脇部屋に閉じこめられ、入り口に歩哨が立った。壁の向こうの大広間はガスランプで明るく、だれかが大声で叫んでいる、村はずれからは、豆を煎るような銃声がしきりに聞こえてくる。

蔣政治委員が、ガラスの火屋《ほや》付きの石油ランプをささげ持つようにして入ってきたが、火屋の口から吹き出す黒煙にむせて、目を細めている。ランプをカリン材のテーブルの上に置くと、わたしたちの様子を窺って、

「どうして立っているんです？　さあさあ、座って、座って」

と言った。そうして、壁際にずらっと並べてあるカリン材の椅子を指さしながら、

「おかみさん。お宅のお婿さんは、なかなかに派手好みですなあ」

などと言いながら、自分からその一つに座り、両手を膝に置くと、嘲り気味の視線をわたしたちに向けた。

そんな政治委員とテーブルを隔てた向かいにぺたっと腰を下ろした大姐が、ふてくされたように口を突きだして言った。

「蔣政治委員。神さまをお迎えしたはいいけど、お帰りいただくのが大仕事ね」

「やっとの思いでお迎えしたものを、どうしてお帰りいただくのかね？」と蔣は笑った。

「お母さん、座ったら。この人たち、わたしたちをどうこうできるわけないんだから」と大姐は

言った。

「どうこうするなんてつもりは、まったくありませんから」と蔣は言った。「おかみさん、お掛けなさい」

沙棗花を抱いた母親が隅っこの椅子に腰を下ろすと、その着物に摑まったわたしと八姐は、椅子にへばりついて立った。司馬家のお坊ちゃまときたら、六姐の肩に頭をもたせかけ、口から涎を垂らしている。六姐がたまらずよろめくと、母親が引っ張って座らせた。

蔣政治委員は巻きタバコを一本探り出すと、親指の爪に端をとんとんと突き当てた。マッチが欲しいとみえてポケットを探ったが、ない。来弟が、いい気味だというふうに冷笑する。蔣はランプに近寄ると、タバコを銜えた口を火屋の上に近づけた。目を細めてスパスパ吸うと、火屋の中の炎が引っ張られて上下に躍った。タバコの先が赤くなり、光る。顔を上げてタバコを口から放すと、口をかたく閉じて、鼻の穴から濃い煙を二本、噴き出した。

村はずれからドドーンという爆発音が聞こえてきて、窓の格子がガタガタと鳴った。光の波が、次から次へと夜空を震わせる。泣き叫ぶ声や怒鳴り声が、ときにかすかに、ときに意外にはっきりと聞こえた。顔に微笑みを浮かべた蔣政治委員が、挑むように来弟を見つめた。

尻に棘でも刺さったかのように、大姐は椅子の上で躰をくねらせ、椅子の足をギシギシ言わせた。顔は真っ青で、椅子の肘を摑んだ両手がブルブルと震えている。

「沙旅団長の騎兵中隊が、わが方の地雷原に突っ込みましたな」

と言った蔣は、残念そうにつけ加えた。

「りっぱな馬が何十頭も、もったいないことをした」

「あんたたち……できるはずがないわ……」大姐は椅子の肘に手を突いて立ち上がったが、それまでにも増して密集した爆発音が、彼女の腰を椅子に押しつけた。

立ち上がった蔣政治委員は、脇部屋と大広間の間を隔てる模様格子をゆったりと叩いてみながら、独り言のように言った。

「ぜんぶ赤松だ。司馬家の屋敷だけで、どれほどの木材が使われたことか」

顔を上げて大姐のほうを見ながら、訊ねた。

「梁、たるき、窓、床、格子の壁、机に椅子に腰掛け板……どれほどの木材を使ったと思うかね？」

大姐は不安げに腰をくねらせた。

「一山まるごとの木材を使ったんだぞ！」

と、架空の森林がめちゃめちゃに乱伐された情景を目の前にしているかのように、蔣は痛ましげに言った。

「この付けは、いつか清算させてやる」と気落ちしたように呟くと、彼は、乱伐された大森林を頭から追い出した。

来弟の前に歩み寄った蔣は、両足をA字型に開き、右手を腰に当てた。鋭角をなした肘が、ぎこちなく突き出ている。

「むろんわれわれとしては、手の着けようのない漢奸と沙月亮とは違うと考えている。光栄ある抗日の経歴の持ち主だから、心から前非を改めるなら、互いに同志《トンジー》と呼び合いたいとも願っているんだ。沙夫人、間もなくあの男を捕まえるが、あんたからよくよく説得してくれたまえ」

躰を力無く椅子に預けたまま、来弟は鋭く言った。

「あんたたちにあの人が捕まるもんか！　諦めるんだね！　あの人のアメリカ製ジープは、馬より速いんだから！」

「そうであればいいがね」

と、蔣政治委員は言うと、曲げた肘を伸ばし、両足も姿勢を変えた。タバコを一本取り出すと、大姐に差し出した。来弟が本能的に躰を退くと、追いかけて前に突き出す。顔を上げた来弟は、政治委員の謎のような微笑みを見た。おずおずと片手を伸ばすと、ヤニで黄色くなった二本の指を突き出して、タバコを摑んだ。蔣は、半分ほどになった手の中のタバコを口元に持っていくと、ふっと吹いて灰を落とし、先の火を赤く熾《おこ》しておいて、そいつを来弟の前に持っていった。来弟がまたも顔を上げて蔣を見ると、相手は相変わらず微笑んでいる。来弟は慌ててタバコを銜えると、顔を前に突き出し、口のタバコを蔣が手にした火にくっつけた。

来弟がタバコを吸い付ける唇の音が、耳に入った。母親は無表情に壁を眺めている。六姐の念弟と司馬家のご子息はうつらうつらで、沙棗花はひっそりとしている。

大姐の顔から煙が上がった。頭を挙げて躰をうしろに倒すと、胸ががっくりとへこんだ。タバコを挟んだ二本の指は、たったいま水から上がったばかりの泥鰌みたいに、びっしょり濡れている。タバコの火が、素早くその口元に這い上る。くしゃくしゃの髪の毛。目の周りには、青い隈ができている。

蔣政治委員の顔の微笑みは、熱い鉄の上の水滴が周りから収縮していって針の先程になり、ジュッと音を立ててあっという間に跡形もなくなるのとおなじように、収縮していった。微笑みは鼻の頭に収縮していき、あっという間に跡形もなくなった。指の先を焦がしそうになった吸い差しを捨てると、足の先で踏みにじっておいて、大股に出て行った。

隣の大広間から、大声で怒鳴るのが聞こえてきた。

「なんとしても沙月亮を捕らえろ。ネズミの穴にもぐり込もうと、掘り出せ」

つづいて、受話器を置く高い音。

骨を抜かれたみたいに椅子の上にぐったりとなった来弟を、母親は哀れげに見つめていたが、歩み寄ると、タバコの煙で黒く燻《いぶ》された手を摑んで子細に調べて、首を横に振った。椅子から滑り落ちた大姐は、跪くと両手で母親の膝を抱いて顔を上げ、乳でも吸うように唇をもぐもぐさせた。不思議な音が、その口から漏れた。初めは笑っているのかと思えたが、じきに泣いているのだと分かった。涙も鼻水も一緒くたに母親の足にこすりつけて、大姐は言った。

「お母さん、わたしはいつだって、お母さんや妹や弟のことを思わない日はなかった……」

母親が言った。「後悔しているのかい?」

来弟は一瞬ためらった後で、首を横に振った。

「それでいい。どんな道を行くかは、神さまがお決めになることだよ。後悔などしたら、神さまはお怒りになる」

母親は沙棗花を大姐に渡して言った。「よく見ておやり」

大姐は沙棗花の黒い顔をそっと撫でながら、「お母さん、わたしが銃殺されたら、この子を育ててやってね」と言った。

「おまえが銃殺されなくとも、この子はわたしが育てるよ」と母親が言った。

大姐が子供を返そうとすると、母親は「もうちょっと抱いてておくれ。金童にお乳をやらなくちゃ」と言った。

椅子の前までやって来た母親が襟元をくつろげると、わたしは椅子の上に跪いて、乳を吸った。襟をめくり上げた母親が、中腰のままで言った。

「公平に言って、沙という男はぼんくらなんかじゃないね。木にいっぱい野兎をぶら下げてみせたことがあったが、あれだけで、おまえの婿と認める気に、わたしゃなったんだよ。ただ、大きなことはできん。野兎の一件だけで、それがわたしには分かった。おまえら二人合わせたところで、蔣という男には勝てまい。あの男は綿の中に針を隠し、腹の中に牙を持っておるんだから」

あのとき、わが家の木に果物みたいにいっぱいぶら下げられた野兎は、母親の激しい怒りを買ったものだ。だが母親は、瞬時にそれを、婿として沙月亮を受け入れる理由に変えていたとみえる。同時におなじそのことを、母親は、いま沙月亮が必ず蔣政治委員に敗れるという判断の根拠ともしているわけだった。

夜明け前の闇の中で、天の川の橋からもどって来た鵲の群れが屋根の棟に下り、疲れ切ったようにチャチャチャチャとやかましく鳴く。その声で目が醒めた。見ると、母親は沙棗花を抱いて椅子に腰掛けており、わたしはと言えば、上官来弟の冷たい膝の上に座って、細長い腕で腰をしっかりと抱えられているのだった。六姐と司馬家の息子はいまも重なり合って眠っており、八姐は母親にもたれかかっている。母親の目からは輝きが失われ、極度の疲労のせいで、口の端がだらりと垂れている。

蔣政治委員が入ってきて、わたしたちをちらと見て言った。

「沙夫人、沙旅団長に会いに行くかね？」

わたしを押しやってさっと立ち上がった来弟は、しわがれ声で「ウソよ！」と言った。

政治委員はかすかに眉をしかめて、

「ウソ？　なぜウソなどつかねばならないのかね？」と言い、テーブルの前まで歩くと、俯いてランプをフッと吹き消した。たちまち赤い太陽の光が、窓の格子から射し込んで来た。蔣は片手を伸ばすと、慇懃に――ひょっとして慇懃というのとは違ったかも知れないが――言った。

「どうぞ、沙夫人。さっきも言ったが、わたしたちは道をすべて塞ぐつもりはない。もしもあの男に引き返す気があるなら、わが鉄道爆破大隊の副隊長を勤めてもらってもよいのだ」

大姐は機械的に外に向かったが、出しなに振り向いて、母親のほうを見やった。蔣政治委員が言った。

「おかみさんも行くんです。子供らもみんなだ」

わたしたちは司馬家のくぐり門をいくつも抜け、おなじ造りの小屋敷を次から次へと通り過ぎて行った。五番目の小屋敷にかかったとき、中庭に負傷兵が十人あまり、横たわっているのを目にした。唐《タン》といういれいの女の兵隊が、足を負傷した兵隊に包帯を巻いてやっているところだった。助手をしているのは五姐の上官盼弟だったが、一心不乱で、わたしたちには気がつかなかった。母親が大姐にそっと言った。

「あれが妹の盼弟だよ」

大姐は五姐に一瞥を投げた。

「われわれは重い代価を払わされた」と、蔣政治委員は言った。

六番目の小屋敷には戸板を並べ、死体が何体か横たえられていたが、顔はどれも白布で覆われていた。

「わが魯大隊長が壮烈な死をとげられたのは、計り知れない損失だった」と蔣は言うと、屈み込んで白布の一つを持ち上げて、頬髯を生やした血だらけの顔をわたしたちに見せた。

「戦士たちは、沙旅団長の皮を剝いでやろうと歯ぎしりしているが、われわれの政策が、それはさせないんだ。沙夫人、こっちの誠意は、天地鬼神をも感動させるほどのものだとは言えまいかね？」

七番目の小屋敷を出て、大きな目隠し塀を回り込むと、わたしたちは福生堂の表門の高い石段の上に立っていた。

通りを鉄道爆破大隊の兵隊たちが、盲目的に近い走り方で行き来していたが、どれも顔に灰をかぶっていた。十数頭の馬を牽いた兵隊たちが東から西に向かうかと思うと、何十人もの民間人を指図して縄でジープを引っ張らせ、西から東に向かう兵隊の一団がいる。二つのグループは、福生堂の前で鉢合わせすると、一斉に立ち止まった。頭分らしいのが二人、駆け寄って来ると、気を付けの姿勢で挙手の礼をし、喧嘩でもするみたいに、同時に政治委員に向かって報告を始めた。一人は軍馬十三頭を捕獲したと言い、一人はアメリカ製ジープ一台を捕獲したと言った。残念ながらラジエーターが破裂しており、牛に牽かせてもどるよりほかなかった。蔣政治委員が彼らを高く賞賛すると、兵隊たちは胸を張り、目をキラキラさせた。

政治委員は、わたしたちを教会の入り口へと導いた。表門の両側には、完全武装の歩哨が十六人立っていた。蔣が手を挙げると、歩哨は一斉に銃身を叩いてかかとを合わせ、捧銃《ささげつつ》の礼をした。女や子供ばかりのこの一行が、これではまるで厳めしい戦場視察の将軍さまだ。

おおよそ六十人あまりの緑の服を着た捕虜が、教会の東南の隅にひしめいていた。彼らの頭上では、雨漏りで腐った屋根に、白い茸が一面に群がって生えている。目の前には、自動小銃を抱えた兵隊が四人、横に並んで立っている。その左手は長い牛の角のように曲がった弾倉を摑み、右手は四本の指で女の足のようにすべすべした銃把を握り、人さし指をアヒルの嘴のような引き金にかけている。四人は背中をわたしたちに向けているが、その背後には、死んだ蛇みたいな牛革ベルトの山ができている。捕虜たちが動こうとすれば、ズボンのウエストを両手で持っていなければならない。

蔣政治委員の口元を、それと分からぬほどの笑みが素早くかすめた。軽く咳をしたのは、注意を引くためであったろうか。

捕虜たちは物憂さそうに頭を挙げて、わたしたちを見た。彼らの目が、突然キラリと光った。光ったのは二回か三回か五、六回か、多くて九回は超えなかったが、鬼火のようなその目のきらめきは、上官来弟に向けられたものに違いなかった。かりに彼女が、蔣政治委員が言うように、沙月亮旅団の屋台の半分を背負って立っていたらの話である。

ところがどうした心境の乱れからか、上官来弟は目を赤くして顔色青ざめ、項垂れてしまった。捕虜たちはわたしに、おぼろげな記憶の中の黒ロバ猟銃隊のロバを思い出させた。教会に集められていた頃、よくこの隅に集まっては、二十八頭が十四のペアになって、こっちがそっとこっちのけつを嚙むと、そっちは優しくこっちの尻に歯を立てるという具合で、いたわり合っていたものだ。あんなに結束の堅かった黒ロバ隊が、いったいどこで崩壊したのだろう？　何者が崩壊させたのだろう？　馬児山《マアアルシャン》で司馬庫のゲリラによってか、それとも骼髏嶺《ゴオボオリン》で日本人の平服ゲリラによってか？　わたしが洗礼を受けたあの神聖な日に、母親は強姦されたが、この連中は黒ロバ猟銃隊がはびこってできた兵隊どもで、わたしには敵だった。いまこそ、父と子と聖霊の御名においてやつらを懲らしめてやる。アーメン。

蔣政治委員が、喉の調子を整えてから言った。

「沙旅団の兄弟諸君、腹が減ったろう」

捕虜たちはまたも顔を挙げたが、返事をする度胸のない者もおれば、そんな気になれない者もいた。

蔣のかたわらの護衛兵が言った。「おまえら、耳が聞こえなくなったのか？　わが大隊の政治委員が、おまえらに訊ねておられるんだぞ?」

「罵るのは止めたまえ!」と蔣が護衛兵を叱ると、護衛兵は顔を赤らめて俯いた。

「兄弟諸君、腹を減らし喉を渇かしているのは分かっている。胃病持ちはさだめし痛くて、目からは火花、背中は冷や汗ものでおるだろうが、もうじき食う物ができるから、どうかもうしばらく辛抱してもらいたい。ここらは貧しくて、何もないが、とりあえずは緑豆汁粉で渇きをいやしてもらい、昼は白い饅頭《マントウ》に馬肉のニラ炒めだ」

捕虜たちの顔に喜びの色が浮かび、腹が据わった何人かは小声で話し出した。

蔣は言った。「馬がたくさん死んだ。どれもいい馬で、まことに残念なことをしたが、地雷原に突っ込んで来たのはそっちでね。後で諸君が口にするのは、ひょっとして自分が乗っていた馬かも知れんぞ。ラバや馬は君子《しんし》なみ、などとは言うが、馬は馬だ。みんな、遠慮せずに食べてくれ。人間は万物の霊長じゃないか!」

そう言っているところへ、二人の老兵が桶を担いで、かけ声もろとも、入り口を入ってきた。その後から少年兵二人が、それぞれお腹から顎まで重ねた素焼きの碗を抱えて、よろよろと続いた。「さあさあ、汁粉だよ!」と、道の邪魔を退けるかのように、老兵が叫ぶ。お腹で碗を支えた少年兵は、骨折って地面を見ながら、碗を置く場所を探す。老兵は一緒にしゃがんで桶を地面に置いたが、二人ともあやうく尻餅をつきそうになる。少年兵は躰を真っ直ぐに保ったままで足を曲げ、しゃがみ切ると両手を下ろして、碗の下から手の甲を抜く。碗が二重ね、ゆらゆらと地面に立つと、ほっとしたように立ち上がった少年兵が、上着の袖で顔の汗を拭った。

木の杓子で汁粉を掻き混ぜた蔣政治委員が、「砂糖は入れたかね？」と老兵に訊ねた。

「赤砂糖は手に入りませなんだが、白砂糖をひと缶、工面しました。曹家《ザオ》からですが、あそこの婆さんが惜しがって、缶にしがみつきましてな……」

「分かったから、兄弟諸君に分けてやりたまえ！」

そう言いながら、蔣は杓子を捨てたが、突然思い出したかのようにわたしたちに顔を向けて、親しげな調子で、

「あんたたちも一つどうだね？」と言った。

来弟がせせら笑って、「お招きいただいたのは、緑豆汁粉をご馳走してくださるためじゃないでしょうね？」

母親が言った。「いただきますとも。張《ヂャン》さん、わたしらにもよそってくださいよ」

上官来弟が言った。「お母さん気をつけないと、毒が入っているかもね！」

蔣政治委員がゲラゲラ笑って、「沙夫人の想像力はたいしたもんだ」と言うと、杓子を摑んで汁粉を掬い、高く挙げてゆっくりと垂らした。そうすると、ますます美味そうで、いい匂いが広がった。杓子を捨てて、蔣は言った。

「この中には砒素が一服に、ネコイラズが二服入れてある。飲んだら最後、七転八倒して血を噴き出すが、飲む勇気のある者はいるかね？」

母親が進み出た。碗を手に取ると、袖で埃を拭っておいて、杓子を取って汁粉をよそい、大姐に差し出したが、受け取らないので、「じゃ、これはわたしがもらうよ」と言って、フウフウ吹

いてからためしにひと口啜り、つづいて二口三口と啜った。ついで、六姐と八姐と司馬家の息子にもよそってやる。捕虜たちが、「おれたちにもよそってくれ。毒があろうとなかろうと、飲ませてくれ」と言った。

少年兵二人が碗を渡すと、老兵二人が杓子でよそった。銃を手にした兵隊たちは両側に分かれ、わたしたちを横に見て立った。こっちには彼らの目が見えたが、彼らの目は捕虜を見ていた。

立ち上がった捕虜たちは、自発的に行列を作った。片手でズボンを持ち、片手は汁粉の碗を持つべくだらんと垂れている。ありついた連中は、こぼれた汁粉で指を火傷しないよう、俯いて用心深く碗をささげ持ちながら、片手はズボンを引っ張り上げたままで、列の後方へゆっくりと回った。そこでしゃがむと、やっと空いた両手で碗をささげ持ち、回しながら吹いては啜る。フウフウ吹いて、少しずつズルズル啜る。一気に飲もうものなら口の粘膜を火傷するのが、経験で分かっている。司馬家の坊ちゃまは経験がなくて、一気に飲んだものだから、吐きも飲みもできず、口の中を真っ白に火傷してしまった。

捕虜の一人が碗を受け取るべく手を伸ばしたとき、小声で「二姨夫《アルイーフ》［姨夫は母の姉妹の夫。二姨夫は母方の二番目の姉か妹の夫］……」と言った。杓子を手にした老兵は顔を上げ、若い男の顔を見つめた。

「二姨夫、憶えていないのかね。わしじゃ、小昌《シャオチャン》じゃ……」

老兵は杓子を振り上げ、小昌の手の甲を叩いて罵った。「だれが二姨夫じゃ。人違いするでない。わしには、おまえみたいな漢奸の甥っ子なんぞ、おらん！」

ギャッと叫んだ小昌は、手にしていた碗を足の甲の上に落とし、火傷して、再度叫び声を上げた。とっさにズボンを引っ張り上げていた手で足を触ろうとしたため、ズボンが膝までずり落ちて、汚いパンツが剝き出しになる。またも叫び声を上げて両手でズボンを引っ張り上げたが、立ち上がった小昌は、目に涙をいっぱい溜めていた。

「老張《ラオヂャン》、規律に注意しろ！」と、蔣政治委員は腹を立てて言った。

「勝手に人を殴る権利をだれにもらった？　軍法会議にかけ、監禁三日だ！」

「わしのことを二姨夫などとデタラメを……」と、張がおずおずと言った。

「わたしの見るところ、あんたはこの男の二姨夫だ。なにを隠すことがある？　ちゃんと言い聞かせて、わが鉄道爆破大隊に参加させることだ。若いの、火傷はどうだね？　後で衛生兵にヨードチンキを塗ってもらうといい。汁粉はぶちまけてしまったから、もう一杯よそってやれ。豆を多くしてな！」

ひどい目に遭った甥っ子が、特に濃くしてもらった汁粉をささげ持って足を引きずりながら列の後方へ回ると、ほかの捕虜がその場所につめた。

やがて捕虜のすべてが汁粉を啜る音が、教会の中に響いた。老兵と少年兵は、しばらく手持ち無沙汰になった。少年兵の一人は唇を舐め、もう一人はわたしをじっと見た。老兵の一人は、退屈そうに杓子で桶の底をかきさがし、一人はタバコ入れと煙管を取り出した。

母親が碗の縁をわたしの口に押しつけたが、わたしは厭わしげに粗いその縁を吐き出した。わたしの唇は、乳首以外のものは何物も受けつけないのだった。

大姐が軽蔑したように、フンと鼻を鳴らした。蔣政治委員がそっちを見ると、さもバカにしたような表情を浮かべて、

「わたしも一杯いただこうかしら」

「ぜひそうなさい。その顔、もうじき干し茄子《なすび》になりそうだ。老張、沙夫人に一杯よそってあげなさい、急いで、濃いめのを」

「上澄みがいいわ」

「上澄みを」

碗をささげ持って一口啜った大姐が言った。

「なるほど、砂糖入りだわ。蔣政治委員、あなたも一杯、いかが？　あんなにおしゃべりして、きっと喉が渇いたでしょ」

蔣政治委員は喉をつまむようにして、「なるほど、いささか喉が渇いたな。老張、わたしにも一杯たのむ。こっちも上澄みだ」

碗を抱えた政治委員は、来弟と緑豆の品種の議論を始めた。蔣によると、彼の故郷には砂緑《シャリユイ》豆《ドウ》というのがあって、煮立つとじき柔らかくなる。二時間煮ても柔らかくならないここいらのとは違う、という。緑豆がすむと、今度は大豆の議論である。二人はまるで豆類の専門家みたいであった。

さまざまな豆の議論がすんで、蔣が落花生に話題を移そうとしたとき、大姐が碗を地べたに叩きつけて、乱暴な口調で言った。

「蒋とやら、あんたいったい、どういうつもりだい？」

蒋は微笑んで言った。「沙夫人、考えすぎだね。じゃ行こうか。沙旅団長もきっと待ちくたびれているはずだ」

「あの人はどこ？」と大姐の来弟は、皮肉っぽく言った。

「むろん、お二人の忘れ難い場所さ」

わが家の表門の前の歩哨の数は、教会の前より多かった。

東棟の入り口にも歩哨線があって、率いているのは唖巴の孫不言だった。壁際の丸太に腰を下ろして、手にした青竜刀をおもちゃにしている。桃の木の股に座って両足をだらりと垂らした鳥の巫女は、キュウリを一本摑んで、前歯で少しずつ齧っている。

さあ、どうぞ、と蒋は大姐に言った。「よく説得するんだ。あの男が投降することをわれわれは願っているんだから」

東棟に入った途端、上官来弟は悲鳴を上げた。

部屋に飛び込んだわたしたちは、沙月亮が梁からぶら下がっているのを目にした。緑のラシャの制服姿で、足にはピカピカの牛革の乗馬靴を穿いていた。わたしの記憶では、沙月亮はさして背の高い男ではなかったが、梁からぶら下がった躰は長かった。

九

オンドルから這い下りたわたしは、目も完全には開かないうちに、母親の胸に飛びついた。乱暴に着物の前をかき上げ、マントウのような乳房を両手で摑むと、口を開けて乳首を銜えた。口の中にピリピリする感覚が広がり、目から涙がほとばしった。乳首を吐き出すと、不平と疑惑の思いで顔を上げた。母親がわたしの頭をたたいて、すまなさそうに笑って言った。

「金童、もう七つだからね。一人前の男の子になったんだから、お乳を止めなくちゃ！」

そのことばが終わらないうちに、わたしは八姐上官玉女《シャングワンユィニュィ》の、鈴のような心地よい高い笑い声を聞いた。

目の前が真っ暗になって、わたしは地べたに仰向けに倒れた。乳首にトウガラシを塗られた二つの乳房が、赤い目をした鳩のように空高く飛び去るのが、絶望的にこの目に見えた。

乳を止めさせるために、母親はこれまで生姜汁、ニンニク汁、腐った魚の汁から鶏の糞にいたるまで乳首に塗ってみたが、今度はトウガラシ油を試みたというわけだ。そうした乳断ちの実験は、そのたびに、わたし金童が地べたに倒れて死んだ真似をすることで、失敗したのだった。

地べたに横たわったわたしは、母親が、これまでのように乳首を洗いに行くのを待っていた。昨夜の悪夢が、まざまざと目の前に現れる——乳房を切り取った母親が、それを地面に投げつけて、言う。さあ、好きなだけお吸い。吸えと言ったらお吸い！　黒猫が、乳房を銜えて逃げて行く。

わたしを引き起こした母親が、ぎゅっと押さえつけるようにして食卓に座らせた。顔の表情が厳しい。

「なんと言っても止めさせるからね！」と、母親はきっぱりと言った。「乾涸らびた薪みたいになるまで、お母さんを吸い尽くすようなマネはしたくないだろう？　え、金童？」

司馬家の息子、沙棗花《シャザオホワ》、八姐の玉女が、食卓を囲んでうどんを食べていた。みんなは軽蔑の眼でわたしを見た。竈の側の灰積みの中では、上官呂氏《リュイシー》が冷笑している。彼女の躰は乾涸らびて、剝き出しの皮膚が、便所紙のようにヒラヒラと剝げ落ちるのである。司馬家の息子がブルブル震えるうどんを一本、箸で高々と掲げて、わたしの目の前で見せびらかす。うどんがコメツキムシみたいにその口に入ると、わたしは吐き気がしてくる。

母親が湯気を立てているうどんの碗を食卓に置き、箸を渡して、「お食べ。六姐が打ったうどんだよ」と言った。

竈の側で上官呂氏に食事をさせていた六姐が、首をねじ向けて憎々しげにわたしを睨んで、「そんなに大きななりして、まだお乳を銜えるなんて、出来損ない！」と言った。

わたしは碗のうどんを、六姐の躰にぶちまけた。コメツキムシのようなうどんを躰から垂らして、六姐は跳び上がり、かっとなって、「お母さんが甘やかすからよ！」と言った。

母親がわたしの後頭部を平手で叩いた。

わたしは六姐に飛びかかると、両手でぴたりとその乳房を摑んだ。二つの乳房が、ネズミに羽を嚙まれた雛鳥みたいにチチチと鳴く声が聞こえた。六姐はさっと立ち上がったが、痛みのあまり腰を曲げた。力をこめて摑んだまま、手を放さないでいると、六姐は細い顔を青くして泣き叫んだ。

「お母さん、この子をなんとかして……」

母親は「けだもの！　このけだものめが！」と罵りながら、わたしの頭を叩きつづけた。

わたしはその場に昏倒した。

気がつくと、頭が割れるように痛んだ。司馬の息子は空中うどん食いの遊びを、つまらなさそうにつづけていた。沙棗花は碗の縁からうどんをくっつけた顔を上げ、怯えたようにわたしを見たが、同時に、わたしに対して尊敬の念でいっぱいなのも感じられた。乳房を傷つけられた六姐は、敷居に座って泣いている。上官呂氏がわたしに陰険な目を向けている。

上官魯氏《ルーシー》は怒りの表情も露わに、腰をかがめて地面のうどんを調べている。

「この間の子めが！　このうどんだって、容易なことでは手に入らないんだよ！」

うどんの塊、いや、絡まり合ったコメツキムシを摑むと、わたしの鼻をつまんで無理矢理口を開けさせ、そいつを中に押し込んで、

「さあ、お食べ。食べるんだ！　わたしを骨の髄までしゃぶったんだよ、この出来損ないは！」

ゲエッと吐き出すと、母親の手を振り切って、わたしは中庭へ逃げ出した。

そこでは上官来弟《ライディー》が、ここ四年の間脱いだことのないゆったりした黒のコートを着たまま、腰を曲げて、砥石で刀を研いでいる。わたしを見るとニッコリして見せたが、突然顔色を変え、歯ぎしりして言った。

「今度こそあの男を殺してやる。そのときが来たんだわ。この刀は、北風よりも鋭くて冷たいん

だから。北風よりもよ。人を殺したら命で償うってことを、あの男に思い知らせてやる」

わたしは相手になる気分ではなかった。みんなからは気が狂ったと思われているが、わたしは、彼女が狂った振りをしているのだと知っていた。ただ、なぜそうするのかは分からなかった。

あるとき、住まいにしている西棟の部屋で、高い石臼の上に座って黒いコートで隠された長い足を垂れた来弟が、かつて沙月亮《シャユエリアン》と天下を横行した頃に享受した栄耀栄華や、その目で見た珍奇なことどもをわたしに話してくれたことがあった——歌を歌う箱を持っていたこともあるし、遠くの物を目の前に引き寄せることのできる鏡も持っていた。

そのときは狂気の言わせることだと思っていたが、間もなくわたしは、歌を歌う箱にお目にかかることとなった。五姐の上官盼弟《パンディー》が抱えてもどってきたのである。

爆破大隊本部でいい暮らしをしているうちに、五姐は、孕んだ雌馬みたいにふっくらと肥えてきていたが、真鍮のラッパの花をつけたそのシロモノをオンドルの上にそっと置くと、鼻高々で、「さあさ、こっちへ来て。珍しいものを見せてあげるわ」と、わたしたちを呼んだ。赤い布をめくると、箱の秘密が姿を現した。取っ手を摑んでギギギと回す。回し終えると、秘密めかした笑いをみせて、「さあ、西洋人の笑い声よ」と言った。突然箱の中から聞こえてきた声に、わたしたちは肝を潰して跳び上がった。西洋人の笑い声とやらは、伝説の亡霊の泣き声みたいだった。

「あっちへ持って行って、早く！」と、母親が叫んだ。

「幽霊の箱なんぞ、持って行っておくれ！」

「お母さんたら、まったく頭が古いんだから。これは幽霊の箱じゃなくて、蓄音機」と盼弟は言った。

窓の外で来弟が冷たく言った。「針が減ってるわ。新しいのと換えなくちゃ！」

「沙夫人」と、五姐が皮肉っぽく言った。「分かった振りをなさいますね！」

「その玩具で、わたしは嫌というほど遊んだのよ」と、窓の外の大姐はバカにしたように言った。「その真鍮のラッパにはおしっこをしておいたから、ウソだと思うなら、上って嗅いでみることね」

五姐は鼻をラッパに近づけて、眉を顰めて嗅いでみたが、どんな臭いがするかは言わなかった。もの珍しくて、わたしも鼻を近づけてみたが、塩魚の生臭い臭いを嗅いだ途端に、五姐がわたしを脇に押しのけた。

「臭い狐！」五姐が憎々しげに言った。「銃殺になるところを、わたしが命乞いしてやったんじゃないか」

「あんな男、殺そうと思えばできたのに、よくも邪魔してくれたね！」と大姐は言った。「みんなご覧よ。あれでも花恥ずかしき乙女かねえ？　二つのおっぱいは、蔣《ヂアン》とやらにしゃぶられて、ぬか漬け大根になってるよ」

「漢奸の犬！　女漢奸！」五姐は無意識のうちに垂れた両の乳房を腕で庇って、罵った。

「漢奸の犬の臭い女房！」

「二人とも出てお行き！」と、母親が怒りの声を上げた。

「出て行って、死ぬがいい！　おまえらの顔は二度と見たくないからね」

世にも珍しいあのラッパにおしっこをしたのかと、わたしの心に、来弟に対する尊敬の念が生じた。遠くの物を目の前に引き寄せる鏡だって、きっとあるに違いない。

「それは望遠鏡といってね、指揮官がみんな首からぶら下げているものなの」

干し草を敷いたロバの飼い葉桶の中に心地良さそうに座りながら、来弟は優しく、

「バカね！」と言った。

「違うよ。わしはバカじゃない！」と、わたしは自分を弁護した。

「わたしから見ればおバカさんだよ」と、来弟は、さっと黒いコートの前をめくると、両足を高々と挙げ、ドスの利いた声で言った。「ここを見てご覧！」

陽の光がひと筋、大姐の太股からお腹、さらには二匹の子豚を思わせる乳房を照らし出した。

「中に入ってらっしゃい」と、大姐の顔がロバの飼い葉桶の縁から微笑みかけ、「中に入って、わたしのお乳を飲むの。お母さんがわたしの娘にお乳をくれたから、わたしはおまえにお乳をあげる」

わたしはおずおずと飼い葉桶に近づいた。大姐は鯉が跳ねるかのように躰を起こすと、わたしの肩を摑み、コートの裾をわたしの頭にかぶせた。目の前が真っ暗になった。好奇心と緊張の中で、秘密めいた興味に駆られて、わたしは闇の中で手探りした。蓄音機のラッパとおなじ臭いがした。ここよ、ここ、と大姐の声が遠くでする。おバカさん、と大姐は、片方の乳房をわたしの口に押し込んだ。吸うのよ、このクソ餓鬼。おまえは絶対にわたしたち上官の家の種じゃない。混血のチビさ。大姐の乳首の苦い垢が、わたしの口の中で溶ける。大姐の脇の下から、窒息しそ

うな腋臭《わきが》の臭いがする。息が詰まりそうになるが、大姐は両手でしっかりとわたしの頭を押さえつけ、大きくてこりっとした乳房を一気にわたしの口に押し込もうとでもするかのように、力を入れて躰を上に突き上げてくる。耐えられなくなったわたしは、乳首にがぶりと嚙みついた。大姐がさっと立ち上がったので、コートの中からこぼれ落ちたわたしは、その足下に縮かまって、ひと足かふた足、蹴飛ばされるのを待った。黒くて痩せた大姐の顔に、涙が流れた。上から下まで筒になっている黒いコートの中で、二つの乳房が激しく揺れ、交尾したばかりの二羽の雌鶏のように、美しい羽を広げていた。

ひどくやましい気持ちに駆られたわたしは、試しに指を伸ばして、大姐の手の甲を突っついてみた。その手を挙げた大姐は、わたしの首を撫でてそっと言った。

「いいかい、今日のことは、だれにも言うんじゃないよ」

わたしは忠実にうなずいて見せた。

「おまえだけに言うけど、うちの人が夢で言ったんだ。自分は死んじゃいない、魂は黄色い髪の毛をした色の白い男の躰に預けてあるってね」と大姐は言った。

上官来弟との秘められた付き合いのことをとりとめもなく考えながら、わたしは路地を歩いて行った。鉄道爆破大隊の兵隊が五人、狂ったように表通りへと走ったが、その顔はどれも狂喜の表情を浮かべていた。肥った男が走りながらわたしを摑んで、叫んだ。

「チビ、日本鬼子《リーベングエイズ》が降参したぞ！　早くもどってお袋に言ってやれ、日本が降参したとな！抗日戦争は勝ったぞォ！」

表通りでは歓呼して飛び跳ねる兵隊の群れがいたが、その中には、何の事やらよく分からない普通の人間も混じっているのを、わたしは見た。

日本鬼子は降参し、わたしは乳房を失った。上官来弟が乳房を使わせてやると言ってはくれても、乳は出ないし、乳首にはむかつく臭いのする垢が溜まっている。そんなことを考えて、すっかり落ち込んでしまった。

鳥の巫女を腕に載せた啞巴《ヤーバ》が、路地の北の端から大股でやって来た。沙月亮が死んでから、啞巴とその部下たちが母親に追い出されて、彼の家に住むことになると、鳥の巫女もくっついて行ったのである。とはいうものの、鳥の巫女の恥知らずな叫び声は、夜な夜な啞巴の家から飛び出して、曲がりくねってわたしの耳に入ってきた。

啞巴の腕に載った三姐は大きなお腹を突き出し、白いコートを着ていた。来弟の黒いコートとおなじ仕立屋が、寸法もスタイルもおなじように仕立てた物らしく、色が違うだけである。そこでわたしの思いは、鳥の巫女のコートから来弟のコートへ、来弟のコートから来弟の乳房へ、来弟の乳房から鳥の巫女の乳房へと経巡った。鳥の巫女の乳房は上官家の中でも一級品で、上品で形良く、ハリネズミの口のようにつんと微かに上を向いた乳首を持っていた。

鳥の巫女の乳房が一級品だとして、上官来弟のそれは一級品でないと言えるだろうか？　わたしの答えは曖昧である。なぜなら、物心ついて以来気がついたことだが、乳房の美は広い概念であって、どれが醜い、どれが美しいなどと、軽々に言えることではないからである。ハリネズミだってときとして美しいし、子豚だってときとして美しい。

啞巴は鳥の巫女をわたしの前に置くと、「ウア、ウア！」と言いながら、馬蹄のような拳を握りしめて、わたしの顔に向けて親しげに振って見せた。彼の「ウア、ウア」が「日本鬼子が降参したぞ！」と同義語であるのが、わたしには分かった。啞巴は野生の牛みたいに、通りへ飛び出して行った。

鳥の巫女は、小首をかしげてわたしを見た。肥え太った蜘蛛みたいな、すごいお腹をしている。「おまえはキジバトか、それとも雁か？」と、鳥の囀るような声でわたしに訊いたが、問いがわたしに向けられたものかどうかは、分からなかった。

「わたしの鳥がどこかへ飛んでった。わたしの鳥は？　飛んでった！」

鳥の巫女が、取り乱した怯えの表情を浮かべた。わたしが大通りのほうを指さしてやると、鳥の巫女は両腕を横にし、裸足の足で地面の土を蹴って、囀り声を上げながら、そっちへ駆け去った。あの大きなお腹が邪魔にならないものか、すごい速さだった。腹さえなければ、走っているうちに空に飛び上がるのではなかろうか？　妊娠が走る速さに影響するというのは勝手な憶測であって、事実として、疾走する狼の群れから脱落するのは孕み狼とは限らないし、飛ぶ鳥の中には必ず卵を孕んだ雌鳥がいる。鳥の巫女はたくましい駝鳥のように、大通りの人混みの中に駆け込んだ。

通りからわが家に走り込んできた五姐の上官盼弟も大きなお腹をして、乳房の汗が灰色の軍服を濡らしていた。両腕を振って走る鳥の巫女に較べて、お腹を抱えて走る五姐の走りっぷりは、明らかにぶきっちょだった。車を牽いて坂道を上った雌馬みたいに、五姐はハアハア喘いでいた。

上官家の姉妹たちの中では、この盼弟がいちばん豊満で、背丈も高かった。わが物顔で威張りくさった二つの乳房は、気体がいっぱい詰まっているみたいに、叩くとポンポン音がした。

一寸先も見えない暗い夜のことだった。顔を黒い布で包み、黒いコートを着た大姐の来弟は、暗渠から司馬家の屋敷に這いずり込んだ。鼻につんとくる汗の臭いを追って、明々と明かりのついた部屋に近づく。青石を敷いた庭の地面には、苔がびっしり生えていて、つるつるだ。心臓がドキドキして、喉元から飛び出しそうだ。短刀を握った手が痙攣し、口の中では泥鰌の味がする。

模様格子の戸の隙間からのぞいた大姐は、気も動転するような、それでいて心とろけるような光景を目にした。白い大蠟燭が涙を流し、揺れる灯りに影が揺らめいている。青煉瓦の地面には、上官盼弟と蔣政治委員の灰色の軍服が乱雑に投げ捨てられており、粗い木綿の靴下が、橙色の飼い葉桶の縁に引っかけてある。全裸の盼弟が、痩せて黒い蔣立人《ヂアンリーレン》のうえに覆い被さっている。戸を押し開けて飛び込んだ大姐は、妹の高く突き上げた尻と、背中の溝をギラギラ濡らしている汗を前にして、怯んだ。目指す相手の蔣立人は、すっかり陰になって見えない。短刀を振りかざした大姐が、「おまえたち、殺してやる！」と大声を上げると、盼弟はベッドの下に転がり落ちた。蔣立人は掛け布団を引き寄せると大姐に飛びかかり、地べたに押し倒した。大姐の顔の覆面をむしり取ると、「やっぱりおまえか！」と笑った。

五姐は入り口に立って、日本が降参したわよ！　と叫んだ。

引っ返して表通りに向かった五姐は、そこにいたわたしの手を引っ張った。五姐の手は汗みずくで、汗くささが鼻をついたが、その臭いにはタバコの臭いが混じっていた。それは、五姐の夫の魯立人《ルーリーレン》のものだった。沙月亮の旅団を撃滅する戦闘で戦死した魯大隊長を記念すべく、蔣立人は魯と改姓したのである。魯立人の臭いは、五姐の汗となって通りに撒き散らされた。

鉄道爆破大隊は通りで歓声を上げて飛び跳ねており、涙を流している者も大勢いた。人々はわざとぶつかり合い、叩き合った。だれかがぐらぐら揺れる鐘楼に上って、古い鐘を鳴らした。銅鑼を提げたり、雌山羊を牽いたり、蓮の葉の上でピチピチ跳ねている魚をささげ持った者など、人の数は増える一方だった。わけても、二つの乳房に鈴を結びつけた女が、わたしの注意を引いた。奇妙な踊りにつれて乳房が上下にゆれて、鈴がさえた音を響かせる。

人々の足が次々と埃を舞い上げ、人々の喉も嗄れてきた。人混みの中で、鳥の巫女はきょろきょろあたりを見回している。啞巴は拳を上げて、近づく人間に片っ端から一発お見舞いした。そのうち兵隊の一群が、魯立人を司馬家の屋敷から軸棒かなにかのように担ぎ出して来た。木の梢ほどの高さに放り上げては、落ちてくるとまた放り上げる……ヘイヤ！　ヘイヤ！　ヘイヤ！　お腹を抱えた五姐が、涙を流しながら「立人！　立人！」と叫んで、何度か兵隊の群れの中に割り込もうとしたが、そのたびに、胼胝《たこ》だらけのけつに跳ね返された……

バカ騒ぎに肝を潰した太陽は慌てて逃げ出し、素早く地面に腰を下ろすと、砂丘の木に依りかかってくつろいだ。全身を真っ赤にして、躰中の水泡から汗を流しながら熱気を発し、老いさらばえた老人のように喘ぎながら、通りの人の群れを眺めやった。

初めにだれかが土埃の中に倒れ、つづいてそこら中で人々が倒れた。舞い上がった土埃がゆっくりと降ってきて、人々の顔につもり、手につもり、汗のしみ通った衣服につもった。真っ赤な太陽の光の中で、通りには、死体と見まがう男たちが一面に横たわっていた。夕暮れ時の爽やかな風が沼地や葦の池のあたりから吹きつけてきて、鉄橋を通過する汽車の音がひときわくっきりと聞こえ、みんなはそれに耳を傾けた。ひょっとしたら、そうしていたのはわたしだけだったかも知れない。抗日戦争には勝ったが、上官金童は乳房から捨てられたのだ。わたしは死を考えた。井戸に飛び込もうか、河に身を投げようか。

人々の群れの中から、黄土色のコートを着た人間がそろそろと這い起きた。その女は地面に跪くと、目の前の盛り土の中から、彼女のコートや通りのほかの物とおなじ色の何かを掘り出した、一つ、また一つと。それらの物は、サンショウウオとおなじような声を出した。三姐の鳥の巫女が、抗日戦争勝利を祝う騒ぎの中で、男の子を二人産んだのだった。

そのことが、わたしにつかの間、悩みを忘れさせてくれた。二人の甥っ子の様子をのぞいてみようと、わたしはそっと近づいた。男の足を何本も踏み越え、頭をいくつも跨ぎ越して、とうとう二人のチビを見た。黄土色の躰と顔は皺だらけで、頭はどっちも青く光って、瓢簞みたいにつるつるだった。口を歪めて泣く様子は恐ろしげで、この二つのシロモノの躰からは、もうじき鯉のように分厚い鱗が生えてくるに相違ないという、奇妙な感じにとらえられた。

そろそろと後ずさりするうち、うっかり男の手を踏んづけた。男はウーンと呻き声を上げたが、殴ったり罵ったりはせず、そろそろと上体を起こし、ついでそろそろと立ち上がった。顔の土埃を払い落とすと、それがだれだか分かった。五姐の夫の魯立人である。なにやら探していると思ったら、五姐だった。壁際の乱雑な積み草の上でやっとの思いで起き上がった五姐は、魯立人のふところに飛び込むと、夫の頭を抱えて揉みしだいた。勝った、勝った、とうとう勝った。二人は小声で呟き合い、互いを撫で合った。わたしたちの子供は勝利《ションリー》という名にしましょうね、と五姐が言った。

その頃、くたびれた太陽の親父は寝床にもぐり込んで寝る支度にかかり、月が貧血の美しい未亡人みたいに、清らかな光を吐き出していた。魯立人は五姐を支えて立ち去りかけたが、その日の前に、二姐の夫の司馬庫《スーマアクー》が、抗日別動大隊を率いて村に進軍してきた。

司馬庫の部隊は三中隊から成っていた。第一中隊は、イリ産の馬と蒙古馬を交配した雑種馬六十六頭からなる騎馬隊で、隊員は一律に優美な曲線をもつアメリカ製の連発式カービン銃を装備していた。第二中隊は六十六台のラクダ印の自転車からなる自転車隊で、隊員は一律にドイツ製の二十連発大型モーゼル拳銃を肩から斜めに掛けていた。第三中隊は速度の速いラバ六十六頭からなるラバ隊で、兵の装備はすべて日本の三八式歩兵銃だった。

このほかに特別小隊にラクダが十三頭いて、自転車の修理工具や部品、銃の修理工具や部品、弾薬などを載せていた。ほかに、司馬庫に上官招弟《ヂャオディー》、二人の間にできた女の子の司馬鳳《スーマアフォン》に司馬《スーマア》凰《ホワン》、それにアメリカ人のバビットなどもそれに乗っていた。いちばん後の一頭には、黒い猿のような司馬亭《スーマアティン》が乗っていたが、軍服ズボンに薄いピンクの絹シャツ姿の彼は、不平の塊のように顔をしかめていた。

柔和な青い目をしたバビットは、柔らかな金髪で、唇は真っ赤だった。赤い革ジャンに大小いくつもポケットのついたズックのズボン姿で、足下は軽快な鹿皮の靴だった。こうした目立つ服装のバビットは、雄のラクダに乗って、司馬庫と司馬亭の後からゆらゆらと村に入ってきた。

司馬庫の騎兵中隊は、あたかもきらめく旋風のように村を襲った。第一列の六頭の馬はどれも真っ黒で、馬上の騎兵もりりしい若者だった。オレンジ色のウール地の制服姿の彼らは、胸や袖口のボタンも、足に穿いたブーツも、胸に抱えたカービン銃も頭の鉄兜もピカピカに磨きたて、黒馬の尻までピカピカだった。そこら中にごろごろしている人間の群れに近づくと、騎馬隊はやや速度を落とした。第一列の馬が頭を上げてギャロップに移ると、六人の騎兵が銃口を上に向け、暮れなずむ空に向かって一斉射撃を見せた。薬莢がキラキラと四方に飛び、耳を聾する音に木の葉がパラパラと散った。

銃声に驚いた魯立人と上官盼弟は、慌てて離れた。魯立人が、

「おまえたちはどの部隊かァ？」

と怒鳴ると、騎兵の一人が、

「そこのバカ野郎の爺さまの部隊だとよ」

と返事をしたが、そのことばの終わらぬうちに、連発の銃弾が魯立人の頭すれすれに飛んでいった。魯立人はうろたえてその場に腹這いになったが、じきに跳ね起きて叫んだ。

「わたしは鉄道爆破大隊の隊長兼政治委員だ。おまえたちの最高指揮官にお会いしたい！」

その声は、空中へ向けた一斉射撃にかき消された。地面からバラバラと這い起きた鉄道爆破大隊の隊員たちは、右往左往して互いにぶつかり合った。

縦隊で進んできた騎馬隊は、通りの混乱で隊形を乱した。丈は低いが足の動きの敏捷な交配馬

は、まるでわが物顔に跳ね回る雄猫みたいに、地面から這い起きるのが間に合わなかったり、起きた途端にまた突き倒されたりした人間をかわして走った。一隊が走り去ると、次の馬群が押し寄せて来るので、通りの人間たちは、そこに根を生やして逃れるすべなく、なすがままになびく植物みたいに、馬の間でぐるぐる回ってぶつかり合い、叫び声を上げた。

　騎馬隊が走り去っても、通りの人々はまだなにが起こったのか、わけが分からないでいた。そこへ今度は、ラバ中隊が迫って来た。足並みをそろえ、おなじようなきらびやかさで、ライフル銃を胸に構えた兵隊たちは、ラバ並みに昂然としている。逆の方角からは、隊形を整え直した騎馬隊がひたひたと寄せて来た。挟み打ちにされた人々は、バタバタと真ん中に集まった。通りの両側の路地に逃げ込もうとした者もいたが、荒木綿の私服でラクダ印の自転車に乗って、モーゼル拳銃を腰にした第二中隊に遮られた。はしこい連中といえども、つま先に銃弾を撃ち込まれ、パッパッと土埃が上がると、肝を潰して通りへ舞いもどった。

　やがて鉄道爆破大隊は、全隊員が福生堂《フーションタン》の表門前の通りに集められた。彼らがなぜ福生堂に駆けもどって、大きな屋敷や砲塔、掩蔽壕《えんぺいごう》などにこもって抵抗しなかったかと言えば、隊にもぐり込んでいた司馬庫の密偵が通りの混乱に乗じて表門を閉めてしまい、おまけに、門前に地雷をずらりと並べてぶら下げたからである。

　命令を受けたラバ隊の兵隊たちは、一斉に下に降りるとラバを片側に引き寄せ、真ん中に道を空けた。大物が現れるぞという予告である。爆破大隊の兵隊たちはその道に目を向け、その間に挟まれた運の悪い民間人もそっちを見たが、現れる人物はきっと上官家と関係があるに違いないという気がなんとなくしていた。

太陽はおおかた砂丘の下に沈み、わずかに残ったバラ色の光が、林の梢にもの悲しい気配を醸し出していた。金色のカラスが、よそ者たちの藁葺き屋根の上を慌ただしく飛んでいる。きらめきの残る空中では、蝙蝠が数匹、ほしいままな飛行技術を披露している。もうじき大人物が現れることを示すつかの間の静寂だった。

勝利！　勝利！　騎馬隊とラバ隊の兵隊の口から、勇壮なかけ声が上がった。ついに大人物が現れた。その男は、赤い絹織物を着せたラクダに乗って、西からやって来た。

上質なウール地の浅緑の軍服に身を包んだ司馬庫は、わたしたちが冗談に〈ロバのおまんこ〉と呼んでいる舟形の帽子を横っちょに被っていた。胸の前には、馬蹄ほどもありそうな勲章を二つもつけ、腰には銀色の弾帯を巻き、右の脇腹にはリボルバーを吊っている。長い首を挙げたラクダが淫蕩な唇をめくり上げ、鋭い耳を立てながら毛深い目を細め、蹄鉄をぶら下げた分厚くて大きな二つに分かれた蹄を上下に動かし、細長い尾をくねらせ、削げた尻を引き締めながら、ラバ隊に挟まれた道を大股に進んできた。

ラクダが起伏する船なら、司馬庫は誇り高き船頭だった。上質の牛革ブーツに突っ込んだ足をツルハシのように突っ張り、胸を突き出して、躰を反らし気味にしている。白い手袋をした片手を挙げて、〈ロバのおまんこ〉のひだにそろえた。赤銅色の顔は引き締まり、顎の赤い痣は霜に打たれた楓の葉だった。紫檀を彫って、その上に防腐のための桐油を何度も塗り重ねたような顔である。騎馬隊とラバ隊の兵隊が、銃身を叩いて一斉に歓声を上げた。

後につづくのは、司馬庫夫人の上官招弟のラクダである。何年ぶりかだったが、二姐の顔にはなんの変わりもなく、昔のように上品で優しかった。キラキラする白い絹の風よけを羽織り、その下は絹地の黄色い脇合わせの上着に赤い絹のズボン姿で、足にはしゃれた黄色の革靴を穿いている。両腕には碧玉の腕輪をつけ、親指を除く手の指には金の指輪がはまっている。両耳からは緑の葡萄が下がっていたが、のちにわたしはそれが翡翠だと知った。

やんごとなきわが二人の姪のことを忘れてはなるまい。彼女らのラクダは招弟のすぐ後で、瘤の間の二本の太い綱が、白糸で編んだ座椅子風の荷籠を繋いでいた。頭に花をいっぱい飾った左のかごの女の子が司馬鳳で、おなじ格好をした右の籠の女の子が司馬凰だった。

それに続いてわたしの目の前に現れたのが、アメリカ人のバビットだった。燕の年齢が見当つかないように、わたしにはバビットの歳が分からなかったが、活発に動く緑色の目の光からして、雌鶏の背中に跳び乗って受精卵を作るすべを覚えたばかりの若い雄鶏みたいに、ひどく若々しく感じられた。その頭の毛の見事さときたら！　ラクダに乗った彼の躰は、ラクダが揺れるにつれて揺れたが、どんなに揺れても、躰全体の姿勢は、浮きに縛りつけて河に放り込んだ木の人形みたいに、一定に保たれていた。その腕前にはほとほと感じ入ったが、どうしてもそのわけが分からなかった。後になって、バビットがアメリカ空軍のパイロットだと知ってから、ラクダに乗ったバビットが飛行機の操縦室にいるようなつもりだったことが初めて分かった。彼としては、ラクダに乗ってではなく、ラクダの爆撃機を操縦して、暮色濃い高密県東北郷の中心鎮の通りに降下したというわけだ。

しんがりは司馬亭だった。栄えある司馬一族の一員であるにもかかわらず、しょんぼりとして意気上がらず、乗っているラクダもみすぼらしく、足が一本悪かった。

勇気を奮い起こした魯立人は司馬庫のラクダの前まで進み出ると、傲慢な態度で埃まみれの敬礼をして、大声で言った。

「司馬別動隊長、国を挙げて喜びに浸っているこの良き日に、貴軍を客としてわが根拠地に歓迎する」

司馬庫は、ラクダから転がり落ちんばかりにゲラゲラ笑った。

「アッハハハ……」と、ラクダのこぶの毛を叩きながら、両側のラバ隊の兵隊や身の回りの人間に向かって言った。

「なにをぬかすか、みんな聞いたか？　なんという言い草だ？　根拠地だと？　客としてだと？　このうすのろ野郎。ここはおれさまの家、先祖からのおれさまの土地だぞ。おれのお袋がおれを産んでくれたときにゃ、この通りに血を流したんだ！　おまえらコメッツキムシけらどもは、この高密県東北郷の血をたらふく吸いくさって。いい加減にしっぽを巻いて失せやがれ！　おれさまの家を明け渡して、てめえらの山の穴に失せやがれ！」

ドスのきいた迫力ある激しい演説だった。一言ごとに、力をこめて掌でラクダのこぶを叩く。そのたびにラクダの首が激しく震え、兵隊たちが雄叫びをあげ、魯立人の顔が青さを増した。やがて刺激に耐えきれなくなったラクダが、躰を縮めて歯を剝き出すと、その巨大な鼻の穴から腐ったドロドロした物が噴き出して、魯立人の青い顔にかかった。

「抗議するぞ！」と、顔の汚物を拭った魯立人が、うろたえながらも大声で叫んだ。

「わたしは強く抗議する！　最高司令部におまえを訴えてやる！」

「ここだよ」と司馬庫は言った。

「おれさまが最高司令部だ。それでは通告する。半時間以内にこの大欄鎮《ダアランチエン》から撤退しろ。半時間経ったら、容赦はせんぞ！」

「いつか必ず、おまえはてめえで作った苦い酒を飲むはめになるぞ」と、魯立人が冷たく言った。

それには取り合わず、司馬庫は大声で部下に命令した。

「友軍をお送りしろ！」

騎馬隊とラバ隊が、横並びの密集隊形で東西両側から押し寄せ、追いつめられた鉄道爆破大隊の隊員たちは、わが家の路地へ追い込まれた。路地の両側では、数メートル間隔でモーゼル拳銃を手にした私服が立ち、なかには屋根に登って下を見下ろしている者もいた。

半時間後、鉄道爆破大隊のほとんどの隊員は、ずぶぬれで蛟竜河の対岸に這い上がった。もの寂しい月光が、彼らの顔を照らし出した。隊員の一部は、河を渡る際の混乱に乗じて、堤防の灌木の茂みにもぐり込んだ。なかには、流れに任せて河を下り、人気のない処でこっそり岸に這い上って衣類の水を搾り、闇に紛れて故郷に逃げもどった者もいた。

濡れネズミのようになって堤防に立った数百人の隊員たちは、互いに顔を見合わせたが、涙を流す者、ひそかに喜んでいる者など、さまざまだった。完膚無きまでに武装解除された自分の部隊を前にして、自殺を思った魯立人は、猛然と振り向くと河に向かって突っ走ったが、部下がそれをしっかり押さえた。堤防に立って黙ってしばらく考えに沈んでいたが、突然顔を上げると、人混みで混雑している対岸の大欄鎮に向かって怒鳴った。

「司馬庫の野郎、待ってやがれ！　そのうち必ずもどって来てやるからな！　高密県東北郷はわたしらの物だ。おまえらの物じゃない！　しばらく預けておくが、そのうち最後にはこっちの物にしてやる！」

では魯立人には、彼の部隊を率いて傷口を舐めてもらうことにしよう。われに返ってみると、わたしには片づけねばならない問題があった。河に飛び込むか、井戸に飛び込むかの問題で、わたしは最後に河を選んだ。その理由は、河の流れに乗れば海に行けると聞いていたからである。鳥の巫女が神通力を現したあの年には、帆柱を二本立てた大型帆船が何十艘も航行したことがあった。

鉄道爆破大隊の兵隊たちが、冷たい月光に照らされた蛟竜河を争って対岸に渡る光景を、わたしはこの目で見た。ヒューン、ヒューンという音の中を、転んでは起き、転んでは起きの騒ぎで、河一面に白波が立った。司馬の部隊は惜しみなく弾薬を使い、カービン銃とモーゼル拳銃から撃ち込まれる弾丸で、河は沸騰した鍋のようになった。相手を殲滅する気があったら、一人残らず殺せたろう。ところが、司馬庫たちは脅し戦術を取って、鉄道爆破大隊を一人も殺さなかった。数年後、鉄道爆破大隊が独立部隊に改編されて再進撃してきたとき、銃殺された司馬庫部隊の兵隊や士官たちは、このことでだれもが不満を抱いた。

わたしはそろそろと、河の深みに向かって歩いた。静けさを取りもどした水面に、無数の光の点が躍る。水草が足にまつわり、小魚が暖かな口で膝頭を突っつく。探りながらさらに数歩進むと、水は臍を没した。

胃腸がキリキリと痛み、耐え難い飢餓感が襲ってきた。そのとき、この上なく美しい愛すべき母親の乳房が、突然わたしの脳裏に浮かんだ。けれども、母親はあの乳首にトウガラシ油を塗り、何度もわたしに言い聞かせた、七つになったんだから、お乳を止めなくちゃ、と。どうして七つまで生きてしまったんだろう？　七つになる前に、どうして死んでしまわなかったのだろう？

涙が口に流れ込むのをわたしは感じた。だったら、死んでやる。あんな汚い食い物で、この口や胃腸を汚されてたまるものか。腹を据えてさらに数歩進むと、水はにわかに肩を没した。河底の流れの衝撃を感じて、それに対抗しようと、努めて足を踏ん張る。目の前で渦がくるくると回り、わたしを前に引き寄せる。わたしは恐怖を感じた。足下の泥が河底の激流に絶えず掘られているのが分かる。躰がどうするすべもなく落ち込み、前に動き、恐ろしい渦の中心へと動いていく。わたしは後退りしようと努めながら、大声を上げた。

そのときわたしは、上官魯氏の悲しげな叫びを耳にした。

「金童ゃァ――金童ゃァ――どこだねェ……」

母親の叫び声は、六姐の念弟や大姐の来弟の声をともなっていたが、そのほかに、聞き覚えがあるくせに馴染みがたい細い声が混じっていて、それが、手に金の指輪をいっぱいはめた二姐の招弟だと見当をつけた。

ワッと叫んで躰を前に投げ出すと、わたしはたちまち渦に呑み込まれた。

気がついたとき、真っ先に目に入ったのは母親の素晴らしい乳房で、乳首が、慈愛に満ちた目のように優しくわたしを見つめていた。もう片方の乳首はわたしの口の中にあって、向こうからわたしの舌をくすぐり、歯茎をこすりして、甘美な乳液を小さな流れのようにわたしの口に注いでいた。母親の乳房から濃い芳香がするのに、わたしは気づいた。後で知ったことだが、母親は、二姐の招弟から贈られたバラの石鹸で乳首のトウガラシ油を洗ったうえに、乳房の間にフランス製の香水をつけたのであった。

部屋の中には明々と明かりがともり、高い銀の燭台には真っ赤な蠟燭が十数本、立ててある。母親の周りにはたくさんの人間が立っており、二姐の夫の司馬庫が大事な玩具、押すたびに炎を出すライターを母親に見せているところだった。司馬の息子は離れた場所から自分の父親を見ていたが、親身な感情などどこにもない、冷淡な表情だった。

「あの子をおまえたちに返さなくちゃ。可哀相に、まだ名前もないんだよ」と、母親がため息混じりに言った。

「倉庫とくれば食糧だから、司馬糧《スーマアリアン》とでもするか」

と、司馬庫が言った。

「聞いたかい？　おまえの名は司馬糧だよ」と母親が言った。

司馬糧は、冷淡な目をちらと司馬庫に向けた。

「この餓鬼、おれの小さい頃にそっくりだ。お義母《かあ》さん、司馬家のためにこの後継ぎを育ててくれて、礼を言いますぞ。これからは、うんと楽をしてもらいます。高密県東北郷はおれたちの天下だから」と、司馬庫は言った。

母親は曖昧に首を横に振ると、二姐に向かって言った。

「ほんとうに親孝行する気があるのなら、穀物を溜めておいてくれないかね。ひもじい思いはたくさんだよ」

翌日の夜、抗日戦争の勝利を祝うとともに、自分がふたたび故郷にもどったことを祝って、盛大なお祝いをやった。馬車一台分の爆竹を一本に繋ぎ、八本のえんじゅの大木に巻きつけたうえで、鉄鍋を二十個あまり砕いたのと、鉄道爆破大隊が地下に埋めておいたのを掘り出した火薬とで、とてつもない仕掛け花火を作った。爆竹はたっぷり夜中までつづき、えんじゅの木の葉や枝をきれいさっぱり吹き飛ばしてしまった。仕掛け花火から噴き上がった燦然たる鉄の火花は、空の半ばを緑に染めた。

屠殺した豚が数十匹に牛が十数頭。掘り出した古酒の甕《かめ》が十数個。肉はよく煮たのを大皿に盛って、通りの真ん中のテーブルの上に置いた。だれでも削いで食べられるよう、銃剣が何本か突き刺してあり、豚の耳を切ってかたわらの犬に投げ与えようが、四の五の言う者はいなかった。肉のテーブルの側には酒甕を並べ、縁に鉄のしゃもじが掛けてあって飲み放題、酒の風呂に入ろうが、文句を言うやつはいなかった。

この日は、村の食いしん坊にとっては極楽だった。章《ヂヤン》家の長男の章銭児《ヂヤンチエル》は、食い過ぎと飲み過ぎで、躰が突っ張って通りで死んだ。みんなが死体を動かそうとすると、酒と肉が口と鼻から噴き出した。

第三章　内戦

一九四五年八月、抗日戦争は勝利した。しかし、息つく間もなく、国民党と共産党との間で、内戦が始まった。日本に替わって、国民党軍の背後でちらつくのはアメリカの影……

一

鉄道爆破大隊が村から追い出されて十日あまり経った、ある夜のことである。五姐の上官盼《シャングワンパン》弟《ディー》が、古い軍服にくるんだ赤ん坊を母親のふところに押しつけた。「お母さん、これ」と五姐は言った。

盼弟は全身ずぶ濡れだった。薄い衣服が肌に貼りつき、巨大な乳房が重く垂れ下がって、わたしの目を誘った。髪の毛からは、強い酒の麴の匂いがした。棗のような乳首がシャツの下でうごめいている。飛びついてその乳首を咬み、乳房を触りたいとどれほど思ったことだろう。だが、そんな勇気はなかった。大姐と違って、盼弟は気性が荒くて、なにかと言えばじきびんたをくらわすからである。だが、たとえびんたをくらおうとも、触ってやる！　梨の木の陰に隠れて唇を咬んで、わたしは心に決めた。

「お待ち！」と、母親が大声で呼んだ。「もどって来なさい！」

盼弟は驚いたような目で母親を見つめて、言った。

「お母さん。おなじ娘なんだから、姉さんたちの子とおなじように育ててやって！」

「それがつとめだとでも言うつもりかい？」と、母親が怒って大声で罵った。「どいつもこいつも、産んではわたしに押しつけて。犬のほうがマシじゃないか！」

「お母さん」と上官盼弟は言った。「つきがこっちにある間は、いい目をさせてあげたでしょ。

こうしてつきに見放されると、わたしたちの子供までが毛嫌いされるってわけ？　お母さん、それじゃ不公平よ！」

闇の中から、大姐上官来弟《シャングワンライディー》のぞっとするような笑い声がした。大姐が冷たく言った。「盼弟。蔣《ヂアン》とやらに言っておくんだね、いつかきっと殺してやるって！」

「姉さん」と盼弟が言った。

「喜ぶのはまだ早いわ！　あんたの漢奸の亭主、あの沙月亮《シャユエリアン》は、死んだからといって、それで罪が消えたわけじゃありませんからね。のさばらないでおとなしくしていることだわ。さもないと、だれも助けてはくれないよ！」

「喧嘩はたくさんだよ！」と母親が大声を出した。

遅く出た赤い月が屋根に這い上って、庭の女たちを照らした。みんなの顔が血でも塗ったように見えた。母親は悲しげに首を振り、すすり泣きしながら言った。

「なんの罰が当たったか、育てたおまえたちに、借金取りみたいに責め立てられて……みんな、どこぞへ行っておしまい！　遠い遠いところへ！」

来弟は、青い幽鬼のように西棟に滑り込んだ。部屋の中で、沙月亮が目の前にいるかのように、何事かかき口説いている。沼地での夢遊からもどった上官領弟《シャングワンリンディー》が、生きたトノサマガエルを何匹かまとめて提げ、グアグアと鳴かせながら、南側の塀をふわりと乗り越えて入ってきた。

「よくよく見るがいい！」と、母親が呟いた。

「気が狂うやら、腑抜けになるやら。こんな暮らし、もううんざりだよ！」

腰をかがめた母親は、五姐の子供を地べたに置くと、身を翻して家の中に入った。子供はオギャア、オギャアと泣いたが、振り向きもしない。入り口の脇に立っていた司馬糧《スーマアリアン》のけつを一発蹴飛ばし、沙棗花《シャザオホワ》の頭を掌で叩いて、

「この借金取りめら！　まだ生きているのかい？　みんな死んでおしまい」

と、悪態をついてから居室に入ると、手荒く戸を閉めた。部屋の中の物を殴りつける音がしていたが、やがて穀物の入った麻袋を倒しでもしたかのような、ドスンという音がした。腹立ちのあまりかっとなった母親が、八つ当たりした後でオンドルに大の字に倒れたのだろうと、わたしは見当をつけた。実際に見たわけでもないのに、その姿がわたしの目の前に浮かんだ。腫れぼったいくせに関節が飛び出したひび割れた手を伸ばし、左手はたぶん啞巴の種に相違ない領弟の二人の男の子に触れ、右手は上官招弟《シャングワンヂャオディー》のやんちゃ盛りの可愛い女の子に触っているのだろう。月光に照らされた青白い唇。二つの乳房はがっくりと肋骨の上に頽《くずお》れている。こうして〝大〟の字の形に横たわった上官魯氏《シャングワンルーシー》が占領した司馬家の娘近くの場所は、もともとはわたしの場所だったのに。

踏まれて一段と低くなった中庭の通路では、盼弟がぼろぼろの灰色の軍服でくるんだ女の赤ん坊がひときわ高い泣き声を上げたが、だれも構おうとはしなかった。生みの親の五姐はその子をよけて通り、上官魯氏の窓に向かって、横柄な口調で言った。

「この子を育ててね。わたしと魯立人《ルーリーレン》は、いつか舞いもどって来ますからね」

母親がオンドルの筵《むしろ》を叩いて怒鳴った。「育てろだと？　おまえの私生児なんぞ、河に捨てて

スッポンに食わせるか、井戸に捨てて蝦蟇《がま》に食わせるか、糞溜めに捨てて蝿に食わせるかしてやるよ！」

「どうとも好きなようにして」と五姐は言った。

「どのみちこの子を産んだのはわたしだけど、わたしを産んだのはそっちでしょ。元をただせば、そっちに行き着くじゃないの！」

そう言い終わると、五姐は全身を震わせながら、腰を折って通路の子供を覗き込み、ついでよろよろと表門のほうへ駆け去った。吹き抜けに通じる西棟の入り口にさしかかって、五姐はかなり激しく転んだ。唸りながら這い起きると、傷ついた乳房を手で押さえながら、西棟に向かって悪態をついた。

「恥知らず！　覚えているがいいわ！」

部屋の中では、来弟がせせら笑った。わたしが暗闇の中で手を伸ばし、その乳房に触ると、五姐はわたしの顔に唾を吐きかけておいて、意気揚々と行ってしまった。

次の日の朝、箕《み》の中に寝かした上官盼弟の娘にお乳を飲ませるべく、母親が、白い雌山羊を馴らしているのをわたしは見た。

一九四六年のあの春の毎朝、上官魯氏の家の情景は、それは賑やかだった。

太陽が顔を出す前に、薄くて透明な朝霧が庭を這う。村はまだ眠っている。燕は巣の中で寝言をつづけ、コオロギは竈《かまど》のうしろの熱い土の中で琴を奏で、牛は飼い葉桶のかたわらで反芻を繰り返し、司馬庫は二姐の腕の中で鼾をかいている……

そんな時間に、オンドルの上に起き上がった母親は、呻き声を漏らしながら痛む手の指を揉みほぐすと、手探りで上っ張りを肩から羽織り、こわばった腕を曲げて、難儀しながら脇の下のボタンをはめる。ついで欠伸《あくび》を一つすると顔を手で擦って目を開け、オンドルから居去《いざ》り下りる。足で鞋《くつ》を探し、探し当てるとオンドルから下り、よろよろしながらもう一つ欠伸をし、腰を曲げると、鞋のかかとを持ち上げるようにして腰掛けに座り、オンドルの上の子供らの寝相をひとわたり眺めやる。そうしておいてから外に出ると、中庭で水瓮から、ひさごの柄杓で盥《たらい》に水を汲む。ザアッ、一杯。ザアッ、二杯。いつも四杯だが、たまに五杯のときもある。それから盥をささげ持って、羊に水をやる。

雌山羊は五匹で、三匹は黒くて、二匹が白い。細長い顔に鎌のような形の角。顎に垂れた長い鬚。頭を寄せ合い、五つの口で、チューチューと盥の水を飲む。箒を振るって母親は羊の糞を一所に集め、そいつを糞溜めに掃き込むと、路地から新土を運んできて囲いの中に敷き、櫛で毛を梳いてやる。水瓮からもう一度水を汲んでくると、今度は一匹ずつ乳房を洗い、白いタオルできれいに拭いてやると、山羊たちが気持ちよさそうに鼻を鳴らす。

その頃になると太陽が顔を出し、赤や紫の光が薄い朝霧を追い払ってしまう。部屋の中にもどった母親は、鍋を洗い、水を入れてから、大声で言う。

「念弟《ニエンディー》、念弟、もう起きるんだよ」

鍋に粟と緑豆を入れる。ザラッ、ザラッ。最後に大豆を一摑み、ザラッ。蓋をすると、腰を折り、ガサガサと竈に焚き物を詰める。シュッとマッチを擦ると、硫黄の臭いがして、上官呂《シャングワンリュイ》氏《シー》が積み藁の中で白い目を剝く。

「老いぼれて、まだ死なないのかねえ？　生きていたところで、仕方があるまいに！」

と、ため息まじりに言う。パチパチと豆殻が燃え、いい匂いが鼻をくすぐる。パチンと、残っていた豆が火の中で爆《は》ぜる。

「念弟、起きたかい？」

寝ぼけ眼で東棟から出てきた司馬糧《スーマアリアン》が、庭で便所を探す。煙突から青い煙が立ちのぼる。庭で念弟が桶の音をさせる。河へ水汲みに行くのだ。メエー、と山羊が鳴く。オギャア、と魯勝《ルーション》利《リー》が泣く。司馬凰《スーマアフオン》と司馬凰《スーマアホワン》がぐずりだす。鳥の巫女の二人の子が、ウア、ウア、ウア。鳥の巫女は、ものぐさそうに外へ出ていく。大姐の来弟《ライディー》が、窓の前で髪を梳かす。路地の馬の嘶きは、騎兵中隊が水を飲ませに、馬を河に連れて行くのだ。ラバ中隊は水を飲ませ終わって、もどって行く。チリンチリンというベルの音は、自転車中隊の訓練だ。

「火を燃やすんだよ」と、母親が司馬糧に命じる。

「金童《ヂントン》や、さあ起きて。河で顔を洗っておいで」

母親は寝椅子に似た柳籠を五つ、庭に運んで来ると、五人の子供をその籠に入れて仰向けに寝かせ、

「山羊を放しておいで」

と沙棗花《シャザオホワ》に命じる。ぼさぼさ頭で眠そうな目をした沙棗花が、細い足を動かして、山羊の囲いへと入って行く。親しげに角を振った雌山羊が、舌を伸ばして、沙棗花の膝っ小僧の垢を舐める。

舐められてむず痒くなった沙棗花が、小さな拳で羊の頭をどやしつけて、可愛らしい声で「短いしっぽのおバカさん」と悪態をつく。山羊の首輪に結びつけてある手綱のわっかをはずしてやると、ぽんと耳を叩いて、「さあ、おまえは魯勝利の処だよ」と言う。雌山羊はうれしげにしっぽを振り立てながら、しゃきしゃきした足取りで魯勝利の籠の側に寄っていく。手足を上に向けた魯勝利が、早く乳を欲しがって泣く。股を広げた雌山羊は後退りして、ぶらぶらしている乳房をその顔の上に持っていく。山羊の乳房と子供の口が互いに求め合う動作は、ぴったり意気が合っており、魯勝利は長くて大きな山羊の乳首を、貪欲な食欲をしたライギョのようにがぶりと呑み込む。

大啞《ダアヤー》と二啞《アルヤー》の羊も、司馬鳳と司馬凰の羊も、次々とそれぞれのご主人の側にやって来て、おなじような仕草で子供の口に近づき、おなじような熟練ぶりを発揮する。金色の陽光がこの傑作な哺乳場面を照らし出し、腰を曲げ、目を細めた雌山羊が、顎の鬚をかすかに震わせる。

「鍋が煮えたよ、お祖母ちゃん」と、司馬糧が言う。

「もう少し煮なさい」母親は庭で顔を洗っている。

火がすぐさま鍋の底を舐める。それは、鉄道爆破大隊の第一小隊第五班の炊事兵老張《ラオチヤン》の手で改造された竈である。司馬糧はズボンを穿いただけで、上半身は裸である。ひどく痩せて、暗い目をしている。

念弟が水を汲んでもどって来る。桶が天秤の先で揺れる。あらためてお下げに結い始めて、もう腰のあたりまで伸びた髪の先を、流行《はやり》の紐で縛っている。羊たちがそろって子供らの乳首を換える。

「食事にしようかね」

と母親が言う。沙棗花がテーブルをしつらえ、司馬糧が箸と碗を並べる。母親が粥をよそう。一碗、二碗、三碗、四碗、五碗、六碗。沙棗花と玉女《ユイニュイ》が小さな板の腰掛けを置く。念弟が上官呂氏に粥を食べさせる。ズズー、ズズー。来弟と領弟が自分の碗を手にして入ってくるなり、てんでに粥をよそう。そっちに目を向けようともせず、母親が、「食うときだけは、どれもこれも正気なんだから」とぶつくさ言う。二人は碗を抱えて、庭で啜る。

「第八師団の十七連隊が攻めもどってくるとかいう噂だけど」と、念弟が言った。

「粥をお上がり」

と、母親がそれを遮った。わたしが胸の前に跪いて乳を吸っているので、母親は不自由な格好で、顔を背けるようにして粥を啜っている。

「お母さん、甘やかしすぎよ。お嫁さんをもらうまでお乳を飲ませるつもり？」と念弟が言った。

「そういう人間もいるんだよ」と母親は言った。

「西路地の宝才《バオツァイ》のお父っつぁんはね、嫁さんをもらうまでお乳を飲んでいたんだ」

わたしは乳房を換える。

「金童や、お母さんはおまえがもう飽きたというまで飲ませてやることに決めたからね」

つらい目に遭っても、母親の乳はまだたっぷりしていた。

「どうにもならなくなったら、この子にも雌山羊をもらってきてやるといい」

と念弟が言った。念弟のバカ野郎！

「食事が済んだら羊を放してやって、昼のおかずに、野ビルとカタバミを摘んでおいで」

と母親が命じたところで、朝の終わりだった。

魯勝利が草原を居去りながら進むと、その尻に、絨毯のような緑の草が押し潰される。目指すは彼女の白い雌山羊だが、好みのままに若草を食んでいる山羊は、露に洗われた長い顔に貴族の令嬢を思わせる表情を浮かべている。騒がしい時代に、草原は静かだった。さまざまな色の小さな花がちらほら、草原を飾っている。うっとりさせるいい香りがした。

走り疲れたわたしたちは、上官念弟の周りに腹這いになっていた。司馬糧は口の中で草を噛んで、緑の汁をほっぺたに垂らしている。黄色い目には濁った光がある。その表情や動作は、まるで特大のバッタだった。バッタも草を嚙み、口元から緑の涎を流す。沙棗花が大蟻を観察している。そいつは茅《かや》のてっぺんで動かず、どう行ったものか、首を傾げて思案している。

わたしは、一叢の金色の小さな花に鼻を近づける。花の香りで鼻の穴がむず痒くなり、くしゃみが出そうだと思った途端に、大きなくしゃみを一つした。みんなに囲まれて仰向けに寝そべっていた念弟が、びっくりした。目を開けると、腹立たしげにわたしを横目で睨み、口を尖らせて鼻に皺を寄せたが、その後また目を閉じた。照りつける陽の光が、よほど伸びやかに心地よいのであろう。

念弟は額がやや引っ込み気味だが、艶やかで、皺一つない。睫が濃く、上唇には産毛が生え、顎は鋭く切れ上がっている。耳の形はわが上官家の女に独特のそれだ。身につけているのは、上官招弟《シャングワンヂャオディー》からもらった府綢《フーチョウ》［山東省に産する山繭の薄い織物］地の単衣の上着で、最新流行の前合わせに、鴛鴦《おしどり》を象った掛けボタンが付いている。ウナギのようなお下げは、胸の前に横たわっている。

ここで言及すべきは、むろんその乳房である。大きさはさまでのことはなく、どうやら発酵も膨張もせず、硬いままのようだ。持ち主が仰向けになってもきちっとした形を保っていられるのは、そのせいである。合わせの隙間から白い輝きがちらついているので、草の穂でその両の乳房をちょこちょこ突っついてみたいという強烈な欲望に駆られたが、その勇気はなかった。念弟は、わたしがいまでも母親の乳を飲んでいるのをひどく毛嫌いして、ずっとわたしを目の敵にしているので、突っつきでもしようものなら、それこそ虎のけつに触るようなものだった。

わたしは頭の中で激しく迷った。草を食むやつ、蟻を観察するやつ、居去るやつ、みんなてんでに好きなことをしている。貴族のような白山羊も、後家のような黒山羊も、食欲があまりない。草が豊富過ぎるのだ。料理が多すぎると、なにを食べたらよいのか分からなくなる。それとおなじ理屈だ。

ハクション！　なんと、羊もくしゃみをするものらしい。それも大きなやつを。連中の乳房はずっしりとしてきた。もう昼に近い。虎のけつに触る腹を決めたわたしは、ネコジャラシを一本抜いた。だれも注意している者はいない。こっそりとネコジャラシを前に突き出し、乳房に持ち上げられた上着の隙間に近づける。耳の中がグワンと鳴り、心臓がウサギのように胸で跳ねる。ネコジャラシの穂が白い皮膚に触れたのに、反応しない。眠ってしまっているのだろうか？

鼾の音はしないのに。茎を捻って、穂をピクピクと動かしてみる。手を挙げて胸を掻いたが、目は開けない。胸の谷間を蟻が這っている——ぼんやりと、そんなつもりでいるのに違いない。穂を奥に挿し入れて、茎を回す。胸をパチンと叩いた念弟は、手でネコジャラシを押さえた。ついでそれを抓み出して眺め、起き上がると、顔を赤らめてわたしを見た。わたしがニヤッと笑ってみせると、

「このろくでなし！」と悪態をつき、「お母さんが甘やかすからだわ！」とわたしを草原に押さえつけ、尻をパンパンと張った。

「お母さんは甘やかしても、わたしはそうは行かないからね！」と念弟は目を怒らせて言い、「そのうちおまえは、お乳で首を吊るはめになればいいんだ！」

驚いた司馬糧が、くちゃくちゃに嚙み潰した草の繊維を吐き出し、沙棗花は蟻の観察を止めた。二人はきょとんとしてわたしを見て、今度はおなじような視線を念弟に向けた。わたしは自分の勝ちだと感じていたので、ちょろっと泣いてみせたのは、ほんの形だけのことだった。立ち上がった念弟は、つんとして頭を振って、お下げを胸の前から背中へ撥ねた。

魯勝利はそのとき、自分の羊の側まで居去っていたが、羊のほうが彼女から逃げた。一度など、もうちょっとで桃色の乳首を摑みかけたが、羊はうるさそうに向きを変えると、角で彼女を突いた。よろけて倒れた魯勝利は、羊に似たメエーというような声を出したが、泣き声かどうかは分からなかった。

跳ね起きた司馬糧が、ワアッと叫びながら、精一杯の速さで走ると、羽根の赤いバッタや土色

の小鳥がバタバタと飛び立つ。細い足を運んで、草の葉よりひときわ突き出た毛糸の鞠のような拳ほどの紫の花を集めにかかった沙棗花が、次から次へと摘んでいく。

わたしもバツが悪くなり、立ち上がると、上官念弟の後をついて歩きながら、拳骨で彼女の尻を突っつきながら、虚勢を張って「ふん、殴れるものなら殴ってみろ。殴ってみろ……」などと呟いた。硬く張った尻の肉に、指が擦れて、いささか痛い思いをさせられた。我慢の限度にきたらしく、念弟は振り向くと腰を折り、歯を剝き出してわたしを睨みつけると、狼のような吼え声を上げた。肝を潰したわたしは、人間の顔と犬の顔は銅貨の表と裏みたいだと、突然悟った。額を摑まれたわたしは思い切り突き放され、草原に仰向けに伸びた。

上官念弟が角を摑むと、白い雌山羊はさほど暴れはしなかった。すばやくその腹の下に居去って行った魯勝利は、仰向けに横たわると、いささか骨折って頭を持ち上げ、乳首を銜えた。両足も上に上げて、山羊のお腹をちょんちょんと蹴る。念弟が耳を撫でてやると、雌山羊はおとなしくしっぽを振った。

わたしはひもじさを感じた。憂愁が心に広がる。母乳に頼りっきりの暮らしがそう長くつづくはずのないことは、よく分かっていた。そうなる前に、なにか食い物を見つけねばならない。すぐさま思い浮かべたのは、コメツキムシみたいにくねくねしたうどんだったが、耐え難い吐き気がすぐさま喉元から這い上ってきて、わたしは二、三度、空嘔《からえず》きをした。

顔を上げた念弟が、怪訝そうにわたしのほうを窺って、「どうかしたのかい？」と、さも面倒くさそうな口調で訊ねた。なんでもないという意思表示に、わたしは手を横に振ってみせた。ふたたび空嘔きをくり返すと、羊の角から手を放した念弟が言った。

「金童、大きくなったら、おまえ、どんなことになるのかねえ？」

なにを言われたのか、とっさに分からないでいると、念弟は言った。

「試しに山羊の乳を飲んでみたらどうだろうね」

山羊の乳房にむしゃぶりついている魯勝利を眺めて、わたしは多少、その気になりかけた。

「おまえ、お母さんを殺す気かい？」と、念弟はわたしの肩を摑んでゆさぶった。

「お乳はなにからできるか、知ってるかい？　血からできるんだよ。おまえはお母さんの血を吸ってるんだよ。いいからお姉さんの言うとおり、山羊の乳を飲んでごらん」

わたしは念弟の顔を見ながら、無理してうなずいた。

大啞の黒山羊を捕まえると、念弟が、「さあ、お出で」と言った。山羊の背中を撫でてやって落ち着かせ、「さあ」とやさしい目で励ました。わたしは躊躇《ためら》いながら、そろそろと一歩ずつ進んだ。

「さあ、山羊のお腹の下にもぐって。魯勝利《あのこ》の真似をして」

草原に横たわったわたしは、かかとで地面を蹴って、背中を前に滑らせた。

「大啞、大啞。もう少しうしろへ下がって」と言いながら、念弟は黒山羊をうしろへ押した。

眩しいほどに青い高密県東北郷の空が目に入った。銀色にきらめく大気の中を飛んでいる黄金のような小鳥が、滑空しながらいい声で囀《さえず》っている。

だが、視線はすぐさま遮られ、黒山羊の桃色の乳房が顔の上にぶら下がった。大きな二匹のコメッキムシみたいな乳首が、ブルブル震えながらわたしの口を探し、口に当たると、いっそう激しく震えて唇をこじ開けようとする。擦られたわたしの唇は、微かな電流に刺激されたみたいに痺れて、わたしを幸福感に似た感覚に浸らせた。

それまでわたしは、山羊の乳首はふわふわで綿みたいに弾力性がなく、口の中で嚙むとぐちゃぐちゃになるものとばかり思っていたが、それがなんと硬くかつ柔軟で、母親の乳首に引けを取らない弾力性に富むことを、いまやっと知った。

擦れているうちに、暖かいものが唇を濡らすのを感じた。その液体はいささか生臭くて好きにはなれなかったが、それは、草原を覆っている酥油草《スーヨウツァオ》にケシアザミの混じった香りがした。意志がくじけたわたしが、嚙みしめていた歯を緩めると、唇が開いて、山羊の乳首がぬっと口の中に押し入ってきた。そいつは口の中で興奮して絶えず震え、そのたびに、ドクドク力強く発射された乳が口の粘膜に当たったり、いきなり喉に入ってきた……あやうく息もできなくなりかけて乳首を吐き出すと、たちまちべつの、前のより生々しいそれが挿し込まれた……

しっぽを振りながら、山羊が軽やかに離れていくと、わたしの目に涙が溢れた。口に広がる生臭さに吐きそうになったが、青草と野の花の香りが、それを思いとどまらせた。

わたしを引っ張り起こした六姐の念弟は、わたしを抱いて一回転した。見ると、興奮のあまり、その顔にはそばかすがいっぱい浮いており、その目はたったいま水底から拾ってきた黒曜石のように、異様にキラキラと輝いていた。念弟は高ぶった調子で言った。

「金童、よかったねえ……」

「お母さん、お母さん！」と六姐が嬉しげに叫んだ。

「金童が山羊の乳を飲んだよ！　金童が山羊の乳を飲んだよ！」

家の中からは、パシッ、パシッという音が聞こえた。

母親が、血の痕で金属のように光っている麵棒を、オンドルの縁に投げ捨てた。口を開け、大きな胸を激しく起伏させながら、ハアハア喘いでいる。

上官呂氏が、竈の側の積み藁の上に倒れている。頭が、叩き割られた胡桃みたいに、真っ二つに割れている。

八姐の上官玉女が、竈の焚き口の処で躰を縮めている。耳が鼬《いたち》にでもやられたみたいにギザギザに嚙み切られ、ポタポタと血が滴り落ちて、顎から首にかけて真っ赤だ。ワアワアと泣き声を上げ、見えない両眼から涙がいっぱい流れている。

「お母さん、お祖母さんを殺したのね！」と、念弟が驚きの叫びを上げた。

指を伸ばして上官呂氏の頭の傷口に触ってみた母親は、たちまち雷に打たれたように、ペタンと地べたに座り込んでしまった。

二

わたしたちは特別招待者として、草原東南部はずれの臥牛嶺《ウオニューリン》に上り、抗日別動大隊司令官司《スー》馬庫《マアクー》、およびアメリカ青年バビットの飛行実演を見学することになった。

東南の風の吹くよく晴れた日だった。

わたしは上官来弟とおなじラバで上った。上官招弟が司馬糧とおなじラバだった。わたしは上官来弟の前に座ったので、彼女が両手でわたしの胸を抱いてくれたが、上官招弟は司馬糧の前に座ったので、司馬糧としては彼女の上着の脇の下につかまるほかはなく、いまや司馬家の後代を孕んでいる高々と突き出た彼女のお腹に抱きつくすべはなかった。

隊列は牛の尾から、次第に牛の背へと上って行った。そのあたりには、鋭い葉をしたカルカヤや黄色い花をつけたタンポポなどが育っていた。わたしを乗せたラバは、軽やかに進んだ。

司馬庫とバビットが馬で追い越して行った。二人とも興奮している様子が見て取れる。司馬庫などは、片手の握り拳をわたしたちに向けてうち振って見せた。

山頂には黄色い人の群れがいて、山の下に向けて大声で怒鳴っている。短い鞭を上げた司馬庫が、雑種馬のけつを二、三度ひっぱたくと、馬はパッ、パッと跳ねて、頂上へと駆け上り、バビットの馬がすぐその後を追う。バビットの乗馬の姿勢はラクダのときと変わらず、どんなに揺れても、上半身は真っ直ぐに保たれていた。足が長すぎるため、鐙《あぶみ》は地面すれすれで、跨られた馬は惨めかつ滑稽に見えたが、走る速さはかなりのものだった。

「こっちも急ぎましょ」

と二姐の招弟が言うと、かかとでラバの腹を蹴った。招待者のトップにして、押しも押されもせぬ司令官夫人に敬意を払わぬ人間など、いるわけがない！　わたしたちのラバにつづく民衆代表や地方名士たちは息も絶え絶えだったが、文句のかけらも言わなかった。わたしと来弟のラバは、招弟と司馬糧のラバのすぐ後だったが、来弟の黒いコートの中の乳首がわたしの背中に擦れて、ロバの飼い葉桶での初めての遊びのことを思い起こさせてくれ、わたしは幸せだった。

山頂に着くと、風がずっと強くなった。白い風速旗が風でパタパタと音を立て、旗の赤と緑の線が、金鶏の長い尾のように風に舞った。兵隊が十人あまり、二頭のラクダの背中からなにかを下ろしているが、渋い顔のラクダは、曲がった尾や後足の関節に垂れた糞の痕をこびりつけたままだ。高密《ガオミー》県東北郷《ドンベイシアン》の荒れ野の豊かな草は、司馬庫大隊のラバや馬を肥やし、民間人の家畜を肥やしたが、ひどい目に遭ったのは十数頭のラクダだった。ここの風土が合わず、ために痩せて尻は錐のように尖り、足はまるで薪だった。硬く隆起しているべきこぶは、気の抜けた袋みたいにふにゃけて、いまにも倒れそうである。

兵隊たちは、巨大な絨毯を地面に広げた。「夫人を下ろせ」と司馬庫が命じると、駆け寄った兵隊たちが、大きなお腹をした上官招弟を助け下ろし、上の坊ちゃまの司馬糧を抱き下ろした。ついで夫人の姉の上官来弟、甥の上官金童と姪の上官玉女の順に下ろす。

わたしたちは貴賓として絨毯の上に座り、そのほかの者は背後に立っていた。鳥の巫女の上《シャン》官領弟《グワンリンディー》が人混みの中で見え隠れしているので、招弟が手招きすると、司馬亭《スーマアティン》の背中に顔を隠してしまった。歯痛の司馬亭は、腫れた頬を手で押さえていた。

わたしたちが座っていた場所は牛の額に当たり、前が牛の顔だった。この牛は口を胸の前に突っ込んだので、顔が海抜五百メートルの断崖になっているのである。

頭上を吹き抜ける風は、村の方角へ向かっている。村の上空には、煙か霞に似た薄雲がかかっている。わたしは自分たちの家を探したが、それと分かったのは、七区画に分かれた奥行きをもつ、真四角な司馬庫の屋敷だった。教会の鐘楼、木造の見張り塔などは、小さな玩具のようだ。平原、河、湖、荒れ野、荒れ野にはめられた鏡のような何十もの池。

羊ほどの大きさの馬の群れに、犬ほどの大きさのラバの群れ。あれが司馬大隊の乗り物だ。兎ほどの大きさの雌山羊が六匹いるのは、わが家のものだ。なかでもひときわ大きくて白いのがわたしの羊で、母親が二姐の招弟にたのみ、二姐が司馬庫の主計副官に委託し、主計副官が人を沂《イー》蒙《モン》山の山岳地区［山東省東部］にやって購入させたという、いわくつきのしろものである。わたしの羊の側に、ゴム鞠ほどの頭をした少女が一人立っているが、それが少女どころかりっぱな娘で、頭だってゴム鞠よりずっと大きいことをわたしは知っている。あれが六姐の念弟だ。羊を追って随分遠くまで来たものだが、羊のためと言うより、自分でも実演が見たかったからだろう。

司馬庫とバビットはとっくに馬から下りていたので、二頭の馬は勝手に牛の頭の上を歩き回って、紫の花をつけたウマゴヤシをあさっている。

断崖の縁まで歩いて行ったバビットは、高さを目測するかのように下を覗き込んだ。童顔に厳しい表情が浮かんでいる。崖の下を覗き終わると、今度は仰向いて空を見た。文句のつけようのない晴天である。目を細め、風速を計りでもするかのように、片手を挙げる。余計な行動のような気が、わたしはした。旗があんなに音を立ててはためいているし、わたしたちの着ている物も風で膨らみ、鷹だってくるくる回る木の葉みたいに羽を歪めているほどだから、なにも手を挙げるほどのことはないじゃないか。

　ババットがこうした行動をとると、司馬庫もその後をついて回って、もっともらしくその動きをまねた。その顔も仏頂面だったが、それもわざとらしく思えた。

「イイデス」とババットがぎこちない口調で言った。「ハジメマショウ」

「よかろう」と司馬庫が硬い口調で言った。「始めよう」

　兵隊たちが包みを二つ担いで来て、そのうちの一つを振って広げた。縁も角もないほど大きな白い絹布で、その下に白い紐を引きずっている。

　ババットが兵隊たちに指図して、白い縄を司馬庫の尻や胸に括りつけ始めた。それがすむと、しっかりしているかどうか調べるかのように、縄を引っ張ってみる。ついで白い絹布を振って広げると、四隅を兵隊たちに持たせた。強い風が吹いてきて、長方形の絹布がパタパタ音を立てて膨らむ。兵隊たちが手を放すや、絹布は弧形の帆の形に膨らみ、縄がすべてピンと張って、司馬庫を引っ張る。立とうとしたが立てず、司馬庫は小さなロバのように地面を転がった。その背後に駆け寄ったババットが、背中の縄を摑んで、ぎこちない口調で叫んだ。

「ツカミナサイ。コントロールロープヲツカムノデス」

　突然気がついたかのように、司馬庫が大声で罵った。

「この野郎――、ババットめエ――、殺すつもりかァ――」

　絨毯の上で這い起きた二姐が、司馬庫を追いかけたが、二、三歩行ったところで、司馬庫は崖っぷちから転がり落ち、罵り声も聞こえなくなった。ババットが大声で怒鳴った。

「ヒダリノロープヲヒキナサイ。ヒキナサイ、コノマヌケ！」

みんなは崖のほとりに集まった。八姐の玉女までがよろよろと前に行くのを、大姐が引き留めた。白い絹布はいまや真っ白な雲と化し、ゆらゆら揺れながら、フワフワと飛んで行く。雲の下にぶら下がった司馬庫が、針に掛かった魚のように、躰をくねらせている。

「オチツイテ、コノマヌケ！　ドウサニキヲツケテ！」と、バビットが怒鳴る。

白い雲は、風に乗って流されつつ高度を下げ、やがて遥か向こうの草原に落ちたところで、目に眩しい白となって緑の草を覆った。

ぽかんと口を開けたわたしたちは、息を止めて、目で白い物を追いかけていたが、それが地面に落ちたところで、やっと息をした。ところが、今度は二姐の泣き声が、にわかにわたしたちを緊張させた。どうして泣くのだろう？　嬉しいはずがないから、悲しいのだ。大隊司令官は墜死したと、とっさにわたしは思った。かくしてみんなの視線は、いっそう注意深くれいの白い切れに向けられた――奇跡が起こってくれ。

そのとおり、奇跡が起こった。白い切れが動き、持ち上げられ、中から黒い物がもがき出て、立ち上がった。その物はこちらに向かって両手をうち振り、興奮した声が崖の上までとどいた。わたしたちはいっせいに歓声を上げた。

顔を真っ赤にしたバビットは、鼻の頭を油でも塗ったように光らせていた。彼は自分を括りつけると、白い絹布の包みを背中に背負って立ち上がった。手足を曲げ伸ばしした後、ゆっくりとうしろへ退って行く。みんなに注視されていることなど眼中になく、ひたすら前を見つめている。十数メートルも退ったあたりで、ついに立ち止まった。目を閉じて、唇を震わせている。祈っているのだろうか？　それがすむと目を開け、長い足を挙げて素早く走り出した。わたしたちの側まで来ると、ぱっと飛び出し、躰をぴんと伸ばして、矢のように落ちていった。

一瞬わたしたちは、バビットが落ちていったのではなく、断崖がせり上がり、草原がせり上がったような錯覚に襲われた。突然白い花が、これまで見たこともない白い花が、草原の上、青い空の下に、ぱっと咲いた。わたしたちはその花に歓声を上げた。

白い花は、鉄の分銅でもぶら下げたようにバビットをぶら下げて、何事もなく前に飛んでいく。間もなく、分銅は着地したが、そこはわが家の羊たちのまっただ中だった。羊が兎のように四散する。分銅がほんの少し歩いたところで、巨大な魚の浮き袋みたいだった白い花が急にしぼんで分銅を覆い、羊飼いの上官念弟を覆った。六姐はキャッと叫ぶと、目の前が真っ白になった。羊が四散したとき、念弟は白い雲にぶら下がったバビットが、桃色の顔に満面笑みを浮かべているのを目にしたのだった。天神降臨だ、と彼女は思った。速いスピードで降りてくるバビットをぼんやりと仰ぎ見ながら、念弟の心は敬慕の念でいっぱいになった。

人々は崖っぷちに集まり、首を伸ばして下を覗いた。

「今日は珍しい物を見せてもらいましたなあ」と、棺桶屋の主人の黄天福《ホアンティエンフー》が言った。

「天神降臨じゃ。七十まで生きて、ようやく天神降臨を目にできましたわい」

私塾の教師だった秦二《チンアル》先生が、顎の山羊鬚をしごきながら、感に堪えぬもののように言った。

「司馬庫は、小さい頃から並みではなかったのう。わしが教えておったときから、必ず大物になると分かっておったわい」

　秦二先生と棺桶屋の黄の周りで、この鎮《まち》の主だった人物たちが、違った物言いながら似たようなことばで司馬庫をほめたたえ、つい先程目にした奇跡に、感嘆してみせた。

「あれがどれほどみんなと違っておったか、あんた方には想像もつくまい」

と、秦二先生が声を張り上げて人々の議論を押さえ、自分と飛行家司馬庫との特別な関係を誇示した。

「あれはわしの尿瓶《しびん》に蝦蟇を二匹も入れよってのう！　それに、聖賢の書物をでっち上げるのが得意でな。聖人曰く、〈人の初め、性《さが》は本より善し。性は相近きも、習は相遠し。苟《いやしく》も教えざれば、性は乃ち遷《うつ》る〉とあるが、こいつをあれに言わせるとどうなるか。あんたらには見当もつくまいが、〈人の初め、口からでまかせ。犬にも劣り、猫にも劣る。タバコに煙管に炒り卵。先生お上がり、生徒は見物〉と、こうじゃよ。ハハハ……」

と秦二先生は高笑いして、得意げに周りの人間を見回した。

　そのとき、甲高い声が人群れの中から起こった。それは、乳首を探す子犬のクンクンという声に似た、というより、数年前に河で見かけた帆船を追うカモメの鳴き声に似たというほうがよりふさわしい、そんな声だった。秦二先生は笑いを止め、顔の得意げな表情を消した。みんなの視線は、その奇妙な声の主に吸い寄せられた。

　奇声を発しているのは、三姐の領弟だった。ただ、三姐らしさはほとんどなく、ぞっとさせるような奇声を出す彼女は、鳥の巫女の境地になりきっていた。鼻は曲がり、目の玉は黄ばみ、首は胴体に吸収された。髪の毛は羽毛に変わり、両腕は翼に変わった。

その翼を振りつつ、鳴きながら、そこらの人間には目もくれず、次第に傾斜している丘の斜面を断崖へと突っ込んで行く。司馬亭が手を伸ばして摑んだが、衣服の切れを裂き取っただけで、止めきれなかった。わたしたちがはっと気がついたときには、彼女はすでに断崖の下を飛んでいた――できれば墜落などとは言わず、飛んだと言いたい。断崖の下の草原に、小さな緑の煙がぱっと上がった。

初めに泣き出したのは二姐だった。その声がわたしには不快だった。鳥の巫女が断崖から飛ぶなんて、ごく当たり前のことで、なにを泣くことがあろう？　つづいて、これまで人をバカにしたような怪しげな素振りばかり見せてきた来弟が泣き、なにも見えない玉女までが、神経質なようにも投げやりなようにも聞こえる、奇妙な泣き方をし始めた。八姐の泣き声には、夢の中の譫《うわ》言《ごと》と、泣くことで許しを求める一途な気持ちとがあった。後になって、自分は三姐が落ちたときの乾いた音を聞いたと八姐はわたしに言ったが、そのときわたしは、八姐の目尻にびっしりついた細かな涙の粒を見ていた。

喜びに沸いていた人々は呆気に取られ、顔を曇らせ、目に戸惑いの色を浮かべた。

兵隊にラバを牽いてこさせた二姐は、人の手を借りずに太い首に抱きつくと、その背中にもがき上った。つま先で腹を一蹴りされると、ラバが狂ったように走り出した。司馬糧がその後を追って走ったが、兵隊の一人がそれを捕まえ、羽交い締めにするような格好で、つい先程、父親の司馬庫が乗ってきた馬に乗せた。

わたしたちは敗残兵のように、ふらふらと臥牛嶺を下って行った。いま時分、あの白い雲の下で、バビットと上官念弟はなにをしているのだろうと、ラバで山を下る道々、わたしは頭をしぼって落下傘の中の二人の様子を想像してみた。

ネコジャラシを手にして念弟のかたわらに跪いたバビットが、ついこの間自分がしたように、毛のいっぱい生えたその穂で、念弟の乳房をこちょこちょしているのが目に見えるような気がした。横たわった彼女のほうは、目を閉じたまま、気持ちよさそうに鼻を鳴らしている。まるで、人に掻いてもらっている雌犬だ。あんなに足を高く挙げ、しっぽでパタパタと草原を掃いている。バビットのクソ野郎に、そんなにお上手することがあるものか！　この間、わたしが草の穂で突っついたときは、けつが爛《ただ》れるほどぶちのめしたくせに。

そう思うと、わたしの心は怒りでいっぱいになった。が、怒りばかりでもなく、エロチックな憤懣もあり、それがメラメラと炎のようにわたしの心を焼いた。

「メス犬め！」

悪態とともに、わたしは念弟の首を絞めるつもりで、両手をぎゅっと胸に引き寄せた。ラバの上で振り向いた上官来弟が、「どうしたんだね？」と訊ねた。慌ただしい下山だったので、兵隊たちはわたしを来弟のうしろに乗せたのだ。わたしは、来弟の冷たい乳房をきつく抱き締めながら、顔をその痩せた背中にぴったりつけて、口の中でぶつぶつ言った。

「バビットなんだよ。アメリカ鬼子《グェイズ》のバビットのやつが、念弟姉さんに蓋をしやがったんだ」

長い回り道をしたあげく、やっと断崖の下に着いた。

司馬庫とバビットは、すでに躰の縄をほどいて、項垂れて立っていた。二人が前にしているのは、断崖の下のとりわけ繁茂した草の茂みで、その中に領弟がはまりこんでいた。躰は泥の中に埋まったまま、仰向けに横たわっており、周りには黒い泥や根こそぎ抜けた青草が飛び散っている。

領弟の顔からは、鳥の巫女の表情がまったく消え去っていた。微かに目を開け、顔には穏やかな笑みが浮かんでいた。その目からは暗い光が放たれ、わたしの胸を鋭く貫き、心に刺さった。顔色は青白く、額と唇には泥石灰がついている。糸のような血が幾筋か、鼻の穴や耳、目尻などから滲み出しており、赤い大蟻が数匹、顔の上を不安げに這い回っていた。

ここいらは牧民たちもめったに来ない場所なので、草花は茂り放題、蜂や蝶の天下なのだ。甘酸っぱい腐敗臭が胸を満たしてくる。十数メートル向こうが切り立った赤い断崖で、基底部は陥没して黒い水をたたえ、石壁の水滴がしたたり落ちては、ポトン、ポトンと音を立てている。

躓きながら駆け寄った二姐の招弟が、三姐のかたわらに跪いて、「領弟、領弟……」と呼んだ。助け起こそうとでもするかのように、招弟は三姐の首の下に手を伸ばしたが、三姐の首はゴム紐のように伸びてしまい、頭は、死んだガチョウの頭みたいに、二姐の腕からだらんとぶら下がった。頭をもとの位置にもどすと、二姐はその手を摑んだが、それもゴムのようにぐんにゃりしている。招弟はワッと泣き出して、叫んだ。

「領弟や領弟。おまえ、このまま死んでしまうのかい……」

大姐の来弟は泣きも叫びもせず、三姐のそばに跪くと、顔を上げて周りの見物人を見回した。目は焦点が定まらず、ぼんやりと近くを見ている。ため息をつくのが聞こえ、何気なくうしろに手を伸ばして、鶏の卵ほどもある鞠に似た暗紅色の花を摘むのが見えた。どっしりと柔らかなその花で、鼻の穴から滲み出た血を拭ってやり、ついで目尻から耳へと拭っていく。それがすむと、丸いその花を自分の顔の前に持っていって、尖った鼻でくり返し嗅いでみる。そのうち、その顔になんとも言えない奇妙な笑みが浮かぶのを、わたしは見た。その目には、ある種の陶酔境にある人間にのみ現れる光がきらめいた。鳥の巫女の超俗の心が、あの暗い紅色の花を通して上官来弟の躰に乗り移ったのを、わたしはぼんやりと感じた。

いちばん気になっていた六姐が、取り巻いた見物人をかき分けて、ゆっくりと三姐の死体の側にやって来た。跪きも泣き叫びもせず、ただ黙って項垂れただけだった。お下げの端を手でしぼりながら、青くなったり赤くなったりしているさまは、まるでいけないことをした少女みたいだったが、彼女はもはや、豊満な躰をした娘だった。髪の毛は黒々と光り、尾てい骨のあたりから派手な赤いしっぽでもおっ立てた塩梅に、尻は高々と持ち上がっていた。二姐の招弟からもらった白絹地の旗袍《チーパオ》を身につけているが、横の開きがかなり高くて、長い太股がちらつく。裸足で、ふくらはぎには、茅の鋭い葉で切られた赤い傷跡が何本もついている。旗袍のうしろには、押し潰された青草や野の花で汚された痕が、赤い斑点や緑の皺や面となって残っている……

わたしの思いは飛躍して、またしても彼女とバビットを覆ったあの白い雲の中へともぐり込んでいった。ネコジャラシ……毛の生えたしっぽ……目が、血を吸う虻のように、念弟の胸に貼りつく。たかい乳房やサクランボのような乳首は、白絹地の旗袍で強調されて、高々と突き出ている。口の中が、すっぱい唾でいっぱいになった。

わたしが形のよい乳房を目にするたびに口に唾を溜めるようになったのは、そのときからだ。そいつを両手で捧げ持って吸い付きたいと、どれほど願ったことだろう。世界中の美しい乳房の前に跪いて、その忠実な息子になりたい……

突き出た部分の白絹地が、犬の涎でもついたみたいに汚れているのを見て、心がキリキリ痛んだ。アメリカ野郎のバビットが六姐の乳首にかぶりついた、そのものずばりの画面をまざまざとこの目で見たのと、おなじことだった。あのクソ野郎が青い目で六姐の顎を見上げ、六姐はその両手で、輝くような金髪の頭を優しく撫でたというわけだ。わたしのけつをあんなにひどくぶちのめしたあの両手で。おまけに、こっちはちょこっと突っついただけなのに、あっちはかぶりつきやがったのだ。

たちの悪いこうした苦痛が、三姐の死を前にしながら、わたしをかなり麻痺させ、二姐の泣き声をうるさく感じさせた。が、八姐のそれは天上の楽の音のごとく、生前の三姐の絢爛たる生き様を思い起こさせた。天地を動かし、鬼神をも驚かせるほどの奇跡をやってのけた、並々ならざる行いの数々。

バビットが前に出てきたので、不快極まりないほど真っ赤な唇や、白い産毛に覆われた赤い顔などを、より間近に見ることができた。白い睫も大きな鼻も長い首も、わたしには不快だった。わたしたちになにかくれでもするかのように、両手を広げて見せたバビットが言った。

「トテモザンネンデス。コンナコトニナルトハ、オモッテモイマセンデシタ……」

わたしたちには意味の分からない変な口調の外国語をしゃべってから、意味の分かる中国語で言った。

「ゲンソウノビョウキデス。ジブンハトリダトゲンソウシマシタ。ケレドモ、トリデハナカッタ……」

周りの人間が議論を始めた。議論の中身は、きっと鳥の巫女と鳥人韓《ハン》に関わりがあるに違いないと、わたしには見当ついた。ひょっとして、啞巴の孫不言《スウンブウィエン》のことにも二言三言触れたかも知れず、ほかに、れいの二人の男の子のことにも及んだかも知れないが、いちいち聞き耳を立てる気はなかったし、またできもしなかった。

耳元では土蜂が数匹、ブンブンと音を立てていた。岩壁に巨大な巣があり、巣の下に、捕ったタルバガンを前に置いたヤマネコが一匹、蹲っている。前足がひときわ発達して、丸々と肥り、小さな目が一所に寄ったタルバガン。村の男のこっくりさんで、神降ろしや亡霊退治をやる郭福《グオフー》子《ズ》が、鼻のわきに寄ってくるくる動く小さな目をしているところから、あだ名を〝タルバガン〟という。その男が、人混みからしゃしゃり出て言った。

「叔父貴の旦那、死んだものは、泣いても生き返りはしません。この暑さじゃ。すぐ担いでもどってお棺に入れ、土の中に葬ってやることですぞ！」

この男がどうした姻戚関係から司馬庫のことを〝叔父貴の旦那〟などと呼ぶのか、わたしは知らなかったし、だれがそのことを知っているかも知らなかった。司馬庫はうなずき、手を揉んで言った。

「チェッ、まったくクソ面白くもない！」

二姐の背後に立った〝ダルバガン〟が、小さな目をくるくるさせながら、悲痛極まったといった調子で言った。

「叔父貴の奥さん、死んだ者より、生きておる人間が肝心ですぞ。泣くのはいいが、身重の躰にもしものことがあったら、それこそ、大事じゃ。それに、おばさんは人間だったと思いなさるか？　まるで違いますぞ。あのお方は、もとをただせば百鳥仙女。西王母《せいおうぼ》［崑崙山に住む古代神話の女神。その屋敷の桃を食べると不老不死になれると言われる］の桃を啄んだばっかりに、人間界に追放されていましたのじゃ。こうして期限が来たからには、むろん仙人にもどらねばなりませんわい。みんなもその目で見たじゃろう。崖から落ちるとき、あの方は天地とともに眠るがごとく、ヒラヒラとしておったわの。凡俗の身では、とてものことにああした伸びやかな姿はできませんぞ……」

〝ダルバガン〟が口から出任せを並べたてたおかげで、二姐は立ち上がったが、それでも切れ切れに、「領弟……むごい死に様をしたねえ……」と言いつづけた。

「もういい、もういい」と司馬庫が、小うるさげに二姐に向けて手を振って言った。

「もう泣くな。あんな人間は、生きておっても苦しむだけだが、死ねば仙人じゃ」

「あんたのせいだわ。飛行実験なんかするから！」と二姐は言った。

「おれは飛んだじゃないか。こうした大事は、おまえら女には分からん。馬《マァ》参謀、何人か連れてあれを担いでもどり、お棺を買って納棺してやってくれ。劉《リュー》副官、落下傘を畳んで、山に上げろ。おれとバビット顧問で、もう一度飛ぶぞ」

〝ダルバガン〟は二姐をたすけ起こすと、威張ってみんなに言った。

「みんな、手伝ってくれ」

大姐の来弟はなおも跪いたまま、花の匂いを嗅いでいた。三姐の血の匂いのする花。〝ダルバガン〟が言った。

「上のおばさん、嘆くことはありませんぞ。三番目のおばさんは、仙人にもどらっしゃったんだから、みんなして喜んであげなくちゃ……」

言い終わらぬうちに、顔を上げた大姐は、奇妙な微笑みを浮かべて〝ダルバガン〟をじっと見た。〝ダルバガン〟は口の中でぶつぶつ言ったが、それ以上つづける勇気がなくて、こそこそと人々の間に紛れこんだ。

暗紅色の丸い花を手に持って笑いながら立ち上がった大姐は、鳥の巫女の死体をまたぎ越し、バビットを見つめながら、ゆったりとした黒いコートの中で足腰をくねらせた。尿意でも催したかのような、焦れた動作だった。躰をくねらせながら数歩歩くと、花を捨ててバビットに抱きついた。首を抱いて躰をぴったりと相手にくっつけ、口では譫言のようにかき口説く。

「……我慢できない……もう我慢できないわ……」

やっとの思いで大姐のふところからもがき出たバビットの顔は、汗まみれだった。外国語とこの国のことばが、入り混じって飛び出した。

「ノー……ヤメテクレ……ワタシガアイシテイルノハ、アナタトハチガウ……」

さかりのついた犬のようになった大姐は、淫らなことばを吐き散らしながら、胸を突き出してバビットに襲いかかった。ぎこちない身のこなしで逃げ回ったバビットは、しまいに六姐の背後に逃げ込み、六姐を盾にした。それを嫌がった六姐が、いたずらっ子につけられたしっぽの鈴を振り落とそうとする子犬みたいに、絶えずくるくる回ると、大姐もそれにつれて回り、腰を折ったバビットは六姐のお尻について回った。

三人が回り続けるうちに、わたしは目が回ってきた。目の前にちらつく突き出した尻、突っかかる胸、てらてら光る後頭部、顔に流れる汗、ぶきっちょな足……目から火花が飛び、心は麻の如くに乱れた。大姐の怒鳴り声、六姐の叫び、バビットの喘ぎ、見物の戸惑った目つき、兵隊たちのいやらしい笑い、ニヤついている口元、震える顎。

わたしの羊を先頭に、乳のいっぱい詰まった乳房をぶら下げながら、だるそうな足取りで一列になって勝手にもどって行く羊の群れ。キラキラ光る馬やラバの群れ。驚いた鳥が、鳴きながら頭上を旋回している。きっと野草の中に、卵か雛鳥が隠してあるに相違ない。ひどい目に遭った草。踏みにじられた野の花。野放図な季節。

二姐がとうとう、大姐の黒いコートを摑んだ。両手をバビットのほうに伸ばした大姐が、ひときわ顔の赤くなるような下品なことばを叫びながら、前へ前へともがく。黒いコートが裂け、肩と背中が剝き出しになった。飛びついた二姐が、大姐にびんたをくらわせると、大姐は暴れるのを止めた。口元には白い泡を溜め、目はぼんやりと開けたままだ。二姐は力をこめて、大姐の頰を張りつづけた。黒い鼻血が、大姐の鼻の穴から流れ出した。頭がヒマワリの丸い花のように胸の前に垂れたかと思うと、躰も前にぶっ倒れた。

草原にペタリと座った二姐は、長いこと喘ぎの音をさせていたが、そのうち泣き声に変わった。まるでおのれの泣き声の拍子を取るかのように、両手で膝を打ちながら。

司馬庫の顔には、抑えきれない興奮の色が見えた。大姐の剝き出しの背中に目を釘付けにしたまま、荒々しく喘いだ。どうやっても落ちないなにかで汚れたかのように、両手をズボンにこすりつけながら。

三

婚礼の後の宴会が塗り直されたばかりの教会で始まったのは、日の暮れだった。

天井の梁からは眩しい電球が吊され、ホールを真昼よりも明るく照らしている。教会の前の中庭では、機械が一台、ゴーゴーと唸りを上げている。その機械から出た神秘な電流が、電線を通って電球に流れ込み、強い光を放って闇を照らし、蛾を引き寄せている。電球に当たるや、蛾は焼け死んで、真っ直ぐに司馬中隊の将校たちや大欄鎮の紳士たちの頭上に落ちた。

軍服を着用した司馬庫は、顔を火照らせながら、主賓席で立ち上がった。喉を試しておいて、大声で言った。

「兄弟のみんな。鎮《まち》のみなさん。今日は、敬愛する友人のバビット君と小生の義理の姪の上官念弟との結婚を祝って、ここで宴会を開いた次第だが、こいつはどえらい大事だ。どうぞ拍手をしていただきたい」

みんなは熱烈な拍手をした。

司馬庫のかたわらの席には、白い制服を着用し、胸に小さな赤い花を挿して、満面に笑みをたたえたアメリカ青年のバビットが座っている。落花生の油を塗った金髪は、犬に舐められたように、てかてか光っている。その側には上官念弟が座っているが、白いドレス姿で、襟のところからは乳房の上半部が露出しており、わたしの口の中は唾でいっぱいになった。ただ六姐の唇がネギの皮みたいに乾いているのに、わたしは気がついた。

昼間の婚礼のとき、わたしと司馬糧は、山鳥の尾でも捧げ持つかのように、念弟が背後に長く引いたドレスの裾を捧げ持たされた。頭にずっしりとしたバラの花を二つ挿した念弟は、顔に化粧していたが、それでも得意さは隠し切れなかった。幸せな六姐、鳥の巫女の三姐の骨も冷え切らないうちにアメリカ人と結婚するなんて、あんまりではないか！

わたしは不愉快だった。バビットは、よく切れるセルロイドの柄つきナイフをくれたりしたけど、わたしはとにかく不愉快だった。

それにしても、電灯というやつは、ろくなシロモノではない。念弟の白いドレスが透けて、赤い乳首をした白い乳房が丸見えになり、共通の目標になってしまった。男たちの目がそれに集まり、司馬庫までが横目でちらちら見ているのに、わたしは気づいた。ところが、乳房のほうはまるで気がつかず、相変わらずプルンプルンと揺れている。

だれかを罵りたくなった。だれを？　バビットというクソ野郎め。今夜、あの乳房は、やつに独り占めされるのだ。

わたしの粘ついた手は、よく切れるナイフをポケットの中でしっかりと握りしめた。ここで飛びかかり、このナイフでドレスを切り裂き、あれを根こそぎ切り取ってやったら、どんなことになるだろう？　司馬庫、演説などしている場合か。バビットめ、感激などしている場合か。念弟め、幸せなどと言っている場合か。切り取った乳房を隠さねばならないが、どこがいいだろう？　積み藁の中は？　ダメだ、鼬に食われてしまう。壁の穴だとネズミに挽かれるし、木の股だとフクロウが銜えていく……

だれかにそっと腰をつつかれた。見ると、司馬糧である。白い燕尾服に黒い蝶ネクタイ。わたしとそっくりの服装だ。

「チビ叔父、座って。立っているのはチビ叔父一人だよ」と彼は言った。いつ、なぜ立ったのかを思い出しながら、わたしはドスンと腰を下ろした。

沙棗花も着飾ってきれいだった。婚礼では、野の花の花束を上官念弟に捧げる役だった。いまみんなの耳が司馬庫の演説に向けられ、みんなの目が念弟の乳房に集まり、みんなの鼻が酒肉の香りに誘われ、みんなの思いがとりとめもなく彷徨う、そんなチャンスに、指を一本伸ばした沙棗花は、泥棒猫みたいに皿の肉をつまむと、鼻をかむ振りをして、それを口に放り込んだ。

司馬庫の演説はつづいていた。両手で捧げ持っている酒はわざわざ大沢山《ダアズオシヤン》から取り寄せた葡萄酒で、ガラスのコップの中で赤く光っているが、長いことそうやっていても、腕の疲れは感じないらしい。

「バビット先生は天から下られた。天からバビットが降りてきたのだ。その飛行実演はみんなもその目でご覧になったし、電気はおれの頭の上で点いた――」と、彼は梁の電球を指さした。みんなの目はしばし、その輝きがとろけるようなある種の感覚を誘う上官念弟の乳房から離れて、指先の向くままに、目にチカチカする光を見つめた。

「これが電気だ。雷神さまのもとから盗んできたものだ。わがゲリラ隊は、バビット先生が来てからは順風満帆。バビット先生は福の神だ。この人の特技は、しばらくしてみんなをびっくりさせることだろう――」

躰をひねった司馬庫は、もとはマローヤ牧師の講壇で、のちに鉄道爆破大隊の演台になったあたりを指さしたが、そこの壁には白い布が掛かっている。電灯の光が目に入って、目の前が真っ暗になり、とても長くは見ていられなかった。

「このような天才は、なんとしても手放しはしない。抗日戦争に勝利したので、バビット先生は帰国したがっておられるが、絶対にダメだ。最大の熱意で、お引き留めせねばならん。おれが骨折って、仙人より可愛らしい義理の姪をバビットに嫁がせた原因も、それだ。では、バビット先生と上官念弟の幸せのために、みんなで杯を挙げて、乾杯――」

みんなはワッと立ち上がり、杯を挙げてカチンと合わせ、カンパーイ――仰向いてぐっと干した。

念弟は、金の指輪をした手を伸ばして杯を取ると、バビットと杯を合わせ、ついで司馬庫と、さらに招弟と杯を合わせた。子供を産んだばかりの招弟は、躰がまだ回復しておらず、顔色が悪くて、頬が病的に赤い。司馬庫が言った。

「新郎新婦にはひとつ趣向を凝らして、交杯酒《ヂアオベイヂオウ》といこう」

司馬庫みずからの指図の下にバビットと念弟が腕を絡ませ、互いに相手の杯の酒をぎこちない飲み方で飲み干すと、みんながどっと沸いた。その後は杯のやりとりのかけ声、飛ぶように動く箸、何十という口が物を噛む下品な音。唇から顎にかけては、油でギトギトになる。

わたしたちのテーブルは、わたし、司馬糧、沙棗花、八姐などのほかに、どこから来たとも知れぬチビどもだった。わたしのほかは、みんな食べ物を口にするので、わたしは連中を観察してやることにした。沙棗花が真っ先に箸を放り出して手を使い、左手に鶏の足を握り、右手で豚足をつまんで、代わりばんこに齧りだした。

気がつくと、このテーブルの子供らは、エネルギーを集中すべく、口を動かすときは目を閉じているのだった（まるで八姐の真似だ。燃えるような頬に赤い唇をして、新婦よりずっときれいな八姐）。ところが、料理を取る段になると、目を皿のようにする。動物の死体を奪い合う連中を見ていると、悲しくなってくる。

六姐がバビットに嫁入りするのに、母親は反対だったが、「お母さんがお祖母さんを殴り殺したことは、秘密にしてあげるわ」と言われて、たちまち折れて、黙ってしまった。秋になって萎れた葉っぱみたいな表情で沈黙した母親は、それっきり六姐の結婚にはいっさい口を出そうとせず、それはそれで、六姐を何日も不安にさせたものだった。

テーブル間の挨拶の行き来は止んで、宴会は、それぞれのテーブルで拳を打っては酒を飲む無礼講に入った。酒と料理が続々と運ばれる。屋号入り白服姿のボーイが何枚も並べた皿を腕に載せて、小走りに行き交いながら、節をつけて高らかに料理の名前を呼び上げる。

――さあさ、紅焼獅子頭《ホンシャオシーズトウ》［肉団子の砂糖餡かけ］だよ！

――さあさ、鉄扒鶴鶉《ティエバアンチュン》［鶉の煮込み］だよ！

――さあさ、蘑菇炖小鶏《モオグードウンシャオジー》［茸と若鶏の煮込み］だよ！

わがテーブルは、皿掃除軍団だった。

――さあさ、玻璃肘子肉《ポオリーヂョウズロウ》［豚のもも肉の塩煮］だよ！

ギラギラの豚のもも肉がテーブルの真ん中に置かれるや、油でギトギトの手が一斉に伸びる。熱っ、と毒蛇のようにシューシューと息を吸う。どっこい、そんなことで諦めてなるものか。もう一度手を伸ばすと、皮をむしり、テーブルに落としたのを拾って、口に放り込む。そのまま休まず、首を伸ばしてぐっと呑み込み、口を歪めて眉を顰め、目に涙を浮かべる。瞬く間に肉も皮もなくなり、皿の中には真っ白い骨だけが残される。そいつを手に入れたやつは、関節のゼラチンを囓るのに夢中になり、手に入れられなかったやつは、ねたましげな目をしながら人さし指を舐める。

みんなの腹はゴム鞠のように膨れ、細い足が惨めったらしく板の腰掛けから垂れている。腹の中では緑色の気泡が沸いて、ヤマネコの鼾のような音を立てる。

――さあさ、松鼠桂魚《スウンシューグエイユイ》［切れ目を入れた桂魚を丸ごと揚げた料理］だよ！

腹の出た短足の人相の悪いボーイが、純白の燕尾服姿で、木の盆を掌で支えて現れた。盆の中は白い陶器皿で、上に黄色く揚がった大きな魚が載っている。おなじような燕尾服姿のボーイが十数人、おなじように木の盆と陶器の皿と黄色く揚がった魚を掌に載せて現れたが、次第に背が高くなるようで、列の最後に並んだのは、まるで後に知った電柱のようだった。その男は魚の皿をわたしたちのテーブルに置くとき、わたしにおどけ面をして見せた。よく見た顔のような気がした。口を歪め、片目をつぶり、鼻に皺をいっぱい寄せる……このおどけ面、どこで見かけたのだったろう？　鉄道爆破大隊が上官盼弟《シャングワンパンディー》と魯立人《ルーリーレン》のために催した結婚祝賀会の席だったろうか？

　全身が金色の傷だらけの松鼠桂魚。傷の上には、甘酸っぱい飴色のたれがかかっている。青いネギの葉の陰に隠れている白い目玉。三角のしっぽは惨めに皿の外に飛び出し、まだ微かに震えているかに見える。

　油でギトギトの小さな指が、またもや探るように伸びてきた。桂魚の死体がバラバラにされるのを見るに忍びず、わたしは顔を背けた。バビットと上官念弟がメインテーブルから立ち上がった。それぞれが紅葡萄酒の入ったワイングラスを持ち、空いた手を絡ませている。二人は上品な身のこなしで、わたしたちのテーブルに向かって来たが、テーブルのみんなの目は桂魚を睨んでいる。哀れな魚はもはや半身を剥ぎ取られ、青い小骨が剥き出しになっている。小さな手がそいつを引っ張ると、下の半身がたちまち細かく砕けた。

　子供らの前には、形の見分けのつかなくなった魚肉の塊が、湯気を上げて置かれている。貪欲な小動物みたいに、連中は大量の食物を巣穴の側まで運んでおいて、その後でゆっくり平らげるというわけだ。大皿には、丸々と肥った魚の頭と形のよい薄いしっぽ、それにその間を繋ぐ骨しか残されていない。真っ白だったテーブルクロスは汚れ放題だが、わたしの前だけは目にしみる白さを保っており、赤い酒の入ったグラスがその真ん中にきちんと置かれている。

「チイサナオトモダチノミナサン」

と、グラスをわたしたちの前で挙げたバビットが、親しげに言った。

「ミンナデカンパイシマショウ！」

彼の夫人も、グラスをわたしたちの前で挙げた。蘭の花を思わせる伸びたり曲がったりする指。その花びらの上には、金の指輪が光っている。剝き出しになった乳房が、白磁のような冷たい光を放っている。わたしの胸がドキドキと高鳴る。

口いっぱいに魚の肉をほおばったテーブルのみんなが、慌てて立ち上がった。顎から鼻の頭、さらには額まで、ギラギラする油で汚れている。かたわらの司馬糧は、急いで口の中の物を飲み込むと、テーブルの下に垂れたクロスを持ち上げて、横着な態度で手や口を拭った。

わたしの両手はほっそりと白く、燕尾服にもしみひとつ、ついてはいなかったし、髪の毛は金色に輝いていた。わたしの胃腸は、動物の死体など消化したためしはないし、わたしの口は植物の繊維を咀嚼したためしがないのだ。

油でベトベトの小さな手が、ぎこちなくグラスを挙げて、バビット夫妻が手にしたグラスと合わせた。わたしだけはテーブルの前に立ったまま、上官念弟の乳房をぼーっとして見つめていた。両手でテーブルの端を摑んで、六姐の胸に飛びかかってその乳房に触り、それにかぶりつきたいという思いに、必死に耐えていたのである。

驚いたようにわたしを見ながら、バビットが訊ねた。

「キミハドウシテタベナイノカネ？　ナニモタベテイナイノカネ？　スコシモ？」

その瞬間だけ気取りから解放された上官念弟は、いつもの六姐にもどった表情で、空いた片手でわたしの首を撫でながら、でき立てほやほやの夫に向かって言った。

「弟は半分仙人で、人間の食い物は口にしないの」

六姐の躰の強烈な芳香がわたしの心をとろけさせ、手がわたしの意志に背いてその胸を摑んだ。すべすべの絹のドレスの手触り。キャッと叫んだ六姐が、グラスの酒をわたしの顔にぶっかけた。顔を真っ赤にした六姐は、乱されたドレスの襟元を引っ張って、低い声で「バカ！」と悪態をついた。

顔に赤い酒が流れ、目の前に透明な赤いカーテンがかかった。上官念弟の二つの乳房は、気体の詰まった赤い気球のようで、わたしの目の前にあると言うより、わたしの頭の中で、ポンポンと音を立ててぶつかり合っているのだった。

大きな手でわたしの頭を叩いたバビットが、ウインクして見せて言った。

「オチビサン。オカアサンノオッパイハキミノモノ、オネエサンノオッパイハ、ワタシノモノネ。オトモダチニナリマショウ」

その手を避けたわたしは、滑稽かつ醜い顔を敵意をこめて睨んだ。ことばで言い表しがたいほど、心が痛んだ。玉石を彫り上げたような、艶やかで柔らかな六姐の乳房。世に二つとない宝物。今宵それが、そばかすの上に産毛の生えたこのアメリカ鬼子《グェイズ》の手に落ち、ほしいままに摑まれ、触られ、揉みしだかれる。粉団《フエントワン》［砂糖餡の米の粉団子］のように中に蜜の入った真っ白な六姐の乳房、世界の果てまで探しても手に入れがたいあのご馳走が、今宵は真っ白な歯をしたアメリカ鬼子の口に落ち込んで、かぶられ、吸われて、青白い二枚の皮になるまでしゃぶり尽くされる。

しかも、憤慨に堪えないのは、このすべてを六姐がみずから望んでしたことだ。上官念弟。ちょっと突っついただけでわたしにはびんたを食らわし、ちょこっと触っただけでこの顔に酒をぶっかけた。ところが、バビットに触られ、噛まれるのは、喜んで受け入れるのか。この世はあまりに不公平だ。下劣なやつらめ。なぜこの苦しみを分かってくれないのか？　この世で、わたしほど乳房が分かり、乳房を愛し、乳房を守るすべを知っている人間はいないのに、この善意をおまえたちは無にするというのか。無念さに、わたしは泣けてきた。

バビットは、わたしに向かって肩をそびやかしておどけ面をして見せると、上官念弟の腕を取って、べつのテーブルへ挨拶に回った。

ボーイがスープを運んできた。中には黄色い卵の皮と、死人の髪の毛のようなもの［西北地方の河川に生ずるもずくに似た藻の髪菜《ファツァイ》。発音が発財＝金儲けと共通なので、縁起物としても珍重される］が浮いている。わたしのテーブルの連中も、隣のテーブルの大人の真似をして、白いちりれんげでスープをよそうが、できるだけ中身を掬おうとするので、汁があたりに飛び散った。ちりれんげを口のところに持っていって、ふうふう吹きながら、ちびちびと飲む。司馬糧がわたしを突っついた。

「チビ叔父、ちょっと飲んでみたら。美味いぞ、羊の乳と変わらないから」

「いやだ」とわたしは言った。「おれは飲まん」

「だったら座って。みんなが見てるから」と司馬糧は言った。

わたしは挑みかかるような目で周りを見回したが、だれもこっちを見ている者はいなかった。インチキ情報を流しやがった。

どのテーブルも中央から白い湯気が立ちのぼっており、電灯のあたりまで上がると、加熱されて霧になって消えてしまう。食器が散らばり、教会の中はむっとする酒臭さで、客たちの顔もぼやけてよく見えない。

バビット夫妻はメインテーブルにもどって、もとの位置に座っている。上官念弟が上官招弟の耳元に口をつけて、内緒話をするのが見えた。なにを言っているのだろう？　このわたしに関係したことだろうか？　招弟がうなずくと、念弟は口を離して、もとのすました姿勢にもどった。ちりれんげをつまむと、スープをちょっぴり掬って口元に持っていき、唇で軽く触れてみてから、上品に飲む。

バビットと知り合ってたったひと月余りにしかならないのに、上官念弟はまるで人が変わったみたいだ。勿体をつけくさって。ひと月前には、ズルズルとお粥を啜っていたくせに。ひと月前には、大きな音を立てて痰を吐き、手鼻をかんでいたくせに？　むかつきもし、感心もさせられる。どうしてこうも素早く変われるものか、考えてみたが、答えは見つからなかった。

ボーイが主食を運んできた。水餃子に、わたしの食欲をダメにするコメツキムシみたいなうどんに、色とりどりのケーキ類。みんなの食い様を描くのがほとほと嫌になった。空腹で苛つく。

母親も、わたしの羊も、待ちかねているのではなかろうか？

それなら、どうしてまだいるのか——わたしの位置は通りに面した教会の正門にいちばん近かったから、出て行っても止める者はいないのだから——。そのわけは、食事の後でバビットが再度、西洋の物質文明をお見せする、そう司馬庫が言いふらしていたからである。それが映画だと、わたしは知っていた。人間の姿が電気で本物みたいに動くという。

祝賀宴に母親を招きに来て、二姐が言い出したことだったが、それなら二十年も前に見たことがあると母親は言った。

——ドイツ人がやって来て、化学肥料を売りつけるためにやった。糸で編んだ袋に入った白い粉末で、畑にやると穀物が増産できるというのだったが、だれも信じなかった。農作物は糞と決まったものじゃ。ドイツ人がただでくれた化学肥料は、みんなして池に埋めた。その年は池の蓮がバカに育って、肉の分厚い碾き臼ほどもある葉ができたが、花はほとんどつかなかった。ペテンにかからなくてよかったと、みんなは喜んだ。ドイツ人めらは、わしらを殺すつもりでいくさったのじゃ。なにが化学肥料じゃ。葉しか育たず、花がつかなければ、実などできはせん。毒じゃ。

祝賀宴はとうとう終わった。ボーイたちが大きな籠を担いで駆け込んで来ると、風が払うようにテーブルの上の食器を片づけた。ちゃんとした食器をガチャンガチャンと投げ込んで、砕けたやつを担ぎ出す。手伝いの精悍な兵隊が十人余り、駆け込んで来るなりテーブルクロスを引っ剝がし、くるくる巻いて飛び出していく。そこへもう一度走り込んできたボーイたちが、素早く新しいクロスを掛け、ついで葡萄、キュウリ、西瓜、梨などを出す。ほかに、サツマイモ揚げに似た色の、変な臭いのするコーヒーとかいうやつ。次々と運ばれるいくつとも知れぬポットにカップ。

客たちは、げっぷをしながら改めて座に着き、躊躇いながらこわごわ口を尖らせて、漢方薬でも飲むようにしてコーヒーなるものを飲む。しかめっ面をしながら、ひと口またひと口、一杯また一杯と飲むうちに、兵隊たちが四角い机を担ぎ込んできた。机の上には機械が据えてあり、赤い布がかぶせてある。

司馬庫が手を叩いて言った。

「映画の夕をこれから始める。兄弟たち、ババビット先生に腕前を披露してもらおうではないか」

熱烈な拍手の中で立ち上がったバビットは、みんなに向かって一礼すると、机の前に進んで赤い布を持ち上げ、奇妙な機械の獰猛な顔をさらけ出した。

バビットの指が、キラキラ光る大小の輪の上を動き回ると、機械の胴体からブーンという音が聞こえ、突然白い光が鋭く走って、教会の西の側壁を照らした。ワッという歓声に続いて、腰掛けを引く音がひとしきりした。みんなが光を追って、躰の向きを変えたのだ。

初め光は、土の中から掘り出して、改めて十字架に打ちつけたばかりの棗の木のキリストの腐った顔に当たった。この神聖な偶像はいまや昔の面影はなく、目の部分には黄色い霊芝《れいし》が生えている。敬虔なクリスチャンであるバビットは、結婚式はどうしても教会でやると言って聞かなかった。昼間はキリストが霊芝の生えた目で、自分が上官念弟とめでたく結ばれるのを眺めてくれたので、夜はバビットのほうが電気の霊光でキリストの目を照らし、霊芝に白煙を生じさせたというわけだ。

光はイエスの顔から胸へ、胸から腹へ、腹から中国の大工によって蓮の葉として処理された陰部へ、そこからつま先へと移動して、ついに灰色の側壁に掛けられた黒い色で幅広く縁取りされた長方形の白い布をとらえた。光は揺れながら白布の黒枠の中へと縮まり、さらに揺れてはみだし、やがて落ち着いた。そのときわたしは、雨水が軒端を急速に流れ落ちるような、ザアーという音を機械が立てるのを聞いた。

「デンキヲケシテクダサイ！」とバビットが大声で叫んだ。

カチャッという音とともに、梁の電球が全部消え、わたしたちは突然、闇の中に沈んだ。だが、バビットの魔物の機械から発射される光は、ひときわ白さと明るさとを増した。小さなコメツキムシの群れが、いくつも光の中で舞う。白い蛾が一匹、物にぶち当たるような飛び方をすると、白布の上にたちまち、何倍にも拡大された鮮やかなその影が現れた。暗闇の中でワッと歓声が上がるのを聞いて、わたしも思わずなにか叫んだ。電気の影とやらを、ついにこの目で見たのだ。

そのとき、だれかの頭が突然、白い光の柱の中に現れた。司馬庫の頭だ。両の耳たぶが光で透き通り、血の循環が見て取れる。頭を回して、顔を光源に向けると、光で顔が扁平に見え、透明な紙のように白くなった。白布の上に薄っぺらな巨大な頭が映ると、暗闇の中でまたも歓声が上がり、わたしもそれに加わった。

「スワリナサイ！　スワリナサイ！」

と、バビットが腹立たしげに叫んだ。ほっそりした白い手が光の中でちらっとして、司馬庫の大頭は沈んだ。

　側壁でパンパンパンという音がして、白布の上で、銃でも撃ったように黒い点がいくつか跳ねた。白布のかたわらにぶら下がっている黒い箱から、音楽が聞こえてきた。胡弓のような、チャルメラのような、それでいてそのどっちでもない、まるで網杓子からズルズルと押し出されてくる緑豆のハルサメみたいな、押し潰された音楽。

　白いくねくねした文字が、白布の上に次々と現れた。大小さまざまで、下から上へと流れていくので、みんなが歓声を上げた。水は低いほうに流れるとよく言うが、この外国の文字ときたら、それとは逆の特徴を持っていて、低いほうから高いほうへ流れるのだ。白布から流れ出た文字は、暗い側壁の上に消えた。明日になってあの側壁を削ってみたら、ああして壁の中に入っていった外国文字をほじくり出せるだろうか？

　などとわけの分からぬことを考えていると、白布に一本の河が現れた。水がサラサラと流れ、流れのほとりには木があり、木には鳥がいて、鳴きながら飛び回っている。みんなはぽかんと口を開けて、歓声を忘れた。やがて、銃を背にした男が現れた。はだけた広い胸には毛が生えている。口にタバコを銜えているが、その先から煙が上がり、鼻の穴からはなんと煙を吹きだした。まったく不思議だ。森の中から熊が一頭現れ、男に跳びかかった。教会の中で、女の悲鳴と銃の撃鉄を起こす音が響いた。だれかが急に光の柱の中に現れた。またしても司馬庫だ。熊を射殺すべくリボルバーを握っているが、その熊は彼の背中で撃たれた。

「スワリナサイ！」とバビットが叫んだ。「バカタレ。コレ、エイガデス！」

司馬庫が座ったとき、熊はもはや白布の上で死んで横たわっていた。胸からはドクドクと血が流れており、側では猟師が銃に弾をこめている。

「クソったれ。すごい腕だ！」と司馬庫が叫んだ。

白布の上で顔を上げた猟師は、わたしには分からないことばを呟くと、バカにしたように笑った。銃を肩に担いだ猟師が、人さし指を口の中に突っ込み、高い音で口笛を鳴らすと、その音が教会の中でこだました。

馬車が一台、河辺の土道を疾走してくる。牽いている馬はわが物顔だが、いささか間が抜けても見える。どこかで見かけたことのあるような馬具。横木のところに女の人が一人、立っている。色は分からないが、風になびく長い髪。大きな顔、秀でた額、この上なく美しい目、猫の髭のように黒くて硬い湾曲した睫。口はすごく大きくて、唇は黒く光っている。放蕩な感じだ。乳房が、しっぽを押さえられた二匹の兎みたいに、狂ったように跳ねる。上官家のあらゆる乳房を超える豊満な乳房。

馬車がこっちへ向けて疾走してくると、わたしは胸がどきつき、唇は乾き、両手に汗が出た。さっと立ち上がったが、たちまち力の強い手に頭を押さえつけられ、腰掛けにむりやり座らされた。振り向いて見ると、口を開いたその男は見覚えのない顔だった。その背後にはほかにも人がぎっしり詰めかけ、入り口を塞いでいる。なかには、入り口の鴨居にぶら下がりそうにしているのまでいる。外の大通りは、中に割り込もうという大勢の人間で、ワイワイという騒ぎだ。

女は馬車を停めると、跳び降りた。スカートをからげ、白い太股をちらつかせながら、たぶんれいの男をであろうが、大声で呼び、叫びながら走る。思ったとおり相手はあの男で、死んだ熊など放り出し、銃を捨てて女のほうへと突っ走る。女の顔、目、口、歯、起伏する胸。男の顔、濃い眉毛、鷹のような目、光る頬髯、眉と額の間にある傷跡。女の顔、男の顔。靴を脱ぎ捨てた女の足、重い男の足。

やがて女が男の胸に飛び込む。乳房が押し潰され、女の大きな口が男の顔をひとしきり突っつきまわす。男の口が女の口を塞ぐ。ついで男と女は口と口とをぴったりつけあって、互いに吸い合う。曖昧な呟きが女の口からもれる。二人の手は首や腰を抱き合い、はては互いにまさぐり合っているうちに、しまいにはふかふかの草原に倒れこんで、上になり下になりして転がり回る。そうやって長い距離を転がり回っているうちに、動きを止め、男の毛むくじゃらな手が女のドレスの中に伸びて、片方の乳房を摑む。心に耐え難い痛みを感じたわたしの目から、つらい涙が迸った。

白い光の束とともに、白布の上にはなにもなくなった。魔物の機械の側で、パチンと電灯が点いた。みんな荒い息をしている。教会の中はぎっしりの人で、わたしたちの前のテーブルにまで、けつ丸出しの餓鬼が座っている。機械の側の電灯の明かりの中で、バビットは魔神のようだった。機械の輪はなおも回転しつづけていたが、やがてカチャッという音とともに停まった。

司馬庫が跳び上がって、ゲラゲラ笑いながら、

「クソったれ！　物足りんぞ。もう一遍やれ！」

四

四日目の夜、映画をやる場所は、司馬家の広いこなし場に移された。

いちばんいい〝金〟の位置には、司馬中隊の全員に司馬家の一族が陣取った。次の〝銀〟の位置には鎮《まち》の大物たち。並みの民間人は〝銅〟か〝鉄〟の位置である。高々と掲げられた白布の裏は、蓮や浮き草の池になっており、そのさらに向こうでは、老人や躰の不自由な者たちが立ったり座ったりしている。裏側から映画を楽しむとともに、映画見物の人間をも楽しもうというわけだ。

それは高密県東北郷の歴史に書き込まれる一日となったのだが、いまにして思うと、その日はなにもかもが異常だった。

昼頃、太陽が暗くなって蒸し暑くなり、河では魚が腹を返し、空飛ぶ鳥が真っ逆さまに落ちてきた。こなし場で幕を張るための柱を立てていた元気の良い少年兵が腸捻転を起こし、口から緑の液を吐きながら、苦痛に転げ回った。

黄花紫皮《ホワンホワズーピーシヨー》蛇が何十匹も並んで、大通りを這って行った。

沼地のコウノトリが、次々と群れをなして村はずれのサイカチの樹に舞い降り、重みで細い枝は折れ、樹は、白い羽、羽ばたく翼、蛇のような首、硬直した長い足などで覆われた。

村の力自慢の張大胆《チヤンダアダン》が、こなし場にあった十いくつもの石のローラーを、ことごとく池に投げ込んだ。

昼下がり、長旅をしてきたと見えるよそ者が何人かやって来た。連中は蛟竜河《ヂャオロンホー》の堤防に座って、紙のように薄い煎餅《ヂエンビン》［薄揚げパン］を食らい、赤蕪にかぶりついた。どこから来たかと訊くと、安陽《アンヤン》からだと言い、なにしに来たかと訊くと、映画を見に来たと言い、映画をやるのをどうやって知ったかと訊くと、良いことは風よりも速く千里を走るものさ、と答えた。

母親が、これまでになかったことに、バカな娘婿をめぐる笑い話を一つ、してくれた。

日の暮れ時、五色に染められた夕焼け雲が、さまざまに姿を変えながら、空を一面に覆った。蛟竜河の流れが血のようだった。

黄昏時になると、蚊の大群が黒い雲のように、こなし場の上を漂った。

池の遅咲きの白蓮が夕焼けに染まって、天上界の聖なる物のように見えた。

わたしの山羊の乳が、血腥い味がした。

晩の乳を飲み終えると、映画の虜になっていたわたしと司馬糧《スーマアリアン》は、こなし場へと走った。夕日に向かって走ると、夕焼けが真っ向から襲ってきた。腰掛けを担いで子供の手を引いた女や、杖をついた老人などをねらって、追い越しにかかる。

かすれ気味の良い喉で門付けをして暮らしている盲人の徐仙児《シュイシエル》が、長い竹の杖で道を探りながら、躰を斜めにしてわたしたちの前をすいすいと行く。油屋の女主人の片乳の金《ヂン》が訊ねた。

「めくらさん、なにをそんなに急いでいるのかね？」

「あんた、目明きなら、見たら分かるじゃろう」と徐仙児が言った。

年から年中蓑を着て、漁で暮らしを立てている杜白臉《ドゥーバイリエン》が、蒲《がま》を編んだ丸い腰掛けを提げて割り込んできた。

「目も見えないくせに、なにが映画見物じゃ！」

かっとなった徐仙児が罵った。

「白臉［白い顔の意がある］か。おまえなんぞは白腚《バイディン》［白いけつ］じゃ！　めくらなどとけなしくさって。これでも眼《まなこ》を閉じれば、この世のさまはお見通しじゃわい」

竹の杖をさっと振ると、ビュッと音がして、危うく杜白臉の鷺のような臑《すね》を叩き折るところだった。杜のほうも躰を寄せて、葦の腰掛けで徐を突き倒しにかかる。長白山《チャンバイシャン》に朝鮮人参掘りに行って、熊に顔半分を食いちぎられた方半球《ファンバンチュー》が割って入って、

「杜さん、めくら相手に喧嘩なんぞしたら、笑い者じゃぞ。いいじゃないか、どうせ村内《むらうち》の間柄のことじゃ。損した、得したと言うてみたところで、たいしたことはありはせん。長白山へ行ってみろ。おなじ村はおろか、おなじ県の人間に出会っても、そりゃまあ懐かしいもんじゃぞ！」

ありとあらゆる人間が、司馬家のこなし場へと集まってきた。家々の食卓での議論の的は司馬庫の仕事であり、女たちのおしゃべりの話題は上官家の娘たちのことだった。わたしたちは心地良さに身も軽くなる思いで、この映画がいつまでもつづいてくれることを祈った。

バビットの機械の前に、わたしと司馬糧の場所が与えられていた。座についたときには、西の空の炎はまだ完全には消えやらず、ひんやりとした夕風が腥い臭いを運んできた。

わたしたちの前には、生石灰で区切られた場所が空けてあった。青桐の棒きれを手にした村の

ごろつきの聾漢国《ロンハングオ》が、後から後からそこに入り込んでくる村人たちを追っ払っている。酒臭い臭いをさせ、歯にはニラをくっつけたなりでカマキリのような目を剝いて、コメツキムシの妹の斜眼花《シェイエンホワ》の髪の毛の赤いリボンを、遠慮会釈もなく一発で叩き落とした。この斜眼花は、村に軍隊が駐屯するたびに、補給将校と躰の関係を結ぶ女で、いまも身につけている絹の下着は司馬中隊の補給将校の王百和《ワンバイホー》からもらったもの、口の中には王のタバコの臭いが残っているという次第である。悪態をつきながら、腰を折ってリボンを拾うついでに、砂を一摑みすると、聾漢国のカマキリ目めがけてぱっと投げつけた。目に砂が入った聾漢国は、青桐の棍棒をおっぽりだして口の中の砂をペッペッと吐き出し、手で目を擦りながら罵った。

「斜眼花、このおまんこ売りの淫売め。おまえのお袋の娘、コメツキムシの妹なんぞ、やってこましてやるわい」

炉包《ルーバオ》［ネギ入り揚げギョウザ］売りのおしゃべり趙甲《ヂャオヂア》が小声で言った。

「聾漢国よ。なにもそう七面倒くさいことをせずとも、そのものずばり、斜眼花をやってこませば、それで済むじゃないか！」

言い終わった途端に、えんじゅの木の腰掛けが肩に叩きつけられた。ギャッと叫んで慌てて振り向くと、斜眼花の兄のコメツキムシである。痩せて顔色が悪く、髪の毛は真ん中できっちりと分け、両側ははね上げて、細い刀傷みたいな筋を頭の真ん中につけている。黒い絹の上着姿で躰をブルブル震わせ、養毛剤の匂いをぷんぷんさせながら、目をしきりにパチパチさせている。この男は血を分けた妹と関係していると、司馬糧がこっそり教えてくれた。そんな秘密を、こいつはどこから知ったのだろう？

「チビ叔父。明日になったら、補給将校の王を銃殺すると、お父は言うてたぞ」

と、司馬糧が小声で言った。

「コメツキムシは？　コメツキムシは銃殺しないのか？」

と、わたしも小声で言った。コメツキムシはわたしのことを間の子のチビなどと罵ったことがあるので、わたしは憎んでいた。

「お父に言ってやるよ、あのろくでなしを銃殺にしてくれって」

「そうだ。あんなろくでなし、銃殺じゃ！」

と、わたしは鬱憤を晴らすかのように言った。

両の目から涙を流しながら、目の見えない聾漢国は、腕をやたらと振り回す。コメツキムシが再度振り下ろしてきた腰掛けを奪い取った趙甲が、そいつを空中にひゅっと投げ挙げた。

「おまえの妹をやってこますぞ！」

と、趙甲はあっさり言ってのけた。コメツキムシが鷹の爪のように曲がった指で趙甲の喉元に摑みかかると、趙甲は相手の髪の毛を摑んだ。揉み合ったまま、二人は司馬中隊のために空けてある場所に入り込んだ。兄に加勢しようと飛び込んではみたものの、斜眼花が何度か突き出した拳は、間違ってコメツキムシの背中に当たってしまった。そのうち機を窺って、蝙蝠のように趙甲の背後に回り込んだ斜眼花は、手を趙の股間に伸ばして、キンタマを摑んだ。武術の心得のある関流星《グワンリユーシン》が喝采の声を上げた。

「いいぞ！　葉の下で桃をもぐの形じゃわい！」

悲鳴を上げた趙甲は手を放すと、干しエビみたいにくの字に躰を縮め、顔色は次第に沈む暮色に黄色く染まった。斜眼花はぎゅっと捻り上げておいて、憎々しげに言った。

「やってこますつもりだろ？　このとおり、お待ちしてるわよ！」

趙甲は完全に地面に伸びて、ヒクヒクする肉塊と化した。

涙で見えなくなった聾漢国は、青桐の棍棒を探り当てるや、葬儀の列の先導役よろしくそいつを振り回し、だれかれの見境なしに手当たり次第になぎ倒しにかかった。殴られた人間こそ災難で、婆さんや子供の悲鳴が上がる。騒ぎを見ようとはやし立てながら前に押し寄せる人間と、外へ逃げようとする人間とが、互いに踏んだり蹴ったりしながら、もつれ合う。気をつけて見ていると、けつに一撃をくらった斜眼花が、その人混みの中につんのめった。そこを、かねてから快く思っていなかった者、どさくさに紛れて楽しもうというやつ、そこら中の手が抓るやら触るやらして、ギャーギャー言わせる……

バアーン！　銃声が一発。撃ったのは司馬庫だった。黒いコートを羽織り、衛兵を従えた司馬庫が、ババビットや上官招弟、上官念弟などを連れて、怒りも荒くやって来た。

「静かにしろ！」

と衛兵の一人が怒鳴った。

「これ以上騒ぐと、中止するぞ！」

人々が次第に静まると、司馬庫が、一緒に来た者たちとともに座についた。空は紫色に変わり、闇が訪れようとしていた。痩せた月が明るい光を放っており、西南の方角のそのふところでは、星が一つ、キラキラ輝いていた。

騎馬隊、ラバ隊、平服隊などがやって来ると、二列に並んだ。銃を抱いたり背負ったりしながら、きょろきょろと女を見回す。シェパードがぞろぞろ入ってきた。黒い雲が月や星を呑むと、闇が大地を閉ざした。木の上のコメツキムシの声がもの寂しく、河の水音が高まった。

「発電!」

と、わたしの左前で司馬庫が命じた。ライターを鳴らしてタバコに火をつけたが、つけ終わると、大袈裟な動作で横に振って消した。

発電機はウイグル女の屋敷跡に置いてあった。一本の懐中電灯の光の中で、数人の黒い影が動き、やがて機械が唸りだした。初めのうち、高くなったり低くなったりしていたが、間もなく落ち着いた。電灯が一つ、わたしたちの頭のうしろで点いた。

「点いた!」

みんなが感激して叫ぶ。前に座っている連中が電灯のほうを振り向き、目がいっせいに緑に光った。

最初の夜とおなじように、白い光が白布を探すと、その中で激しく飛び回る蛾やイナゴが白布に巨大な影を浮かび上がらせ、兵隊や観衆にため息をつかせた。

だが、最初の夜とは違ったことも多かった。司馬庫は、跳び上がって耳たぶを光に透かされるようなマネはしなかった。周りの闇は前より濃くて、光は鮮やかさを増した。湿った空気の中を、田野の息吹が伝わってくる。風の音が木の上にまつわりついている。空には夜なく鳥の声が集まり、河の水を魚が音を立てて砕いた。それに、堤防の下あたりではロバが鼻を鳴らす音。あれは、遠くからきたよそ者が乗ってきたやつだ。村の奥で犬が吠えている。

西南の方角の低く垂れた雲に、稲光が緑に光る。それが消えたあたりで、くぐもった雷鳴がする。砲弾を満載した列車が、膠済《ヂャオヂー》鉄道を疾駆していく。巨大な車輪がレールを擦る鋭い音に、水の流れるような映写機の音が溶け合う。

わけても違うのは、白布の上に映される画面に、わたしの興味が半減したことである。その日の午後、司馬糧が秘密めかして言ったのだ。

「チビ叔父、お父が青島《チンタオ》から新しいフィルムを買ってきたと。中は全部、裸で風呂に入っている女だぞ」

「ウソつけ!」とわたしは言った。

「ほんとだって。小杜《シャオドウー》に聞いたんだ。平服隊の陳《チエン》隊長がオートバイで取りに行って、じきもどって来るって」

ところが、やっぱりこの間のやつだった。このウソこき。わたしは司馬糧の腿を抓ってやった。

「ウソじゃないって。先に古いのをやって、後から新しいのをやるのかもな。まあ見てろや」

熊が撃たれた後の情景も、猟師と女が地面を転げ回る情景もわたしには分かっていて、目を閉じさえすれば、それらの画面は流れるように脳裏を滑っていった。そこでわたしは、暗がりの中で、前の人間や周りの情況を観察するゆとりができた。

上官招弟は産後で躰が弱っているので、カーキ色のコートを羽織って、わざわざ運ばせた赤く塗った肘掛け椅子に座っている。その左手が司令官の司馬庫で、おなじく肘掛け椅子に座っているが、コートは椅子の背に広げてある。その左側は上官念弟で、華奢な籐の椅子に座っている。白いドレスは、れいの長いしっぽのついたやつではなくて、襟の高い、躰にぴっちりしたそれだった。

初めのうち、みんなは上体をしゃんと伸ばし、首はぴんと立っていた。司馬庫はときたま大きな頭を右に向けて、上官招弟とひそひそ話をした。が、白布の上の猟師がタバコを吸い始めると、上官招弟は首や腰に疲れをみせ、躰はずり落ち、頭を椅子の背もたれに預けてしまった。髪の毛の宝石の白い輝きや衣服の樟脳の匂いなどをぼんやりと感じているうちに、彼女の不規則な鼻息がはっきりと聞こえた。

れいの乳の大きな女が馬車から降りて走り出すと、司馬庫が躰をくねらせた。上官招弟はふらふらで寝かけていたが、上官念弟の姿勢はかわらずきちんとしていた。司馬庫の左腕が、暗がりの中で、犬のしっぽのようにそろそろと動いた。その手が、わたしには見えた。その手が、上官念弟の太股を上からそっと押さえた。上官念弟は、触られたのが自分でないかのように、相変わらずきちんとした姿勢を保っている。怒りとも恐れともつかず、わたしは不快だった。喉がからからで、咳が出そうだった。

緑の稲光が、沼地の上空で、破れ綿みたいな黒雲を木の枝の模様に素早く切り裂いた。その稲光ほどの速さで、司馬庫の手がさっと引っ込められた。羊のような咳を一つすると、躰を揺すり、首をねじ曲げて映写機のほうを眺めやる。わたしも振り向いて見ると、間抜けのバビットは、映写機の側面の白い光を出している小さな穴に顔を向けて、中を覗き込んでいた。

白布の上では女と男が抱き合ってキスを始めた。司馬庫の兵隊たちが、ハアハアと荒い息の音をさせる。司馬庫の手が、荒々しく上官念弟の股の間に伸びた。左手をそろそろと持ち上げた念弟は、それを頭のうしろに持っていった。髪の毛にでも触るかのような仕草だったが、そうではなく、簪を抜いたのが見えた。ついで、左手を下ろした。あたかも映画に気持ちを集中しているかのように、きちんとした姿勢は保ったままだ。司馬庫は肩をぴくっと震わせ、しゅっと息を吸い込んだ。ギクッとしたのか、かっとなったのかまでは分からなかったが、左手をそろそろと引っ込めると、またもわざとらしい羊のような咳を一つした。

ほっとしたわたしは、白布に目をもどしたが、画面をはっきりとはとらえられなかった。両手は汗でべとべとだった。暗闇の中で起こったこの秘密を、母親に告げたものかどうか。ダメだ、そんなことはダメだ。昨日の秘密だって、言わなかった。だが、母親は気がついている。

緑の稲光が、鉄の溶液でも振り撒いたみたいに、鳥人韓の仲間たちが占拠している砂丘や樹木、土壁の藁葺き屋根などを絶えず照らし出す。震え走る稲光が、光で黒い樹木や黄色い屋根を濡らし、錆びたブリキ板をうち振ったような雷鳴がゴロゴロと鳴る。河辺の草原では男と女が転がり回っているが、わたしの頭には昨夜の光景が浮かんでいた。

昨夜、司馬庫と二姐の招弟に説得され、母親は教会へ映画を見に行ったのだった。いまやっているのとおなじ草原で転がる場面になると、司馬庫はこそこそと座をはずした。わたしは後をつけた。塀に貼りついて歩くさまは、司令どころか、こそ泥そのものだった。むかし泥棒だったことがあるに相違ない。

わが家の庭には、低い南側の塀を乗り越えて入ったが、それは三姐の亭主の孫不言《スウンブウイエン》の行動経路で、鳥の巫女もよく知っている道だった。

塀など乗り越えなくとも、わたしには自分の抜け道があった。表の戸に錠前を掛けると、母親は鍵を戸の側の煉瓦の隙間に置くことにしていたから、目をつぶっていても鍵は見つけられたが、その必要もなかった。表の戸の下には、昔、というのは上官呂氏《シャングワンリュイシー》の時代だが、犬に掘ってやった穴があるのだ。犬はいなくなっても、穴はそのままで、わたしならもぐり込めたし、司馬糧や沙棗花ももぐり込めた。

そういうわけで、わたしは中に入った。そこは西棟の一部で、通り抜け部屋になっており、二、三歩で西棟の入り口だった。西棟の中は碾き臼にロバの飼い葉桶、上官来弟の積み藁の寝床など、すべてもとのままだった。

草原で頭が可笑しくなり、色気違いになってしまった上官来弟は、バビットの婚礼をめちゃめちゃにする恐れがあったので、司馬庫に片手を縄で縛って、窓枠に括りつけられたまま、三日もそのままにされているのである。司馬庫は大姐の縄を解いて、映画を見せてやるつもりだろう、そうわたしは思った。だが、結果は？

おぼろげな星明かりの下で、司馬庫の大きな躰はいっそう際だって見えた。わたしは戸の陰に身を潜めていたので、手探りで入ってきた司馬庫は気がつかなかった。ガランと音がしたのは、来弟の便器にと置いてあったバケツを、彼が足で蹴飛ばしたのだ。

　闇の中で、来弟がケラケラと笑った。小さな火が点った。意外な明るさで、積み藁の上に横になった上官来弟を照らし出した。振り乱した髪に、真っ白い歯。黒いコートはもはやぼろぼろだ。その恐ろしさは、まるで女の幽鬼のようだった。

　司馬庫が手を伸ばして顔を撫でたが、恐がるふうもない。ライターの火が消えた。囲いの羊が蹄で土を掻く音。司馬庫の笑い声。義姉《あね》さんよ、と司馬庫は言った。尻の割れ目の半分が、あんた、痒くて堪らんのだろう？　こうして来てやったぜ……

　屋根を突き抜けそうな狂った甲高い声で来弟が叫んだが、基本的には草原でやった、堪らないよう、我慢できないよう……というやつだった。

　義姉さんよ、あんたが乾けばおれは雨、救いの星というわけさ、と司馬庫が言った。

　二人は、水の中でウナギの穴をさらうみたいに、一つにもつれ合った。上官来弟の叫び声は、かつての鳥の巫女よりも鋭かった……

　わたしは冷や汗びっしょりになりながら、こっそり穴をくぐって、路地へ舞いもどった……

　教会の映画が終わりに近づいたころ、司馬庫はこっそりもどってきた。司令と見て、みんなは道を空けた。わたしの側を通り過ぎるとき、ひょいと頭を撫でられたが、その手が上官来弟の乳房の匂いをさせているのが分かった。

　自分の席にもどると、二姐に向かって小声でなにか言い、二姐が笑い声を漏らしたようだった。

そのとき、電灯が点いた。みんなは途方にくれたように、一瞬ぼんやりしていた。立ち上がった司馬庫が言った。

「明日の晩は外でやることにする。本司令官としては、民間が豊かになるように、西洋文明を導入するつもりだ」

みんなは我に返り、ざわめきが機械の音を押さえた。

やがて他人がほぼ引き上げてしまうと、司馬庫が母親に向かって言った。

「お義母《かあ》さん、どうかな？　無駄足じゃなかったでしょうが？　この次は、この高密県東北郷に映画館を一つ建てるつもりでいます。バビットというやつは、なにをやらしてもできる。こんないい婿ができて、このおれにお礼を言ってもらわなくちゃな」

「いいから、お母さんを送って行きましょ」と、二姐が言った。

「しっぽを仕舞っておくことだね、婿さんよ。人間、有頂天になるとろくなことがない、犬が有頂天になると糞の取り合いをする、と言うでな！」

母親は来弟のなにを手掛かりに昨夜起きた秘密を知ったのか、わたしには見当もつかなかった。

次の日の午前中に、司馬庫と二姐が穀物を届けに来た。袋を置いて二人が立ち去ろうとすると、母親が言った。

「婿さん、ちょっと。話があるから」

「わたしに聞かれて困ること？」と二姐は言ったが、母親は、「おまえはいいから」と言った。

母親は司馬庫を家の中へ連れて入ると、

「あんた、彼女《あれ》をどうするつもりだね？」

「だれをどうすると?」

「とぼけるんじゃないよ!」

「とぼけてなんぞいないが」

「道は二つ、どっちを選ぶかじゃ」

「二つとは?」

「よく聞きなさい。第一の道は、あれを嫁にすることじゃ。正妻になおすか、妾にするか、どっちとも決めないでおくか、それはあんたといまの嫁さんの二姐との相談次第じゃ。第二の道は、あれを殺すことじゃ!」

司馬庫は両手をズボンにこすりつけたが、今度のは、この前草原でズボンをこすったときとくらべれば、まるで違った気分だったろう。

「三日後には、二つの道のうちの一つをあんたは選ばねばならん。話はこれだけじゃ」と母親は言った。

六姐の念弟は、何事もなかったかのように座りつづけている。司馬庫の空咳を耳にして、わたしは心の高ぶりとともに、ある悲しみを覚えた。

前方の白布の上では、男と女が木の下で、女が男の腕を枕に、寄り添って寝そべっている。女はたわわに実った樹上の果物を眺めているが、男のほうは物憂げに草を咬んでいる。両手をついて上体を起こした女が、男の顔のほうに躰をよじると、開いたドレスの襟元から乳房の上半分が剝き出しになり、乳房の間に河の浅瀬のウナギの穴みたいなトンネルができる。あの穴を目にするのは、これで四度目だ。あの穴にもぐり込めたら。

だが、女は場所を移動し、穴は消えた。女が男を揺さぶって、大声で叫ぶが、男は目を閉じたまま、草を咬みつづける。そのうち女は男の顔をぺたぺた叩いて、大口開いて泣き喚く。泣き声は中国の女と変わりはない。目を開けた男が、咬み砕いた草を女の顔に吐きかける。

風が激しく白布の上の樹を揺すり、樹上の果物がぶつかり合う。ザワザワという木の葉の音が、堤防のほうから聞こえてくる。白布の上の風が堤防の樹を鳴らすのか、河筋の風が白布の上の樹を鳴らすのか。

またしても稲光が緑の光を走らせ、すぐつづいてゴオーッという雷鳴。風の音が高まり、人の群れがざわつく。白い光の柱を、キラキラ光る点が貫いた。雨だぞ、とだれかが叫んだ。男が馬車のほうへ行きかけるのを、裸足の女がその腕にすがり、ドレスの裾を乱して引き留める。司馬庫が突然立ち上がると、

「中止、中止！　機械を濡らすな！」

と言って、光の柱を遮った。人々が騒ぎ出し、司馬庫は座った。白布の上では水しぶきが上がる。男と女が河に飛び込んだのだ。

またしても稲光だ。ガラガラガラガラと長くつづいて、映写機の光すら輝きを失った。真っ黒い物が十あまり、稲光がひり出した硬いうんこみたいに飛んできた。猛烈な爆発が人々の群れの間で、おもに司馬中隊の兵隊たちの間で起こった。ものすごい音、緑と黄色の閃光、鼻を刺す火薬の臭いが、ほとんど同時に発生した。

気がついてみると、わたしはだれかの腹の上に座っていた。熱いものが頭に降りかかる。顔を撫でると、ねばねばする。強烈な血の匂いがした。

すぐつづいて、阿鼻叫喚が起こった。理性をなくし、目の見えなくなった人の群れ。白い光の柱の中でうごめく背中、血だらけの頭、恐怖にひきつった顔。河の中で水をかけ合って戯れているアメリカ人の男女二人は、ずたずたにされている。稲光。雷鳴。黒い血。飛び散る肉片。アメリカ映画。手榴弾。銃口から噴き出す黄金の蛇。

兄弟たち、落ち着け！　またもや爆発。お母ちゃん。おまえ。生きている片腕。足にからまる腸《はらわた》。銀貨よりも大きな雨粒。目に痛い光、不思議な夜。

村の衆、動かないで！　司馬中隊の隊員は、そのまま銃を捨てろ！　銃を捨てろ！

叫び声が四方から、じりじりと押し寄せてきた……

五

爆発音が消えないうちに、きらめく無数の松明が四方から押し寄せてきた。黒い雨合羽を羽織り、銃剣をつけた銃を構えた第八師団十七連隊の兵隊たちが、かけ声を合わせつつ、ひたひたと進んでくる。松明を掲げているのは頭に白いタオルを巻いた民間人で、その大半はおかっぱ頭の女たちである。彼らの松明が、十七連隊の兵隊たちを照らし出す。ぼろ綿やぼろ布をくったものに石油をしみ込ませた松明が、つよい炎を上げる。

司馬中隊の中から銃声がはじけ、十七連隊の兵隊が十数人、粟殻《あわがら》のようにバタバタと倒れたが、すぐさまより多くの兵隊がその穴を埋めた。またもや手榴弾が何十と飛んできて、天地も崩れんばかりの爆発が起こった。司馬庫《スーマアクー》が叫んだ。

「投降しろ、兄弟たち。民間人に怪我をさせてはならん！」

こうして、松明に照らし出された空き地に、銃が無秩序に投げ出された。

両手を血塗れにした司馬庫が、上官招弟《シャングワンヂャオディー》を抱いて大声で呼んでいる。

「招弟よ、招弟！　大事なおまえ、目を醒ませ……」

震える手がわたしの腕を摑んだ。顔を上げると、松明の明かりの中に、上官念弟《ニエンディー》の青白い顔があった。おなじように地面に俯せになって、千切れた死体がいくつものしかかっている。

「金童《ヂントン》……金童……」と、六姐《リューヂエ》は苦しげに言った。

「おまえ、大丈夫かい？」

鼻がつんとなり、涙が溢れて、すすり泣きながら、

「六姐、生きているよ。六姐は？　大丈夫なの？」

六姐は両手を差し出して、助けを求めた。

「金童、助けて。手を引っ張って」

わたしの手はぬるぬるで、六姐の手もぬるぬるだった。わたしは六姐の手を摑んだが、泥鰌を摑んだみたいで、ちょっとでも力を入れると、すっぽ抜けてしまう。

そのとき、人々はみな地面に伏せて、立とうとする者はいなかった。白い光がスクリーンを直

射する。アメリカの男女の愛憎のもつれはいまや最高潮に達し、熟睡中の男に向かって女がサーベルを振り上げたところだ。映写機の側で、アメリカの青年バビットがいらいらと叫んでいる。

「ニエンディー（念弟）、ニエンディー！　ドコデスカ？」

「ここよ、バビット。助けて――」

六姐は、彼女のバビットに向かって片手を挙げた。口の中がゴロゴロと鳴り、顔は鼻水や涙で濡れている。バビットは、ひょろ長い躰で念弟のほうにもがき進んだが、まるで泥濘を渡る馬みたいに、その歩みはのろかった。

「止まれ！」

とだれかが怒鳴り、バーンと空に向けて一発撃った。

「動くな！」

刀を腰にくらったみたいに、バビットはガバと地面に伏せた。

司馬糧《スーマアリアン》が、どこかからもがき出てきた。左耳には穴があき、ねばねばした血糊がほっぺたから髪の毛、首筋にかけてべっとりだ。わたしを引き起こすと、こわばった手で素早く躰中を探ってみて、

「チビ叔父、腕も足も、みんなちゃんとしているよ」と言い、腰をかがめて六姐の躰にのしかかっている死体をはね除けて、六姐を助け起こした。襟の高い白いドレスは血だらけだった。

矢のように降り注ぐ雨の中を、わたしたちは製粉所へと追い立てられた。村で最大の建物が、いまや臨時の牢獄と化した。

いまにして思えば、あのとき、十七連隊の民夫たちの手にした松明は雨で消えていたのだから、逃げるチャンスはいくらもあった。兵隊たちにしても、おなじように冷たい雨に叩かれて目も開けていられず、よろよろと自分の身を構うこともままならぬ有様で、前方には懐中電灯が二本、黄色い光を放っているきりだった。ところがだれも逃げようとせず、捕虜にしたほうもされたほうも、どっちも惨めだった。

製粉所の壊れかけた表門が近づくと、真っ先にワッと中に飛び込んだのは十七連隊の兵隊たちのほうで、入れなかった連中は、悪態をつきながら押し合いへし合いした。

降りしきる雨の中で、製粉所は震えていた。稲光の光で、屋根のトタン板の継ぎ目から、雨水が滝のように落ちているのが見えた。突き出たトタン葺きの庇からは光る激流が流れ落ち、門の前の排水溝からはほの白い水が大通りに溢れていた。

こなし場から製粉所まで難儀して歩かされるうちに、わたしは六姐や司馬糧とはぐれてしまった。前にいるのは、黒いカッパを羽織った十七連隊の兵隊で、寸詰まりの唇から白い歯がまると剥き出しだった。灰色の目に霧がかかっているので、その兵隊が絶望と恐怖に心を咬まれているのが感じられた。稲光が消えると、兵隊は闇の中で大きなくしゃみをした。タバコに蕪《かぶら》の混じった臭いが顔にかかり、鼻がつんとしてむず痒くなった途端に、闇の中でくしゃみが一つに重なった。

六姐と司馬糧を探したかったが、大声を出すわけにはいかず、一瞬の稲光をたよりに、魂を震え上がらせるような雷鳴の中で、硫黄の焦げるような雷のにおいを嗅ぎながら、急いで探すほかはなかった。

背の低い兵隊の背後に、コメツキムシの瘦せた顔を見つけた。墓の中から起き上がったほっそりした幽霊みたいに、顔の色は紫色だった。毛布の切れっ端みたいな髪の毛に、躰に貼りついた絹の上着。長さがいっそう目立つ首に、卵みたいな喉仏。胸には肋骨が浮き、瞳は墓場の鬼火のようだった。

夜明けが近くなると、雨足が衰え、トタン屋根のゴーゴーという唸り声が、パタンパタンという間をおいた音に代わった。稲光も減り、その色も、恐ろしい青や緑から穏やかな黄色や白に変わった。雷鳴が遠ざかるにつれて、東北から吹いてきた風に、屋根のトタン板がガタンガタン音を立て、裂け目からは溜まった水がザザアッと流れ落ちてきた。

寒風が骨を刺し、全身こちこちになって、敵味方の区別なく、一つに身を寄せ合った。女や子供らが、闇の中で泣き出した。股の間の息子も金玉もすっかり縮み上がっているのが分かり、腸が引き攣《つ》れて痛んだ。その腸に胃が引き攣られ、腹が氷のように冷えて固まった。あのとき製粉所を離れようとする人間がいても、だれも邪魔しなかったろうが、だれも離れなかった。

そうしているうちに、表門にだれかがやって来た。感覚を失った状態で、わたしはだれかの尻に背中をもたせかけていたが、その人間もわたしに依りかかっていた。表門の外でジャブジャブと水を踏む音がして、ゆらゆら揺れる黄色い光がいくつか現れた。全身をカッパに包んで、顔だけ出した男が、入り口に立って、中に向けて怒鳴った。

「十七連隊の兵士諸君は、ただちに出て整列し、もとの所属にもどれ！」

かすれ声だったが、それはその人間本来のものではなかった。もともとは煽動力に富んだ野太い声の持ち主なのだ。カッパのフードの中の顔が、もとの鉄道爆破大隊隊長兼政治委員・魯立人《ルーリーレン》のものであるのを、わたしはひと目で見分けた。彼が部隊を率いて第八師団十七連隊に編入されたという噂は、春の頃にはわたしの耳に入っていたが、それがとうとう目の前に現れたというわけだ。

「急げ！」と魯立人は言い、

「各中隊は家が割り当ててあるから、同志諸君はただちにもどって足を暖め、生姜湯を飲むように」

十七連隊の兵隊たちは、押し合いへし合いしながら製粉所を出て行った。流れる水で光っている通りにいくつかの列ができ、カンテラを提げた幹部らしい人間が数人、てんでに叫んだ。

〈第三中隊はおれについてこい！〉

〈第七中隊はおれについてこい！〉

〈連隊直属中隊はこっちだ！〉

兵隊たちはカンテラについて、ドタドタと行ってしまった。カッパを着た兵隊が十数人、自動小銃を抱えてやって来ると、班長が挙手の礼をして、

「連隊長。警備中隊第一班、捕虜の監視にまいりました！」

挙手の礼を返した魯立人が言った。

「厳重に監視したまえ。一人も逃がしてはならん。点検は夜が明けてからにするが、わたしの推

測が間違っていなければ」

と、暗い製粉所の中に向かって笑いかけ、

「昔なじみの司馬庫もこの中におる」

「このクソったれ野郎！」

二姐《アルヂェ》の亭主の司馬庫が、大きな石臼のうしろで罵った。

「けちなどぶネズミの蔣立人《ヂアンリーレン》。おれさまはここだぜ！」

魯立人は笑って言った。「夜が明けてから、お目にかかるよ」

魯立人がそそくさと行ってしまうと、背の高い警備班長がカンテラの明かりの中で、製粉所の中に向けて言った。

「まだピストルを隠している者がおることは、分かっているぞ。こっちは丸見え、暗がりからら、一発でおれはお陀仏だ。だが、そんな考えは止めたほうがいい。そっちは撃っても、殺せるのはおれ一人だ。ところが――」

と、背後の自動小銃を抱えた十数人のほうに手を振ってみせて、

「こっちの十数挺が弾をぶち込んだら、死ぬのは一人じゃすまないぜ。われわれは捕虜は優待するんだ。夜が明けたら選別して、無罪の者や、わが隊に加わりたい者は歓迎する。加わりたくない者には、家にもどる旅費を支給してやる」

製粉所の中ではだれも声を出さず、ザアザアという水音だけがしていた。班長は部下に指図して、腐って変形した表門を閉めさせた。カンテラの黄色い光が戸の穴から射し込んできて、腫れ

ぼったい顔がいくつか浮かび上がった。

十七連隊の兵隊が外に出ていくと、製粉所の中に隙間ができたので、わたしは、さきほど司馬庫が声を出したあたりへと手探りで進んだ。ブルブル震えている熱を持った足に何本もぶつかり、切れ切れの呻き声をいくつも聞いた。

このばかでかい製粉所は、司馬庫とその兄司馬亭《スーマアテイン》の傑作で、完成後、うどん粉一袋も碾《ひ》かないうちに、一晩の間に強風で風車の羽を粉々にやられ、残った太い木の軸が羽のかけらをくっつけて、年がら年中ガラガラと音をさせているというシロモノである。中はサーカスができるほど広くて、小山のような石臼が十二基、梃子《てこ》でも動かぬと言いたげに、煉瓦の土台の上にでんと座っている。

一昨日の午後、わたしと司馬糧はここを調べに来たのだ。ここを映画館にするよう、お父に勧めるつもりだと、司馬糧は言った。中に入って、わたしは思わず身震いした。がらんとした製粉所の中で、凶暴なネズミの群れが、キキキと鋭い鳴き声を上げてわたしたちのほうに押し寄せ、二、三歩前で停まったのだ。先頭にいたのは赤い目をした白毛の大ネズミで、玉を彫り上げたかと思わせる精緻な前足の爪で、小さな目を星のようにきらめかせつつ、真っ白な髭をしごいている。その背後には、半円形の隊形に並んで、いつでも突撃できるようこっちを睨んでいる数十匹の黒いネズミ。

わたしは恐怖で後退りした。頭の皮膚がゾクゾクッとして、背筋に悪寒が走った。司馬糧がわたしをかばって前に立ち――とはいえ、背の高さはせいぜいわたしの顎のあたりまでしかなかったが――、ついでしゃがんで、白いネズミをじっと見た。ネズミも負けじと爪を髭から放し、犬科の動物みたいにお座りをした。小さな口の髭が微かに震える。

司馬糧とネズミの根比べだった。ネズミども、とりわけあの白ネズミは、なにを考えているのだろう？　これまでわたしをずっと不快にさせてきた、そのくせ次第にわたしと親しくなったこの司馬糧は、いったいなにを考えているのだろう？　やつとネズミは、たんに睨み合っているだけなのだろうか？　針の先と麦ののぎの先とを突き合わせるような心の力比べをしているのではないか？

わたしには、こんなやりとりが聞こえるような気がした。

――ここはおれたちの縄張りだ。侵入は許さん！

――ここは、おれたち司馬家の製粉所だ。おれの伯父貴とお父が建てた。こうしてもどってきたからには、おれがここの主だ。

――強い者が王さまで、弱いやつは賊だ。

――千斤のネズミも八斤の猫にはかなわぬ。

――おまえはネズミで、猫じゃない。

――おれの前世は猫なんだ。八斤の重さの雄猫さ。

――おまえの前世が猫だったと、どうして信じられる？

司馬糧は両手を地面につくと、目を怒らせ、歯を剥き出して、ニャオ――ニャオ――。雄猫の凄まじい鳴き声が、製粉所の中にこだました。ニャオ――ニャオ――。

慌てふためいた白ネズミは、地面に四つん這いになって逃げようとしたところを、猫のように素早く跳びかかった司馬糧に片手でさっと摑まれ、噛みつく間もなく、そのまま捻り潰された。ほかのネズミが散り散りに逃げるのへ、司馬糧のマネをして、わたしが猫の鳴き声をして追いかける。ネズミどもは、たちまちのうちに影も形もなくなった。司馬糧が、笑いながらわたしを振り返ったが、なんと、その目は紛れもなく猫の目のようで、暗がりの中で青く不気味な光を放っていた！

司馬糧は、白ネズミを大臼の投入口に投げ込んだ。二人はそれぞれ、臼の取っ手を摑んでは、あらん限りの力で押してみたが、石臼はびくともしなかったので、やむなく諦めた。二人は製粉所を見て回り、石臼を一つ一つ調べてみたが、どれも素晴らしい臼だった。

「チビ叔父、二人して製粉所をやるというのは、どうだい？」

と、司馬糧が言ったが、どう答えたものか、見当がつかなかった。乳房と乳のほかの物が、わたしにとってなんの役に立とう？

光り輝く午後だった。トタン板の隙間や木組みの格子窓を透して、陽の光が青煉瓦を敷き詰めた地面に注いでいた。地面にはネズミの糞があったが、その中にはきっと蝙蝠の糞も混じっていたに相違ない。というのは、梁からは房になった赤羽蝙蝠がぶら下がっていたし、被り笠ほどもある大蝙蝠が高い梁の間を滑空していたからだ。大蝙蝠の鳴き声は、その躰に見合って甲高くて長く尾を引き、ぞっとさせられた。

石臼の真ん中にはどれも丸い穴が穿たれ、そこにお碗ほどの太さの真っ直ぐな杉の木が差し込んである。杉の木はトタン屋根から突き出して、その先端がすなわち羽をつけた巨大な風車である。

司馬庫と司馬亭の着想はこうだった——風があれば、羽が回る。羽が回れば、風車も回る。風車が回れば、杉の軸が回り、軸が回れば、石臼もそれにつれて回るはずだ。

だが、事実は、司馬兄弟の珍妙な着想をうち砕いてしまった。

石臼を回って司馬糧を探すうちに、ネズミが何匹か、杉の軸棒を伝って素早く上がったり降りたりしているのに気がついた。臼のてっぺんには、人が一人蹲って、目を光らせている。それが司馬糧だった。冷たい指を伸ばすと、わたしの手を握った。おかげで、臼の外に突き出た木の取っ手に足をかけて、上に這い上ることができた。そこはびしょびしょで、投入口には白く濁った水が溜まっていた。

「チビ叔父、あの白ネズミのことを覚えているか？」

と、司馬糧が秘密めかして言った。わたしが暗闇の中でうなずくと、

「ここにあるんだ」と小声で言った。

「皮を剝いで、お祖母ちゃんに耳当てを縫ってもらうんだ」

疲れて力無い稲光が遥か南のほうで走り、製粉所の中に薄い光を広げて、司馬糧が手にあのネズミの死骸を握っているのが見えた。びしょ濡れで、細長い尾が垂れた姿は、吐き気を催した。

「捨てろよ」とわたしが嫌らしげに言うと、司馬糧は、

「どうして？　どうして捨てなきゃいけないんだ？」

と不満げに言った。

「気持ちが悪くなる。おまえ、なんともないのか?」

とわたしが言うと、彼は黙り込んだ。ネズミの死骸が投入口に落ちる音が聞こえた。

「チビ叔父。あいつら、おれらをどうする気だろう?」と司馬糧が、心配そうに訊ねた。そうだった。連中はわたしたちをどうする気だろう?

表門では歩哨が交替した。通りはザアザアという水音だ。交替した歩哨が、馬みたいに鼻を鳴らした。

「うー寒いっ。とても八月とは思えんなあ。氷でも張るんじゃないのか?」と一人が言った。

「バカこけ!」とべつの一人が言った。

「チビ叔父、家に帰りたいか?」と司馬糧が訊ねた。鼻がつんとなって、耐え難かった。

――ホカホカのオンドル、母親の暖かいふところ、夢遊病の大啞《ダアヤー》に二啞《アルヤー》、竈の上のコオロギ、甘い羊の乳、ポキポキと鳴る母親の関節と重い咳の声、中庭で笑う狂った大姐《ダアヂェ》、フクロウの柔らかな羽毛、囲いのうしろで青大将がネズミを捕まえる音……

家が恋しくないわけがないじゃないか。わたしは塞がった鼻の穴を、骨折ってくしゅんくしゅん鳴らした。

「逃げよう、チビ叔父」と司馬糧は言った。

「表に番兵がいるんだぞ。どうやって逃げる」とわたしが小声で訊くと、司馬糧はわたしの腕を摑んで、

「この杉の軸棒を見て」と言い、わたしの手を屋根まで突き抜けている杉の軸棒に当てさせた。水でびっしょり濡れている。

「この軸棒を上って、トタンを破れば、外へ出られる」と司馬糧は言った。わたしは心配で、「上に上ってから、どうするんだ？」と言った。

「飛び降りるんじゃないか！」と彼は言った。「飛び降りたら、家にもどれるぞ」

ガランガラン音のする錆だらけのトタン屋根の上に立っている情景を思い浮かべただけで、思わず足が震えた。

「あんな高いところ……」とわたしは、もごもご言った。「飛び降りたりしたら、足が折れるぞ」

「大丈夫だよ、チビ叔父。絶対大丈夫だって。この春、この屋根から飛び降りてみたけど、軒の下にはチョウジの木がいっぱいあって、枝がバネみたいにふわふわなんだ」

杉の軸棒と屋根のトタンの継ぎ目のあたりを見上げると、そこから灰色の光が漏れており、光る水滴が軸棒を伝って滲み出している。

「チビ叔父、もうじき夜明けだぞ。上ろう」と、司馬糧が焦れて催促するので、わたしは仕方なくうなずいた。

「おれが先に上って、トタンに穴を開ける」と、司馬糧は慣れた手つきでわたしの肩を叩き、「踏み台になってくれ」

両手で濡れた軸棒に抱きつくと、ひょいと躰を縮めて、両足でわたしの肩を踏んだ。「立って」とわたしを促した。「立つんだ！」

両手で杉の軸棒につかまりながら、わたしはよろよろと立ち上がった。軸棒にしがみついていたネズミが何匹か、チュチュッと鳴きながら、地べたに落ちた。司馬糧の両足に肩がつよく踏まれたと感じた途端に、やつの躰はヤモリのように杉の軸棒にぴったりと貼りついていた。微かな明かりをたよりに見上げると、司馬糧は、両足を曲げ伸ばししながら、上によじ登っていく。登っては滑り落ちをくり返しつつ、彼の躰は次第に高く上がり、とうとう天井に達した。

司馬糧が拳でトタンを叩くと、グワングワンと大きな音がし、溜まった水がトタンの隙間から流れ落ちてきた。雨水はわたしの顔にかかり、口に入った。鉄錆の腥い味がし、錆のかけらも少々混じっていた。

司馬糧は闇の中で荒い喘ぎを聞かせながら、渾身の力をふりしぼった声を漏らした。トタンがガンガンと鳴ると、たちまち滝のような溜まり水が流れ落ちてきて、あやうく臼の上から流されそうになったわたしは、慌てて軸棒にしがみついた。司馬糧は穴を広げようと、頭で突っ張る。闇の中でトタンが曲がり、ついに裂けた。不規則な三角形の天窓ができ上がり、ほの白い自然の光が差し込んできた。その灰色の空には、輝きのない星がいくつか出ている。

「チビ叔父」と司馬糧が、高い軸棒の上から下に向けて言った。

「先に上がって見てから、後で助けにくるよ」

躰を伸ばすと、頭を天窓から突き出した。

「屋根に出たやつがいるぞ！」

表の兵隊が大声で叫んだ。ついで火の舌が何本か、闇を照らし出し、トタンにパチパチと弾が当たった。軸棒を抱いた司馬糧がつーっと滑り降りてきて、すんでのところで頭を潰されるところだった。顔の雨水をつるりと撫でると、口の中の鉄屑をペッペッと吐き出しながら、歯をガチガチ鳴らして言った。

「寒くてたまらないや」

夜明け前のいちばん暗い時刻が過ぎ、製粉所の中は次第に明るくなってきた。わたしと司馬糧はしっかりと抱き合っていたが、わたしの肋骨にぴったり貼りついた相手の心臓が、発熱したスズメのように速い鼓動を伝えるのを感じた。わたしが絶望して泣くと、司馬糧はくりくりの額でわたしの顎をそっと突っついて言った。

「チビ叔父、泣くなよ。やつらはあんたを殺したりはしないよ。あんたの五姐《ウーヂェ》の亭主は、やつらのえらいさんだろ」

いまや製粉所の中の様子が、はっきり目に入るようになった。十二基の大石臼が、厳めしい姿で青く光っている。その一つにわたしと司馬糧が陣取っているわけだが、もう一つには司馬糧の伯父さんの司馬亭《スーマアティン》が陣取っていて、鼻の頭に水滴をくっつけて、わたしたちに目配せして見せた。ほかの臼には、濡れたネズミが何匹かずつ、かたまって蹲っている。黒く光る小さな目に、大ミミズみたいなしっぽ。愛らしいような、嫌らしいようなやつらだ。

地面には水が溜まっており、屋根からはまだ滴り落ちている。司馬中隊の兵隊たちは、ほとんどが寄り添うようにして立っている。緑の軍服が躰に貼りついて、黒く変色している。連中の目や顔の表情は、臼の上のネズミに驚くほどそっくりだった。

巻き込まれて入ってきた民間人は、ほとんどが一ヵ所に固まっているが、トウモロコシ畑の粟といった格好で、司馬中隊の中に混じっている者もわずかにいることはいる。男も女もいるが、男が多い。子供が数人、母親のふところで、病気の猫みたいな声でむずかっている。女たちは地べたに座っているが、男たちはしゃがんでいる者、壁にもたれて立っている者など、さまざまだった。製粉所の内壁には石灰が塗ってあるので、湿ったやつが男たちの背中について、そこだけ色が変わっている。

人の群れの中に、わたしは斜眼花《シエイエンホワ》を見つけた。泥水の中に座って、両足を投げ出し、別の女の背中に背中をもたせかけているが、首が折れたみたいに頭を自分の肩に預けている。

片乳の金《ヂン》が、男のけつに腰掛けている。あの男はだれだろう？　うつ伏せになって、水の中でねじ曲げた顔から、白い髭が浮いている。髭の周りに黒い血の塊がついていて、オタマジャクシみたいに濁った水の中で揺れている。

老金《ラオヂン》は右の乳房だけしか発育せず、左の胸はぺしゃんこである。そこで、平原の独峰といった風情で、片乳がひときわ高く見えるというわけだ。硬くて大きな乳首が、薄い上着を高々と持ち上げている。あだ名を〝油壺〟というのは、興奮すると乳首に油壺をぶら下げられるからだという。数十年後、運命の巡り合わせで、わたしが一糸纏わぬ彼女の躰に乗ったとき、左の乳房はほとんど痕跡をとどめないほどに退化して、痣のような豆粒ほどの乳首がわずかにその存在を示しているに過ぎないことを発見したのであった。

死体のけつに座った老金は、両手で神経質に顔を撫でている。まるでたったいま蜘蛛の穴から出てきたところで、顔中に透明な蜘蛛の糸がねばついているとでもいったふうに、こすってはその手を膝にこすりつけるのである。

ほかの者は泣く者、笑う者、目を閉じてぶつくさ言う者など、さまざまだ。水の中の蛇か、岸辺の鶴のように、絶えず首を振っているのがいる。なかなかのスタイルのあの女は、エビ味噌売りの耿大楽《ゴンダアロー》の女房で、実家は渤海《ボオハイ》だった。首が長いくせに、頭が躰と不釣り合いに小さい。蛇の化身だと言う者もおり、首や頭はたしかに蛇くさいところがある。項垂れた女たちの群れの中で、彼女一人が首を持ち上げ、ひんやりと湿っぽい暗い製粉所の中で、ゆらゆらきょろきょろするさまは、あの女がかつてはたしかに蛇で、いままたもとにもどった証拠だ。わたしは女の躰を見る勇気がなく、びくびくもので目をそらしたが、その影はなおもわたしの頭の中でうごめいた。

大きな黄色い蛇が、杉の軸棒を巻いて降りてきた。メシを盛るしゃもじに似た扁平な頭をして、口からは紫色の舌を絶えずちょろちょろ吐き出している。頭が臼のてっぺんに触れたかと思うと、たちまち柔らかく直角に折れ、そのまま滑らかに滑って、臼の真ん中のネズミに迫ると、ネズミが前足を立ててチュチュチュと鳴く。その間、杉の軸棒に巻きついているシャベルの柄ほどもある蛇の胴も、滑らかに回転しながら降りてくる。まるで蛇の躰が回転しているのではなく、風車の軸棒が回転しているかのようだ。

臼の真ん中で、ニュッともたげた蛇の鎌首は、たっぷり一尺はあったろう。指先をそろえた手の形で頭をのけぞらせ、首を幅広の形に押し潰すと、細かい網の目模様が浮き上がる。紫色の舌の動きはますますおどろおどろしく頻繁になり、頭のあたりからぞっとさせられるヂヂヂという音を出す。ネズミどもは銅銭を数えるようにチュチュチュと鳴き、躰を半分に縮める。一匹のネズミが立ち上がると、本を捧げ持ちでもするかのように前足を挙げ、後足で退《すさ》ると、さっと跳び上がった。ネズミは自分から、鈍角に開けた蛇の口の中に飛び込んでいったのである。蛇が口を閉じると、ネズミの躰は半分外にあって、硬直したしっぽを滑稽にも震わせている。

司馬庫は杉の廃木に腰を下ろして、くしゃくしゃの髪の毛をした頭を項垂れている。その膝の上には、二姐の招弟が横たわっているが、頭を司馬庫の腕の中に仰向けに預けて、喉の皮をひきつらせている。顔に血の気はなく、開いた口は洞穴だ。二姐は死んでしまった。

バビットは、司馬庫にぴったりくっついて座っている。子供じみた顔が、老いの表情でいっぱいだ。六姐の念弟が、上半身をひねってその膝に突っ伏し、躰を絶えず震わせている。バビットが雨水で膨れた大きな手で、その肩を撫でてやっている。

腐った二枚の門扉の内側では、痩せた男が自殺を図っている。ズボンは尻の下までずり下げ、灰色のパンツは泥だらけだ。腰帯を鴨居に結びつけるつもりらしいが、高すぎて、何度も跳び上がるが、そのたびに無様に失敗する。発達した後頭部から、それがだれだか、分かった。司馬糧の伯父さんの司馬亭である。しまいにくたびれた彼は、ズボンをずり上げて腰帯を締めると、みんなを振り向いてきまり悪げに笑ってみせたが、泥水も構わずへたり込んで、ワアワアと泣き出した。

びしょぬれの黒猫みたいに、朝の風が野面を渡ってきた。口にギラギラ光る鮒を銜えた黒猫が、トタン屋根の上を傲然と歩いている。真っ赤な太陽が、雨水でふくれあがった窪地から這い上ってきたが、全身ずぶぬれで、疲労困憊している。

洪水が襲ってきて、蛟竜河では流れが逆巻き、ゴーゴーという水音が、朝のしじまの中ではことのほか騒がしく聞こえた。臼の上に座ったわたしたちの視線は、霧のようにふくれあがって入り込んだ陽の光とぶつかり、大雨に一晩洗われて塵一つなくなった窓ガラス越しに、家や樹木に遮られていない八月の原野が視野に入ってきた。

製粉所前の大通りは、表土がことごとく雨水に押し流され、硬い栗色の土層が剝き出しになっている。通りには漆のような輝きが浮かんでおり、死に切れなかった背の青い鯉が数匹取り残されて、尻鰭を震わせてもがいている。灰色の軍服姿の男が二人、痩せたのっぽと肥ったチビとが、竹籠を担いで通りをよろよろやって来た。籠の中は大きな魚が十匹あまりで、鯉や草魚のほかに、灰色のウナギが一匹。通りの鯉を見つけた二人は、それとばかりに籠を担いで駆け出したが、その有様は、鶴と鴨を一つに括りつけたような具合で、見られたものではない。大鯉だぞ！　と肥ったチビが言った。二匹もだぜ！　と痩せたのっぽが言った。魚を拾うとき、顔の輪郭が見えたが、その二人が、バビットと六姐の結婚披露宴にいたボーイだとわたしは確信した。第八師団十七連隊のスパイだったのだ。

製粉所の外に立っている歩哨らは、魚を拾っている二人のほうにちらちら目をやった。笛を持った小隊長が、欠伸をしながら歩み寄って言った。

「デブの劉痩侯《リューショウホウ》。こいつは、ズボンの中に卵を探り、乾いた土地で魚を拾う、というやつだなあ」

「これは馬《マア》小隊長、ご苦労さんです」と劉瘦侯が言った。

「苦労というほどのこともないが、腹が減ってたまらん」と馬小隊長。

「もどったら魚のスープをこしらえます。こんな勝ち戦をやったんだから、ひとつ全軍に大盤振る舞いといかなくちゃ」とデブの劉が言った。

「これぽっちの魚じゃ、全軍どころか、おまえら炊事当番の頭どもにぺろりとやられるのがいいとこだろうが」と馬が言った。

「あんたも大なり小なり幹部なら、物を言うときは証拠を挙げ、批判をするなら政治に気をつけてくださいよ。口から出任せはいけませんぜ」と劉瘦侯が言った。

「冗談冗談、そうムキになりなさんな!」と馬は言った。「瘦侯。数ヵ月会わないうちに、すっかり一人前の口がきけるようになったなあ!」

彼らがやりあっているところへ、真っ赤な朝焼けをバックに、母親が通りをやって来た。ゆっくりとした重々しい、それでいて異様にきっぱりとした足取りだった。

「お母ちゃ――ん」

と、わたしは泣き叫びながら、石臼から飛び降りた。真っ直ぐに母親のふところに飛び込むつもりだったが、泥濘の中にしたたかに転んでしまった。

気がつくと、六姐の興奮した顔があった。司馬庫、司馬亭、バビット、司馬糧なども、みんなわたしの側に立っている。

「お母ちゃんが来たんだ」と、わたしは六姐に向かって言った。

「この目で見たんだ」

六姐の腕からもがき出ると、わたしは入り口へと走った。だれかの肩にぶつかってよろけたが、人間の密林をかき分けて、懸命に走りつづけた。腐った大扉に出口を塞がれたわたしは、扉の板を叩いて叫んだ。

「お母ちゃ――ん、お母ちゃ――ん」

歩哨の一人が、真っ黒い自動小銃の銃口を戸の穴から差し込んで、脅した。

「騒ぐな。朝飯がすんだら、おまえらは放してやるから」

わたしの声を聞きつけた母親は、足を速め、通りのほとりの溝を渡って、真っ直ぐに製粉所の表門を目指してやって来た。馬小隊長がそれを遮った。

「おかみさん、どうかそこまでにしてくれ！」

腕を上げて馬小隊長を押しのけた母親は、一言も発せず、進みつづけた。朝焼けに包まれた顔は血を塗ったようで、口は怒りで歪んでいた。

慌てて身を寄せ合った歩哨が、黒い壁のように横一列に並んだ。

「止まれ！　この女め！」

と馬小隊長は、前に行かせまいと母親の肩を掴んだ。その手を逃れようと、母親は懸命に躰を前に傾けた。

「おまえは何者だ？　なにをする気だ？」怒って訊ねた馬小隊長が、腕に力を入れると、よろよろと後退した母親は、危うく転びかけた。

「お母ちゃんよォ！」わたしが、腐った門のうちで泣き叫んだ。

母親は両の目をすえ、歪めていた口を突然開けると、喉からゴロゴロという音を発しながら、しゃにむに入り口に突き進んだ。

馬小隊長が力をこめて押すと、母親は道端の溝に転がり落ち、水しぶきが上がった。躰をごろりと一回転させて這い起きたが、腹のあたりまで水に浸かった。ハアハア言いながら溝から這い上がったが、髪の毛に泥水の泡をつけて、全身ずぶ濡れだ。片方の鞋《くつ》をなくして、形のくずれた纏足を剝き出しのままで、片足をひきずりながら前に進む。

「止まれ！」引き金に手をかけた馬小隊長が、自動小銃の銃口を母親の胸に突きつけ、怒りの声を上げた。

「捕虜を奪う気か？」

母親は、馬小隊長の顔を憎しみをこめて睨みつけて言った。「そこを退け！」

「いったいなにをする気だ？」と馬小隊長が訊ねた。

「子供を返してくれ！」と母親は叫んだ。

わたしは泣き叫んだ。わたしの側で、「お祖母ちゃん！」と司馬糧が叫んだ。「お母さ――ん」と六姐が大声で呼んだ。

わたしたちの声に刺激されて、製粉所の中の女どもが泣き叫び始め、その中に男たちが鼻を啜る音や、兵隊の喚き声が混じった。

緊張した歩哨が、振り向いて銃口を腐った表門に向けた。

「ガタガタ騒ぐな！」と馬小隊長は叫んだ。「もうじき放してやるから」

「おかみさんよ」と、馬小隊長は穏やかな態度で言った。「ここはひとまずもどるんだ。あんたの子供が悪いことをしていなければ、かならず釈放するから」

「おまえたち……」母親は呻くように呼びながら、馬小隊長を迂回して、表門へと駆けて来た。

跳び上がった馬小隊長は、母親の前に仁王立ちになって、厳しい口調で言った。

「おかみさん。言っておくが、これ以上一歩でも前に出たら、容赦はしませんぞ」

母親は馬小隊長をしげしげと見て、抑えた声で言った。

「あんたには母親がいるかね？　あんたは人間に育てられたのかね？」

手を挙げた母親は、馬小隊長の横っ面を一つ張り飛ばすと、よろよろと前に進んだ。歩哨が表門に通じる道を空けた。

「止めろ！」と、馬小隊長が顔を押さえながら、大声で命じた。

歩哨たちは、そのことばが聞こえなかったもののように、ぼけーっと突っ立ったなりだった。

母親は表門の前に立った。戸の破れ目から手を伸ばしたわたしは、戸を揺すり、叫んだ。

門扉の鉄の差し込み錠を引き抜こうとする母親の荒い喘ぎを、わたしは聞いた。

差し込み錠がガタガタと音を立てる。連発の弾丸が門扉の上の部分を貫き、鋭い銃声とともに、腐った木の屑が頭上に降ってきた。

「婆さん、動くな！　動いたら撃つぞ！」馬小隊長は吼えながら、つづけて空に向けて自動小銃を発射した。

差し込み錠を引き抜いた母親が、表門を押し開けた。わたしはぱっと、頭からその胸に飛び込んだ。司馬糧と六姐もそれにつづいた。

そのとき、製粉所の中でだれかが叫んだ。

「兄弟たち、突破しよう！　ぐずぐずしていると、殺されるぞ！」

司馬中隊の兵隊たちが、潮のように外に押し出した。わたしたちは、がっしりした男たちの躰に突き除けられた。転んだわたしの上に、母親が覆い被さった。

製粉所の中は、泣き声、喚き声、悲鳴などが一つに入り混じって、混乱を極めた。十七連隊の歩哨たちは、突き倒されてそこら中に吹っ飛んだ。その銃を奪った司馬中隊の兵隊が、ガラスを震わせて撃ちまくる。溝に転がり落ちた馬小隊長が、水の中から撃ち返すと、司馬中隊の兵隊が数人、木の人形みたいに、こちんこちんに突っ張って倒れた。司馬中隊の兵隊が数人、馬小隊長に飛びかかって、溝に押さえつけると、手足がぶつかり合って、高い水音が弾けた。

十七連隊の大部隊が、通りを走ってきた。走りながら、叫び、発砲する。司馬中隊の兵隊たちが四散し逃げまどうのへ、無情な弾丸が追撃した。

混乱の中を、わたしたちは製粉所の壁際に近づき、押し寄せる人間を押し返しながら、背中を壁につけていた。

ハコヤナギの木の下では、片膝ついた十七連隊の老兵が一人、両手で銃を構え、片目で的に狙いをつけている。銃身が跳ねた途端に、司馬中隊の兵隊が一人、バッタリ倒れた。バアーンという銃声。焼けた薬莢が水に飛び込み、ブクブクと泡が上がる。

老兵が次の狙いをつける。司馬隊の色の黒いのっぽだ。南の方角へ数百メートルは逃げて、一面の豆畑をカンガルーみたいに跳《と》び跳ねながら、隣のコーリャン畑へと走っている。老兵は落ち着いて、引き金をそっと引く。バアーンという音とともに、のっぽがバッタリ倒れる。老兵が撃鉄を引くと、薬莢が一つ、もんどり打って弾き出された。

混乱した人の群れの中では、バビットの姿が目立った。羊の群れの中の気の利かぬラバみたいに、羊がメエメエと押し合いへし合いすると、彼も目を剝いて足を高く挙げ、重い蹄で地面の泥濘をペタペタ踏んでは、後をついて走った。

凶暴な啞巴の孫不言《スウンブウィエン》が、黒い虎のように青竜刀をビュンビュン振り回しながら、おなじように青竜刀の刃をきらめかせた決死隊員を引き連れて、おめき声をあげて羊の群れに真正面から立ちはだかった。群れは避けきれず、首がいくつかぶった切られ、悲鳴が原野にこだました。群れは振り向いたが、方角を見失って、手当たり次第に身を隠そうとする。途方にくれたバビットは、一瞬あたりを見回していたが、啞巴が襲いかかると、はっと気がついて、蹄を挙げてこっちへ逃げてきた。口から白い泡を吹き、ハアハア喘いでいる。ハコヤナギの下の老兵が狙いをつけた。

「老曹《ラオツアオ》、撃つな！」群れから魯立人が躍り出て、大声で言った。「同志諸君、あのアメリカ人は撃つな」

十七連隊の兵たちが網を絞るように中に詰めていくと、網の中の魚みたいに跳ねて、なおも短距離を走り回っていた捕虜たちは、押し合いへし合いしながら、次第に製粉所前の硬い道に集められた。

捕虜の群れの中に飛び込んだ啞巴が、バビットの肩をねらって一撃を加えた。思わず一回転したバビットは、再度啞巴と面を合わせると、大声でなにか叫んだが、すべて外国語で、罵っているのか、それとも抗議か、分からなかった。啞巴が青竜刀を振り上げ、刀身がきらめく。冷たいその光を遮ろうとでもするかのように、バビットは腕を前にかざした。

「バビット――！」

母親の側から跳ね起きた六姐が、よろよろとそのほうへ走ったが、数歩行ったところで倒れた。左足を右足の下から伸ばした姿で、躰を泥濘の中でくねらせた。

「孫不言を止めろ！」と、魯立人が大声で命令した。啞巴の背後にいた決死隊員が、腕をねじ上げたが、啞巴は荒々しく叫びながら、その隊員を藁人形みたいにはね飛ばしてしまった。溝を跳び越えた魯立人が、道端に立つと、片手を高く挙げて指し招いた。

「孫不言、捕虜に対する政策を忘れるな！」

魯立人の姿を目にすると、孫不言はもがくのを止め、決死隊員がその腕を放した。孫不言は青竜刀を腰にもどすと、万力のような指を伸ばしてバビットの服を摑んで捕虜の群れから引きずり出し、そのまま魯立人の前に引っ立てた。バビットは魯立人に向かって外国語を並べた。魯立人も短く外国語を言うと、手を宙で切り下ろすように何度か振り、バビットはおとなしくなった。

六姐が、バビットのほうに助けを求めるように片手を伸ばし、「バビット……」と呻いた。

溝を跳び越えたバビットが、六姐を引き起こしたが、六姐の左足は死んだように動かない。バビットはその腰に手を巻いて、抱き上げにかかる。汚れきったドレスが皺寄ったネギの皮みたいにまくれ上がり、むっちりと白い臀部がウナギのようにずり下がる。六姐がバビットの首にかじりつき、バビットが六姐の脇の下に手を入れて、夫妻はとうとう立った。

バビットは、憂わしげな青い目で母親を見た。足を怪我した六姐を肩で支えながら、苦労してこっちへやって来ると、中国語で「媽媽《ママ》……」と言うなり、唇を震わせ、くぼんだ眼窩から大粒の涙の粒を流した。

溝の中が波立ち騒いで、馬小隊長が、躰にのしかかっていた司馬中隊の兵隊の死体を押し退けて、巨大な蝦蟇のように、ゆっくりと這い起きた。カッパには、水滴や血や泥が、蝦蟇の斑点のように付着している。両足を湾曲させたまま立って、ブルブル身を震わせる。その様子は、間抜け野郎のようにも見え、ひとかどの男だてにも見えたが、なにしろ恐ろしげで、かつ哀れだった。片方の眼球がえぐり出されて、磁光を発するガラス玉のように、鼻の横にぶら下がっている。門歯が二本抜け落ち、鉄の顎からは血が滴っている。

薬箱を背負った女の兵隊が走り寄って、前後にふらついている馬小隊長を支えた。「上官隊長、ここに重傷者です！」と彼女は叫んだが、華奢なその躰は馬小隊長の重い躰にのしかかられて、柳のように撓《たわ》んだ。

そのとき、肥った上官盼弟《パンディー》が、担架運びに徴発された民間人を二人連れて、通りを駆けて来た。小さな軍帽で頭を包み、つばの下の顔は大きくて腫れぼったい。ただ、おかっぱの髪の毛から突き出した耳たぶだけは、上官家の上品な風格を失っていなかった。

盼弟は、躊躇うことなく馬小隊長の眼球を切り放すと、ぽいとそこらに投げ捨てた。眼球は、泥の上でくるくるっと回って停まり、恨めしげにわたしたちを睨んだ。

「上官隊長、魯連隊長に言ってくれ……」担架の上で身を起こした馬小隊長が、母親を指さして言った。「あの婆さんが門を開けやがったんだ……」

上官盼弟は馬小隊長の頭に包帯を巻いたが、何度もぐるぐる巻きにしたので、馬小隊長はそれ以上口を開くすべがなかった。

わたしたちの前に立った盼弟は、口ごもるようにして、お母さんと言った。

「わたしはおまえのお母さんなんぞじゃないよ」と母親は言った。

「言っといたはずよ、〈そのうち付きが変わるから、よく見ておくがいい!〉って」と盼弟は言った。

「見たよ。なにもかも見た」

「家でなにが起こったか、ぜんぶ知ってるわ。娘を大事にしてくれたから、お母さんのことは言いつくろってあげるわ」

「そんなことは止すんだね。わたしゃ、もう生きているのはたくさんなんだから」

「わたしたち、天下を奪い返したのよ!」

母親は、雲の乱れ飛ぶ空を仰ぎながら、ぶつぶつと呟いた。

「主よ、目を開いてご覧ください。よくよくこの世をご覧ください……」

近づいてきた上官盼弟が、冷たい仕草でわたしの頭を撫でたが、その指は、気味悪い薬の溶液の臭いがした。司馬糧の頭は撫でなかったが、司馬糧が盼弟にそんなことを許すわけがなかった。

小さな獣みたいな歯をガチガチ鳴らしていたから、盼弟がその頭に触れでもしようものなら、指を噛み千切ったに相違ない。

　盼弟は顔に嘲るような笑みを浮かべて、六姐に言った。

「いいざまね。アメリカ帝国主義はわたしたちの敵に飛行機や大砲を提供して、敵が解放地区の人民を虐殺するのを助けているのよ！」

　六姐はバビットに抱きついて言った。

「姉さん、わたしたちを逃がして。二番目の姉さんを爆弾で殺しておいて、わたしたちまで殺すつもり？」

　そのとき、上官招弟の死体を胸の前に横たえた司馬庫が、けたたましい笑いとともに、製粉所から出てきた。つい先刻、部下たちがワッと飛び出した際に、彼は中で呆然として動かなかったのである。

　これまで、ボタン一つにいたるまでピカピカに磨くほど身なりに気を遣ってきた司馬庫が、一夜のうちに姿を変えてしまった。一度雨水で膨らんだやつを干した大豆みたいな、白っぽい皺だらけの顔。暗い目には光がなく、ごつい頭にはなんと白髪が混じっている。血も出なくなった二姐を胸に横たえたまま、司馬庫は母親の前に跪いた。

　母親の口の歪みはますますひどくなり、顎が激しく震えて、満足に物も言えない。涙が目から溢れた。手を伸ばして、二姐の額に触った。手で顎を支えながら、母親は途切れ途切れに言った。

「招弟よ。おまえたちはお互い、自分で相手を選び、自分で道を選んだ。このわたしにはどうすることもできなかったし、助けてやることもできなかった。おまえたちは……天命に任せることじゃ……」

二姐の死体を下に置いた司馬庫は、十数人の護衛兵に囲まれて製粉所に向かって歩いて来つつあった魯立人のほうへと近寄って行った。二人は、二、三歩の間を隔てて足を停めた。四つの目が見つめ合うと、刀の刃と刃がぶつかり合ったように、火花が飛び散った。数合打ち合っても、勝負はつかない。魯立人が「ハッハ！　ハッハ！　ハハハ！」と空笑いすると、司馬庫は「ヘッヘ！　ヘッヘ！　ヘヘヘ！」と冷笑した。

「司馬大兄には、その後お変わりもなく！」と魯立人は言った。「大兄が小生をこの地から追い出してわずか一年、おなじ運命が大兄の頭上を襲おうとは、思いもよらなかった」

「六月の借金で、じき返したというわけかね。ただ、魯大兄の利息のほうも、かなり高くはついたようだが」

「ご夫人のご不幸は、小生としても悲しく思っている。だが、これも致し方のないところで、革命は出来物の手術とおなじこと、どのみちどこかの肉を傷つけることになる。ただ、それが恐くて、出来物をそのままにしておく手はないのでね。ここのところは、ひとつお分かりいただきたい」

「つべこべ言わずに、殺したらどうだ」と司馬庫が言った。

「そう簡単にあんたを処刑するつもりはない」と魯立人が言った。

「そんなら仕方ない。すまんが自分で片をつけさせてもらう」と司馬庫は言った。

ポケットから精巧な小型拳銃を取り出すと、撃鉄を引き、母親のほうを振り向いて言った。

「お義母さん、敵《かたき》はこうして討ってあげますぞ」

司馬庫は拳銃を挙げ、こめかみにあてがった。

魯立人が高笑いして言った。

「所詮は臆病者だったか！　自殺するがいい。この意気地なしめ！」

拳銃を握った司馬庫の手が震えた。

司馬糧が叫んだ。「お父ちゃん！」

息子のほうをちらと見やった司馬庫は、拳銃を握った手をゆっくりと下ろした。自嘲気味に薄く笑うと、「受け取れ」と、拳銃を魯立人に向かって投げた。

手の中で転がしてみて、魯立人は「女の玩具か」と言うと、バカにしたように背後の人間に投げ渡した。ついで、水でふやけた泥の付いた革靴をとんとんと踏みながら、言った。

「実を言えば、銃を引き渡した後のあんたをどうこうする権利は、わたしにはないんでね。上級があんたに道を選んでくれるはずだ。天国か地獄か、それは知らんが」

司馬庫は首を横に振って言った。

「魯連隊長、そいつは違うぜ。天国にも地獄にも、おれの席はないんだ。おれの席は、天国と地獄の間さ。しまいには、あんたもおなじことになるだろうぜ」

魯立人がかたわらの人間に言った。「連行しろ」

護衛兵が進み出て、銃を司馬庫とバビットに突きつけた。「来い！」

「行こう」と、司馬庫がバビットに声をかけた。「こいつらは、おれを殺すのは好き勝手だが、あんたには絶対に指一本触れはせんから」

バビットは六姐を支えて、司馬庫の側に行った。

「バビット夫人は残ってよろしい」と魯立人が言った。

「魯連隊長。わたし、お母さんと一緒に魯勝利《ルーションリー》を育ててあげたんだから、今度はわたしたち夫婦を一緒にさせて」と六姐が言った。

柄の折れた眼鏡に手をやった魯立人が、母親に言った。「できれば、あんたから言って欲しいんだが」

きっぱりと首を横に振った母親は、しゃがむと、わたしと司馬糧に向かって言った。

「おまえたち、お願いだから、あの子をわたしの背中に載せておくれ」

わたしと司馬糧は、二姐の死体を引き起こすと、母親の背中にもたせかけた。

二姐を背負った母親は、裸足のまま、ぬかるみの道を家にもどって行った。母親の負担を軽くしてやるべく、わたしと司馬糧が左右から、上官招弟の硬くなった足を力をこめて支えていた。

六

洪水で蛟竜河《ヂヤオロンホー》の水位が上がり、わが家のオンドルに座っていても、裏の窓越しに、黄色い濁り水が堤防すれすれに滔々と東に流れていくのが見えた。堤防の上には、第八師団十七連隊の兵隊の群れが立っていて、川面に顔を向けながら、大声でなにやら議論している。

中庭では母親が平鍋を掛けて、烙餅《ラオビン》［小麦粉を薄く伸ばして焼いた焼き餅］をこしらえており、沙棗花《シャザオホワ》が火を燃やしている。湿った焚き物から、黒煙とともに黄色い炎が上がる。陽の光がどこか頼りない。

司馬糧《スーマアリアン》が、えんじゅの木の渋い臭いをさせて家の中に入ってきた。その臭いが、わたしの気分を興奮させた。

「あいつらは、お父ちゃんとバビットと六番目の叔母ちゃんを地区の軍区へ護送するんだと。三番目の叔母ちゃんとこの叔父ちゃんら、河を渡るつもりで、筏を組んでいるよ」と司馬糧は言った。

「糧よ」と母親が庭で言った。

「チビ叔父とチビ叔母を連れて堤防へ行って、待ってもらってくれ。わたしが見送りをするからと、そう言うんだよ」

黄濁した流れには、作物の殻だのサツマイモの蔓、家畜の死骸などが漂っているほかに、流れの中央では大木が舞っていた。司馬庫《スーマアクー》に石を三つ焼き落とされた蛟竜橋はすでに水没して、その存在を示すものは、逆巻く流れと、耳を聾する音だけである。両岸の堤の灌木はすべて水に没し、ときたま緑の葉をつけた枝が数本、顔を出す。

広い水面では、青みがかった灰色のカモメの群れが波の花を追って飛び交い、たえず水中から小魚を銜えてくる。対岸の堤は、見え隠れする一本の黒い縄のように、彼方の眩しい波の中で躍っている。堤防の最上部から水面までは、掌の幅で計れるほどしか離れておらず、場所によっては、濁流が黄色い舌でふざけ気味にそこを舐めて小さな流れができ、ザアザア音を立てて外側の斜面に流れ出している。

わたしたちが堤防に上ったときは、ちょうど啞巴《ヤーバ》の孫不言《スウンブウイエン》が発達した生殖器を振り立てて、河に向かって放尿しているところだった。啞巴が放出した液体は黄金の原酒のようで、水面に当たってジャアジャアという音を出した。

わたしたちが来たのを見ると、啞巴は親しげに笑いかけ、ズボンのポケットから薬莢でこしらえた笛を取り出して、きれいな鳥の鳴き声を吹いて聞かせた。画眉鳥《がびちょう》の低い鳴き声、ウグイスの軽やかな歌、ヒバリの哀鳴。うっとりさせられる鳥の声につれて、疣《いぼ》がいくつもある啞巴の顔が和らいだ。

気の済むまで吹くと、笛を振って中に溜まった唾を出して、わたしに渡した。ウワーと一声出した意味は明らかで、わたしにやろうというのだったが、わたしは後退りして、怯えたように相手を見た。八姐は司馬糧の背後に隠れて、白い指でその腕をぎゅっと摑んだ。青竜刀を振るって人を殺したときの顔を忘れてなるものか、魔物め！

啞巴はウワー、ウワーと言いながら、不安気な激しい表情を浮かべて、手をさらに前に突き出した。わたしが後退すると、相手は迫ってくる。司馬糧が背後で小声で言った。

「チビ叔父、もらっちゃダメだぞ。〈啞巴が笛を吹くと、悪魔がやって来る〉と言うからな。こいつは、啞巴が墓場で亡霊を呼び出すときに使う道具なんだ」

孫不言は怒りの叫びを上げながら、鉄の笛を無理矢理わたしの手の中に押しつけると、筏を組んでいる人の群れのほうに行ってしまい、わたしたちには取り合わなくなった。

司馬糧はわたしの手の中から笛を抓み上げると、なにかの秘密でも見つけようとするかのように、陽にかざしてためつすがめつして、

「チビ叔父、おれは猫族で、十二支に入っておらんから、魔物も手が出せないんだ。この笛、おれが預かっておいてあげるよ」

そう言うと、笛を自分のポケットに滑り込ませてしまった。膝まである緑色の半ズボン姿だったが、それには、太い針で司馬糧が自分で縫いつけたポケットがたくさんついていた。外に出ているやつ、内側に隠れたやつなど、色とりどりのポケット。そこには、さまざまな不思議な物が詰まっていた。月光の下で色の変わる石ころ、瓦を挽き切ることのできる小さな鋸、いろんな形の杏の種。それにスズメの爪が一揃いに、トノサマガエルの頭の骨。ほかに歯がいくつもあった。自分の歯や八姐の歯、わたしのもあった。わたしの抜けた歯は、母親が庭から家のうしろへ放り投げたが、ことごとく司馬糧に拾われた。八姐のは、彼女が自分で張り出し窓のところに捨てたが、これも拾われた。

わが家のうしろは、犬の糞だらけの雑草の空き地で、そんなところで子供の歯を一つ見つけるなどというのは大変だと思えるが、司馬糧に言わせると、その気になって探せば物は向こうから飛び出してくるのだそうだ。

いまや彼のコレクションには、魔物の笛が一つ増えたわけで、そいつは彼のズボンの中に跡形

もなく姿を隠した。わたしは木の鞋《くつ》――母親によれば、マローヤ牧師から上官寿喜《シャングワンショウシー》への贈り物だという――を穿き、八姐は穿く鞋がなく、司馬糧も裸足で、筏を組んでいる人の群れに近づいて行った。

十七連隊の兵隊が十人あまり、蟻みたいに、重い松材を路地伝いに堤防のほうへと運んでいる。表通りでガラガラパンパンと音がするのは、司馬亭《スーマアティン》の見張り塔が略奪に遭っているのである。この兵隊たちの首領が孫不言で、彼の指揮の下に、松の棒を一本ずつ並べておいて、太い鉄の鎹《かすがい》で繫げようというのである。

村でいちばん腕のいい大工の尊竜爺《ズウンロン》が、技術指導だった。啞巴が爺に向かって腹を立て、怒り狂ったヒヒみたいに口から唾を飛ばしながら、がなり立てている。尊竜爺のほうは、右手に鎹を握り、左手に斧を摑んだ両手を恭しく垂れて、しゃちほこばって立っている。傷跡だらけの膝頭をきっちり合わせ、青筋の浮いたすねはまるで丸太ん棒だ。大きな両足につっかけた木の鞋――そいつは、マローヤ牧師からヒントをえて、自分で棗の木を彫ってこしらえた物で、れいのイエスを彫ったときに切り落とした棗の廃材を使った。

そこへ、モーゼル拳銃を背にした護衛兵が、路地から自転車に乗ってやって来た。堤防の下に自転車を停めると、腰をかがめて堤防を登ってくる。斜面の途中で片足がネズミの穴を踏み抜き、足を引き抜くと、そこから濁った水が噴き出した。司馬糧がわたしに、「見ろ。切れるぞ」と言った。護衛兵も「危ないぞ！　ここに穴があるぞ！」と叫んだ。

啞巴の顔に、滅多に見たことのないうろたえた表情が現れた。彼は川面に目をやった。滔々と流れる水は、村のいちばん高い屋根をも越えている。腰の青竜刀を抜いて堤防の上に投げると、急いで上着とズボンを脱ぎ、トタンを切ってこしらえたみたいな硬いパンツ一枚になった。ついで、兵隊たちに向かって大声で叫んだが、兵隊たちは食肉用の鶏みたいに、ぽけーっとして唖巴を見ている。眉毛の濃い兵隊が、声を励まして訊いた。

「なにをしろというんです？　みんなに飛び込めとでも？」

その男の前に飛び出した唖巴が、相手の襟元を摑んで下に引っ張ると、黒いセルロイドのボタンがきれいに取れた。追いつめられた唖巴が、明瞭な一字を叫んだ。

「脱《トゥオ》［脱げ］！」

堤防の穴と流れの渦とを見ながら、尊竜爺が言った。

「兵隊さんたち、こいつはモグラが掘った穴で、堤防の中を水瓮より大きな穴が通っておりますのじゃ。あんたらのお頭は穴の口を塞ぐつもりで、みんなに着ておる物を脱げと言うてなさる。脱ぎなされ。ぐずぐずしておると、命がありませんぞ」

尊竜爺は継ぎの当たった袷の上着を脱ぐと、唖巴の前に投げ出した。兵隊たちも急いで衣服を脱いだが、若い兵隊が一人、上着は脱いだが、ズボンは穿いたままでいる。怒った唖巴が、ふたたびあの明瞭な一字を怒鳴った。

「脱《トゥオ》！」

犬は追いつめられて塀を跳び越え、猫は追いつめられて木に登り、兎は追いつめられて人を咬み、唖巴は追いつめられて物を言った。

「脱！　脱！　脱！」

突撃隊が戦果をうち固めるかのように、啞巴は吼えつづけた。若い兵隊が、哀れっぽい口調で言った。

「班長、パンツを穿いてないんだよう！」

青竜刀を拾い上げた啞巴が、兵隊の首にあてがい、峰で二、三度しごくと、真っ青になった兵隊がべそをかきながら、

「啞巴の大将、脱ぎます。脱げばいいんでしょ！」

と言い、腰をかがめてそそくさとゲートルを解きズボンを脱いだ。白い臀部と毛が生えたばかりの小さなチンポコが剝き出しになると、恥ずかしげに手で隠した。

啞巴は護衛兵にも服を脱がそうとしたが、こっちは堤防の下に駆け下りると、片足上げて自転車に飛び乗り、躰を二、三度左右に揺すったかと思うと、矢のように逃げ出した。「堤防が切れるぞォ――。堤防が切れるぞォ――」と叫びつづけながら。

啞巴は衣服をひとまとめにすると、ゲートルでぐるぐる巻きにした。尊竜爺のほうは、堤防の下の藤豆の棚を押し倒すと、藤蔓や棚を踏んで塊にした。それを、兵隊たちが、堤防の上に引っ張り上げる。

衣服の塊を抱いた啞巴が河に飛び込もうとしたとき、尊竜爺は、川面の渦を指さして見せ、ついで自分の道具箱から扁平な緑のガラス瓶を取り出した。栓を抜くと、酒の香りがプンとした。受け取った啞巴はぐっと呷ると、親指を突き出して尊竜爺に振って見せ、「脱《トゥオ》！」と大声で言っ

た。この「脱」は「好《ハオ》」とおなじ意味だったが、堤防の上の人間は、みな正しく理解した。

衣服の包みを抱えた啞巴は、河に身を躍らせた。流れはゆらゆらと、堤防の外へ溢れてくる。れいの水漏れの穴は、堤防の外では馬の首ほどにも広がり、水は激しい勢いで宙に弧を描いて飛び出し、いきなり路地に注ぎ込んでいる。路地は小川に変わり、黄濁した流れの端は、もはやわが家の入り口あたりまで這ってきている。村の背後に高々とのしかかっている蛟竜河に較べて、村の家々は泥をこねた玩具みたいだった。

啞巴は水に入ったきり、姿が消えた。彼が潜ったあたりには、泡や雑草が渦巻いている。狡猾なカモメが河辺をすれすれに飛んで、黒豆のような小さな目で、なにかを待ちかまえるかのように、啞巴が飛び込んだあたりをしきりに見ている。真っ赤な嘴や湾曲した白い腹の下の黒い爪などが、はっきり見えた。

みんなは緊張して水面を見つめていた。黒く光った西瓜が、水面で一回転してあっという間に消えたが、じきまた川下で姿を現した。痩せた黒い蛙が一匹、申し分のない蛙泳ぎで河の中央の濁流を振り切って、岸辺目がけて斜めに突っ切ってくる。堤に近い静かな水面に、両足の蹴りがきれいな波紋を描き出す。

十七連隊の兵隊たちは、緊張から顔をこわばらせ、頭を前に突き出している。裸の背中が首を長く見せるので、一見首を切られるのを待つ死刑囚のようにも見える。彼らのパンツは啞巴のそれとおなじで、トタンを切ったみたいだ。尻まで剝かれたれいの若い兵隊も、豊かな果実を両手で隠しながら、河を覗き込んでいる。尊竜爺のほうは、堤防の外の出水口を睨んでいる。

その隙に司馬糧は、瓜みたいに人間を切ってしまう啞巴の青竜刀を拾い上げ、親指でこっそり切れ味を試してみた。

「ようし！　塞いだぞ！」と尊竜爺が大声を上げた。

獣のように凶暴だった出水口の水勢が弱まり、水量もぐっと減った。ザアーッという水声も、チョロチョロに変わった。

啞巴が流れの中から、黒い魚のようにガバッと躍り出た。頭上を舞っていたカモメが驚いて上空へ舞い上がる。啞巴は大きな手で顔の水を拭うと、ペッペッと口から泥を吐き出した。

尊竜爺が兵隊たちを呼んで、丸めた藤蔓を河の中に担ぎ込ませた。それを摑んだ啞巴が両手で押さえ込んで、ズブズブと沈める。水の上に伸び上がるようにして、両足でそいつを踏み込む。啞巴はもう一度潜ったが、今度はごく短い時間で頭を出すと、息を継いだ。引き上げてやろうと、尊竜爺は大きな枝を差し出したが、啞巴は手を横に振ると、またも潜った。

村のほうで慌ただしく銅鑼《どら》が叩かれ、ついで突撃ラッパが吹かれた。銃を担いだ兵隊の群れが、各路地から堤防へ次々と駆け上ってきた。護衛班を連れてわが家のある路地から飛び出してきた魯立人《ルーリーレン》は、堤防に上るなり、

「危険個所はどこだ？」と怒鳴った。

啞巴が水から頭を出したが、力尽きたとみえ、じきまた沈んでしまった。尊竜爺がすかさず木の枝を差し出して引き寄せると、みんなして堤防に引き上げたが、そのまま立てず、へたり込んでしまった。

尊竜爺が魯立人に向かって言った。

「連隊長さん、まったく孫の隊長のおかげですじゃ。あの方がおらなんだら、村の者はスッポンの餌でしたぞ」

「民間人がスッポンの餌なら、われわれもおなじ事だ」と魯立人は言い、唖巴の前まで歩いて行くと、賞賛の印に親指を立てた。唖巴は全身に鳥肌を立たせ、口に泥をつけたまま、魯立人に向かってヘラヘラと笑ってみせた。

泥を掘って堤防を補強するよう、魯立人が命じた。筏作りも引きつづいて進められた。地区軍区の護送隊が対岸に引き取りに来るので、正午にはどうしても捕虜を渡らせねばならないのだった。

着る物のない者はもどって休んでよろしい、などと持ち上げられると、兵隊たちはますます張り切って、裸で任務をやり遂げるなどと言い出す。尻丸出しの若い兵隊の急場を救うべく、連隊本部からズボンを取ってくるよう、魯立人は当番兵に命じた。

「毛も生えそろわない雛のくせに、恥ずかしがることはないじゃないか」と、魯立人は笑いながら若い兵隊に言った。

矢継ぎ早に命令を下す合間を縫って、わたしに訊ねた。

「お母さんは元気かね？　魯勝利《ルーションリー》は悪さをするかね？」

司馬糧がわたしの手を引っ張ったが、どういう意味か分からないでいると、自分から魯立人に向かって言った。

「お祖母ちゃんがお父らを見送りに来るから、待ってくれって」

尊竜爺は大張り切りで、わずか半時間足らずで、十数メートル四方の筏を鎹《かすがい》で止め終わった。櫂がないので、シャベルで代用させる案を出した。「木製のもみがら飛ばしなら、この上なしじゃ」そこで、魯立人は命令を下した。

「もどってお祖母ちゃんに言え」と魯立人は厳しい口調で司馬糧に言った。

「お祖母ちゃんの望みはかなえてやるとな」腕を上げて時計を覗き、「行くんだ」

だが、わたしたちは動かなかった。白い覆いをかけた竹籠を腕に掛けた母親が、赤焼きの土瓶を下げて家の入り口を出たのが目に入ったからだ。うしろには沙棗花がついていて、両手で緑のふとネギの束を抱えている。そのうしろが、司馬庫の双子の娘の司馬鳳《スーマアフォン》と司馬凰《スーマアホワン》、さらにそのうしろが啞巴の双子の息子の大啞《ダアヤー》に二啞《アルヤー》。その二人のうしろがよちよち歩きの女の子魯勝利で、最後が厚化粧した上官来弟《シャングワンライディー》であった。

一行の動きは緩慢だった。双子の女の子の目は、トンボや蝶々、透明な蟬の抜け殻などを探して、藤豆の蔓や藤豆の間のアサガオの蔓に注がれていたし、男の子のほうは、えんじゅや柳、浅黄色の桑の木などの幹に好物のカタツムリが吸い付いてはいないかと、両側の木の幹ばかり見ていた。魯勝利はと言えば、水たまりをねらって歩き、足でパシャッと踏むたびに、天真爛漫な笑い声が路地に伝わった。上官来弟は、堤防の上に立っているわたしたちからは派手に塗りたくった顔しか見えず、その表情は定かでなかったけれども、端正なその姿勢から、厳しい顔つきでいることは分かった。

魯立人は護衛兵の首から望遠鏡をはずすと、対岸を眺めた。かたわらの若い幹部が、焦れたように言った。「来ましたか?」

魯立人は望遠鏡を目に当てたまま、言った。

「いや。カラスが一羽、馬糞を突っついているきりで、影も形もないぞ」

「なにかあったのでは?」と若い幹部が心配そうに言った。

「まさか」と魯立人は言った。「地区軍区の捕虜護送隊は、射撃の名手ぞろいだ。山東半島で連中にかなうものはおらんよ」

「そりゃそうです。地区軍区の集中訓練のときに模範演技を見せてもらいましたが、なんと言っても感服したのは、煉瓦に指を突き刺す技でして。あんな硬い煉瓦にですよ、指でブスブスッと穴を開けてしまうんですから。ドリルでだって、あんなに速くは開けられません。人を殺す気なら、なんにもなしで、指でブスッとやれば、いちころですよ。連隊長、幹部の一部は現地に残って、軍を止めて県や地区の政府に入るということですが……」

「来たぞ」と魯立人が言った。「信号を送るよう、通信班に伝えろ」

元気のいい若い兵隊が、筒の太いへんてこりんな短銃を挙げて、河の上空に向けて一発撃つと、黄色い火の玉がついそこの空中に上がって一瞬停止したあと、シューシュー音を立てながら白煙の弧を描いて、河の中程に落下した。カモメが数羽、羽を水平に保ちながら、落ちる火の玉を突っつこうとしたが、ちょっと試みて、悲鳴を上げて飛び去った。

向かいの河岸に、小さな黒い人の群れが立った。銀色の水の光の反射と揺れとで、彼らは堤防の上ではなくて、水の上に立っているようにわたしには思えた。

「信号を替えろ」と魯立人が言った。

若い兵隊はふところから赤い旗を取り出すと、尊竜爺が放り出した柳の枝に結びつけ、対岸に向かって振った。対岸から呼び声が聞こえた。

「ようし！」魯立人は望遠鏡を首に掛けると、先程話していた若い幹部に命じた。「銭《チエン》参謀。杜《ドウー》参謀長に、速やかに捕虜を連行するよう伝えよ。駆け足」

はいと答えた幹部は、走って堤防を降りて行った。

筏の強度を試すべく、魯立人は筏に飛び乗り、力を入れて踏んでみて、尊竜爺に訊ねた。

「河の中でばらけるようなことはなかろうな？」

「安心してください、連隊長さん。民国十年［一九二一年］の秋、村の者が趙《ヂヤオ》参議員を筏で渡したことがありますが、あのときも鎹を打ったのはこのわしです」と尊竜爺が言った。

「今日渡すのは、上級が指名してきた重要犯人なんだ。わずかな間違いも許されん」と魯立人が言った。

「安心しなさいと言ってるんです。途中で筏がばらけるようなことがあったら、この十本の指を九本切り落としてもらいますから」

「それには及ばん。ほんとにそんなことになったら、わたしの指を十本切り落としたところで、屁の役にも立たん」と魯立人は言った。

みんなを引き連れて、母親が堤防に這い上って来た。出迎えた魯立人が、かしこまって言った。

「お祖母ちゃん、しばらく待ってください。もうじき来ますから」

腰をかがめて魯勝利に顔を近づけたが、女の子は恐がって泣いた。バツ悪そうに、麻縄で耳に引っかけている眼鏡に手をやった魯立人が言った。

「こいつめ、お父ちゃんの顔も忘れたのか」

母親がため息をついて言った。

「魯さん。あんたたち、いつまでこうやってバカ騒ぎをつづける気かね？」

魯立人はさも自信ありげに言った。

「安心してください、お義母《かあ》さん。長くて三年、短ければ二年で、平和な暮らしができるようになりますから」

「女のわたしなんぞが口を出すことじゃないが、あれらを逃がしてやるわけにはいかないのかね？　なんといっても、あんたにとっては女房の姉妹《きょうだい》の連れ合いに、義理の姪じゃないか」と母親が言った。

魯立人が笑って言った。「お義母さん、わたしにはそんな権限はありませんよ。あんな暴れ者を婿に取ったりするからですよ」

そう言うとまた笑ったので、堤防の上の張りつめていた空気が和んだ。

母親が言った。「あんたの上の人に頼んで、許してもらっておくれ」

魯立人が言った。「蒔いた種は自分で刈れと言うとおり、ハマビシを蒔いたら、棘が手に刺さるのは覚悟の前のはずです。役にも立たぬ気苦労はおよしなさい、お義母さん」

警備隊が司馬庫《スーマアクー》、バビット、上官念弟《ニエンディー》の三人を護送して、路地をやって来た。司馬庫は両手を縄でうしろ手に括られているが、バビットの両手は柔らかなゲートルで前に括ってあり、念弟は括られてはいない。

わが家の前を通りかかると、司馬庫はまっすぐに入り口に向かおうとした。護送の一人が止めようとすると、司馬庫はペッと唾を吐きかけて、

「そこを退け！　家の者に別れを言いに入るんだ」

と怒鳴りつけた。魯立人が筒状に丸めた掌を口にあてがって、

「司馬司令、止めろ！　みんなここにいるぞ」

と叫んだが、司馬庫はそのことばが聞こえなかったもののように、躰を斜めにして、無理矢理中に入った。バビットと念弟もその後から入って行った。

それから長いこと、一行はわが家から出てこず、魯立人はしきりに時計をのぞきこんだ。対岸の堤防の捕虜護送隊も、絶えず小さな赤旗を打ち振って信号を送ってきたし、こっち側の通信兵も大きな赤旗で信号を返していたが、さまざまに変わるその動作から、日頃の訓練ぶりが窺われた。

やがて司馬庫の一行はわが家から姿を現すと、素早く堤防に登ってきた。「筏を下ろせ！」と魯立人が命じた。兵隊が十人あまりで、重い筏を河の中に押し出した。川面が激しく波立つ。筏はいったん水中に沈んだが、ゆっくりと浮き上がると、岸に寄って、流れに押されて緩慢な揺れをくり返す。そのまま押し流させまいと、兵隊たちが筏の端に結びつけたゲートルをしっかりと

引っ張っている。

魯立人が言った。「司馬司令にバビット先生。わが軍は仁義と人情をなによりも大切にしておるので、特例としてお二人のご家族の送別を許可します。どうか手早くお願いしたい」

三人はわたしたちのほうへと歩いて来た。満面に笑みをたたえた司馬庫に、心細げなバビットに、恐れを知らぬ殉難者めいた落ち着いた表情の上官念弟。

「念弟、きみは行かなくていいんだぞ」と魯立人が小声で言ったが、念弟は首を横に振って、夫とともに行くという固い決意を示した。

竹籠にかぶせてあった風呂敷を母親が取ると、沙棗花が皮を剝いたふとネギを渡した。母親はそいつを二つに折ると、白麵餅《バイミエンビン》［こねた小麦粉を薄く伸ばして鉄鍋などで焼いたもの］に巻き込んだ。次に竹籠から赤味噌の入った碗を取り出すと、「これを持っておれ」と言いながら、司馬糧に渡した。受け取った司馬糧が、ぼんやりと母親を眺めやると、母親は、

「わたしではない。お父を見るのじゃ！」

と言った。

司馬糧は、素早く視線を司馬庫の顔に移した。司馬庫は俯いて、黒いサワラを思わせるがっしりした息子を見やったが、永遠に憂いを知らぬげな黒く長い顔に、思いがけない陰影がゆっくりと広がった。無意識のうちに肩を動かしたのは、腕を上げて息子の頭を撫でようとでもしたのであったろうか？　口を歪めた司馬糧が、小さな声で言った。

「お父……」

司馬庫は黄色い目玉を素早く回転させて、涙を無理矢理、鼻の穴から喉に流し込んだ。足を挙げて司馬糧のけつを蹴り上げると、

「この野郎、覚えておけよ。司馬家は先祖代々、オンドルの上で死んだ人間はいないんだぞ。おまえもおなじ事だ」

「お父、あいつらはお父を銃殺にするのか？」と司馬糧が訊ねた。司馬庫は横を向いて黄濁した流れを見やりながら、言った。

「要らぬ情けをかけたばっかりに、お父のこのザマだ。おまえも覚えておくがいい。悪人になるのなら、人を殺してもまばたき一つせぬ、冷酷無比な心を持つことだ。善人になるのなら、道を歩くときも下を見て、死んだ蟻も踏んではならん。いちばんダメなのは蝙蝠になることよ。鳥かと言えば鳥でもない、獣かと言えば獣でもない。分かったな？」

司馬糧は唇を咬んで、厳かにうなずいた。

母親は上官来弟の手にふとネギ大餅《ダアビン》を握らせたが、受け取った来弟がぼんやり見返すだけなので、母親は、「おまえから食べさせておやり」と言った。

上官来弟は恥じらう素振りを見せたが、三日前の漆黒の夜の恣《ほしいまま》な性の歓楽を思い出したに相違ない。幸せそうな恥じらいが、その証《あかし》だった。

母親は来弟を見て、ついで司馬庫を見た。母親の目は、まるで糸を紡ぐ黄金の杼《ひ》のように、二人の視線を一つに結びつけた。二人は目で無限のことばを交わし合った。来弟は黒いコートを脱いで、蘇芳《すおう》色の袷の上着にひだの付いた同色のズボン、足下は同色の刺繡鞋《くつ》という姿で、体つき

はほっそりとして、面やつれして見えた。司馬庫の手で色情狂が治ったかわりに、恋煩いにかかった来弟は、相変わらず美人の部類に入り、風情あるなかなかに魅力的な若後家だった。

司馬庫は来弟を見ながら言った。「義姉《あね》さん、躰を大切にな」

上官来弟はわけの分からぬ一言を口にした。「あんたは金剛砂つきの錐《きり》、あの男は腐った木の棒だよ」

司馬庫の前まで歩いて行くと、来弟は、司馬糧が高々と捧げ持っている碗の中にふとネギ大餅を突っ込み、黄色い味噌をつけた。汁が垂れてしまうのを防ぐべく、腕を素早く二、三度くるくる回しておいて、ふとネギ大餅を司馬庫の口のあたりへ持っていく。司馬庫は頭を馬みたいにさっと上に挙げてから頭を下げ、大口を開いてがぶりと嚙みついた。やっとの思いで嚙み砕くと、ふとネギが口の中でガリガリと音を立て、頬がいっぱいに丸く持ち上がった。司馬庫の目から大粒の涙が二粒、流れ落ちた。首を伸ばしてふとネギ大餅を吞み下すと、鼻で息をしながら、「辛みの効いたネギだわい！」と言った。

母親はふとネギを巻き込んだふとネギ大餅をわたしに一つ、八姐に一つ手渡し、六姐にも一つ手渡して言った。

「金童《ヂントン》、おまえは六姐の亭主に食べさせてあげるんだ。玉女《ユイニユイ》、おまえは六姐にね」

上官来弟にならって、司馬糧の持っている碗の味噌をふとネギ大餅につけると、わたしはそれを、バビットの口元に持っていった。醜く口を歪めたバビットは、ほんの少しだけ歯で皮を咬み取ったが、透明な涙がその青い目からハラハラとこぼれた。腰をかがめると、味噌のついた唇をわたしの額に押しつけて、高い音をさせて口づけした。ついで母親の前に進んだ。母親を抱擁するつもりだったのだろうが、括られた両手がままならず、仕方なく羊が木の葉を食べるときのように、腰を曲げて唇を母親の額に触れて、「媽媽《ママ》、アナタノコトハワスレマセン」と言った。

手探りで司馬糧のもとまで進んだ八姐が、味噌をつけようと手を伸ばすのを、司馬糧が助けてやった。ふとネギ大餅を両手で捧げ持った八姐は、顔を仰向けた。広い額に深い古井戸を思わせる目、高い鼻にゆったりした口元、バラの花弁のような柔らかな二枚の唇。これまでわたしから虐められれどおしだった八姐は、哀れな子羊そのものだった。八姐が鳥が囀るような調子で言った。

「お姉ちゃん、さあ、食べてね……」

顔中を涙にした六姐が、八姐を抱き上げて、「可哀相な玉女……」とすすり泣いた。

司馬庫はふとネギ大餅を一つ食い終わった。

終始顔を背けて対岸を眺めていた魯立人が、やっとこっちを向いて言った。

「それじゃ、筏に乗っていただこうか!」

「いや、まだ満腹してはおらん。昔の役所でも、罪人を首切るときは、腹一杯食わせたものだぞ。お宅は仁義に厚いと称する十七連隊だ。ふとネギ巻きの大餅くらいは、たらふく食わせてもよろしかろう。ましてこいつは、お互いの義理の母親が自分で打った大餅だからな」と司馬庫は言った。

魯立人は時計をちらと見て、言った。

「いいでしょう。あんたが腹の皮が裂けるほど食っている間に、こっちはバビット先生を先にお渡しするとしよう」

木製のもみがら飛ばしを手にした唖巴と六人の兵隊が、おっかなびっくりで筏に飛び乗った。筏は揺れて傾き、吃水線がかなり深くなって、水が筏の上を洗った。ゲートルを引っ張っていた二人の兵隊が、弓なりに躰を反らせて、言うことを聴かぬ筏を押さえている。魯立人が心配そうに尊竜爺に訊いた。

「ご老人。あと二人乗っても、大丈夫ですかな？」

尊竜爺が言った。「危ないですな。漕ぎ手を二人、下ろしてはどうかな」

魯立人が命じた。「韓二禿《ハンアルトゥー》に潘永旺《パンユンワン》、降りろ」

韓と潘はもみがら飛ばしを杖にして、筏から飛び降りた。筏が揺れ、残った兵隊たちがよろめいて、危うく河に落ちそうになる。硬いパンツ一枚で丸裸の唖巴が、腹を立てて「脱《トゥオ》！　脱！　脱！」と怒鳴った。このときから、孫不言は二度と「アーウー」と叫ぶことはしなくなった。

「これで大丈夫かな？」と魯立人が尊竜爺に訊いた。

「大丈夫じゃよ」と答えた尊竜爺は、兵隊の一人が持っていたもみがら飛ばしを引ったくると、こう言った。

「あんたの軍の仁義の厚さに、この爺は感服しましたわい。民国十年には、わしが参議を渡しましたのじゃ。魯連隊長さんがお望みなら、この爺が渡しの役を引き受けてもよいと思うておりますが」

魯立人が興奮して言った。「ご老人、そいつは、お願いしたくても、こっちからは口にできずにいたことですわい。ご老人に舵をとってもらえたら、わたしも安心です。だれか、酒を！」

駆け寄った当番兵が、でこぼこにへこんだブリキの水筒を魯立人に渡した。栓を捻って開けると、鼻の先を水筒の口に近づけて嗅いでみた魯立人が、

「本物のコーリャン焼酎だ。ご老人、地区軍区の司令官を代表して、一杯さしあげます」

と言いながら、両手で水筒を捧げ持って、尊竜爺に渡した。尊竜爺のほうも興奮して、手の泥をこすり落としてから水筒を受け取り、ゴクゴクと十口あまりも流し込んでから、水筒を魯立人に返した。手の甲で口を拭ったが、顔から首、首から胸へと赤くなって、

「魯連隊長さん。この酒をいただいて、この爺は、あんたと心が通った気がしますわい」

魯立人も笑って言った。「なんの、心だけじゃない。肝から肺から腸まで、一つに繋がっておりますぞ」

涙をポロポロこぼした尊竜爺はさっと身を躍らせ、筏の後部に危なげなく立った。筏が軽く揺れ、魯立人が満足げにうなずいた。

バビットの前に進んだ魯立人は、括られた両手に目をやると、すまなさそうに笑いかけて、言った。

「バビット先生、申し訳ありませんな。地区軍区の聶《ニエ》司令殿と仲《ヂユウン》主任からのご指名でして。礼をもって遇するはずです」

バビットは両手を挙げて、

「コレガレイデスカ？」

と言ったが、魯立人は平然と、

「それも礼の一種ですから、気になさらないように。どうぞ、バビット先生」

と言った。

　バビットはわたしたちのほうに目を向け、目で別れを告げると、大股に筏に乗り込んだ。筏は激しく揺れ、バビットはよろめいたが、尊竜爺がもみがら飛ばしで尻を支えてやった。

　バビットの真似をして、念弟はわたしの額に口づけし、ついで八姐の額に口づけした。ネギのように細い手を挙げると、八姐の柔らかな亜麻色の髪の毛を梳いてやり、ため息を漏らした。

「玉女、お天道さまがおまえを守ってくださるからね！」

　そう言うと、母親とその背後の子供たちに向かってうなずいてみせてから、身を翻して筏に向かった。魯立人がまたしても、

「念弟、きみは行く必要はないんだぞ」

と止めたが、上官念弟は穏やかな口振りで言った。

「魯さん、俗に言うでしょ、〈秤の竿と分銅は一心同体、亭主と女房も一心同体〉って。あなたと五姐だって、いつも一緒じゃないですか？」

「本気できみのためを思ってのことだ」と魯立人は言った。「無理強いするつもりはないから、思い通りにするがいい。では筏へどうぞ！」

　護衛兵が二人がかりで、念弟の腕を抱えて筏に押し上げる。その躰を安定させようと、バビットが両手を差し伸べた。

筏の吃水線はますます深くなり、まったく水没したところや一寸ばかりも水面から出たところなど、筏はでこぼこになった。尊竜爺が魯立人に言った。

「連隊長さん、できれば、お客さんに座ってもらえるといいのじゃが。漕ぎ手もな」

「座って、座って。バビット先生、安全のため、どうかお座りいただきたい」と魯立人が言った。

バビットは座ったが、水の中に座ったも同然だった。それに向き合って座った念弟も、水の中だった。

唖巴と五人の兵隊が両側に座り、尊竜爺だけがただ一人、筏の後尾に何事もなさそうに立っている。

対岸ではなおも赤い小旗が振られていた。魯立人が通信兵に言った。

「向こうに受け取りの準備をするよう、信号を上げろ！」

れいの筒の太い銃を取り出した通信兵が、河の上空に向けてつづけさまに三発、信号弾を打ち上げた。対岸の小旗が動きを止め、黒い小さな人影が銀色の水平線の上を飛ぶように動いた。

「筏を出せ！」と、時計を見ながら魯立人が言った。

堤防の上でゲートルを引っ張っていた二人の兵隊が、手を弛めた。尊竜爺がもみがら飛ばしで堤防を押し、筏の両側の兵たちがぎこちない仕草で水を掻くと、筏はゆっくりと岸辺の緩やかな流れを離れて、下流に向かって斜めに漂い流れていく。たこ揚げの要領で二人の兵隊が、何十本も繋いだゲートルを素早く弛めた。

岸辺の人々は、身を固くして筏を見つめた。眼鏡をはずした魯立人が、上着の裾でそそくさとレンズを拭く。眼鏡を取った魯立人は、視線が定まらず、まったく間が抜けて見えた。目の周りには白い輪ができていて、沼地で泥鰌をねらう鳥にそっくりだった。柄の替わりの麻縄を耳にひっかけるが、縄で擦れた耳たぶは爛れていた。

筏が河の中で横になると、水に慣れない兵隊たちが、てんでばらばらな方向でもみがら飛ばしで水面を叩いたものだから、濁浪が筏にぶち当たって、みんなの着物を濡らした。両手を括られたバビットが恐怖の叫びを上げ、六姐がその手をしっかりと握った。後尾で躰を揺らしながら、尊竜爺が叫んだ。

「兵隊さんたち、慌てちゃいかん。動きを合わせて。動きを合わせなくちゃダメですぞ！」

魯立人が拳銃を取り出して、空に向けて二発撃つと、筏の兵隊が顔を上げた。

「いいか、尊竜爺の号令のとおりにするんだ。勝手な真似はゆるさん！」と魯立人が怒鳴ると、尊竜爺が言った。

「兵隊さんたち。慌てないで、わしの号令で、それ、イチ、ニイ、イチ、ニイ、イチ、ニイ。力を撓《た》めて漕ぐのじゃ。イチ、ニイ……」

流れの中央に進んだ筏は、飛ぶように流されていく。波が筏の上に這いつくばったバビットと念弟の上を洗い出した。ゲートルの帯を引っ張っている堤防の二人が、「連隊長。もういっぱいです！」と叫ぶ。筏はすでに百メートルも下流にある。ゲートルの帯は綱渡りの綱のようにぴんと張って、巻きつけた二人の腕に食い込んでいる。うしろに反らした躰は危うく倒れかかり、かかとがずるずると前に滑って、もうじき河にはまりそうだ。

筏が傾くと、上に乗っている兵隊が「前に走ってくれえ！」と悲鳴を上げた。魯立人が、ゲートルを引っ張っている二人に、「前に走れ！　この間抜け！」と大声で命じる。二人がよたよたと走ると、堤防の兵隊たちがさっと道を空けた。

ゲートルの帯が弛むと、筏は中央の速い流れに乗ってたちまち下流へと流れていく。尊竜爺が大声で号令をかけ、兵隊たちが腰を折って動きを合わせて水を掻くと、筏は下流へ漂い流されながらも、わずかずつ対岸へ近寄っていく。

筏が河の中程で危うくなり、みんなの視線がそっちに向けられた隙に、味噌の碗を下に置いた司馬糧が小声で、「お父、向こうを向いて！」と言った。司馬庫は河のほうを向くと、ふとネギ大餅を嚙みながら、情況を観察していた。その背後に駆け寄った司馬糧は、セルロイド柄のナイフ——バビットからわたしへの贈り物だった——を取り出すと、ザクザクと縄を切った。切ったのは内側で、おまけに切断はしなかった。その間、母親は大声で祈っていた。

「主よ、お慈悲でございます。わたしの娘や婿を無事に河を渡らせてください。慈悲深い主よ……」

「お父、ちょっと暴れたら切れるから」と言う声をわたしは耳にしたが、そうしておいて身を翻した司馬糧が手をさっと振ると、ナイフはズボンの中に消えていた。司馬糧はあらためて味噌の碗を取り上げ、上官来弟は司馬庫にふとネギ大餅を食べさせつづけた。下流数百メートルのあたりで、筏が次第に対岸に近づきつつあった。

こっちへ歩いてきた魯立人が、嘲るような視線を司馬庫に向けて言った。

「いやはや司馬大兄の食欲たるや、たいしたもんだ！」

司馬庫はもぐもぐしながら言った。

「お義母《かあ》さんが打ったふとネギ大餅に、義姉《あね》さんの給仕とくれば、こたえられんわい。こんなメシは、生涯二度と食えないに決まっておるからなあ！　義姉さん、味噌をもう少したのみます」

上官来弟が餅《ビン》の真ん中のふとネギを外に押し出し、司馬糧の碗の味噌をつけて口元に持っていくと、司馬庫は大袈裟にがぶりとやって、さも美味そうに噛んだ。

軽蔑したように首を横に振った魯立人は、捜し物でもするかのように、わたしたちのところへ回って来た。母親が魯勝利を抱き上げ、無理矢理そのふところに押しつけた。子供が嫌がって泣いて身をもがくと、魯立人はうろたえて身を退いた。

魯立人が司馬庫に向かって言った。「司馬大兄、ほんとを言えば、あんたが羨ましいよ。ただ、わたしには真似ができないがね」

餅を呑み込んだ司馬庫が言った。「魯連隊長、あんた、おれを罵る気か。どんな手を使おうと、あんたは勝って王さま、おれは負けて盗賊さ。こうしておれはまな板の上の肉だ。包丁のあんたが、切ろうと叩こうと好きにすればよかろう。いまさらおれを笑い者にすることはなかろうじゃないか！」

「笑い者になどしてはいない。わたしの言うことが、あんたには分かるまいがね。それはそれとして、真面目な話をしよう。地区軍区に行ったら、あんたには罪を償うチャンスが残されているはずだ。なにがなんでも拒否したりすると、たぶんろくなことにはならんぞ」と魯立人は言った。

「ここまで生きて、食うことも遊びもたっぷりやったから、死んでもいいさ。ただ、後に残った息子と双子の娘は、どうか面倒みてやってくれ」と司馬庫が言った。

「そいつは安心しろ。戦にならなければ、わたしらは正真正銘の親戚だぞ！」

「魯連隊長。大インテリのあんたから親戚などと言われると、なんだか偉そうな気になるが、よくよく考えてみれば、親戚なんちゅうものは、男と女が寝るという関係の上に成り立つわけだなあ」

そう言うと司馬庫は大笑いしたが、その際、腕をぴくりとも動かさなかったことに、わたしは気がついた。

筏を引っ張っていた兵隊たちが、駆けもどってきた。対岸では、筏を漕いでいた兵隊や捕虜引き取りの兵隊たちが、筏を川上へと引き上げている。かなり遠くまで行ってから、今度はこっちへ向けて漕ぎ始めた。漕ぐ動作も次第に呼吸が合ってきたし、こっちの岸からゲートルを引っ張る二人もそれにうまく呼応したので、もどりのスピードは速く、矢のように流れを突っ切って、素早く岸に寄せてきた。

「司馬大兄、急いでくれよ」と魯立人が言った。

司馬庫はげっぷをしながら言った。

「ああ、よく食った。お義母さん、礼を言いますぞ！　義姉さんに姪の玉女、あんたらにも礼を言う！　糧《リアン》、長いこと碗を持たせて、すまなんだな。鳳《フォン》に凰《ホワン》、お祖母さんと義姉さんの言うことをよく聴くんだぞ。困ったことがあったら、五番目の叔母さんのところへ行け。おまえらのお父は目下のところついておらんが、彼女《あれ》は運を摑んだからな。甥っ子の金童、大きくなれよ。おまえの二番目の姉さんは、生きてた時分、おまえのことが気に入って、金童はきっとたいした者になると、口癖のように言うておった。姉さんをがっかりさせてはならんぞ！」

言われて、わたしは鼻の奥がつんとなった。

筏が岸に着いた。真ん中に、全身がエネルギーの塊のような捕虜護送隊の小隊長が一人、座っている。男は身軽に筏から飛び降りると、魯立人に向かって挙手の礼をした。魯立人もかしこまって礼を返したが、その後で熱っぽい握手を交わしたところを見ると、どうやら親友らしい。男は、

「老魯《ラオルー》［ラオは親しい人への呼称］、見事な戦だったと、馮《フォン》司令官殿もお喜びだ。黎《リー》政治委員もご存じだぞ」

と言うと、腰の牛革のバッグを開けて、手紙を一通渡した。受け取った魯立人は、銀色の小さな拳銃をひょいと相手のバッグに投げ込んで、

「戦利品だ。小于《シャオユイ》の玩具に持って帰ってやれ」と言った。

「彼女に代わって礼を言うぜ」と男は言った。

魯立人が男に向かって手を出して、「よこせ」と言った。男があっけに取られたように「なにを？」と言うと、魯立人が言った。

「おれの捕虜を護送して行ったからには、受け取りくらいくれなくちゃなるまい？」

男はバッグから紙とペンを取り出すと、そそくさとメモを書いて魯立人に渡し、

「きみというやつは、まったくはしっこいなあ！」と言った。

魯立人は笑って、「孫悟空がどんなにはしっこかろうと、如来さまには勝てっこないさ！」

「だったら、おれは孫悟空ってことかな？」

「おれのほうさ」

二人は掌を打ち合わせ、ついでゲラゲラ笑い出した。男が声を落として言った。

「老魯、なんでも映写機を一台、分捕ったそうだな？　ただし、地区軍区ではご存じだぜ」

魯立人が言った。

「なかなかの地獄耳だなあ。地区軍区の司令官殿にお伝え願いたい。洪水が退いたら、こっちから届けさせると」

司馬庫が低く呟いた。「クソったれ！　虎が獲物を熊に食わせるの図か」

護送隊の小隊長がむっとして言った。「なんだと？」

「なんでもないさ」と司馬庫は言った。

「間違っていなければ、あんたが有名な司馬庫だな？　抗日別動大隊司令の司馬庫だな？」と男が言った。

「そうだ」と司馬庫が言った。

「司馬司令。護送の道々、こっちはようく気をつけてお世話するつもりだから、そっちもご協力願いたいものだ。あんたの死体を担いでもどるようなマネはしたくないのでね」と男が言うと、
司馬庫は笑って、

「とんでもない。護送部隊は、百歩離れて柳の葉を射抜く名手ぞろいだろうが。そんな連中の的になるのは、ご免被りたい」

「なるほど、さっぱりした男だ！　さあ、魯連隊長、ではこれで。司馬司令、筏へどうぞ！」

司馬庫はそろそろと筏に乗り込むと、そろそろと中央に座った。

護送隊の小隊長は魯立人と握手を交わすと、身を翻して筏に飛び乗った。司馬庫に向き合って筏の後部に座ると、腰の拳銃に手をあてがう。司馬庫が言った。

「そう用心しなくとも、おれは両手を縛られているんだぜ。河に飛び込んだところで溺れるのがおちさ。筏がぐらついたとき押さえてくれやすいように、もうちょっと近くへ寄ってはくれんかね」

小隊長は取り合わず、筏の上の兵隊に低く、「漕げ。はやくしろ！」と命じた。

わたしたち一家は、心に秘密を抱きながら、一つに固まってじりじりしながら結末を待っていた。

筏は岸を離れ、順調に漂い流れていった。繋いだゲートルを引っ張っている二人が、堤防の上を突っ走る。駆けながら、腕に巻きつけたゲートルを解《ほど》いていく。

流れの中程まで来ると、矢のような水流に、筏の縁からザッザッと水しぶきが上がる。尊竜爺が喉を嗄らして号令をかけ、兵隊たちが腰を曲げて水を掻き、カモメが低く飛ぶ。

流れのいちばん激しいあたりで、筏が突然大きく揺れ始め、尊竜爺がのけぞって水に落ちた。緊張した表情で立ち上がった小隊長が、拳銃を抜こうとした途端に、突然縄を切って両腕を解き放った司馬庫が、虎のように跳び上がって襲いかかり、二人は滔々と逆巻き流れる急流に落ちた。漕ぎ手の啞巴や兵隊たちは慌てふためき、つづけさまに河に落ちた。岸の兵隊二人も、繫いだゲートルを放してしまったので、筏は黒い大きな魚のように起伏する波濤にまかせて、ものすごい勢いで下流へと流れ去った。

これら一連の出来事はほとんど同時に起こり、魯立人や岸の兵隊たちが我に返ったときには、筏の上に人影はなかった。

「射殺せよ！」魯立人がきっぱりと命じた。

黄濁した流れの中にときたま頭が出たが、どれが司馬庫の頭か見定めがつかず、兵隊たちは射撃を躊躇った。落ちたのは全部で九人、浮かんだ頭が司馬庫である可能性は九分の一。おまけに手綱を切った奔馬のような流れの速さでは、浮かんだ頭を片っ端から撃ったところで、命中率は知れたものだった。

司馬庫の逃亡は疑いなかった。この蛟竜河の側で育ち、流れをよく知って十分間も潜っていられる人間である。ましてや味噌をつけたふとネギ大餅をたらふく詰め込んで、躰はカッカしているはずである。

青い顔をした魯立人は、陰険な目つきでわたしたちを順番に睨みつけた。味噌の碗を胸の前に持った司馬糧は、さも怯えたように装って、母親の足の陰に隠れるようにしていた。

母親は一言も発せず、魯勝利を抱き上げると、一人で堤防を降りて行った。すぐその後にわたしたちがつづいた。

数日後に耳に入ったところでは、水に落ちた者のうち、岸にたどり着いたのは尊竜爺と啞巴だけで、ほかは文字通り生きているのか死んでしまったか、行方不明だったという。だがほとんどの者には、司馬庫が逃亡したことが分かっていた。あの男が溺死するはずがない。れいのこけおどしの護送小隊長を含めて、そのほかの者が死んだことも疑いなかった。

七

高密県東北郷がいちばん美しくなる秋の盛りに、災害をもたらした秋口の洪水はやっと退いた。起伏するコーリャン畑は赤く熟れて輝き、見渡すかぎりの葦は黄色く枯れた。

初めての薄霜に覆われた広漠たる原野に朝の太陽が照りつけると、十七連隊の軍は静かに移動を始めた。馬やラバの群れは落ちかけた蛟竜河《ヂャオロンホー》の橋を跳ねながら渡ると、北の堤防の向こうに姿を消して、二度と現れることはなかった。

彼らが撤退してしまうと、もとの十七連隊の連隊長魯立人が現地復員して、新たにできた高東《ガオドン》県の県長兼武装大隊隊長になり、上官盼弟が大欄《ダアラン》地区の区長に、啞巴が地区武装小隊の小隊長にそれぞれ任命された。

地区の武装小隊を引き連れた啞巴が、司馬庫の家の家具や壺などの容器の類を村の民間人の家に配って歩いた。ところが、昼間に分配した物が、夜になるとそっくり司馬家の表門のところに送り返されているのだった。

唖巴が、彫り模様のある木製の大型寝台を、わが家の庭に担ぎ込ませた。

「こんなもの、要らないよ。担いでお帰り」と母親が言うと、唖巴は「脱《トゥオ》！　脱！」と言うばかり。母親がくつ下の繕いをしていた区長の上官盼弟に向かって、

「盼弟。おまえ、あの寝台を持って帰らせておくれよ」と言うと、盼弟は、

「お母さん。時代の流れなんだから、逆らってもダメよ！」という。

母親が言った。「盼弟。司馬庫は、おまえにとっては二番目の姉さんのお婿さんで、あの人の息子や娘はみんなわたしが育てているんだよ。こんなことをして、あの人がもどってきたら、なんと思うだろうねえ？」

母親のことばで、上官盼弟はすっかり考え込んでしまったが、やがてくつ下をその場に置くと、銃を背負って、慌ただしく出て行った。後をつけて行った司馬糧が、もどってわたしたちに、

「叔母さんは県庁に行ったぞ」と言った。司馬糧はさらに、二人舁《か》きの駕籠に乗った大物が、長いのや短いのやいろんな銃を持った十八人の用心棒に守られてやって来た、とも言った。その人間の前では、県長の魯も猫に睨まれたネズミみたいにびくつき、祖父さまに仕える孫みたいにペコペコしている。

なんでもその人間こそ、かの評判の土地改革［地主の土地・財産を没収して貧農に無償分配した中国共産党の土地革命。一九四七年以降、中共は華北・東北の支配地域でこれを本格化し、農民を味方につけた。物語のこのあたりはその段階を描いている］の専門家だということだった。

唖巴は、大きな寝台を担がせてもどって行った。

母親はほっとした表情を見せた。

「お祖母ちゃん、逃げようよ。なにか良くないことが起こりそうな気がするんだ」と司馬糧は言ったが、母親は、

「良いことならそれでよし、悪いことなら逃げても無駄だよ。糧《リアン》よ、安心するがいい。お天道さまが天兵を連れて下界に下って来たところで、こんな後家や孤児《みなしご》をどうこうするはずがない」と言った。

大物は終始顔を見せず、司馬家の表門には銃を持った門衛が両側に立ち、モーゼル拳銃を吊った県や地区の幹部がしきりに出入りした。

その日、羊を追ってもどってきたわたしたちは、啞巴の小隊と県や地区の幹部たちが、棺桶屋の主人の黄天福《ホワンテイエンフー》、炉包《ルーバオ》売りの趙甲《ヂャオヂア》、油坊《ヨウファン》［植物油搾り小屋］をやっている許宝《シュイバオ》、油屋の片乳の金《ヂン》、私塾の先生の秦二《チンアル》などの一行を引っ立てて行くのに出くわした。みんな顔には殴られた痕があり、不安げな表情である。

趙甲が首をねじ曲げて言った。「おまえさんたち、こいつはなんのマネじゃ？　炉包の付けを帳消しにしてやるから、それでいいだろう？」

五蓮山《ウーリエンシャン》［青島東北部の山塊］なまり丸出しで、歯という歯に銅のかぶせ物をした幹部が手を挙げて趙甲を張り飛ばすと、趙甲の鼻から血が飛んだ。

「このクソったれ野郎！　だれがおまえの炉包の代を付けにした？　そもそも、おまえの銭はどこで稼ぎやがったんだ？」と罵られると、もはや物を言う勇気のある者はおらず、みんなしょん

ぼりと項垂れた。

その夜、冷たい雨がしとしと降った。影が一つ、わが家の土塀を乗り越えた。「だれだね？」と母親が低く誰何すると、慌てて近寄った影は通路に跪いて、「助けてくれ！」と言った。

「福生堂《フーションタン》のご当主か？」と母親が言うと、司馬亭《スーマアテイン》が言った。

「そうじゃ。助けてくれ。あいつらは、明日になれば闘争大会を開いて、わしを銃殺する気じゃ。長年おなじ村で暮らしてきた間柄じゃないか。哀れと思うて、助けてくれ！」

母親はうーんと呻吟したのち、入り口を引き開けた。司馬亭がさっと滑り込んで来たが、闇の中で躰をブルブル震わせ、「なにか食わせてくれ。餓死しそうじゃ！」と言った。大餅《ダアビン》を一つ与えると、ガツガツ丸呑みしたので、母親はため息をついた。

「やれやれ、なにもかも弟のやつのせいじゃ。魯立人と敵同士になりやがって。ほんとを言えば、わしらは濃い親戚なのに」と司馬亭は言った。

「もういい。なんにも言わずに、ここに隠れていなされ。どのみちわたしは、司馬庫《あれ》の姑でもあるのだから」

神秘の大物がついに姿を現した。アンペラで囲った舞台の中央に腰を下ろして、左手で蘇芳色《すおう》の硯を、右手で毛筆を玩具にしている。目の前の机には、竜鳳の図案を彫った大きな硯が置いてある。

黒縁の眼鏡をかけた大物の頬には、ほとんど肉がついていない。尖った顎に細長い鼻梁。二つの黒い小さな目が、レンズの奥で光っている。筆や硯を玩具にする指は、細く長く真っ白で、タコの足を思わせた。

その日、高密県東北郷の十八の村や鎮《まち》のいちばん貧乏な人間の代表が黒々と固まって、司馬家のこなし場の半ばを埋めていた。周りには、県や地区の武装隊からなる歩哨が、三歩か五歩間隔で立っていた。大物の用心棒十八人は舞台の上に立っているが、どれもこれも伝説の十八羅漢みたいに、殺気をみなぎらせた残酷な面つきである。

舞台の下はしんと静まり返って、多少とも物の分かる年頃の子供までが、泣き声一つ立てない。もっと幼い子が泣くと、すぐさま乳首を銜えさせられる。

わたしたちは母親を囲んで座っていたが、不安に怯えている周りの村民に較べて、母親の落着きぶりは際だっていた。母親は剝き出したふくらはぎの上で、一心不乱に布鞋《ブウシエ》の底を刺し子にするときに使う細い麻縄を綯っていた。ふくらはぎの片側で、真っ白い麻糸がしゅるしゅる回る。反対側に、母親の手で綯われたきれいにそろった麻縄が次々とでき上がる。その日は冷たい北風が吹き、蛟竜河の冷えて湿った水蒸気に襲われて、こなし場に座ったみんなは唇を紫色にしていた。

闘争大会が始まる前に、会場の外が騒がしくなった。啞巴と地区武装隊の隊員数人が、黄天福や趙甲など十数人を護送してきたのである。みんながんじがらめに縛り上げられ、首のうしろには紙の札を立てられている。そこには黒い字が書いてあり、その上に赤い×印が打ってある。その連中を見ると、みんなは慌てて顔を俯け、四の五の言う者はだれもいない。

大物はゆったりと座ったまま、二つの黒い目で、舞台下の民間人を何度も眺め渡した。見られないように、みんなは顔を両膝の間に突っ込んだ。こうした大物の威厳の下で、平然と麻縄を綯う母親は、ひときわ目を引いた。大物の陰険な目が、母親の顔の上に長いこと留まっているのが、わたしにははっきりと分かった。

頭を黒い紐で縛った魯立人が、唾を飛ばしながらひとしきり演説した。頭痛持ちのせいで目は真っ赤、おかげで眼鏡のレンズが、バラの花びらのように光った。

演説がすむと、大物の側に寄ってお伺いを立てる。大物はゆっくりと立ち上がった。魯立人が、「張《チャンション》生同志からのご指示を歓迎します」と言って、真っ先に拍手をしたが、みんなはなんのことやら分からず、きょとんとしていた。

咳払いして喉の調子を整えた大物は、うどん粉を伸ばすかつてのマローヤ牧師みたいに、一言ずつ引っ張りながらのろのろとしゃべったので、そのことばは、あたかも長い紙切れが冷たい北風に舞っているように思えた。あれから数十年経ったが、この間、死者の霊前に立てられる魂を呼びもどすための幡《のぼり》を見るたびに、あのときの大物の演説を思い出した。白紙を切って、そこにさまざまな呪《まじな》いのことばを書き付ける招魂の幡。大物の演説は、霊界の風にひるがえるその幡のようだった。演説を終えて大物が腰を下ろしてからも、幡はなおもヒラヒラしつづけ、おまけにガサガサと不気味な音を立てた。

つづいて魯立人は、啞巴や地区武装隊の隊員、それに尻にモーゼル拳銃をぶら下げた幹部らに命じて、粽《ちまき》みたいに括られた人間を十数人、舞台の上に引っ立てさせた。舞台は連中でいっぱいになり、おかげでみんなから大物が見えなくなった。魯立人が「跪け！」と命じると、気のきくやつはすぐさま言うとおりにしたが、気のきかぬやつは膝のうしろを蹴飛ばされた。

舞台の下のみんなは俯いて、目の隅で左右の者を窺っていた。思い切って舞台の上に目をやった者も、跪いている連中の鼻の先から垂れている長い鼻水を見ただけで、素早く顔を伏せた。母親はとうとう、麻縄を綯うのを止めた。布鞋を下に置き、かじかんだふくらはぎを隠すと、長いため息をついた。

そのとき、みんなの中から痩せた男がよろよろと立ち上がると、かすれた声を震わせて言った。

「区長……わしは……恨みがありますがの……」

「分かったわ！」と上官盼弟が興奮して叫んだ。

「恨みがあるなら、構わないから、ここへ上がって言いなさい。わたしたちがついていますからね！」

みんなの目が、痩せたその男に集まった。男はイネムリムシであった。灰色の繻子《しゅす》の上着はぼろぼろで、片袖は千切れかかり黒い肩が剝き出しになっている。以前は真ん中できちんと分けていた髪の毛も、カラスの巣みたいにくしゃくしゃである。冷たい風にガタガタ震えながら、怯えた目つきできょろきょろしている。

「上がって言いなさい！」と魯立人が言った。

「たいしたことじゃないから」とイネムリムシは言った。「ここで言えばいいです」

「上がって来なさい！」と上官盼弟が言った。

「あんた、張徳成《チャンドオチヨン》という名でしょ？　あんたのお母さんは、籠を手に乞食をして歩いたんだわね。つらい目をして、恨みも深いわけだわ。さあ、上がって。ここで言いなさい」

がに股のイネムリムシは、自分のほうを注目している人の群れの中をよたよたと泳いで、舞台の前にたどり着いた。土でできた舞台は、高さが一メートルばかりもあり、跳び上がろうとしてツルッと滑り落ち、胸の前に黄色い土がべっとり付いた。舞台の上にいたいかつい躰の用心棒が腰を曲げ、片腕を摑んでえいと引っ張ると、両足を縮めたイネムリムシはギャアギャア喚きながら、上に上がった。舞台の上に放り投げられると、バネ仕掛けみたいに長いこと躰を上下に揺らしてから、やっと停まった。

顔を上げて下を見て、複雑な思いのこもった無数の視線にはっと気がつくと、イネムリムシは両足がぐんにゃりともつれ、青い顔に鳥肌を立てた。どもりながらぶつぶつ言ったが、ことばにならず、下に滑り降りようと躰をひねった。体格も力も男にひけを取らない上官盼弟が、その肩を摑んでうしろへ引きもどす。よろけたイネムリムシが、惨めったらしく口を歪めて、

「区長さん、勘弁してくれ。さっきのはわしが屁をひったと思うて、勘弁してください」

「張徳成、いったいなにを恐がっているの？」と盼弟が言った。

「わしは独り者じゃ。煮て食われようが焼いて食われようが、変わりがあるじゃなし、恐いものなんぞはない」と張徳成は言った。

「恐いものがないのなら、どうして言わないの？」

「たいしたことじゃないから、もうどうでもいい」

「あんた、これをただの遊びだとでも思っているの？」

「区長さん、分かったよ。言えばいいんだろう？　今日こそ腹をくくるから、それでいいんだろう？」

イネムリムシは秦二先生の前に行って、「秦二先生、あんたも学問がある人間なら、いいですかな？　あんたに教えてもらっていた時分に、わしは居眠りをしたことがありましたろうが？　それだけのことなのに、あんたは懲らしめ板でわしの手をヒキガエルみたいにぶっ叩いたあげく、あだ名までつけてくれなさった。あのときあんた、なんと言うたか、覚えているかね？」

「質問に答えなさい！」と、上官盼弟が大声で言った。

秦二先生は上を向いて、顎の山羊鬚をおっ立てながら、甲高い声で言った。「古き昔のことで、覚えておらんのう」

「先生はむろん忘れておろうが、わしはしっかりと覚えていますぞ！」ようやく激昂し始めたイネムリムシは、言うことにも筋が通ってきた。

「ご老体。あのときあんたはこう言いなさった、〈なにが張徳成じゃ。おまえはイネムリムシじゃ〉とな。その一言で、わしは生涯、イネムリムシになってしもうた。おっさん連中がわしのことをイネムリムシと呼べば、おかみさんらもわしのことをイネムリムシと呼ぶ。鼻垂れ餓鬼までが、わしのことをイネムリムシと呼びくさる。このいやらしいあだ名をつけられたおかげで、三十八にもなるのに、女房ももらえぬ始末じゃわい！　あんた、考えてもみなされ。イネムリムシなんぞのところに嫁に来たがる娘がどこにおりますか？　ああ、情けない。このあだ名のせいで、わしの一生は台なしじゃ……」

　感情を高ぶらせたイネムリムシは、ついに涙と鼻水を一緒くたに流すにおよんだ。れいの歯に銅のかぶせ物をした県の幹部が、秦二先生の白い髪の毛を摑んで、顔を上げさせた。山羊鬚が山羊のしっぽのように震えた。

「さあ、言え！」と県の幹部が厳しく訊ねた。「張徳成が告発したのは事実か、どうなんだ？」

「事実です。事実です」と、秦二先生がつづけさまに返事をする。県の幹部が先生の頭をちょいと前に押すと、口が泥を咬んだ。

「告発をつづけろ！」と県の幹部が言った。

　手の甲を目に当てていたイネムリムシが、親指と人さし指とで鼻の先をつまんでさっと振り捨てると、鼻汁の塊が鳥の糞みたいにアンペラに飛んだ。嫌悪の表情で眉を顰めた大物は、真っ白い絹のハンカチを取り出して眼鏡のレンズを拭いたが、黒い石のように冷静だった。

　イネムリムシが言った。「秦二、あんたはおべっか使いじゃ。司馬庫があんたに習っておった時分に、あんたの尿瓶に蛙を入れたり、屋根に登って快板児《クワイバル》［語りと歌をミックスした北方の民間芸能で、即興が喜ばれる］をこしらえてあんたを罵ったりしたとき、あんたは叩いたり、罵ったり、あだ名をつけたりしたか？　なあんにもしなかったじゃないか！」

「素晴らしいわ！」と上官盼弟が興奮して言った。

「張徳成は、鋭い問題を告発したのよ。どうして秦二は、司馬庫を懲らしめられなかったのか？　それは司馬庫の家が金持ちだったからでしょ。そんなら、司馬家のおカネはどこからやって来たの？　麦も植えずに白いマントウを食らい、蚕も飼わずに絹物を着て、酒も造らずに毎日酔っぱらう。村のみなさん、わたしたちはこの血と汗で地主や金持ち連中を養ってきたんですよ。だから、連中の土地を分配し、財産を分配するのは、実際はわたしたちが自分の物を取り返すことなんですよ！」

大物が軽く手を叩いて、上官盼弟の激烈な演説に対する賞賛の意を表すと、舞台の上の県や地区の幹部、武装部隊の隊員たちが、つづいて手を叩いた。

イネムリムシがつづけた。「司馬庫と言えば、あいつは一人で四人も女房がおるのに、わしには一人もおらんのは、不公平じゃないか！」

大物が顰めっ面をした。

魯立人が言った。「張徳成、そいつは言うな」

「いいや」とイネムリムシは言った。

「これこそが聞いて欲しいわしの恨みの大本《おおもと》じゃ。このイネムリムシとても男であろうが？　両足の間には、れいのシロモノがぶら下がっておって……」

魯立人がイネムリムシの前に立ちはだかって、その演説を遮った。喚き立てるイネムリムシの声を押さえようと、声を張り上げて、

「村民のみなさん、張徳成の言うことは品はないが、一つの道理を示しています。ある人間は四人も五人も、場合によってはもっとたくさん女房を持てて、張徳成のような若者がなぜ一人の女房も持てないのでしょうか？」

舞台の下でガヤガヤ言い出し、みんなの視線が母親の身に集まった。顔色は青ざめたが、母親の目に反撥の色はなく、秋の湖のように静かだった。

上官盼弟がイネムリムシの背中を押して、「もう降りなさい」と言った。

イネムリムシは二、三歩歩いて舞台から降りかけたが、なにを思ったか取って返すと、炉包売りの趙甲の耳を捻り上げ、一発張り飛ばして罵った。

「クソ野郎め！　ザマあ見やがれ。司馬庫の威勢を笠に着て人をバカにしやがったことを、忘れちゃいまいな！」

そのほうに首をねじ曲げた趙甲は、イネムリムシの下腹に頭突きを食らわせた。悲鳴を上げたイネムリムシが、ゴロゴロと舞台から転がり落ちた。

跳び上がってきた啞巴の孫不言が趙甲を蹴倒し、大きな足で首根っこを踏みつけた。顔を醜くひん曲げられた趙甲が、ハアハア喘ぎながらも、狂ったように喚きたてた。

「わしは降参はせん！　降参はせんからな！　おまえら、人の道に背いて、非道なことをしやがって……」

腰をかがめた魯立人が大物に伺いを立てると、大物は手にした硯を机の上にバシッと叩きつけた。

魯立人は一枚の紙切れを取り出し、読み上げた。

〈調査によれば、富農の趙甲は一貫して搾取を行ってきた。日本軍の傀儡政権時代には、傀儡軍に大量の食品を提供した。司馬庫統治時代にも、何度も馬賊軍に炉包をとどけた。土地改革が始まってからは大量のデマをばらまき、公然と人民政府に敵対してきた。かかるかたくなな頑固分子は、殺さなくては人民の怒りを鎮めることはできない。ここに高東県人民政府を代表して、趙甲に死刑を宣告し、ただちに執行する！〉

地区武装隊の二人の隊員が、死んだ犬でも引きずるように趙甲を引きずり上げると、蓮や草も枯れた池の畔まで引きずって行った。隊員が両側に離れるや、唖巴が趙甲の後頭部に向けて一発撃った。素早い動きで、趙甲は頭から池に突っ込んだ。煙を吐いているモーゼル拳銃を提げて、唖巴が改めて舞台の上にもどった。

舞台の上で跪かされている連中はしきりに叩頭をくり返したが、肝を潰して小便を垂れ流したものだから、その悪臭に、舞台の上でも下でも、近くにいた人間は目を見合わせた。

「命だけは助けて！」油屋の女主人の片乳の金《ヂン》が魯立人の前まで居去って行くと、両手でその足に抱きついて、大声で泣きながら、

「魯県長さん、命だけは助けて。油も胡麻も財産も、なにからなにまで、鶏の餌入れまで、一つ残さず村のみんなに分配しますから、この命だけは助けてください。もう二度とこんな、人様から搾り取るような商売はしませんから……」

魯立人は女のふところから足を抜こうともがいたが、女はしがみついて放さない。県の幹部が数人がかりで、絡み合わせた両手の指を一本ずつ剝がして、県長を自由にしてやった。片乳の金

は、こんどは大物のほうへ居去って行きかけたので、魯立人がきっぱりと、「連れて行け」と命じた。啞巴がモーゼル拳銃の峰で女のこめかみをコツンと叩くと、一撃で白目を剝いた女は、片方の乳房をどんよりした空に向けて突き出し、土盛りした舞台の上で伸びてしまった。

「ほかに恨みのある人はいないの？」上官盼弟が舞台の下に向かって怒鳴った。

だれかが大きな泣き声を上げた。目の見えない徐仙児《シュイシェル》で、黄金色の竹の杖をついて立ち上がった。

「ここへ連れてきてあげて！」と盼弟が叫んだ。

だれも介添えしようとはしなかった。声を上げて泣きながら、盲人は杖で道を探って、そろそろと舞台のほうへ近づいていく。杖が伸びる先で、人々は次々と道を空けた。幹部が二人飛び降りて、舞台の上に引っ張って行った。

竹の杖をついた徐仙児は、憎しみのあまりそれで足下をつづけさまに突いて、柔らかい舞台の土をそこだけ穴だらけにした。

「さあ、徐のおじさん」と上官盼弟が言った。

「お役人。あんたたちは、まことわしの仇を打ってくれるのじゃな？」と徐仙児が言った。

「安心して。さっき張徳成の仇を打ってあげたでしょう？」と盼弟が言った。

「そんなら言うぞ。司馬庫の畜生め。あいつのせいでわしの女房は死んでしまい、お袋もそれに腹を立てて死んでしもうた。わしはあいつに、二人の人間を殺されたわい……」

盲人の見えない目から涙が溢れた。

「ちゃんと話してみなさい、大叔《ダァシュ》［おじさん。年上の男への尊称］」と魯立人が言った。

「民国十五年［一九二六年］に、お袋は銀貨三十元出して、わしに嫁を持たせてくれた。西郷《シーシアン》の乞食女の娘じゃった。牛を売り、豚を売り、麦も二担［担は重さの単位。約五十キロ］手放して換えた三十元の銀貨を、乞食女に渡した。嫁はみんなからきれいじゃと言われたが、それが災いのもとじゃった。その頃、司馬庫のやつも十六、七じゃったろうが、そんな餓鬼のくせにもう悪さを覚え、家にカネがあるのをいいことに、用もないのにわしの家に押しかけて来ては、胡弓を弾いては芝居を唸る。そのうち、女房を連れて芝居見物に出かけ、もどったところで女房に無理矢理言うことを聴かせやがった……後で女房はアヘンを呑んで自殺し、お袋もかっとなって首を吊った……司馬庫のやつに、わしは二人の人間を殺されたのじゃ！　どうか政府の手で、まっとうな処置をしてもらいたい……」

盲人は舞台の上に跪いた。

地区の幹部の一人が引き起こそうとしたが、「仇を打ってくれるまでは起きないぞ……」と言う。

「大叔」と魯立人が言った。「司馬庫は法の網から逃れるすべはありません。捕まえたら、すぐさま仇を打ってあげますから」

「司馬庫はどこへでも飛んでいく鳩じゃ。あんたらに捕まえられはせん。命と命の引き替えで、あいつの息子と娘を、政府の手で銃殺にしてもらいたい。県長さん。あんたと司馬庫が親戚じゃということは分かっておるが、あんたが本物の公平なお役人なら、わしの訴えを聞き届けてくだされ。あんたが私情に溺れるようなら、司馬庫が舞いもどったときにひどい目に遭わされずに済むように、この盲人は家にもどって首を吊りますわい」

ぐっとつまった魯立人が、しどろもどろで言った。

「大叔、仇も借金も当人の責任と決まったものです。司馬庫がだれかを死なせたとしたら、司馬庫に償わせるほかはない。子供に罪はないんですよ」

盲人の徐仙児は竹杖で舞台を突っついて、

「村の衆、聞こえたじゃろう？　絶対に一杯食わされてはなりませんぞ！　司馬庫は逃げた。司馬亭も身を隠した。司馬庫《やつ》の息子や娘も、見てる間に大きくなる。魯県長さんはやつとは親戚、身内びいきということがあるじゃろうが。盲人のこのわしは、生きようと死のうと犬のクソじゃが、あんたらはそうはいくまいが。村の衆よ、一杯食わされてはなりませんぞ……」

「徐仙児、そんなの言いがかりじゃないの！」上官盼弟が腹を立てて言った。

「盼弟か。あんたら上官家ときたら、まったくうまくやるのう。日本鬼子《リーベングエイズ》の時代には上の姉の亭主が沙月亮《シャユエリアン》、国民党の時代には二番目の姉の亭主が司馬庫、そして今度はあんたと魯立人、いずれもたいした羽振りじゃ。あんたの家は、それこそ不沈艦じゃのう。やがてアメリカが中国を占領でもしたら、そちらさんにはまだ外人の婿さんもいたわなあ……」

司馬糧は青ざめて、母親の手をぎゅっと握っていた。司馬鳳と司馬凰は母親の腋の下に顔を隠した。沙棗花が泣き出した。魯勝利も泣き出した。八姐の玉女が、最後に泣き出した。

子供らの泣き声が、舞台の上から下まで、すべての視線を引き寄せた。大物もじっとこっちを見つめた。

目が見えないとはいえ、徐仙児は正確に大物のほうに向いて跪き、声を上げて泣き叫んだ。

「お役人さま。この盲人のために、どうか仇を！」そう泣き叫びながら叩頭したので、額が黄色い泥だらけになった。

魯立人は助けを求めるように大物を見たが、大物は冷たい視線を向けるのみだった。皮剝き包丁のように鋭いその視線で、魯立人の顔に汗が噴き出した。落ち着きと洒脱さを失った彼は、大物と目を合わせられなくなって、俯いてつま先を見たり、顔を上げて舞台下の人の群れを見たりした。

上官盼弟も区長の威厳を失っていた。大きな顔を真っ赤にし、厚い唇を熱病にでも罹ったように震わせて、村のあばずれ女のように罵った。

「徐のど畜生。あんた、わざと引っかき回す気だね。わたしの家があんたになにしたというんだね？　あんたの浮気女房は司馬庫を引っかけ、麦畑でいちゃついているところをとっつかまって、人前に出られなくなったから、アヘンを呑んだんじゃないか。それに、あんたは夜っぴて犬みたいに女房に咬みついたんだって？　あんたに咬まれた胸の傷跡を、あの女がそこら中で見せて回ったのを、あんた知ってるかい？　あんたの女房を殺したのはあんただよ。司馬庫にも罪はあるけど、いちばんの犯人はあんたさ！　銃殺するなら、まずあんたから殺してかかるべきだよ！」

「お役人さま」と徐仙児が言った。「お聞きのとおりじゃ。コーリャンを倒したら、狼が飛び出して来よりました」

魯立人が慌てて盼弟のためにとり繕い、徐仙児を引き起こしにかかったが、相手は薄い飴湯みたいに、引っ張れば伸び、放せばくずおれる。

「大叔。司馬庫を銃殺しろというのはまっとうだが、あいつの息子や娘を銃殺しろというのは間違いです。子供に罪はないんだから」

徐仙児が反駁して言った。

「趙甲にどんな罪があった？　趙甲は炉包を売っておっただけのことじゃないか？　あいつは張徳成から個人的に恨まれていただけのことなのに、あんたらはいきなり銃殺と言って、引きずり下ろして殺したじゃないか？　県長の旦那、司馬庫の子を殺さないというのは、わしには納得できませんぞ！」

魯立人は顔にぎこちない笑みを浮かべると、恐る恐る大物の側に近寄って、ばつ悪そうになにやら言った。つるつるに磨かれた硯を擦りながら、大物は一言も発しなかったが、口元から顎のところまで伸びている二本の深い皺と突き出した広い唇は、殺気を伝えていた。

魯立人が再度ばつ悪げに訴えた。すると、白い目を剝いて魯立人をじっと見た大物が、やや甲高い素っ気ない口調で言った。

「そんなことまで、このわたしに指図させるのかね、きみ？」

ハンカチを取り出して額の汗を拭った魯立人は、両手を頭のうしろに回して黒い紐を締め直すと、青い顔をして舞台の前に進み、みんなに向けて高い声で言った。

「わが政府は人民大衆の政府だから、人民の意志を実行します。そこでみなさんにお願いだが、司馬庫の子供らを銃殺することに賛成の人は手を挙げてください！」

「気でも違ったの？」と上官盼弟が激しく突っかかった。

舞台の下のみんなは深く項垂れて、手を挙げる者も声を出す者もいない。

魯立人が目で大物に伺いを立てた。

大物は顔に冷笑を浮かべると、魯立人に向かって言った。

「きみ、もう一遍下の連中に訊いてみたまえ。司馬庫の子供らを銃殺しないことに賛成の者がいるかどうか」

「司馬庫の子供らを銃殺しないことに賛成の人は手を挙げてください」と魯立人が言った。

みんなは依然として深く項垂れて、手も挙げず、声も立てない。

母親がゆっくりと立ち上がって言った。

「徐仙児、どうしても命で償わせたければ、わたしを銃殺にするがいい。あんたの母親は首吊りで死んだのじゃない。子宮出血がもとで死んだのじゃ。もとはと言えば、馬賊騒ぎの頃に罹った病じゃ」

大物が立ち上がると、うしろを向いて舞台の裏手へと歩いて行った。

魯立人が慌てて後を追った。

土の舞台の背後の空き地で、大物が低く早口でまくし立てている。細長く柔らかな白い手を何度も挙げては下に振り下ろすさまは、まるで白刃で見えないなにかを切っているように見える。

用心棒たちが大物を取り囲んで、ドドドッと行ってしまった。

魯立人は項垂れて、棒のようにその場に立ちつくしていた。かなり経ってやっと我に返ると、元気なく重い足を引きずりながら、県長のいるべき場所にもどってきた。狂ったような目つきでわたしたちを見つめたが、それがまた長いことつづいた。まったく惨めな姿だった。いつまでつづくかと思ったとき、魯立人がついに口を開いたが、乾坤一擲の大博打に打って出たときの目つきだった。

「宣告！　司馬庫の子の司馬糧を死刑に処し、即刻執行する！　司馬庫の子の司馬鳳と司馬凰を死刑に処し、即刻執行する！」

母親の躰がぐらっとしたが、すぐさま立ち直った。母親は言った。

「だれか、やれるものならやってみるがいい！」

母親は司馬鳳と司馬凰を抱き寄せた。すばしこく地面に伏せた司馬糧は、そろそろとうしろに這った。みんなの躰は、あたかも思わず知らず揺れて、そんな司馬糧を隠したように見えた。

「孫不言！」魯立人が吼えた。「なぜわたしの命令を執行しないのだ!?」

上官盼弟が罵った。「こんな命令を下すなんて、どうかしてるわ！」

「どうもしてはおらん。きわめて冷静だよ」頭を拳で叩きながら、魯立人は言った。

唖巴がぐずぐずと舞台から降りた。背後に地区武装隊の隊員が二人つづいた。

みんなの間から這い出た司馬糧は、ぱっと跳ね起きると、二人の歩哨の間をすり抜けて、素早く堤防に登った。

「逃げたぞ！　逃げたぞ！」舞台の上から隊員が叫んだ。

肩から銃を下ろした歩哨が弾を込め、空に向けて数発ぶっ放したが、司馬糧はとっくに堤防の灌木の茂みに消えていた。

隊員を引き連れた唖巴は、黒い背中を次々と跨いで、わたしたちの前にやって来た。息子の大唖《ダアヤー》と二唖《アルヤー》が、孤独で傲慢な視線を父親に向けた。

唖巴が鉄の爪のような手を伸ばしてくると、母親はその顔にペッと唾を吐きかけた。手を引っ込めた唖巴は、顔を拭うと、またもや手を伸ばす。母親はもう一度唾を吐きかけたが、今度は力が足らず、相手の胸に飛んだ。

唖巴は首をねじ向けて、舞台の上の人間を見た。魯立人は手をうしろに組んで歩き回っており、上官盼弟はしゃがんで、両手で顔を覆っている。県や地区の幹部、武装隊員らは、廟《ミャオ》の泥の神さまみたいに、無表情をきめこんでいる。唖巴は、ごつい顎を習慣的に震わせながら、「脱《トゥオ》、脱、脱……」と呟いた。

母親は胸を突き出して、切り裂くように叫んだ。

「けだもの！　わたしから先に殺すがいい……」

唖巴に跳びかかった母親は、手を伸ばして顔を引っ掻いた。四本の白い筋ができ、血が滲んだ。手で顔を撫でた唖巴は、その指を目の前に持ってきて、なにがついたのかを見極めるかのようにぼんやりと眺めていた。しばらくすると、こんどは獅子っ鼻の下に持っていって、臭いを嗅ぎ分けるかのように嗅いでみて、最後に味を確かめるかのように厚い舌で舐めてみた。しばらくそうやったあと、ウアウアと叫んで、掌で母親を突いた。母親がふわふわと目の前で倒れかかるのに、ワッと泣きながらわたしたちがすがりつく。

唖巴はわたしたちを一人ずつつまみ上げては、放り出した。わたしは女の人の背中に落ち、わたしのお腹の上に沙棗花が落ちてきた。魯勝利は老人の背中の上に、八姐は女の人の肩の上に落ちた。

父親の二の腕にぶら下がった大唖が、力をこめて振り放そうとしてもしがみついたまま、その手の甲に嚙みついた。二唖のほうは父親の足にしがみついて、硬い膝に嚙みついた。唖巴が片足を跳ね上げると、二唖はもんどり打って中年の男の頭上にぶち当たり、腕を振ると、大唖は父親の皮膚の肉片を銜えたなりで、そこらのお婆さんのふところにゴロンと飛び込んだ。

左手に司馬鳳、右手に司馬凰をぶら下げた唖巴は、泥の池を歩く要領で、足を高く挙げては、のっしのっしと舞台の前まで進み、左右の腕を振るって、二人の女の子を舞台に投げ上げた。お祖母ちゃんと叫びながら、二人は舞台から降りようとして、唖巴に止められた。這い起きた母親が、よろよろとそのほうに行こうとしたが、二、三歩で倒れた。

歩き回るのを止めた魯立人が、悲壮な口調で言った。

「貧しさに苦しむみなさん、この魯立人を人でなしと思いますか？　この二人の子供を銃殺にするのがどんなにつらいか、分かりますか？　所詮は子供です。ましてやわたしとは親戚関係にある。だが、そうであればこそ、わたしとしては、泣いてこの二人に死刑を宣告せざるを得んのです。みなさん、麻痺状態から目を醒ますのです。司馬庫の子供を銃殺することで、わたしたちは退路を断つのです。子供二人を銃殺するように見えますが、じつは子供ではなくて、反動的な後れた社会制度を銃殺し、二つの符号を銃殺にするのです。みなさん、起ち上がりましょう。革命しないことはすなわち反革命、中間の道はありませんぞ！」

声を張り上げたせいで激しく咳き込んだ魯立人は、顔が真っ青になり、目から涙を流した。県の幹部の一人が近寄って背中を叩こうとしたが、手を振って断った。どうにか呼吸を整えると、背中を丸めて白い唾を吐き、肺病病みのように喘ぎながら言った。

「執行したまえ……」

舞台の上に跳び上がった啞巴は、二人の女の子を小脇に抱えて、大股に池のほとりへと歩いて行った。二人を下に下ろすと、十数歩退る。抱き合った女の子の細長い小さな顔が、金粉を塗ったような色に染まった。四つの小さな目が、恐ろしげに啞巴を見た。

モーゼル拳銃を取り出した啞巴が、鮮血に染まった腕を重そうに挙げた。手は震え、拳銃は重さ二十キロもありそうで、挙げるのに難儀している。

ついに拳銃を挙げた啞巴が、バーンと一発撃った。銃を持つ手がはね上がり、銃口から紫色の煙が吹き出すと、腕はすぐさまだらりと下がった。弾は女の子の頭上を飛び去り、池の前の土にめり込んで、泥をはね上げた。

女が一人、〝解放〟足［纏足を途中で止めた足］をこまめに動かし、風をはらんで傾いた帆船みたいに、堤防の下のコブナグサに挟まれた小道を飛ぶようにやって来た。走りながら、雛をかばう雌鶏のように高い声を上げる。

その女が堤防に現れたときから、それが大姐の上官来弟だとわたしには分かった。精神異常の女ということで、彼女は闘争大会への参加を免除されていたのである。漢奸沙月亮の未亡人としては銃殺されて当然だったし、司馬庫との一夜の色事がバレでもしたら、二度つづけて銃殺されかねない。自分から網にかかるようなマネをする大姐は、わたしは心配でならなかった。

真っ直ぐに池を目指してやって来た大姐は、二人の女の子の前に立ちはだかると、「わたしを殺して。わたしを殺して」と狂ったように叫んだ。

「わたしは司馬庫と寝たから、このわたしが二人の母親だよ！」

啞巴の心の波立ちは、またも震えだした顎に示されていた。銃を挙げた彼は、暗い調子で「脱《トウオ》――脱――脱――」と言った。

なんの躊躇いもなく上着のボタンをはずした大姐は、比類のない美しい二つの乳房を露出させた。啞巴がはっと目を剝いた。顎が地面に落ちそうなほど震える。落ちて砕けて、大小さまざまな瓦のかけらになったら、恐ろしい顔になるだろう。そんなことになってはと、手で顎を支えながら、啞巴は心と裏腹に、「脱――脱――」とくり返す。

大姐はおとなしく上着を脱いで、上半身を剝き出した。顔は黒いくせに、躰は磁器の輝きをみせて白かった。陰鬱な空模様の下で、大姐は上半身裸で啞巴に挑んだ。啞巴の足は途切れがちに進んだが、来弟の前までくると、鋳鉄のようなこの男が、陽に照らされた雪だるまのようにドロドロに融けた。手足はばらばらになり、腸《はらわた》は肥えた蛇のようにそこら中をのたくり、赤い心臓が両手の中で躍った。やっとの思いで散らばった躰の部品をもとの位置にもどすと、啞巴は大姐の前に跪き、両手でその尻を抱え込み、口で臍《へそ》の穴をチュッチュッと吸った。

突然の出来事を前にして、魯立人たちは顔を見合わせるばかりで、口に熱い餅でも頬張ったか、手の中にハリネズミを載せたか、そんなふうであった。二人の心情を知るすべもなく、みんなは池のほとりの光景を盗み見ていた。

「孫不言！」

魯立人がうんざりしたように叫んだが、啞巴は断固として取り合おうともしなかった。

舞台から飛び降りた上官盼弟が、池の端に駆け寄ると、地面の上着を拾って大姐に着せかけ、啞巴から引き離そうとしたが、大姐の下半身はもはや啞巴の躰と一つに結びついており、とてものことに引き離せるものではなかった。拳銃を逆さまに持った盼弟が、啞巴の肩に一撃を食らわせた。啞巴は顔を上げたが、その表情は綿のように柔和で、両眼には涙をいっぱい溜めていた。

その後起こった出来事は、いまもって謎である。謎解きは十を越えるほどもあるが、どれがほんとでどれが嘘やら、だれにも説明し切れない。

そのとき――

目に涙をいっぱい溜めた啞巴を前に、上官盼弟は呆然としていた。

司馬鳳と司馬凰は支え合いながら立ち上がって、恐怖の目でお祖母ちゃんを探していた。

気がついた母親は、呻きながら池の端へ駆け出そうとしていた。

盲人の徐仙児が「県長さん、あの子らを殺さないでくれ。お袋は首吊って死んだのじゃないし、女房が死んだのも司馬庫だけの責任じゃないから」と言っていた。

回族の女の家の廃墟跡では、二匹の野犬が咬み合っていた。

わたしはと言えば、ロバの飼い葉桶の中で行った上官来弟との桃色遊戯の甘く切ない思い出に浸って、垢で汚れたプリプリした乳首の味で口の中をいっぱいにしていた。

——そのときだった、馬に乗った二人が旋風のようにやって来たのは。一頭は雪のように白く、一頭は炭のように黒かった。白馬の騎手は黒衣をまとい、顔の下半分を黒い布で覆い、黒い帽子を被っていた。黒馬の騎手は白衣をまとい、顔の下半分を白い布で覆い、白い帽子を被っていた。二挺拳銃を持った二人は、馬上で両足をぴんと伸ばした前傾姿勢をとって、絶妙の馬術をしめした。池に近づくと、二人が空に向けて発砲したので、県や地区の幹部から銃を手にした武装隊員までが、地面に伏せた。二人が馬を駆って池を回ると、馬体が傾斜して優美な弧を描いた。二人は一発ずつ撃って、馬を駆って去ったが、馬のしっぽが霞か霧のように揺れたかと思うと、あっという間に姿が消えた。文字通り春風の如く来て秋風の如く去り、夢幻のような出来事だった。

二人が立ち去ってから、人々はやっと我に返った。そうして分かったのは、司馬鳳と司馬凰が頭をそれぞれ一発ずつ撃たれていることだった。弾は額の真ん中から入って後頭部に抜けていたが、その位置は寸分違わず、感嘆のほかはなかった。

八

撤退の初日、高密県東北郷の十八の村や鎮《まち》の民間人は、ロバを牽き鶏を抱き、子供や老人を連れて、イナゴのように蛟竜河北岸のアルカリ土壌の荒れ地に集まった。

地面には、一年中解けやらぬ霜のような白い苛性ソーダが一面に浮いていた。アルカリにつよいカルカヤやチガヤ、ヨシなどの仲間はみな黄色く葉枯れて、毛に覆われた穂が寒風にぶらぶらと揺れ、震えている。騒ぎの好きなカラスが、人々の頭上を低く飛んで観察しながら、ロマンチックな詩人のように、耳を聾する声で「アー！　カアー！」と鳴く。

副県長に降格された魯立人《ルーリーレン》が、清朝時代の挙人のばかでかい墓の前の石造りの供物机の上に立って、声を嗄らして撤退動員の演説を行った。その主旨はこうである――すでに始まった厳寒の中で、高密県東北郷は一大戦場となるであろう。いま撤退しなければ、死が待っている！

カラスが黒松の樹に、鈴なりに止まっていた。墓にも、石の人間や馬の上にも止まっている。「アー」とか「カアー」とか鳴く声が、魯立人の演説の雰囲気に溶け合って恐怖心を煽りたて、県や地区の政府とともに逃げようという決意を固めさせた。

銃声一発、撤退が始まった。黒い塊だった人の群れが、ガヤガヤと散らばった。たちまちロバや牛が鳴き、鶏や犬が跳ね回り、老婆が泣き、子供が叫んだ。

小振りな白い馬に乗った精悍な若い幹部が、潮垂れた赤旗を掲げて、東北の方向に向けて果てしなく伸びているアルカリ土壌のでこぼこ道を、行ったり来たり走り回っては、旗を振って進むべき方角を示した。

真っ先に出発したのは、県政府の書類を背にしたラバ隊で、数人の少年兵に追われたラバが数十頭、生気無く進んで行った。その最後尾は、司馬庫《スーマアクー》時代から残っている一頭のラクダで、汚れた黄土色の長い毛を垂らした姿で、ブリキの箱を二つ背負っている。ここ高密県東北郷での暮らしが長く、ラクダから牛に変わりつつあった。

そのすぐ後は、県政府の印刷機械や機械修理部の旋盤などを担いだ人夫が数十人、いずれも真っ黒な男たちで、単衣を着て、肩には蓮の葉型の肩当てを当てている。よろよろとした足取りと口や眉の歪みから、それらの機械の重さが分かった。人夫の後が、民間人の雑多な隊列である。

魯立人や上官盼弟《シャングワンパンディー》など、県や地区の幹部たちは、ラバや馬に乗って道端のアルカリ土壌の上を行ったり来たり走り回っては、懸命に秩序だった撤退の局面を作り出そうとしていた。けれども狭い道では押し合いへし合いになるし、道から外れたアルカリ土壌の地面が歩きやすいこともあって、民間人は道から外れて広く散らばり、ガシガシ音のする地面を踏んで、東北の方角へと押し進んだ。撤退は、はなから混乱した大逃亡の様相を呈した。

沸き立つ人の流れに巻き込まれて、わたしたち一家は、道から外れたりもどったりしながら進んでいたが、そのうち、いったい道の上なのか外れているのかさえ定かでなくなった。

首から麻のたすきを掛けた母親は、ネコ車を押していたが、梶棒の幅が広すぎて、両腕をいっぱいに伸ばさざるを得なかった。車体の両側には、長方形の大きな籠が縛りつけてある。左の籠には魯勝利《ルーションリー》とわが家の綿布団や衣類が、右側のそれには大啞《ダアヤー》と二啞《アルヤー》が入れてあった。わたしと沙棗花《シャザオホワ》は両側に分かれて、それぞれ籠に手を添えて歩いて行った。目の見えない八姐の玉女《ユイニュイ》は母親の上着の裾を引っ張って、後からよたよたとついて来た。正気にもどったり狂ったりをくり返している大姐は、腰を曲げ、頭を前に突き出した格好で、黙々と働く牛のように、肩から掛けた縄でわが家のネコ車を牽いていた。

車輪が「キキキキ」と耳障りな音を立てて軋った。纏足の足にはことにこたえるとみえ、母親と大姐は荒い息をしていた。あたりの賑やかな光景がよく見えないとばかりに、ネコ車の上の子供ら三人がきょろきょろした。

わたしの足がアルカリ土壌の地面を踏むたびに、地面が割れる音がし、噴き上がってくる苛性ソーダの臭いがした。初めのうちこそ面白くも思えたが、数里も歩くと足はだるく頭は痛み、全身ぐったりして、脇の下から汗が流れた。ロバのように精悍なわたしの白山羊は、忠実にわたしの後をついて来ていた。人の心が分かるので、繋ぐ必要はなかった。

その日は、切れ切れの北風が強く吹きつけて、耳が切れそうに痛かった。果てしない荒野に、白い土埃が次々に舞い上がった。それはアルカリと塩と苛性ソーダの混合物で、目に入ると涙が出、皮膚につくと痛み、口に入るとまずい味がした。人々は目を細めながら、風に逆らって進んだ。

機械類を担いでいる人夫たちは、汗で濡れた衣服にアルカリ土が付着して、みんな白い人間になってしまった。母親も例外ではなく、眉から髪の毛まで真っ白だった。

低湿地帯に入ると、ネコ車の車輪の回転が思わしくなくなった。前方で苦闘する大姐の肩に、縄が深く食い入る。顔は見えなかったが、汗が玉になって上着にしみ通るのが見えた。激しい喘ぎが聞こえてきた。

母親のほうはネコ車を押すというよりも、イエスに似た酷刑にさらされていると言ったほうが当たっていた。物憂い目からは絶えず涙が流れ、それが汗と一つになって、顔に何本もの紫色の溝を作っていた。その背中には、重い風呂敷包みをごろごろ引きずるみたいに、八姐がぶら下がっている。

わたしたちの背後には、深い轍の跡が一本残されたが、それもたちまちうしろの車や家畜の蹄、人の足跡などに踏まれて、定かでなくなった。前後左右、すべてが避難民だった。よく知った顔や見知らぬ顔のごったまぜだった。すべてのものが苦しんでいた。人が苦しみ、馬が苦しみ、ロバが苦しんでいるなかで、ややご機嫌なのは老婆のふところの鶏だった。それにわたしの山羊も、軽快な足取りで、歩きながらアシの枯れ葉を食らうゆとりがあった。

太陽に照らされたアルカリ土壌の地面が苦渋の白い光を放ち、痛くて目を開けていられなくなった。白い光が、融けた銀の溜まりのように大地にただよい、果てしない荒野の彼方が伝説の北《ベイ》海《ハイ》のように見える。

正午時分になると、人々はなにかに伝染されたみたいに、なんの号令もないままに、いくつもの塊になって座り込んだ。水はなく、喉から煙が出そうだった。塩水に漬けられたような舌はカサカサ擦《かす》れて、うまく回らない。鼻の穴からは熱気が噴き出すのに、背中や腹は冷たく、汗に濡れた衣服に北風が吹き透ると、ブリキのように硬くなった。

梶棒の一つに腰掛けた母親が、風に当たってひび割れたマントウを籠から取り出すと、いくつかに割ってみんなに分けた。大姐が一口咬むと、ひび割れた唇が切れ、噴き出した血がマントウについた。ネコ車の三人のチビどもは顔も手も汚れきって、人間の子というよりも、廟にある閻魔の鬼みたいだった。連中は食べるのを嫌がり、八姐だけが小さな白い歯で灰色の冷えたマントウを少しずつ齧った。

　母親がため息をついた。

「これはみんな、おまえたちのお父やお母が考えついてくれたことだからねえ」

「お祖母ちゃん、帰ろうよ……」

と沙棗花が言ったが、母親は目を挙げて斜面いっぱいの人々を眺めてため息をついたきり、返事をしなかった。

　母親がわたしのほうを見て、「金童《チントン》、今日からお乳の飲み方を変えようね」と言った。風呂敷包みから赤い五角星［中国人民解放軍の徽章］を刷り込んだホーロー引きのカップを取り出すと、羊の尻のうしろに回ってしゃがみ込み、手で羊の乳房の泥を払った。羊が暴れるので、母親は頭を押さえているようにわたしに言った。冷たい羊の頭を抱えて、わたしは母親が乳を搾るのを見ていた。薄い乳がポタポタと、カップの中に滴り落ちた。わたしが股の下に横になってじかに吸うのに慣れている羊は、きっと気持ち悪かったのだろう、わたしに抱きかかえられた頭を振り、背中を蛇のようにくねらせた。

「金童、いつになったら物が食べられるようになるんだろうねえ」と母親が言った。

　――ここに到るまでにも、わたしは物を食べようとやってみたのだ。だが、どんなに吟味された物を食べても、胃がキリキリと痛み、痛みが過ぎると嘔吐し、ついには黄色い胃液を吐くに到るのだった。

わたしは申し訳ない思いで母親を見、自分を激しく叱りつけた。この奇癖のおかげで、母親に、同時に自分自身に、どれほどの負担をかけたことだろう。司馬糧《スーマアリアン》がなんとか治す手だてを考えてやると言ってくれたが、あの日姿を消してからは、二度と現れない。

司馬庫の狡そうで憎めない顔が、わたしの目にちらついた。司馬鳳《スーマアフオン》と司馬凰《スーマアホワン》の額の真ん中の鈍色《にびいろ》の穴――銃弾の貫通したその穴は、ぞっとするような光を放っていた。小さな柳の棺に二人が並んで横たわった情景を、わたしは思い浮かべた。母親はその二つの穴に赤い紙を貼り付けてやり、銃創を目も鮮やかな美人の痣に変えたのだった――。

カップに半分ほども搾ったところで立ち上がった母親は、かつて唐《タン》という女の兵隊が沙棗花に乳を与えるときに使っていた哺乳瓶を探し出して蓋を開け、そこに山羊の乳を移した。それを渡すときの母親は、さもすまなさそうな目に期待をこめてわたしを見た。わたしは躊躇いがちに哺乳瓶を受け取ったが、母親の期待を裏切らないためと、自分自身の自由と幸せのために、思い切って卵黄色のゴムの乳首を口に突っ込んだ。

血の通っていないゴムの乳首が、母親のとき色の形の良い乳首――それは愛であり、詩であり、無限に高い天空、黄金の麦の穂の波打つ豊かな大地だ――に較ぶべくもないのは言うまでもないとして、たっぷりと大きく、雀斑《そばかす》だらけの山羊の乳首――それはざわめく命であり、沸き上がる激情だ――にも較ぶべくもなかった。それは生命のないシロモノで、光沢はあっても潤いはなかった。なによりもいやだったのは、それがなんの味もしないことだった。

口の粘膜にひんやりとした粘つくような感覚が生じたが、母親のためだ、自分のためでもあると言い聞かせ、嫌悪感を押さえて、ゴムの乳首をぎゅっと咬んだ。そいつは向こうから低い音を出し、アルカリの味のする乳がちょろちょろと流れて、舌や口の中に貼りついた。一口吸ってはこれは母親のためだと言い聞かせ、次の一口では自分のためだと言い聞かせして、吸いつづけた。上官来弟《シャングワンライディー》のため、上官念弟《ニエンディー》のため、上官領弟《リンディー》のため、上官想弟《シアンディー》のため、わたしを愛し、慈しみ、力になってくれた上官家の肉親のために。そしてまた、上官家とはなんの血のつながりもないすばしっこいチビの司馬糧のために。わたしは息を止め、生命を維持せんがための液体をその道具で体内に吸収した。

哺乳瓶を返そうとして見ると、母親は顔を涙で濡らしており、上官来弟は嬉しげに笑っていた。チビ叔父は大人になったと、沙棗花が言った。

喉の痙攣と胃のあたりの微かな痛みをこらえて、さりげない様子を装ったわたしは、前のほうに歩いて行くと、一人前の男を気取って風を背に小便をした。それも黄金の液体をできるだけ遠くへ飛ばそうと、力をこめて。

蛟竜河の堤防が、さほど遠からぬあたりに横たわっているのが見えた。村の教会の尖塔、範《ファン》小四《シャオスー》の家の天をつくポプラの樹なども、かすかに見分けることができる。午前中いっぱい、あんなに苦労して歩いて、たったこれっぽっちの距離しか来てはいないのだった。

地区の婦人救国会主任に降格された上官盼弟が、右の尻にアラビア数字の焼印のある左目の見えない老馬に乗って、西の方角からやって来た。馬はへんてこりんに首をねじ曲げた格好で、ぼろぼろの蹄をぶきっちょに動かし、ブスッブスッという音を立てながら、わたしたちの側まで走って来た。

黒い馬で、もとは雄だったが、睾丸を切除されて、甲高い声で鳴く性悪な去勢馬になったのである。四本の足や腹の皮には、白いアルカリ土がこびりついている。汗のしみ通った皮の馬具が、饐《す》えた臭いを放った。

この馬、普段はおとなしく、いたずらっ子にしっぽの長い毛を抜かれてもじっとしているほどだが、いったんつむじを曲げると、とんでもないことをしでかす。

去年の夏のこと――あれはまだ司馬庫の時代だったが――、博労《ばくろう》の馮貴《フォングエイ》の娘の馮蘭枝《フォンランジー》の頭に噛みついたのである。娘はどうにか助かったが、額や後頭部にすさまじい傷跡が残った。こんな馬は本来なら殺されるところだが、なにやら戦功があったとかで、許されたという。

馬はわが家のネコ車の前で立ち止まると、片目でわたしの羊を斜めに見た。羊は警戒して馬から離れ、苛性ソーダが分厚く溜まった場所に退いて、白い粉末を舐めた。

上官盼弟はまたぞろお腹が膨らんでいたが、まあまあの身のこなしで馬から下りた。そのお腹を見ながら、中の赤ん坊の姿を想像しようと試みたが、眼力不足で、見えたのは灰色の軍服の黒ずんだ赤いシミだけだった。

「お母さん、こんなところで停まらなくても、前のほうの村でお湯が沸かしてあるはずだから、お昼はあそこで食べればいいのに」と上官盼弟は言った。

「盼弟、言っておくが、わたしたちはおまえたちと一緒に撤退するのは止めようと思うんだよ」

と母親が言った。

「絶対にダメよ、お母さん。敵の今度の反攻は、これまでとは違うんだから。渤海《ボオハイ》地区では、一日に七千人も殺されたのよ。血に飢えた還郷団《ホワンシアントワン》［国共内戦期に、共産軍に追われた地主がもとの村を奪回すべく組織した武装集団］は、自分の母親まで殺すんだから」

「生みの母親を殺す人間がいるなんて、わたしにゃ信じられないがね」

「お母さん、なんと言っても、引き返させはしませんからね。もどれば自分から網に飛び込むようなもので、死ぬだけよ。お母さん自身のことはともかくとしても、この子たちのために考えてね」

上官盼弟は掛けカバンから小さな瓶を取り出すと、蓋を捻って開け、白い錠剤を掌に空けた。それを母親に渡して、

「これ、ビタミン剤よ。一粒で白菜一株、卵二個分の替わりをしてくれるわ。どうにもこうにも歩けなくなったら、お母さんが一粒呑んで、子供らにも一粒ずつ分けてやって。アルカリの土地を出さえすれば、あとはいい道で、北海の人たちが暖かく迎えてくれるわ。お母さん、さあ、急いで。こんなところに座り込んでいちゃダメよ」

盼弟は馬のたてがみを摑み、鐙に足をかけて馬の背に這い上がると、大声で呼びかけながら、慌ただしく駆け去った。

「みなさん、立って前進しましょう。もうじき王家丘《ワンヂアチオウ》で、お湯も油もあります。蕪の漬け物もニンニクもちゃんと支度して待っていますよ……」

その声に励まされて、人々は立ち上がり、前進をつづけた。

五姐からもらった錠剤を手拭きで包んで上着の内ポケットにしまうと、母親は梶棒についている紐を首に掛け、両手でネコ車を起こして言った。

「さあ、行くよ、おまえたち」

撤退の隊列はますます長く伸びて、先頭も後尾も見えなくなった。

王家丘に着いたが、お湯もなければ油もなく、ましてや蕪の漬け物にニンニクなど、かけらもなかった。県政府のラバ隊は、わたしたちが着く前に発ってしまっていた。こなし場に散らかった干し草や糞がその痕跡だったが、民間人たちはそこにいくつも焚き火をして、乾飯《ほしいい》を炙った。男の子の中には、尖った木の枝で荒れ地の野生ニンニクを掘る者もいた。

王家丘を離れかけたわたしたちは、地区武装小隊の隊員を十人余り連れた啞巴《ヤーバ》が、改めて王家丘に乗り込もうとやって来たのにバッタリ出くわした。啞巴は馬から下りようとはせず、ふところから半焼けのサツマイモを二つと赤蕪を一つ取り出して、ネコ車の籠に放り込んだだけだったが、蕪のほうは危うく息子の二啞の頭をぶち割るところだった。

とくに気がついたのは、啞巴が大姐に向かって、歯を剝き出して笑ってみせたことで、さながら猛獣のようであった。大姐と啞巴は婚約していたのだから、それも無理からぬところで、あの日、刑場となった池のほとりで二人が演じた驚くべき一幕は、その場にいた人間にとっては生涯忘れられるものではない。隊員たちはみな銃を背にしており、啞巴は首から黒い地雷を四つ、ぶら下げていた。

陽が山に沈むころ、わたしたちは長い影を引きずりながら、小さな村にたどり着いた。

村は喧騒に包まれ、家々の煙突からは濃い白煙が上がっていた。通りにはぎっしりと民間人が丸太のように横たわっており、灰色の服の幹部たちが、その間をかなり忙しげに動き回っている。村はずれの井戸の周りには水汲みの人間が固まっており、人間だけでなく、家畜までが割り込もうとしていた。新鮮な井戸水の匂いがわたしたちを興奮させ、わたしの羊が高い音をさせて鼻を鳴らした。上官来弟が大きな碗——この世に二つとない珍宝と言われるれいの青磁を手にして割り込もうとしたが、何度か成功しかかっては、外に押し出された。

県政府のまかない係の老炊事夫がわたしたちのことを覚えていて、桶で水を運んでくれた。沙棗花と上官来弟が真っ先に駆け寄った。桶の前に跪いた母子二人は、慌てて口を突き出したものだから、頭をぶっつけ合うことになった。母親が不快げに大姐を叱った。

「子供に先に飲ませておやり！」

大姐がギクッとして身をひいた隙に、沙棗花が水に口を突っこんだ。チューチュー音をさせて飲むさまはまるで小牛《べこ》だったが、桶の縁を摑んだ汚れた手が小牛との違いだった。

「さあ、そのくらいにおし。飲み過ぎると、お腹が痛くなるよ」母親がそう言い聞かせながら、肩を引っ張って桶から引き離した。沙棗花はまだ飲み足りないように唇を舐めたが、胃の中は水でガボガボ鳴っていた。

思うさま飲んで立ち上がった大姐は、お腹が前よりうんと突き出て見えた。母親が碗に汲んだ水を大啞と二啞、それに魯勝利に飲ませてやった。八姐は鼻で水の匂いを探りながら桶を探し当てると、跪いて首を突っ込んだ。

「金童、おまえも飲むかい？」母親が訊ねたが、わたしは首を振って拒否した。母親が碗に自分の水を汲んだので、わたしは羊を放してやった。しきりに桶のところへ行きたがっていたのを、わたしが首を抱きかかえて押さえていたのである。羊は慣れた様子で、勢いよく飲んだ。一日中アルカリ分ばかり腹に入れていたので、よほど喉を渇かしていたとみえ、顔を上げようともしない。桶の水が急速に下がり、羊の腹が次第に膨らんだ。老炊事夫は感に堪えぬもののように、黙ってため息をつくばかりであった。母親が感謝の気持ちを示すと、ため息はいっそう深くなった。

「お母さん、どうしてこんなに晩《おそ》くなったの？」と、上官盼弟が不満げに母親に文句を言ったが、母親は一言も言い訳はしなかった。

やがてネコ車を押し、羊を連れたわたしたちは、ありとあらゆる罵倒と呪いのことばを耳にしながら、曲がりくねった道を人々の間のせまい隙間を縫って進み、土塀に木の門のある小さな屋敷に着いた。盼弟が手伝って、子供らを籠から抱き下ろすと、ネコ車や羊は外に出すように言った。

外の樹木にはラバが十数頭繋がれていたが、飼い葉をやる籠もなければ飼い葉も見当たらず、ラバは木の皮を囓っていた。ネコ車は裏通りに置いたが、羊はわたしの後からついて入った。盼弟はわたしをじろっと見たが、なにも言わなかった。羊がわたしの命であることは、彼女にも分かっていた。

母屋には明々と明かりがともり、黒い大きな影が一つ、うごめいていた。県庁の幹部たちが大声でなにやら言い争っているなかに、魯立人の嗄れた声も混じっている。中庭には少年兵が数人、銃を抱えて立っていたが、足を痛めてまともに立っている者はいない。空には星が瞬き、夜の闇が深い。

盼弟はわたしたちを脇棟に連れて行った。壁には消えそうなランプが掛かっており、暗い明かりに影がおどろおどろしく揺らめいた。蓋を開けた棺桶の中に寿衣《ショウイー》［経帷子］をまとったお婆さんが横たわっていたが、わたしたちが入って行くと、目を開けて、

「どうかお棺の蓋を閉めてくだされ。わしはわしの家に独りでいたいのじゃ……」と言った。

「お婆さん、どうかなさったかの？」と母親が訊くと、

「今日はわしのめでたい日ですのじゃ。どうかお願いだから、蓋を閉めてくだされ」とお婆さんは言った。

「お母さん、ここで我慢して。表通りで寝るよりはマシでしょ」と盼弟が言った。

その夜は、わたしたちに静かな眠りは訪れなかった。母屋の口論は夜中までつづいた。それが終わったかと思うと、表通りで銃声がした。その騒ぎが収まると、こんどは村の真ん中で大火が燃え上がり、炎の明かりが、波打つ赤い絹のようにわたしたちの顔に照りつけ、心地よさそうに棺の中に横たわっているお婆さんにも照りつけた。

夜明け時分になっても、お婆さんが依然として動かないので、母親が声をかけたが、目を開けない。脈を触ってみると、なんと死んでいた。「おおかたは、この世の人ではなかったのじゃろう！」と母親は言い、大姐と二人して棺に蓋をしてやった。

その後の数日、情況はますますひどくなり、大沢山《ダアズオシャン》のほとりに着いたときには、母親と大姐は足の皮が破れていた。大唖と二唖は咳がひどかった。発熱と下痢を起こした魯勝利のために、母親は五姐にもらった霊薬のことを思い出して、一粒口に入れてやった。哀れな八姐だけは病気をしなかった。

その頃、もう二日も盼弟の姿を見ていなかったし、県や地区の幹部も一人として姿がなかった。唖巴だけは、負傷した地区の武装隊員を背負ってうしろから駆けて来たのを、一度見かけた。その男は爆弾で片足をもがれ、だらんとした破れズボンからは鮮血がぽたぽたと地面に垂れていた。男は唖巴の背中で泣き叫んだ。

「隊長、頼むからあっさり殺してくれ。痛いよう、お母ァよう……」

避難を始めてたぶん五日目だったろう。北の方角に白い山塊が見えてきた。山には樹木の塊がいくつもあり、山頂には小さな廟もあるようだった。わが家のうしろの蛟竜河の堤防からも、晴れた日にはこの山が遠くに見えたが、それは青い色をしていた。それがすぐ目の前にあり、その形やひんやりとした気配などが、故郷を遠く離れたことをあらためて思わせた。

砂利道の広い幹道を歩いていると、正面から騎馬隊が駆けて来た。馬上の兵隊は十七連隊とおなじ服装だったが、わたしたちとは逆の方角に駆けぬけたところをみると、わたしたちの村のあたりがほんとに戦場になったのだろう。

騎馬隊の後が歩兵、歩兵の後がラバに牽かせた大砲だった。筒の先には花束が挿してあり、砲身には砲兵が得意満面で跨っていた。砲兵の後は担架隊。それが過ぎると、小麦粉や米、それに飼い葉などの入った袋を積んだネコ車が、二列になってつづいた。高密県東北郷から避難してきた者たちは、怯えたように路傍に立って、大軍に道を空けた。

そこへ情況を訊こうと、歩兵隊の中からモーゼル拳銃を背にした数人が跳び出してきた。ハイカラなゴム車のネコ車で避難してきて、これまで澄まし顔だった床屋の王超《ワンチャオ》が、ここでひどい目に遭うことになった。

糧秣《りょうまつ》隊のネコ車の一台が、車軸を折ってしまった。押していた中年の男がネコ車を横倒しにすると、折れた車軸を抜き、両手を黒い油だらけにしながら、ためつすがめつした。前で綱を牽いていたのは十五、六の少年で、頭におできをこしらえ、口の両端がただれている。身につけたシャツにはボタンがなく、腰は藁縄で縛っている。その少年が訊いた。

「お父、どうした？」——親子だった。父親が困り果てた顔で言った。

「車軸が折れやがったんだよ、おまえ」

親子二人がかりで、鉄輪をはめた大きく重い車輪をはずした。

「どうする、お父？」と少年が訊いた。父親は道端に歩いて行くと、ハコヤナギの荒い肌に手の油を擦り付けた。

「どうしようもないな」と父親は言った。

そのとき、古びた単衣物の軍服に耳垂れつきの犬の毛皮帽というちぐはぐな格好をした片腕の中年男が、モーゼル拳銃を背に、躰を斜めにして走って来ると、糧秣隊の前方に向かって「王《ワン》金《ヂン》！　王金！」と怒気も荒く怒鳴りつけた。

「なにをぐずぐずしておる？　ええ？　なにをぐずぐずしておるんだ？　おまえはわが鋼鉄中隊の顔に泥を塗る気か⁉」

「政治指導員さん」と王金は弱り果てた顔で言った。「車軸が折れたもんで……」

片腕の政治指導員が怒った。「バカ野郎！　よりによって戦場に来たら折れたというのか？　ちゃんと調べておくように、早くから言っておいただろうが⁉」

言っているうちにますます怒りをつのらせたが、痩せた青い顔は、わたしに沙月亮《シャユエリアン》を思い出させた。政治指導員はひときわ発達した片腕を挙げると、王金の顔を一発張り飛ばした。王金が「ギャッ」と叫んで俯くと、鼻から血が垂れた。

「どうしてお父を殴る⁉」と少年が大胆に詰問した。

「なんだ？　文句があるか？　時間に遅れたりしたら、二人とも銃殺だぞ！」

「だれがわざわざ好きで車軸を折るもんか。うちは貧乏で、このネコ車だって、伯母ちゃんの家のだぞ」

綿入れの袖口から綿を千切って血の流れる鼻の穴を塞ぐと、王金がぶつくさ言った。

「指導員さん、そう無理を言わんでください」

「なにが無理だ？」と政治指導員はこわい顔して、

「前線に食料を届けられるかどうか、それが無理かどうかの分かれ目だ！　文句を並べず、たとえ担いででも、今日中にこの二百四十斤「一斤は五百グラム」の粟を陶官《タオグワンヂエン》鎮まで届けるんだ！」

「指導員さん、平生から実事求是《じつじきゅうぜ》ちゅうことを言うてなさるのに、この二百四十斤の粟を……子供は小さいし……お願いしますで……」

政治指導員は頭を挙げて太陽を見た後で、懐中時計をのぞき込み、ついで周りを見回した。まず目をつけたのはわが家の木の車輪のネコ車で、次に王超のゴム車のネコ車に目をつけた。

この王超という男、床屋の腕で小遣い銭には不自由せず、おまけに独り者とくるから、カネが入れば豚の頭肉《かしらにく》を口にするというわけで、栄養のまわりがよく、肥って肌もつやつや、一目で百姓ではないと知れた。ゴム車には片方に床屋の道具箱、もう片方に花柄の布団を積み込み、布団の外には犬の皮まで括りつけている。棘《とげ》えんじゅの樹を材料に、上から桐油を塗った車体は金色のピカピカで、見栄えのよさはもちろん、さっぱりしたいい匂いまでするシロモノ。出発前に空気をたっぷり注がれたタイヤは、硬い砂利道でも軽々と弾む。荷は軽いし、押し手は元気もりもり。ふところに酒瓶をねじ込み、四、五里も行くと、車は肩からかけた紐にまかせて両手を梶棒から放し、瓶の栓を抜いて焼酎をぐっと一口。やがて足取りも軽く、民謡の一つも唸ろうかという、悠々自適、まるでもう避難民の中の貴族であった。

黒い目玉をくるくる回した政治指導員は、微笑みを浮かべながら道端に近寄り、親しげに問いかけた。

「あんた方はどこから来ました?」

だれも答える者はいなかった。というのは、そう訊きながら、相手がハコヤナギの樹の幹の一本に目を向けていたからである。そこには、たったいまれいの王金がなすりつけた黒い車軸油がついている。ずらっと並んだ灰色のハコヤナギの並木の枝は、丸く巻くような形で、天を突かんばかりに伸びている。

だが、指導員が素早く王超の顔に視線を向けると、親しげな微笑みはたちまち消え失せ、山のような威厳と廟のような陰険な顔つきに変わった。

「おまえの階級的身分は？」王超のてらてら光った顔を見つめながら、指導員は突然訊いた。

なんのことやら分からず、王超は物も言えないでいる。

「おまえのその様子だと」と片腕の男は、決めつけるような口調で言った。「地主でなければ富農、富農でなければ小商人だな。いずれにしても、おまえはぜったいに労働力を売って生活しておる人間ではなくて、搾取で暮らしておる寄生虫だ！」

「大将さん」と王超は言った。「そりゃあんまりだ。わしは床屋で、この腕でなんとか暮らしておりますが、二間のぼろ家があるきり。土地もなければ、女房子供もおらず、このわし一人が食うのがかつかつ、今日は食えても、明日はどうなることやら。わしの階級区分はついこの間すんだばっかりで、地区から小手工業者に区分されております。下層中農に相当する、基本勢力［共産党が依拠すべき階級の意で、農村では貧農と下層中農を言う］でさあ！」

「でたらめをぬかすな！」と片腕の男は言った。「鸚鵡みたいにぺらぺらうまいことぬかしても、このわしの目はごまかせんぞ！　おまえのネコ車は徴用する！」

片腕は王金親子を振り向いて、「早くしろ。そっちの粟を下ろして、こっちに積み替えるんだ」

「大将さん」と王超は言った。「このネコ車は、わしの一生の稼ぎですんじゃ。貧乏人の物を取り上げんでください」

片腕は怒りをぶちまけるように、「このおれなどは、勝利のためには腕まで捧げたんだぞ。このぼろ車が、どれほどの値打ちだとぬかすんだ？　前線の兵士が食う物を待っているというのに、それでもおまえは逆らう気か？」

「大将さん、あんたはわしとは地区も違えば県も違うのに、どうしてわしの車を徴用するのじゃ？」と王超が言った。

「地区だの県だのがなんだ。なにもかも前線支援のためじゃないか」と片腕が言った。

「ダメじゃ。わしは不承知じゃ」と王超が言った。

片腕は地面に膝をつくと、万年筆を取り出した。口で捻ってキャップをはずすと、今度は掌ほどの紙を取り出して膝の上に押しつけ、そこにくねくねとなにやら書きつけ、

「名前はなんという？　どこの県のどこの地区だ？」と訊ねた。

王超がそれに答えた。

「あんたたちの県の魯立人県長はわたしのふるい戦友だから、ちょうどいい。この戦が終わったら、この書き付けを渡せば、魯県長がネコ車を弁償してくれることになっておる」と片腕が言った。

王超がわたしたちを指して言った。「大将さん。こちらは魯県長のお姑さんで、これがそのご一家じゃ」

「おかみさん、証人になってください。緊急事態のため、渤海地区前線補給司令部民間支援連隊第八中隊の政治指導員郭沫福《グオモオフー》は、あなたの村の王超のネコ車一台を借用しますので、後のことを

よろしくお願いします」と片腕は言った。

「これでよし！」と、片腕は紙切れを王超の手の中に叩きつけると、王金を叱りとばした。「なにをぐずぐずしておる？　クソったれ。時間どおりに糧秣《りょうまつ》を届けられなかったら、おまえら親子は鞭を食らい、この郭沫福は弾を食らうことになるんだぞ！」

郭沫福は、王超の鼻面に指を突きつけて言った。「早くその荷を下ろせ！」

「大将さん。わしにどうしろというんじゃ？」と王超は言った。

郭沫福はモーゼル拳銃の箱を叩いて、脅しつけるように言った。

「どうしてもこいつを抜いて、一発お見舞いしてもらいたいのか？　下ろせ！　この程度の自覚もないのか、クソったれ。おまえたちの魯県長とは、血をすり合った兄弟分だ。このわたしのひと言で、どうにでもなるんだぞ！」

王超は哀れっぽい顔で母親に言った。「おかみさん、ほんとに証人になってくださいよ！」

母親はうなずいた。

王金親子は王超のゴム車のネコ車を押して、大喜びで行ってしまった。

片腕は母親に丁寧にうなずいてみせると、ネコ車を提供した王超には目もくれず、自分の中隊の後を大股に追って行った。

布団の上にぺたりと座り込んでしまった王超は、顔を歪めて独り言めいた愚痴を並べた。「わしはどうしてこう運が悪いのじゃ。ほかの者はなんともないのに、どうしてわしだけが貧乏くじを引かされるのじゃろう。だれにも悪いことをした覚えはないのに！」

涙がたっぷりした頬を伝って流れた。その泣きっぷりは、三つの男の子のように無邪気だった。

……

わたしたちはとうとう、山の側まで撤退して来た。広い砂利道は十数本の曲がりくねった小道に分かれて、うねうねと山頂へと通じている。

夜、いくつもの群れに分かれた避難民たちは、さまざまな訛を操りながら、黄昏の冷たい空気の中で、互いに矛盾するニュースを伝えあった。

その夜、みんなは山すその灌木の茂みの中で、震えながら耐えた。南と北から、雷鳴のような轟きが聞こえてきた。次々と発射される砲弾が、緑の夜空を突き破って弧を描いた。

真夜中になると、空気は冷えて湿ってきて、手を伸ばせば、氷水をたっぷり吸った綿を千切るみたいに、夜を千切ってこられそうだった。山の隙間から這い出した蛇のような寒風が、葉をすっかり落とした灌木の枝をガサガサと揺すり、下の枯れ葉をパラパラと巻き上げた。岩穴では狐が悲しげに鳴いた。谷間で狼が吼える。死にかけた子供の猫に似た呻き声。銅鑼を鳴らすような老人の咳。

まったくつらい夜だった。夜明けが来る頃には、谷間には何十という死体が転がっていた。子供や老人のもあれば、若い者のもあった。

わたしたちが凍死しなかったのは、金色の葉をいっぱいつけた奇妙な灌木の茂みを独占したからだった。木々がすべて葉を落とした中にあって、そこだけは葉が残り、下には厚い枯れ草があったのである。

わたしたちはかたく抱き合い、たった一枚の布団を頭の上から被った。羊はわたしの背中にぴったり貼りついて伏せていたが、それが風よけの壁代わりだった。

耐え難かったのは夜中を過ぎてからだった。遥か南の大砲の響きで、灌木の茂みはひときわ静寂が深まり、人間の呻き声に心が引き裂かれるようで、全身が震えた。耳の奥でこれまで親しんできた茂腔《マオチアン》［山東省高密県一帯の地方劇］の調べに似た旋律が鳴ったが、それはじつは女の悲痛な泣き声だった。ものみな静まりかえった中で、岩に滲み入るような泣き声だけが冷たくきわだち、黒い雲や頭上の冷え切った綿入れ布団と一つに絡まりあった。

雨になった。凍るような雨が綿布団に落ち、黄葉を揺すって灌木の上に落ち、山の斜面に落ち、避難民の頭上に落ち、遠吠えする狼の分厚い毛に落ちた。落ちる途中でみぞれになり、落ちるとたちまち氷になった。サラサラ降るみぞれの音は、闇の中で無限の神秘を秘めていた。

わたしは突然、樊三大爺《ファンサンダアイエ》が松明をかざしてわたしたちを死の淵から救ってくれた、数年前のことを思い浮かべた。松明を高々とかざした樊三大爺は、紅い馬のように闇の中を跳ね回った。あの夜のわたしは暖かい母乳の海に浸りつつ、巨大な乳房を抱いて、もうじき天国に飛ぶところだったのだ。

いままた、恐ろしい幻想が始まった――金色の光が、バビットの映写機の光の束のように夜のとばりを貫いた。その中で、豆粒のような無数の氷のかけらが、銀色の甲虫みたいに舞っている。光の中に、長い髪をなびかせ、紅い雲のドレスをヒラヒラさせた女が一人。ドレスにちりばめられた無数の真珠が、キラキラ、長短さまざまな光を煌めかせる。

女の顔は、来弟のようでもあり、鳥の巫女のようでもあり、片乳の金《ヂン》のようでもあり、かと思うと突然れいのアメリカ人の女に変わったりした。にこやかに笑うと、妖しげな魅力を帯びた誘うような流し目が、こっちの血を騒がせる。目からほとばしり出た小粒な涙が、弧を描いた睫にかかる。

真っ白い歯が、そっと唇を嚙む——真っ赤な唇。やがてその歯がわたしの手の指を嚙み、足の指を嚙んだ。すらりと伸びた腰や桜桃のような臍などが、ちらちら見える。臍からさらに視線を上げていくと、たちまち熱い涙が目に溢れ、わたしは大声で嗚咽した。純金でこしらえ、ルビーをはめ込んだみたいな二つの乳房が、とき色のレースの向こうにぼんやりと見えるではないか。

高いところから女の声が聞こえてきた——拝みなさい、上官家の男の子よ。これがおまえの神だよ！

そうか、神とは二つの乳房だったのか！　神は姿を変えるのだ。千変万化、なんであれ、夢中になった物の姿をとって現れるのだ。そうでもなければ、神などとは呼べないではないか！

でも、あまりに高すぎて見えません。すると、女は躰を下げ、仰向けたわたしの顔に向かって、レースの前を広げてみせた。レースが、水のように女のまわりを流れた。女の躰はふわふわと漂い、両の乳房、わたしの神が、ときにわたしの額を擦り、ときに頰をかすめたが、いつまで経っても口では触れられない。わたしは何度も跳び上がり、餌を求めて水面に躍り出た魚のように大口を開けてみたが、そのたびむなしく空を嚙むばかりで、どうしても乳房を銜えることはできなかった。わたしは悔しさでいっぱいになり、焦れに焦れたが、そこには幸せと希望が詰まっていた。

女の顔にあるのは、狡そうな艶っぽい微笑だったが、その狡さは、わたしにとって腹立たしいものではなかった。それは蜜蜂であり、乳房のような紅色の花の萼《がく》であり、萼の姿をして露を帯びたイチゴであり、イチゴのように蜜をいっぱいつけた乳首なのであった。

女の靨《えくぼ》はわたしを酔わせ、婉然たる笑みは、感動のあまりわたしを地面に跪かせて犬の糞を食わせるほどだった。わたしは乳だけで生きている男の子ですが、あなたのためなら、わたしは犬の糞でも食べます。だから、そんなにふわふわしないで、お願いだから噛みつかせてください。あなたと一緒に飛びたいのです。雲の果てまで、鵲の掛けた天の橋の見えるところまで飛んでいきたい。あなたのためなら、この口をひん曲げ、獣の顔になり、躰に羽を生やし、両腕を翼に変え、両足を爪に変えてもいいのです。わが上官家の子供は、鳥にはとくに親しい感情を持っているのです。

そう、それじゃ羽を生やしましょうね。かくしてわたしは羽の生える鋭い痛みと発熱を感じた。

……金童！　金童！　母親がわたしを呼んでいる。わたしは幻覚から醒めた。母親と大姐が、暗闇の中でわたしの手足をさすっていた。二人の手で、わたしは生と死の間から連れもどされたのだった。

夜がほの白く明けてくると、灌木の茂みは泣き声で満たされた。硬直した肉親の死体を前にして、人々は泣くことで悲痛な心を表すほかはなかった。

灌木の枯れ葉と防水布で包んだ布団のおかげで、わが一家七人の心臓は鼓動をつづけていた。

母親が、盼弟にもらった丸薬を一粒ずつ配った。わたしが要らないと言うと、母親はそれをわたしの羊の口に押し込んだ。丸薬を飲み込むと、羊は灌木の葉を食べた。

灌木の葉や枝には、透明な氷の鎧が貼りついていた。巨大な丸石でいっぱいの谷間では、なにもかもが氷の鎧をつけていた。風はなく、降りつづく冷たい雨が樹の枝をカサカサと震わせる。山道は光ってつるつるだった。

ロバを牽いた避難民が一人、ロバには女の死体を乗せて、小さな山道を登ろうと試みていた。ところがロバは蹄が滑って、転んでは起き、転んでは起きをくり返している。そいつを支えてやろうと力を入れると、人間までが転んでしまう。しまいにはロバも人間もゴロゴロと転がり、はずみでロバの背から跳ね飛んだ死体は谷間へと滑り落ちていった。

谷間では口に子供を銜えた豹が一頭、安定した居場所を求めて、頭を下げながら丸石から丸石へと、軽々と跳んでいる。髪の毛を振り乱した女が、泣き叫びながらその後を追う。氷結した丸石をつたって、死に物狂いで転んでは這い起き、転んでは這い起きするうちに、顎は砕け、前歯は折れ、後頭部からは黒血を流し、爪は割れ、足首は挫き、腕は脱臼し、五臓六腑はもつれて一つになったが、それでも女は豹に息をつかせず追いつづけ、とうとうそのしっぽにとりついた。

動けば転び、動かなければ凍死するという窮地に人々は追い込まれた。だれだってこんなところで死にたくはない。かくして、転倒しながらの当てもない撤退が始まった。

山の頂上の小さな廟はもはや寒々と白く輝いており、中腹の木々も白く変わった。その高さでは、みぞれは雪に変わっているのだった。そんな山に上る者はおらず、やむなく山裾を迂回した。

一本のクヌギの木の上で、床屋の王超の死体を見かけた。腰帯を使って低く垂れた枝からぶら下がったのである。弓なりに曲がった枝はいまにも裂けそうだった。つま先は地面に触れており、ズボンは膝の下までずり落ちていたが、袷《あわせ》の上着が尻を隠してくれていたので、目も当てられぬほどのみっともなさからは免れていた。

紫色の大きな顔と、ぼろ切れのように口から吐き出されている舌とをちらと見ただけで、わたしは慌てて横を向いたのだったが、それでもそれ以後、その臨終の顔は、しょっちゅう夢の中に出てくることになった。

だれも死体に手を出そうとする者はいなかった。実直そうな面構えの人間が数人して、残された柄物の布団と犬の皮を奪い合っていた。そのうちもみ合いになり、大柄な男が突然悲鳴を上げた。張り出した耳の片方を、ネズミに似た小男に嚙み切られたのである。耳たぶを吐き出した小男は、掌の上でつくづく眺めた後で大男にそれを投げ返しておいて、重い布団と犬の皮を小脇に抱え、巧みに着地点を選びつつ、滑らないように素早く跳び去った。

小男が一人、老人の側まで来ると、老人はネコ車のつっかい棒にしていた股のついた棍棒を振り上げ、小男の頭上にごつんとくらわせた。小男は穀物入りの袋みたいに、地面にぐったりと伸びてしまう。老人は木を背にして、棍棒を手に布団を守りにかかる。命知らずが数人、そいつを横取りしにかかったが、老人の一撃で軽く叩き倒された。綿入れの長上着を着た老人は、腰に荒木綿の帯を締め、そこに煙管とタバコ入れを挟んでいる。白い顎鬚につららがついている。命が惜しくなければ来い！　老人は耳障りな声で怒鳴った。たちまち顔が尖り、目が据わった。みんながら慌てて散った。

母親が断固たる決定を下した――西南に引き返して、家にもどるよ！

ネコ車の梶棒を抱えた母親が、よたよたと歩いて行く。雨で湿った車軸が、回転するたびに「キキキ、キキキ」と耳障りな高い音を立てる。

わたしたちに倣って、たくさんの人間がひっそりとわたしたちの後をついて――なかにはすぐさまわたしたちを追い越して――故郷へもどる道をたどり始めた。

地面の氷が木製の車輪に押し潰されてはじけると、空から降るみぞれがそれを修復した。そのうち、純然たるみぞれから、耳たぶや顔に当たると痛い霰が混じるようになり、果てしない原野にガサガサという音が満ちた。

来たときとおなじように、母親がネコ車を押し、大姐の上官来弟が前綱を牽いた。大姐の鞋のかかとが裂けて、凍えてひび割れた足のかかとが酷たらしく剝き出しだった。車を牽く大姐の素振りは、田植え踊りでも踊るようで、母親がネコ車を横倒しにでもしようものなら、大姐は間違いなくぶっ倒れるはずだった。何度もうしろに牽きもどされては、よろめいた。そのうち綱を牽きながら、大姐はオンオン泣き出した。わたしと沙棗花も泣いた。

母親は泣かなかった。両眼をきっと見開き、歯を食いしばって気持ちを集中し、纏足した小さな両足をつるはし代わりに、用心深くしかも大胆に大地を摑んで、一歩ずつ前に進んだ。八姐がその後を黙々とついて行ったが、母親の着物の裾を摑んでいる手は、汁を垂らしている腐った茄子のようだった。

わたしの雌山羊はまったくよくできたやつで、片時も離れず、わたしのうしろをついて来た。しきりに転んだが、その度にすぐさま起き上がった。ケットの類で覆いをしていない乳房を保護すべく、母親の思いつきで、れいの白い大風呂敷でそれを包んでやっていた。羊の背中に風呂敷の結び目が二つできた。保温のため、母親はそこに兎の皮を二枚滑り込ませた。兎の皮は、恋に狂ったあの頃の沙月亮を思い出させた。

雌山羊は目に感激の涙をいっぱい溜め、鼻をフンフンと鳴らしたが、それでなにかを言っているのである。耳は凍傷にかかり、四つの蹄は氷や玉の彫刻のようにとき色を呈していた。乳房に保温の処置をしてもらってからは、雌山羊は幸せだった。風呂敷と兎の皮は、保温とともに、ブラジャーのように乳房を持ち上げる役目もした。これは一種の発明と言うべく、のちにわたしがブラジャーの専門家になってから、もっぱら高寒冷地帯向けの兎の皮製のブラジャーをデザインした際のヒントはこれだった。

帰宅の足取りははかどり、昼時分には、ポプラに挟まれた広い砂利道にたどり着いた。陽光は厚い雲を貫くまでにはいたらなかったが、それでも世界を明るくしていた。砂利道は、瑠璃を敷いたようにキラキラ光っていた。

そのうちみぞれや霰は雪に変わり、道も樹も、道の両側の原野も、たちまち白くなった。路上には到るところで死体にぶつかった。人間や家畜の死体だが、たまにはスズメや鵲や雉などの死体もあった。ただカラスの死体だけはなく、連中の黒い羽毛は白い雪に映えて、藍のように艶やかだった。死体を啄んで、嘴が草臥《くたび》れてくると、大声で文句を言った。

幸運がつづけさまにやって来た。

手始めは、一頭の死んだ馬のかたわらで、刻んだ飼い葉を麻袋《マァダイ》に半分ほども見つけたことだった。挽き割り豆や麩《ふすま》まで混ぜてある。わたしの羊はたらふくそいつを詰め込んだ。残りの飼い葉は、風よけ雪よけのために大啞と二啞の足下に置いてやった。飼い葉を食い終えた羊は、雪を舐めると、わたしに向かってうなずいてみせた。わたしにはその気持ちが分かった。

さらに進んで行くと、沙棗花が麦の焦げる匂いがすると言い出した。母親に言われて、沙棗花はその匂いをたどって行き、道からそれたとある墓守の小屋の中で、死んだ兵隊が身につけていた、炒り粉のぱんぱんに詰まった携帯食入れを、二袋も見つけた。死人を見慣れて恐怖心も消え、その夜はあっさり、その墓守の小屋で過ごすことにした。

母親と大姐が、その若い兵隊を外へ引きずり出した。自殺だった。銃をふところに抱き、銃口を口に銜えて、靴下の破れから突き出した足の指で引き金を引いたのである。弾は頭蓋骨を吹っ飛ばしていた。ネズミに耳たぶや鼻を齧られ、手の指まで齧られて、皮を剝がれた柳の細枝のような白骨になっている。死体を外に引きずり出すと、ネズミの群れが未練たらしくついて出た。

死体の持っていた炒り粉に感謝すべく、母親は疲れた躰を引きずりながら地面に跪き、腰の短剣で凍った大地に浅い穴を掘って死体の頭を埋めてやった。それっぽっちの土など、穴蔵の王者のネズミどもにとってはほんのお笑いぐさに過ぎなかったが、それでも母親の心は安らいだ。

小屋はわが一家とわたしの羊で手一杯だったので、ネコ車で入り口を塞いだ。母親が死んだ兵隊の脳漿のこびりついた銃を抱いて、入り口近くに座った。

夜になる前に、墓守の小屋に入り込もうと、いくつもの群れが押しかけてきた。なかには物取りの類も混じっていたが、どれも母親が抱いている銃に肝を潰して引き退った。

一人だけ、大口で目つきの悪い男が、母親をバカにして「撃ってみろ!」と言いながら、押し入ってきた。銃を扱えない母親は、突くしかない。それを横合いから奪い取った上官来弟が、撃鉄を引いて薬莢を飛ばすと、ついで撃鉄を押して弾を込め、その男の頭上をねらってバーンと一発、ぶっ放した。堂に入ったその射撃の動作に、わたしはとっさに、来弟が沙月亮とともに南北に転戦した頃の輝かしい一幕を思い起こした。大口男は、犬みたいに這いながら退散した。感激の目で上官来弟を見やった母親が、奥のほうへ躰をずらし、門番の位置を譲った。

その夜はぐっすり眠って、目が醒めたときには、赤い太陽が白銀の世界をまぶしく照らしていた。わたしはほんとに跪いてでも、ここを離れないように母親に頼みたかった――亡霊の住むこの小屋、小屋の前の大きな墓の広がる墓地、氷雪に閉ざされた黒松の林。この楽土、この幸せの土地を離れないでおきたかった。

だが、母親はネコ車を押し、わたしたちを引き連れて、ふたたび帰路をたどり始めた。れいの青い銃は魯勝利の側に横たえ、上にぼろ布団をかぶせて隠した。

道は半尺ばかりの雪で覆われ、車輪もわたしたちの足も雪でギシギシときしんだ。転ぶことがすっかり減って、前進の速度が速まった。

陽に照らされて雪が眩しく、人間は真っ黒に見えた。どんな色の着物を着ていようが、すべて黒い。

籠に入れてある銃と大姐の射撃の腕で度胸がすわったのか、この日の母親はいささか粗暴だった。昼頃、南のほうからばらばらばらに逃げてきた兵隊の一人が、わたしたちのネコ車を掻き回そうとしたところ、驚いたことに母親は、腕を負傷した振りを装ったその男の頰を張り飛ばしたのである。大きな音がして、帽子まで飛んだが、それには見向きもせず、兵隊は逃げ去った。母親は灰色のその帽子を拾い上げると、ひょいと羊の頭に載せた。気取った格好で中古の軍帽を被ったわたしの羊がとことこと走ると、飢えと寒さに追い詰められた近くの避難民たちは、黒い口を開け、最後の力を振り絞るようにして、泣くのより耳障りな笑い声を立てた。

朝早くに羊の乳をたっぷり飲んだわたしは、元気いっぱいで、頭の働きもよく、感覚もとぎすまされていた。路傍に捨てられた県庁の印刷機やブリキの箱に詰められた書類を見つけた。人夫はどこへ行ったのか、分からなかったし、ラバ隊がどこへ行ったかも分からなかった。

そのうち道は混んできた。担架隊がウンウン唸る負傷兵を担いで、南方から撤退してきた。汗びっしょりの人夫たちは、牛のように喘ぎながら、おぼつかない足取りでよたよたと雪を踏みしめて行く。その後を、白衣白帽の女性がよろよろとついて走る。

担架を担いでいた若い人夫が尻餅をついて担架が傾き、負傷兵が悲鳴を上げながら地面に落ちた。包帯でぐるぐる巻きの頭から、二つの黒い鼻の穴と紫色の口だけがのぞいている。

「このクソったれ野郎！　殺す気か……」

負傷兵が泣きながら罵った。面長の女の兵隊が、皮の箱を背負って駆けて来た。一目で唐《タン》という、盼弟の戦友だと分かった。唐は人夫を荒々しく叱りつけると、負傷兵には優しいことばをかけた。目尻や額には深い皺がいっぱい走っている。あのピチピチした兵隊が、いまや干からびたお婆さんだった。彼女はわたしたちのほうには見向きもしなかったし、母親もそれとは気づかなかったようだった。

終わりがないのではないかと思うほど、担架隊が後から後からつづいた。邪魔にならぬように、わたしたちは道の片側に思い切り身を縮めていた。

それでもやがて担架隊は通り過ぎた。雪に覆われて真っ白だった道はめちゃめちゃに踏み荒らされ、融けた雪は泥水や泥濘と化した。融け残った雪の上には鮮血が点々と滴り落ち、そこだけ雪が爛れた皮膚のようになって、見る者をぞっとさせた。融けた雪の匂いや血の匂い、それに甘酸っぱい汗臭さなどが鼻を突き、肝も縮み上がる思いだった。

わたしたちは、戦々恐々として歩き出した。軍帽をかぶせてもらってひとしきり意気軒昂に見えた雌山羊さえもがびくつき始めたが、その様子は、恐ろしさに肝を潰した新兵そっくりだった。避難民たちは進退窮まって、路上をうろついていた。疑いもなく前方は一大戦場だった。この道を西南に進めば戦場に突っ込み、銃弾の嵐に突入することになるのは間違いない。銃弾に情け容赦を期待するのは無理というものだし、兵隊などというやつは、どのみち山を下りた虎同然に決まっている。

人々は互いに目と目で訊ね合ったが、だれも相手に答えを与えることはできなかった。母親だけはだれにも目を向けず、ネコ車を押して決然と進んで行った。振り向いて見ると、向きを変えて北に向かう者もおり、わたしたちの後をついて来る者もいた。

九

大戦場をこの目で見たその夜、芝居がかった話だが、わたしたちは撤退第一夜を過ごした場所で寝ることになった。おなじ小さな屋敷の小さな脇棟で、老婆の入っていたおなじ棺桶があったが、村の家々がほとんど倒壊しているのだけが違っていた。魯立人《ルーリーレン》や県庁の役人たちが泊まっていた母屋も、瓦礫の山と化していた。

村に入ったのは日の暮れで、通りには手足の千切れた死体がずらっと並べられていた。緑の衣服を着た比較的整った死体が二十体あまり、やけにきちんと空き地に並んでいたが、糸で吊されたみたいだった。あたりの空気は焦げて乾き、樹木が何本か、雷にやられたみたいに枝が炭になっていた。

ガラン！　前綱を牽いている大姐が、銃弾に打ち抜かれた鉄兜を蹴飛ばした。そこらにごろごろしている薬莢の上に載って、わたしがすってんと転んだ。薬莢はまだ熱かった。

ゴムの焼ける強烈な臭い。火薬の臭いも鼻をつく。瓦礫の山の中からにゅーっと突き出た黒い砲身が一本、冬の星の震える黄昏の空を睨んでいた。

村は静寂が支配していて、風もなかった。わたしたち一家は、あたかもおとぎ話の中の地獄を歩いているようだった。ここ数日、わたしたちと一緒に故郷を目指す避難民の数はますます減って、しまいにわたしたちだけを残して、みな姿を消してしまった。だが、母親は頑固にわたしたちを連れてもどって来た。明日になればわたしたちは、蛟竜河北岸《ヂヤオロンホー》のアルカリ土壌の荒れ野を越えて蛟竜河を渡り、家と呼ぶあの場所にもどり着くのだ。

見渡すかぎりの廃墟の中に、その二間の小さな建物だけが、あたかもわたしたちのためにのみ存在するかのように、ぽつんと建っていた。入り口を塞いでいる折れた梁やたる木をかき分けて戸を押し開けると、ぱっとあのときの棺桶が目に入ったので、十日あまりも経って、撤退後初めての夜を過ごした場所に舞いもどって来たのが分かった。棺を前にすると、さまざまな思いがこんぐらかって、どう整理をつけたものやら分からないでいると、母親がズバリ、「天の思し召しだよ!」と言った。

その夜起こったことは、翌日のそれに較べると、鳥の羽みたいな軽い出来事だったが、その神秘的な色合いは、忘れることができない。

砲声の轟きなどは、次の日になれば好きなだけ聴けるのだからどうでもいいし、赤や緑や黄色い照明を点けて夜空を飛ぶ飛行艇のことも、次の日になればもっとよく見えるのだから、ここで持ち出すつもりはない。ただ言いたいのは、棺桶に使う材木のことである。

司馬庫《スーマアクー》が大欄鎮《ダアランヂエン》を押さえていた頃のことだ。わたしと司馬糧《スーマアリアン》は、村いちばんのお坊ちゃまとそのチビ叔父の身分で、黄天福《ホワンテイエンフー》の棺桶屋を訪ねたことがあった。前が店で奥が工場になっている棺桶屋は、動乱の時代のことで、商売は結構繁盛していた。

奥の建物の中の広い作業場では、十人を超える職人が、パンパン、トントンと、木に戦いを挑んでいた。作業場には年中火が焚いてあり、板材を炙っていた。松根油の匂いや、にべ膠《にかわ》を煮つめる匂い、それに鋸と木が激しく摩擦する匂いなどが入り混じり、いい香りが鼻から脳に入って、あらぬ連想を誘った。

太い丸太が板に製材されると、きまった形に炙って曲げられる。鉋《かんな》を押すたびに、シュルルル、シュルルルと巻いた鉋屑が飛び出し、地面に花を咲かせる。

いそいそとわたしたちを案内してくれた黄天福は、まず作業場で棺桶作りの工程を一つ一つ見学させておいて、その後完成品を見せてくれた――貧乏人が使う川柳の薄板棺、嫁入り前に亡くなった娘のための頭の四角な長方形の棺、未成年児童のための板の箱形棺、そこそこの家の人間が使うハコヤナギの二寸板棺など。なかでもいちばん貴重で重く、堅牢なのは、巨大なコノテガシワの木でこしらえ、中に黄色の緞子の裏張りをした〝四独棺《スードウーグワン》〟だった。三姐の鳥の巫女が使ったのがそれだった。朱色に塗ったそのばかでかいシロモノが、棺首を高々と持ち上げたところは、まるで波を切って進む大型船のようだった。

棺桶に関するこうした豊かな知識からして、ここの家の老婆が使っているのがハコヤナギの二寸板棺だと分かった。それも、たぶん黄棺桶屋の製品だった。

棺桶の蓋のことを、大工職人のことばで〝材天《ザイティエン》〟と呼ぶが、材天と棺の本体の接合部は、針の先も通さぬほど、ぴっちりかみ合わせなければならない。鍛冶屋の腕の見せ所は焼きにあり、大工のそれはかみ合わせにある。この老婆の棺桶は、たぶん黄棺桶屋の徒弟の仕事とみえ、〝材天〟と棺の本体との間に大きな隙間があり、針の先どころか、子ネズミでももぐり込めそうだった。

自分から棺桶に飛び込んだ老婆は、いまでもこの中に横たわっているのだろうか？　遠くで発射される砲弾の閃光が走るたびに、わたしたちは、奇跡の出現にびくつきながらも、それを期待するような矛盾した気持ちで、思わず棺桶の隙間に目をやった。死体が起き上がって亡霊となったというようないろんな言い伝えが、考えまいとすればするほど、記憶の底から細部の一つ一つまで、生き生きと立ちのぼってきた。

「つまらないことを考えないで、寝なさい。なんにも考えないことだよ」

どうやら母親はわたしたちの気持ちを察したらしく、銃を〝材天〟の上に置くと、こう言った。

「母さんは長いこと生きたおかげで、分かったのは、天国がなんぼよかろうが、おんぼろでもわが家には敵わないということと、化け物や亡霊は正直者を恐れるということだよ。だから、おまえたちも寝なさい。明日の晩の今頃は、うちの家のオンドルで寝られるからね」

けれども死体が亡霊になる話は、向こうから勝手にわたしに語りかけてきた。

そうした亡霊は、嫁入りを控えている娘とか、新婚間もない若い嫁とか、いずれにしても例外なく若い女のそれで、なんとなくいい躰をしているような気がした。細い腰に長い足。顔は整っているが、どれも細長くて、真っ黒である。彼女らの大半は、あまり幸せでない結婚や恋愛を経験して死んだという背景を持っている。

死んだ後で、必ず死体がなくなり、だれも住む者のいない空き部屋が残される。そこへ宿を求める旅の者が訪れ、暗い顔をした男の老人に案内されて、その空き部屋に入る。旅人が見ると、部屋の中は調度が整い、壁や天井に貼られた紅い紙はさまで古からず、結婚の跡をとどめている。老人は口ごもりながらなにか言いかけて止め、旅人に石油ランプか蠟燭を残して、さっと姿を消してしまう。

客はおおよそ二種類に分かれる。一種類は科挙の試験のため都会へ赴く剛胆な男で、武官の場合も、文官の場合もある。もう一種類は才知にたけた商人である。前者に較べて後者は少ないが、その結末はしばしば悲惨である。

さて、真夜中に挙人《きょじん》が机に向かって、灯火の下で本を読んでいる。明かりが揺れて、壁の蜘蛛の糸を照らし出す。夜も更け、北風がしきりに庭を吹きすぎる。一陣の冷風が吹きつけて、灯火が揺らめく。挙人の馬が不安げに鼻を鳴らし、轡《くつわ》がガチャガチャと音を立てる。馬は物の怪を予知できるのである。馬が四つ足を震わせ、両耳を振るので、異様な恐怖に襲われているのが分かる。

女の声がする。ベチャベチャときわめて聞き取りにくくはあるが、おおよその意味は分かる。女は庭を歩き回りながら、高い声で罵っているのである。挙人は盤石のようにどっしりと動かず、聖賢の書物に読みふける。

戸がバタンと押し開けられ、陰風《いんぷう》が吹き込んで、明かりが消えかかる。馬はもはや震えながら、躰を丸めている。挙人が盗み見るに、女の亡霊は髪の毛を振り乱し、目は真っ黒で、赤い舌を吐き出している。まるで四六時中イバラの中をくぐり抜けているかのように、ずたずたに裂けた着物。両手に生えた鈎のような長い爪。纏足で、刺繡の鞋を穿いている。

なおも罵りつづけているが、その声がだんだんと小さくなったのは、たぶんこの挙人が好成績で科挙に合格する強運の持ち主で、その発する正気《せいき》が亡霊を寄せつけないのに違いない。

女の亡霊は〝ぐねくね歩き〟で挙人に迫り、いきなり陰風を吹きかける。顔を上げた挙人のほうは正気を吹き返す。陰風と正気が正面からぶつかり合う。亡霊の吹く気は緑色、挙人が吹くのは黄色で、互いに吹きかける気がぶつかり合い、一つにからまってとき色の玉になり、人間と亡霊の間でぐるぐる回る。ふわふわと上に揚がって、紙張りした天井にぶつかってポンポンと音を立てたかと思うと、真っ直ぐに下に落ちて、青い煉瓦敷きの地面で跳ねつづける。

双方が気を吐きつづけるうちに、玉はますます大きくなる。挙人が見ていると、亡霊の顔に白い水玉が浮かんでいる。髪の毛からはゆらゆらと湯気が立ちのぼり、物の腐った臭いがあたりに広がる。亡霊がもはや力つきたと知った挙人は、肺を鞴《ふいご》のように働かせ、臍《へそ》のあたりから集めた真気を猛然と吹きかける。丹砂色をした真気には、細かな血の真珠が混じっている。その真気の玉は亡霊の顔に近づくと、バンと天井を震わせて炸裂する。亡霊は切り紙人形のように地面にくずおれ、かつ哀れを催させるような呻き声をもらす。

近寄った挙人は弓を引き絞ると、倒れた女の亡霊をその弦に引っかける。文官なら、硯で女の亡霊の胸を押さえつける――女の亡霊の乳房は、硬い茄子に似て、紫色をしていたような気がなんとなくする。硯は左の乳房の上に置いたのだったか、それとも右の？　いや、ひょっとして二つの乳房の間だったか？――すると亡霊が、心をくすぐるような甘いことばで、許してくれと挙人に哀願するが、挙人は耳の穴に綿を詰めて、衣服をくつろげて横になる――とはいえ、眠れはしないのだが――。

雄鶏が最初の時を告げると、かき口説く亡霊の声が止むが、なおも目で誘惑しようとする。やがて雄鶏が三度時を告げると、亡霊は息絶える。

結末はきまってこうだ——夜が明けると、糞を拾う籠を背中にもどって来たこの家の主人「朝食前に往来の家畜の糞を拾うのが農民の慣わしだった」が、門を入って挙人の顔を見て、さも不審そうに訊ねる。客人、昨夜はよくお休みになれましたかな？　よく休みました、と挙人が答える。では、なにかの物音をお聞きでは、と主人が重ねて訊く。挙人は戸のうしろの弓の弦に引っかけた女の死体を指さして見せる。たちまち主人は跪いて、感謝感激のことばを並べる。生きているのやら死んだものやら分からぬこの息子の嫁のことで、嫁の里方とは三年越しの裁判沙汰、おかげで家産を使い果たしてこの有様……

この手の亡霊になった死体の話を山ほど知っているのは、村で鍼治療のできる汪俊貴《ワンジュングエイ》の爺さまだった。数年前にわたしが荒れ野で羊を飼っていた時分に、爺さまもロバの番をしていた。家畜に草を食わせておいて、子供らは爺さまを囲んでは、この手の話をせがんだものだが、目に見えるようなその話しぶりは、まるでなにもかも自分で経験したかと思わせるほど、巧みだった。女の亡霊のことを語るときは、爺さま自身がその亡霊で、亡霊の考えることをなんでも知っていたし、挙人のことを語るときは挙人になりきって、その心理をぜんぶ知っていた。爺さまの話で、わたしたちは背中がぞっとして肝は縮み上がり、昼も草の茂みの奥には行く気になれず、夜は便所へ行けなくなった。

爺さまはある男の子の話をしてくれた。とても利口ですばしこく、肝っ玉の太い子で、人に頼まれては死体の亡霊を捕まえていた。一匹捕まえると二百文もらえたので、だれも真似できないこの仕事で母親を養っていた。

男の子は夜っぴて女の亡霊と追っかけっこをしたが、男の子は泥鰌みたいに巧みに逃げて、捕まらない。そのうち男の子は、巧妙な手段で亡霊を樹に抱きつかせる。えんじゅの樹のこともあれば、柳の樹のこともあったが、多くは墓地の黒松だった。鈎のような亡霊の爪は、樹の皮にがっきと刺さって抜けなくなり、そのまま逃げられず、鶏の声とともに死体になる。そうしておいて、男の子は死体が消えた家——多くは物持ちだったが——に行っては申し上げる。王《ワン》の大旦那さま。こちらさまの死体の亡霊を捕まえて、村の西の墓地の松の木に繋いであります——。李二《リーアル》先生。こちらさまの死体の亡霊を捕まえて、村の東の大きな柳の木に繋いであります——。

わたしにはその男の子が、頭でっかちで黄色い目玉の司馬糧であるような気がしてならなかった。今度の苦しい旅にあの子がいたら、わたしの経験はもっと変わったものになっていたに違いないし、母親や大姐の苦労もうんと減っていただろう。わが家とはなんの血のつながりもないにもかかわらず、腹を痛めて産んだ子同様になってしまったこの勇敢な男の子を、母親が心の底でどんなに心にかけているか、わたしには分かっていた。

眠気のかけらもないままに、わたしは闇の中で大きな目を開けていた。魯勝利《ルーションリー》を抱いた母親は、壁に寄りかかって不規則な鼾をかいている。鼾の合間に、苦痛の呻きが混じる。八姐は、夢の中でも母親の着物の裾を引っ張っている。寝ながら歯ぎしりする癖で、キリキリとネズミが箱の底を齧るような音をさせる。大姐は煉瓦を枕に、積み草の上に横になっており、沙棗花《シャザオホワ》と大啞《ダアヤー》、二啞《アルヤー》がその脇の下にネコの子みたいに頭を突っ込んでいる。

わたしは頭を雌山羊の首にぴったりつけて、その喉を草が滑っていく音を聞いていた。脇棟の入り口の戸には大きな穴がいくつも開いており、この季節にはふさわしくない熱い風がそこから吹き込んでくる。崩れた壁が、窯出し直後の煉瓦のような匂いを発散させている。

大きな真っ黒ななにものかが、星明かりに躰をきらめかせながら廃墟の上を歩き回り、ガラガラと瓦礫を踏む音をさせている。母親を起こす気にはなれない。あんなに疲れ切っているのだから。かといって、疲れている大姐を起こすわけにもいかない。わたしはやむなく、せめてもの頼りにと、山羊の鬚を引っ張って起こした。ところが、山羊は目を開けはしたものの、じきまた閉じてしまった。

巨大ななにものかはなおも廃墟の上をうろつき回り、おまけにハッハッと荒い喘ぎが聞こえる。村の中で突然、泣き声とも笑い声ともつかぬ叫びが上がった。つづいて雑踏する足音、鉄器のぶつかり合う音、皮の鞭のヒューッという音、真っ赤に焼けた鉄器で皮膚が焼かれる音がし、それにつれて、足の蒸れや土埃の匂い、赤い鉄錆の匂い、真っ赤な血の匂い、肉の焼ける匂いなどがした。

赤い目の小ネズミが一匹、棺桶の蓋の上を走った。腕白小僧みたいに、台尻の湾曲したれいの銃を伝って走る。すると、その小ネズミのしっぽの後から、恐ろしいことが起こった。棺桶の中で、まるで老婆がしなびた手で経帷子の縁飾りを手探りでもするかのような、ガサゴソという音が聞こえて来る。つづいて、長いため息と譫言《うわごと》めいた恨み言――ああ、息が詰まるわい……くたばってしまえ……息がつまるわい……

つづいて棺桶の蓋を殴ったり蹴ったりする「パンパン」という音。ズシンとくる大きな音なのに、なんと母親にはまったく聞こえないとみえ、相変わらず呻きながら鼾をかいている。大姐にも聞こえないらしく、いつものように黒い丸太のようにひっそりと寝ている。子供らは、美味しいものでも嚙んでいるみたいに、夢の中で口をもぐもぐさせている。

山羊の鬚を引っ張ろうとしたが、両手が痺れて、どれほど力を入れても挙がらない。叫ぼうにも、見えない手で喉を締めつけられている。どうしようもなく、わたしは激しい恐怖の中で、棺桶の中の物の怪の動きに耳と目を集中させるほかはなかった。

ギシギシという音とともに、棺桶の蓋がゆっくりと持ち上がった。蓋を支える二本の手が、緑色に光る。太い袖がめくれて剝き出しになった、鉄の棒のような黒い二本の腕。蓋が高く持ち上がるにつれて、亡霊も首や頭をそろそろともたげ、そのうちさっと起き上がった。蓋は棺桶の先のほうに滑り落ちてそこで引っかかり、大きなねずみ取りのような格好で止まった。

棺桶の中に座った亡霊は、顔も緑色にキラキラしていたが、それはれいの胡桃みたいなしわくちゃ顔の老婆などではなく、崖から飛び降りた鳥の巫女の三姐にそっくりの若い女だった。着ている物は無数の鱗――あるいは羽毛か――をつづり合わせたもので、冷たい光を放って眩しく、ジャランジャランと音を立てた。

しばらく座ったままでいたが、やがて両手を棺桶の縁について、そろそろと立ち上がった。棺桶を跨ぎ越すとき、着ている物の光で、長いすねが傷跡だらけなのが見えた。それは典型的な死体から変じた女亡霊の足であった。というのも、この手の亡霊は走るのが得意で、こうしたがっしりと長い足をしていないことには、速く走れないからだ。思ったとおり、足の爪は鷹の爪のように長い。顔つきはかなり獰猛で、真っ白な牙が錐のように鋭い。

棺桶から出た亡霊は、腰をかがめ、肉親と仇敵とを見分けようとでもするかのように、眠っている人間を一人ずつ調べていった。両眼から発する緑色の二本の光が母親の顔に当たると、葡萄ほどの大きさの二つの丸い輪になって、上下左右に動いた。

亡霊がわたしの側にやって来たので、急いで目を閉じた。彼女の奇妙な衣服からは、葡萄の蔓をすりつぶしたような、なんとも言いようのない甘酸っぱい匂いが漂ってくる。口の湿った冷気が顔にかかると、全身がぞっとして、かちんかちんに凍った魚みたいに熱のかけらもなくなった。指がわたしの躰を頭から足先へ、足先から頭へと撫でる。鋭い爪に皮膚を引っ掻かれたときの感覚は、口では表現のしようがない。蟹が躰を這ったのに似ているとでも言おうか。

わたしの想像では、このあと亡霊はわたしの胸を裂いて心臓や肝臓を取り出し、梨でも囓るようにしてガリガリと食うはずだった。それがすむと、首のいちばん太い血管を嚙み切り、そこに蛭のような口をつけて、全身の血を吸い取る。それでわたしは、マッチ一本で火のつく、馬糞紙を貼り合わせたような乾涸らびた人間に変えられてしまう。

このまま死ぬわけにいかないぞ。わたしは自分が猛然と跳び上がった拍子に、手足が突然自由になり、全身に力がみなぎるのを感じた。亡霊を押し退けたついでに、鼻に一発叩き込む。鼻の骨が折れる音までわたしには聞こえたし、はっきりと記憶に刻みつけられた。

戸を突き開けると、外に走り出た。死体を踏んづけながら、通りを飛ぶように走る。うしろから亡霊が、大声で罵りながら追いかけてくる。うっかりすると指の爪が肩や背中を引っ掻くが、振り向くわけにはいかない。振り向けば喉元に噛みつかれるから、逃げるほかはない。速く、もっと速く。足はほとんど地に着かず、向かい風で息が詰まりそうになり、砂が顔に当たって痛い。ところが、爪は相変わらず背中に当たっている。

突然わたしは、あの男の子の勝利の秘訣を思い出した――大木目がけて走り、急カーブを切るのだ。死体の亡霊はカーブが苦手なのだ。

三日月の下で、ナラガシワの木が蓬髪の巨人のように立っていた。わたしはそれを目がけて走り、あわやぶつかりそうになったところで、急に身をよじって反対側に回り込んだ。死体の女亡霊がその木にガバと抱きつくと、その指がギリギリと音を立てながら、鉄のように硬いナラガシワの幹に食い込むのを、わたしは見た……

わたしは疲労困憊して、手探りでもどって来たが、通りに流れている血で足がぐっしょり濡れた。子豚ほどもある吸血蜘蛛が、群れをなして廃墟を這い回っている。重い腹を引きずりかねているやつらは、人血の混じった粘っこい薄紅色の糸を尻の穴から勝手に垂れ流し、そこら中が足の下ろしようもない。それでも仕方なく歩いて行くと、ゴム糊のようなシロモノが足の裏に粘りついて長い糸を引き、足首にからみつき、膕にからみつきして、両足が大きな綿菓子のようになった……

夜が明けると、わたしは急いで母親に夜の間の出来事を聞いてもらおうとしたが、母親は明らかに苛立っていて、口を挟める状態ではなかった。母親はそそくさと子供たちや荷物をネコ車に載せた。むろん、銃も忘れずに。

わたしは吸血蜘蛛を探してみたが、一匹もいなかった。廃墟の中に隠れたのだ。瓦礫を取り除けば見つかるにちがいない。やつらが瓦礫の上に垂れた薄紅色の糸はまだ残っていて、冬の朝日の下で美しいとしか言いようがなかった。わたしは牛の骨を拾い上げ、薄紅色の蜘蛛の糸をそれに巻きつけた。骨を糸巻きの軸に見立てて絡ませつづけると、透明でねばねばしたにべ膠のような丸い物になった。そいつを引きずって村を出ると、うしろに薄紅色の道がついた。

行く手に突然、人の行き来が激しくなった。どれも軍服姿の兵隊で、そうでない者も牛革ベルトを締め、尻には木の柄の手榴弾をぶら下げている。路上には尻が緑色の薬莢がごろごろしており、路傍の側溝には、腹が裂けて腸が飛び出した死んだ馬がいるかと思うと、砲弾の殻がいくつも山積みになっていたりした。

母親が突然、白く凍った溝に銃を投げ捨てた。重い木箱を二つ担いでいた男が、驚いたようにわたしたちを見た。荷を下に置くと、男は溝に降りてその銃を拾い上げた。

そのときわたしは、たった一本ぽつんと立っているれいのナラガシワの木を見つけた。木はそのままだったが、死体の亡霊はいなくなっていた。木の皮に所々傷がついているのは、亡霊の爪でできたものだ。あの亡霊は、たぶん木に食い込んだ爪を抜いて、ふたたびイバラの茂みにもどったろう。あの小さな村は、そこいら中が死体だらけだったから、あの亡霊の死体がもとの家に回収された可能性はゼロだ。

王家丘子《ワンヂアチオウズ》が近くなると、熱気が潮のように押し寄せてきた。村はまるで溶鉱炉のようで、上空には煙が上がり、村はずれの木は黒い灰を被っていた。時節はずれの蠅の群れが村から飛び出して、死んだ馬の腸と死人の顔の間を飛び交っていた。

面倒を避けるべく、母親はわたしたちを連れて、村の手前から小道にそれた。小道だとネコ車の車輪がめり込んで、なかなか進めない。車を停めた母親は、梶棒に吊した油壺をはずすと、ガチョウの羽に油をしませ、車軸と軸受けの隙間にたらした。母親の手は、コーリャンの餅子《ビンズ》みたいに腫れ上がっていた。

「あの林のとこまで行ったら、ひと休みしよう」油を注《さ》し終わった母親が、そう言った。

魯勝利に大啞、二啞――この三人の乗客は、このところずっと物を言わないようになっていた。車に乗って労せずして行くのは恥ずべきことで、文句を言えた義理ではない、と感じているのであろう。

油を注《さ》した車軸は、遠くまで通る滑らかな音を立てた。この音が、ネコ車の善し悪しを計る大事な目安なのである。道端の畑には、枯れたコーリャンの残骸がいくらかまだ立っている。病気の黒穂から出た芽が、青枯れたままでいたり、地べたに貼りついていたりする。

林に近づいてから、そこが隠された砲兵陣地だと分かった。太い砲身が何十本も、亀のように首を伸ばしている。それには木の枝がくくりつけられ、ゴムの車輪が地面に深く食い込んでいる。そのうしろには木箱がずらっと並んでおり、こじ開けられた箱からは、あたりを睥睨する輝きを放って真鍮製の砲弾が重なって見えている。

松の枝でカムフラージュした帽子をかぶった砲兵たちが、林の縁に蹲って、ホーロー引きのカップで水を飲んでいる。立ったなりで飲んでいるのもいる。兵隊たちの背後には竈がこしらえてあり、耳つきの大鍋がかかっていて、馬肉が煮えている。なぜ馬肉と分かるかと言えば、蹄がついたままの馬の足が、斜めに空に向かって鍋から突き出しているからである。山羊の鬚ほどもある足首の毛。三日月型の蹄鉄がキラキラ光る。

炊事夫が一人、松の丸太を竈にくべると、煙が真っ直ぐに空に上っていく。鍋の湯が沸き立って、哀れな馬の足をガタガタ揺する。

幹部らしい男が駆け寄ってきて、親切な態度で引き返すよう勧めたが、母親は冷たく断った。「隊長さん、無理矢理もどされたら仕方がない。ほかの道から行くまでじゃ」と母親が言った。「死ぬのがなんともないのかね？」と、男はお手上げだというふうに言った。「大砲の弾で粉々にされるぞ！　この大砲の弾だと、松の木でも真っ二つだ」「そういうことなら」と母親は言った。「どうぞわたしたち一家を、このまま通してください、隊長さん」

男はさっと脇へ寄って言った。「どうやら余計な口出しをしたようだな。いいだろう、通りなさい」

わたしたちはやがて、アルカリ土壌の白い荒れ野の縁にたどり着いた。荒れ野に接する不規則に起伏する砂丘は、イナゴのような数の兵隊で、砂丘も色が変わっていた。兎のような馬がもうもうたる砂埃を巻き上げて、砂丘と砂丘の間を飛ぶように走っている。おそらく数百にものぼろうかという炊煙が、砂丘と砂丘の間から真っ直ぐに立ちのぼり、陽光で眩しく輝く高い空で綿のように拡散し、ゆっくりとひとつになる。そして目の前の荒れ野は、ほんのすぐ先から向こうは、眩しくて見通しのきかぬ銀色の海のようだった。

母親の後をついて行くしか、わたしたちに残された道はなかった。いや、より正確に言えば、上官来弟《シャングワンライディー》の後をついて行ったと言うべきだった。骨身にしみたこの旅の間中、上官来弟は黙々と働くロバのようにネコ車を牽きつづけ、おまけに手慣れた仕草で重い銃を発射して、わたしたちのねぐらを守ってくれたりもしたのだ。そんな大姐が頼りに思えて、狂気や腑抜けを装ったこれまでのことが、なにもかも英雄のロマンの曲の必要不可欠な音符ででもあるかのように感じられた。

荒れ野を進むにつれて、道はひどくぬかるみ、道を外れて歩くほうがましだった。アルカリ土壌の地面には、消え残った雪が疥癬禿《かいせんはげ》みたいにあちこちに散らばっていて、黄色く枯れたまばらな茅が、禿の髪の毛そっくりだった。

そこら中が危険だらけのような中でも、晴れた空にはいつものようにヒバリが鳴いていた。浅黄色の野兎の群れが半円形の散兵戦の隊形で、キキキと鳴きながら、白い毛の老狐を攻撃していた。よほど恨み骨髄なのか、その攻撃はひどく勇敢だった。その背後に、見目うるわしい野生の山羊がつかず離れずいるのは、助太刀なのか、それとも野次馬なのか。

草の根のあたりでキラキラする物を沙棗花が拾って、ネコ車の向こうから渡してよこした。缶詰の缶で、中には油で揚げた黄色い小魚が入っている。返してやると、一匹つまみ出して、母親のほうに差し出した。「わたしは要らないから、自分で食べ」と母親に言われて、沙棗花は猫みたいに口を尖らせて小魚を食べた。

「アウ！」籠の中の大啞が、汚い片手を沙棗花のほうに伸ばした。「アウ！」二啞もすぐつづいて手を伸ばした。二人はそっくりな冬瓜頭《ドングワ》で、目が上寄りについているため、額が極端に狭い。ぺちゃんこの鼻に、長い鼻の下と大きな口。上唇が短くて、めくれ上がっているため、黄色い歯がいつも剝き出しだった。

沙棗花はどうしようというふうに母親を見たが、母親はぼんやりと遠くに視線を投げたきりだった。仕方なく小魚を二匹つまんで、大啞と二啞に分けてやると、缶は空になり、残りかすと黄色い油だけになってしまった。沙棗花は長い舌を伸ばして、缶の底の油を舐めた。そのとき、母親が言った。

「ひと休みしようかね。あと少しで、教会が見えるよ」

わたしはアルカリ土壌の上に大の字になった。母親と大姐は鞋を脱ぐと、ネコ車の梶棒や横木に打ちつけて泥を落とした。二人の足のかかとは、腐ったサツマイモみたいになっている。

鳥の群れが慌ただしく降下してきた。鷹でもいたのかと思ったが、そうではなく、大型の黒い双翼飛行艇が二機、東南の方角からウオンウオンと飛んで来たのだった。その音は、千台もの糸《いと》繰車《よりぐるま》を一斉に回したかと思われた。

はじめはゆっくりと高いところを飛んでいたが、わたしたちの頭上に来てから急に高度を下げ、スピードを速めた。羽をつけた二頭の子牛みたいな不格好なザマだ。頭の先でウオンウオン回っているプロペラは、まるで蜂の群れのように見える。

一機が、大きな腹の皮で危うくわたしたちのネコ車の横木を擦らんばかりにして飛び去ったが、風防ガラスの向こうのゴーグルをかけた男は、長年の友人でもあるかのように、わたしたちに向かってニヤリと笑ってみせた。その顔に見覚えがあるような気がしたが、よく見るいとまもなく、貌も笑みも電気のようにあっという間に飛び去った。その後に、白い砂埃をまじえた激しい旋風がゴーッと巻き起こり、草の茎だの砂だの兎の糞だのが、密集した弾丸のようにわたしたちの躰に叩きつけてきた。沙棗花が手にしていた缶詰の缶が、あっという間にどこかへ飛んで行ってしまった。

口の中の泥を吐き出しながら、わたしは慌てて跳ね起きたが、もう一機が、さっきの飛行艇の航跡をなぞりながら、もっと荒々しく降下してきた。おまけに腹の下から長い炎の舌を二本、吐き出している。弾丸がわたしたちの周りの泥に突き刺さって、プスプスとくぐもった音を立て、三角の泥の塊が無数に次々とはね上がった。

飛行艇は三筋の黒煙の尾を引きながら、翼を揺すって砂丘の上空に達した。翼の下から吐き出される炎の舌は切れ切れで、犬の鳴き声に似た射撃音とともに、砂丘に黄色い砂塵が上がった。二機は空中で燕のように宙返りの芸当をやってみせ、さあっと急降下したかと思うと、突如反転して急上昇する。上昇するとき、風防ガラスが銀色に煌めき、翼は鋼の青い色を光らせた。

砂丘の上は混乱をきわめた。砂塵を浴びた黄土色の兵隊たちが跳ね上がり、大声を上げる。黄色い炎の舌が何本も空中に向かって発射され、銃声がひとつになって、風の音のように聞こえる。二機の飛行艇は、物音に驚いた大きな鳥のように、翼を斜めにして空中へと突っ込んでいく。

その音はまるで狂人の歌う歌のようだった。そのうちの一機が途中で速度を失って、腹から黒煙を噴き出した。もくもくと吐き出される黒煙をうしろになびかせて、ふらつきながら飛んでいたが、そのうちきりもみ状態で頭から荒野に突っ込んだ。大量の泥が鋤き起こされた。ほんのしばらく翼を震わせていたが、大きな火の塊がその腹の中でパチパチと弾け、やがて巨大な火の玉となった。同時に野兎も肝を潰すような大きな音がした。もう一機は、高いところをくるりと一周すると、ウウウと泣きながら飛び去った。

そのときになって気がつくと、大啞は頭が半分なくなっており、二啞の腹には拳ほどの穴が開いていた。二啞はまだ死んではおらず、わたしたちに向かって白い目を剝いた。母親がアルカリ土を摑み取って、その穴を塞いだが、緑色の液と生白い腸が、泥鰌のようにズルズル音を立ててはみ出してくる。母親が何度も何度も土で塞ぎにかかったが、どうしても塞ぎきれず、二啞の腸は籠に半分ほどもが流れ出した。

わたしの羊が前足を折って地面に跪くと、「グアグア」と異様な叫びを上げながら、背中を丸めて腹を激しく収縮させた。嚙んだ草の塊が、その口から吐き出された。つられて、わたしと大姐も腰を曲げて嘔吐した。血だらけの両手をだらりとさせた母親は、はみ出た腸を眺めて呆然としていたが、ひくつかせていた口を突然開けると、赤い液体が噴出し、ついで号泣した。

そのうち林の砲兵陣地のあたりから、カラスに似た砲弾がたてつづけに発射され、わたしたちの村の方向へ飛んでいった。青い光が林の上空をリラのような薄紫の色に染め、どんよりとした太陽は輝きを失った。

荒れ野に雷鳴でも轟いたように、最初の大砲が発射されると、砲弾の唸りについで、太鼓を叩いたような弾頭の炸裂する音がして、わたしたちの村のあたりでいくつも白煙が上がった。何度かそれがくり返された後で、今度は蛟竜河の対岸から、もっと大きな砲弾のお返しがあり、林に落ちたり、荒れ野に落ちたりした。親戚の行き来に似たこうした砲弾のやりとりで、灼熱の空気の波が荒れ野を揺らした。

ひとしきり射撃がすむと、林の中が大火事になり、こっちの砲声が途絶えた。ところが、村のほうからはなおも砲撃がつづき、それもますます遠くへ落ちるようになった。

砂丘のうしろの空が、突然また青く染まり、無数の砲弾が口笛を鳴らしながらわたしたちの村のあたりで砕けた。今度の砲弾は林のやつに較べてずっと大きく、力もすごかった。林のやつのことをカラスみたいだと言ったはずだが、砂丘の背後に隠れている大砲の弾は、五体満足な黒い子豚ほどもあった。それが「キュルキュル」と叫びながら、短い足を動かし、しっぽを振りながら、争ってわたしたちの村へ落ちていく。ところが落ちたらさいご、子豚どころか、豹や虎や猪になって、牙を剝き出して手当たり次第に嚙みつくのだ。

大砲の撃ち合いの中へ、飛行艇がまたやって来た。今度はいっぺんに十二機、二機一組で翼を並べて飛んで来た。今度は高いところを飛び、下に落とした卵の爆発で、荒れ野に大きな穴を無数にこしらえた。

それから？　タンクの群れが、村の方角からのろのろと姿を現した。その頃は、走り出すとガラガラ音を立てる、長い首を伸ばしたそいつをタンクと呼ぶなどとは知らなかった。

やつらは横隊を組んで、アルカリ土壌の荒れ野をわが物顔にのし歩き、そのうしろには、鉄兜を被って腰を曲げた兵隊の群れがついていた。彼らは小走りしながら、目標もないのに、空に向けてバンバン、バンバン、バンバンバンバンと銃を乱射した。わたしたちは砲弾でできた穴の一つに駆け込んだ。立っている者、座っている者、さまざまだったが、みんなの表情は平静で、恐がっている様子はなかった。

タンクの腹の下の連なった鉄の車輪が素早く回転すると、鉄の履き物の帯がくるりくるりと回って、ガラガラ音を立てながら走る。でこぼこなどは苦もなく首を突っ張って乗り越える。走りながら咳をし、くしゃみをし、痰を吐き、したい放題だ。痰がすむと、今度は火の玉を吐く。そのたびに長い首を縮こめる。

そいつがぐるぐるっと回ると、荒れ野の深い溝がならされ、土色をした小さな人間が泥の中にこね合わされた。連中が走り去った跡は、鋤き起こされたように、一面に新土《あらつち》が広がった。

砂丘の前までたどり着くと、無数の弾丸が当たってパチパチと音を立てたが、なんのことはない、銃は役に立たないのだった。ただ、背後の兵隊はバタバタとなぎ倒された。

燃えるコーリャン殻の束を抱えた人間がばらばらと砂丘から飛び出してきて、そいつをタンクの腹の下に投げ込むと、火のついたタンクが跳び上がった。タンクの前までゴロゴロ転がっていく者もいる。ボガーン！　という音がいくつもして、タンクは何台かが死に、何台かが負傷した。

群れをなしてゴム鞠のように飛び出してきた砂丘の兵隊たちは、鉄兜の兵隊たちと一つに揉み合った。ギャアギャア叫び、ワアワア喚き、殴り、蹴り、首を絞め、キンタマをひねり、指に噛みつき、耳を引っ張り、目をえぐる。刀をぶすりと突き刺す者。ありとあらゆる手を使う。

大人の兵隊に敵わぬとみた少年兵が、こっそり砂を摑んで言う。「兄貴、考えてみれば、わしらは親戚じゃ。わしの父方の従兄弟の嫁さんはあんたの妹じゃ。銃尻で殴るのは止めてくれ」

大人のほうが言う。「まあいいか。勘弁してやろう。おまえの家で酒を呼ばれたこともあるでなァ。おまえの家の錫の徳利はようできておった。あれは鴛鴦《おしどり》の徳利と言うてな」

少年兵が手を挙げて、大人の兵隊の顔めがけて砂を投げる。相手の目を見えなくしておいて、こっそりうしろに回った少年兵が、手榴弾で大人の兵隊の頭を西瓜のようにぶち割った。

あの日の出来事は多すぎて、目がいくらあっても見切れず、口がいくつあっても話し切れるものではない。

鉄兜は何度も何度も突撃して、死人の山を築いたが、突破できなかった。それではと火炎放射器を持ってきて、ゴーッ、ゴーッと炎を吹きつけた。砂丘は熔けてガラスになった。飛行艇もまた飛んできて、大餅《ダアビン》や肉包子《ロウバオズ》を落とし、色とりどりのお札まで撒いて行った。

陽が落ちて暗くなるまで押したり退いたりしたが、双方疲れ果てて、座り込んでひと休みした。そのあと、また戦いつづけたが、天地も赤く染まり、凍土の氷も解けるほどで、肝を潰して死んだ野兎がごろごろいた。

その夜はひと晩中、四方八方で銃声や砲声がし、照明弾が次々と打ち上げられて、目も開けていられないほどだった。

夜が明けると、鉄兜の兵隊が、いくつもの群れをなして手を挙げて投降した。

一九四八年の元旦の朝、わたしたち一家五人、それにわたしの羊は、おっかなびっくりで氷の張った蛟竜河を渡り、蛟竜河の堤防を這い上った。わたしと沙棗花が手伝って、やっとの思いでネコ車を堤防に引き上げた。

堤防の上に立ってわたしたちは、砲弾の爆発でめちゃめちゃになった河の氷、大きな穴から湧き出る水などを目にした。バリッと氷の割れる音を耳にするにつけ、よくも河にはまらなかったものだと思った。

太陽が河の北側の大戦場に照りつけていた。そこでは硝煙はまだ消えやらず、叫び声や歓声、まばらな銃声などが荒れ野に生気をかき立てていた。鉄兜が毒茸のように、いくつもいくつも群がっている。わたしは大啞と二啞を思い出した。あの兄弟は、母親の手で砲弾の穴の一つに入れられたが、土のかけらすら掛けてはやれなかった。

振り向いてわたしたちの村を見ると、廃墟になってはいなかった。まるで奇跡だった。教会は建っているし、風力製粉所もまだあった。司馬庫の瓦家は、半分倒れていた。肝心なのは、わが家がまだあることだった。ただ母屋の屋根には、砲弾の野郎によって大きな穴が開いている。

屋敷の中に入ったわたしたちは、見知らぬ人間どうしのように、互いに眺めあった。ついで一つに抱き合うと、母親に引っ張られるようにして、思い切り大声で泣いた。

突然、思いもかけない司馬糧の泣き声がして、わたしたちは泣き止んだ。見ると、躰に小さな犬の皮をひっかけたなりで、ヤマネコみたいに杏の木の上に蹲っている。母親が手を差し伸べると、その物は木から飛び降りて、黒い煙のように母親のふところに飛び込んできた。

第四章　最後の好漢

内戦に勝利した共産党は、異分子を排除することで、支配権の強化を図った。にわか造りの軍事政権の施策は、下へ行くほどに硬直した。

一

平和な時代の最初の大雪が、死骸や骨を覆い隠した。飢えた野バトが雪の上をうろつき、さっぱり要領を得ない後家のすすり泣きのような不愉快な鳴き声を立てた。

雪の後の朝の空は透明な氷のようで、上品できりっとした品格と落ち着きを感じさせた。東《ドン》方紅《ファンホン》、太陽昇《タイヤンション》［東の空が赤らんで、太陽が昇る＝毛沢東を称える歌として、この時期から広く歌われ始めた］と歌われるように、陽が昇ると、天地の間に黄金の瑠璃が無限の広がりを見せた。

雪に覆われた大地では、家の中から出てきた人々が、家畜を牽き、品物を背負って、薄紅色の霧を吐きながらギシギシと雪を踏んで、村の東の果てしない原野を南へとたどって行った。蟹や貝などがよく捕れる墨水河《モオシュイホー》を渡って、面積にして五十畝《ムー》［一畝は約六・六六アール］ばかりの風変わりな高台を目指して、高密《ガオミー》県東北郷《ドンベイシアン》の奇妙な市《いち》――〝雪の市〟に出かけるのだ。雪の中に立つ市、雪の中での交易、雪の祭典と祝典。

そこではどんなに言いたいことがあっても、心の中に仕舞っておかねばならない。口を開いたが最後、災いを招く。それが決まりである。雪の市では、目で見、鼻で嗅ぎ、手で触り、心で納得することだけは許されるが、口をきいてはならないのだ。では口をきいたらいったいどんなことになるのかについては、だれも訊ねた者もいなければ、それを口にした者もいない。あたかも、みんな言わずとも分かっているかのように。

高密県東北郷で戦乱の後で生き残ったのは、大半が女や子供であったが、その者たちが新年の着物に着替えて、雪を踏んで高台に向かった。冷たい雪の気配が針のように鼻を刺すので、女どもは分厚い綿入れの袖で鼻や口元を覆った。一見雪の侵入を防ぐためのようだが、わたしにはことばを出さぬためのように思えた。

果てしない雪原に、ギシギシという音が満ちた。人々は口をきかないという約束事を守っていたが、家畜はそんなことにはお構いなく、羊がメエメエ、牛がモウモウと鳴くかと思えば、戦争で生き残った老馬や老ラバがヒヒーンとやらかした。

野犬が硬い爪で死体を叩いては、狼のように陽に向かって吼えた。村でただ一頭、野良化していないめくら犬が、ご主人の老道士門聖武《メンションウー》について、雪の中をよたよたと歩いて行く。

高台には青煉瓦積みの塔があって、その前に三間の藁葺きの家がある。その家の主が門聖武だった。すでに百二十歳にもなり、〝穀断ち〟の修行を積んで十年というもの穀物を口にせず、樹上の蟬みたいにもっぱら露を飲んで生きているのである。

のちに科学の勉強をして、蟬が樹液を吸って生きていることを知ってからは、老道士も露だけで生きていることが不可能だったとは、見当がついた。高台に独りで暮らしていれば、前には穀物の畑が無限に広がり、背後は蟹や貝の豊富な河である。春から夏にかけては、沼地では鳥の卵にも不自由はしない。だから、なんでも食べ放題なのだ。だが、神秘を通俗にしてしまうそんな研究が、なんだというのだろう？　人間の食い物を口にしない聖人が一人ぐらいいたって、構わないではないか？　戦争で高密県東北郷の人々の想像力はすっかりダメになったが、こうして平和になったのだから、想像力を復活させるべきときだ。あらためて始まった雪の市こそは、その嬉しい兆しだった。

　村人の心の中では、老道士は半ば仙人のような存在だった。秘密のベールに包まれた行動、軽快な足取り、電球のような禿げた頭、灌木の茂みほどにも密集した白い髭。唇はラバの子のそれに似ており、歯は貝殻の内側のようにキラキラと真珠の光を放っている。赤ら顔に赤い鼻で、白い眉毛が鳥の羽のように長い。

　老道士は毎年、冬至の日に一度だけ村に入ってくる。年に一度の雪の市——正確には雪祭りと呼ぶべきだろうが——のために〝雪王子〟を二人選ぶという、特別な役目のためである。雪王子は雪の市で神聖なつとめを果たすとともに、物質的な報酬も得られるので、村人はだれもが、自分の家の子が選ばれるよう希《こいねが》うのである。

　今年の雪王子はこのわたし、上官金童《シャングワンヂントン》である。老道士は高密県東北郷の十八の村や鎮をくまなく歩いて、最後にわたしに白羽の矢を立てた。そのことは、わたしの非凡さを示すもので、母親は嬉しさのあまり涙を流したものだ。たまに表に出ると、女たちが畏敬の眼差しをわたしに向けた。

「雪王子さん、雪はいつ頃降るかねえ？」女たちが甘い声で訊く。

「わしも知らん。いつ頃雪が降るか、どうして分かるもんかね？」

「雪王子が、いつ雪が降るか分からんとね？　そうか、そうか。天の秘密は漏らさないというわけだねえ！」

みんなが雪を待っていた。なかでも待ちわびていたのは、いうまでもなくわたしであった。一昨日の夕暮れ、空に赤い雲がいっぱいに広がったかと思うと、昨日の午後から降り始めた。初めのうち小雪だったのが、そのうち大雪に変わった。ガチョウの羽や鞠かと見まごう雪が舞い飛んで、陽を覆い隠した。そのせいで暗くなるのも意外と早く、沼地では狐や狸が鳴き、表通りや路地で幽鬼がさまよい、身の不幸を訴えて泣き叫んだ。重い雪がボタボタと窓の紙にあたり、白い野獣が窓の張り出しの上に蹲って、太い尾で窓枠を叩いた。

その夜、わたしは気持ちが高ぶって、真偽いずれとも言い難い奇怪な光景をあまた目にしたが、口に出すとつまらぬことに感じられるので、いっそのこと口をつぐんでいることにした。

夜のしらしら明けに、母親が湯を沸かして、顔や手を洗ってくれた。手を洗うとき、おチビさんや、爪をよく洗うんだよと母親は言い、鋏を持ち出して爪を念入りに切ってくれた。最後に額の真ん中に、商標みたいに指で赤い印をつけた。

母親が表門を開けると、老道士はそこで待っていて、白い上着と白い帽子を渡した。どちらも白絹でできていて、つやつや光って、触り心地が抜群だった。ほかに、白馬のしっぽの毛でこしらえた白い払子《ほっす》をくれた。

老道士はみずからわたしの身支度をさせると、庭の雪の上を歩かせてみた。

「善きかな！」と老道士は言った。「これこそ、まことの雪王子じゃ！」

わたしは得意満面、母親と大姐の上官来弟《ライディー》も喜んだ。沙棗花《シャザオホワ》が崇敬の眼差しで仰ぎ見た。なかでも八姐の上官玉女《ユィニュイ》の微笑みは、ケシアザミの花の香りに似て美しかった。司馬糧《スーマアリアン》は冷たく笑っていた。

左に竜、右に鳳の描かれた輿《こし》にわたしを乗せて、男が二人がかりで担いで行くことになった。前を行くのは輿担ぎの王太平《ワンタイピン》、うしろはその兄の王公平《ワンゴンピン》で、これも輿担ぎである。

いささかどもりのこの兄弟、数年前に兵役逃れのため、王太平は自分で人さし指を切り落とし、王公平はハズの油をキンタマに塗りつけて脱腸を装った。ペテンがばれると、村主任の杜宝《ドゥーバオ》船《チュエン》が銃を突きつけて、この場で銃殺か、常備人夫として前線に出て担架隊で負傷兵救出や弾薬運びに従事するか、道は二つに一つだと迫った。二人がアウアウとまともなことばを口にできないでいると、二人の親父で、教会の棟上げの際に足場から落ちて足を悪くした左官の王大海《ワンダアハイ》が、二番目の道を選んでやったのである。

輿担ぎの担ぐ担架は安定がよくて速いものだから、好評で、表彰された。復員に当たって、担架隊の隊長陸千里《ルーチエンリー》は、その功績を証明する手紙を書いてやったものである。

たまたま一緒に人夫に出た杜宝船の弟の杜金船《ドゥーヂンチユエン》が急病で死んだので、二人はその遺体を担いで、千五百里の道のりを苦心惨憺してもどって来た。杜宝船の家に担ぎ込んだはいいが、兄弟がどもっていきさつを説明できないでいると、いきなり杜宝船に横っ面を張りとばされた。二人が杜金船を殺したと言うのである。二人が表彰状と担架隊長の手紙を取り出すと、杜宝船はそいつを奪い取ってビリビリと引き裂いて宙にばらまき、「逃亡兵はどこまでいっても逃亡兵じゃ」と言ってのけた。二人は泣く泣く黙るよりほかはなかった。

こうして鍛えぬかれた兄弟の肩は鉄のように硬く、足の鍛錬も言うまでもない。二人の輿に乗っていると、流れに乗って下る船の上にいるようだった。雪の原野で光の波がさかまき、犬の鳴き声は青銅の音色がした。

墨水河にも、石橋が一つある。橋脚は松の木で、木で支えられた石橋なのだ。

その橋の上に、梁子村《リアンズツウン》の婦人会主任の高長纓《ガオチャンイン》が立っている。おかっぱ頭に、セルロイドの蝶々の髪留め。めくれた唇から紫色の歯茎がのぞき、ハッサクの皮みたいな粗い毛穴の赤ら顔で、顎には鬚を生やしている。その高長纓が、熱っぽい視線を向けてきた。亭主はタンクで肉のミンチにされて、彼女はいま後家なのである。

橋がゆらゆら揺れ、橋板の細長い切石がガタガタと音を立てた。通り過ぎて振り向くと、雪原には足跡の列がいくつもつづいている。それでもなお、大勢の人間が、歩きにくそうにしながらこっちに向かってくる。母親に大姐、それにわが家の子供らやわたしの山羊が見える。山羊に乳当てをしてやるのを、母親は忘れはしなかっただろうな？　忘れたら、山羊が可哀相だ。人の膝を没するこの雪だから、やつの乳房は雪の中に埋まっているに相違ない。家から高台まで十里近い道を、それでは堪ったものではないぞ。

輿担ぎの兄弟がわたしを高台に担ぎ上げると、先に着いていた人たちが、興奮した目つきでわたしを迎えた。男も女も子供も、むりやり物を言うまいと口を固く閉じている。大人はくそまじめな表情で、子供はいたずらっぽい表情で。

門聖武老道士の導きで、輿担ぎの兄弟が、わたしを高台中央の泥煉瓦を積み上げて作った四角い壇の上に担ぎ上げた。そこには長椅子が二脚並べて置かれ、前の香炉には線香が三本立ててある。輿は長椅子の上に置かれたので、わたしは宙ぶらりんになり、寒さが音もなく黒猫のように足の指を嚙み、白猫のように耳を嚙んだ。

線香の燃える音がミミズの鳴き声のように聞こえ、曲がりくねった線香の灰が香炉の中に落ちると、家が焼け落ちるときのような轟音が轟いた。線香の香りが毛虫みたいに、左の鼻の穴から這い込んで右の鼻の穴から這い出して行った。

壇の下には紙銭を焼く青銅の香炉があって、老道士が紙銭を百文、焼いている。炎が黄金の蝶のように金色の翼をヒラヒラさせ、灰が黒い蝶のようにふわふわと飛び立ち、飛び疲れると白い雪の上に落ちて、じきに死んだ。

跪いて雪王子の聖壇を拝した老道士は、王氏兄弟にわたしを担ぐよう、目で命じた。老道士はわたしに一本の杖を渡したが、金紙が巻きつけてあり、先のほうに錫の箔を伸ばしてこしらえた碗がついている。のちによく使われるようになったラバーカップに似たシロモノである。それが雪王子の権威を示す杖であった。その安っぽい杖を振り回せば、たちまち大雪が舞うとでもいうのであろうか？

雪王子に選定したあとで、老道士はわたしに教えてくれた、雪の市の創始者は彼の師匠の陳《チエン》という老道士だったと。その陳道士は、太上老君《たいじょうろうくん》たる老子の命を受けて雪の市を始めたのち、功徳を積んで、羽化して仙人となった。仙人になってからのちは雲にそびえる山の上に住み、松の実を食らい、泉の水を飲むうちに、松の木から柏の木に飛び移り、柏の木から山洞に飛び込んだ、うんぬん。そのとき老道士は、雪王子のつとめをことこまかに説明してくれたのだが、第一歩は祭壇に座って祝福を受けること――先程のがそれだ――、第二歩が雪の市の巡察で、いま始まった。

それは雪王子の晴れの舞台だった。赤や黒のはっぴを着た十数人の男たちが、手にはなにも持っていないのに、それぞれラッパやチャルメラ、大口ラッパ、銅鑼《どら》などを手にした格好をして行進して行く。懸命に吹いているかのように膨らませた頬。銅鑼を叩く男が、左腕を肩の高さまで挙げ、右手は銅鑼の紐をしっかと握ったさまをして、三歩進むごとにひと打ちすると、ジャーンと音がこだまを呼んで遠くまで伝わっていくかのようである。王氏兄弟は、バネ仕掛けのように両足を弾ませながら進んで行く。

市に集まった人々は、みんな一時商いを止めて腰を伸ばし、恭しく手を脇に垂らして瞬きもせず、雪王子の行列に見入る。よく知った顔や見知らぬ顔。どれも雪の白さとの対比で、色が濃く見える。赤いのは棗《なつめ》のようで、黒いのは炭団《たどん》、黄色いのは蜜蠟で、青いのはニラだ。

わたしが手にした杖をみんなに向けて振ると、みんなはたちまち不安げにざわめきたち、垂れていた手を動かし、叫び声を上げるかのように口を開ける。だが、声を出す度胸のあるものはだれもいないし、またそんな気にもならない。老道士から言い渡されたわたしの神聖なつとめは、声を出す者がいたら、杖の先の錫の碗でその男または女の口を塞ぐことであった。そうしておいて引き抜くと、その者の舌が抜けてしまうのだ。

声無き叫びを上げる人の群れの中に、わたしは母親と大姐を見つけた。沙棗花や司馬糧もいる。わたしの山羊は乳当てどころか、口にマスクまでしてもらっている。白布でこしらえた円錐型のやつを口にかぶせ、白い紐を耳のうしろに回して結んである。雪王子の家の者は声を出してはならないきまりなので、山羊といえども例外ではないというわけだ。わたしがみんなに向けて杖を振ると、みんなは手を挙げて応えた。いたずら好きの司馬糧は、両手を筒状に丸めて両目の上に置いて、望遠鏡の格好をしてみせた。沙棗花の顔は、深海の魚のように鮮やかだった。

雪の市に出される品物はさまざまだったが、品物べつに、それぞれ市が立っている。声無き儀仗隊に導かれて、わたしは蒲履《がまぐつ》の市へと入っていった。ここで売っているのは、蒲履ばかり。打って柔らかくした蒲《がま》を編んでこしらえた蒲履。高密県東北郷の人々は、もっぱらこの蒲履で冬を越すのである。

五人の息子のうち、四人まで戦争で殺され、残った一人も労役刑をくらわされた胡天貴《フーティエングエイ》が、村の蒲履作りの名人の裘黄傘《チオウホワンサン》と値段の駆け引きをやっている。柳の棒きれを杖に、顎につららをつけ、頭は白い布で包んでいるが、上半身にはぼろぼろの麻袋《マアダイ》をひっかけたなりの胡天貴が、腰をかがめて、黒い指を二本出す。裘黄傘が三本の指を突き出して、相手の二本を押さえつける。胡天貴は執拗に指二本を反らそうとし、裘黄傘は三本でそれに反撥する。

四、五回それをくり返すうちに、手を引っ込めた裘黄傘がお手上げだといった苦痛の表情を浮かべると、櫛の歯状に連ねた蒲履の中から、蒲の先のほうで編んだ緑がかった劣悪なやつを下ろした。胡天貴は口をパクパクさせて、声を出さずに怒りの表情をしてみせた。胸を叩き、天を指さし、地を指さすなどしたのは、どういう意味か分からなかったが、どういう意味にも取れた。棒きれで蒲履の山をかき分けると、蒲の根のほうを使った、黄色で底のしっかりした物のよい一足を選び出す。その柳の棒きれを払いのけた裘黄傘は、指を四本伸ばして、絶対退かぬというふうに、胡天貴の顔の前に挙げてみせる。

胡天貴は、またもぼろ麻袋を揺らしながら、天を指さし、地を区切るような仕草をしてみせた。腰をかがめると、選んだ蒲履を自分の手ではずして、握ってみる。足を蹴るようにして底の剝がれたぼろゴム靴を脱ぎ捨てると、棒きれに身を預けたなりで、垢だらけの足をブルブル震わせながら蒲履に突っ込む。そうして、ズボンの繕いの間から皺くちゃの紙幣を二枚探り出して、裘黄傘の前に投げた。

裘黄傘は怒りの表情も露わに、声を出さずに罵り、地団駄踏んでみせたが、結局はそのぼろ紙幣を拾い上げると皺を伸ばし、端をつまんで周りの人間に振って見せた。同情のしるしに首を横に振る者、曖昧にニヤニヤする者など、周りの反応はさまざまだ。棒切れを杖に、胡天貴は、一寸刻みの足取りでとぼとぼと行ってしまった。両足は棒のように突っ張ったままだ。

口八丁手八丁の裘黄傘になんの好感も持っていないわたしは、やつがかっとしたあまりに、それを忘れてなにか言うのを密かに心待ちにしていた。そうなれば、ほんの一時だけの権威を使って、この杖であの長い舌を引き抜いてやる。

ところが、なかなかに頭の回る裘黄傘のやつは、わたしの心を見抜いたように、明らかに前もって用意して天秤棒にひっかけてあった蒲履の中に、その薄紅色の紙幣を押し込んだものである。そいつをはずしたのを見ると、蒲履の編み目には、色とりどりの小銭がいっぱい詰まっている。裘黄傘は、媚びるような目をわたしに向けている周りの蒲履作りたちのほうを手で逐一指さして見せ、ついで蒲履の中の小銭を指さして見せてから、恭しい仕草でそれをわたしに投げた。蒲履は腹に当たって、足下に落ちた。紙幣が何枚か飛び出したが、そこには、肥えた綿羊の群れが、毛を刈られるか、屠殺されるかするのを待つかのように、ぼんやりと立っている。

そこからまた前に進むと、小銭を入れた蒲履がさらに何足か投げ込まれた。

食い物市では、趙甲《ヂャオヂア》の後家の方梅花《ファンメイホワ》が、平底鍋で包子《バオズ》を揚げるのに大わらわである。かたわらの麦藁で編んだ筵《むしろ》の上には、息子と娘が一枚の布団にくるまって、四つの目できょろきょろ見回している。コンロの前には、汚い机が何脚か並んでいる。葦席《ウェイシー》［葦を細かく裂いて編んだ硬い茣《ご》蓙《ざ》］売りの大男が六人、その側にしゃがんで、一枚ずつに剝がしたニンニクを添えて、パリパリ音をさせて包子を食っている。両面をこんがりきつね色に揚げた熱々の包子は、嚙むと赤い油がにじみ出て、男たちは口の中でシューシュー息を吸う。側の包子売りや焼売《シュウマイ》売りは、屋台に貼りついてはいるものの客がなく、手持ちぶさたに鍋の縁を叩きながら、羨ましげな視線を後家の店のほうに投げている。

わたしの輿が通りかかると、趙の後家は紙幣を一枚包子に貼りつけ、わたしの顔を目がけて投げてよこした。わたしがとっさに頭を下げたものだから、包子は王公平の胸に当たった。後家は手拭きで手を拭きながら、さもすまなさそうな顔になった。青白い顔に、二つの落ちくぼんだ眼窩。その周りには紫色の隈ができている。

痩せた背の高い男が、生きた鶏を売っている屋台を突っ切るようにしてやって来た。雌鶏が怯えたように鳴き声をあげ、屋台の婆さんがしきりにそっちのほうへうなずいて見せる。ぴんと伸ばした躰を拍子をつけて上に弾ませる奇妙な歩き方で、一歩ずつ大地に根を生やそうとしているみたいだ。

男がだれか、わたしには分かった。活難教《かつなんきょう》の門徒の張天賜《ヂャンティエンツー》だ。あだ名で〝天老爺《ティエンラオイエ》〟［天上世界のお方というほどの意味］と呼ばれているこの男は、死人を故郷に連れもどすという奇怪な仕事を職業としている。死人を歩かせる魔法を知っているのである。高密県東北郷の人間で旅先で死んだ者は、この男に連れもどしてもらうし、ここで死んだ他郷の人間も、この男に送り返してもらう。はるばる野を越え山越えして、死人をおとなしく歩かせられる人間が、畏敬されるのは当然ではないか。この男の躰はいつでも塩漬け肉の臭いを発散させており、どんなに凶暴な犬でも、この男を見るとおっ立てていたしっぽを足の間に挟んで、こそこそと逃げてしまう。

後家の屋台の前の腰掛けに腰を下ろすと、張天賜は指を二本突き出した。後家は手まねのやりとりで、二個や二十個ではなくて、二鍋分の五十個のことだとじきにのみこんだ。後家は素早く包子の支度にかかったが、この大食漢のお出でに、顔も生き生きしてくる。反対に、かたわらの屋台の主どもが、穏やかならぬ目つきになってきた。連中が口をきくのを心待ちにしていたが、焼き餅ぐらいで連中の口を割らせることはできなかった。

張天賜は静かに座って、後家の手元を見つめている。両手はじっと膝に置き、腰からは黒い布袋がぶら下がっている。中になにが入っているかはだれにも分からないが、秋も深まった頃、この男は大仕事を引き受けた。関東《グワンドン》［山海関から東＝東北地方］から来た商人で、高密県東北郷の艾丘村《アイチユウツウン》で客死した撲灰年画《プウホエニエンホワ》［木炭の粉をはたいて描く高密県に独特のお正月の飾り絵］売りがいる。

そいつを送り返すというのである。死んだ商人の息子が出てきて値段の相談をまとめると、自分は迎えの支度をすべく、住所を言い置いて一足先に帰ってしまった。山坂越えての長旅である。今度ばかりはいかな張天賜でももどっては来られまい、そうみんな思ったものだ。

　ところが、もどって来たのだ。それも、どうやらたったいま。あの黒い布袋の中に詰まっているのは、カネだろうか？　足下の草臥れきった麻鞋からは、小さなサツマイモを思わせる腫れた足の指や、牛の関節ほどもあるくるぶしの骨などがのぞいている。

　真っ白な白菜を抱えたコメツキムシの妹の斜眼花《シェイエンホワ》が、輿の側を通りかかり、色っぽい黒目でわたしのほうに流し目をくれる。白菜を抱いた手が、凍えて真っ赤だ。

　彼女が趙の後家の屋台の前にかかると、後家の手が突然激しく震えだした。この二人、顔を合わせればいがみ合う敵同士なのだ。だが、亭主を殺された恨みにもかかわらず、趙の後家は口をきいてはならないという雪の市のきまりを破りはしなかった。ただ、怒りで血がたぎるのが見て分かった。

　腹を立てても商売の手は抜かないのが、趙の後家のいいところである。厚い湯気を上げている一杯目の包子を鍋から掬って白い大皿に移すと、張天賜の前に運んだ。張天賜が手を差し出しても、後家はぼんやりしていたが、すぐに気がつき、自分の迂闊さを責めるように油でべとつく手で額を叩いてみせると、缶から丸々とした紫ニンニク［皮が紫で、皮の白いのより辛い］を二つ選りだして、張天賜の手の中に置いた。ついで小さな碗に胡麻ラー油をよそい、特別サービスとして張天賜の前に置く。

莫蓙売りの男たちが後家のほうに不満げな目を向け、そっちにばかりお上手するのもいい加減にしろと、目で文句を言った。張天賜は落ち着き払って、包子が冷めるのを待ちながら、ゆっくりとニンニクを剝いていく。真っ白いかけらを大小の順に丁寧に食卓の上に並べていって、一列縦隊をこしらえる。その後も、大きさの似たかけらの位置を、なんとかぴったりするまであれこれずらしつづける。

やがてわたしの乗った輿が白菜市に回ったところで、変人張天賜が包子を食い始めたのを遠目に見た。その速度たるや驚くべきもので、食べるというより、大きな瓮にでも詰め込んでいるというほうが当たっていた。

あの男が大声で死人を呼んだときの情景が、喉に刺さった魚の骨みたいに、吐き出さないと気持ち悪くて仕方がない。

北風のビュービュー吹く午後のことだった。関東の商人の息子が、馬車を一台に人夫を四人雇って、父親の遺体を艾丘村からわが村まで運んできた。わたしと司馬糧が通りで遊んでいると、張天賜の家を訊くので、司馬糧が先に立って案内してやった。

張天賜の家は村の西南の隅にあったが、通りからは離れていた。屋敷の塀が異様に高く、ぴったりと閉ざされた表門には、くねくねと呪文の文句を書いた黄色い紙が貼ってあった。司馬糧は肥った息子にその表門を指さして見せると、さっとわきに寄った。商人の息子は紙幣を一枚、司馬糧の手に握らせると、門の前まで行って、しばらくためらったのち、手を挙げて門環を叩いた。

二度叩いただけで、門がひと筋開いて、張天賜が朱色に塗った顔を突き出した。

送ってきたかね？　張天賜が訊いた。狐の襟のコートを着た商人の息子は、振り向いて、黙ったまま門の前に停めてある馬車を指さした。手を突き出した張天賜が、もらいましょうか、と言った。商人の息子は、ふところから紙包みを取り出すと、言った。これは決まりのカネでございます。臘月《ラーユエ》［陰暦十二月］四日までに送り届けていただけましたら、必ずお祝儀をさしあげます。その額はでございますが……。張天賜が言った。金剛砂の錐もないのに、瀬戸物の欠け継ぎを引き受けるバカはいませんん。安心してもどって、臘月の四日に〈福の神〉をお迎えする支度をしてください。もしも期日に遅れたら……、と息子が言った。そのときは一銭もいただきません、と張天賜が言った。もしも五体満足でなかったら……、と息子。あんたの父親の躰のどこが欠けても、わしの躰で補いましょう、と張天賜。どうにもしっくり腑に落ちませんので。わたしのところまでは、少なく見積もっても千里はありますし、山を越え河を渡って、はたして……、と息子。やるのか、やらないのか、どっちだね？　やらないのなら、さっさとどこかへ行ってしまえ！　わしら活難教には三千の師匠や兄弟がおって、中国のいたるところで死体を歩かせて回っておるが、間違いがあったなどとは、一遍も聞いたためしがないんだぞ！　と張天賜。どうぞ腹を立てないでください。あなた様を疑うはずがないじゃありませんか。疑うくらいなら、父親を運んで来たりはいたしません。じゃ、お約束しましたよ。臘月四日には、私どもで大宴会を整えて、福の神をお迎えいたしますからね！　みんな、担ぎ込んでくれ！　と息子。

短い上着の仕事着姿の人夫が四人して、急ごしらえの担架で、商人を馬車から用心深く担ぎ下ろした。牛のような体格の商人は、水瓮のような大きな腹を突き出していた。半分禿げた大きな頭には、黄色い紙が貼られている。どう見ても二百斤［百キロ］はありそうなシロモノで、生きていた頃でさえ、歩くに骨が折れたに相違ない。それを、死んでから、どうやって自分で歩いて千里かなたの関東の家までもどれるというのだろう？

ついでに説明しておくと、高密県東北郷の東北の端の平度州《ピンドゥーヂョウ》に接する大きな村が艾丘で、明の頃から撲灰年画が作られるようになった。これが東北三省でよく売れるところから、毎年冬になると、これを売る東北商人がやって来て腰を落ち着け、酒を飲み女を買いながら、画のできるのを待つというわけだった。そうした商人はみな金持ちだった。

まあ、そんなことはどうでもいい。肥っちょのこの年画売り商人の重さに、右側の人夫二人は汗びっしょりだったが、左の二人はそれほどでもなかったのは、いわゆる〝死体偏重〟現象であろう。

四人の男たちが担架を門のうちに運び入れると、張天賜はそこで担架を下ろすように命じた。ついで、あらかじめ目隠し塀の外に用意してあった莫蓙の上に死者を移させると、ぴしゃりと言った。「さあ行ってくれ。わしは死人の霊気を迎えねばならんから」

商人の息子は、まだなにか言いたそうにしたが、張天賜はさっと外に押し出して、門をバタンと閉めてしまった。担架を担いだ四人は、魔法にでもかけられたようにぼけーっとしてしまっている。商人はカネを取りだして、賃金を払ってやったが、もう一度門に歩み寄って、門の隙間から中の様子を覗こうとした。ぴったり閉まっていて、なにも見えない。それではと、耳を門に貼りつけて、中の物音を聞こうとやってみたが、中は墓場のようにしんと静まり返っている。青煉瓦を積んだ屋敷の塀は屋根よりも高く、おまけにてっぺんには金網が張ってある。

張天賜の屋敷は、見ただけで足のすくむような構えだった。魯立人《ルーリーレン》と上官盼弟《シャングワンパンディー》が立ち上げた貧農団ですら、張天賜の富が中農以上であるに違いないと睨みながら、そしてまた、れいの硯を玩具にするのが好きな大物からは、中農一人を闘争にかけることは野兎十四を殺すに勝ると言い聞かされていたにもかかわらず、踏み込むことを躊躇ったほどなのである。

年画売り商人の息子はどうするすべもなく、馬車とともに行ってしまった。わたしたち子供らは十数人、門の怪しげな呪《まじな》いを見ていたが、そのうちだんだんと気味が悪くなり、じりじりと後退りした。だれかが「亡霊が来たッ！」と叫んだので、走って逃げ出した。死体の亡霊を始末した経験から、わたしは大きな木を目がけて走り、直前で曲がった。ぶつかったのは亡霊ではなく、すぐうしろを走っていた司馬糧で、柳の大木にぶち当たって唇を切った。

張天賜が死人を連れて出発する日、村人たちは早くから門の外につめかけて待っていた。

夜明けが近づいたが、白く大きな月はまだ沈まず、東の空の際に薄紫の雲がかかったが、太陽はまだ頭を出さない。わたしたちは鼻をかむのさえ我慢して、静かに立っていた。風はなく、霜の気配が骨を刺した。ほかの人間はいざ知らず、わたしは寒さで歯をガチガチ鳴らしていた。遠くの湖が銀色に光り、薄氷の上では白いガチョウが数羽、首をねじって背中の羽を嘴で突っついている。

張天賜の家の煙突からは、ものすごい白煙が上がっており、屋敷の中では軽い咳の音がしている。そのうち、屋敷の中が炎の色で真っ赤に染まり、紙を燃やした灰が、熱気とともに無数に空中に舞い上がった。吐き気を催すような奇怪な線香の香りが、あたりに広がった。

やがて火は収まり、煙突からも煙が出なくなった。屋敷はぼんやりとした紫色に包まれて静まりかえり、湖に憩うガチョウの屁の音さえ聞こえるほどだった。奇怪な線香の香りはますますひどくなって、人々は着物の袖で口や鼻を覆った。

そうして長い時間が経って、上等の綿布を裂くような音とともに、表門がついに開いた。真っ黒な袷の上着に、おなじく真っ黒な細身のズボン姿で、足下は麻鞋、頭に黒い傘に似たラシャの帽子を被った張天賜が出てきた。左肘に黒い竹籠をひっかけ、右手で黒い紙を貼った提灯をぶら下げており、提灯には小さな明かりが点っている。

躰を開いて門の脇にたつと、低く、だが厳しい口調で、門の中に向かって言った。

〈福の神、お出ましじゃ！〉

白い月明かりの中で、肥った死人が、目隠し塀の外に立っていた。だぶだぶで長く、上から下まで筒状になった袖無しの黒い物を着ている。丸い大頭は黒い布で包み、その上から真っ黒な麦藁帽子を斜めにかぶせてある。着物の裾は地面に引きずっているので、足は見えない。

その死人が、黒い鉄塔のように重々しく動いた！　わたしたちは自分の目が信じられなかった。全身硬直しているくせに、確かに移動しているのだ。

銀色の清らかな月光を浴びて、門の入り口まで移動すると、突然停まった。高い躰が揺らいで、前に倒れそうになる。頭のほうが重そうだった。黒い着物の中から、鼻をつく線香の香りが漏れてくる。
門に大きな真鍮の鍵をかけると、張天賜は、福の神の前に歩み寄ってしゃがみ込み、竹籠から紙を一かさね取り出し、火を点けて燃やした。炎の明かりの中で、死人の黒い着物が微かに震える。燃やし終えると、張天賜は叩頭の礼を一つした。起き上がって、低く呪文を唱える。それがすむと、死人の前まで進み、躰を開き気味にしながら、低く言った。

〈福の神よ福の神、我について来たまえ。故郷にもどって、祖先の墓に葬ろう。孝子賢孫が、首を長くして待っているぞ。福の神よ福の神、道中無事でありますように〉

そのことばが終わると、張天賜は紙銭を一枚投げ捨てて、ゆっくりと前に進んで行った。黒い提灯の明かりが、鬼火のようにキラキラ光る。張天賜の言うまま、死人がさもいやそうにゆっくりと前に移動して行った……

やはり話を雪の市にもどそう。無事につとめを果たし、大金を稼いでもどってきた張天賜は、白菜を抱いた斜眼花と一緒に行ってしまった。彼女の水のように柔らかな情けで、千里の道をたどってきた旅の垢を落とすつもりなのだろう。
市を巡視するわたしのつとめも終わった。声無き楽隊が、わたしを塔の前まで導いた。輿を下ろした王氏兄弟が、わたしを両脇から抱え下ろしてくれたが、両足が痺れたわたしは、痛くて地面を踏めなかった。輿の中には、蒲履が十数足に汚い紙幣などがあったが、これらは雪王子への捧げ物だからわたしのもの、いわばこの役柄に対する報酬だった。

いまにして思えば、雪祭りは実のところ、女の祭りであった。雪は布団のように大地を覆い、大地を潤わせ、大地に生気を孕ませる。雪は万物を育む水であり、冬の象徴というより春の知らせなのだ。雪がやって来ると、生気鬱勃たる春は駿馬に跨って走り出すのだ。

塔の下には小さなお籠もり部屋があった。室内には神仏はなにもお祀りしてはいないが、じつは塔をお祀りしているのである。

部屋の中では、淡白な匂いの細い線香が焚かれている。その香炉の前に大きな木の盆が置いてあり、中に汚れのない白雪がいっぱい詰まっている。そのうしろに四角な腰掛けがあるのが、雪王子の座である。そこに腰を下ろすなり、わたしは、いちばんドキドキする雪王子の最後のつとめを思い出した。

お籠もり部屋と外界とを曖昧に隔てている白い紗《しゃ》の暖簾を掲げて、老道士が入ってくると、白絹の切れでわたしに目隠しをした。前もって言い含められていたので、つとめを果たす間、この切れを取ってはならないことをわたしは知っていた。

老道士がそっと出て行く気配がすると、室内はわたしが息をする音、心臓のドキドキする音、線香の燃える音だけになり、外でみんなが雪を踏む音までかすかに聞こえてきた。

若い女が入ってきた。顔の白絹の切れを通して、ぼんやりと背の高い人だと分かった。豚の毛を燃やした臭いがするところからして、この大欄鎮《ダアランヂエン》の人間ではなくて、きっと沙梁子《シャリアンズ》村《ツウン》の者だ。

あの村には、ブラシを作る手仕事の作業場がある。むろんどこから来た女であろうと、雪王子は一視同仁でなければならない。

わたしはすぐさま、両手を前にある盆の雪の中に突っ込んだ。清らかな雪で汚れた手を清めるのである。ついでその手を挙げ、前に突き出した。きまりでは、来年子を授かりますようにとか、乳の出がよくなりますようにとか、乳房が健康でありますようにとか、そうした願をかける女たちは襟をくつろげ、乳房で雪王子の両手をお迎えするはずである。なるほど、わたしの冷たい手は、柔らかで温かい二つの肉の塊に触れた。わたしは眩暈を感じ、暖かな幸福感が、両手を通して素早く全身に伝わった。女がこらえ切れない喘ぎを漏らすのを、わたしは聞いた。二つの乳房は熱い鳩みたいに、わたしの手の中にほんのしばらく止まって、飛び去った。

最初の乳房が満足いくまで触らないうちに飛び去ったので、いささかがっかりするとともに、今度こそとの思いで、神聖な清潔さを取りもどすべく、ふたたび手を雪の中に突っ込んだ。じりじりしながら待つうちに、次のやつがやって来た。今度はそうあっさり飛んで行かせてなるものかと、かじかんだ手でぱっとそいつを摑んだ。可愛らしくてよく弾む乳房で、硬からず柔らかからず、蒸籠《せいろう》から取り出したばかりのマントウみたいだ。見るわけにはいかなくとも、それらが白くてすべすべだと分かっていた。乳首は小さな茸のようだ。そいつをひねりながら、わたしは最大の祝福を心に唱えた。

――いっぺんに三人の丸々とした赤ちゃんが生まれますように、一ひねり。

――お乳が泉のように湧き出ますように、一ひねり。

——お乳が甘く美味しい味がしますように、一ひねり。

女は低い呻き声とともに、もがいて乳房をもぎ放した。ショックだった。がっくり気落ちし、やり場のない恥ずかしさを感じた。おのれを罰するべく、わたしは両手を深々と雪の中に突っ込んだ。指の先がつるつるした底に触れた。やがて引き抜いたときには、両手と腕の半分は、麻痺して知覚を失っていた。清めた両手を挙げて、雪王子は高密県東北郷の女たちのために祈った。

意気阻喪したわたしの手に、だらんと垂れた袋みたいな乳房が触れた。撫でても、人に馴れない雌鶏みたいにギャアギャア喚いて、肌に細かい鳥肌を立てた。わたしはそのしなびた乳房を指でちょいとつまんでおいて、手を引っ込めた。女は白絹で覆ったわたしの顔に、錆《さび》の臭いを吐きかけた。雪王子は一視同仁、あんたのために祈ってあげよう、男の子が欲しければ男の子が、女の子が欲しければ女の子が生まれますよう、乳も欲しいだけ出ますようにと。あんたの乳房はいつまでも健康でいられようが、青春を取りもどそうとしても、この雪王子にはなんとも仕様がないのじゃ。

四対目の乳房は、気性の荒い鶉《うずら》のようだった。褐色の羽毛、硬い嘴、短く強い首。そいつはわたしの掌を、つづけさまに激しく突っついた。

五対目の乳房の中には、蜂の巣が二つも隠されていたようで、わたしの手が触れた途端に、中でブンブンウオンウオンという音が起こった。蜂の襲撃で、乳房の表面はかっかと熱くなった。わたしは手がジンジンしびれ、ありったけの祝福を与えることになった。

その日わたしが触った乳房はおよそ百二十対で、そのうちいくつかの感触や記憶は一冊の書物のように重なっていて、それらは一ページずつめくって見せることもできた。ところが、そうしたすっきりした記憶が、最後に一角獣によってめちゃめちゃにされてしまったのだ。そいつは、手当たり次第に突っかかっては、野菜畑に乱入した犀か野牛みたいにわたしの記憶に地震を起こしやがった。

そのときわたしが、腫れて感覚の鈍麻した両手を差し伸べていたのは、雪王子のつとめを果たすべく、次の乳房を待っていただけのことだった。乳房の代わりに、聞き覚えのあるホホホという笑い声が耳に入った。赤い頬、赤い唇、黒い瞳……片乳の金《ヂン》だ。若くて色気のある女の顔が、突然わたしの脳裏に浮かんだ。

左手は女の巨大な右乳房に触れたが、右手が空を摑んだので、間違いなく来たのが片乳の金だと分かった。油屋をやっていた淫乱なこの女後家は、闘争大会で危うく銃殺されかかった後、村いちばんの貧乏人——家の一間も土地の一坪も持たない、片目の乞食方金《ファンヂン》の嫁になって、赤貧農の女房に変身したのである。亭主が片目で女房が片乳というのは、まったく似合いの夫婦ではあった。ただ、片乳の金はそれでおとなしくなったわけではなく、村の男たちの間で語られる彼女の変態性愛の有様については、よくは分からないながらも、何度か聞かされていた。

こっちが左手で摑んでいると、相手は左手でわたしの右手をも引き寄せた。両手でこの上なく発達した片乳を持ち上げると、ずっしりと手応えがあった。相手は自分の乳房の表面をくまなく撫でるよう、わたしを導いた。

それは右胸ににゅっと突き出た孤独な峰であった。上半部はなだらかな斜面をなし、下半部はやや垂れ気味の半球体である。わたしが触った中では温度がいちばん高くて、疱瘡に罹った雄鶏みたいに、パチパチ火花を散らすほどに燃えていたが、あれほど燃えていなければもっとすべっこかったに違いない。申し分のないすべっこさだったが、ような膨らみがあり、膨らみのさらに膨らんだところが、やや上向いた乳首である。まず盃を伏せたム弾のように硬くなったり柔らかくなったりしているうちに、ひんやりとした粘液が数滴、わたしの手についた。

わたしは突然、この村で遠い南方まで絹物を売りに行ったことのある小男の石賓《シービン》が、蒲履を吊す穴蔵で話してくれたことを思い出した――金というやつはパパイヤみたいに淫乱な女で、ちょっと手を出すと、じき白い汁を垂らしやがる。パパイヤは、片乳の金の乳房みたいなんだろうか？　パパイヤなんて見たこともないが、そいつが醜くて、しかも魅力の溢れているのが、感じで分かった。

雪王子の行う神聖なつとめは、片乳の金のおかげで邪道に入ってしまった。わたしの手は、海綿のように片乳の暖かみを吸い取ったが、彼女のほうもわたしに撫でられて、大きな満足を手にしているようだった。子豚のような呻き声とともに、彼女はわたしの頭をぎゅっとふところに抱き寄せた。燃えるような乳房が、わたしの顔を焼いた。彼女が狂おしく呟くのが聞こえた。

「おまえ……わたしの息子よ……」

雪祭りのきまりが破られたのだ。

ひと言でも口にすれば、災いがやって来る。

老道士の住処《すみか》の前の空き地にカーキ色のジープが停まり、中から軍服姿で、胸に白い印をつけた公安兵士が四人、飛び下りた。素早い動作で、豹のように老道士の家に飛び込む。数分後、手首に銀色の手錠をかけられた老道士が、えり首を摑まれ小突かれながら出てきた。老道士は悲しげな目でわたしを見たが、ひと言も言わずに、おとなしくジープに乗り込んだ。

それから三月後、反動的な会道門《ホエダオメン》［民間の迷信団体や秘密結社］の親玉で、しょっちゅう高い丘の上から信号弾を打ち上げていた［古典的スパイのイメージを語るきまり文句］隠れ潜んだ特務の門聖武は、県城の断魂橋《ドワンホウンチアオ》のほとりで銃殺された。目の見えない彼の犬は、ジープを追って雪の上を走っていて、ジープに乗っていた射撃の名手に頭蓋骨をうち砕かれた。

二

大きなくしゃみを一つして、わたしは夢から醒めた。石油ランプの黄色い光が、油で汚れた壁を照らしている。ランプの下では、母親が金色に輝く鼬の毛皮を撫でている。その膝には青色の裁ちばさみが載っている。鼬のふさふさしたしっぽが、母親の手の中で躍る。

わたしはオンドルから跳び下りた。尿瓶がたちまち激しい水音を立てる。オンドルの前の腰掛けには、カーキ色の綿入れの軍服を着た、垢だらけの猿のような人間が座っている。男は欠けた指で白髪頭を苦しげに掻いた。

「金童《ヂントン》だな？」男は用心深く訊ねたが、二つの黒い目からは、親しげな光が気弱そうに射している。

「金童。この人はね、司馬の……お兄さんだよ……」母親が言った。

なんと、それが司馬亭《スーマアティン》だった。数年見ないうちに、すっかり変わってしまった。松の木を組んだ見張り塔の上で、かつてあれほど生き生きとしていた大欄鎮の鎮長司馬亭はどこへ行ってしまったのだろう？　あの小さな人参みたいな赤い指はどうなってしまったのか？

神秘な騎馬の人物が司馬鳳《スーマアフォン》と司馬凰《スーマアホワン》の頭を打ち抜いたとき、司馬亭はわが家の西棟のロバの飼い葉桶から、鯉が跳ねるように跳び出した。鋭い銃声に錐のように鼓膜を突き刺されながら、焦れたロバみたいに臼の周りを何度もバタバタと走り回った。馬蹄の音が潮のように路地を通り過ぎて行く。こんなところに隠れて殺されるより、ひと思いに逃げよう、そう彼は考えた。

逃げてよかった、とのちに彼は思った。司馬鳳や司馬凰まで銃殺されたことが分かってみると、九死に一生を得たとつくづく感じた。連中に捕まっていたら、この司馬亭に活路はなかった。かつて鎮長や維持会の会長を務めたことは言うまでもなく、この自分が司馬庫《スーマアクー》の兄だということだけで、連中はその場で一寸刻みにしたたに相違ない。

頭から麦糠《むぎぬか》を被ったなりで、わが家の低い南塀を乗り越えたのはいいが、犬の糞を踏んで、滑って仰向けに倒れた。そこへ路地で騒がしい人声がしたものだから、慌てて古い積み藁のうしろまで這って行って、身を潜めた。積み藁の穴の中では、真っ赤な鶏冠をした雌鶏が、這いつくばって卵を産んでいるところだった。

つづいて門を叩き破る重々しい音がしたかと思うと、黒い布で覆面をしたいかつい体格の大男たちが塀際に回り込んで来た。底の厚い布鞋《ブウシェ》を穿いた大きな足が、塀際の枯れた雑草を粉々に踏みしだく。黒いモーゼル拳銃を手にした男たちは、遠慮会釈のない荒々しい動きを示し、黒い燕のように塀を乗り越えた。どうやら大物の側にいた陰険な護衛らしかったが、どうして顔を隠すのか、司馬亭にはわけが分からなかった。のちに司馬鳳や司馬凰の死を知ったとき、鈍い頭にやっと細い隙間が走って、あれこれとのみこめたような気がしたものだ。

男たちが屋敷の中に突っ込むと、司馬亭はなりふり構わず積み藁の中にもぐり込み、結末がつくのを待っていたのである。

「弟は弟、わしはわしじゃ」と、ランプの下で司馬亭は言った。「それぞれ別扱いでいいじゃないか、あんた」

「だったら、叔父さんと呼ぶかね。金童、これからは司馬の叔父さんだよ」と母親が言った。

わたしは指の欠けた男に向かってうなずいてみせると、夢うつつのままにオンドルに這い上がり、布団にもぐり込んだ。夢の世界に入る前に、司馬亭がポケットから金色に光る勲章を取り出して母親に渡すのを見、くぐもった声で体裁悪げに言うのを聞いた。

「わしは罪滅ぼしをして、表彰されたんじゃよ」

あの夜、積み藁の中から這い出した司馬亭は、闇にまぎれて村から逃げ出した。半月後、担架隊に引っ張り込まれ、色の黒い若者と組むことになった。

そうして表彰されるにいたる小説めいた経験をくどくど語ったが、まるで自分の過ちをごまかそうとして嘘をつく子供のようだった。母親の頭が灯火の影で重そうに揺らめき、顔は黄金を塗ったようだった。輪郭のくっきりした大きな口をちょっぴり上向きに突き出したところは、皮肉っぽい微笑ともとれる。

「本当のことなんじゃ」と、司馬亭が不満げに言った。

「信じてもらえんとは思うが、この大きな勲章は、わしがこしらえたのではあるまいがな？　こいつは、命と引き替えに手に入れたんじゃから」

イタチの毛皮を鋏で裁つ音がして、母親が言った。「司馬の兄さん、だれも嘘とは言うてませんよ」

司馬亭と色の黒い若者は、胸に弾をくらった連隊長を担いで、原野をよろよろと走っていた。飛行機が緑の光を煌めかせながら、空中を飛ぶ。砲弾や銃弾が明るい尾を引きながら夜空を切り裂き、交差しながら千変万化の密集した火網を作り出す。砲弾の炸裂する光が、緑の稲妻のように震えながら、二人の足下の不規則に起伏する田の畦や、収穫がすんでかちかちに凍った水田を照らし出した。

田んぼに散り散りになった民間の人夫たちは方向を見失って、担架を担いで右往左往、走り回っている。寒い闇の中で、負傷兵の凄惨な叫びがあちこちで起こる。お母ちゃん、痛いよう……。班長、お願いだァ。ひと思いに一発ぶち込んでくれェ……。

担架隊を率いていたのはおかっぱ頭の女の幹部で、赤い絹をかぶせた懐中電灯を手に、田んぼのあぜ道に立って大声で叫んでいる。

「走っちゃダメ！　走らないで！　負傷兵に気をつけて……」

硬い靴底で乾いた砂を擦るような嗄れた声だ。炸裂する砲弾の光が、その顔を緑色に照らし出す。首には汚れたタオルを巻きつけ、腰に締めた革ベルトからは、木の柄の手榴弾を二発、それにホーロー引きのカップをぶら下げている。

この日の昼間、臙脂色の上着を身につけ、担架隊を率いて前線を飛び回っていた活発なあの女だ。その様子は、あたかも場所柄もわきまえず前線に迷い込んできた蝶のようだった。

数知れぬ爆弾の炸裂がもたらす灼熱した気流が、地下三尺も凍る厳寒の冬を陽春三月に変えてしまった。司馬亭は昼間、熱血で解けた積雪のかたわらに黄色いタンポポが咲き誇っているのを目にした。塹壕の中では、兵隊たちが車座になって食事中だった。白いマントウに黄色いネギを添えて、ガリガリとその美味そうなこと。空腹で腹を鳴らしていた司馬亭は、その匂いだけで涎が出そうだった。折り畳んだ担架の上に腰を下ろした人夫たちは、携帯食の袋から、凍って氷のかけらみたいになったコーリャン握り飯を摑みだしては、浮かぬ顔でポリポリ噛んでいた。見ると向こうの塹壕で、蝶のような民間人夫隊の隊長が、腰にピストルをぶら下げた幹部と談笑している。どこかで見たようなその幹部と連れだって、土の香りの真新しい塹壕沿いに、こっちへやって来た。

「同志のみなさん、呂《リュイ》連隊長がみなさんの顔を見に来られましたよ！」と女隊長が言った。

人夫たちはかしこまって立ち上がった。司馬亭は棗色の連隊長の顔の濃い眉毛を見つめながら、この男の過去を思い出そうと頭を絞っていた。

連隊長は丁寧な態度で言った。「さあ、みんな座って、座って！」

人夫たちは腰を下ろすと、つづけてコーリャン飯を噛んだ。

「この土地のみなさんにお礼を言いますぞ！　ご苦労さんです！」と連隊長が言った。

人夫たちの大部分は知らんぷりだったが、かしら分の何人かが「ご苦労さんです、隊長さん！」と叫んだ。

司馬亭はそれでもなお、どこでこの連隊長に会ったのか、思い出せずにいた。

連隊長は、民間人夫どもの粗末な食事やぼろぼろの履き物にじっと目をやっていたが、紫檀のような硬い顔にほんのわずか、優しい表情が浮かんだ。「通信兵！」と大声で呼ぶと、利発そうな少年兵が、塹壕沿いに兎のように走ってきた。

「老田《ラオティエン》に言って、余ったマントウを担いで来させろ」と連隊長は命じた。

炊事夫がマントウの籠を背負って来た。

「土地のみなさん、もう少しの辛抱ですぞ。革命が勝利したら、毎日マントウを食べさせてあげますからな！」と連隊長は言った。

連隊長が自分でマントウを配った。一人に一つずつ、ネギ半分を添えて。

まだ冷め切っていないマントウを司馬亭の手に渡すとき、四つの目がぱっとぶつかって火花を散らした。司馬亭は驚喜して思い出した。棗色の顔をしたこの呂連隊長こそは、数年前は司馬庫の抗日別動大隊のラバ中隊の副官だった呂七《リュイチー》ではないか。

呂七のほうでも司馬亭を思い出した。手を挙げて司馬亭の肩を摑むと、ぎゅっと握って、低い声で言った。

「ご当主、あんたも来たか」

鼻がつんとなった司馬亭は、呂七に向かってなにか言おうとしかかったが、相手はくるりと身を翻して、人夫たちに向かって言った。

「土地のみなさん、有り難う。あんた方の支持なしには、わしらの勝利は不可能です！」

総攻撃が始まったとき、司馬亭と相棒は第二線塹壕の中に伏せて、真上の空をカラスの群れのようにかすめていく砲弾が発する鋭い叫びや、天地も崩れんばかりの遠くの爆発音を聞いていた。高らかなラッパが鳴って、兵隊たちが吶喊《とっかん》とともにどっと押し出して行く。女隊長は躰を起こすと、大声で怒鳴った。

「さあ、立って！　負傷兵の救出よ！」

塹壕から這い上がった彼女は、手にした手榴弾を振り回した。弾丸がイナゴのようにその背後の泥に当たって、さかんに細かな白煙を上げる。顔色は真っ青だが、恐れるふうはない。

人夫たちは恐々《こわごわ》塹壕の中で立ち上がったが、本能的に腰をかがめた。背の低い人夫の一人が、ぶきっちょに壕から這い上がったが、周りの凍土を銃弾に舐められ、たちまち転がり落ちて泣き叫んだ。

「隊長……隊長……やられたァ……」

女隊長が飛び降りて訊ねた。「どこをやられたの？」

「ズボン……ズボンの中が熱い……」

人夫を引き起こすと、美しい眉をしかめて鼻をひくつかせ、軽蔑の口調で言った。「弱虫！ズボンの中に漏らしたんじゃないの！」

手榴弾で人夫を小突いておいて、彼女は大声で叫んだ。「同志のみなさん、さあ、上がって。みんな男でしょ？　女のわたしに遅れをとる気なの⁉」

そう言ってけつを叩かれて、みんなは次々と塹壕から這い上がった。

立ち上がった司馬亭が気がつくと、相棒が壕の底で全身を痙攣させている。「おい、どうした？」と声をかけたが、返事がない。覆い被さるようにして男の躰を仰向けにしてみると、顔色はどす黒く、歯を食いしばり、口の中をグジュグジュ鳴らして、白い泡を吹いている。

「司馬亭、なにをぐずぐずしているの？　恐いの？」女隊長が睨みつけた。

「隊長……」司馬亭が困ったように言った。「こいつはてっきり羊癲風《ヤンディエンフォン》「てんかん」ですぞ……」

「クソッ、よりによってこんなときに！」女隊長は、口汚く罵りながら塹壕に飛び降りた。足で蹴ってみたが、病気の若者は動かない。手榴弾で膝頭を叩いても、おなじことである。檻の中の美しい豹のようにいらいらと歩き回っていた隊長は、塹壕の縁から枯れ草をむしると、そいつを若者の口に押し込んだ。

「さあ、食べて。羊癲風「羊が狂う病気」というくらいだから、草が食べたいんでしょ？　さあ、食べるのよ！」とやけを起こしたように言いながら、手榴弾の柄で口の中の草を突っつく。若者が呻き声を上げて、羊のような白目を開けた。

「あら、効き目あらたかってとこだわ！」女隊長は得意げに言って、「許宝《シュイバオ》、さあ、起きて前進！　負傷兵の撤収よ！」

　許宝という名の若者は、さも苦しげに塹壕の壁にすがって立ち上がったが、躰はまだ痙攣しており、顔の筋肉も、傷ついた虫みたいにひくついていた。塹壕から這い上がるときも、四肢に力が入らないことが見て取れた。司馬亭は担架を引っ張り上げてから、振り向いて許宝に手を貸してやった。許宝はすまないというふうに笑ってみせたが、その奇怪な笑顔が鋭利な刃物のように司馬亭の心を突き刺した。

　担架を担いだ二人は、腰をかがめた女隊長の後をついて、よたよたと走った。地上の積雪はもはや踏みにじられて泥と化し、薬莢の山がその中でジュージューと音を立てていた。銃弾が飛び、砲弾が前方で次々と白煙の柱を上げる。ものすごい炸裂音が、足下の大地をブルブルと震わせる。

　赤旗の後をついて、兵隊の群れが、潮のように前方へと押し寄せる。前方では屋敷を囲む高い土塀の背後で、機関銃が野犬のように吼え立てている。炎の舌が扇形に広がると、突撃の兵隊が、雑草のように次々と群れをなしてなぎ倒される。土塀の背後の火炎放射器から、そこいら中をのたうち回る火炎の竜が吐き出されると、突撃の兵隊たちは、その炎の中で、身の毛のよだつ叫びを上げて舞い踊る。火炎竜の中から跳び出した兵隊は、躰を掻きむしりながら、悲鳴を上げて地面を転げ回る。炎に閉じこめられた兵士は、狂ったように跳ねながら、苦痛と恐怖に顔を奇怪な形に歪めるが、それもたちまち炎に熔けてしまう。鼻をつく悪臭が硝煙渦巻く原野に広がって、突撃の兵士やぴったりその後につづく民間人夫の内臓を掻き回した。

司馬亭の狭い視野の中で、兵隊たちは朽ち果てた棒のように、塊をなしてふわふわと倒れた。相棒のてんかんの若者がバッタリ倒れた拍子に、司馬亭まで引き倒された。前歯が泥を嚙むと同時に、灼熱した弾丸がヒューッと飛び過ぎるのが聞こえ、何人かの人夫が倒れた。

火炎放射器がブォーブォーとうなりを上げ、噴射される湿り気を帯びた粘っこい炎が次々とかたまりになって飛び、液状に広がる。白煙を吹き上げる丸い手榴弾がそこら中に転がり、あちこちでドカン！　ドカン！　と炸裂する。豆粒のような銃弾が、空気を穴だらけにした。

「お母ァ、今日ばかりは生きてはもどれねえよう！」

てんかんの若者が両手で頭を抱え、けつを高々と突き上げた。綿入れのズボンが砲弾の破片で破れ、拳骨なら十あまりも入りそうな穴から黒く汚れた綿がはみ出している。

突撃兵たちはまったくたいしたものだった。ワアーッと叫びながら、腰を曲げて銃を撃ちつつ、仲間の屍と熱で溶けた雪を踏んで、ラッパの音に促され、銃弾でぼろぼろにされた旗に導かれて、土塀の下までたどり着いた。ついで死に物狂いで梯子を踏み、縄にとりつきして塀をよじ登ったが、叫び声もろとも、次々と落ちた。落ちたところは氷結した硬い水濠の中で、彼らは躰をひきつらせて転げ回り、方角も分からぬままに這い回った。

司馬亭のすぐ近くで、女隊長が両手を泥の中に突っ込んだ格好で、四つん這いになっていた。尻からは白い煙がゆらゆらと立ちのぼっている。綿入れズボンに火がつき、熱さで地面に転がった彼女は、泥を摑んで燃えているズボンの穴に突っ込んだ。

土塀の上によじ登った兵隊たちが、耳を聾するばかりの叫び声を上げた。豆を煎るような銃声はまだつづいている。立ち上がった女隊長は、数歩駆けたところで弾に当たったかのようにバッタリ倒れたが、仰向けに倒れたから、よほど痛かったに違いない。跳ね起きると、稔った穀物のように躰を丸めて、また駆ける。やがて、死体の山の中から一人を引きずってもどってきたが、蟻が大きな虫を運ぶに似た骨の折りようで、司馬亭たちの側まで持ってきたのを見ると、呂連隊長、呂七だった。胸にいくつか穴が開いて、そこから血や泡が吹き出し、白い肺が中でうごめいているのも見えた。

「すぐ運んで！」と女隊長が命じた。

いささか抜けているてんかんの若者が、ぼんやりと女隊長の顔をながめつづけていると、彼女が「消えてなくなれ！」と怒鳴りつけた。

司馬亭が慌てて担架を広げ、呂連隊長をそこに載せた。連隊長の灰色の目は、申し訳ないといった光をたたえて司馬亭を見たが、じきまた疲れたように閉じられた。

二人は担架を担いで走った。銃弾が小鳥のようにチュッチュッと鳴く。司馬亭は無意識に腰をかがめたが、そうすると走りにくい。数歩行ったところで、えいくそと腰を伸ばし、大股で進んだ。死のうが活きようが、どうともなりやがれと考えると、途端に腹が据わって、足取りもてきぱきしてきた。

仮救護所では看護婦がそそくさと包帯を巻いてくれただけで、後方の病院まで運ぶようにということだった。その頃には太陽はもはや西に落ち、地平線の上空は厚みのある濃いハマナス色に染まっていた。曠野にぽつんと一本立っている桑の大木の枝はたっぷりと血を浴び、幹は冷や汗でもかいたようにぬるぬるしている。

赤い絹をかぶせた懐中電灯を振る女隊長の指揮で、担架を担いだ人夫たちは次第に稲田に集まってきた。飛行機が飛び去った。紫の空では、金色の星が、炸裂する爆弾の光の中で震えていた。戦いはまだつづいていたが、人夫たちは空腹の上に疲れていた。司馬亭などはなんといっても年だし、おまけに相棒が相棒だから、よけいへとへとで、立っていても自分の足がどこを踏んでいるのか、分からない始末だった。躰中の汗が昼間出尽くしてしまっていて、稲田で悪戦苦闘していると、粘っこい油が流れた。その後、自分の内臓がしぼんだ瓢箪みたいになって、倒れたらそのまま死ぬと感じた。鉄の男・呂連隊長は、歯を食いしばって声を漏らさなかったので、司馬亭には担架の上に死人が載っているように感じられて仕方がなく、死人の臭いが絶えず鼻のあたりにただよった。

女隊長はほんのしばらく隊列を整えると、前進を命じた。座ってはダメ、座ったら立てなくなる、と彼女は言った。

みんなは彼女について河を渡った。河の氷は爆弾で爆破されていた。てんかんの若者が空を踏んで、氷の穴にはまり、司馬亭も四つん這いになった。若者はわざと自殺するかのように、担架の紐を解き、氷の穴にもぐり込んで消えた。

下に落ちた痛みに、耐えきれなくなった呂連隊長が呻き声を上げた。女隊長が司馬亭の相棒を引き受け、前を担いだ。

なかば意識を失いながら後方病院に着いて、負傷者を下ろすなり、人夫たちはてんでばらばらに地べたに伸びてしまった。女隊長は「同志のみなさん、横になっちゃダメ！」と言いかけて、自分もそこにくずおれてしまった。

それからのちの戦役で、司馬亭は、砲弾のかけらで右手の指を三本もぎ取られたが、その痛みをこらえて、片足を切断したある小隊長を背負って撤退したこともあった……

翌朝目が醒めて、まず感じたのは、鼻につんとくるタバコの臭いだった。ついで目に入ったのは壁にもたれて寝ている母親で、疲れた口の隅から透明な涎がひと筋、垂れている。オンドルの前の腰掛けに身をかがめてうつらうつらしている司馬亭は、止まり木の鷹のようだった。オンドルの前には、黄色い吸い殻が一面に散らばっていた。

のちにわたしの担任教師になる紀瓊枝《ヂーチュンヂー》が県のほうから下りてくると、大欄鎮で後家の再婚運動を起こした。野生馬のような女の幹部を引き連れた彼女は、村中の後家を集めて会を開き、後家再婚の意義なるものをぶちあげた。その後、まるで雌鶏を分配するみたいにして、後家たちを村の独り者に配給したのである。

足に悪性の出来物のある足のわるい杜《ドウー》までが、目に角膜しろなまずのある色の白い若い後家をあてがわれた。腐ったレンコンのような杜の病んだ足を見て、若後家は涙をポロポロこぼし、再婚させないでくれと背の高い女の幹部に泣いて頼んだが、小うるさげにこう言われた。

「泣くことないでしょ。足から膿が出てたって、なによ？　チンポコから膿が出てなきゃ、それでいいじゃないの！」

この運動の中で、上官家の後家が邪魔者だった。

大姐の上官来弟《ライディー》は、だれももらい手がなかった。来弟が司馬庫の女であったこと、孫不言《スウンブウイエン》と婚約した女であったことなど、独り者たちはみんなが知っていた。司馬庫にしても孫不言にしても、ろくな手合いではない。

母親も、歳から言えば紀瓊枝が区切った再婚の範囲に入っていたが、再婚は断固として拒否した。再婚を勧めにきた女の幹部羅紅霞《ルオホンシア》は、家の門を入るなり、母親の罵声で追い出された。

「出て行っておくれ！　わたしはね、あんたの母親より年上なんだよ！」そう母親は言った。

奇妙なことに紀瓊枝が再婚を勧めにくると、そんな母親がニコニコ顔で訊いた。

「あんた、わたしをだれの嫁にするつもりだね？」

わずか数時間の違いだというのに、二人に対する態度や受け答えには天地ほども差があった。

「おばさん、若すぎると釣り合いがとれないし、おばさんと歳が近いのは司馬亭だけだわ。あの人、経歴に汚れはあるけど、あとで功績を上げたから、功罪相殺ってとこでしょ。それに、家どうしも普通の間柄じゃないんだから」と紀瓊枝は言った。

母親は苦笑いして、「おまえ、あれの弟はわたしの娘婿なんだよ」

「それがどうだというの？」と紀瓊枝は言った。

四十五人の後家の集団結婚が、崩れかけた教会で行われた。わたしは腹を立てていたが、それでも参加した。後家の列の間に立って、母親のむくんだ顔には赤い血の色が上っているように見えた。男の列の司馬亭は、ひけらかすつもりか、決まり悪さをごまかすつもりか、指の千切れた手でしきりに頭を掻いた。

紀瓊枝が政府を代表して、新たに結ばれた夫婦にタオルと石鹸を贈った。鎮長が結婚証書を出した。タオルと証書を捧げ持った母親は、はにかみやの少女みたいに顔を真っ赤にした。

わたしの心では邪悪な炎が燃えさかっていた。恥ずかしさで顔が焼けるようだった。かつては棗の木で彫ったキリストが掛かっていた側壁は埃で覆われ、かつてマローヤ牧師がわたしに洗礼を授けてくれた説教台には、恥知らずな男女の群れが立っている。連中はこそ泥みたいにビクビクして、目を合わせようとしない。

髪の毛も白くなって、母親は自分の娘婿の兄と結婚しようというのだ。いや、もはや結婚したのだ。そのほんとうの意味は、司馬亭がおおっぴらに母親と一つ布団で寝るということだ。母親の豊かな乳房が司馬亭に独占されるのだ。司馬庫やバビットや沙月亮《シャユエリアン》や孫不言が姉たちの乳房を独占したように。

そう思うと、心臓にめちゃめちゃに矢を射込まれたようで、怒りの涙が溢れた。

女の事務員が、黄色いふくべに盛った萎れた庚申バラの花びらを、どうしてよいか戸惑っている花嫁たちの上に撒いた。花びらは汚れた雨のように、干からびた鳥の羽毛のように、楡の皮の汁を塗ってつやつやしている母親の白い髪の上にハラハラと落ちた。

わたしは腑抜けの犬のようになって、教会から飛び出した。古めかしい通りで、わたしは確かに目にした、黒いマントを肩からかけたマローヤ牧師がゆっくりと歩いているのを。顔は泥だらけで、髪の毛からは黄色い柔らかな麦の芽が生えている。両眼は冷たい葡萄のように、悲しげな光をたたえている。わたしが大声で母親と司馬亭が結婚した知らせを告げると、その顔が苦痛に引きつった。彼の躰と黒いマントは、鬆《す》のはいった瓦のかけらみたいにたちまち砕け散り、腐臭を発して渦巻く黒い煙と化した。

大姐は庭で、白い首をかがめて濃い黒髪を洗っていた。腰を曲げると、桃色の美しい二つの乳房が、二羽のウグイスが囀るように楽しげに歌い、腰を伸ばすと、清らかな水玉が乳房の間を転がり落ちる。片方の腕を挙げて頭のうしろで髪の毛をまとめた大姐は、頬に冷たい笑いを浮かべながら、目を細めてわたしを見た。知ってるかい？　お母は司馬亭と結婚するんだぞ！　わたしはそう言ったが、大姐はフンと笑ったきりで、相手にならなかった。

上官玉女《ユイニュイ》の手を引いた母親が、髪の毛に屈辱の花びらをくっつけたなりで、家の門を入ってきた。司馬亭がしょんぼりと後についている。大姐が髪を洗った盥《たらい》の水をぶちまけた。水は空中に広がり、キラキラ光った。母親はなにも言わず、長いため息をついた。

司馬亭がふところかられいの勲章を取り出して、わたしに渡した。お上手するつもりか、それとも自慢か？　わたしは厳しい目でその顔を見た。相手は嘘っぽい笑みを浮かべたまま、目をそらし、引っ込みのつかなさをごまかすために、低く咳をした。勲章を摑んだわたしは、思い切り遠くへ投げた。その重いシロモノは、金色のリボンの尾を引きながら、屋根を越えて小鳥のように飛んで行った。

「拾ってもどるのじゃ！」と、母親が怒って言った。

「いやだ。ぜったいいやだ！」とわたしは言った。

「いいから、いいから。置いといても役に立つわけじゃなし」と司馬亭が言った。

母親がわたしの横っ面を張り飛ばした。

わざと仰向けに倒れたわたしは、ロバみたいにそこら中を転げ回った。

母親が足で蹴った。わたしは残酷な罵声を浴びせた。

「恥知らず！　恥知らず！」

ギクッとなった母親は、重い頭を悲しげに垂れたが、突然大声で号泣し、そのまま家の中に駆け込んだ。ため息をついた司馬亭は、梨の木の下でタバコをふかした。

しばらくタバコを吸ってから、やおら立ち上がった司馬亭がわたしに言った。

「金童、お母に泣くなと言ってやれ」

ふところから結婚証書を取り出すと、ビリビリに引き裂き、そいつを地面に撒いて立ち去った。

そのうしろ姿は、もはや老人のそれだった。

三

水晶玉を磨いて作ったその老眼鏡は、羽振りのよかった時分の司馬庫が初めての恩師秦二《チンアル》先生に贈った誕生日の贈り物であった。

いまその反革命の贈り物を鼻の先にかけ、青煉瓦を積んだ教壇の上に座った秦二先生は、国語の教科書を開けて両手で持ち、その両足とおなじほどに古めかしい長い節を用心深く引っ張りながら、わたしたち――背丈もばらばらなら、歳の差もひどく違う高密県東北郷の小学校第一期一年生――に向かって、授業を始めていた。眼鏡は重そうに曲がった鼻の中程までずり下がり、つややかな緑の鼻水が鼻の先に垂れ、落ちそうで落ちない。

〈大きな羊――〉と、秦二先生が節をつけて読む。酷暑の六月というのに、赤いふさつきの黒ビロードの瓜皮帽《グワピイマオ》［ふちなし帽］をかぶり、黒い長上着の正装をしている。

〈大きな羊――ィ〉とわたしたちは先生の節を真似るが、新しく支給された教科書は両手で持っているだけで見もせず、ひたすら大声で怒鳴るだけだ。

〈小さな羊――〉と、先生が悲痛な声で模範朗読をする。蒸し暑い天気だった。暗くてじめじめした教室の中で、裸足で肩も剝き出しのわたしたちは汗びっしょりなのに、きちんと衣服を身につけた先生は、ひどく寒いもののように、顔色青ざめ、唇は紫色だった。

〈小さな羊――ィ〉と、わたしたちが大声で後をつける。

教室の中には、羊の囲いに似た小便の臭いが漂っている。

〈大きな羊に小さな羊、みんなみんなお山を走る――〉

〈大きな羊に小さな羊、みんなみんなお山を走る――ゥ〉

〈大きな羊が走る――。小さな羊が鳴く――〉

〈大きな羊が走る――ゥ。小さな羊が鳴く――ゥ〉

教科書の文句がわたしには疑わしかった。羊にかんするわたしの豊富な知識によれば、長い乳房をぶら下げた大きな羊が走るなんぞ、あり得ない。歩くのさえ不便なのに、走れるはずがないではないか！　小さな羊が鳴くというのはまったく可能だし、走るのも可能だ。荒れ野では、大きな羊は落ち着いて草を食い、小さな羊が走ったり鳴いたりするのだ。

わたしはよっぽど手を挙げて質問しようかと思ったが、その度胸がなかった。老先生の前には、生徒の掌を叩くための細長いお仕置き板が置いてある。

〈大きな羊はたくさん食べる――〉
〈大きな羊はたくさん食べる――ゥ〉
〈小さな羊は少ししか食べない――〉
〈小さな羊は少ししか食べない――ィ〉

これは道理だ。大きな羊は小さな羊よりたくさん食うし、小さな羊は大きな羊より食べるのは少ない。

〈大きな羊――〉
〈大きな羊――ィ〉
〈小さな羊――〉

〈小さな羊——ィ〉

草を食い終わった羊は、また元にもどってしまった。老先生は疲れを知らぬもののように模範朗読をつづけたが、教室の中は次第に乱れてきた。

始めたのは十八になる雇農〔土地を持たないルンペンプロレタリア〕の息子の巫雲雨《ウーユンユイ》だった。馬みたいな躰をしたこいつは、後家で豆腐売りの蘭水蓮《ランシュイリエン》を嫁にして、十も年上の女房の腹を膨らませ、もうじき子供が生まれそうなのだ。そうなれば、やつは父親だ。その巫雲雨が、腰から錆びたピストルを取り出し、秦二先生の瓜皮帽の赤いふさに狙いをつけた。

〈大きな羊に……〉

「パーン。アッハハハハ——」

顔を上げた先生が灰色の小さな目を剝き、水晶眼鏡の上から下を見たが、老眼鏡のこととてなにも見えず、引きつづいて朗読をつづける。

〈小さな羊……〉

「バーン！」巫雲雨がまたしても口で一発、ぶっ放すと、老先生の帽子の赤いふさがブラブラする。教室中がどっという笑い声に包まれると、お仕置き板を摑んだ先生が机を叩いて、裁判官のように「静粛に！」と怒鳴った。

朗読は引きつづいて進んだ。十七になる貧農の息子の郭秋生《グオチヨウシヨン》が腰をかがめて座席を離れ、こっそり教壇に上った。老先生の背後に立つと、ネズミのように発達した前歯で下唇を嚙み、両手で老先生の頭をしごくような動作をくりかえす。あたかも迫撃砲手が弾丸を装塡するような塩梅で、干からびた老先生の頭がさしずめ迫撃砲、そいつがつづけさまに弾を撃ち出すという仕掛けである。生徒たちはひっくり返ってゲラゲラ笑い出して、教室は大混乱である。のっぽの徐連《シュイリエン》合《ホー》は机を連打し、チビでデブの方書斎《ファンシューヂャイ》は手にした本を千切って空中にばらまき、灰色の紙切れが蝶のように舞った。

老先生はつづけさまに机を叩いたが、教室の騒ぎは静まらない。騒ぎのもとを探そうと、先生は眼鏡の上から下のほうをうかがった。郭秋生はますます図に乗って、秦二先生を侮辱する動作をくり返し、十五歳を越えた男子生徒たちは狂ったように奇声を発した。郭秋生の手が老先生の耳たぶに当たった。さっと振り向いた先生が、その手を摑んだ。

「暗誦しなさい！」老先生は厳しく言った。

手を垂れて教壇に立った郭秋生は、しおらしげな振りをしていたが、顔ではさまざまな悪さをしてみせた。上下の唇をすぼめて、臍の穴のようにして突き出す。片目を閉じて、口をほっぺたのほうに吊り上げる。歯を食いしばって耳たぶを動かす。

「暗誦しなさい！」老先生が怒って言った。

郭秋生が暗誦した。〈大きな娘に小さな娘、みんなみんな追いかけっこ――ォ〉［羊《ヤン》と娘《ニャン》は発音が似ている。また、大娘《ダァニャン》には正妻の、小娘《シャオニャン》には妾の意味がそれぞれある］

狂ったような笑いの中で、秦二先生が机に手をついて立ち上がった。白い顎鬚を震わせながら、口の中でぶつぶつ言った。

「豎子《じゅし》［青二才］じゃ。豎子は教う可《べ》からざるなり！」

お仕置き板を取り上げた秦二先生は、郭秋生の手を引き寄せると、机に押しつけた。

「豎子めが！」パシッ！　お仕置き板が郭秋生の掌を激しく打った。郭秋生がわざとらしく悲鳴を上げる。その顔にちらと目を走らせた秦二先生は、またもお仕置き板を手にした腕を高々と振り上げたが、その腕が思わず途中でこわばった。郭秋生の顔に、突然ルンペンプロレタリアの無頼な表情が浮かんだからである。睨みつけてくる黒い目が、憎々しげな挑戦的な光をちらつかせている。

先生の混濁した視線がひるみ、高く挙げられていた腕とお仕置き板が力無く下ろされた。ぶつぶつ呟きながら眼鏡をはずすとブリキの眼鏡入れに入れ、そいつを紫の布で包んでふところに収めた。司馬庫のような一時代の英傑を育てたお仕置き板も、ふところに差し込んだ。ついで瓜皮帽を取ると、郭秋生に向かって一礼し、教室の生徒にも一礼してから、哀れさと同時に嫌悪をも誘う惨めったらしい口調で言った。

「お坊ちゃまがた。この秦二め、無知を悟らず、柄にもなく蟷螂《とうろう》の斧を振るおうなどといたしましたは、まったくもって恥知らず、老いの惚けのなさしめるところ。ご迷惑をおかけもうし、どうかご寛容のほどを願い申します！」

そう言うと、臍のあたりで拱手《きょうしゅ》して組んだ拳を上下に二、三度揺らしておいて、小腰をかがめたなりでよちよちした足取りも軽く、教室を出て行った。外から、粘つくような咳の音がした。

一時間目はこうして終わった。

二時間目は音楽だった。

県から派遣されてきた女教師の紀瓊枝が、たったいま黒板に書いたばかりの白い二文字を教鞭で指しながら、よく通る高い声で言った。

「この時間は音楽です。教材はありません。教材はここよ、ここ」彼女は自分の頭と胸と腹を指さした。振り向いて黒板に板書しながら、

「音楽にはいろいろあります。笛、胡弓、民謡、お芝居の歌、どれもみんな音楽ですね。いまは分からなくても、いつか分かるでしょうけど、歌を歌うというのはたんにそれだけじゃなくて、もっと大事なことなんです。こんな辺鄙な農村の小学校では、それが音楽の授業の主な内容と言ってもいい。今日はこの歌を歌います」

彼女はさらさらと板書した。

田野に面した窓から、学校に行く権利を奪われた反革命の息子司馬糧と漢奸《かんかん》の娘沙棗花が、羊を連れて、ぼんやりとこっちを眺めているのが目に入った。二人は膝まで没する緑の草の中に立っていた。その背後では、茎が太く、肉厚の大きな葉をした野生のヒマワリが十数本、鮮やかな黄色い花を咲かせている。

ヒマワリの黄色い大きな顔は憂鬱そうだったが、わたしの心はもっと憂鬱だった。暗黒の中で煌めいているその目を横目で見ていると、涙が溢れた。建てられたばかりの教室の、太い柳の丸太を格子代わりにした窓を眺めているうちに、自分が画眉鳥《がびちょう》になって飛んで出て、六月の午後の黄金の日差しを全身に浴びて、アブラムシやテントウムシでいっぱいの野生のヒマワリのてっぺ

んに止まったような幻覚に襲われた。

「今日習う歌はこの歌ですよ。題は《婦人解放の歌》」

音楽教師は腰を曲げ、黒板のすそまで達した歌詞の最後の部分を急いで書いていく。お尻が、馬の尻のように丸く突き出す。矢尻に鳥の羽を挿し、先端に蝉取り用の桃の木の油を塗った木の矢がふわふわとわたしの側をかすめて、音楽教師の尻に当たった。教室の中に意地悪い笑いが起こった。うしろの席の丁金鈎《ディンヂンゴウ》が犯人で、自慢げに竹製の弓を挙げて振って見せ、慌てて隠した。尻の矢を抜いた音楽教師は、そいつを眺めて笑い、教卓に投げると、矢はゆらゆらと立った。

「弓の腕はまあまあね」

音楽教師は静かに言うと、教鞭を置き、洗い晒しの軍服の上着を脱いで教卓に載せた。下から現れたのは、目にも白い折り襟に半袖のブラウスである。裾はズボンに突っ込み、腰には幅広の牛革ベルトを締めているが、長年の間に黒光りしている。細い腰に、突き出た胸、丸い尻。だぶだぶの洗い晒しの軍服ズボンに、足下はいま流行の白いズック靴である。

まったくこざっぱりとした身なりだったが、それをより強調するかのように、みんなの目をはばかることもなく、ベルトの孔をもひとつ詰めた。かすかに微笑むと、白狐のような魅力があったが、瞬時にして笑みを消すと、残忍さも白狐のようだった。

「さっきは秦二先生をひどい目に遭わせたりして、きみたち、たいしたもんね！」そう皮肉っぽく言うと、教卓かられいの矢を抜き、三本の指でひねくり回しながら、

「弓の名手は李広《リーグワン》［漢代の将軍］かしら、それとも花栄《ホウロン》［『水滸伝』の登場人物］のつもり？　だ

れか立って名乗り出る勇気がある？」

黒く美しい目で冷たく見渡したが、だれも立つ者はいない。教鞭を摑むと「パシッ！」と教卓を叩いて、

「わたしの授業中は、きみたちのチンピラやくざのお得意技は真綿にでもくるんで、お母さんにちゃんと仕舞っておいてもらうことね――」

「先生、わしのお母は死にました！」巫雲雨が大声で言った。

「だれのお母さんが死んだって？」と音楽教師は訊いた。

「立ちなさい」

巫雲雨が、相手を問題にもしないといった態度で、立ち上がった。

「前へいらっしゃい」と音楽教師は言った。「ここへ来て、よく見せてちょうだい」

巫雲雨は、まだら禿を隠すために年がら年中放さない――なんでも夜寝るときも、河で沐浴するときも脱がないという――ウワバミの皮みたいに油でテカテカの、いつもの薄手の帽子を被ったなりで、胸を張って教卓の前に進んだ。

「名前はなんというの？」と音楽教師は笑いながら、優しい声で訊ねた。巫雲雨が英雄気取りで名前を言った。

「生徒のみなさん」と音楽教師は言った。

「わたしの姓は紀《ヂー》、名前は瓊枝《チユンヂー》よ。小さいときから両親はいなくて、七つになるまでゴミ置き場で育ったの。それから後は流れのサーカス団暮らしで、いろんなやくざ者にお目にかかり、自

転車、綱渡り、剣呑み、火炎吹き、なんでも覚えたわ。そのうち調教に鞍替えして、まずは犬、それから猿に熊、最後は虎の調教。犬の輪くぐりに猿の柱登り、熊の自転車乗りに虎のでんぐり返り、なんでもお手のものよ。十七で革命の仲間入りして、白刃で血を流して敵と渡り合ってきたのよ。運動や画、歌や踊りなんかを習ったのは、二十歳のときに華東《ホワドン》軍政大学に入ってからなの。二十五歳で公安局刑事課長の魯勝利《ルーションリー》と結婚したけど、あの人も逮捕術の名手で、わたしとどっこいどっこいってとこね」

彼女はすべてをぶちまけたが、大欄鎮でやった後家の再婚運動のことだけは、口を拭っていた。

「フン、わたしがほらを吹いていると思ってるのね？」

紀瓊枝は手を挙げて、おかっぱの髪の毛をさっとかき上げた。浅黒いその顔は健康的、革命的だったし、勢いのある乳房は、ブラウスの裾が割れるほどの勢いで下から勇ましく突っ張っている。利発そうな鼻筋、気性の激しさを思わせる薄い唇、石灰のように白い歯。

「虎にもびくともしないこの紀瓊枝が」と音楽教師はバカにしたように巫雲雨を見ながら、草の灰でも撒くような口調で言った。

「きみなんかを恐がるはずがないでしょ？」

軽蔑のことばとともに、音楽教師は長い教鞭を伸ばすと、巧みにその先を巫雲雨の帽子の庇に挿し込み、腕をひょいと震わせると、鍋からへらで餅《ビン》を剥がす要領で、ガサガサという音とともに、巫雲雨のウワバミ帽が脱げた。すべては一秒以内に完了した。腐ったジャガイモに似た頭を手で覆った巫雲雨の顔からは、無頼の表情が消し飛んで、愚かなそれに取って替わった。

頭を押さえたままで、巫雲雨が禿隠しの布を目で探す。高々と教鞭を掲げた音楽教師が、千変万化の巧みな動きで腕を震わせ、巫雲雨の帽子を空中でくるくると回す。あまりに見事に決まった回転に、巫雲雨が腑抜けのようになる。腕をひょいと震わせると、帽子は空中に飛ぶ。だがまたもぴたりと教鞭の先に落ちて、回転をつづける。

わたしは目が回ってきた。音楽教師はまたも帽子を空中へ投げ上げたが、今度は回りながら落ちてくるところを教鞭で軽く叩いて、悪臭を放つ醜いシロモノを巫雲雨の足下に叩き落とした。

「そのおんぼろ帽子を被って、自分の席にすっこんでなさい」と、紀瓊枝は嫌悪の口調で言った。「わたしはきみが食べたうどん粉よりたくさん塩を口にし、きみが歩いた道より長い橋を渡ってきたんだからね」

ついで教卓から矢を抜き取ると、「あんた。そう、そこのきみ！ 弓を持ってらっしゃい！」恐る恐る立ち上がった丁金鈎が、教卓の前まで歩いて行くと、おとなしく弓をそこに置いた。

「席にもどって！」そう言うと、弓を取り上げて引っ張ってみて、「竹も柔らかすぎるし、弦も弱いわね！ 弦は牛の筋がいいのよ」

鳥の羽を挿した矢を馬のしっぽの毛で作った弦につがえ、軽く引いて、丁金鈎の頭を狙う。キャッと叫んだ丁金鈎が、机の下にもぐり込む。蠅が一匹、窓から射し込む光の中でブンブン飛んでいる。その蠅にぴたりと狙いを定め、馬のしっぽの毛がビュンと鳴ると、蠅は落ちていた。

「まだ文句のある人がいる？」と、紀瓊枝は訊ねた。教室の中はひっそりと声もない。彼女がニッコリ笑うと、下顎にすてきな靨《えくぼ》ができた。

「じゃ、これから正式に授業を始めます。まず歌詞を読みます」と音楽教師は言った。

〈旧社会、旧社会。まるで底無し井戸のよう。底に沈められたは民百姓で、なかでも底の女たち。ああいちばん底の女たち。

新社会、新社会。とうとう夜明けだ陽が出たよ。

民百姓に光が当たり、女たちも解放だ。ああ解放された女たち〉

四

紀瓊枝の音楽の授業で、わたしは人並み優れた記憶力と音感とを示した。

ただ、《婦人解放の歌》の〈なかでも底の女たち〉のところまで習ったとき、山羊の乳を入れた哺乳瓶を白いタオルでくるんだ母親が、柳の丸太の窓枠の外に立って、「金童、お乳だよ！金童、お乳だよ！」と何度も呼ぶので、乳の匂いとその声ですっかり注意力を妨げられた。そんなことはあったが、授業の終わり頃に《婦人解放の歌》を初めから終わりまで正確に歌うことができたのは、わたし一人だけだった。四十人の生徒の中のたった一人を、紀瓊枝は惜しみなく誉めた。名前を訊ねたあと、もう一度立たせ、再度《婦人解放の歌》を歌わせた。

紀瓊枝が授業の終わりを告げると同時に、母親が哺乳瓶を窓枠の間から差し入れた。わたしが躊躇《ためら》っていると、母親は、

「金童、早くお飲み。あんなによくできて、お母さんは嬉しいよ」と言った。

教室の中でクスクス笑い声が起こった。

「さあ、受け取って。なにもきまり悪がることはないじゃないか！」と母親が言った。

すきっとした歯磨き粉の香りをさせながらわたしの側にやって来た紀瓊枝が、教鞭を品よくつきながら、窓の外に向かって親しげに言った。

「おばさん、あなたでしたの？　これからは、授業中は邪魔をしないようにお願いしますね」

そういう声にギクッとなった母親が、懸命に中を覗き込みながら、

「先生、これはわたしのたった一人の男の子で、小さいときから物が食えない病気に罹りまして。小さい頃はわたしの乳で育ちましたが、いまは山羊の乳を頼りにしています。昼は山羊も乳の出が悪うて、腹一杯飲めなんだので、暗くなるまで持たないのではないかと……」

愚痴っぽい言い方に、紀瓊枝は笑いながら目をわたしのほうに向け、

「受け取りなさい。いつまでもお母さんに持たせておかないで」

顔から火の出る思いで、わたしは哺乳瓶を受け取った。紀瓊枝が母親に言った。

「こんなことしてちゃ、ダメですよ。そのうち大きくなって、中学や大学に上がってからも、山羊を連れて通わせる気ですか？」

彼女は、一人前の学生が山羊を連れて教室に入る情景を思い浮かべて、いささかの悪意もなく朗らかに笑った。

「いくつになったの？」

「十三になります。兎年です」と母親は言った。「わたしも心配してはおりますが、なにを食べさせても吐いて、腹が痛いと言いまして、そりゃもう玉のような汗を流しますもので、恐ろしくて……」

わたしは不機嫌に言った。「もういいから、お母さん！　止めてくれ！　これ、飲まないから！」

わたしは哺乳瓶を窓から差し出した。紀瓊枝がわたしの耳たぶを指で弾いて、「上官くん、ダメよ。そうした習慣はゆっくり治さなくちゃ。飲みなさい」

振り向くと、暗い教室の中にはいくつもの目が光っていて、わたしはこの上ない屈辱を感じた。「みんないいわね。ほかの人の弱点を笑いものにしちゃダメよ」そう言うと、音楽教師は行ってしまった。

わたしは壁のほうを向き、これ以上ない速さで中身を飲み干すと、哺乳瓶を渡して言った。「お母さん、これからは持って来なくていいよ」

休み時間、これまでは好き放題してきた巫雲雨と丁金鉤がおとなしくなり、腰掛けに座ってぼんやりしていた。

デブの方書斎《ファンシューヂャイ》が腰紐を解くと、机の上に上がって紐を梁に掛け、首吊り遊びを始めた。後家の甲高い声を真似て、メソメソ泣きながら、訴える。

〈二狗《アルゴウ》や二狗、あんまりじゃ！　わたしを残してあの世へ行くとは！　おかげでわたし

や、夜毎に空の閨《ねや》の番。心を虫に囓られるようで、いっそ首を吊ってあの世へ行こう……〉

かき口説くうちに、ぶくぶく肥ったブタ面になんと本物の涙が二筋流れ、鼻水までが二つの孔から唇に垂れ下がった。

〈わたしゃ死ぬわい！〉と叫びながらつま先立ち、腰紐を捻ってこしらえた輪の中に頭を突っ込む。両手で輪を持ちながら、躰だけ上に跳ね上がるさまをし、そのたびに奇怪な叫びを上げる。〈わたしゃ死ぬから！〉さらに一跳ねして、〈わたしゃ死ぬぞう！〉

教室の中は怪しげな笑いに包まれる。

腹の虫が収まらないでいた巫雲雨が、両手で机を押さえておいて、馬の後足の要領でうしろに挙げた足を前に蹴り出して、机をひっくりかえした。方書斎の肥った躰が、たちまち宙づりになった。ギャッと叫んだ方書斎は、両手で必死に輪にしがみつき、短い両足をバタつかせたが、次第にその速度が鈍った。顔色が紫色に変じ、口から泡を吹いて、「グググ」と最後のあがきのような声を出す。

「首吊りじゃァ！」

歳のいかない生徒たちが、恐怖の叫びを上げながら教室を飛び出し、校庭で足踏みしながら叫びつづけた。

「首吊りじゃァ！　方書斎が首を吊ったァ！」

方書斎の両腕がだらんと垂れ下がった。バタつかせていた両足も動きを止め、肥った躰が急に長く伸びた。高い屁の音が、蛇のようにやつのズボンから這い出してきた。

校庭では生徒たちが、当てもなく走り回っている。教員室から音楽教師の紀瓊枝のほかに、名前はおろか、なにを教えることになるのかさえ分からない男たちが飛び出してきた。「だれだ？だれが死んだと？」などと訊きながら、教室へ走って来る。片付けのすんでいない建築廃材が、みんなの足に絡む。興奮とも恐怖ともつかぬ気持ちの生徒たちが、その前を走って行くが、何度も振り返るので、足を取られてよろける。

紀瓊枝は雌鹿のように跳びはねながら、数秒で教室に飛び込んできた。明るい校庭からいきなり暗い教室に入ったため、顔に戸惑ったような表情を浮かべ、「どこなの？」と叫んだ。方書斎の躰が、屠殺された豚の死体みたいに、ドスンと地面に落ちた。黒い布を綯った腰帯が切れたのだ。

方書斎の前にしゃがみ込んだ紀瓊枝は、腕を引っ張って仰向けにした。見ていると、眉をしかめ、口を突き出すようにして鼻の穴を塞いだ。鼻持ちならない臭さであった。

指を伸ばして鼻の息を探り、ついで爪で人中《にんちゅう》［鼻の下のくぼんだツボ］を押さえたが、その顔には厳しい表情があらわれていた。方書斎が腕を挙げて、その手を払い除けた。眉をしかめて立ち上がると、方書斎を蹴って、「立ちなさい！」と言った。

「机を蹴倒したのはだれ？」教壇に立った紀瓊枝が、厳しい口調で訊ねた。

「見ていません」

「見てません」

「わしも見とらんぞ」

「だったら、だれが見たの？　それに倒したのはだれなの？　だれか英雄《おとこ》らしく、手を挙げたらどうなの!?」

みんなは必死に頭を下げている。方書斎がウウウと泣き声を立てる。

「黙りなさい！」と紀瓊枝が教卓を叩いた。

「死にたければ、簡単だわ。あとでいくらでも死に方は教えてあげます。だけど、机を倒した人間をだれ一人見なかったなんて、信じられない。上官金童《シャングワンヂントン》、きみは真面目な子だから、言ってごらん」

わたしは俯いた。

「顔を上げて、わたしを見なさい」と彼女は言った。「恐いのね。わたしがついているから、大丈夫よ」

顔を上げ、革命的な顔の美しい目を眺めていると、記憶の中にすきっとした歯磨き粉の香りが立ち上って、秋風の中にいるような感覚に浸れた。

「きみにはその勇気があると、わたしは信じているわ。悪人や悪事を摘発する勇気を持つのは、新中国の少年の持つべき品位よ」

と紀瓊枝は大きな声で言った。わたしは顔をほんの少し横に向けたが、たちまち巫雲雨の威嚇するような視線にぶつかり、またもや深く項垂れてしまった。

った。

「巫雲雨、立ちなさい」と、紀瓊枝は静かに言った。

「わしじゃありません！」と巫雲雨が叫んだ。紀瓊枝は微笑んで言った。

「なにを慌ててるの？　なにも大声を出すこと、ないでしょ？」

「いずれにしてもわしじゃない……」指の爪で机を引っ掻きながら、巫雲雨は小声でぶつくさ言った。

「自分のやったことは、男らしく認めたらどうなの？」と紀瓊枝が言った。

　机を引っ掻くのを止めた巫雲雨は、ゆっくりと頭を持ち上げたが、その顔に、次第にふてくされた表情が現れた。教科書を地面に投げ捨てると、石板と石筆を風呂敷に包んで小脇に抱え、バカにしたように、

「わしが倒してやったが、それがどうだとぬかす？　こんなクソったれ学校なんぞ、辞めてやるわい！　もともと来る気のなかったものを、おまえらが来い来いとぬかしたんじゃないか！」

　そう言うと、横柄な態度で入り口へ向かった。背の高いいかつい躰といい素振りといい、粗野な暴れ者そのものだった。紀瓊枝が入り口に立って、行く手を邪魔すると、

「そこを退け！」と言った。「わしをどうかするつもりかい!?」

　紀瓊枝はニッコリ笑って、

「あんたみたいな下劣なやくざ者にはね」

と言うと、右足を飛ばして巫雲雨の膝頭を蹴りつけた。「ギャッ」と叫んで、巫雲雨が膝をつく。

「悪いことをしたら、罰を与えられるということを教えてあげなくちゃ」

巫雲雨が抱えていた石板を投げつけると、それが紀瓊枝の胸に当たった。乳房を抱えるようにして、紀瓊枝が呻き声を上げる。立ち上がった巫雲雨が、空威張りをして、

「わしがおまえを恐がるとでも思ったのか？　わしの家は三代つづいての雇農で、姑の家、伯母の家、おばばの家、どれも貧農じゃわい。わしのお母は、乞食して回る途中でわしを産んだのじゃぞ！」

乳房を揉みながら、紀瓊枝が、

「あんたみたいな瘡掻き狗に、この手を汚されるのはご免だけど」そう言いながら両手を交差させ、指の関節をポキポキ鳴らして、

「あんたの家が三代はおろか、三十代雇農であろうと、思い知らせてあげるわ！」

言うなり、稲妻のような拳の一撃を巫雲雨の顎に食らわせた。ギャッと叫んだ巫雲雨が、思わず躰をよろめかせる。より厳しい二発目があばら骨を襲い、つづいて足の蹴りがくるぶしに当たる。地べたに伸びた巫雲雨が、子供みたいに泣き出した。その首根っこを摑まえて引き起こすと、醜い顔を微笑んで覗き込み、ついで捻るようにして躰を入れ替えると、下腹に膝蹴りをお見舞いする。そうして掌を外に向けて押すと、巫雲雨は仰向けに屑煉瓦の山の上に倒れた。

「あんたに」と紀瓊枝は言った。「除籍を申し渡します」

五

みんなはてんでに柔らかな桑の木の枝を手に、学校と村を結ぶ小道でわたしの行く手に立ちふさがった。斜めに射し込んでくる太陽の光で、連中の顔は蠟のように黄金に輝いていた。巫雲雨のウワバミ帽と半ば腫れ上がった顔、郭秋生の陰険な目、丁金鈎の黒キクラゲのような耳、それに村で評判の狡猾な魏羊角《ウェイヤンヂャオ》の黒い歯など、これらすべてが、黄昏の柔らかな光の中で、それぞれの輝きを放っていた。

道の両側は汚水の流れる溝で、羽毛の不揃いなアヒルが数羽、汚水の中でガアガア鳴いている。わたしは傾斜した小道の縁に身を寄せて、連中のかたわらを通り過ぎようとしてみたが、魏羊角が桑の枝を突き出して遮った。

「なにをする気だ？」わたしはおずおずと訊ねた。

「なにをだと？　混血チビめ」やぶ睨みの二つの目の中で、白目が夜の蛾みたいにバタバタと動く。

「今日こそ、この毛唐の残した混血チビに思い知らせてやろうというのさ！」

「あんたらになにも悪いことはしていないじゃないか」と、わたしは不足たらしく言った。巫雲雨の手にした桑の枝がわたしのけつをひっぱたき、熱を持った痛みが走った。

「わしがどうして……」

四本の桑の枝が交差しながら首から背中、けつから足にかけてひっぱたく。わたしは大声で泣き出した。魏羊角が大きな骨の柄つきのドスを取り出し、わたしの目の前でちらつかせて、

「黙れ！　泣きやがると、これで舌を切り、目をえぐり、鼻を削ぐぞ！」

刃に冷たい光が走る。わたしは恐ろしさに口をつぐんだ。

膝頭でけつを小突き、桑の枝でふくらはぎをひっぱたきしながら、四匹の狼が一匹の羊を追うみたいにして、連中はわたしを田野の奥へと追い立てた。両側の溝では音もなく水が流れている。水の底からは細かな気泡が次々と立ち上り、黄昏近くなって、溝はひときわ濃厚な腐臭を撒き散らしている。

わたしは何度も振り向いては、「放してくれ……」と懇願したが、答えは密集して振り下ろされる枝だった。大声で泣くと、魏羊角の脅しが待っている。唯一の選択は、声を出さずに連中の打撃に耐え、言うままについて行くことだった。

穀物の殻を敷いた橋を越えて、野生ヒマの生い茂ったあたりまで来ると、連中は停止を命じた。わたしのけつは、血か尿かは分からぬまま、ぐっしょり濡れていた。

血の色をした陽を浴びて、連中は横に並んで立っていた。桑の枝の先はもはやぼろぼろで、緑色が黒く変色していた。野生ヒマの肉厚の葉は団扇ほども大きさがあり、大きな腹を引きずったキリギリスが、悲しげな鳴き声を上げていた。ヒマの花のピリピリする香りで、わたしは目から涙をポロポロこぼした。

魏羊角がおもねるように巫雲雨に言った。「兄貴、こいつをどう始末する？」

腫れた頬っぺたを触りながら、巫雲雨は呟いた。「こいつ、殺してしまうか！」

「ダメ、ダメ」と郭秋生が言った。「こいつの義兄は副県長で、姉も役人だぞ。殺したら、こっちも生きてはおれなくなる」

「殺してしまえ。死体は墨水河《モオシュイホー》へ引きずって行けば、数日後には東の海でスッポンの餌食じゃ。だれにも分かりはせん」と魏羊角が言った。

「わしは殺しには入らん。こいつの義兄の司馬庫、あの殺人魔王が現れてみろ。甥っ子を殺したら、わしらの家は根こそぎにされるぞ」

連中がわたしの未来と運命を論議しているのを、わたしはまるで関わりのない傍観者のように見ていた。恐怖もなければ、逃げようという気も起こらなかった。ある種の陶酔感に浸りながら、わたしには遠くを眺め渡すゆとりさえあった。東南の方角の血の海のような草原と、金色に輝く臥牛嶺《ウォニューリン》、さらに真南の方角の果てしない黒々とした緑の作物。竜のようにくねりながら東に去る墨水河の大堤防は、背の高い作物の背後に隠れ、背の低い作物の背後に姿を現す。白い鳥の群れが、ここからは見えない流れの上を、紙切れのように飛んでいる。これまでのことどもが次々と脳裏に閃き過ぎて、突然自分はこの世に百年も生きてきたように感じた。

「殺してくれ！　殺してくれ！　わしはもう十分生きた」

怪訝そうな光が連中の目をよぎった。互いに顔を見合わせ、わたしのことばが聞き取れなかったかのように、一斉にわたしを見た。

「殺してくれ！」わたしはきっぱりと言い、ワアワアと泣き出した。口の中に入った粘っこい涙は、魚の血のように生臭く塩からかった。

わたしの頼みに連中は困って、またも互いに顔を見合わせて、目で話を交わした。わたしはこのときとばかりに、大袈裟に言った。

「お願いだから、あんたら、さっぱりやってくれ。どう殺されようと、早く、苦しめないようにやってくれたら、それでいい」

「この野郎、わしらに殺す度胸がないとでも思うのか？」巫雲雨がごわごわする手でわたしの顎を摑まえ、わたしの目を睨みつけた。

「あんたらならやれるよ。だから、早くやってくれと言ってるんじゃ」

「おい、みんな。こいつにこうまで絡まれたら、今日という今日は殺さにゃなるまい。乗りかかった舟じゃ。いっそ思い切ってやってしまうか」と巫雲雨が言った。

「殺すならおまえがやれ。わしはやらんぞ」と郭秋生が言った。

「この野郎、裏切る気か？」と、巫雲雨が郭秋生の腕を摑んで揺すぶった。

「わしらは一本の縄の上の四匹のバッタじゃ。逃げようなどと思うな。逃げて見ろ、おまえが王《ワン》のとこの白痴の娘を手込めにしたことをバラすぞ」と巫雲雨が言った。

魏羊角が言った。「もういい、兄貴ら。喧嘩は止めじゃ。殺すだけのことじゃろう？　ぶちまけたところ、小石橋《シャオシーチャオ》村のあの婆さんな、あれはわしが殺した。恨みなんぞありはせん。このドスの切れ味を試したかっただけよ。人を殺すのは大変じゃと思うておったが、なんのことはない、簡単なものよ。このドスを婆さんの脇腹に突き刺すとな、まるで豆腐みたいにブスッと柄まで入りやがった。ぱっと抜いたらお陀仏よ。呻き声ひとつ、立てなんだぞ」

そう言うと、ドスの刃をズボンに擦りつけ、「見てろよ！」という声とともにドスを立て、わたしの腹目がけて突き出した。

わたしは甘美な思いで目を閉じた。わたしの腹から噴き出す緑色の血。そいつが連中の顔に降り注ぐのが見えるようだった。連中は河のほとりに走って、両手で水を掬っては顔の血を洗う。水は臙脂色をした透明な水飴みたいで、顔の汚れを落とすどころか、逆に見るに堪えないほど汚くしてしまう。

血の噴出とともに、はらわたもじきさまふわふわと飛び出す。草原の上を溝のあたりまで浮遊し、そこで流れに乗って下る。そこへ母親が泣き声もろとも溝に飛び下り、はらわたを掬い上げては、次々に輪にして腕に掛けてゆく。やがてわたしの前までやって来ると、はらわたの重みに喘ぎながら、両の目で悲しげにわたしを見る。

「おまえ、こりゃいったいどうしたことだい？」

「やつらはわしを殺したんだよ、お母さん」

母親の涙がポタポタとわたしの顔に落ちる。跪いた母親が、はらわたを一節ずつわたしの腹の中に押し込んでいくが、言うことを聴かぬはらわたが押し込む端からはみ出すので、腹を立てた母親が泣く。そのうちとうとう全部押し込むと、頭から針と糸を抜いて、綿入れでも縫うようにして、腹の皮を縫い始める。

あまりの痛さにはっと目を開くと、さっきのはすべて幻想で、現実は、連中がわたしを地べたに蹴倒した上で、めいめいがご立派な生殖器を摑み出して、わたしの顔に放尿しているのだった。湿った大地がグルグル回って、自分の躰が水に浸かっているような気がした。

「チビ叔父ィ――――！、チビ叔父ィ――――！」

司馬糧と沙棗花の呼び声が、高く低くヒマの茂みの向こうで起こった。口を開けて応えようとした途端に、口の中に小便が注ぎ込む。連中は慌てて噴水器を仕舞うとズボンを上げ、さっとヒマの茂みにもぐり込んだ。

司馬糧と沙棗花は、穀物殻敷きの橋のあたりで二人並んで呼んでいるのだった。原野に長くこだまするその声に、わたしは悲しみで喉元が塞がった。もがきながら這い起きたが、立ちきれないでバッタリ前に倒れた。「あっちよ!」沙棗花の興奮した叫び声がした。

二人が腕を支えて立たせてくれたが、わたしの躰は、起き上がりこぼしみたいに揺れていた。顔を見た沙棗花が、口を歪めてわっと泣き出した。司馬糧にけつを撫でられ、痛さに悲鳴を上げた。赤い血に草や桑の枝の緑色の汁の混じった物がついた掌を見て、司馬糧は歯をガチガチ鳴らした。

「チビ叔父、だれにやられたんだ?」

「あいつらじゃ……」

「どのあいつらじゃ?」

「巫雲雨に魏羊角に丁金鉤。それに郭秋生」

「チビ叔父、ひとまず家にもどろう。お祖母ちゃんが気違いみたいになってるんじゃ。巫《ウー》に魏《ウェイ》に丁《ディン》に郭《グオ》のやつら! 四人のクソ野郎ども、よく聞け! そのうちきっとカタをつけてやるからな! このチビ叔父をちょっとでも怪我させてみやがれ。おまえらの家で葬式を出すことになるぞ!」

その声の終わらぬうちに、巫、魏、丁、郭の四人が、ゲラゲラ笑いながらヒマの茂みから飛び出してきた。

「クソったれ」と巫雲雨が言った。「どこのクソ餓鬼だ。大口叩くと、舌を切られるぞ！」

いまはもう鞭のようになった桑の枝を拾うと、四人は犬のように跳びはねながら、襲いかかってきた。

「棗花、チビ叔父を見ててくれ！」

そう叫んでわたしを押しのけた司馬糧が、自分よりずっと上背のある男どもに掛かって行った。死に物狂いのその勢いが、四人の男たちをたじろがせた。連中が手にした桑の枝を振り下ろす間も与えず、司馬糧は硬いその頭で、魏羊角の下腹に頭突きをくらわせた。口汚い罵りを得意とするこの凶暴なやつは、腰を折ってつんのめったが、すぐさま叩かれたハリネズミみたいに躰を丸めてしまった。

残る三人が、手にした桑の枝をビュンビュン音をさせて振り下ろす。腕で頭を守りながら、司馬糧が振り向いて逃げるのを、三人がすぐ後から追う。明らかに三人は、反抗精神に富んだ司馬糧の挑発に乗っていた。綿羊みたいに弱い上官金童にくらべて、狼の子みたいな司馬糧はずっといじめ甲斐があった。興奮してワアワア叫びながら、三人は暮色の迫る草原で追跡戦を展開した。

司馬糧を狼の子とすれば、巫に郭に丁は図体のでかい凶暴な、ただし明らかに頭の鈍い土着犬であった。魏羊角は狼と土着犬の交配でできたような存在だったので、司馬糧はまずやつを狙ったというわけだ。やつをやっつければ、犬の群れのリーダーを潰したことになる。

司馬糧は走る速度を急に変え、かつ死体の亡霊に立ち向かったときの戦術を使って絶えず方向転換することで、何度も三人を振り切った。急に停まろうとして、三人は何度も転んだ。膝を没する草が、波のように足に絡みつく。拳ほどのタルバガンの群れが驚いて鳴きながら巣から逃げ出し、身をかわし切れなかった一匹が巫雲雨の大足に腹を踏み潰された。

司馬糧はたんに逃げているのではなく、逃げながらも逆襲を試みた。急な方向転換で三人を引き離しておいては、泥を摑んで丁金鈎の顔に投げつけ、巫雲雨の手首に嚙みつくなど、電撃のような反撃を加えるのである。さらには斜眼花《シエイエンホワ》の戦術を使って、郭秋生の股の間の汚いシロモノを思い切り握り潰した。

三人は傷つき、司馬糧も頭を数限りなく叩かれた。みんなの速度が落ち、司馬糧は斜に構えながら、橋のほうへと撤退して行った。三人は固まって、口から泡を吹き、ぼろ鞴《ふいご》のような音をさせて喘ぎながら、用心深くその後を追う。

息を吹き返した魏羊角が、脅しにかかった猫みたいに背中を丸めて、そろそろと起き上がった。両手であたりを探り回るが、骨の柄のドスは草むらに冷たく転がったままだ。

「クソったれ！　還郷団《ホワンシアントワン》［地主の武装勢力］の生き残り野郎め！　このわしが片づけてやる！」

探し回りながら毒づくと、やぶにらみの白目が蛾が卵を産むように震える。

機転をきかせて子鹿のように跳んで行った沙棗花が、ドスを拾うと、両手で柄を握りしめたまま、わたしの側まで後退りしてきた。立ち上がった魏羊角が、片手を差し出して脅した。

「漢奸野郎の餓鬼め、ドスを返せ！」

沙棗花は口をつぐんだまま、尻でわたしを押しながら、じりじりと後退したが、両眼は瞬きもせず、相手の胼胝《たこ》だらけの足の指から放さない。魏羊角は何度も飛びかかったが、ドスの刃に触れかけては、慌てて引っ込んだ。

その頃、司馬糧はすでに穀物殻の橋まで撤退していた。巫雲雨が大声を上げた。

「魏羊角の馬鹿野郎、すぐ来やがれ！　還郷団の餓鬼を叩き殺すぞォ！　すぐに来い！」

魏羊角が憎々しげに言った。「待ってろよ、小娘！　あとで片づけてやるからな！」

魏羊角はヒマを武器にしようとしたが、根は太すぎて抜けず、やむなく枝の部分をガサガサ振り回しながら、橋のほうへ走った。

わたしをしっかり庇いながら、沙棗花は揺れる橋にかかった。狭い橋の下を、溝の水が流れの速さを誇示しながら流れている。小さな鯉が次々と急流で跳ね、橋を跳び越すものもあるが、なかには橋の上に落ち、すらりとした躰を弓のように曲げ、怒り狂って跳ねるやつもいる。

両足の間はネバネバし、背中や尻、ふくらはぎ、首など、叩かれた場所が燃えるようだった。わたしは心に、甘く生臭い鉄錆の匂いを感じた。一歩歩くたびに思わずよろめき、口から呻き声が漏れた。腕は沙棗花の薄い肩に載っている。躰を真っ直ぐに起こして、彼女の負担を軽くしてやろうと思ったが、できなかった。

司馬糧は村に通じる道を、ほどほどの速さで逃げている。追いかける側が迫ると速度を上げ、相手がゆるめると速度を落とすというふうに、相手を誘いながらも、捕まらない距離を保っているのである。

道の両側の畑では、そこここに湧いた霧が夕日で臙脂色に染まり、溝は蛙の声に満ちていた。魏羊角が巫雲雨の耳元で何事か囁くと、連中は三方に分かれ、魏羊角と丁金鈎は溝を跳び越して両側の作物の間に紛れ込んだ。巫雲雨と郭秋生が追う速度を落とし、大声で叫ぶ。

「司馬糧、司馬糧。男なら逃げるなァ。度胸があるなら停まって、ちゃんとカタをつけようじゃないかァ！」

「兄さん、逃げて！」沙棗花が叫んだ。「罠よ、罠！」

「この小娘！」振り向いた巫雲雨が、拳を振ってみせ、「叩き殺すぞ！」

沙棗花が勇敢にわたしの前に立ちはだかり、ドスを構えた。

「さあ来い！　恐いことなんかないぞ」

巫雲雨が迫ってくると、沙棗花は尻でわたしを押しながら後退した。こちらを振り向いた司馬糧が叫んだ。

「瘡掻き禿！　その子に触ってみやがれ。おまえの豆腐売りのクソったれ女房に毒を食らわせてやるから！」

「兄さん、早く逃げて！」沙棗花が叫んだ。「魏と丁のやつがうしろに回り込んだわ」

進退窮まった司馬糧は足を停めた。それで巫雲雨に郭秋生も足を停めたから、わざとそうしたのだったかも知れない。魏羊角と丁金鈎も作物の間から姿を現し、溝を渡って道に這い上がった。足には青黒い泥をいっぱい付けている。四人は凶暴な獣を追い込むように、用心深く迫った。司馬糧は落ち着いて立ったなりで、ゆったりと――もしくは故意にゆったりと腕を挙げて、額の汗を拭った。

そのときだった、村の方角から、母親の呼ぶ声がかすかに聞こえてきたのは。溝に飛び下りた司馬糧は、一面のコーリャンとトウモロコシ畑の間の細い小道に素早く姿を消した。

「ようし。みんな、追え！」魏羊角が興奮して叫ぶ。四人はアヒルみたいによたよたと溝に飛び下りると、泥や水を撥ねながら後を追って行った。両側から伸びているコーリャンやトウモロコシの葉が細い通り道を隠してしまい、葉のザワザワという音や、犬みたいな連中の叫びが聞こえるだけだった。

「チビ叔父、ここでお祖母ちゃんを待ってて。お兄さんを助けに行くから」

「棗花」とわたしは言った。「恐い」

「大丈夫よ、お祖母ちゃんがじきに来るから。お祖母ちゃん――」と大声で呼び、「お兄ちゃんが、あいつらに殺されてしまう。さあ、呼んで」

「お母さ――ん、ここだよ。お母さ――ん、ここだよぉ――」

沙棗花は勇敢に溝に飛び込んだ。胸まである水に浸かって、緑の波をかき立てながら、彼女はバタバタもがいた。溺れるのではないかと気が気ではなかったが、ドスを高く挙げたままで、向こう岸に這い上った。痩せた長い臑が深い泥にはまって、なかなか抜けない。鞋は泥に取られてしまったが、トンネルみたいな小道にもぐり込むと、あっという間に姿が見えなくなった。

子牛を守る雌牛みたいに、躰を大きく揺すってハアハア喘ぎながら、母親が駆けつけた。髪の毛は金の糸のようで、顔は暖かな黄色を帯びていた。「お母さ――ん」と叫ぶなり、残された涙がいっぺんに溢れた。このままではじきに立っていられなくなると感じたわたしは、よろよろと数歩進んで、母親の汗みずくのふところに飛び込んだ。

「おまえ、だれにこんなひどい目に遭わされたんだい？」母親が泣きながら訊いた。

「巫雲雨。それに魏羊角に……」わたしが泣きながら言った。

「あの強盗めら！」母親が怒りの唸り声を上げて訊ねた。「司馬糧と沙棗花を追いかけて行った！」わたしは小道を指さした。

霧の塊がいくつも、そこらから湧き出している。神秘に包まれた小道の奥では動物の鳴き声がし、さらに遠くでは殴り合う音や、沙棗花の甲高い叫びが聞こえた。

母親は村の方角を見やった。そのあたりはもはや濃い霧が広がり、犬の鳴き声は水の底から聞こえてくるようだった。

母親はわたしの手を引くと、しゃにむに溝に下りた。車軸油のようなぬくい水が、どっとズボンの中に入ってきた。肥った躰で纏足の母親は、ぬかるみを渡るのにひときわ苦労したが、溝の土手の草にすがってようやく這い上がった。

わたしの手を引いて、母親は小道にもぐり込んだ。躰を立てたままだと、鋭い葉で顔を切られたり、わるくすると目をやられかねなかったので、腰をかがめねばならなかった。道の両側は雑草が生い茂り、狂ったように道を這い回っているイバラの棘が足を刺し、痛みで悲鳴をあげた。水に浸かった傷口の痛みが耐え難く、何度か地べたにへたり込みそうになったが、その都度、母親の力強い腕で引き起こされた。

周りはほの暗く、見通しのきかない作物の奥のほうでは、奇怪な形をしたさまざまな小動物がうごめいていた。緑色の目に、真っ赤な舌。尖った鼻から出るシューシューという音。話の中に出てくる地獄の世界に入って行くような気がした。わたしの手を握りしめ、牛のように喘ぎながら、やみくもに前に向かっているのは、ほんとうに自分の母親なのだろうか？　母親に化けてわたしを捕まえに来た地獄の鬼ではないのか？　わたしは痛いほどぎゅっと握られている手をもぎ離そうと試みたが、そうしたあがきも、より強い力で握られる結果をもたらしただけだった。

その恐ろしい小道も、やがて開けた場所に出た。南側は相変わらず黒い森のような果てしもないコーリャン畑だったが、北側に捨てられた荒れ地が現れたのである。もうじき沈もうとする夕陽の中で、荒れ地の草むらではコオロギの大合唱だった。廃棄された煉瓦の窯場が、燃えるようなその色で、わたしたちの到来を熱烈に歓迎してくれた。

何列かある生地煉瓦の向こうで、沙棗花を連れた司馬糧が四人の悪ガキを相手に、千変万化のゲリラ戦を展開中だった。双方とも、積まれた生地煉瓦を壁にして相手に煉瓦を投げつけるのだが、人数において劣る上に、力でもかなわない司馬糧たちは、明らかに劣勢だった。巫雲雨ら四人が面白がって投げつける煉瓦のかけらで、司馬糧と沙棗花は顔も上げられない有様だった。

「待てエ！　このど畜生ども！」と母親が怒鳴った。

喧嘩に酔った悪ガキどもは、母親の罵倒などにお構いなく煉瓦を投げつづけ、おまけに生地煉瓦の壁を回り込んで、両側からじりじりと司馬糧たちを追いつめてゆく。沙棗花の手を引いた司馬糧が、腰をかがめたままで窯場のほうへと走る。煉瓦のかけらが頭に当たって「ギャッ！」と叫んだ沙棗花は、ふらつきかけたが、手に握ったドスは放さない。壁の外に跳び出した司馬糧が、両手の煉瓦を投げつけたが、四人は軽く跳んで身をかわした。

わたしをコーリャン畑に潜ませると、母親は、両腕を前に伸ばした秧歌《イアンゴオ》［田植え歌］でも踊るような格好で跳び出して行った。母親も、先刻の泥濘に鞋を取られてしまっていた。纏足の小さな足が動くたびに、湿った地面にかかとがつける小さな穴が連なった。

生地煉瓦の壁のはずれに姿をさらした司馬糧と沙棗花は、手を繋いでよろよろと窯場のほうへと走った。いつの間にか真っ赤な大きな月が昇って、二人の影が紫色に地面に伸びている。四人の悪ガキの影はもっと長い。連中は跳ぶように走って、母親をはるか後方に置いてけぼりにしてしまった。

沙棗花が足手まといになって、司馬糧は速度を思うように操れない。見捨てられた窯場の前の草一本生えていないつるつるの空き地で、魏羊角が煉瓦の一撃で司馬糧を倒した。沙棗花がドスを構えて魏を刺したが、かわされて空を切ったところを、巫雲雨が蹴倒した。

「待て！」と母親が叫んだ。

歩く禿鷹みたいに両腕を挙げたままで、四人は八本の足で司馬糧と沙棗花を蹴りつづけた。沙棗花は声をかぎりに泣き叫んだが、司馬糧は声を漏らさなかった。二人の躰が地面を転げ回り、四人は奇怪な踊りを踊っているように見えた。

いったん倒れたが、母親は気丈に這い起きると、魏羊角の肩にしがみついた。四人の中でいちばん陰険で狡猾なこの男は、曲げた両肘を思い切りうしろに突いた。それがまともに母親の両の乳房に入ったものだから、大声を出した母親がよろよろと後退し、ぺたんと地面に座り込んだ。わたしは地面に倒れ伏し、顔を泥につけた。黒い血が眼窩から滲むのが感じられた。

四人はなおも司馬糧たちを蹴りつづけたが、それはもはや喧嘩の限界を越えており、二人には命の危険が迫っていた。そのときである、ひときわ背の高い男が使われていない窯から出てきたのは。髪の毛はくしゃくしゃで、髭は伸び放題、顔は煤だらけで、上から下まで真っ黒であった。上体の動きはどこかぎくしゃくしており、足も突っ張りぎみだった。

窯の中からぶきっちょに這い出してくると、男はハンマーのような拳を振り上げ、ただの一撃で巫雲雨の肩胛骨を砕いた。あわれ英雄は、悲鳴を上げて地べたに尻餅をついた。ほかの三人も足の動きを停めたが、魏羊角が肝を潰して叫んだ。

「司馬庫《スーマアクー》だァ！」

身を翻して逃げようとした途端に、司馬庫の咆吼を耳にし、三人はあたかも平地に雷が落ちたかのように震え上がった。鉄拳を揮った司馬庫は、初めの一撃で丁金鈎の目玉を潰し、次の一撃で郭秋生に胆汁を吐かせた。第三撃の構えをする前に、魏羊角は地べたに這いつくばり、ペコペコお辞儀をして許しを乞うた。

「旦那さん、許してください。わしはこいつらに無理に連れて来られたんじゃ。いやじゃと言うと、歯から血が出るほど殴られて。旦那さん、許してください……」

手を緩めた司馬庫が蹴りつけると、そのはずみでうしろにトンボを切った魏羊角が、脱兎のように逃げた。間もなく、村に通じる道から、犬の吠えるに似た叫び声が聞こえてきた。

「司馬庫を捕まえろォ――。還郷団の頭の司馬庫がもどって来たぞォ――。司馬庫を捕まえろォ――」

司馬庫は司馬糧と沙棗花を引き起こし、ついで母親を引き起こした。

母親が身震いしながら訊いた。

「あんた……まさか亡霊じゃあるまいね？」

「お義母さん――」司馬庫はなかば泣き声になって、ことばを呑んだ。

司馬糧が叫んだ。「お父。ほんとにお父かァ？」

「おまえ、よう頑張ったぞ」と司馬庫は言い、「お義母さん、ほかのみんなはどうしているかね？」と訊ねた。

「なんにも訊かないでおくれ！」と言うと、母親は気が気でない様子で、「早くお逃げ！」

村の方角から、ジャンジャンという銅鑼の音や、鋭い銃声が聞こえてきた。

巫雲雨の胸ぐらを摑んで引き起こした司馬庫が、一語ずつ叩きつけた。

「こん畜生、村のろくでなしどもに言うておけ。この司馬庫の身内をひどい目に遭わせたら、その家の者を皆殺しにするとな！　分かったか？」

「分かりました、分かりました……」巫雲雨がつづけさまに言った。

司馬庫が手を放すと、巫雲雨は地べたに伸びてしまった。

「早くして！　ご先祖さま……」掌で地面を叩いて、母親が焦ってせかした。

「お父、一緒に行く……」司馬糧が泣きながら言った。

「いい子だから、お祖母ちゃんといるんだ」と司馬庫が言った。

「お父、お願いじゃ。連れてってくれ……」

「糧児《リアンアル》、お父の邪魔をせんと、早く逃がしてあげるのじゃ……」

母親の前に跪いた司馬庫が叩頭の礼をすると、悲痛な口調で言った。「お義母さん！　餓鬼はお願い申します。この司馬庫、ご恩は今生ではお返しできませんが、生まれ変わってお返しします！」

母親が泣きながら言った。「わたしは鳳《フォン》と凰《ホワン》をちゃんと育ててやれなかった。どうか恨まないでおくれ……」

「とんでもない。仇はもう打ってやりましたから」と司馬庫が言った。

「さあ、早くお行き。遠いところへ。仇だの恨みだの、切りのないことは止めてな……」と母親が言った。

跳ね起きた司馬庫は窯の中に跳び込んだが、ふたたび出てきたときには大蓑を身につけ、ふところに軽機関銃を抱え、腰にはきらきら光る銃弾を幾重にも巻いていた。さっと身を躍らせて、コーリャン畑にもぐり込む。コーリャンの茎がガサガサと鳴った。

「よくお聞き、遠くへ行くんだよ。むやみに人を殺さないでおくれ！」と母親が叫んだ。

コーリャン畑は静けさを取りもどした。月光が、水のようにサラサラと降り注ぐ。潮のような人の声が、村から沸き上がった。

魏羊角が先頭に立って、村の民兵や地区の公安員たちが、提灯を灯したり松明に火を点けたりして、銃や赤房つきの槍を担いで、ドヤドヤと窯の前にやって来ると、物々しくそれを取り巻いた。片足に義足をつけた公安員の楊《ヤン》が、積み上げた生地煉瓦のうしろに這いつくばって、ブリキのメガホンで窯の中に呼びかけた。

「司馬庫！　投降しろ！　逃げられはせんぞ！」

しばらく叫んだが、中からは動きがない。モーゼル拳銃を取り出した楊は、黒々とした窯の入り口を狙って二発ぶっ放した。弾が壁に当たって、グワーンと反響する。

「手榴弾をよこせ！」楊が背後に向けて怒鳴ると、民兵の一人が地べたに貼りついてトカゲみたいに這い寄り、腰から木の柄の手榴弾を二発抜いて楊に渡した。蓋を開けて紐を引っ張り出すと、そいつを指先にひっかけて躰をかがめ、窯の中に投げ込み、急いで躰を伏せて爆発を待つ。爆発した。もう一発投げ込んで、今度も爆発。その音が次第に遠のいたが、窯の中はひときわ静かである。

「司馬庫、武器を捨てれば殺しはしないぞ！　捕虜は優遇する！……」楊公安員はふたたびブリキのメガホンで呼びかけた。

呼びかけに答えるのはコオロギの低い鳴き音に、遠い溝の蛙の合唱だけである。

腹を決めて立ち上がった楊は、片手に懐中電灯、片手にモーゼル拳銃を握ると、背後に向けて「ついて来い！」と怒鳴った。肝の太い民兵が二人、一人は歩兵銃を、一人は槍を構えて、腰をかがめてその後につづいた。楊公安員が一足進むたびに、義足がギシッと音を立て、同時にその躰が傾いた。そんなふうにして一行は、使われていない窯の中に何事もなく入り、間もなく出てきた。

「魏羊角！」と楊公安員が怒鳴った。「やつはどこだ？」

「お天道さまに誓ってもいい、司馬庫はこの窯から出てきたんじゃ。嘘だと思うなら、こいつらに訊いてください！」と魏羊角が言った。

「司馬庫だったんだな？」と、楊が巫雲雨と郭秋生を睨みつけ――丁金鈎は地べたで気を失っていた――、不快げに訊いた。「おまえら、見間違えたのではないのか？」

巫雲雨が怯えたようにコーリャン畑のほうを見て、口ごもった。「そう見えたので……」

「やつ一人だけか？」楊が問い詰める。

「一人でした……」

「武器は持ってたのか？」

「あの……機関銃を持って……躰中に弾を巻きつけて……」

そのことばの終わらぬうちに、楊公安員と数十人の民兵たちは、なぎ倒された雑草みたいに、てんでばらばらに地面に腹ばった。

六

階級教育展示が教室で行われた。生徒の長い列は、正門を入るや、命令でも発せられたかのように、大声を上げて泣き出した。数百人の生徒たち――大欄鎮小学校は、いまや拡張されて高密県東北郷中心小学校になっていた――の泣き声は、通り一帯を震撼させた。新任の校長――しょぼくれた容貌で、顎に毛の生えた疣《いぼ》のある——が、よその土地の訛で大声でなだめた。

「親愛なる生徒のみなさん、気持ちを抑えましょう」そう言うと、茶色のハンカチを取り出して目を拭い、おまけに高い音をさせて鼻をかんだ。

泣くのを止めた生徒の列は、ぞろぞろと教室に入ると、列を作って停まった。生徒たちは壁沿いに一定の空間を空けて、白線で区切られた四角い枠の中にぎっしり詰め込まれた。壁には色鮮やかな絵や図が掛けてあり、それぞれの下には、文字による解説がある。

四人の女性の解説員が、それぞれ教鞭をついて、四隅に立っている。

初めの解説員は、わたしたちの音楽教師の紀瓊枝だった。生徒を殴ったため処分をくらった彼女は、顔色が優れず、もとは美しくて活発だった目には、暗い影が満ちていた。

最近ほかから転勤してきた区長が、銃を担ってマローヤ牧師の説教台の上に立っている。紀瓊枝は教鞭で図を指しながら、きれいな標準語で解説の文字を朗読していった。

初めの十数枚の図は高密県東北郷の自然や歴史、解放前の社会状況などを紹介したものであったが、やがて一枚の絵に、赤い舌を吐きながら絡まり合っている複数の毒蛇が現れた。毒蛇の頭にはそれぞれ名前が示してあるが、なかでも頭部がとくに発達したコブラ［めがねヘビ］には、司馬庫と司馬亭の父親の名前が書いてあった。

〈これら吸血毒蛇の残酷な搾取の下で〉

と紀瓊枝は、感情を殺したなめらかさで朗読してゆく。

〈高密県東北郷の人民は塗炭の苦しみを舐め、牛馬にも劣る生活を強いられました〉

教鞭が一枚の図を指すと、そこには駱駝のような顔をした老婆がおんぼろの竹籠を腕に掛け、乞食棒を引きずっている姿が描かれていた。猿のように痩せた女の子が、ぼろぼろに破れた着物の裾にとりついている。画面の左上から切れ切れの黒い線を引いて舞い落ちている黒い木の葉は、吹きすさぶ寒風を表している。

〈どれほどの人々が飢饉で故郷を捨てて乞食して歩き、地主の家の犬に嚙まれて血を流したことでしょう〉

そう言いながら、紀瓊枝の教鞭は自然と別の絵に移った。わずかな隙間を見せている黒塗りの表門。門の上の扁額には金文字で〈福生堂《フーションタン》〉と書かれている。扉の隙間から、赤い紐飾りつきの瓜皮帽《グワピイマオ》を被った小さな頭がのぞいている。言うまでもなく、これが威張り散らす地主のくそガキというわけだが、おかしなことに、丸い顔につぶらな目を描かれたこのくそガキは、ちっとも憎たらしくないどころか、なかなかに可愛いのだった。ばかに大きな犬が、男の子の足に嚙みついている。

女生徒が一人、いきなりすすり泣きを始めた。いま二年生のクラスにいる沙口子《シャコウズ》村から来ている十七、八になる娘だったが、なぜ泣くのだろうと、みんなが好奇の目を向けた。

生徒の列の中から、だれかが腕を振るってスローガンを叫んだので、解説を中断させられた紀瓊枝は、教鞭をついてじっと待たされることになった。初めにスローガンを叫んだ生徒が、小便でも漏らしたくなるような恐ろしい声で、号泣を始めた。目に涙はなく、白目を真っ赤に充血させている。横目でかたわらの生徒たちを観察していると、みんなは大泣きに泣き、泣き声が潮のように次々と高まった。いちばん目立つ場所に立った校長は、れいの茶色のハンカチで顔をまるごと覆い、握りしめた右手で胸を打ち叩いた。

わたしの左側にいた張中光《ヂャンヂュウングワン》のごときは、雀斑の顔に涎を塗りつけて何本も筋をつけ、怒りの表現か、それとも悲しみのそれかは知らないが、両手で胸を叩いている。やつの家は雇農に階級区分されたが、解放前の大欄鎮の市で見かけた頃のやつは、博打で食っていた父親のけつにくっついて、青々とした蓮の葉に包んだ豚の頭肉の照り焼きを両手で抱えて歩きながらかぶりつき、ほっぺたから額まで豚の脂でギラギラさせていたものだった。豚の脂身をたらふく食ったその口を思い切り開け、鼻汁を顎まで垂らしている。

右手の豊満な女の子は、両手の親指の外側にそれぞれ、ショウガの若芽にも似た、黄色で柔らかな六本目の指を生やしている。名前はたしか杜筝筝《ドゥーヂョンヂョン》と言ったと思うが、みんなは杜六六《ドゥーリューリュー》と呼んでいる。両手で顔を覆った彼女は、鳩笛に似たヒュッヒュッという泣き声を出した。玩具のような二本の余分な指は、子豚のしっぽみたいに手の上でブラブラしているが、指の間からは陰険な黒い視線が二筋、外を窺っている。

むろんわたしの見るところ、本物の涙を流している生徒たちのほうが多かった。みんなは顔の涙を大事にして、拭おうとはしなかった。ただわたしは、正直言って涙など出てこなかったし、あの拙劣な水彩画がほんとに生徒たちの心に痛みを感じさせたなどとは、さっぱり理解できなかった。ただ、あまり目立つのは避けねばならなかった。というのは、杜六六の陰険な視線が、何度もわたしの顔を舐めるのに気づいたからだ。

杜六六はわたしを深く恨んでいる。教室でわたしは彼女とおなじ腰掛けだったが、石油ランプを捧げ持って夜学に通った晩のことである。彼女は口ではペラペラと教科書を朗読しながら、余分な指の生えた手で、こっそりわたしの太股を撫でたのである。慌てて立ち上がったわたしは、教室の秩序を乱したと先生に叱られて、実情をぶちまけてしまったのだが、疑いもなく、それは間抜けな行為だった。女の子に触られても、男の子は絶対に拒絶すべきではなく、よしんば拒絶するにしても、みんなの前で暴露するなど、とんでもない話だ。ただ、そのあたりのことは数十年後にやっと分かって、なぜあのとき……などといささか後悔したりもしたのだが、そのときは、虫みたいにうごめきそうな六本目の指がただもう恐ろしくもおぞましく感じられたのだった。わたしにぶちまけられて、杜六六は身の置き所もなかったろうが、さいわい夜の自習時間で、石油ランプは暗く、みんなの前には西瓜ほどの黄色い光があるだけだった。うしろの席から年かさの男子生徒の猥褻な笑いが聞こえると、杜六六は、

「わざとじゃない。消しゴムを貸してもらおうと思って……」

とぶつくさ言った。間抜けの骨頂のわたしは言った。

「嘘だ。わざとだ。わしを抓ったじゃないか」

「上官金童！　黙りなさい！」音楽のほかに、国語も教えていた紀瓊枝が、厳しい口調でわたしを制止した。

あれからというもの、わたしは杜六六の仇になってしまった。あるときカバンの中から死んだヤモリが出てきたが、あれなど、彼女が入れたのだろうと疑っている。

さていまこんな厳粛な場面で、わたし一人だけが顔に涎も涙もつけていないとなると、問題の重大さは言うまでもない。かりに杜六六が報復するつもりなら……とんでもないことになりかねない。わたしは両手を挙げて顔を覆い、口を半開きにして偽りの泣き声を出そうとやってみたが、なんとしても声が出ない。

急に高い声を出した紀瓊枝が、あたりの泣き声を圧倒した。

〈反動的な地主階級は、酒食に溺れる暮らしをしていました。司馬庫は一人で、四人も女房を持っていました〉

教鞭が苛立たしげに、ある絵の上を叩く。そこには熊の躰に狼の頭をした司馬庫が、黒い毛の生えた長い腕を伸ばして、四人の女の化け物を抱いている図が描かれている。左の二人は人頭蛇身で、右の二人は尻からふさふさした黄色い尾を引きずっている。その背後にも一群の小さな化け物がいるが、明らかに司馬庫が繁殖させた後代だ。わたしの心の中の英雄少年の司馬糧もその中にいるわけだが、どれだろう？　額に三角の耳を生やした猫の化け物か？　それとも尖った口に赤い上着を着て、小さな爪を構えているネズミの化け物か？　杜六六の陰険な視線が、またも自分に投げられたのをわたしは感じた。

〈司馬庫の四人の妾たちは〉

と、紀瓊枝は投げやりな調子で狐のしっぽをした女――それはわたしの二姐《アルヂエ》の上官招弟《シャングワンヂャオディー》だった――を教鞭で指して、甲高い、ただしなんの感情もこもらない声で言った。

〈山海の珍味を食べ飽き、しまいには黄腿小公鶏《ホワントウエシャオゴンヂー》の足の黄色い皮しか食べないようになり、

そんな贅沢を満足させるため、司馬家で絞められた鶏は山をなしました！〉

でたらめ言うな！　二姐がいつ雄鶏の足の黄色い皮を食べた？　二姐はもともと鶏は嫌いだった。ましてや司馬家で鶏の死骸が山をなしたなどと！

そのすぐ前にわたしは、この間ひどい目に遭わされたときの情景を思い起こすことで、涙をしぼり出そうと試みていたところだった。魏羊角が三角に曲げた肘で母親を突き倒したときのことを思い起こすと、鼻がつんとなり、じきに涙が出かかった。そこへ、こうして二姐が侮辱されたことで、わたしの心は憤懣やるかたなく、複雑な思いのこもった涙がどっと溢れ出た。わたしは惜しげもなくそれを拭ったが、涙は次から次へと流れつづけた。

紀瓊枝は、担当部分の解説を終えるとうしろへ退いて、疲れたように喘いだ。つづきは、省の首都から転勤してきたばかりの蔡《ツァイ》という女教師だった。細作りの顔立ちに澄んだ声のこの教師は、物を言う前から目にいっぱい涙を溜めていた。

その部分には怒りの炎を噴き出す標題が付けられていた――《還郷団の悪行の数々》

務めに忠実な蔡先生は、初めての文字を教えるみたいに、丸い教鞭の先で標題を一字ずつ押さえていった。

一枚目の絵では右上に黒雲の塊があり、三日月がかすかにのぞいている。左上の黒い木は、こちらも黒い線を何本か引っ張っているが、こっちは冬ではなくて秋のつもりである。黒雲の下、蕭殺たる秋風の中にいるのは、またしても高密県東北郷の万悪の首魁司馬庫――直立歩行のできる巨大な狼として描かれたそれである。

大きな口を開けて牙を剥き出し、鮮血の滴る赤い舌をだらりと垂れた司馬庫は、軍服姿で肩から斜めに軍装ベルトを掛け、大きな袖口から突き出た毛だらけの爪で、刃の欠けた血の滴る短刀を握っている――これが左で、右の爪はモーゼル拳銃を握っており、銃口の前に拙劣な火花がいくつか散っているのは、銃がいままさに弾丸を発射していることを物語っている。なんとズボンは穿いておらず、軍服の裾は地面に這っている太い狼の尾のところまで垂れている。下肢はたくましく描かれているが、太すぎて上半身とつりあいが取れず、狼の足と言うよりは牛の足にちかい。もっとも、爪は犬科の動物のそれであった。

彼の背後には、凶悪な醜い動物がつき従っている。鎌首をもたげて赤い毒液を吐きかけているコブラ――。

「これは梁子《リアンズ》村の反動富農の常希路《チャンシールー》です」蔡先生は教鞭でコブラの頭を指しながら言った。

「こいつは」と野良犬を指して、「沙口子村の悪徳地主の杜金元《ドゥーヂンユエン》です」

杜金元は、当然のことながら血塗れの狼牙棒《ランヤーバン》［釘を外向けに打った棒］を逆さまに引きずっている。そのかたわらにいるのは王家丘子《ワンヂアチオウズ》の兵隊ゴロの胡日奎《フーリーグエイ》で、基本的には人間の体型を保ってはいるものの、長い顔だけはロバに近い。両県屯《リアンシエンドウン》の反動富農の馬青雲《マアチンユン》は、ばかでかい熊そのものである――。

というわけで、凶器を手にした凶暴な動物の群れが、殺気をみなぎらせて高密県東北郷を襲ったというわけだった。

〈還郷団は狂気のように階級的報復を行い、わずか十日間のうちに、想像を絶する許すべからざ

る残忍な手段で千三百八十八人を殺しました〉

そう言いながら、蔡先生は、還郷団の殺人場面を描いたたくさんの絵を教鞭で指した。生徒たちの号泣は最高潮に達した。

それらの絵は酷刑事典でも拡大したように、絵も解説もはなはだ豊富だった。初めの数枚は斬殺だの銃殺だのといった伝統的手段だったが、そのうち次第に新境地に入っていった。

「これは生き埋めです」と蔡先生は画面を指した。「呼び名から言えば、生き埋めとは人間を生きたまま埋めることですが」

大きな穴の中に土気色をした人間が何十人も立っており、穴の縁にいるのはまたしても司馬庫で、馬賊どもが穴に土を埋めるのを指図している。

〈生き残った貧農のお婆さん郭《グォ》氏の告発によれば〉と、蔡先生は下の解説文を読んだ。

〈還郷団は生き埋めに疲れると、捕えた革命幹部や基本大衆に自分で穴を掘らせ、互いに埋めさせたということです。胸まで埋まると息ができなくなり、胸が張り裂けそうになって血が頭に上ります。そのとき還郷団の悪者が頭を狙って撃つと、血と脳味噌が一メートル以上の高さに上がったのです〉

画面では、地面から露出した人の頭の上に、たしかに噴水のように血液が噴き出し、画面のてっぺんに達して、やっとサクランボのように散って落ちている――。

蔡先生は顔色青ざめ、眩暈でもするようだったし、生徒たちの泣き声は背中を震わせるほどだったけれども、そのときのわたしの目に涙はなかった。画面に記された時間によれば、司馬庫が還郷団を率いて高密県東北郷で大虐殺を行った頃、わたしと母親は革命幹部や活動分子とともに、東北沿海地区の解放区へ向けて撤退していた。司馬庫よ司馬庫。あの男は、ほんとにそれほどにも残忍なことをしたのだろうか？——

蔡先生の眩暈は本物だった。画面の生き埋めの穴に頭をもたせかけたので、ちっぽけな還郷団がしゃくった泥で埋められかけているように見えた。顔に汗の玉を浮かべて、躰が次第に滑り落ちると、頭で擦れて、画鋲で壁に留めてあった生き埋めの絵が剝がれ落ちた。壁際に座り込むと、絵が頭にかぶさり、灰色の壁土が白い紙のうえにパラパラと落ちた。

この突発事件で、生徒たちの号泣が押さえられた。地区の幹部が数人駆け寄って、蔡先生を外へ担ぎ出した。顔の半分は痣になっていたが、端正な顔立ちをした区長が、尻のうしろのモーゼル拳銃を収めた木製ケースを手で押さえながら、厳しい口調で言った。

「生徒のみなさん、同志諸君。では次に、沙梁子村の貧農のお婆さん、郭馬氏《グオマア》に自分の経験を話してもらうことにします。郭お婆さんをお連れして！」

最後のことばは、地区の若い幹部たちに向けたものだった。幹部たちは、教会とマローヤ牧師の住居とを結んでいた通用門から、素早く飛び出して行った。

耳が痛くなるほどの異様な静けさだった。みんなはあたかも名優の登場を待ち受けるかのように、いまでは色褪せてしまった赤い通用門に目をやった。静けさがつづく。それが突然、破られた。表門のほうから長い泣き声が聞こえてくると、生徒たちも一緒に号泣しはじめた。

地区の幹部が二人、けつを振って門を開けると、郭馬氏を支えて入ってきた。白髪頭の郭馬氏は、ぼろ布で口を覆って顔を仰向けながら、身も世もあらずといった様子で泣く。みんなも一緒に、たっぷり五分は泣いた。

口を塞いでいたぼろ布を取った郭馬氏は、顔を拭い、着物の皺を伸ばして言った。

「みんな、泣くのはお止め。死人がもどってくるわけじゃなし、生きておる者は生きていかねばならんでな」

生徒たちは泣くのを止めて、一斉に彼女のほうを見た。いささか緊張した郭馬氏は、そそくさと、

「なにを話そうかの。過ぎたことじゃで、止めておこうわい」

と言うと、振り向いて行きかける。沙梁子村の婦人会主任の高紅桜《ガオホンイン》が駆け寄って引き留め、

「お婆さん、ちゃんと約束したでしょ？　いまになって、どうして止めるなどと言うの!?」

高紅桜は不機嫌さを剝き出しにした。区長が穏やかな笑顔で言った。

「お婆さん。還郷団が人を生き埋めにした話をして、子供らに過去を忘れてはならないということを教えてやってください。〈過去を忘れるのは裏切りを意味する〉、これはレーニン同志が言ったことばですぞ」

「レーニン同志がわしに話をせいと言うのなら、ひとつ話すかの。

あの夜は満月で、月の光で刺繡でもできそうじゃった。あんなに明るい夜は、滅多にあるもんじゃない。小さい頃に年寄りに聞いたが、長毛《チャンマオ》［清末の太平天国軍に対する蔑称］のときにも、あ

あした白い月が出たそうな。

なんぞ大事が起きそうな気がして、眠れぬもんだから、いっそ諦めて、西の路地の福生《フーション》のお袋さんのとこへ行って鞋の型を借り、ついでに福生の嫁のことも話そうと思うてな。わしの里の姪が年頃じゃったから。

家の門口を出た途端に、ギラギラ光る大刀を提げた小獅子《シャオシーズ》を見かけたのじゃ。進財《ヂンツァイ》の嫁と、進財のお袋さんを連行するところじゃった。子供二人もおったな。大きいほうが男の子で七つか八つ、小さい女の子は二つとちょっとじゃった。大きいほうはお祖母ちゃんの後をついてワアワア泣いておったし、進財の嫁のふところに抱かれた小さいほうもワアワア泣いておった。進財は片腕をだらんと垂れ、肩を切られて肉がめくれ、恐ろしい姿じゃった。小獅子のうしろには大男が三人、どこやらで見たような連中で、刀を提げて恐い顔をしておった。

隠れようとしたが間に合わず、小獅子のやつに見られてしもうた。わしとあれのお袋さんとは、回り回って従姉妹どうしなんじゃ。〈おや、叔母さんじゃないか?〉とあれが言うので、〈獅子か。いつもどった?〉とわしは言うた。〈ゆうべじゃ〉と言うから、〈なにをしておるのじゃ?〉とわしは訊いた。すると〈なんでもない。こいつらに寝るところをこしらえてやろうと思うてな〉などとぬかす。もちろんそれが、ろくなことでないのは分かったから、わしは言うてやった、〈獅子よ、みんな近所隣の間じゃないか。なんの恨みがあってそこまでせにゃならん?〉とな。やつは、〈恨みなどはないよ。だがな、わしの親父もこいつと恨みなどなかったし、まして親父とこいつの親父とは兄弟分の誓いをした仲じゃ。それにもかかわらず、こいつは、ほかの人間にするのとおなじように、隠し金を吐き出せと親父を木に吊しやがった〉と、こうじゃ。

進財のお袋さんが、〈獅子、あのときは息子《これ》がどうかしておったのじゃ。おとっつぁんたちのつき合いに免じて、これを許してやっておくれ。この婆がこのとおり這いつくばって叩頭しますから〉と言うと、進財のやつは、〈おっ母ァ、這いつくばることはないぞ。こいつに頼み事は止めろ！〉と言うてな。〈よく言うた。男らしいじゃないか。なるほど民兵隊長だけのことはあるぞ〉と小獅子が言うと、進財は〈そうやっていい気になれるのも、いまのうちだけじゃ〉と言うた。〈そのとおりじゃ。わしもまあ、十日か半月かそこらと思うておるよ。ただ、おまえら一家を片づけるには、今夜一晩で十分じゃ〉と小獅子は言うた。

そのときわしは年寄り風を吹かして言うてやった、〈小獅子よ、進財一家を放してやってくれ。さもないと、おまえを甥とは認めないぞ！〉とな。するとやつは目を剝いて睨みつけ、〈だれがおまえの甥だと？　馴れ馴れしくするのもいい加減にしろ。昔、うっかりしておまえの家のヒヨコを一羽踏みつぶしたら、棍棒で頭をかち割りやがったろう〉と、こうじゃ。わしが〈獅子、おまえはまったく人でなしじゃ〉と言うと、やつは大男三人を振り向いて、〈おまえら、今日は何人殺した？〉と訊いた。一人が、〈この一家を入れて、ちょうど九十九人じゃ〉と言うと、小獅子は、〈縁もゆかりもない叔母さんよ。すまんがひとつ、百の数合わせになってもらうぞ〉とぬかした。

それを聞いて、こいつはわしを殺す気じゃと、ぞっとしたぞ！　振り向いて家のほうへ逃げてはみたが、連中に敵うわけがない。小獅子というやつは、身内にも平気で残酷なことをする男で、女房がだれかとできているのではないかと疑って、ピンを抜いた手榴弾を竈《かまど》に埋めたことがあるのじゃ。たまたま早起きしたあれの母親が、灰を掻き出していて見つけたからよかったがの。そんなことも忘れて、余計なことを言うたばっかりに、ひどい目に遭うたわい。

連中は、進財一家とわしを、砂丘の前に連れて行った。大男の一人がシャベルで生き埋めの穴を掘ったが、砂地の穴掘りは楽なもんじゃ、じきに掘れた。眩いばかりの月の光で、地面のうえはなんでもはっきり見えた。小さな草だの花だの、蟻だのナメクジだの、なんでもかでもはっきり見えた。穴のところまで行って、小獅子が、〈おい、もうちっと深う掘れ。進財のクソ野郎、背が高いでのう〉と言った。穴掘りが中に飛び下りると、湿った砂をペシャペシャと放り上げた。〈進財、なんぞ言うことがあるか?〉と小獅子が言うた。〈獅子、助けてくれなどと言う気はない。わしはおまえの親父をなぶり殺しにしたんじゃからな。ただ、わしが殺さずとも、だれぞが殺したぞ〉と進財が言うた。〈わしの親父は、食う物も食わずに、おまえの親父と二人して魚の行商に精を出し、カネを儲けてわずかな田地を手に入れた。おまえの親父がカネを盗られたのは、つきがなかったのじゃろう。わしの親父になんの罪がある?〉と小獅子が言うた。〈田地を手に入れたのが罪じゃ!〉と進財が言うた。〈進財よ、正直なところ、田地の欲しくない者がおるか? おまえの親父はどうじゃ? おまえはどうじゃ?〉と小獅子が言うた。〈止めてくれ。訊かれても、わしには答えられん。穴は掘れたか?〉と進財が言うた。〈掘れたぞ〉と大男が言うた。進財は物も言わずに飛び込んだが、穴は首まであった。

〈獅子、スローガンを叫びたいのじゃが〉と進財が言うた。〈よかろう。けつ丸出しの時分からの友達じゃ。特別優待じゃ。なんでも叫べ〉と小獅子が言うた。進財はしばらく考えておったが、傷ついていないほうの腕を挙げて、大声で怒鳴った、〈共産党万歳！　共産党万歳!!　共産党万々歳!!!〉。三度叫んで止めた。〈もういいのか？〉と小獅子が訊いた。〈もういい〉と進財が言うた。〈もうちっとやれ。おまえの喉はまったくよく通る〉と小獅子が言うた。〈いいから、もうやらん。三度叫べば十分じゃ〉と進財が言うた。〈そうか。叔母さんよ――〉と進財のお袋さんを突っついて――、〈中へ入れ！〉と小獅子が言うた。進財のお袋さんはバッタリ四つん這いになり、小獅子に叩頭の礼をした。大男の手からシャベルを引ったくった小獅子が、一発でお袋さんを砂の穴に叩き落とした。大男どもが進財の女房や子供まで突き落とした。子供らがワアワア泣き、女房も泣いた。進財が腹を立てて、〈黙れ、泣くな。わしに恥をかかす気か〉と言うた。みんなはそれで泣くのを止めた。大男の一人がわしを指して、〈小隊長。こいつはどうします？一緒に突き落としますかね？〉と小獅子に訊いた。その答えを待たずに、進財が穴の中から、〈小獅子、わしら一家はひとつ穴という約束だぞ。ほかの人間を入れないでくれ！〉と叫んだ。〈安心しろ、進財。おまえの気持ちは分かっておる。この老いぼれは――〉と、小獅子は大男に向かって言うた。〈おまえ。ご苦労だが、もうひとつ穴を掘って埋めてくれ〉

大男どもはわしの穴を掘る者と、進財家の穴を埋める者と、二手に分かれた。進財の娘が〈お母ちゃん、目に砂が入る……〉と泣くので、進財の女房が着物の衿を挙げて頭を隠してやった。息子のほうは這い上がろうともがくのを、大男がシャベルで掬うようにして落とすと、ワアワア泣いた。お袋さんは座り込んでしまったので、じきに埋まって身動きできなくなり、ハアハア喘ぎながら、〈共産党の野郎。わしら親子は、おまえのせいで殺されるのじゃ〉と罵った。

〈死に際になって、やっと分かったようだの。進財よ、〃共産党を倒せ〃と三遍叫んだら、おまえの家の血筋を残してやるぞ。それで将来、おまえの墓に参って、紙銭を焼いてくれる人間もいようというもんじゃ〉と小獅子が言うた。進財の女房もお袋さんも声をそろえて言うた、〈さ、早う叫ぶのじゃ！　早う！〉と。ところが顔を砂だらけにして、目だけ鈴のように開けた進財は、それこそ鋼鉄の男の中の男というか、こう言うたんじゃ、〈いや、わしは叫ばんぞ。ついさっき〃共産党万歳、万歳、万々歳〃と叫んでおいて、〃共産党を倒せ〃なんぞと、叫べるもんか！〉とな。〈ようし、骨があるぞ〉そう感服したように言うた小獅子は、大男の手からシャベルを引ったくると、ザザザと砂を穴の中に掬い込んだ。進財のお袋さんが動かなくなった。砂が女房の首まで埋めたときは、娘はとっくに埋まっておった。息子のほうは頭のてっぺんだけ出しておったが、両手を砂から突き出して、まだやたらと暴れておったの。女房は鼻や耳から黒血を流しておったが、それでも黒い穴のような口で〃アー、アー〃と叫んでのう。酷い。まったく酷いことじゃった。

シャベルの手を休めた小獅子が、進財に訊いた、〈どんな具合じゃ？〉と。頭が柳笊みたいに腫れ上がった進財は、牛みたいに喘ぎながら、〈獅子か。いい気持ちじゃ……〉と答えたもんじゃ。相手が参った素振りも見せないもんだから、いささかかっとなった小獅子は、腰を入れて砂を掬い、えっさえっさと投げ入れた。穴が埋まって、女房も息子も見えなくなったが、そこの砂はまだ動いておったから、さっぱりとは死に切れなかったんじゃな。腫れ上がった進財の頭だけが出ておったが、血管がお蚕さんみたいにふくれ、鼻や目から血を流して、もう口はきけなんだ。

小獅子が穴の上でとんとんと跳んで、柔らかい砂を踏み固め、進財の頭の前にしゃがんで、〈おい、これでどうじゃ？〉と訊ねたが、進財はもう返事ができなんだ。

指を曲げて進財の頭を弾いてみた小獅子が、大男どもに訊いたんじゃ、〈おまえら、生きておる人間の脳味噌を食うか？〉とな。〈そんなもん、食えますかい。気持ち悪い〉とみんなが言うと、〈食う人間がおるんじゃ。陳《チエン》分隊長がそうじゃ。醤油に刻み生姜で掻き混ぜると、豆腐脳児《ドウフナオル》［ニガリを入れないで作る柔らかい豆腐］とおなじじゃと〉と小獅子は言うた。

穴を掘っておった大男が這い上がってきて、〈小隊長、掘れましたぜ！〉と言うた。穴の際まで行って覗いた小獅子が、わしに向かって、〈ちょっぴり縁つづきの叔母さんよ。こっちへ来て、あんたのために掘ってあげた、このりっぱな穴を見たらどうじゃね？〉と言うから、わしは言うたんじゃ、〈獅子よ、お慈悲じゃから、この年寄りの命を助けてくれ〉と。すると、〈そんな歳になって、生きておってなんになる？　それに、あんたを許せば、殺す人間をほかに探さにゃならん。なにしろ、今日はちょうど百人にするのじゃから〉と、こうじゃ。そこでわしは、〈獅子、やるなら刀でばっさりやってくれ。生き埋めはつらすぎる〉と言うた。すると、小獅子の畜生めは、〈生きてつらい目に遭えば、死んで天国に行ける〉などとぬかして、あの人でなし、一足でわしを穴の中に蹴落としおった。

　そのときじゃ、砂丘のうしろから大声で話しながら、大勢やって来たのは。先頭は福生堂の当主の弟の司馬庫じゃ。わしは司馬庫《あれ》の三番目のお妾さんのお世話をしたことがあるもんで、救いの星じゃと思うたぞ！　乗馬靴を穿いて、悠々とやって来たが、数年見ないうちに、すっかり老けておった。

〈そこにおるのはだれじゃ〉〈わしです、小獅子〉〈なにをしておる?〉〈生き埋めでさあ〉〈だれを埋めた?〉〈沙梁子村の民兵隊長の進財一家です〉

近寄った司馬庫が、〈そっちの穴はだれだ?〉と言うたので、わしは、〈福生堂の旦那さん、助けてください! わしは三番目の奥さんのお世話をしておった、郭羅鍋《グオルオグオ》の家内じゃ〉〈おまえか〉と司馬庫は言うて、〈どうしてこの男に捕まった?〉〈余計な差し出口をきいたばっかりに。旦那さん、お助けを!〉

司馬庫は小獅子に言うた、〈放してやれ〉と。〈大隊長。あれを放したら、百人殺しの数が足らなくなるので〉と小獅子が言うた。すると司馬庫は、〈数合わせはどうでもいい。殺すやつは殺せ。殺さんでもいいやつは殺すな〉と言うた。それで大男の一人がシャベルを伸ばして、わしを引き上げてくれたというわけじゃ。

何遍でも言うが、司馬庫はまあわけの分かった人間じゃった。司馬庫がおらなんだら、わしはど畜生の小獅子めに生き埋めにされておったわい」

地区の幹部たちが、しゃにむに郭馬氏を連れ去ってしまった。

顔青ざめた蔡先生が、あらためて教鞭を手にもとの場所にもどり、引きつづき酷刑の条項を解説していった。先生は目に涙をいっぱい浮かべ、声の調子も悲壮で哀切だったが、生徒たちの泣き声は消えてしまった。ついさっきまで足摺りして胸を叩いていた周りの連中の顔に、疲れと退屈さがみなぎっているのをわたしは見た。血腥い匂いを漂わせていた絵は、何日も水に浸かったのを陽に干した烙餅《ラオビン》みたいに、無味乾燥だった。郭馬氏の権威ある体験談に較べれば、絵や解説などは嘘っぽく、情がこもっていなかった。

わたしの脳裏には、郭馬氏がその身で体験した、眩しいほどの月光がちらついていた。それに、砂から露出した柳笊ほどもある進財の大きな頭や、オオヤマネコみたいに用心深くて凶暴な小獅子。それらのイメージは生き生きとしていたが、画面のイメージときたら――せいぜいが水に浸かって陽に干された烙餅に過ぎなかった。

七

連中はわたしを学校から引きずり出した。

通りはもはやいっぱいの人だかりだったが、もっぱらわたしを見ようと待ちかまえているのは明らかだった。頭から黄色い土埃をかぶった民兵が二人、いきなり近寄って来るなり、縄でわたしを縛り上げたのだが、縄が長すぎ、十数回もぐるぐる巻きにしたあげく、なおたっぷり余していた。銃を肩にした民兵が、家畜でも牽いていくようにわたしを引っ立て、うしろの民兵が、銃口をわたしの尻に突きつけていた。通りの連中も、たったいま黄土の中から這い出してきたネズミみたいに、目の玉をきょとんとさせている。

通りの別の端からドカドカと人の群れがやって来た。わたしはすぐさま、母親と大姐と司馬糧と沙棗花が数珠つなぎにされているのを見て取った。上官玉女に魯勝利《ルーションリー》は縛られてはいなかった。二人はしつこく母親のそばに寄ろうとしたが、そのたびに、体格のよい民兵に突き飛ばされた。

区役所――もとの福生堂――の表門で、わたしは家族と合流した。わたしがみんなを見ると、みんなもわたしを見た。もはや言うべきことはないとわたしは感じたが、みんなの感じもきっとおなじ事だったろう。

民兵に引っ立てられたわたしたちは、何重もの建物を通り抜けて、いちばん端まで歩かされた。連中がわたしたちをぶち込んだのは南の端の一棟だったが、南向きの窓は壊されて、不規則な大きな穴が開いていた。部屋の隅っこに縮こまっている司馬亭が目に入った。顔は紫色で、前歯は明らかに叩き折られていた。わたしたちに向けた眼差しは、寂しげだった。

窓の外は、いちばん奥の庭と外囲いの高い塀である。特別に通用門をこしらえたらしく、塀の一部が取り壊されている。塀の外は武装した民兵が数人、行ったり来たり歩いており、畑から吹き寄せる南風が連中の着ている物をはためかせる。東南と西南の隅の望楼から、銃をがちゃつかせる音が聞こえてくる。

その日の夜、地区幹部の部屋にはガスランプが四灯もぶら下げられ、机が一脚に椅子が六脚、並べられた。そのほかに運び込まれたのは皮の鞭、棍棒、藤の蔓、針金、麻縄、水桶、箒などだったが、さらに豚の屠殺に使う太い木材でできた豚の血まみれのまな板から、屠殺用の長包丁、皮剝ぎ用の短い包丁、肉をかける鉄の鈎、血を受ける桶まで持ち込んだ。あたかもこの部屋を屠殺場に変えるつもりのようだった。

民兵たちに囲まれて、楊公安員《ヤン》が入ってきた。義足がギシギシと音を立てる。肥った頬がずしりと垂れ下がっている。脇の下にたっぷりついた肉のおかげで、両腕はいつまでも、牛の首にはめた締め木みたいに突っ張っていられた。

机の向こうの真ん真ん中に腰を下ろすと、ゆっくりと尋問前の支度を始める。まず尻のうしろから錆止めも磨滅したモーゼル拳銃を引き抜くと、スライドを引き机の上に置く。ついで民兵の手から演説に使うブリキのメガホンを取り上げて、拳銃のかたわらに置き、腰からタバコ入れと煙管をはずしてメガホンの側に並べる。最後に腰をかがめて義足をはずし、靴のついたままで机の隅に置いた。ランプの白い光の下で、不気味な肉の色を見せている片足。てっぺんにはもつれた革ひもが何本か。すねから足首にかけてはつるつるだが、すねには黒い引っ搔き傷がいくつかある。足首から下はぼろ靴下にぼろ靴があるだけだ。そいつが、まるで楊公安員の忠実な護衛のように、机の上に蹲った。

ほかの地区幹部は楊の両側に並んで座り、真面目くさって、筆記用具を取り出した。民兵たちは銃を隅っこに立てかけると、腕まくりをして鞭や棍棒の類を取り上げ、昔のお白州の下っ端役人よろしく二列に並んで、ウオー、ウオーと声を上げた。

自ら求めて火の中に飛び込んだ格好の魯勝利が、母親の足に抱きついて泣き出した。八姐の玉女は、長い睫に涙を溜めているくせに、口元には魅力的な微笑みを浮かべていた。どんな苦境にあっても、八姐は魅力的だった。母親の乳房を独占しようとした幼い頃の行為を、わたしは深く恥じていた。母親は仏頂面で、明るいランプを見ている。

楊公安員は煙管にタバコを詰めると、頭の白いマッチをつまんで、粗い机板にこすりつけた。シュッと音がしてマッチの先に火がつくと、煙管を銜えた口でスパスパ音をさせる。タバコに火がつくと、マッチの軸を捨て、親指で雁首の火を押さえて、ヂヂヂと吸い込む。白い煙が二筋、鼻の穴から出る。雁首の中の灰を腰掛けの足に叩きつけて落とす。

煙管を下に置くと、メガホンを取り上げて口に当てる。窓の外に無数の聴衆が立っていて、彼らに向かって演説するかのように、メガホンの先を窓の大きな穴のほうに向け、野太い声で言った。

「上官魯氏、上官金童、司馬糧、沙棗花。なぜおまえたちを捕まえたか、分かるな⁉」

わたしたちの視線が母親の顔を探すと、母親はランプのほうを向いていた。その顔は透き通るほどに腫れていた。唇を何度か震わせたが、首を横に振っただけで、なにも言わなかった。

「首を横に振ったからといって、質問に答えたことにはならん。大衆の自発的な告発と真剣な調査の結果、われわれはすでに大量の証拠を握っておるのだ。上官魯氏を頭とする上官家は、高密県東北郷最大の反革命分子にして、血の債務累々たる人民の公敵司馬庫を長期にわたって匿い、かつ、つい最近の夜は、上官家のだれかが階級教育展示館を破壊し、教室の黒板に大量の反動的スローガンを書いた。これらの罪状によって、われわれは、おまえたち一家を銃殺に処することが完全に可能であるが、関係する政策を考慮して、最後のチャンスを残してやることにしたのだ。一つ、馬賊司馬庫が身を潜めている場所を政府に報告して、この凶悪な狼を一日も早く法の網に追い込むこと。二つ、階級教育展示館を破壊し、反動スローガンを書いた犯罪行為を自白すること。だれがやったかは分かっておるが、自白すれば寛大な処置が与えられるわけだ。分かったか？」

わたしたちは沈黙したままだった。

拳銃を取り上げた楊公安員は、銃口で激しく机を叩いたが、口は依然としてメガホンから離さず、メガホンを依然として窓の穴に向けたままで怒鳴った。

「上官魯氏、分かったかと言っておるんだ！」

母親が落ち着いて言った。「無実じゃ」

わたしたちは声をそろえて言った。「無実じゃ」

楊公安員は言った。「無実だと？　われわれは善人を無実の罪に落とすこともせんが、悪人を見逃すこともせんぞ。こいつらを全員吊せ！」

もがき、泣き叫んでも、時間をいささか稼いだだけのことで、わたしたちは結局、腕を背中で括られて、司馬家の頑丈な太い松の梁に高々と吊されることになった。母親がいちばん南の端で、次が上官来弟、その次が司馬糧、そしてわたし。わたしの後が沙棗花だった。職業民兵どもは、人を縛ったり吊したりするのはお手のものである。梁には前もって滑車を五つ取り付けてあったので、苦もなく吊し上げた。

腕の痛さはまだしも、肩の付け根の痛みは、ほとほと耐え難かった。頭は自然と前に垂れ、首が最大限に伸びる。両足はだらんと伸び、足の甲には力が入らず、つま先が地面に向かって垂れる。わたしはどうしようもなくて、悲鳴を上げた。司馬糧はそうはしなかった。上官来弟は呻いた。沙棗花はうんともすんとも言わなかった。

肥った母親の躰で、おろしたての麻縄が綱渡りの針金のようにぴんと張りつめた。汗がいち早くその躰から流れ落ちたが、大量の汗で、乱れた髪の毛から白い蒸気が立ち上った。魯勝利と上官玉女が母親の足を抱えて揺さぶる。民兵がヒヨコを追うように二人を突き飛ばすが、二人はまた駆け寄る。「楊公安員、こいつらも吊しますか?」と民兵が訊くと、楊はきっぱりと、「いかん。政策は大事にせよ」と言った。

そのうちに、魯勝利が母親の足から片方の鞋を脱がせてしまった。汗は最終的に親指に集って、数珠玉のように滴り落ちた。

「言わぬか!」と楊公安員が言った。「白状すれば、すぐ下ろしてやるぞ」

懸命に頭を挙げた母親が、喘ぎながら言った。「子供らを下ろしてくれ……なにもかもわたしが引き受ける……」

楊公安員が窓の外に向けて叫んだ。「責め道具だ! 思い切りぶん殴れ!」

皮の鞭や棍棒を摑んだ民兵どもが、拍子をつけてぶっ叩く。わたしは大声で喚き、大姐と母親も喚いた。沙棗花が動きを見せなかったのは、たぶん気絶していたのであろう。楊公安員や地区の幹部たちも、大袈裟に机を叩いて罵った。

民兵が数人、司馬亭を豚殺しのまな板の上に放り出すと、黒い鉄棒でけつを叩いた。鉄棒が振り下ろされるたびに、悲鳴が上がる。

「弟のバカ野郎、早く出てきて捕まりやがれ! あんたたち、わしをこんなに叩いていいのか。

わしは手柄を立てたんだぞ……」

民兵どもは腐った肉でもぶっ叩くみたいに、黙って鉄棒を振るった。

地区の幹部の一人が皮の鞭で牛革の水袋をひっぱたき、民兵の一人が藤の蔓で麻袋をひっぱたく。喚き声に怒鳴り声、本物とこしらえ物、さまざまな音が入り混じって、部屋の中はなにがなんだか分からなくなり、ひときわ明るいランプの光の中で鞭と棍棒が舞った……

おおよそ授業一回分ほどの時間が経って、民兵どもが窓枠に縛りつけてあった縄を解くと、母親の躰がドサッと落ちて、地べたにぐったりとなった。次の縄を解くと、大姐が落ちた。こうしてわたしたちは順番に下ろされた。桶で冷たい水を運んできた民兵が、ふくべで掬って顔にかけたので、わたしたちは気がついたが、全身の関節が感覚を失っていた。

楊公安員が大声で怒鳴った。「今夜のところは、まずは小手調べだ。言うか、言わぬか、よおく考えることだ。言えば、これまでのことは帳消しにして、家にもどしてやる。言わぬと、あとで思い知ることになるぞ」

義足をつけた楊公安員は、煙管を仕舞い、拳銃を腰につけると、よく見張っているように民兵に命じておいて、地区幹部に取り巻かれ、れいの音をさせながら悠然と立ち去った。

入り口を閉じた民兵が数人、部屋の隅にかたまって、銃を抱いてタバコを吸っている。わたしたちは母親に寄り添って、一言も物が言えず、低く泣いていた。母親は腫れ上がった手で、わたしたちを一人ずつ撫でてくれた。司馬亭は苦しげにウンウン唸っていた。

民兵の一人が言った。「なあ、あんたたち、吐いてしまえよ。楊公安員は石の人間でも白状させる男じゃ。生身の躰で、今日のところはしのげても、明日はしのげはせんぞ」

別の民兵が言った。「司馬庫も男なら、出てきて自首すればいいじゃないか。いまはコーリャン畑で隠れもできるが、冬になれば、どこにも隠れる場所はないんじゃから」

「あんたの婿どのも、まったくとんでもない野郎じゃ。先月の末に、県の公安局が一個中隊でやつを白馬湖《バイマアフー》の葦の原で包囲したが、最後にまたも逃げられた。一クリップで七人倒したんだぞ。中隊長も足をやられたよ」

民兵たちは何事かをわたしたちにほのめかしているようだったが、それがなにかは、結局分からなかった。ただ、これでなんとか司馬庫の消息がつかめたわけだ。あの見捨てられた窯場に姿を現してからというもの、さっぱり行方が分からなかったのだ。遠くへ逃げてくれというこっちの願いも空しく、相変わらずこの高密県東北郷で暴れて、おかげでこのザマだ。白馬湖なら両《リアン》県屯《シェンドウン》の南で、大欄鎮からはせいぜい二十里「十キロ」である。そこはじつは墨水河《モオシュイホー》の河幅がいちばん広がったあたりで、低湿地帯に河の水が流れ込んで湖になり、葦が生い茂って、野鴨が群れをなしている。

八

次の日朝のうちに、上官盼弟《シャングワンパンディー》は県城から馬で飛ばしてきた。かんかんに腹を立てていた彼女は、地区の連中とかたをつけるつもりでいたのだが、区長の部屋から出てきたときには、怒りの炎は消えていた。

区長のお供で、彼女はわたしたちに会いにやって来た。半年も顔を見なかったし、県でどんな仕事をしているのかも知らなかった。半年前に較べて痩せていたが、胸の前に乾いてこびりついた乳の痕で、哺乳期だと分かった。わたしたちは冷たい目で彼女を見た。

母親が言った。「盼弟、お母さんがいったいどんな悪いことをしたというんだね？」

冷ややかな視線を窓の外の高い塀に向けている区長にちらと目を走らせた盼弟は、目に涙をいっぱい溜めて言った。「お母さん……もうちょっとの辛抱よ……政府を信じて……無実の人を罪にするようなことは絶対にないから……」

盼弟が奥歯に物の挟まったような物言いでわたしたちをなだめていた、ちょうどその頃、白馬湖のほとりの松林のこんもり茂った丁《ディン》翰林「明・清時代の進士試験で高位の学位を得た人」家の墓地で、狐の巫女の位にいる沙口子村の崔《ツウィ》鳳《フォン》仙《シエン》が、丁翰林の善行を称えるために建てられた青石の墓碑を、卵形の黒い石で拍子をつけて叩いていた。石を叩く澄んだ音に、啄木鳥《きつつき》が樹の穴を叩くトントンという音が混じり合い、白い尾を扇状に開いて、鵲が木々の間を滑空して行った。

ひとしきり叩き終わると、崔鳳仙は供物机に腰を下ろして待った。薄化粧にきちんとした身なりで、腕には柄物のハンカチをかぶせた竹籠をかけた、親戚回りの若嫁さんの格好である。

司馬庫が墓碑のうしろから出てきた。崔鳳仙は跳び上がって言った。

「亡霊かと思うじゃないか！」

「なにを恐がる？　狐が亡霊を恐がるのか？」と司馬庫が言った。

「こうまでなって、まだ減らず口をたたいているよ！」と崔鳳仙がすねて言った。

「どうなったと言うんだ？　結構じゃないか。こんなにのんびりしたことはないぞ」と司馬庫は言った。

「あのど間抜けどもめら、おれを捕まえる気だと？　ハハハ、笑わせるな！」

司馬庫はふところの機関銃や腰のドイツ製の連発式モーゼル拳銃、それに護身用のブローニングを叩いて見せて、

「嫁さんの母親までが、おれに高密県東北郷から逃げろと言うたが、どうして逃げねばならん？ここはおれの家じゃ。ここには身内の骨が埋まっておるし、ここの山も河も草も木もみんなおれの友達で、じつに楽しい。それに、火のような狐の精のおまえもおる。これで離れられるわけがないじゃないか！」

遠くの葦の茂みで、野鴨の群れが物音に驚いて飛び立ち、崔鳳仙が手を伸ばして司馬庫の口を押さえた。その手を押し退けた司馬庫が言った。

「なんでもない。八路《バアルー》［共産党の指導するゲリラ部隊名だが、ここではその系統の共産党軍の意］の田舎っぺをあそこで思い知らせてやったから、死骸をあさりにきた鷹に鴨のやつが驚いただけのことよ」

崔鳳仙は、墓地の深いあたりへ司馬庫を引っ張って行きながら言った。「大事な話があるんだよ」

生い茂ったイバラをかき分けて、二人は巨大な墓にもぐり込んだ。イバラに手を刺された崔鳳

仙がキャッと叫んだ。機関銃を下に置いた司馬庫が、洞窟の壁に掛けてある菜種油のランプに火を入れると、崔鳳仙のほうを振り向いてその手を摑み、気遣わしげに「刺されたか？　見せろ」と言った。

「大丈夫、大丈夫」と言いながら、崔鳳仙は振り放そうとしたが、司馬庫はその指に口をつけて、チュウチュウ吸った。「この吸血鬼……」と崔鳳仙が呻き声を上げる。

指を吐き出した司馬庫の唇が、崔鳳仙の唇を塞いだ。横暴な二つの手が荒々しく女の乳房を摑んだ。女が興奮して躰をくねらせると、腕にかけていた竹籠が地面に落ち、中のゆで卵が青煉瓦敷きの床に転がった。崔鳳仙を抱き上げると、司馬庫は彼女を四角な棺の広い蓋の上に横たえた

……

素っ裸で棺の蓋の上に横たわった司馬庫は、かすかに目を開け、長いこと手入れしていないので先が赤茶けた髭を舌で舐めている。ほっそりした手で司馬庫の太い指の関節を握っていた崔鳳仙が、突然火照ったその顔を、野獣の臭いを発散させている骨の浮き出た司馬庫の胸に押しつけた。司馬庫の表面の肉に細かに歯を当てながら、女は絶望的な口調で言った。

「この人でなし。景気のよい時分には顔も見せず、つきがなくなるとわたしを困らせるんだから……あんたとつき合った女は、ろくな死に方はできないと分かっているんだけど、自分でもどうにもならなくなって、あんたが前で尾を振って見せると、わたしゃ雌犬みたいにそのけつを追いかけてしまう……ねえ、こん畜生。あんたという人は女を夢中にさせて、あんたに随いて行くとみすみす前が火の穴と分かっていながら、平気で飛び込ませるんだ。どんな魔法を使うんだ

ね?」

司馬庫はちょっぴりほろっとなったが、それでも微笑みながら、女の手を力強く鼓動している胸に導き、「これじゃ。心、真心じゃ。おれは女に真心で接する」

崔鳳仙は首を横に振って、「心はたった一つなのに、それを何人分にも分けるというわけか?」「何人分に分けようが、一つ一つは本物じゃ。それと、あとはこれじゃな」放蕩な笑いとともに、女の手を下のほうへと導く。それを振り払った崔鳳仙が、相手の口をひねりながら、「あんたみたいな怪物は、手が付けられないよ。追われて死人の家で寝ているくせに、それでもけしからぬ真似ばっかり」

司馬庫は笑って、「追い込まれれば追い込まれるほど、変な真似がしたくなる。女はいいもんじゃ。宝の中の宝、いちばん尊いものじゃ」言いながら、またもや乳房をまさぐりにかかる。

女が言った。「しまった、大変だよ。家のほうで、一大事が起こってるよ」

「どんな大事じゃ?」司馬庫は、まさぐりをつづけながら訊いた。

「あんたの姑さんに義姉《ねえ》さん、義妹《いもうと》さん、あんたの息子、義弟《おとうと》さん、五番目の義妹《いもうと》さんの娘、それにあんたの兄さん、みんな捕まえられて、あんたの屋敷に連れて行かれたよ。毎晩梁に吊され、鞭や棒で殴られて……酷い目にあってるんだよ。たぶん、あと二、三日とは保《も》たないよ……」

司馬庫の大きな手が、崔鳳仙の胸の前で硬直した。棺の上から飛び下りるなり機関銃を抱え、腰をかがめて外に出ようとするのを、崔鳳仙がその腰に抱きついて哀願した。

「そんなことをしたら、死にに行くようなもんじゃないか!」

冷静になった司馬庫は、棺の側に腰を下ろすと、ゆで卵を一つ呑んだ。イバラの茂みから射し込む陽の光が、膨らんだ頬や白髪混じりの鬢の毛を照らした。黄身を喉に詰まらせた司馬庫は、顔が紫色になるまでゴホンゴホンと咳き込んだ。崔鳳仙が背中を叩くやら首筋を揉むやら、ひとしきり大騒ぎして、やっとのことで息が通った。顔中汗だらけにした崔鳳仙が、「やれやれ、肝が潰れたよ！」と喘いだ。大粒の涙が司馬庫の頬を転がり落ちた。さっと跳び上がると、危うく頭を墓穴の天井にぶつけるところだった。碧色の憎しみがその目の中で燃えた。

「バカ野郎！　おまえらの皮を剝いでやるぞ！」司馬庫が咆吼した。

「あんた、行っちゃダメだよ」と、崔鳳仙が止めようと抱きついた。「女のわたしでも、この罠は見え見えだよ。考えてもみるんだ。たった一人で乗り込んだら、待ち伏せされるに決まってい る」

「だったらどうしろと言うんじゃ？」

「お義母さんの言うとおり、遠くへ逃げよう。足手まといになるのさえ我慢してくれたら、わたしは一緒に行く。足が立たなくなっても、後悔はしないから！」

その手を取った司馬庫は、心打たれたように言った。

「この司馬庫は幸せ者よ。出会った女は、みんなおまえみたいにいい女で、心の底からおれの無頼につきおうてくれた。人間の生涯で、これ以上なにを望む？　だがな、これ以上おまえらを苦しめるわけにはいかん。鳳仙、行ってくれ。二度とここへは来るな。おれが死んだと聞いても、悲しまんでくれ。おれは満足じゃ。生きた甲斐があった……」

目に涙を溜めた崔鳳仙は、つづけさまにうなずいた。頭から曲がった牛の角の櫛を取ると、もつれてひと塊になった胡麻塩の髪の毛を少しずつ梳いて、草の実や貝殻、昆虫などを落としてやった。それがすむと、湿った唇で深い皺の刻まれた司馬庫の額に口づけして、静かに「待っているから」と言った。竹籠を拾うと、腰をかがめて煉瓦の階段を這い上り、イバラをかき分けて墓から出て行った。司馬庫は座ったまま動かず、女のうしろ姿が消えてからも長いこと、その目は、眩しい陽光の中でそっと揺れているイバラを見つめていた。

次の日の朝、司馬庫は、銃や弾薬を墓の中に残したままで、外に出てきた。白馬湖のほとりまで来ると、自分できれいに躰を洗った。そのあと、あたかも景色に見とれる旅の人間のように、あちこち眺めやりながら、ときに葦の茂みの鳥に話しかけ、ときに道端の兎と駆けくらべをしたりしながら、湖畔をぶらついた。沼地の縁に沿って歩きながら、紅白入り混じった野の花を幾束も摘んで、鼻の下に持っていってしきりに匂いを嗅いだ。ついでぐるっと大回りして草っ原のはずれまで来ると、朝日を浴びて金色に輝く臥牛嶺《ウォニューリン》を遥かに眺めやった。

墨水河の石橋の上では、橋の強度を試すかのように、何度か飛び跳ねてみた。橋が呻き声とともにぐらぐら揺れると、黒い瞳は興奮でかすみ、玉のように潤んで、キラキラと輝いた。ズボンの中の一物をいたずらっぽく弄び、俯いて感に堪えぬもののように見とれていたが、やがて焼けるような小便を河に向けて撒き散らした。小便が河に落ちるジャー、ジャーという音とともに、司馬庫は声を張り上げた——

〈あ——、あ——、あはあ——〉

伸びやかな声が果てしない原野にこだました。

堤防でやぶ睨みの牧童が鞭を鳴らしたのが、司馬庫の注意を引いた。そっちに目をやると、向こうもこっちを見ていた。じっと見合っているうちに、二人はやがて破顔一笑した。司馬庫がニコニコしながら言った。

「小僧、おれはおまえを知ってるぞ。両足は梨の木、両腕は杏の木［真ん中の足も役に立たない、という意］。おれはおまえのお袋と泥をこねて、おまえのチンポコをこしらえてやったんだぞ！」

牧童は怒って罵った。「おまえのお袋と寝てやらあ！」

罵られて司馬庫の胸にはさまざまな思いが沸き上がり、目を潤ませた。牧童は鞭を振るい、夕陽に向かって羊を追って去った。夕陽は赤い顔を疎らな林の上にのぞかせている。長い影を引いた牧童は、高く澄んだ少年の声で歌った。

〈一九三七年、日本鬼子《リーベングエイズ》が中原を襲った。

まず蘆溝橋《ルーゴウチヤオ》、ついで山海関《シヤンハイグアン》。

鉄道がこの済南《ヂーナン》まで伸びて、鬼子が大砲をぶっ放せば、
八路《バアルー》は銃を撃つ。狙いを定めて——バアーン——！

日本の将校をやっつけた。両足伸ばしてお陀仏だ……〉

曲が終わらぬ先に、目から涙が溢れ、司馬庫は熱い目を押さえて、石橋の上に蹲った……

やがて河の水で涙の痕を洗い流した司馬庫は、躰の埃をはたき落とすと、五色の花で彩られた堤防をゆっくりと歩いて行った。夕暮れ時、野鳥の鳴き声がもの寂しい。豊かな色彩に彩られた世界で、野の花の香りが濃く淡く心を酔わせ、野草の刺激的な匂いで、心が引き締まる。悠久な天地にとって、万古といえども束の間ではないか。それを思って、司馬庫は蒼然たる思いに襲われた。

堤防の上の灰色の道では、バッタがそこここで卵を産んでいる。硬い泥の中に柔らかな躰を深々と差し込み、苦痛と幸せの中で上半身を立てている。しゃがみ込んだ司馬庫は、そんなバッタを一匹、土の中から引きずり出した。体節からはずれただらんとした腹を見ているうちに、ふと自分の幼い頃を思い起こし、初恋を思い出した。あの整った白い顔の女は、父親の司馬瓮《スーマアウオン》の思い人だった。鼻の先を彼女の乳房に擦りつけるのが好きで、何度も何度もそれをくり返したものだった……

村は目の前だった。夕餉の煙が人の匂いを伝える。野菊の花を一本折り取った司馬庫は、それを嗅ぐことで雑念を払って心を落ち着け、自分の家の南塀を切って最近作られた通用門に向かって、ゆったりと歩いて行った。中に潜んでいた民兵が跳び出し、銃の撃鉄を上げる音をさせて怒鳴った。

「止まれ！　中へ入ることは許さん！」

司馬庫は冷たく言った。「ここはおれの家だぞ！」

ぎょっとした衛兵が、銃を投げ捨てて叫んだ。「司馬庫だァ！――、司馬庫だぞォ！――」

慌てふためいて逃げる民兵を馬鹿にして、司馬庫は低く呟いた。

「なにも逃げることはあるまいが、まったく」

菊の花の匂いを嗅ぎつつ、司馬庫は、牧童が歌っていた抗日の民謡を鼻歌で歌っていた。できるだけ格好よく振る舞うつもりでいたのに、足は空を踏んで、惨めにも、彼を捕まえるために通用門の前に掘ってあった落とし穴に落ちてしまった。昼夜を分かたず待ち伏せしていた県公安局の兵隊が塀の外の作物畑から跳び出し、何十という暗い銃口が穴の中の司馬庫に向けられた。穴の底の竹串が足を刺し貫いた。苦痛に顔を歪めながら、司馬庫は罵った。

「臆病者め、くそ面白くもない！　こっちは自首してきたのに、猪の穴なんぞでお出迎えか！」

公安局の刑事課長が司馬庫を引っ張り上げると、その手に手際よく手錠をかけた。

司馬庫が大声で言った。

「上官家の者を放せ。おれがやったことはおれが責任を取る！」

九

高密県東北郷の民百姓の強烈な要求を満足させるためということで、司馬庫の大衆裁判は、彼とバビットが初めて野外映画をやった場所で開かれた。そこはもともと司馬家のこなし場で、ほとんど潰れてしまってはいるがいまでも残っている土の台は、かつて魯立人が土地改革のときに使ったものの名残である。

司馬庫の到着を待ち受けるべく、地区の幹部たちは、銃を担った民兵を動員して、ガスランプをともして夜間作戦を展開し、数百立方メートルの土を運んで、台を蛟竜河《ヂャオロンホー》の大堤防とおなじ高さまで積み上げた。台の前と横にはU型の深い溝を掘り、中に油の浮いた緑の水をいっぱいに溜めた。そのほか区長の特別会計から粟一千斤に相当する巨費を投じて、三十里も離れた窩鋪《ウォプー》の定期市で編み目の細かい金色の葦の莫蓙を馬車二台分も買い込んで、台上に大きなアンペラ小屋をおっ建てた。小屋にはさまざまな色の張り紙をし、そこに憎しみのこもった、あるいは歓喜に溢れることばを書いた。残った莫蓙は台の上に敷いたり、台の周囲の急角度の傾斜に黄金の滝のようにぶら下げた。

区長は県長のお供をして公開裁判の現場を視察して回った。一行は芝居の舞台と見まごう台の上に立ち、すべすべと快適な莫蓙を踏んで、東に流れる蛟竜河の滔々たる暗い藍色の波頭を眺めた。河から吹き上がる寒風が連中の着ている物を膨らませ、ズボンや袖は丸々とした腸詰めみたいだった。真っ赤な鼻を揉みながら、県長が斜め後方に立っている区長に訊いた。

「これはどなたの傑作かね？」

そのことばが皮肉か賞賛か摑みかねた区長は、曖昧な答え方で、「わたし、企画には加わりましたが、主として彼の指導でありまして」と言って、自分の斜め後方に立っている地区の宣伝幹部を指した。

県長は、喜色満面のその男をちらと見やってうなずくと、低いが、背後の人間にははっきり聞こえる声で言った。

「どこが大衆裁判だ？　これではまるで、皇帝の即位式じゃないか！」

大衆裁判の日は旧暦十二月八日の午前中と決まった。見物の民百姓は、夜半時分から星月夜の寒空をついて、四方八方から台の前に集まってきた。夜明け頃には、台の前の空き地は黒山の人の群れで埋まっており、蛟竜河の堤防にも人間の柵ができていた。

恥ずかしがりやの赤い日が顔をのぞかせ、霜の花のびっしり結んだ眉や髭を照らすと、人々の口からはとき色の霧が噴き出した。

その日が粥を食べる慣わしの日の朝であることを、みんなは忘れていたが、わが家では忘れてはいなかった。母親は、偽りの熱意でわたしたちの気持ちを引き立てようとしたが、司馬糧が泣くので、みんなの気分は低調だった。八姐が手探りで、河ぼとりの砂場で拾ってきたあまり見かけない海綿で泉のように溢れる司馬糧の涙を拭ってやったが、その仕草は、小さな大人のようだった。司馬糧は声もなく泣いたが、声を上げるより聞く者の心を打った。

忙しく働く母親のけつを追って、大姐は何度も訊いた。「お母さん。あの人が死んだら、わたし、殉死しなくていいの？」

母親は叱りつけた。「バカなことを言うんじゃないよ。まともな手つづきで嫁になったところで、殉死なんぞする必要はないんだから」

大姐の問いが十二回目になると、母親はもう我慢ができないとばかりに酷薄な態度で、「来弟、耻知らずもいい加減にするがいい。おまえはたったいっぺん、妹の亭主のあの男と不義をするという、人に言えないことをしただけのことじゃないか！」と言った。

一瞬ことばを失った大姐が言った。「お母さん、変わったねえ」

「変わったとも。だがね、これがもとからのわたしでもあるんだよ。ここ十数年、上官家の人間はまるで韮みたいに、まとめて刈られてはまた芽を出してきた。生があれば死がある。死は易しく、生は難しい。難しければ難しいだけ、生きなければなるまいが。死を恐れないなら、そのぶん生きることに必死にならなければなるまいが。わたしは見てやりたいんだ、自分の血を引く者たちが水の上に浮かぶ日をね。おまえたち、頑張っておくれよ！」

母親は涙を溜めた、それでいて火を噴くような目で、わたしたちをひとわたり見回し、最後にわたしの顔に視線を定めた。あたかも、わたしの身に最大の希望を託すかのように。わたしは恐れと不安の塊になった。教科書の文章を暗誦したり、婦人解放の歌を歌ったりするのがやや得意というほかに、わたしにはほとんどなんの取り柄もなく、去勢された綿羊みたいに、泣き虫で臆病で弱虫だった。

「さあ、きちんとして。あの人を送りに行くんだから。彼《あれ》はろくでなしじゃが、好漢《ハオハン》じゃ。ああした男は、これまででも、十年に一人出るか出ないかじゃ。これからは、たぶん出ることはあるまい」

わたしたち一家が堤防に上がると、周りの人間がこそこそと離れていったが、みんなこっそりとわたしたちのほうを盗み見ていた。司馬糧はさらに前に出ようとしたが、母親がその腕を押さえて言った。

「ここでいい、糧児《リアンアル》。遠くから見送るのじゃ。近寄りすぎると、お父の気が散るから」

太陽が竿二本分も昇った頃、トラックが数台、蛟竜河の橋をそろそろと渡り、堤防の切れ目を上ってきた。トラックは、鉄兜を被った兵隊を満載していた。自動小銃を抱えた兵隊たちは、大敵を前にしたような厳しい表情であった。

トラックがアンペラ小屋の西側で停まると、二人一組で飛び下りた兵隊たちが散開し、厳しい封鎖線を敷いた。最後に運転席から出てきた二人の兵隊が、荷台のうしろの囲い板を開けると、キラキラ光る手錠をかけられた背の高い司馬庫が、荷台の兵隊に突き落とされた。飛び下りたとき転んだが、すぐさま特別に選ばれたに相違ないいかつい体格の兵隊たちによって立たされた。司馬庫は足をひきずりながら兵隊たちについて歩いたが、化膿した両足から流れる膿が、地面に鼻持ちならない足跡をつけた。

アンペラ小屋の中に入ったあと、司馬庫は審判台に上らされた。これまで彼を見たこともないよその土地の民百姓にしてみれば、彼らの思い描いてきた殺人鬼司馬庫が恐ろしい面構えの半人半獣の怪物であっただけに、本物の司馬庫を目にして、思わずがっかりしてしまった。つるつるに頭を剃られた背の高い中年男。そのもの寂しげな両眼には、凶悪な気配などみじんもなかった。木訥で誠実そうなその外見に、これまで司馬庫を見たことのなかった人々は深い疑惑にとらえられ、なかには公安局が人違いしているのではないかと疑った者すらいた。

大衆裁判はすらすらと運んだ。司馬庫の罪悪を列挙した裁判官は、最後に死刑を宣告した。見物が騒がしくなり、座っていた者は立ち上がり、立っていた者は外に向かった。数人の兵隊が司馬庫を押して台から下りた。アンペラ小屋が一瞬、一行の姿を隠したが、じきまた台の東側に現れた。司馬庫がよろめくので、その腕を支えている兵隊の足が乱れた。

有名になった殺人池の側まで来て、一行は立ち止まった。躰の向きを変えた司馬庫は、堤防を前にした。わたしたちに気がついたかも知れないし、気がつかなかったかも知れない。司馬糧が高い声でお父と叫んだが、その口を母親が塞いだ。その耳元へ母親が囁いた。

「糧児、いいかい。大声を出したり、騒いだりしちゃダメだよ。おまえのつらい気持ちはお祖母ちゃんには分かるが、大事なのはお父の気持ちの邪魔をせずに、心おきなく最後の仕事をさせてあげることなのじゃ」

母親のことばは神秘な呪いのように、狂犬みたいだった司馬糧をたちまちおとなしい羊に変えてしまった。

いかつい躰の兵隊が二人がかりで司馬庫の肩を掴み、やっとのことでその躰を半回転させて、殺人池のほうに向けた。三十年かけて雨水が溜まったレモン油みたいな池の水面に、やつれた顔と、新たにできた頬の剃刀傷が映った。死刑執行の隊員を背に池に向かって立つと、数知れぬ女どもの顔が水面に浮かび、数知れぬ女どもの匂いが水面から立ち上ってきて、司馬庫は突然、不安な感覚に襲われ、平静だった心に波浪が沸き立った。決然と振り向くと、執行監督の県公安局司法課長や殺人など屁とも思わない職業的銃殺者をも驚かせるような鋭い声で怒鳴った。

「おまえら、うしろから撃つのは許さんぞ！」

死刑執行人に特有の無表情を前にして、司馬庫は頬の剃刀傷がひりひりと痛むのを感じた。面子を尊ぶ司馬庫にしてみれば、顔の傷は腹立たしいかぎりであった。前日のことが心に浮かんだ。司法執行官が下達した死刑通知書を、司馬庫は欣然として受け取った。なにかほかに頼みがあるかと訊かれて、ハリネズミのような頬髯に触ってみて、

「床屋を呼んで、こいつを当たってもらいたい」と言った。

「もどって党の指導部にそう報告しよう」と執行官は言った。

小さな木の箱を提げた床屋が、おずおずと死刑囚の部屋に入った。ぶきっちょな手つきで頭を剃ると、髯にかかったが、半分ばかり剃ったところで、頬に傷をつけた。司馬庫の怒鳴り声で肝を潰した床屋が、部屋の外に跳び出すと、銃を持って立っている二人の看守の背後に隠れた。

「こいつの髪の毛は、豚の毛より強《こわ》くて」と、刃の欠けた剃刀を看守の前に掲げて見せ、「ほれ、刃がぼろぼろじゃ。髯はもっと強くて、まるで針金ブラシじゃ。おまけにこいつ、髯の根にしきりに気を入れやがる」

床屋は道具を仕舞って行きかけた。司馬庫が罵った。「クソったれめ、どういうつもりじゃ？半分剃り残しのまま、村の者の前に出ろというつもりか？」

「死刑囚めが」と床屋も罵り返した。「強《こわ》いクソ髯をしくさっておる上に、おまえはその髯に気を入れやがって」

司馬庫は泣きも笑いもできず、「この野郎、腕の悪いのを人のせいにしやがって。気を入れるなどということは、おれはまるで知らんぞ」

「ウンウン唸りやがったのは、気を入れたに違いなかろうが」と、床屋はわけ知り顔に言った。

「わしの耳は聞こえるんだぞ」

「バカたれ！」司馬庫は言った。「あれは痛かったからじゃ」

看守が言った。「師匠、これじゃ仕事とは言えんぞ。ちっと辛抱して、全部剃ってやってくれ」

床屋は言った。「わしには剃れんで、ほかを雇ってくれ」

司馬庫がため息混じりに言った。「クソったれ。世の中にこんなやつがよくまあいたもんじゃわい。おい、おまえ——と看守に向かって——手錠をはずしてくれ。自分で剃る」

看守は断固として言った。「ダメじゃ！　その隙に殺しや逃亡や自殺をやられたら、わしらの責任になる」

「クソったれめらが！　役人を呼んで来い！」と司馬庫が罵って、手錠で鉄格子をガンガン叩いた。

女の公安員が跳んで来て訊いた。「司馬庫、なにを騒いでいるの？」

「あんた、この髯を見てくれ。半分剃って、強いから剃るのを止めじゃと。こんな理屈があるか？」と司馬庫は言った。

「そんな理屈はないわね」女の公安員は床屋の肩を叩いて、「どうして全部剃ってやらないの？」

「髯が強すぎるのに、上から気を入れやがるもんで……」

「まだ気を入れるなどとぬかしやがって、このクソ野郎！」

床屋は、刃こぼれした剃刀を挙げて言い訳する。

「あんた、腹を決めて、手錠をはずしてくれんか。自分で剃る。一生で最後の頼みだぞ」と司馬庫は言った。

司馬庫逮捕にかかわったことのあるその女の公安員は、一瞬ためらったのち、きっぱりと看守に言った。「手錠をはずしてやりなさい」

看守はおっかなびっくりで司馬庫の手錠をはずすと、素早く脇へ退いた。腫れ上がった腕を揉みほぐして、腕を伸ばす。床屋の手から剃刀を受け取った女の公安員が、それを司馬庫に渡した。

剃刀を手にした司馬庫は、女公安員の濃い眉の下の葡萄のような二つの瞳を感激したように眺めながら訊いた。「おれが殺人、逃亡、自殺を図るのが、恐くはないか？」

女公安員は笑って言った。「そんなことをしたら、あんたは司馬庫じゃなくなってしまうじゃない！」

司馬庫は感嘆の思いで、「おれのことをいちばん分かってくれるのは、やっぱり女だったか！」

女公安員は軽蔑の笑いを見せた。

司馬庫は女公安員の硬い唇に欲望に満ちた目を注ぎ、さらに下がって黄土色の制服の高く突き出た胸を見つめて言った。「お姉ちゃん、なかなか大きなおっぱいしておるじゃないか！」

女公安員は怒りに歯ぎしりして罵った。「この悪党！　死に際まで、ろくでもないことを考えるがいいよ！」

司馬庫は真面目くさって言った。「お姉ちゃんよ。おれはこれまでいろんな女とやったが、残念ながら女の共産党とは一人もやったことがないんでな」

怒った女公安員は、司馬庫のほっぺたを張り飛ばした。高い音がして、梁の埃が落ちたが、司馬庫のほうは、何事もなかったかのように顔をほころばせて言った。「おれの義妹の一人が女の共産党でな。立場は断固として、おっぱいはでっかいというやつよ。抱いてやって、なぶってやろうかと言うと、あいつは、義兄さん、肉まんの中身は見かけじゃないのよ、などとぬかしてな……」

顔を真っ赤にした女公安員は、司馬庫の顔にペッと唾を吐きかけ、低い声で罵った。「色気違い！　キンタマ抜いてやるから！」

……

司馬亭の悲憤の叫びが、甘美な回想から司馬庫を引きもどした。見ると、いかつい体格の民兵が、兄の司馬亭を引っ立てて、人垣の外から入ってくるところだった。

「無実じゃァ――、助けてくれ――。わしは功績を立てた男じゃぞ。あいつとは兄弟の関係はとっくに切ったァ――」

司馬亭は泣いて訴えたが、だれも取り合おうとはしない。嘆きの声を漏らした司馬庫の心を、すまないという思いがちらとよぎった。

この兄貴は、実のところはお人好しの弟思いで、口は悪いが、いざというときは弟の味方なのだ。もう何年にもなるが、兄貴について町へ行ったときのことを司馬庫は思い出す。あの頃、自分はまだ餓鬼で、掛け取りに兄貴のけつをついて行ったのだった。臙脂胡同《イエンヂーフートン》［べに横町］を通りかかると、白粉を塗りたくった女どもに兄貴はかっさらわれた。出てきたときには、兄貴の銭入れは空っぽ。兄貴のやつ、言いやがった。おまえな、もどったら親父には、途中で強盗にやられたと言うてくれ、などと。

あれは中秋節だったろうか。酔っぱらった兄貴が、人の女房にちょっかいを出して、身ぐるみ剥がれて、えんじゅの木に吊り下げられやがったことがあった。頭から血を流して、おい、早く下ろしてくれと言うもんだから、兄貴、いったいどうしたんじゃ、と訊いてやったら、あの時分の兄貴は冗談がうまくて、あのなあ、下の頭で気持ちいい目をしたら、上の頭がひどい目に遭わされたのよ、などとぬかしたもんだ……

腰砕けになって立っていられなくなった司馬亭に、村の幹部の一人が詰問した。「言え、司馬亭。福生堂の地下宝庫はどこにある？　言わないと、おまえもおなじ末路をたどらせるぞ！」「宝庫なんぞ、ないと言うたらないんじゃ。土地改革の折に、三尺も地下を掘り下げたじゃないか！」と、兄は惨めったらしく言い訳した。

司馬庫が笑って、「兄貴、騒ぐのはよせ」と言うと、司馬亭が罵った。「なにもかも、ろくでなしのおまえのおかげじゃ！」

司馬庫は苦笑いして、首を横に振った。

公安幹部の一人が尻の拳銃の銃把に触りながら、村の幹部を叱りつけた。「バカ騒ぎは止めて、あっちへ連れて行け！　政策のことがさっぱり分かっておらん！」

「ことのついでに、なんぞ余禄にありつけないかと思ったまでで」と村の幹部は言うと、司馬亭を引っ立てて行ってしまった。

執行監督官が赤い小旗を挙げ、大声を張り上げた。「用意――」

射撃手が銃を挙げ、れいの一字を待った。黒々とした銃口をひたと見つめて、司馬庫は顔に氷のような微笑を浮かべた。このとき、赤い光がひと筋、堤防の上に煌めき、女の匂いがあたりに満ちた。司馬庫は叫んだ。

「女は素晴らしいなァ――」

すぐつづいてくぐもった銃声がした。司馬庫の頭蓋骨はふくべのように割れて、赤い血と白い脳味噌があたりに飛び散った。硬直したその躰は、一秒ほど立っていたあと、バッタリ前に倒れた。

取り巻いた民間人たちは、木の杭のように突っ立っていた。豪放などとは言えたものでない司馬庫の臨終のことばが、人々の心に意地悪く食い込んで、小さな虫のようにくすぐるのである。女は素晴らしいだろうか？　女はひょっとして素晴らしいかも知れぬ。いや、女はたしかに素晴らしい。だが、とどのつまりは、女はろくなものではない。

そのときである。もうじき下りるお芝居に小さな山場をこしらえるかのように、沙口子村の若後家崔鳳仙が、赤い絹の綿入れに緑色のズボンを穿き、頭に金色の大きな絹の造花を挿した姿で、堤防を駆け下りて司馬庫のかたわらに立った。司馬庫の死体に取りすがって号泣するかと思いきや、そうしなかったのは、蓋を吹っ飛ばされた頭蓋骨に肝を潰したせいかも知れない。腰から鋏を取り出したので、そいつを胸に突き立てて司馬庫に殉じて死ぬのかとも思ったが、それもしなかった。女はみんなが見守るなかで、鋏を死んだ司馬庫の胸に突き刺しておいて、顔を覆って号泣しながらよろよろと駆け去った。

平凡社ライブラリー 803

豊乳肥臀《ほうにゆうひでん》 上

発行日…………2014年1月10日 初版第1刷

著者……………莫言

訳者……………吉田富夫

発行者…………石川順一

発行所…………株式会社平凡社

〒101-0051 東京都千代田区神田神保町3-29

電話 東京(03)3230-6579[編集]

東京(03)3230-6572[営業]

振替 00180-0-29639

印刷・製本 ……株式会社東京印書館

協力……………創栄図書印刷株式会社

ＤＴＰ…………平凡社制作

装幀……………中垣信夫

ISBN978-4-582-76803-9

NDC 分類番号923.7

B6変型判(16.0cm) 総ページ656

平凡社ホームページ http://www.heibonsha.co.jp/

落丁・乱丁本のお取り替えは小社読者サービス係まで

直接お送りください(送料、小社負担)。